Ullstein Werkausgaben

Ullstein Werkausgaben

Ricarda Huch

Taschenbuchausgabe in Einzelbänden
aufgrund der von Wilhelm Emrich
edierten Gesamtausgabe

Ricarda Huch

# Das Leben des Grafen Federigo Confalonieri

Roman

Mit einem Nachwort
von Bernd Balzer

Ullstein Taschenbuch

Ullstein Buch Nr. 37004
im Verlag Ullstein GmbH, Frankfurt/M – Berlin – Wien

Ungekürzte Ausgabe

Umschlagentwurf: Hansbernd Lindemann
Mit freundlicher Genehmigung des Kiepenheuer & Witsch Verlages, Köln – Berlin

Printed in Germany 1980
Druck und Verarbeitung: Mohndruck Graphische Betriebe GmbH, Gütersloh
ISBN 3 543 37004 7

CIP-Kurztitelaufnahme der Deutschen Bibliothek

**Huch, Ricarda:**
[Sammlung]
Taschenbuchausgabe in Einzelbänden: aufgrund d.
von Wilhelm Emrich edierten Gesamtausg. / Ricarda Huch. –
Ungekürzte Ausg. – Frankfurt/M, Berlin, Wien: Ullstein.
NE: Emrich, Wilhelm [Bearb.]
Das Leben des Grafen Federigo Confalonieri: Roman/
mit e. Nachw. von Bernd Balzer. – 1980.
([Ullstein-Bücher] Ullstein Buch; Nr. 37004: Ullstein-Werkausg.)
ISBN 3-548-37004-7

# DAS LEBEN DES GRAFEN FEDERIGO CONFALONIERI

ROMAN

Wenn der junge Graf Federigo Confalonieri durch die Straßen Mailands ging, die eng, hoch und steil wie Felsschluchten waren, so glich er einem eingeschlossenen Pferde oder Hirsch, der mit entrüsteter Ungeduld die labyrinthischen Gänge seines Gefängnisses entlangschreitet und den Ausgang ins Freie sucht. Während er bei allen Vergnügungen, die die gute Gesellschaft pflegte, beim Fechten, Tanzen und Reiten, bei Rennen und Jagden, durch seine Gewandtheit und seinen Geschmack die Blicke auf sich zog, eilten seine Augen, deren schwarzblauer Glanz sie unvergleichlich machte, über die Umgebung hinweg, als ob sie nichts als ein Hindernis wäre, das ihn einengte.

Es war an einem Abend des ausgehenden Winters, als ihm dies Gefühl der Unruhe und des Ungenügens deutlicher und schmerzhafter als je zum Bewußtsein kam, nämlich auf einem Balle, den er ohne seine Frau besuchte, die ihrer ersten Entbindung entgegensah. Er fand die Gesellschaft, die sich im Palaste des alten Grafen Litta versammelte, in besonderer Erregung, weil Eugen Beauharnais, der Vizekönig von Italien, sein Erscheinen zugesagt hatte, worauf man um so mehr gespannt war, als seine junge Gemahlin ihn begleiten sollte, eine bayrische Prinzessin, von deren Schönheit, Liebenswürdigkeit und Tugend gesprochen wurde und die erst kürzlich in die Residenz eingezogen war. Federigo, dessen Familie Österreich anhing und der in der Abneigung gegen Napoleon aufgewachsen war, nahm die frohbewegte Stimmung mit Unwillen wahr; in jeder Gruppe, der er sich näherte, wurde von den hohen Eigenschaften des fürstlichen Paares gesprochen, und auch diejenigen, die über den neugebackenen König und Ehemann witzelten, verrieten, daß sie durch seine bevorstehende Gegenwart erregt waren.

Als Eugen, seine Frau am Arme, eintrat, hörte man zunächst nichts als das Kleiderrauschen der herabsinkenden Damen, bis die lebhafte Anrede des Prinzen den Herrn und die Herrin des Hauses, die Nächststehenden und allmählich die ganze Gesellschaft ermunterte. Federigo stand neben der Gräfin Frecavalli, einer Freundin seiner Frau, in einer Fensternische, von wo aus sie bequem zusehen konnten, ohne selbst beachtet zu werden. »Hübsch, aber plebejisch«, sagte sie mit Verachtung; »er sieht aus wie ein Unterleutnant, der etwa auch mit einem netten Kammermädchen zufrieden ist. Unsere Landsleute indessen scheinen mit Begeisterung die Untertanen dieses Karnevalkönigs zu spielen.« Dies sagte sie mit Bezug auf die Herren und Damen, die sich drängten, dem prinzlichen Paare vorgestellt zu werden. Die allgemeine Beflissenheit benutzte Federigo, um unbemerkt den Saal und das Haus zu verlassen; seine Laune war so geworden, daß es ihm unmöglich schien, in die gesellige Fröhlichkeit einzustimmen. Er machte sich eilig Weg durch die neugierigen Menschen, die noch immer am Tore des Palastes standen, bog in eine stillere Nebenstraße ein und überließ sich seiner Stimmung und seinen Gedanken.

Das Bild der hochmütigen Aristokraten, seiner Landsleute und Standesgenossen, wie sie dem jungen Franzosen huldigten, den die Willkür Napoleons ihnen als Fürsten aufgedrängt hatte, haftete, Zorn und Ekel erregend, in seinem Geiste. Er dachte, daß Napoleon kein Land mit solcher Nichtachtung behandelt hätte wie Italien, und indem er sich sagte, daß sie es durch ihr Betragen verdienten, empörte sich doch sein Gefühl dagegen, als gegen eine Vergewaltigung und Verhöhnung des edelsten unter allen Kulturvölkern. Mehr als je empfand er es mit Genugtuung, nicht zu diesen Menschen zu gehören, die ohne Würde und Größe nur auf den flachen Genuß des Augenblicks bedacht waren; zugleich aber bedrängte ihn die Frage, wodurch er sich denn anders als eben durch diese Verachtung von ihnen unterschiede. Daß sie ihn nicht für ihresgleichen hielten, ließen ihn die älteren Leute durch Abneigung, Tadel oder Spott merken, viele von den jüngeren dadurch, daß sie ihn anstaunten und ihm in Kleidung und Gewohnheiten nachzueifern suchten, sei es auch nur, um sich hervorzutun. Man hielt ihn für klug, scharfblickend und hochstrebend, seine Altersgenossen, junge Männer, Frauen und Mädchen hörten zu, wenn er sprach, wie wenn sein Urteil mehr als das anderer gälte; aber in diesem Augenblick schätzte er sie gerade deswegen gering. Er hatte nichts geleistet, nicht mehr gelernt als jeder junge Edelmann von Mailand: Reiten, Fechten, ein wenig Französisch und ein wenig Geschichte. Vielleicht gehörte eine gebietende Haltung und eine stolze Anmut zu seiner Person, die ihn vor anderen auszeichnete; aber auch wenn er alle anderen in der Ausbildung des Körpers übertroffen hätte, war er doch nicht so einfältig, bloßen Fertigkeiten höheren Wert beizulegen. Es hatte Männer in Mailand gegeben und gab noch solche, die Anspruch auf Ehrfurcht und Ruhm hatten: Beccaria, der die Rechtswissenschaft in eine neue Bahn gelenkt hatte, Verri, dessen Charakter ein Vorbild war, Monti, dessen Kunst auch die Verächter seiner Gesinnungslosigkeit bewundern mußten, und andere; wie er nun bedachte, daß ein unbestimmtes Selbstgefühl ihn von jeher über diese hinausgedrängt hatte, und dann, was er bisher geleistet hatte, mit ihren Taten verglich, ergriff ihn ein solches Schamgefühl, daß er für sich errötete.

Er ging schnell vorwärts, vom Ungestüm seiner Gedanken und Entschlüsse getrieben; denn indem er das schärfste Urteil über sich fällte, entschied er zugleich, daß es für die Zukunft aufgehoben sein sollte. Kenntnisse wollte er sich zuerst erwerben, damit er sich nicht länger durch die Lächerlichkeit entwürdigte, Meinungen und Einrichtungen zu verachten, ohne seinen Tadel begründen und vernünftige Vorschläge machen zu können. Wenn andere ihm darin nachahmten, daß er die herrschenden Gesinnungen und Verhältnisse angriff, so wollte er, daß sie zugleich ein Muster des Besseren in ihm finden könnten. Der Druck, der ihn während des ganzen Abends belastet hatte, wich dem Schwunge seiner belebten Willenskraft, die sich auf ein außerordentliches Ziel richtete; seine schlanke Gestalt richtete sich freier auf, und er durcheilte mehrere Straßen mit fliegenden Schritten, ohne darauf zu achten, wohin sie führten. Er beschloß ohne Zögern, morgen etwa, seine Lebensweise zu verändern und, anstatt die Zeit mit sinnlosen Vergnügungen und Zeremonien zu verlieren, seinen Geist durch gründliches Studium, namentlich der Staats- und Naturwissenschaften, der Geschichte und der Sprachen, zu bilden und zu erweitern. Plötzlich veranlaßte ihn das Gefühl, sich an einem unbekannten Orte zu befinden, daß er stehenblieb und sich umsah: er fand heraus, daß er sich nicht weit von der Porta Comasina befand, in einer Gegend, wo hauptsächlich kleine Handwerker wohnten und die er selten besuchte.

Wie er stand und überlegte, welchen Weg er einschlagen müßte, um am schnellsten nach Hause zu kommen, denn er befand sich an einem Kreuzungspunkte, sah er tief im Hintergrunde einer langen dunklen Gasse etwas Unkenntliches sich langsam bewegen. Er bedachte schnell, daß er allein in dieser verlassenen Gegend war und keine Waffe bei sich hatte; doch blieb er mit etwas unruhiger klopfendem Herzen stehen, um das Verhüllte herankommen zu lassen. Ein schwaches Räderrollen und der klarer werdende Umriß überzeugten ihn, daß es ein Wagen war, der vielleicht einen Toten oder einen Kranken beförderte. Als er nahe genug bei ihm war, rief er dem Kutscher zu: »Fährst du einen Kranken? Hat es einen Unfall gegeben?« worauf der Wagenschlag sich öffnete und der Kopf eines Herrn zum Vorschein kam, der fragte, was es gebe. Mit Verwunderung erkannte Federigo den Grafen Melzi d'Eril, den ehemaligen Präsidenten der zisalpinischen Republik, den Napoleon zum Herzoge von Lodi gemacht hatte und jetzt noch, obwohl ohne Amt, eine beratende und oft entscheidende Stimme in den Staatsgeschäften hatte. Auf Federigos Entschuldigung, er habe sich überzeugen wollen, ob der Wagen etwas Gespenstisches, etwas Verbrecherisches oder Hilfsbedürftiges verberge, lächelte Melzi und erklärte, daß er wegen eines Anfalls heftiger Gichtschmerzen seinem Kutscher befohlen habe, Schritt zu fahren; gleichzeitig forderte er ihn auf, einzusteigen und mitzufahren, wenn anders er nach Hause wolle, da die Schmerzen jetzt fast vorüber wären und er die Pferde wieder traben lassen könne. Als Federigo neben ihm saß, fügte er hinzu, daß er in einer sehr wichtigen Angelegenheit von seinem Landgut in die Stadt komme, nämlich um den Vizekönig von einer Entschließung abzuhalten, die er für unheilvoll halte. Er spreche davon, sagte er, weil Federigo in dem Rufe stehe, nicht nur gut reden, sondern auch klug schweigen zu können. »Da ihr auf die eine meiner bescheidenen Gaben rechnet,« sagte Federigo, »gestattet Ihr mir vielleicht, von der anderen einen mäßigen Gebrauch zu machen.« Eigentlich sei es nur eine Frage, die er stellen wolle: ob Melzi es für ehrenhaft und ratsam halte, daß ein junger Mann sich und seine Arbeit einem Staate widme, dessen persönlicher Spitze er mit grundsätzlicher

Abneigung gegenüberstehe. Melzi betrachtete Federigo mit Wohlwollen und sagte lachend: »Ich sehe, mein Lieber, daß Ihr auch ein wenig auf meine Verschwiegenheit rechnet.« Ernsthafter verbreitete er sich dann darüber, daß nach seiner Meinung jeder junge Mailänder, der durch Herkunft und Begabung eine Anwartschaft darauf habe, in den Staatsdienst eintreten solle. Er wisse, daß die Familie Confalonieri österreichisch gesinnt sei; ob nun aber Federigo diesen Traditionen folge oder nicht, so sollte er sich keinesfalls dadurch abhalten lassen, seine Arbeitskraft dem Staate zu widmen. Es komme weniger darauf an, wer der Maschine seinen Namen gebe, als von wem und in welchem Sinne sie gelenkt würde. Die französische Herrschaft sei in vieler Hinsicht ein Vorteil für die Lombardei gewesen, das öffentliche Leben habe sich reicher entfaltet; freilich, wenn die einheimischen Tüchtigen sich vom Staatsdienste zurückzögen, so müßte entweder Mißwirtschaft oder Fremdherrschaft entstehen, die außerdem zur Folge hätte, daß der eingeborene Adel, der der Träger der Kultur und insbesondere des Staatswesens sein sollte, infolge der Untätigkeit träge, stumpf, weichlich und untauglich würde.

Da sie inzwischen vor dem Palaste des Herzogs angekommen waren, verabschiedete sich Federigo mit Dank, ohne den Wagen, den jener ihm anbot, weiter zu benutzen. Während er nach Hause ging, überdachte er Melzis Worte, die ihn durchaus nicht befriedigten. Wie konnte er sagen, daß es auf die Person des Herrschers nicht ankomme, wenn der Herrscher Napoleon war; denn Eugen Beauharnais war nur sein Geschöpf! Die in Mailand regierten und verwalteten, waren nur Vollzieher von Napoleons souveränem Willen; man war nicht in England. Je aufrichtiger er Melzi als einen hervorragenden Staatsmann von unanfechtbarer Redlichkeit bewundert hatte, desto mehr mißfielen ihm die eben ausgesprochenen Grundsätze, auf die sich der Troß der gesinnungslosen Sklaven berufen konnte, die nach der Gunst des jeweils Mächtigsten haschen. Nicht die flüchtigste Neigung war in ihm, dem erhaltenen Rate gemäß zu handeln; vielmehr war sein Entschluß befestigt, keinerlei Amt, das Hof oder Regierung ihm anböte,

anzunehmen, sondern sich zunächst ganz auf die Ausbildung seines Geistes zu beschränken.
Dessenungeachtet gelang es Eugen Beauharnais, ihn mit dem Hofe zu verknüpfen, indem seine Frau Hofdame der Vizekönigin wurde, was Federigo auf den Wunsch der Familie Casati, der Teresa angehörte, zuließ. Teresa war zwar gewöhnt, sich dem Willen ihres Mannes zu fügen, der nicht selten von dem der Ihrigen abwich, freute sich aber der getroffenen Übereinkunft diesmal besonders, weil sowohl die wahrhaft liebenswerte Prinzessin wie der warmherzige, ritterliche Beauharnais ihr sympathisch waren. Ihre kindlich edle Erscheinung und ihr treuherzig schlichtes Wesen, das sie von den anderen Damen durchaus unterschied, machte bald Eindruck auf den Vizekönig, und seine Huldigungen wurden bemerkt, wie auch, daß Teresa sie gelassen annahm; denn da sie nicht gefallsüchtig war, dachte sie weder daran, die Männer zu reizen, noch sie gelegentlich zurückzustoßen, sondern freute sich arglos der Neigung, die sie erweckte. Federigo, der das Erscheinen seiner Frau bei Hofe immer ungern gesehen hatte, bekämpfte mühsam seinen Unwillen; wie nun aber der Vizekönig ihm das Amt eines Groß-Stallmeisters anbot und dadurch einer beleidigenden Verkennung seiner Persönlichkeit und seiner Talente oder einer Gedankenlosigkeit Ausdruck gab, die ebensosehr der Zurechtweisung bedurfte, lehnte er nicht nur für seine Person ab, sondern ließ auch Teresa ihr Amt bei der Prinzessin niederlegen. Daß der kleine französische Edelmann, der Sohn einer Frau von zweifelhaftem Rufe, durch nichts als soldatische Tüchtigkeit und die galante und leichte Liebenswürdigkeit der französischen Offiziere ausgezeichnet, ihn zu seinem Stallmeister hatte machen wollen, fühlte er so sehr als Kränkung, daß er es bedauerte, sie nicht im Zweikampfe rächen zu können. Es verschärfte seinen Haß, daß die sonst immer nachgiebige Teresa zwar seinem Willen gehorchte, aber im Bewußtsein ihrer Schuldlosigkeit und der Harmlosigkeit von Eugens Leichtsinn sein Verhalten ihr gegenüber in Schutz nahm und Federigos Eifersucht um so bestimmter zurückwies, als kein Liebesübermaß auf seiner Seite sie entschuldigen konnte. Eine Zeitlang war er geneigt, ihr nicht nur Mangel an weiblicher Würde,

sondern auch an italienischer Gesinnung vorzuwerfen, eine Unbilligkeit, die ihre sich gleichbleibende Treue und Festigkeit allmählich stillschweigend widerlegte.

Mit dreißig Jahren war Federigo das Haupt einer Partei geworden, die sich die Italienische nannte, weil sie anstatt französischer oder österreichischer Herrschaft einen nationalen Staat als Ziel setzte, oder auch die Liberale, weil sie die alte, absolutistische Regierungsform durch eine Verfassung in moderner Art ersetzen wollte. Unerwartet schnell stellten die stürzenden Ereignisse sie vor die Notwendigkeit zu handeln, als Napoleon fiel. Die Möglichkeit, selbständig zu werden, war für Mailand jetzt durch raschen Anschluß an Eugen Beauharnais gegeben, der, an der Spitze eines geschulten Heeres stehend, Österreich abhalten und sich zu einem italienischen Könige machen konnte. Allein die Unabhängigkeitspartei konnte von diesem Franzosen und Geschöpf Napoleons den Begriff der Fremdherrschaft nicht trennen und richtete die ganze Kampfkraft gegen ihn, wodurch es den österreichisch Gesinnten leicht wurde, ihre Pläne durchzusetzen. Der wilde Flügelschlag dieser Zeit war für Federigo wechselweise belebend und entkräftend; er genoß in vollen Zügen, daß er handeln und vorwärtseilen konnte, aber das Bewußtsein nagte an ihm, daß teils Mangel an geeigneten Mitteln, teils die Gedankenlosigkeit und Selbstsucht seiner Anhänger wie seiner Gegner ihn verhindern würde, das erwünschte Ziel zu erreichen. Die größere Hälfte der Aristokratie mochte sich nicht schnell genug in Österreichs Arme werfen, das durch fast hundertjährige, heilsame Herrschaft sich heimisch in Mailand gemacht hatte, und mit derselben Ausschließlichkeit sahen die Franzosenfreunde die Rettung durch den Beauharnais verbürgt; es schien ihm, als ob keiner von allen, auch die von seiner Partei nicht, das Schicksal Italiens im ganzen und seine Zukunft bedachte. Zuweilen war es ihm, als ob er allein sehend und wissend zwischen lauter Tieren sei, die ein unverstandener Instinkt zu einer an sich bedeutungslosen oder vielleicht unheilvollen Stelle risse, ein zugleich kläglicher und brutaler Anblick. In dem Gefühl, alleinstehend mit einer schweren Verantwortung belastet zu sein, dachte er an den Grafen Melzi als an den einzigen, dessen Ansehen so groß und allgemein war, daß er vielleicht die Vereinigung aller zu gemeinsamem Handeln erzwingen konnte.

Es war ein Frühlingsmorgen, als er sich entschloß, den Kanzler aufzusuchen und ihn zu bitten, in die Verwirrung der öffentlichen Angelegenheiten rettend einzugreifen. Melzi empfing ihn auf einem Diwan liegend, da ihn die Gicht seit einiger Zeit des Gebrauchs der Beine beraubte; sein Gesicht war schmäler und weißer geworden, die feine gebogene Nase schärfer und die Lippen, um die ein höfliches Lächeln schwebte, dünn und blaß. Seine dunklen Augen, die in früherer Zeit wohl einen Ausdruck jesuitischer List und Verborgenheit annehmen konnten, waren tiefer zurückgesunken und erschienen größer und ernster. Er äußerte Freude, Federigo zu sehen, an dessen Entwicklung er immer Anteil genommen habe und der einen Veilchengeruch von Ahnung und Hoffnung mit in sein Krankenzimmer bringe. Indessen zu dem, was Federigo nun vortrug, schüttelte er den Kopf. »Versucht nicht,« sagte er, »mich noch einmal in die Kämpfe des öffentlichen Lebens zu ziehen, die ich kaum aus der Ferne zu betrachten tauge. Ich habe jahrelang mit aller Kraft der einen Welt gedient, in der wir Sterbliche uns bewegen; nun wird es mir Zeit, mich in die unsichtbare einzuleben, der wir auch angehören. Wohl habe ich dem Kaiser nahe genug gestanden, um durch die Wendung seines Geschickes erschüttert zu werden; denkt indessen nicht, daß diese Anhänglichkeit mich etwa bewöge, mit dem sinkenden Sterne den Schauplatz zu verlassen. Aber wen läßt dies Ende nicht an das Ende aller menschlichen Dinge denken! Von dem Anblick der zahllosen geringeren Geschöpfe, die sich, von einem mächtigeren lange niedergehalten, nun tausendfüßig regen und täglich anmaßender ihr Teil von der frei gewordenen Beute heischen, wendet mein Auge sich überdrüssig ab; geschweige denn, daß ich auf diesem Markte mitfeilschen möchte. Wir überschätzen die Wichtigkeit unserer irdischen Verhältnisse. Wie gleichgültig ist es, wessen Gier es davonträgt, was der oder jener besitzt, wem dies oder das angehört! Was ein jeder ist und tut, davon hängt das Wohl der einzelnen und des Ganzen ab. In einem Staat von Ehrenmännern, die das Rechte tun, kann auch ein Schelm ohne Schaden regieren.«

Federigo hatte kaum mit der Achtung zuhören können, die das Alter und die Würde des Kanzlers erforderte. »Verzeiht mir,« entgegnete er lebhaft, »wenn ich Euch in die dünne Region solcher Anschauungen nicht folgen mag. Wie kann ein jeder das Rechte anders tun, als indem er die Pflichten seines Berufes erfüllt? Und habt Ihr nicht selbst gesagt, daß unser Beruf es ist, dem Staate zu dienen? Ich weiß nicht, welche Formen das Dasein im Reiche Gottes annehmen wird; wir müssen die Triebkräfte anerkennen und nützen, die uns irdische Menschen bewegen. Auf den Höhen Eurer Weisheit verkümmert der Wuchs der Taten; die aber sind das Skelett der Menschheit, und ihr Edelstes ist daran gebunden und darin ausgedrückt, bis wir erlöste Geister sind.«

Melzi, der aufmerksam und lächelnd zugehört hatte, sagte einlenkend, er freue sich, einen jungen Landsmann eine so kräftige Lebensauffassung äußern zu hören. Er habe sein Fernbleiben von den Welthändeln erklären, nicht ihn dazu überreden wollen. Wenn er seinen Rat wünsche, sei es der, nicht mehr erstreben zu wollen, als was vernünftigerweise erreichbar sei. Wenn Mailand jetzt zu Beauharnais halte, sei es möglich, daß dieser das lombardo-venezianische Königreich erhalte und eine einheimische Dynastie begründe; er habe dahin zielende Ratschläge bereits seit Wochen gegeben, allein die Mailänder Parteien hörten nicht auf, sich untereinander zu bekriegen, und Prinz Eugen sei zu zartfühlend oder zu kleinmütig, um die zum Zweck notwendigen Entschlüsse zu fassen.

Federigo warf mit einer unmutigen und verächtlichen Bewegung den Kopf zurück und sagte: »Wenn er es vorzieht, sich zu fügen, warum sollten wir den Fremden festhalten?« Der Kanzler kniff die Augen zusammen und betrachtete seinen Gast nachdenklich. »Gehorsam ist die höchste Weisheit, die der Mensch erlernen kann«, sagte er bedächtig und fuhr dann in einem sachlicheren Tone fort: »Ihr liebt den Vizekönig nicht und, wenn ich recht berichtet bin, die Erzherzoge ebensowenig. Welcher klügere Plan ist es denn, mit dem Ihr meinen ausstechen wollt? Sollen wir dem General Pino die eiserne Krone anbieten?« Es war nämlich unter den unbedingten Italienern daran gedacht worden, diesen tüchtigen Anführer, der den russischen Feldzug rühmlich mitgemacht hatte, an Eugens Stelle zu setzen. Federigo machte eine hastig ablehnende Handbewegung, indem er sagte: »Wir haben genug von der Soldatenherrschaft!« und auf Melzis fragenden Blick setzte er vorsichtig zögernd hinzu: »Es gibt Millionen Italiener, und die Hälfte von ihnen sehnt sich nach einem freien und unabhängigen Vaterlande. Wenn sie alle ihre lokalen Eitelkeiten und Beschränktheiten diesem Ideal zuliebe ein wenig zurückstellten, wenn sie ihre Wünsche zu einem festen, dauerhaften Willen verdichteten, sollten wir zu diesem italienischen Volke nicht einen italienischen Fürsten finden können?« Melzi hatte mit kühlem Staunen zugehört und den Kopf nach dem geöffneten Fenster gedreht; am hellblauen Himmel hingen Girlanden von daunenweichen Wölkchen über den dunklen Palästen, die sein Gegenüber bildeten. »Wenn! wenn! Das sind Schimären!« sagte er zerstreut und spielte mit einem in karminrotes Leder gebundenen Buche, das auf einem Tischchen neben ihm lag, und in welchem er vorher gelesen haben mochte. Es sei die ›Nachfolge Christi‹ von Thomas a Kempis, erklärte er, ein Buch, das Federigo wohl noch nicht gelesen hätte, das er aber gewiß später einmal schätzen würde. »Alle Geheimnisse der Welt löst dies Buch«, sagte er, »dem, der es versteht, wovon ich leider noch fern bin. Kennt Ihr den Spruch des alten Mystikers: ›*In girum imus nocte et consumimur igni;* wir irren nächtlich im Kreise und verzehren uns brennend‹? Gönnt mir, mein Lieber, mich aus dem irdischen Labyrinth zu entwirren, bevor das selbstmörderische Feuer mich verzehrt hat.« In seinem Blicke lag beim Abschiede wohlwollende Nachsicht und ein leiser Spott, der Federigo das Blut in die Wangen trieb.

Die Enttäuschung, die er erfahren hatte, erbitterte ihn gegen den Mann, den er als den feinsten Geist und stärksten Charakter Mailands, ja Italiens bewundert hatte und der sich nun seinem Vaterlande entzog, da es seiner am meisten bedurfte. So trübselig hatte ein Alter von kaum sechzig Jahren ihn verändert; er zürnte mit der gebrechlichen Menschennatur und mit dem Kanzler insbesondere, den er frei von den der Allgemeinheit anhaftenden Schwächen geglaubt hatte. Wäre er offen und wirksam für Eugen eingetreten, so hätte man ihn bekämpfen oder sich von ihm überwinden lassen können; aber unleidlich war ihm die Gleichgültigkeit oder Trägheit und vollends, daß er sie in eine Kutte der Frömmigkeit und Weisheit vermummte. Es schien ihm dasselbe zu sein, was er den meisten seiner Landsleute vorwarf und worin er den Grund der staatlichen Bedeutungslosigkeit sah, nämlich eine gewisse Weichlichkeit des Geistes, der sich am wohlsten fühlt, wenn er sich in Beschäftigungen verlieren kann, die kein wirksames Handeln erfordern und keine Verantwortung auferlegen, etwa Münzen oder alte Pergamente sammeln, ins Theater gehen oder Rosenkränze abbeten.

Auf sich selbst angewiesen, warf er sich mit hochgespannter Leidenschaft in die Ereignisse des Tages, zunächst mit dem Zweck, die Verlängerung der Franzosenherrschaft in der Person des Prinzen Eugen unmöglich zu machen. Die Volksrache, die man absichtlich gereizt hatte, griff aus der Reihe der Unbeliebten den Finanzminister Prina heraus und marterte den Wehrlosen mit den Händen und allerlei beliebig aufgerafften Werkzeugen zu Tode. Während so Mailand die Reste der napoleonischen Herrschaft zertrümmerte, verteilten die Alliierten Italien, und als eine Abordnung aus Mailand in Paris eintraf, um einem habsburgischen Prinzen die Krone eines selbständigen, nach liberaler Verfassung zu regierenden Reiches anzubieten, waren die Lombardei und Venetien bereits österreichische Provinzen geworden.

Federigo war ein Mitglied der durch die provisorische Regierung ernannten Deputation und reiste mit dem Bewußtsein ab, obwohl der jüngste unter seinen Gefährten, der einzige zu sein, der für eine möglichst weitgehende Selbständigkeit Mailands mit Nachdruck eintreten würde; denn die übrigen wollten nichts, als dem Kaiser ihre Ergebenheit versichern, oder verfolgten den Grundsatz, sich nicht auszusetzen. Nun aber zeigte sich sofort, daß der Abordnung keine andere Aufgabe blieb, als dem neuen Herrn zu huldigen, und während auf der einen Seite die wachsende Einsicht in die Aussichtslosigkeit aller seiner politischen Bestrebungen ihn erschütterte, erheiterte und berauschte ihn das Treiben der großen Stadt und die glänzende Geselligkeit, an der teilzunehmen seine Stellung ihn veranlaßte. Wo er erschien, bewirkte der Zauber seiner Gestalt und Mienen, die seelenvolle Lebhaftigkeit und der Gehalt seiner Rede, daß man ihn auszeichnete; aber er konnte über der schmeichelnden Meinung der anderen nur auf Stunden die vergessen, die er selbst von sich hatte: daß er mit allen seinen Plänen und Hoffnungen gescheitert war und die hohle und lächerliche Rolle eines belanglosen Höflings spielte. Noch klammerte er sich an die Aussicht, daß die Vertreter Englands und Rußlands Mailand in seinen Forderungen unterstützen würden; da er bei ihnen kein Gehör fand, blieb nur die Möglichkeit, daß der Kaiser selbst den Willen der Italiener achtete, wenn es gelang, ihn von dem Ernst und der Festigkeit desselben zu überzeugen.

Kaiser Franz empfing die Mailänder Herren in gemütlicher Stimmung, die sich unter dem Eindruck der absichtlichen Zurückhaltung, die Confalonieri beobachtete, zunächst nur desto umständlicher entfaltete. Während der ersten oberflächlichen Wechselreden betrachtete Confalonieri die hohe Person mit Spannung: Sein Körper, sein Gesicht und seine Haltung waren nicht häßlich, aber geistlos und unedel und standen in verletzendem Widerspruch zu der Stellung, die er einnahm, und zu der Selbstgefälligkeit, mit der er sich derselben bewußt zu sein schien. Nichts von Größe, Wahn oder Übermut lag in seiner Erscheinung unwillkürlich ausgesprochen, wohl aber ein eisernes Selbstgefühl, das nicht dem Stolz üppiger Natur und adligen Blutes entsprang, sondern einer Art habgieriger und mißgünstiger Gesinnung, die sich von niemandem den Rang ablaufen lassen will. Dieser Eindruck, den er sich im einzelnen nicht sofort klarmachte, erzeugte in Federigo ein Gefühl von Abneigung gegen ein Fremdartiges, seiner Seele nicht Eingehendes, das mit leiser Geringschätzung verbunden war.

Sowie eine Gelegenheit sich bot, sagte er etwa folgendes: »Die Wirbel der Vergangenheit haben in Mailand wertvolle Kleinodien zurückgelassen: ein eigenes Heer, das sich in blutigen Kriegen bewährt hat, Gesetze, die freilich bisher ungeachtet auf dem Papier standen, Unternehmungen, die die Betriebsamkeit förderten und den Wohlstand hoben; darf Mailand von Eurer Majestät erleuchteter Einsicht und väterlicher Güte

hoffen, daß Sie einen Besitz, den es mit vielen Opfern bezahlt hat, erhalten werden?«
Der Kaiser, dem die Bedeutung der Worte nicht entgangen war, sagte nachlässig, als ob es sich um ein paar förmliche Redensarten handle: »Ja ja, ich weiß wohl, die Mailänder haben in den Kriegsjahren viel gelitten. Nun, ich werde für alles sorgen; ihr seid meine Untertanen, und ich werde wie ein Vater euren billigen Wünschen und Bedürfnissen Rechnung tragen.« Das Wort Untertanen, das Franz in der Tat mit Bedacht gewählt hatte, klang Federigo wie eine Zurückweisung und Herausforderung; um so entschiedener brachte er die Bitte vor, der Kaiser möge die Lombardei durch Personalunion mit seinen übrigen Ländern verbinden, nicht zu einer österreichischen Provinz machen. »Ich bin nicht ehrgeizig,« sagte Franz, »von einem Königreich Italien will ich nichts wissen, weil ich nur auf die Provinzen Lombardei und Venetien ein Recht habe.« In seinem Tone lag jetzt die Bestimmtheit des Herrn, der das letzte Wort gesagt hat; doch würde er gern, fügte er herablassend hinzu, bei seinen Maßnahmen die Vorschläge der Abgeordneten in Überlegung ziehen. »Etwas anderes zu erbitten oder anzunehmen, als was wir gesagt haben, liegt nicht in unserem Auftrage«, sagte Federigo kalt. Franzens hellblaue, neugierige Augen glitten rasch mit spöttischem Mißfallen über den jungen Grafen, der ihm dermaßen zu trotzen wagte. Das Urteil, das er im Innern über ihn ausfertigte, lautete, daß der junge Mann eitel, hochfahrend und phantastisch sei und gelegentlich gedemütigt werden müsse. Die anderen Mailänder Herren gefielen ihm freilich ebensowenig, obwohl sie mit augenscheinlicher Beflissenheit darum warben; denn wenn er auch Unterwürfigkeit forderte, war er doch nur mit derjenigen zufrieden, die mit deutscher Einfalt und Biederkeit dargebracht wurde, während ihre übertriebene und allzu glatte Äußerung ihm Mißtrauen einflößte. Überhaupt hatten die Italiener nichts Trauliches für ihn; doch erachtete er sie für ungefährlich, sofern er sie nur scharf in Zucht hielte.
Federigos Herz war voll von Erbitterung gegen alle, die seiner Ansicht nach diesen Ausgang verschuldet hatten: gegen die

mailändische Regierung, die sich nach dem Sturze Napoleons und Eugens gebildet hatte, gegen die österreichische Partei und gegen seine eigene, gegen den Grafen Melzi. Wenn alle diese anders gewesen wären, glaubte er, hätte sich etwas erreichen lassen; aber auch sich selbst warf er vor, daß er die Lage nicht beizeiten erkannt hatte. Er kam sich getäuscht und bloßgestellt vor, so, als könne er auf das Zutrauen seiner Mitbürger keinen Anspruch mehr erheben. Sein Widerwille, Mailand und sich in Mailand zu sehen, bewog ihn, von Paris nach London zu fahren, um die englischen Zustände gründlich kennenzulernen. Dorthin war ihm der Ruf seiner Persönlichkeit, Talente und Gesinnungen vorausgegangen und eröffnete ihm alle Kreise, in denen moderne Bildung und freisinnige Bestrebungen herrschten, und die nun seine schlanke Jugend, sein verschwenderischer Geist und sein beherrschtes Wesen vollends gewann. Als er nach Mailand zurückkehrte, begann sein Name in der liberalen Welt Europas Geltung zu haben.

Dort hatte inzwischen mit Gepränge und unter lauten Huldigungen der Einzug des neuen Monarchen stattgefunden. Im Hause des Grafen Vitaliano Confalonieri, des Vaters von Federigo, herrschte eine selbstzufriedene Stimmung, als wäre auf Grund eigener Verdienste nach langer Herrschaft des Unsinns nunmehr die Vernunft wieder eingesetzt. Der häufigste Gast im Hause des alten Grafen, die an Stelle seiner früh verstorbenen Gemahlin den Haushalt überwachte und der Geselligkeit vorstand, war seine Cousine Pompea, mit der er beständig im Streite lag, ohne sie jedoch entbehren zu können. Beide machten Federigo Vorwürfe, daß er gerade jetzt abwesend gewesen war, während er die Gelegenheit hätte ergreifen sollen, sich bei dem Kaiser in Gunst zu setzen; aber während Vitaliano verlangte, daß über alles, was den Hof anging, mit Ernst und Ehrerbietung gesprochen werde, nahm sich Pompea das Recht, über dies wie über alles andere ihre Meinung frei und ausgelassen zu äußern. Nach ihrem Gefühl waren die Rechte der Habsburger Dynastie über Italien unbestreitbar, hatte diese aber neben ihrer Unantastbarkeit als solcher auch eine menschliche Seite, die der allgemeinen und namentlich ihrer Kritik unterstand. Da Kaiser Franz in demselben Jahre wie sie selbst geboren war, betrachtete sie ihn nicht viel anders als wie einen Zwillingsbruder, der ein wenig mißraten wäre und wohl daran täte, sich nach ihren Anweisungen zu richten. Sie erzählte Federigo, daß er während der Galaaufführung in der Scala ein sauertöpfisches Gesicht gemacht habe und überhaupt kein Kavalier sei, worauf Vitaliano entgegnete, er gebe das Beispiel lobenswerter Sparsamkeit, wovon freilich die Mailänder nichts wissen wollten. »Er ist ebenso geizig wie du«, sagte Pompea; »aber du kannst nicht leugnen, daß er wie ein Stück Seife aussieht. Ja er hat etwas von einem langgezogenen Talglicht und ist kein Mann von Welt. Er plagt seine Frauen mit einer Gattenliebe, die ihm niemals ausgeht, wie einem Anstreicher seine Tünche, und es nimmt mich nicht wunder, daß sie sich hinlegen und sterben. Freilich hat er es nicht nötig, ein Kavalier zu sein, aber das hindert mich nicht, die Wahrheit auszusprechen.« Hingegen machte sie Federigos hingeworfene Bemerkung, Franz sei eben kein Italiener, sehr böse. Erstens, sagte sie, sei er in Florenz geboren, und zweitens taugten die Italiener nicht zum Regieren. Sie wären untereinander wie die Hunde und fingen an zu raufen, sowie mehr als einer da wäre. Indem sie Federigo mit ihrem Fächer auf den Arm schlug, sagte sie, er solle nicht das moderne Wesen annehmen und den Italiener spielen wollen; das sei pöbelhaft, und er würde seinen guten Ton und seine Eleganz dabei einbüßen. Er fange an, ein Sonderling zu werden, das sei aber eine grobe Geschmacklosigkeit, die er abtun müsse.

In einem Punkte war Vitaliano geneigt, Federigo zu entschuldigen, wo Pompea ihn angriff, nämlich, daß er seine Frau zuviel allein lasse, ohne sie auf Reisen gehe, überhaupt sie vernachlässige. Pompea, welche mit ihrem fünfundvierzigsten Jahre die Reihe ihrer galanten Abenteuer noch nicht abzuschließen gedachte, hatte eine Vorliebe für Teresa, die sie gerührt das gute Kind nannte, die nichts erlebt hatte und mit all ihrer Schönheit und Jugend in dem, was das Wesentliche war, gegen sie nicht aufkommen konnte. Zwar pflegte sie, wenn sie ihm Vorwürfe machte, ihn augenzwinkernd anzusehen und zu sagen: »Nicht wahr, sie ist langweilig, das gute Kind? Wie eine protestantische Kirche!«; aber sie beharrte darauf, daß die arme Kleine nichts dafür könne und daß er sich ein wenig um sie bekümmern müsse. Vitaliano sagte dagegen, Frauen hätten das Haus und die Kinder, ohne sich dadurch irremachen zu lassen, daß Teresas einziges längst gestorben war, und könnten außerdem in die Kirche und in das Theater gehen; Männer gehörten zu Männern.

Nach kurzer Zeit erfuhr Federigo, daß man ihn allgemein für den Urheber des Volksaufstandes hielt, dem der Finanzminister Prina zum Opfer gefallen war; denn sein Haß Napoleons und des Prinzen Eugen war bekannt, und seine Persönlichkeit trat so auffallend hervor, daß man ihm ohne weiteres die bedeutendste Rolle bei diesen Ereignissen zuschrieb. Besonders quälend war es, daß fast ein jeder annahm, es sei so, aber niemand es ihm ins Gesicht sagte, so daß er die Verachtung und den Abscheu zu spüren glaubte, die ein Anstifter zum Morde einflößt, ohne sich verteidigen zu können. Endlich entschloß er sich dazu, den Argwohn, der ihn lautlos umstrich, selbst auszusprechen und zugleich als verleumderisch zurückzuweisen. In der Schrift, die er zu diesem Zweck verfaßte und verbreitete, machte er sowohl seine liberalen Überzeugungen bekannt wie seine Ansicht von dem Rechte Mailands auf Selbständigkeit und seine Trauer, daß es sie durch fremde Gewalt und eigene Schwäche verloren habe. Indem er sich einen Mann nannte, der niemals Sklave irgendeiner Regierung gewesen sei, noch es jemals sein werde, forderte er den Zorn des Kaisers heraus, der die Aristokratie seines Reiches als fügsame Diener zu betrachten gewohnt und gegen Federigos Person schon eingenommen war: Franz verbannte den Unbotmäßigen für eine gewisse Zeit auf eines seiner Güter.

Dies war eine erwünschte Genugtuung für Federigo, dem daran lag, zu zeigen, daß er nicht Gegner des Prinzen Eugen gewesen war, um sich beim Kaiser Franz beliebt zu machen, daß er vielmehr nach wie vor Freund einer nationalen Regierung in einer der neuen Zeit entsprechenden Form sei. Er atmete wieder freier und nahm den Zorn seines Vaters als willkommenen Tribut auf; denn es kränkte ihn nachträglich, daß er durch den väterlichen Einfluß in der Meinung aufgewachsen war, als wäre das Österreichische das allein Vornehme, Rechtmäßige und Vernünftige, und daß dieses Vorurteil ihn zu einer billigen Beurteilung des französischen Einflusses nicht hatte kommen lassen. Die Stellung, die er jetzt einnahm, glaubte er seinem Vater gegenüber ausdrücklich betonen zu müssen, obwohl ihm die Auftritte, die sich daran knüpften, peinlich waren. Widerwärtigkeiten der Art fielen nicht ins Gewicht gegenüber dem Aufschwung, den sein Geist nach Überwindung einer Zeit voll Qualen, Enttäuschung, Schmach, Bitterkeit gegen sich und andere wieder nahm. Die Feinde Österreichs, die sich rasch mehrten, sahen in ihm ihren Führer und eigneten sich dankbar seine Kampfesweise an, die darin bestand, daß er Bildung, Wohlstand und geistiges Leben in Mailand, den neuen Herren zum Trotze, zu verbreiten suchte, die ein dämpfendes und einengendes System befolgten.

In der Schar seiner Anhänger fehlten wenige von denen, die sich damals in Mailand durch Geist und idealen Antrieb auszeichneten. Die erste Stelle unter ihnen nahm Graf Luigi Porro Lambertenghi ein, etwas älter als Federigo, ebenso reich und ganz unabhängig, in seiner Unternehmungslust durch keinerlei Bedenken und Vorurteile gehemmt. Was neu und praktisch und der Ausgangspunkt eines großen Betriebes war, lockte ihn, sich irgendwie daran zu beteiligen. Er liebte die Ideen an sich, besonders wenn sie sich stracks verwirklichen ließen. Da ihm das Überlieferte als solches nicht heilig war, weder Kirche noch König noch Adel, so schienen ihm die kühnsten Umwälzungen leicht und einwandfrei. Die Gleichgültigkeit gegen seine Titel war nicht nur eine Redensart bei ihm und nicht einmal eine Überzeugung, sondern ihm angeboren, wie er denn oft, wenn er über die Unwissenheit der Aristokratie lachte, durchaus vergaß, daß er dazu gehörte; auch legte er keinen Wert auf seine äußere Erscheinung und den Eindruck, den er durch sie hervorrief. In allem diesem war er ganz von Federigo verschieden, der sich gewählt kleidete, der sich nicht leicht von den durch die Zeit geheiligten Mächten losmachte und sich nicht gründlich genug über eine Einrichtung oder Erfindung unterrichten konnte, bevor er mit seiner Person und seinen Mitteln dafür eintrat. Er hielt Porro für unreif und oberflächlich, Porro hingegen ihn für überbedenklich, herrschsüchtig und herzlos in bezug auf Teresa, die er, der seit Jahren verwitwet war, verehrte und die Federigo nach seiner Meinung unterschätzte und vernachlässigte. Trotzdem sie häufig aneinandergerieten, waren sie doch durch das gemeinsam Angreifende ihrer Richtungen, durch Porros Verehrung für Teresa und auch durch gegenseitige Anhänglichkeit dauerhaft verbunden. Es gehörten ferner zu diesem Kreise der Erzieher von Porros Söhnen, Silvio Pellico, ein junger, doch schon rühmlich genannter Dichter; der Arzt Rasori, ein hervorragender Mediziner und Bewunderer Napoleons, durch die Zügellosigkeit seines Privatlebens berüchtigt; Borsieri, ein origineller Kopf und ein beliebter Gesellschafter, von dem man viel erwartete; der junge Graf Arconati, ein gutmütiger, liebenswürdiger, aber von wechselnden Launen umgetriebener, seinem Reichtum nicht gewachsener Mensch; der Dichter Giovanni Berchet und viele andere; die Malerin Bianca Milesi, eine kräftige Natur, die immer Schützlinge hatte und für andere beschäftigt war, ohne empfindsam zu sein; die verwöhnte, feurige und reizbare Gräfin Frecavalli; die reizende, durch den Keim der Brustkrankheit zu frühem Tode bestimmte Gräfin Mathilde Dembowsky, Freundinnen Teresas.

England hielt Federigo für das Urbild eines freien und glücklichen Staates. Nach dem Muster Londons suchten er und seine Freunde Mailand zu modernisieren; sie wollten die Beleuchtung der Straßen und Häuser durch Gas, auf den Flüssen die Dampfschiffahrt einführen, Zeitschriften gründen, in denen alles besprochen würde, was in Italien und im Auslande Bemerkenswertes geschähe, geleistet und gedacht würde, öffentliche Spielplätze und Bäder, Kaffeehäuser einrichten, in denen Zeitungen auflägen und wo ein reger Verkehr interessanter Menschen sich entwickelte. Daß er die Wurzel dieses Gedeihens, die Tüchtigkeit eines sich selbst regierenden Volkes nicht so leicht nach Italien übertragen konnte, war ihm bewußt; dennoch regierte der Gedanke daran seine Handlungen und seine Lebensweise. Die unbestimmten Hoffnungen fingen an, sich zu gestalten, als das Gerücht laut wurde, der junge Thronfolger in Piemont, Karl Albert von Savoyen, sei liberalen und patriotischen Ideen zugänglich und ein Feind der Herrschaft und Bevormundung Österreichs. Wenn die Großherzigkeit dieses Prinzen so weit ging, daß er sein bequemes Erbe wagte, um die Hand nach der verhängnisvollen eisernen Krone auszustrecken, so war die Möglichkeit da, den ausländischen Fürsten einen einheimischen entgegenzustellen. Seitdem bereiste Federigo die Länder Italiens mit dem besonderen Zweck, die Stimmung und die Kräfte der Bevölkerung kennenzulernen und die gleichgesinnten Patrioten miteinander in Verbindung zu setzen. Überall war das Urteil der gediegensten Männer, daß die Zustände krank und faul, durch vereinzelte Reformen kaum heilbar seien; aber der größere Teil des Volkes, die auf dem Lande, waren in ihrer Armut stumpf und träge, ja sie zogen die Österreicher den einheimischen Bedrückern und Aussaugern vor, und auch der kleine Bürgerstand war nicht durch Vaterlandsgefühl oder andere ideale Triebfedern in Bewegung zu setzen.

Die Probefahrt des Dampfers, den Porro und Confalonieri auf eigene Kosten hatten herstellen lassen, auf dem Po gestaltete sich zu einem Feste, das mitzufeiern die beiden Unternehmer viele Freunde aus Mailand begleitet hatten. Der Abend versammelte alle im Hause eines Bekannten in Venedig. Federigo, der bei der Fahrt mit zugegriffen hatte, strahlte in heiterster Laune, Porro hingegen war verdrießlich und schalt auf Pellico, der sich von der Gesellschaft abgesondert hatte, um das Theater zu besuchen, wo die berühmte Schauspielerin Carlotta Marchionni spielte, in deren Cousine er verliebt war. Diese abgeschmackte Leidenschaft, sagte Porro, habe Pellico ganz untauglich gemacht, für ihn sei er gar nicht mehr da; sei auch sein Körper anwesend, so sei es doch sein Geist nicht. Das Mädchen liebe ihn nicht; abgesehen davon werde seine Familie eine solche Heirat nicht zugeben, auch hätten beide kein Geld, kurz, die Sache führe zu nichts Gutem.

Federigo zog Porro in einen kleinen Salon, der leer war, und fragte halblaut, ob es vielleicht nur dieser Liebeshandel sei, der Pellico fernhalte. Er habe bemerkt, daß sie beide, Porro und Pellico, allerlei Heimlichkeiten und zuweilen Umgang mit fragwürdigen Leuten hätten; hoffentlich dächten sie nicht daran, sich mit den Carbonari einzulassen.

Porro antwortete mit Empfindlichkeit, es sei unrecht, so wegwerfend von den Carbonari zu sprechen. Wenigstens wären dies Leute, die feste Ziele hätten und keine hindernden Vorurteile. Ein vergewaltigtes Volk könne seine Tyrannen nicht mit höflichen Redensarten aus dem Lande scharwenzeln. Wenn man etwas ausrichten wolle, dürfe man nicht heikel in der Wahl seiner Mittel sein. »Was haben sie denn ausgerichtet?« sagte Federigo. »Ich verdamme sie nicht; aber ihre Zeit ist vorüber, und du und ich, wir gehören nicht zu ihnen. Wir sind keine Knaben, denen das Herz beim Räuberspiele höher schlägt oder die Plutarch zu ehrgeizigen Träumen entflammt; wir sind keine Schwärmer, die, den Dolch in der Hand, die Gerechtigkeit auf der Erde herstellen wollen. Laßt euch vor Kindereien und Übereilungen warnen, die euch verderben können!«
Sie wurden durch einen Teil der übrigen Gesellschaft unterbrochen, die im lebhaften Gespräch über Karl Albert, den Erbprinzen von Savoyen, eintraten. Seit er eine Österreicherin zur Frau genommen, sagte die Frecavalli, könne man auf ihn nicht mehr rechnen. Wie ein freier Vogel durch ein Weibchen in den Käfig gelockt würde, so habe er um die verliebte Habsburgerin sein Schwert hingegeben. Er würde es nicht mehr führen, um Italien zu befreien, sondern höchstens um es für Österreich zu unterjochen. Was könne überhaupt von Piemont Gutes kommen, meinte Borsieri. Der junge Graf Arconati seufzte nach Napoleon; nur ein solcher Mann könne ein solches Werk vollbringen. »Ach, Napoleon!« rief die Frecavalli, »ein Tiger mit Menschengeist! So denke ich mir einen König von Italien!« Dabei richtete sie ihre dunklen Augen herausfordernd auf Federigo und lachte. Borsieri stellte sich vor ihn hin, als ob er ihn auf die Zulässigkeit dieses Gedankens hin mustern wollte. »Wahrhaftig, Federigo,« sagte er, »du bist ein göttlicher Mann! Mirabeau und Alexander in einer Person! Seht das feine Haupt! das stolze Lächeln, das den lieblichen Mund und die verschwiegenen Augen umspielt! Der diamantene Blick durchbohrt das Zukunftsgewölk, das die Krone verhüllt. Alle Nerven sind zur Tat gespannt und doch bemeistert von dem Willen, der den rechten Augenblick erwarten kann!« Federigo faßte den Redner lachend um die Schulter, schüttelte ihn ein

wenig und sagte: »Jedem, was ihm gebührt. Ich bin ich, höher hinaus will ich nicht. Ich kann eher ein Gott werden als ein König.«

»Das verstehe ich nicht!« sagte Arconati. »Wenn man nur die Kraft hat! War Napoleon nicht Kaiser über alle geborenen Könige?« In Federigos Gesicht trat ein hochmütig ablehnender Ausdruck. »Solche Kraft«, sagte er, »hat nur ein Emporkömmling.« Borsieri ließ sich mit einem Seufzer der Erleichterung in einen Sessel fallen. »Gott sei Dank!« rief er aus. »Ich sah dich schon als einen zweiten Napoleon durch Europa, Asien und weiter fegen, mich hinterdrein. Ade Weib, Kind, Essen, Schlaf, Gemütsruhe, ade Welt und Leben!« Er wühlte mit beiden Händen in den Haaren und schien mit erschrockenen Augen die Katastrophe zu verfolgen, die nun glücklich vermieden war.

Es hätte noch lange so weitergehen können, wenn nicht die spanische Revolution im Frühjahr 1820 das Beispiel zu einer Erhebung in Neapel gegeben hätte, die glücklich verlief. Jetzt hielten die Freunde einer Verfassung im Königreich Sardinien den Zeitpunkt, zu handeln, für gekommen, wodurch denn auch die Verbündeten in der Lombardei zum Entschlusse gedrängt wurden. Die erste hoffnungsvolle Spannung, die sich aller Beteiligten bei diesem unverhofften Ausblick bemächtigte, wurde für Federigo bald zur quälenden Sorge. Weder die Kräfte der Revolution in Piemont noch in der Lombardei oder im übrigen Italien schienen einen glücklichen Ausgang zu gewährleisten; was bedeutete eine Handvoll freiheitliebender Männer, ein Haufe begeisterter Jugend und zweifelhafter Abenteurer gegen die festgegründete Macht Österreichs? Ob die Persönlichkeit des Erbprinzen für alles Fehlende aufkommen konnte, war ungewiß. Er hätte mithin seinen Anhängern raten müssen, für jetzt von jedem Befreiungsversuche abzusehen; aber dagegen erhob sich die Erwägung, daß immerhin der Umschwung in Piemont sich glücklich vollziehen könnte, worauf angesehene Männer dort rechneten, und daß man in diesem Falle ihn anklagen könne, er habe den richtigen Augenblick versäumt, wo Mailand im Anschluß an einen italienischen Fürsten Freiheit, Unabhängigkeit und die Grundlage künftiger Einheit hätte erringen können. Darum glaubte er dafür sorgen zu müssen, daß, im Falle Karl Albert dem in ihn gesetzten Vertrauen entspräche, die Rollen unter den Eingeweihten in Mailand verteilt wären und ohne Zeitverlust gehandelt werden könnte. Das Gelingen des Planes setzte eine Vorsicht und ein glattes Sichabrollen der Ereignisse voraus, wie es die Wirklichkeit selten zustande kommen läßt und worauf Federigo nicht rechnen konnte. Die andauernd und beständig sich steigernde Erregung, in der er lebte, und das Gefühl der Verantwortung für eine Tat, die das Leben so vieler Menschen gefährdete, überreizte seine Nerven um so mehr, als er sich aufs äußerste anstrengte, den hohen Grad seiner Unsicherheit und Sorge nicht merken zu lassen. Eine Krankheit ergriff ihn, die sofort mit Heftigkeit auftrat und ihn ans Bett fesselte, und die von den Ärzten als Herzkrankheit behandelt wurde. Trotz seines Fiebers und zeitweiliger Bewußtlosigkeit wurde von seinem Lager aus der Verkehr mit den Revolutionären in Piemont geleitet und die Genesung durch die fortwährende Aufregung hintangehalten.

Zu Beginn des Jahres 1821 war der Zustand des Kranken so besorgniserregend, daß Teresa eines Abends einen seiner Freunde, den Grafen Mompiani aus Brescia, glaubte abweisen zu müssen. Federigo jedoch, der die Stimme erkannt hatte, rief aus dem Nebenzimmer, Mompiani solle bleiben, er habe Wichtiges mit ihm zu reden. Sowie sie allein waren, sagte er ihm, die Vorsehung habe ihn gesandt, er müsse verhindern, daß Graf Bubna, der Gouverneur von Mailand, ermordet werde. Der Überfall sei von den Verschworenen auf diese Nacht festgesetzt. Der erschreckte Mompiani glaubte die Reden eines Fieberkranken zu hören, wofür auch Federigos Anblick sprach: seine Stirn flammte, seine blinkenden Augen irrten bald hastig an den Wänden entlang, bald stießen sie den bohrenden Blick in seine. Indessen sagte er, daß er nicht phantasiere, sondern seiner wohl bewußt sei. Pallavicino sei am Vormittage dagewesen und habe merken lassen, daß das Projekt in dieser Nacht ausgeführt werden solle; sein Einspruch verfange nicht mehr, seit seiner Krankheit sei der Einfluß anderer herrschend geworden. Es wurde Mompiani unheimlich zumute; als einem genügsamen und frommen Menschen war ihm die politische Tätigkeit seines Freundes, sosehr er ihn bewunderte und obwohl er die Abneigung gegen die österreichische Herrschaft teilte, von jeher bedenklich gewesen. Doch hielt er jetzt jede Bemerkung darüber zurück und meinte nur, ob es nicht genüge, wenn er Pallavicino oder einen der anderen aufsuchte und ihnen ihr Vorhaben ausredete, falls sie wirklich eine solche Untat im Sinne hätten. Das wäre nicht der rechte Weg, sagte Federigo, heftig den Kopf schüttelnd, vielleicht würde er sie weder zu Hause noch sonst irgendwo finden; keinesfalls würde es ihm gelingen, sie umzustimmen, er würde sich dadurch nur die Möglichkeit nehmen, ihnen entgegenzuwirken. Er müsse sich Einlaß in Bubnas Palast verschaffen und ihn selbst warnen.

Das Rollen eines Wagens ließ Federigo zusammenfahren; Mompiani trat an das Fenster und versuchte durch die beschlagenen Scheiben auf die Straße zu sehen; aber nur die trüben Lichter aus den gegenüberliegenden Häusern drangen durch die dunstige Finsternis. Indem er zu Federigos Bett zurückkehrte, sagte er, ein solches Verbrechen müsse zweifellos verhindert werden, er danke Gott, wenn er als Werkzeug dazu erlesen sei, Federigo solle sich beruhigen und ihm die Sorge dafür vertrauen. Anstatt dessen wurde Federigo immer aufgeregter, trieb ihn zur Eile an und gab ihm Verhaltungsmaßregeln.

Es ging gegen den Morgen, als Mompiani zurückkam und dem fest schlafenden Freunde sagen ließ, es sei alles in Ordnung. Später teilte er ihm mit, er habe sich die ganze Nacht durch in der Umgebung des Palastes Bubna aufgehalten, aber nichts Verdächtiges bemerkt. Die Fenster seien bis lange nach Mitternacht erleuchtet gewesen; offenbar habe der Gouverneur Gesellschaft gehabt, und dieser Umstand habe die Verschworenen vielleicht irregemacht, oder sie wären aus eigenem Antrieb von ihrem frevelhaften Vorhaben zurückgekommen.

Aufregungen wie diese hoben die Heilwirkung der Arzneimittel und der unermüdlichen Pflege Teresas immer wieder auf. Erst der jähe und gänzliche Untergang der Revolution in Piemont, durch den Abfall Karl Alberts und die Zerfahrenheit der Anführer herbeigeführt, machte der gefährlichen Tätigkeit auch in der Lombardei ein Ende und gab dem Kranken eine gewisse Ruhe, die freilich immer noch voll Bitterkeit, Trauer und Sorge war. Einigen von den Häuptern der liberalen Partei in Piemont glückte die Flucht, andere wurden verhaftet, und es war vorauszusehen, daß die härtesten Strafen sie treffen würden. Daß die Fäden der Verschwörung bis in die Lombardei liefen, war Österreich nicht entgangen, und der Kaiser setzte eine Kommission in Mailand ein mit dem Auftrage, deren Zusammenhang auf die Spur zu kommen. Schon im Herbst des vergangenen Jahres waren Silvio Pellico und sein Freund Maroncelli, ein junger Musiker, der Carboneria angeklagt und befanden sich seitdem in Untersuchungshaft in Venedig. Man nahm indessen an, daß der Kaiser dadurch nur etwaige Unabhängigkeitsgelüste schrecken wollte.

Im Anfange des Mai war Federigos Gesundheit so weit hergestellt, daß er einige Stunden des Tages außer dem Bette bleiben und im offenen Wagen spazierenfahren konnte, um die schaffende Frühlingswärme auf sich wirken zu lassen. Auf den Rat des Arztes beabsichtigte er, den Sommer auf seinem Landgut am Comer See zuzubringen, wo er sich vollends erholen konnte, und zugleich der Entfaltung von Siegerwürde und Untertanentreue aus dem Wege zu gehen, die nach der Niederwerfung der Revolution von Piemont und Neapel Mailand beherrschte.

An dem Tage, wo die Übersiedelung stattfinden sollte, brachte Teresa ihrem Manne zugleich mit dem Frühstück, das er noch im Bette nahm, ein Gedicht, das mit der Post eingetroffen war und das einen Glückwunsch zur Genesung enthielt. Es lautete so:

Ihr schönen Augen überwölbt die Erde
Wie eine saphirblaue Himmelsnacht,
Die fahler Schatten Schar in Fleischespracht
Aufstehn und atmen heißt mit Gottgebärde.
Euch schöne Augen sollte Tod verschließen,
Die ihr Vergangnes hegt und Künftges denkt?
Verdorren sollte, die ihr eingesenkt,
Der edlen Hoffnungssaat verborgenes Sprießen?

Wenn ihr euch öffnet, feucht von jenem Tau,
Aus dem die silberfüßgen Sterne steigen,
Rührt sich geheimnisvoll der träge Raum,
Es türmt sich marmorn hoch in euer Blau,
Es gürtet heiß sich unter eurem Schweigen – –
Erlöscht ihr, werden Träume wieder Traum.

Federigo und Teresa rieten vergeblich, wer der Dichter der Verse sein möchte; die Handschrift schien verstellt zu sein und verriet nichts. »Er hätte deine Augen besingen sollen«, sagte Federigo zu seiner Frau, »als den Himmel, der mich während meiner Krankheit behütete.« Sie schüttelte errötend den Kopf und sagte: »Das hätte vielleicht ein galanter Dichter getan; aber dies machte die Muse.«
Federigo fühlte sich durch das Gedicht angeregt und stand frischer und zuversichtlicher auf, als er seit vielen Tagen getan hatte. Er war noch nicht mit Ankleiden fertig, als ein Diener mehrere Herren meldete, die ihn zu sprechen wünschten. Er ließ ihnen sagen, daß er, von einer Krankheit kaum hergestellt, mit Geschäften nicht dürfe behelligt werden; sie indessen erwiderten, es sei eine dringende Sache, die für den Grafen von Wichtigkeit sei, sie kämen im Auftrage des Polizeiministers und würden warten, bis er angekleidet sei. Gleichzeitig kam Teresa; sie sah beunruhigt aus und sagte, die Herren wären ohne Zweifel Leute von der Polizei; wenn er einverstanden sei, wolle sie sie mit Vorstellungen von seiner Krankheit hinhalten, unterdessen könne er sich unbemerkt entfernen. »Wozu? Wohin?« fragte er scharf. »Ich fürchte die österreichische Polizei nicht, ich fürchte mich nur vor mir, daß ich heftig werden könnte, wenn sie mich durch Dummheit oder Dreistigkeit reizen!« Er war im Begriff, an ihr vorüber aus der Tür zu gehen, als sie ihn bat, er möchte ihr erlauben mitzukommen. »Ich will nicht, daß sie dein angstvolles Gesicht sehen«, sagte er abweisend; »wenn die Unterredung länger dauert und du dich gesammelt hast, will ich dich nicht hindern, dazuzukommen, wie wenn du glaubtest, daß es Bekannte wären.«
Inzwischen warteten in einem Vorzimmer die drei Beamten, von denen zwei Italiener waren, und unterhielten sich in bester

Laune über ihren Auftrag. »In dieser Zeit wollte ich die Beute eines Raubzuges verstecken,« sagte der eine, »geschweige denn eine Handvoll Briefe; unsere Schuld ist es nicht, wenn er sich etwas abfangen läßt.« »Wo er verstecken kann, können wir auch suchen«, sagte der andere, ein junger Mann mit einem angenehmen Gesicht, aus dem ein paar lustige und schlaue Augen funkelten. »Übrigens habe ich ein Mittel, die Vögel zu überlisten, das mir nie fehlschlägt. Ich sage ihm, daß, wenn er etwas hätte, das er vor unbefugtem Einblick schützen möchte, ich bereit wäre, es an mich zu nehmen und ihm seinerzeit unangetastet zurückzuerstatten; ich weiß dabei eine solche Miene zu spielen, daß der ungläubige Thomas selber sich seines Mißtrauens schämen würde.« Der dritte, ein Österreicher, mußte wider Willen lachen und sagte halb ärgerlich: »Wem würdest du einen Dienst damit leisten? Unser Auftrag geht dahin, den Grafen nicht zu überfallen, sondern ihn die Zeit, die er uns warten läßt, so klug wie möglich anwenden zu lassen.« Die beiden Italiener brachen in ein unbändiges Lachen aus: »Oh, diese Deutschen, diese Deutschen!« rief der eine; »sie brauchen ein Jahr, um zu verstehen, was uns im Schlafe einfällt.«

Als der Graf eintrat, sah er ernste und achtungsvolle Gesichter; er grüßte kurz und sagte, sie hätten ihn zu sprechen gewünscht, er bäte sie, sich kurz zu fassen, da er beschäftigt sei. Einer der Italiener sagte geläufig und mit geflissentlicher Liebenswürdigkeit: »Sie werden wissen, Herr Graf, daß seit den piemontesischen Unruhen gegen hochangesehene Mailänder Herren bösartige Anklagen erhoben werden, als hätten sie in hochverräterischer Verbindung mit der Revolution gestanden. Es ist der Wunsch des Grafen Strassoldo, diese Anklagen als verleumderisch zu entkräften, besonders wo es sich um Sie, Herr Graf, handelt, den der Herr Graf vorzüglich schätzt. Er bittet Sie deshalb, uns zu erlauben, eine kleine Haussuchung vorzunehmen, deren Ergebnis die Nichtigkeit solcher Anschuldigungen ohne Zweifel dartun wird.«

»Der Graf Strassoldo«, sagte Federigo, »ist empfindlicher für meine Ehre als ich selbst; ich pflege verleumderische Verdächtigungen zu ignorieren.« Der Österreicher, der etwas verlegen geworden war, bat Confalonieri, er möge es ihnen nicht anrechnen, wenn sie einen erhaltenen Befehl ihrer Pflicht gemäß ausführten. »Sie sind frei von jedem Vorwurf«, sagte Federigo liebenswürdig; »wenn ich Sie unhöflich empfangen habe, bitte ich Sie, es den Nachwehen der Krankheit zuzuschreiben, die ich kaum überstanden habe und die meine Nerven reizbar gemacht hat. Alle Räume meines Hauses stehen Ihnen offen, die Schränke, die Sie durchsuchen wollen, bitte ich Sie, sich von der Gräfin aufschließen zu lassen; es wird dem Grafen Strassoldo lieb sein, wenn er meine Ehre retten kann, ohne mein Mobiliar zu schädigen.« Teresa trat gerade ein und warf einen fragenden Blick auf die Fremden, worauf ihr Mann sie vorstellte und den Zweck ihres Besuches erklärte. Die offensichtliche Bewunderung, die ihre Erscheinung bei den drei Polizisten erregte, machte sie lachen, wodurch die Regelmäßigkeit ihres schönen Gesichtes reizend belebt wurde. Ohne daran zu denken, gaben der Österreicher und der eine Italiener, um Teresa bemüht, dem dritten die erwünschte Gelegenheit, sich mit dem Grafen abzusondern. Er begann mit einleitenden Redensarten, daß er Italiener sei und den Grafen Confalonieri über alles verehre, und fuhr fort, daß, wenn der Graf Papiere oder Gegenstände habe, die er ungern in den Händen Unberufener sähe, er auf einen Wink bereit sei, dieselben an sich zu nehmen und als anvertrautes Heiligtum zu bewahren. Federigo betrachtete den jungen Mann zuerst mit ablehnendem Erstaunen, dann zeigte sich die Spur eines Lächelns in seinen Augenwinkeln, indem er sagte: »Wissen Sie denn schon, an wen Sie die Papiere verkaufen wollen, an mich oder an den Polizeiminister?« Der andere lachte, daß es ihn schüttelte, und sagte: »An den Meistbietenden, Herr Graf!« fügte aber treuherzig hinzu: »Herr Graf, ich schlage keinen von den Vorteilen aus, die mein Stand mir bietet, das leugne ich nicht. Ich bin ein armer Teufel und finde auf dem Theater des Lebens keine Rolle undankbarer als die des erhabenen Stoikers. Aber deshalb kann ich doch einem Landsmann, den ich bewundere, einen kleinen Dienst leisten, der mich nichts als ein wenig Geschicklichkeit kostet. Ich sehe indessen schon, daß Sie meiner Hilfe nicht bedürfen, und das ist um so besser.« Damit folgte er den anderen, die mit der

Gräfin vorangegangen waren, während der Graf sich auf einen Diwan legte, der im Empfangszimmer stand; es fröstelte ihn vor Erschöpfung. ›Eine sonderbare Nation, meine Landsleute!‹ dachte er. Was für ein sympathischer Bursche war dieser Gauner. Wahrscheinlich wußte er selbst noch nicht, ob und wen er betrügen sollte, und Gott oder ein Zufall würden im entscheidenden Augenblick einen opferwilligen Schwärmer oder einen käuflichen Verräter aus ihm machen. Er schloß die Augen und lag still, während allerlei Geräusche die Anwesenheit seiner Frau und der Beamten in seinem anstoßenden Arbeitszimmer anzeigten.

Plötzlich fiel ihm ein, daß in einem Fache seines Schreibtisches Briefe von einer Frau lagen, einer polnischen Fürstin, die er vor einigen Jahren in Neapel hatte kennenlernen und mit der ihn leidenschaftliche Gefühle verknüpften. Er sah die duftenden Blätter vor sich, die eine zarte, biegsame, empfindungsvolle Handschrift flüchtig bedeckte, die zu verbrennen er sich niemals hatte entschließen können; denn jeder Buchstabe war ihm ein Abbild ihres berückenden, sich hingebenden und immer entschlüpfenden Wesens. Wie er sich vergegenwärtigte, daß die Polizisten jetzt vielleicht vor den Augen seiner Frau in diesen Briefen blätterten, wurde er sehr unruhig. Wenn Teresa auch wußte, daß sein Herz nicht ihr, sondern lange schon anderen Frauen gehörte, so wollte er doch nicht, daß sie die Kränkung erlitte, das Zeugnis seiner Treulosigkeit in Gegenwart anderer zu entdecken. Um dem Zweifel ein Ende zu machen, sprang er auf und ging schnell in sein Arbeitszimmer, aus dem die Männer sich eben entfernten. Teresa kam ihm lächelnd entgegen und sagte, sie hätten, offenbar nur, um der Form zu genügen, ein paar Schubfächer geöffnet, aber kaum einen Blick hineingeworfen; er könne nun selbst wieder zuschließen. Während er es tat, überlegte er, ob er nicht jetzt die anstößigen Briefe verbrennen sollte; aber wie sein Blick auf die schlanke, geschmeidige Schrift fiel, schien es ihm unmöglich, sich davon zu trennen, und er schob das Päckchen auf den alten Platz zurück. Da die Haussuchung ergebnislos verlaufen war, konnte er sich in dieser Beziehung um so sicherer fühlen, und von Teresa wußte er, daß sie ohne seinen Auftrag seine Sachen nicht berührte.

Als die Polizisten sich entfernt hatten, sagte Teresa, sie wollten nun sogleich nach ihrem Landgute fahren, nach diesem beunruhigenden Zwischenfall wäre Ruhe desto wünschenswerter. »Im Gegenteil,« sagte Federigo, »ich habe beschlossen, nun überhaupt nicht fortzugehen. Sie sollen mich nicht mit billigen Schreckmitteln in die Flucht gejagt haben.« Teresa zog einen Stuhl an seinen Schreibtisch und setzte sich dicht neben ihren Mann. »Mein Gott, Federigo,« sagte sie, »es kann nicht dein Ernst sein. Die Ruhe und die gute Luft auf dem Lande sind dir notwendig, die Ärzte sagen es, und du selbst stimmtest ihnen zu. Du hattest selbst den heutigen Tag festgesetzt, um nicht in Mailand anwesend zu sein, wenn das Tedeum gefeiert würde.« Federigos Gesicht rötete sich, und seine Brauen fingen an zu zucken. »Du sprichst so oft von deiner Fügsamkeit in meinen Willen«, sagte er nicht ohne Schärfe, wenn er auch dabei lächelte; »im gegebenen Falle fehlt es dir nie an Gründen, um von deiner Richtschnur abzuweichen.« »Mir ist bange um dich, das ist alles«, sagte sie traurig. Er faßte ihre Hand und zog sie schnell an seine Lippen. »Ich weiß es, du bist gut und viel besser, als ich es verdiene«, sagte er. »Du wirst einsehen, daß ich nicht anders handeln kann. Wenn ich abwesend sein wollte zu der Zeit, wo das Tedeum abgehalten wird, war es nicht, weil es mir zu schmerzlich gewesen wäre, den feierlichen Triumph über die unglücklichen Piemontesen mit anzusehen. Ich kann kaum sagen, daß ich noch mit ihnen sympathisiere; denn ich liebe die Menschen und Völker nicht, die sich an Taten wagen, für die sie zu schwach sind. Aber ich wollte nicht mit denen verwechselt werden, die der österreichischen Regierung schmeicheln und sie wegen eines lächerlichen Sieges über eine Handvoll Verzweifelter und Willenloser feiern; wenn es von dem Sieger geschmacklos ist, Gott mit Lobgesängen zu danken, weil es ihm gelungen ist, einen Sklaven, der frei sein möchte, mit Waffenübermacht wieder ins Joch zu pressen, so ist es von den Mitsklaven gemein, dies zu tun. Ich hätte mich am schicklichsten davon zurückgehalten, wenn ich auf dem Lande gewesen wäre; nun, da man mich verdächtigt und an den Pranger stellt, halte ich es für angemessener, meine Gesinnung unmißverständlich zu zeigen, die die eines Mailänder Edelmannes von

Ehre ist. Ich ertrage die fremde Herrschaft, solange ich muß; aber es soll keiner den Grafen Confalonieri sein italienisches Blut verleugnen sehen.« Teresa hatte, trotzdem sie seine Gesinnungen teilte, ihre eigenen Gedanken. »Was soll aus Mailand und Italien werden,« sagte sie, »wenn seine besten Söhne sich selbst ausliefern, anstatt sich zu bewahren? Kannst du die Tatsache ändern, daß wir zuviel gewagt und alles verloren haben?« In Federigos Gesicht trat ein starrer Zug. »Wir haben noch nichts gewagt«, sagte er mit nachdrücklicher Betonung. »Wir haben die Hand an das Schwert gelegt, es nicht gezückt; das kann ich verantworten.« Teresa gab es auf, zu widersprechen, und sagte nur betrübt: »Ich hatte mich darauf gefreut, Bäume flüstern zu hören und Wolken wandern zu sehen und darüber die Menschen zu vergessen.« Er antwortete tröstend, es sei nicht seine Absicht, den ganzen Sommer in der Stadt zu bleiben; er wolle sich eine Zeitlang in der Öffentlichkeit zeigen und schon am selben Abend das Theater besuchen. Im Schauspielhause, dem Theater *Re*, wurde Alfieris Antigone gegeben mit einem Schauspieler als Haemon namens Lombardi, der vor etwa zehn Jahren dadurch Aufsehen erregt hatte, daß er sich weigerte, vor Napoleon zu spielen, als derselbe zum ersten Male nach seiner Scheidung in Italien war.

Man hätte meinen können, daß die Aufführung der Antigone in dieser Zeit eine Kundgebung bedeutete, einmal des Stoffes wegen, und weil Alfieri ein Piemontese und bekannt war als italienischer Patriot und unbedingter herausfordernder Feind absolutistischer Fürstenherrschaft; indessen gab gerade die Stadt Mailand so laute Zeichen ihrer Anhänglichkeit an das österreichische Haus, daß solcherlei Beziehungen aufzuspüren fernlag. Der Ruf des Schauspielers Modena, der den Kreon spielte, und die Beliebtheit Lombardis hatten die Logen gefüllt; sogar der Vizekönig war mit seiner Frau anwesend. Modena, dessen besondere Gabe es war, mythische Tyrannen zu verkörpern, verlieh seiner Rolle mehr Würde, als der Dichter getan hatte; man sah in ihm den fleischgewordenen Willen, der, im ursprünglichen Machtgefühl sich Gott gleich achtend, abwechselnd als Erhabenheit und Wahn erscheint. Der Purpurmantel schien über einen Felsenleib geworfen, den zuweilen eine vulkanische Seele erschütterte. Das elementare Herrschenmüssen war so in ihm ausgedrückt, daß die Unterwerfung aller als natürlich, die Auflehnung gegen ihn als ein kindisches und gesetzloses Unterfangen aufgefaßt wurde. Ihm gegenüber war die Antigone machtvoll genug: eine Flamme der Rache, die sich verzehrt, indem sie das Haus des Feindes zu Asche brennt. Die Liebe zu Haemon deutete sie kaum an; fast schien es ihr lästig zu sein, daß er sich mit seinen untergeordneten Gefühlen zwischen ihren und des Königs unaufhaltsamen Todeswettkampf drängt. Hätte nicht Lombardi ihn dargestellt, würden die Zuschauer diese Empfindung geteilt haben; Lombardi aber machte mit seinem Temperament aus dem unbestimmten, nur durch die Lage bestimmten Bühnenliebhaber einen ritterlichen, freien Charakter, dessen tragisches Los es ist, zwei eherne, in blinder Leidenschaft gegeneinander wütende Menschen zu lieben.

Trotzdem Federigo zum ersten Male nach seiner Krankheit sich im Theater zeigte, kamen außer den vertrauten Freunden keine Besucher in seine Loge. Porro war, wie er sagte, eigens wegen der Vorstellung vom Lande in die Stadt gekommen, entfernte sich aber trotzdem schon nach dem zweiten Akte. Er war zerstreut und sagte, daß er durch den Verlust Silvio Pellicos mit Geschäften überhäuft sei, daß er aber Ursache habe, zu glauben, sein armer Freund würde bald aus der Haft entlassen werden. Der junge Marchese Giorgio Pallavicino, einer der ergebensten Verehrer Federigos und der seiner Natur nach dies Gefühl am heftigsten zur Schau trug, beglückwünschte ihn und Teresa zur Genesung und setzte sich, von ihm aufgefordert, neben den Grafen in den Hintergrund der Loge. »Es freut mich, daß ich dich sehe, Giorgio,« sagte dieser, »weil ich dir einen ernstlichen Rat zu geben habe. Ich weiß, daß die Kommission wegen der Unruhen in Piemont sehr tätig und wahrscheinlich von Spionen gut bedient ist. Setze dich sowohl deiner Mutter wie unserer Sache wegen nicht der Gefahr aus, verhaftet zu werden; reise in die Schweiz oder nach Frankreich, solange du es unauffällig tun kannst.« Pallavicino antwortete: »Ich sollte mich in Sicherheit bringen, wenn du hier bleibst? Warum denkst du mehr an mich als an dich? Es entspricht deinem Mut und deiner Großherzigkeit; aber das sind die einzigen Tugenden, in denen ich wagen kann, mit dir zu wetteifern.« »Es handelt sich nicht um Tugenden, sondern um Vernunft und Vorsicht«, sagte Federigo. »Wenn deine Reise nach Turin zu Karl Albert bekannt würde, hätte man Anlaß, dich zu verhaften, und du tust klug, ja du hast die Pflicht, dem vorzubeugen. Du weißt nicht, wie die Widerwärtigkeiten der Haft und der Untersuchung auf dich wirken würden, welche Mittel man etwa anwenden würde, um dir Geständnisse zu entreißen; auch wider deinen Willen könntest du mich und die Sache, die uns heilig ist, verraten.« Er sprach halblaut, aber mit solcher Unbefangenheit, daß das Gespräch auf Beobachter den Eindruck einer bedeutungslosen Plauderei machen mußte. Auch den kleinen Marchese suchte er durch seinen Blick zu beherrschen und zu dämpfen; der aber pflegte die ganze Wucht seiner Meinung mit einem Überschuß wie ein ungeschickter Schauspieler in das Spiel seiner Mienen und Gebärden zu legen, so daß, wenn er nicht auffallen wollte, zu dem übrigen noch diese Absicht auffiel. Jetzt sprang er von seinem Sitz auf und rief, indem er mit der geballten Hand auf die Brust schlug: »Ich dich verraten! Giorgio Pallavicino dich, seinen angebeteten Freund, das Haupt und die Hoffnung Italiens! Kennst du mich so wenig, daß du nicht weißt, ich ließe mir eher die Zunge aus dem Munde reißen als ein Wort, das dich gefährdete?« Federigo zog ihn auf seinen Sitz zurück und legte ihm lachend einen Finger auf den Mund. »Es fehlte nicht viel,« sagte er, »daß du schon jetzt uns beide freiwillig verrietest.« Teresa wendete sich erschreckt und mahnend nach ihnen um. »Der Teufel hole mein Temperament!« sagte Giorgio ein wenig beschämt. »Ich will dir gehorchen und Mailand morgen verlassen; aber ich wünsche eine Gelegenheit herbei, um dir zu beweisen, daß ich im Falle der Not schweigen kann, und gelte es mein Leben.«

In der folgenden Pause trat ein Adjutant des Vizekönigs in die Loge und erkundigte sich nach dem Befinden des Grafen. Federigo errötete und dankte mit Ausdrücken der gewähltesten Ehrerbietung; er habe sich von dem Übel erholt, sagte er, und könne Gott sei Dank der Zukunft hoffend entgegensehen. Teresa fragte ihren Mann ängstlich, ob er nicht persönlich für die Aufmerksamkeit danken müsse, und Baron Trecchi, der gerade anwesend war, unterstützte sie; diese Höflichkeit würde er doch gegen jeden beobachten. Gegen jeden Gleichgestellten ja, antwortete Federigo ablehnend, bei Tiefer- und Höherstehenden ändere man das Maß, dort, um nicht vertraulich, hier, um nicht zudringlich zu erscheinen.

Die Aufmerksamkeit des Vizekönigs hatte zur Folge, daß sich die Loge Confalonieris sofort mit vielen Besuchern, auch fernerstehenden Bekannten füllte; daß er Genugtuung darüber empfand, war ihm kaum, außer an einem erhöhten Glanze seiner Augen, anzumerken. Teresa fürchtete, das verlängerte Aufbleiben und viele Sprechen möchte ihm schaden, und drängte, das Theater vor dem letzten Akte zu verlassen; allein er erklärte, weder von der Dichtung noch von der vorzüglichen Darstellung etwas verlieren zu wollen.

Das Publikum beabsichtigte, dem Lombardi, als dem beliebten Gaste, am Schlusse eine Ovation zu bereiten; durch einen unglücklichen Zufall jedoch nahm der Auftritt eine unerwartete Wendung. Haemon hat, als er plötzlich den Leichnam der Antigone erblickt, die er noch zu befreien hofft, eine Doppelbewegung auszuführen, nämlich sein Schwert im ersten Antrieb der Verzweiflung auf die Brust des Vaters zu setzen, im nächsten Augenblick, sich besinnend, es zurückzuziehen und sein eigenes Herz damit zu treffen. Die Folge seines absichtlich durch fessellose Gefühlsentfaltung bewegten Spiels mochte es sein, daß Lombardi den Stoß nicht richtig berechnete und die Waffe mit voller Kraft in seine Brust drang. Die Zuschauer konnten die Art der Verwundung zunächst nicht unterscheiden, hörten und sahen aber mit schaurigem Befremden den Fall und Aufschrei des in Wahrheit tödlich Getroffenen. Man schwankte noch zwischen Neugier und Entsetzen, als das Benehmen der übrigen Schauspieler, das Herbeistürzen des Personals und schließlich auch der Anblick des fließenden Blutes bestätigten, daß ein Unfall geschehen war.

Einige Damen fielen in Weinkrämpfe, viele suchten das Theater so rasch zu verlassen, als ob Gefahr im Verzuge wäre. Federigos blasses Gesicht war fahl geworden, und es machte ihm sichtliche Mühe, aufzustehen. Fröstelnd und mit geschlossenen Augen lehnte er sich in die Ecke des Wagens zurück, und obwohl er, sehr ermüdet, zu Hause sofort das Bett aufsuchte, konnte er keinen Schlaf finden. Er konnte das Bild nicht verscheuchen, wie in dem Gesichte des Schauspielers die theatralische Leidenschaft plötzlich in die grausame Verzerrung des Todes überging; die Nacht verging ihm unruhig, und am anderen Tage befand er sich weniger wohl und kräftig als zuvor.

Teresas jüngerer Bruder Gabrio fragte, als er seinen täglichen Besuch machte, warum sie noch nicht aufs Land ginge; es fange an, unerträglich heiß zu werden, und man sähe Teresa an, daß sie der Erholung bedürfe; sie habe sich bei der langen Pflege ihres Mannes überanstrengt. Federigo, dem der vorwurfsvolle Ton seines Schwagers nicht entgangen war, warf einen Blick auf Teresa, die in der Tat schmal und abgespannt aussah, ohne daß es ihm bisher aufgefallen war. »Es ist wahr, Teresa hat sich aufgeopfert«, sagte er. »Ich habe zu viel an mich gedacht; immerhin nicht an mein Vergnügen.« »Das weiß ich,« sagte Gabrio leicht versöhnt und beinah verlegen, »von Vergnügen war in letzter Zeit bei dir nicht die Rede.« Er bewunderte die vornehme Gesinnung Federigos, mit der er seinen Fehler eingestand, und war geneigt, zu glauben, er habe ihm unrecht getan. Er hatte eine nicht ganz klare Vorstellung von seiner politischen Tätigkeit, die, so sagte er sich, allenfalls seine Gedanken von den nächsten Pflichten ablenken konnte. Federigo durchschaute, was in ihm vorging, nicht ohne eine gewisse ungeduldige Geringschätzung, die sein Schwager ihm immer einflößte. Weder sein zuvorkommendes Wesen noch seine bedingungslose Verehrung Teresas oder seine Zugänglichkeit für beliebigen Einfluß und Oberflächlichkeit seiner geistigen Interessen waren ihm angenehm. Es hätte ihm besser gefallen, wenn Gabrio ihn geradezu gehaßt hätte, als daß er ihn je nach dem Eindruck des Augenblicks und je nach der Stimmung bewunderte, verstand, liebte oder mißbilligte, ja mit Empfindung verabscheute. Auch fand er, daß die mütterliche Zärtlichkeit, mit der Teresa den jüngeren Bruder behandelte, seinem Alter nicht mehr angemessen sei und daß ihr Urteil ihm gegenüber weniger unbestechlich sei; aber er bemühte sich, diese Ansichten nicht merken zu lassen. Obwohl er selbst Gabrio nicht in seine politischen Pläne hineingezogen hätte, weil er ihm dazu nicht Ernst und Entschlossenheit genug zutraute, reizte es ihn, daß Teresa ihren Bruder sorglich davon fernzuhalten suchte aus Angst, er könne sich dabei Gefahren aussetzen, während sie es übrigens für natürlich und geboten hielt, daß ein Mann um seines Gewissens, seiner Ehre und seiner Ideale willen die persönliche Sicherheit auf das Spiel setze. Zuweilen erinnerte er sich, daß sein Vater sich der Verschwägerung mit der Familie Casati aufs äußerste widersetzt hatte, die mehr den Franzosen als den Österreichern zuneigte und die er in Bausch und Bogen verurteilte. Er nannte sie mit grimmiger Betonung die heilige Familie, den Vater insbesondere den überflüssigen Joseph und die Mutter die Madonna mit den drei Königen, weil sie etwas festlich sich Entfaltendes und huldvoll Einheimsendes an sich habe. Von Teresa sagte er, sie habe als Kind einem raffaelischen Christkinde mit übergroßen Augen geglichen, womit er ein vernichtendes Urteil ausgesprochen zu haben glaubte, und von ihren Brüdern Gabrio und Camillo, sie schwitzten Honig wie eine hohle Weide. Zur Zeit, als er um Teresa warb, hatte sich Federigo über die Bemerkungen seines Vaters geärgert, während er jetzt darüber lachen mußte, was er freilich nicht zugestanden hätte; es stellte sich ihm so dar, als habe er Teresa im Grunde nur darum geheiratet, weil er gewohnt gewesen wäre, im Gegensatze zu seinem Vater zu handeln, und als habe dieser trotz Teresas Tugenden mit seiner Meinung recht gehabt, daß die Casati zu den Confalonieri nicht paßten.

Es war nun beschlossen, daß Federigo und Teresa am Tage nach dem Dankgottesdienste im Dom aufs Land gingen. Während das Tedeum abgehalten wurde, unternahmen sie eine Ausfahrt im offenen Wagen, damit jeder sehen könnte, daß sie zwar anwesend und gesund seien, aber absichtlich der Feier nicht beiwohnten. Das Wetter war günstig; der Domplatz war so mit Sonne überladen, daß es aussah, als quölle der Goldfluß zwischen den Quadern der Marmorpyramide hervor, als triefe er von den schillernden Federn der Tauben, und als ströme er von der lichtüberschwemmten Himmelskuppel zurück, die ihn eben ergossen hatte, weil sie nicht mehr fassen konnte. Vor dem Portal der Kirche hielten viele Karossen und Sänften, deren Führer und Träger in die Gefährte hineingekrochen waren, um im Schatten zu schlafen; die blanken Rücken der Pferde spiegelten in der Sonne. Auf Federigos Befehl fuhr sein Kutscher nicht schnell und verlangsamte das Tempo noch aus eigenem Antriebe, als sie am Dome vorüberkamen; der Diener, der neben ihm auf dem Bock saß, drehte sich langsam um und sah seine Herrschaft fragend an, als wollte er ihnen raten, doch noch halten zu lassen und in die glänzend gefüllte Kirche hineinzugehen. Federigo gab als Antwort eine Straße und ein Haus an, wo er mit Teresa einen Besuch machen wollte, nämlich bei dem Philosophen und Rechtsgelehrten Melchiorre Gioja, der wegen liberaler Ideen, die er in seinen Werken geäußert haben sollte, angeklagt und kürzlich aus der Haft entlassen worden war. Er gehörte nicht zu den nächsten Freunden der Confalonieri; aber Federigo fand es angemessen, den älteren Gelehrten gerade an diesem Tage zu seiner Befreiung zu beglückwünschen. Es sei ihm leicht geworden, erzählte der alte Herr, die Beweise zu bringen, daß er mit Vereinen und Verschwörungen nichts zu tun habe; aus seinen Gesinnungen allein habe man ihm den Strick doch nicht zu drehen gewagt. »Meine Schuld gegen die Regierungen ist die,« sagte er, »daß sie mir gleichgültig sind. Ich fühle mich wohl in dem von Gott geordneten Reiche der Ideen, in welchem sie nichts zu sagen haben. Sie ärgern sich eine Weile, daß sie mir nichts anhaben können, und dann rächen sie sich, indem sie mich vergessen, was für mich die erwünschteste Strafe ist. Ich glaube, Ihr tätet gut, meinem Beispiel zu folgen, lieber Graf. Man spricht zuviel von Euch; Ihr solltet Euch ein wenig in Vergessenheit bringen.« »Ich versinke morgen in der Lethe des Landlebens«, antwortete Federigo lächelnd. »Wenn ich wieder daraus auftauche, werde ich ein Bauer geworden sein, der zwar nicht wie Ihr über den Welthändeln steht, aber in ebensolcher Sicherheit darunter.«

Als der Wagen auf dem Rückwege wieder am Dome vorüberfuhr, war das Portal geöffnet, und die Kutscher standen zum Empfange ihrer Herrschaften bereit; das schwere Summen

der Orgel und der Geruch von Weihrauch quoll aus den dämmernden Schiffen in die blendende Luft. Teresa lehnte glücklich lächelnd in dem langsam hinrollenden Wagen, im Geiste den Augenblick vorausgenießend, wo sie den See, die Zacken der Berge und das kühle, weiße Haus am Ende einer Allee von Pappeln, das ihnen gehörte, wiedersehen würde.
Zu Hause angelangt fand Federigo ein Billett von Giorgio Pallavicino vor, in welchem er mitteilte, er habe Mailand verlassen und sich zu einem längeren Aufenthalt in die Schweiz begeben.

Auf dem Gute war Teresa anders als in der Stadt, wo sie in der Fremde zu sein schien; hier war sie zu Hause. Ihr Gesicht war rosiger und ihre Haut glatter, ein heiteres Unbekümmertsein war immerwährend um sie her verbreitet. Wenn sie durch den Garten ging, hier und da einen Zweig am Spalier festband, eine verwelkte Blume aus dem Gesträuch schnitt oder die Rinde eines Baumes streichelte, so schien sie von der Erde und allem, was wuchs und blühte, Kraft zu empfangen und wiederum wie eine Göttermutter Segen auszuteilen. Sie bedurfte auch in der Stadt nicht gerade der Gesellschaft; hier aber empfand sie die Einsamkeit als Lust, wo sie von Getier und Gewächs aller Art umgeben war und sogar die Kinder der Bauern holen und mit ihnen spielen konnte. Kamen aber Gäste, was häufig der Fall war, so empfing sie sie nicht nur freundlich, wie sie immer tat, sondern strahlend, so daß jeder das Gefühl hatte, er tue ihr wohl, indem er ihr Gelegenheit gebe, von ihrer Glückseligkeit mitzuteilen.
Es kam dazu, daß sie ihren Mann seit Jahren nicht so lange und in so froh genießender Stimmung bei sich gehabt hatte, und sie umgab ihn dankbar mit den Verwöhnungen, die er während der Krankheit anzunehmen sich bequemt hatte. Zuweilen überkam es sie fremdartig, als müsse sie die Arme ausbreiten und ihn an sich ziehen und küssen wie eine junge Liebende ihren Geliebten; aber dies Gefühl verscheuchte sie schnell, fast vor sich selbst errötend, da es ihr in ihrem vierunddreißigsten Jahre, und nachdem sie fünfzehn Jahre verheiratet war, nicht zukomme. Auch wußte sie nur zu gut, daß solche

Liebesäußerungen ihrem Manne störend sein und lächerlich vorkommen würden.

An einem Sonntage ruderten Federigo und Teresa auf den See hinaus und kamen unterwegs auf den Einfall, am schweizerischen Ufer zu landen und in einem Dorfe einen gewissen Käse zu kaufen, den sie gern aßen und den sie, ohne Zoll zu bezahlen, über die Grenze zu bringen hofften; denn Teresa hatte gelegentlich mit Gästen, die auch an diesem Mittage erwartet wurden, gewettet, daß sie schmuggeln könnte, wenn sie wollte. Es war morgenfrisch gewesen, als sie abfuhren; wie nun die Sonne höher stieg, vermißten sie die schattenden Strohhüte, die sie auf dem Lande zu tragen pflegten, und um sie zu ersetzen, pflückte Teresa am Ufer große Blätter, wand sie kranzartig zusammen und setzte sie ihrem Manne und sich auf. So ausgerüstet zogen sie in das Dorf ein, dessen Bewohner eben aus der Kirche kamen. Sie gingen durch mehrere Gassen, bis sie ein Gewölbe fanden, in dem sie ihren Einkauf besorgten; einem kleinen schwarzäugigen Mädchen, das in der Tür saß und seine braunen Füße in die Sonne hielt, gab Federigo ein Geldstück, während Teresa seine Locken streichelte und Spaß mit ihm machte. Wie sie weitergingen, stand die Kleine auf und trippelte hinter ihnen her, was mehrere andere Kinder, die auf der Straße spielten, veranlaßte, sich ihr anzuschließen. Das kleine Gefolge vermehrte sich, als Federigo und Teresa in einen anderen Laden eintraten, Schokolade kauften und diese mit kleinen Geldmünzen unter die Kinder verteilten, so daß zuletzt fast die gesamte Jugend des Dorfes ihnen nachging, ohne aber zudringlich zu sein und auch untereinander friedlich, jedes seine Gabe in der Faust und die Schokolade im Munde.

Von der Sommersonne gerötet, lachend und strahlend, traten Federigo und Teresa in ein einladendes Wirtshaus ein und ließen sich Brot und Wein vor das Haus bringen, wo eine Bank und ein Tisch unter einem Kastanienbaum standen.

Zu den Kindern, die bescheiden ein wenig zurückgeblieben waren, hatten sich jetzt auch ältere Leute gesammelt, die unter sich die Frage erörterten, woher die Fremden gekommen sein und wer sie sein möchten. Die braune Kleine, die zuerst ihre

Bekanntschaft gemacht hatte, sagte nachdrücklich und bestimmt, als wenn es da keinen Zweifel gäbe: es ist der König und die Königin; was sogleich von sämtlichen Kindern bestätigt wurde. Die Mutter der Kleinen fragte sie, woher sie es wisse, worauf sie zwar ein wenig erstaunte, aber doch ihre Erklärung wiederholte, nur ungewiß, ob es schon vorher so gewesen oder erst durch ihren Ausspruch so geworden sei. Die älteren Leute dachten, das sei ja wohl auch möglich, und weil sie sich über die Ehre freuten, die ihnen dadurch widerführe, bedachten sie sich nicht weiter, sondern wiesen die Kinder an, so viel Blumen und Früchte zu pflücken, wie sie könnten, und sie dem edlen Paare zu überreichen. Die kleine Braune, die die Hände voll Rosen wiederkam, sollte vorangehen und etwas sagen, und weil sie nicht wußte was, sagte ihre Mutter: »Nun, was werden wir da viel Umschweife machen? Wir sind Schweizer und verstehen uns nicht auf das Scharwenzeln bei Hofe. Sage du: Willkommen, König und Königin! So ist es nicht zuviel und nicht zuwenig.«

So kam es, daß Federigo und Teresa, die inzwischen mit dem Wirt geplaudert hatten, plötzlich eine Schar mit Blumen und Früchten beladener Kinder auf sich zukommen sahen, voran die Allerkleinste mit den braunen Füßen, die sich vor Teresa hinstellte, den Arm voll Rosen in ihren Schoß schüttete und mit klarer Stimme rief: »Willkommen, König und Königin!« Sie rief es triumphierend im Bewußtsein, ein schönes Geheimnis erraten oder erfunden und jedenfalls die ganze Veranstaltung angestiftet zu haben. Auf dem Tische schwoll ein Haufen von Duft und Farbe empor, aus dem Federigo sofort die reifsten Erdbeeren hervorsuchte und aß, zum Vergnügen der kleinen Zuschauer, während Teresa abwechselnd die Blumen und die Kinder betrachtete und an sich drückte. Auf ihre Bitte wurde ein großer Korb gebracht, in den sie ihren Reichtum füllte und den die Kinder an das Boot trugen. Auch mit den Erwachsenen wurden Gespräche gewechselt; Federigo und Teresa sagten, wie gut es ihnen im Dorfe gefallen habe und wie gern sie wiederkommen und lange bleiben möchten.

Es war darüber so viel Zeit vergangen, daß sie eilig rudern mußten, um ihre Gäste nicht allzu lange warten zu lassen.

Atemlos, erhitzt und fröhlich betraten sie den Speisesaal, der als eine Art Glasveranda in den Garten hineingebaut war, mit lebhaften Begrüßungen und Fragen empfangen. Während Teresa die Blumen in Vasen verteilte und über den gedeckten Speisetisch streute, erzählte Federigo das schweizerische Abenteuer. Die Freunde betrachteten die beiden blühenden Gestalten beifällig, und die Malerin Bianca Milesi wand rasch zwei Kränze, um das Königspaar zu krönen; denn die Blattgewinde, die in der Sonne verdorrt waren, hatte Teresa beim Verlassen des Sees ins Wasser geworfen. Erst nachdem sich alle zum Essen gesetzt hatten, verkündete Baron Trecchi den Gatten die Nachricht vom Tode Napoleons, die erst jetzt, nach mehreren Wochen, in Mailand bekannt geworden war und die vorher schon den Gegenstand des Gespräches gebildet hatte. Er hatte die Abschrift eines Gedichtes mitgebracht, das Allessandro Manzoni unter dem Eindruck dieses weltgeschichtlichen Todes niedergeschrieben hatte, und auf die allgemeine Bitte las es Federigo vor.

Seine Stimme hatte in der Erregung einen metallischen Klang und, um Empfindung auszudrücken, den schmelzenden Ton einer alten Geige; obwohl in seinem Vortrage mehr sachliche Kühle als Begeisterung lag, konnte er damit ergreifen und hinreißen. Ein lebhafter Wortwechsel folgte über das Gedicht als Kunstwerk und die darin ausgesprochenen Gedanken; man wunderte sich, daß Manzoni, der Fromme und Beschauliche, einen Napoleon feiern könne. Bianca Milesi meinte, die Dichterphantasie entzünde das Entgegengesetzte, auch könne man wohl ein vernichtendes Unwetter in seiner Erscheinung bewundern, trotzdem man seine Wirkung verfluche. Das möge sein, entgegnete Federigo; man solle aber nicht vergessen, daß der Mensch nicht Element sei, sondern Geist. Es sei Verirrung, diejenigen zu bewundern, die über die anderen Menschen emporragten, weil sie aus Niedergetretenen und Leichnamen sich einen Hügel errichteten; nur die seien wahrhaft groß, vor denen die dankbare Menschheit sich freiwillig neige.

»Dankbare Menschheit!« rief Porro höhnisch aus. »Wer sich für sie aufopfert, den verspotten sie und knien vor dem, der sie mit Füßen tritt.« Während die anderen über die Bitterkeit des

Gutmütigen lachten, warf ihm Federigo einen schnellen Blick zu und sagte: »Aufopfern soll man sich freilich nicht ohne Not, das bedenke du nur!«

Nachdem der Kaffee genommen war, faßte Federigo Porros Arm und zog ihn zu einem kühlen Platz unter Platanen in der Tiefe des Gartens; Teresa folgte ihnen. »Ich habe mit dir zu reden«, sagte Federigo. »Und ich mit dir«, antwortete Porro. »Ich habe den häßlichsten Tag meines Lebens hinter mir. Arrivabene, der in Venedig in Untersuchungshaft war und vor einigen Tagen entlassen ist, hat mich wissen lassen, daß Pellico mich im Verhöre verraten habe; er an meiner Stelle, sagte er, würde sich eilig in Sicherheit bringen. Der Himmel der Fremde, wie trüb er auch sei, sei doch einem italienischen Gefängnis vorzuziehen. Seitdem quält mich der Zweifel, was ich tun soll, aber mehr noch der Gedanke, daß Pellico, der mich oft seinen zweiten Vater nannte, an dem meine Söhne wie an einem älteren Bruder hingen, mich verraten habe.« Federigo sagte, es wäre unrecht, in solchen Fällen leichthin von Verrat zu sprechen. Gerade weil Pellico ein feiner und aufrichtiger Mensch sei, müsse es ihm schwerfallen, die Wahrheit zu verhehlen; auch könnten seine Aussagen Porro verderblich werden, ohne daß er selbst daran schuld sei, durch die Schlüsse, die man daraus gezogen habe. Die Hauptsache sei, sagte Teresa bestimmt, daß sie Silvio als einen ehrlichen Menschen kennten, der Porro liebe; in diesem Glauben an einen Freund solle man sich durch kein Gerücht erschüttern lassen. Porro pflichtete ihr lebhaft und freudig bei; so sei es, sagte er, daran sich zu halten, habe er auch bereits bei sich beschlossen. Arrivabenes Herz und Lunge sei noch schwarz vom Staub der Gefängnisse; es sei kein Wunder, daß er Verrat und Gefahr wittere. Er aber wolle sich dadurch nicht anstecken lassen.

Er stimme ihm zu, was Pellico angehe, sagte Federigo; aber Arrivabene habe recht, wenn er ihm zur Flucht rate, und ebendasselbe habe er ihm sagen wollen. Er, Porro, sei so sehr kompromittiert, daß er nicht hoffen könne, übersehen zu werden. Porro stand auf und ging unruhig auf und ab, die schädlichen Folgen einer Flucht unter diesen Umständen erwägend. »Du hast früher nicht auf mich gehört,« sagte Federigo, »als ich dich vor den Kindereien des Karbonarismus warnte, folge mir jetzt, wo es sich vielleicht um dein Leben und um die Zukunft deiner Söhne handelt.« Porro entgegnete gereizt, daß auch Federigo übel angeschrieben bei der Regierung sei und daß er an Teresas Zukunft nicht weniger zu denken habe als wie er, Porro, an die seiner Söhne, worauf Federigo mit hochmütiger Schärfe erwiderte; es wäre ein Streit entstanden, wenn Teresa nicht schlichtend dazwischengetreten wäre. Ihr liebevolles Zureden machte Eindruck auf Porro, so daß er sich mit dem Gedanken, fortzugehen, befreundete; aber er meinte, Confalonieri solle sich ihm anschließen, und schlug allerlei Reisen vor, die sie zusammen unternehmen könnten. »Warum sollte ich mich entfernen?« sagte Federigo ablehnend. »Daß man mich haßt, vielleicht auch fürchtet, weiß ich; aber ein strafwürdiges Verbrechen kann man mir nicht nachweisen, weil ich keins begangen habe. Daß ich mit dem Karbonarismus nichts zu tun habe, weißt du am besten.«

Porro zuckte ärgerlich die Schultern: »Du bist ihr Gegner und bist ihnen im Wege«, sagte er; »das ist das Wichtigste. Irgend etwas werden sie dir schon nachweisen, wenn sie wollen.« Es drohte wieder ein Streit auszubrechen, und Teresa sagte seufzend: »Wie könnt ihr zusammen reisen? Es wäre kein Stück mehr von euch übrig, bevor ihr nur die Grenze erreicht hättet.«

Es näherten sich jetzt andere Gäste, denen Teresa entgegenging, während Federigo sich mit Porro entfernte. Nach einer halben Stunde gab Porro nach und versprach, nach Mailand zu reiten und alles zur Abreise vorzubereiten; Federigo begleitete ihn zur Tür, wo das gesattelte Pferd wartete. Im Begriffe aufzusteigen, sagte Porro: »Grüße die andern, ich will keinen Abschied nehmen«, wandte sich aber noch einmal um, umarmte und küßte Federigo und sagte: »Denk an Teresa.« »Wenn es not tut,« antwortete dieser lächelnd, »werde ich mich so gut beraten, wie ich dich beraten habe.«

Abends fanden sich alle auf der Zinne des Hauses zusammen und plauderten über Familienereignisse und das Wetter; denn der Himmel zuckte im Westen, und die Schwüle und Beklommenheit der Luft weissagten ein Gewitter. Man bedauerte Porro: »Das alles liegt nun hinter ihm,« sagte die Milesi, »und wie hold und traulich ist dieser alberne Kleinkram. Ein solches Gespräch unter guten Freunden, das behaglich und bedeutungslos knistert wie ein erlöschendes Feuerchen im Kamin, das hat man in der Fremde nicht.« »Und kein solches Land«, setzte Teresa hinzu, deren Blicke liebevoll auf der dunkel verhüllten Ebene im Süden und auf dem geisterhaften Diadem der Berge ruhten, das sich fern über der bekränzten Stirn des Sees erhob. »Mailand verlassen«, fuhr Trecchi fort, »heißt von der Oberwelt zum Hades hinuntersteigen.«

»O ihr Mailänder,« sagte Federigo, »ihr könnt mit den Juden streiten, wer das auserwählte Volk sei. Welche Vorstellung habt ihr von Gott, dessen Atmen Schaffen ist. Ein ewiges, den Weltraum erfüllendes Quellen von Erscheinungen, von denen jede neu, unvergleichlich und wundervoll ist, das ist Gott. Das ist seine Erhabenheit, daß jedes Geschöpf für sich ein einziges, unschätzbares Kleinod ist und wertloser Staub gegenüber den unzählbaren, die es umströmen.« Er erzählte von Menschen und Gegenden, die er gesehen oder über die er gelesen hatte, mit so viel anregendem Reiz, daß Bianca Milesi ausrief, in seiner Begleitung würde sie bis aufs äußerste Thule reisen, ohne die Wonnen Italiens zu vermissen, und daß auch Trecchi zugab, mit seinen Augen und seinem Geist möchte man es auch anderswo erträglich finden.

Das Gewitter entlud sich in der Morgenfrühe, und der Vormittag war noch trübe und regnerisch. Teresa war in der Halle des Hauses beschäftigt, den Korb, den sie aus dem Schweizer Dorfe entlehnt hatte, mit allerlei guten Dingen vollzupacken – denn die Kinder, sagte sie, sollen unsere Majestät an unserer Erkenntlichkeit spüren –, als ein Bote zwischen den Pappeln heraufkam, dem sie einen Brief an Federigo abnahm. Er war von Porro und enthielt die Mitteilung, er würde noch am selben Tage abreisen; auch die Arconati hätten sich entschlossen, fortzugehen, und Federigo möchte ihnen folgen. Durch seinen Hausverwalter würde er erfahren, daß in diesen Tagen eine zweite Haussuchung bei ihm vorgenommen sei; ohne Zweifel hätte die Polizei es auf ihn abgesehen. Er, Porro, reise zunächst nach Marseille und rechne darauf, Federigo und Teresa bald dort begrüßen zu können. Federigo zerriß den Zettel und hielt sich bei dem Vorschlage nicht auf; auch Teresa zog ihn nicht in Erwägung, da sie sich hier, so nahe an der schweizerischen Grenze, ruhig und sicher fühlte.

Nach schnell verflogenem Sommer, im Oktober, wollte Federigo in die Stadt zurückkehren. Es half nicht, daß Teresa einwendete, die nicht zu vermeidenden Aufregungen würden seine eben befestigte Gesundheit wieder angreifen; er erklärte, seine unterbrochene Tätigkeit nun wieder einrichten zu müssen, fügte aber, als er sie betrübt sah, hinzu: »Eine Woche gebe ich dir als Geschenk meiner Liebe.« Sie errötete vor Freude, während ihr zugleich die Tränen in die Augen traten. »Es ist, als ob du mir eine Kette mit sieben Edelsteinen um den Hals legtest«, sagte sie. Wirklich reihten sich die Tage feurig, kühl und lauter aneinander. Am letzten Sonntage ihres Landaufenthaltes pflegten die Confalonieri den Landleuten der Gegend ein Abschiedsfest zu geben, an welchem getanzt wurde und woran sich auch ihre Freunde gern beteiligten. Teresas besonderes Vergnügen war es, die Kinder einzuladen, sie zu bewirten und mit ihnen zu spielen; den ganzen Nachmittag hörte man durch das krause Jubeln und Kreischen der Kleinen ihre helle Stimme lachen. Ihr Gesicht leuchtete, als sie mit Federigo den Tanz eröffnete, der dann eines der anständigsten und fleißigsten Mädchen aufforderte, während die Herrschaften untereinander und mit den Landleuten tanzten. Federigo kam auf den Einfall, die Mädchen zu fragen, ob sie Tarantella tanzen könnten, und Mathilde Dembowsky erbot sich, es sie zu lehren, wie sie es in Neapel gesehen habe. Die mädchenschlanke Gestalt und ihr sehnsüchtiges Sichbiegen gefiel auch den Bauern, die bald aus eigenem Antrieb die leidenschaftlichen Bewegungen mit Gesang und einer geeigneten Musik ihrer Mandolinen begleiteten. Dann gingen die Herrschaften in das Haus, um sich selbst das Abendessen herzurichten; denn es war der Gebrauch, daß die Diener an diesem Abend von jeder Arbeit für das Herrenhaus frei blieben. Die Vorräte an kaltem Fleisch, Schinken, Brot, Wein und Früchten wurden auf einem Kahn zu einer kleinen, mit alten Weiden und Pappeln bepflanzten Insel geführt, die inmitten eines Sees im Parke lag. Die Damen trugen ländliche einfache weiße Kleider, die unter der Brust durch

ein farbiges Band schlank zusammengefaßt waren und Hals und Arme frei ließen; auch die Herren hatten anstatt der Fracks weiße Leinenjacken über den Batisthemden.
Die Abgeschiedenheit des Ortes, den das Wasser wie ein Heiligtum von der Erde absonderte, brachte Federigo auf den Gedanken, daß sie eine allen bekannte Dichtung aufführen könnten. Sie wählten zuerst einige Szenen aus der Antigone des Alfieri zwischen Kreon und Antigone, die die Frecavalli mit ungestümem Ausdruck gab; von Teresa hatte man absehen müssen, da es sich zeigte, daß ihr kindlich eingehegtes Wesen sich in kein erhabenes Pathos steigern ließ, das ihrer augenblicklichen Lage nicht entsprach. Federigo dagegen, dem ein Vorhang aus burgunderrotem Damast umgehängt war, stellte den Tyrannen, anders zwar als der Schauspieler Modena, aber vortrefflich dar als herrschend durch die Überlegenheit eines von außen unberührbaren Geistes. Trotzdem ihn die grauen und grünen Bäume, die Glut des Mantels und die blaue Dämmerung weich und warm umgaben, schien seine hohe Gestalt aus der Kälte des leeren Raumes zu ragen. »Es friert einen, wenn man ihn ansieht«, sagte die Milesi bewundernd zu dem Bildhauer Comolli; »er gleicht einer Säule aus Eis, die rot beleuchtet wird, und spendet doch unerschöpflich Licht und Wärme.«
Der Antigone folgte eine Szene aus Rossinis Othello, der kürzlich zum ersten Male in Mailand aufgeführt worden war, die nämlich, wo Desdemona das Lied von der Weide singt. Die Gondoliere, deren Stimmen man im Theater nur hinter der Bühne hört, ruderten hier wirklich auf dem Kahne vorüber und sangen, wie es vorgeschrieben ist, nach einer alten Weise den Vers des Dante: Kein größerer Schmerz, als der glücklichen Zeit zu gedenken im Elend; worauf die lauschende Desdemona, ahnungsvoller Trauer hingegeben, das einst von der Amme erlernte Lied anstimmt, das die anziehendste Nummer der Oper bildet. Die Dembowsky mußte es zweimal singen; es klang wie melodischer Tränenfall, der auf lange begrabene Schmerzen taut. Den Othello spielte der Bildhauer Comolli, dessen äußere Erscheinung dazu paßte und der auch eine gute Stimme hatte; aber eine ihm angeborene Komik machte, daß sein Spiel von

ununterbrochenem Gelächter begleitet wurde, das sich bei der Mordszene zu tollem Jubel steigerte.
Teresa sprach den Wunsch aus, daß irgendein Zeichen auf der Insel errichtet würde, das in späterer Zeit an die heitere Nacht erinnere, dem Federigo um so freudiger beifiel, weil er dadurch Gelegenheit habe, dem Freunde Comolli einen Auftrag zu geben und sich einmal als Mäzen der bildenden Kunst zu erweisen. Ein jeder machte Vorschläge, die Comolli als unausführbar verwarf; mit einer Figur, die die Erinnerung vorstellen sollte, erklärte er sich deshalb nicht einverstanden, weil sie nur als Frau aufgefaßt werden könne, er aber nur den männlichen Körper als schön und der Kunst würdig gelten lassen wollte. »Was wollen wir auch mit der Erinnerung?« sagte die Dembowsky. »Wählen wir den Augenblick, der kann wohl als ein jünglinghafter Genius dargestellt werden, die Schale in der Hand, aus der wir zugleich Verzückung und Vergessenheit trinken.« Teresas eigenster Plan war, ein Reliefbild ihres Mannes auf einem Marmorblock aufrichten zu lassen; allein sie sprach ihn nicht aus, weil sie seinen Widerspruch fürchtete, der noch niemals Geduld gehabt hatte, einem Maler oder Bildhauer zu sitzen.
Es zeigte sich, als man die Insel verlassen wollte, daß der Kahn, der bei der Othelloszene gedient hatte, nicht befestigt worden war und sich leise bis an das gegenüberliegende Ufer geschaukelt hatte. »Männer,« rief Comolli begeistert, »werft eure barbarischen Kleider ab und schwimmt wie edle Griechen hin, um das Fahrzeug zu holen!« »Ach,« sagte Teresa, »daß sie es niemals wiederfänden und wir immer auf dieser Insel bleiben müßten.« Die andern Damen trösteten sie mit dem Hinweis auf den nächsten Sommer, der ebenso schön wie dieser dem kurzen Winter bald folgen werde.

Einige Tage, nachdem Federigo und Teresa wieder ihre Stadtwohnung bezogen hatten, sagte der Polizeiminister Strassoldo zu einem seiner Beamten: »Dieser Confalonieri hat ein gutes Gewissen oder gar keines, und da der erste Fall ausgeschlossen ist, muß wohl der zweite zutreffen. Vielleicht auch glaubt er es

uns gegenüber halten zu sollen wie ein Tierbändiger mit seinen Löwen, die ihm nichts antun, solange er sie fest im Auge behält. Aber es ist umgekehrt: er ist das gefährliche Tier, das wieder in den Käfig gegangen ist, den wir offengelassen hatten.«
»Ich glaube vielmehr,« sagte der andere, »er urteilt richtig, daß wir ihm nichts antun können, weil ihm nichts nachzuweisen ist; und in dieser Hinsicht mag er sogar ein gutes Gewissen haben.«
Es müßte merkwürdig zugehen, meinte Strassoldo, wenn einer, der so tief im Gestrüpp gesteckt habe, nicht ein Stückchen Haut oder Haar darin gelassen hätte.
»Wir sind«, sagte er, »in unserem lieben Italien, wo die Leute umsonst ausplaudern, was ihnen anvertraut ist, gegen Geld aber noch mehr als das. Ich bekomme noch fortwährend Fäden in die Hand, und es kann täglich das Endchen kommen, mit dem wir den Fuchs fangen können.«
Der andere wiegte bedenklich den Kopf; man liebe an hoher Stelle die Prozesse nicht, die mit einer Freisprechung endigten; Confalonieri sei in den Kreisen der österreichischen Aristokratie gern gesehen, mit dem Feldmarschall Bubna verkehre er auf freundschaftlichem Fuße, der Kaiser habe Rücksicht auf seinen Vater zu nehmen: niemandem würde mit seiner Verhaftung ein Dienst geleistet. »Der Gerechtigkeit!« rief Strassoldo gereizt, »der Gerechtigkeit, die dieser hochmütige Verräter herausfordert. Ich will ihnen die Augen öffnen, denn meine kann er nicht verblenden. Entgehen lasse ich ihn mir nicht; alle seine Schritte sind überwacht; er kann sein Haus nicht verlassen, ohne daß ich es erfahre.«
Eines der Mittel, dessen Strassoldo sich bediente, um einen Anklagepunkt gegen Federigo zu gewinnen, war, daß er alle Briefe eröffnete, die von ihm ausgingen und an ihn eingeliefert wurden, was aber ein anderes Ergebnis hatte als das erwünschte; denn Federigo richtete seine Briefe auf diesen Polizeikniff ein, so daß sie im ganzen unverfänglich waren, aber witzige Anspielungen auf das Spioniersystem enthielten, die den Minister in ohnmächtige Wut versetzten. Bis zu welchem Grade er beobachtet wurde, wußte Confalonieri indessen doch nicht. Er gab seinen Aufpassern viel zu tun; denn er legte es darauf ab,

sich so viel wie möglich öffentlich zu zeigen: im Theater, in der Brera, wo die jährlichen Gemäldeausstellungen stattfanden, im Kasino und bei Spazierfahrten. In der Gesellschaft, die meist österreichisch gesinnt war oder für gut fand, so zu scheinen, fand man sein Betragen keck und schamlos und nur durch schwindelnde Anmaßung zu erklären. Ihm gegenüber blieb das freilich unausgesprochen, und man begrüßte ihn mit Beglückwünschungen über sein Aussehen, das keine Spur der Krankheit mehr zeigte: in seinen Augen war das saphirische Leuchten, um seine Lippen schwebte das süße und zugleich überlegen spielende Lächeln, das ihn kennzeichnete, und seine Haltung war die eines rechtmäßigen Herrschers.

Eines Nachmittags im November fuhren Federigo und Teresa nach der Porta Orientale, wo bei der milden Witterung die vornehme Welt noch den Korso abhielt. Von den Pappeln und Platanen fielen braune und rote Blätter in den langsam fahrenden Wagen und hafteten wie ermüdete Schmetterlinge an den Kleidern und Decken der Insassen. »Ich glaube, der Winter bleibt in diesem Jahre aus«, sagte Teresa behaglich; »jeden Abend wünsche ich mir, daß ich die Sonne wie ein schönes Schiff aus dem Morgenlande bei uns festankern könnte.« In diesem Augenblick wurden sie Giorgio Pallavicinos ansichtig, der zu Pferde war und begrüßend an ihren Wagen heranritt. Teresa blickte nach ihrem Manne, besorgt, daß ihm das Wiedererscheinen des jungen Marchese ärgerlich sein würde; aber sie hatte nicht erwartet, einen solchen Ausdruck kaum bemeisterten Zornes auf seinem Gesichte zu sehen. »Wie kommt es, daß du wieder in Mailand bist?« fragte er in einem harten Tone, der Giorgio verblüffte, kränkte und reizte. Seine Mutter habe Sehnsucht nach ihm gehabt, sagte er halb trotzig, halb entschuldigend, und er nach ihr; dazu habe er gehört, daß über die Frühlingsgeschichten das Sommergras gewachsen sei, und seine eigene Anschauung habe ihm das bestätigt. »Gewachsen und wieder gemäht«, sagte Federigo heftig und wollte noch mehreres hinzusetzen; indessen hatte Teresa dem jungen Manne einen Wink gegeben, er möchte sie für jetzt verlassen, was durch die Dazwischenkunft anderer Bekannter noch erleichtert wurde.

Einige Tage später begegnete Teresa auf dem Wege zur Kirche dem Feldmarschall Bubna, der aus einem Hause kam und im Begriff war, in den vor der Tür haltenden Wagen zu steigen. Als er sie sah, stutzte er und begrüßte sie dann, indem er ihre Hand küßte. »Ist Ihr Herr Gemahl auch in der Stadt?« fragte er; »ich dachte, Sie wären in der Schweiz.« Sie hätten den Sommer auf ihrem Landgut zugebracht, antwortete Teresa; die Ärzte hätten zwar ihrem Manne geraten, die berühmten Bäder von Baden bei Zürich zu benützen, aber er habe nichts davon wissen wollen, weil er glaube, wieder im vollen Besitz seiner Gesundheit zu sein. »So, so,« sagte der Feldmarschall, »die gute Luft in der Schweiz würde ihm doch nützlich sein. Ich glaubte fest, Sie wären dort.« Sein Benehmen kam Teresa zerstreut und wunderlich vor, doch verlor sie es aus dem Sinn, weil sie gleich darauf die Kirche erreicht hatte und sich in ihre Andacht vertiefte.

Zu Hause erzählte sie ihrem Manne von der Begegnung mit Bubna und was er gesagt hatte. Indem sie seine Worte wiederholte: »Die gute Luft in der Schweiz würde ihm doch nützlich sein«, kam ihr plötzlich ein neuer Gedanke, nämlich, daß der Feldmarschall mit tiefer Absicht gesprochen hätte, um Federigo zu warnen und den Weg zur Rettung zu zeigen. Ihre Knie zitterten, und sie mußte sich anstrengen, um ihrem Manne auseinanderzusetzen, was sie meinte. »Er wäre nicht der erste, der mich warnt«, sagt Federigo ruhig. »Daß ich in der Schweiz sicherer wäre, als ich hier bin, ist selbstverständlich. Aber du weißt ja, daß ich überzeugt bin, es wagen zu können.«

»Wenn Bubna dich warnt,« sagte Teresa, »das ist etwas anderes, als wenn andere es tun. Er steht dem Kaiser nahe und kennt seine Absichten.« Federigo entgegnete, wenn Bubna ihn ernstlich warnen wollte, würde er eine wirksamere Art wählen als diese; und um ihn nicht ungehalten zu machen, schwieg Teresa, obwohl ihre Angst fortwährend zunahm. Etwas zu essen war ihr unmöglich; ihr Kopf schmerzte so, daß sie sich hinlegen mußte. In ihren Plänen und Überlegungen kam ihr der Gedanke, daß sie vielleicht durch die Frau des Feldmarschalls erfahren könnte, ob etwas gegen Federigo im Werke sei. Diese Frau, eine stattliche Blondine, hatte merken lassen, daß sie den Grafen Confalonieri liebenswürdig fand, und er, keineswegs unempfänglich für die Aufmerksamkeit gebildeter Damen, war auf ihre augenscheinliche Zuneigung eingegangen. Eine Zeitlang war die Vertraulichkeit, die zwischen ihnen bestand, der Gesellschaft aufgefallen, im Laufe des vorletzten Winters jedoch hatte Federigo sich von ihr zurückgezogen, hauptsächlich aus Rücksicht auf den Feldmarschall, den er hochachtete. Fiebernd erwog Teresa, ob sie ihr Widerstreben überwinden und diese Frau aufsuchen und sie anflehen sollte, ihr zu sagen, ob Federigo Gefahr drohe. Möglich war es freilich, daß sie, durch sein Benehmen verletzt, ihn jetzt mehr haßte als liebte und ihn kaltblütig ins Verderben gehen lassen würde; aber eher neigte sie zu der Annahme, daß sie dazu zu gutherzig sei. Sie hätte sich entschlossen, den Versuch auszuführen, wenn ihr nicht plötzlich eingefallen wäre, daß die Äußerung ihrer Befürchtungen, wenn sie unbegründet wären, Verdacht erregen müßte. Um Federigo selbst entscheiden zu lassen, ging sie in sein Zimmer, fand aber, daß er ausgegangen war. Obgleich das nicht auffällig war, ja sie es eigentlich hätte erwarten können, fiel ihr die Leere des Raumes beklemmend aufs Herz. Nachdem sie durch das ganze Haus gegangen war, kehrte sie in die Wohnzimmer zurück und stellte sich, unschlüssig, was sie tun sollte, ans Fenster. Das Wetter hatte sich in den letzten Tagen gewendet: seit einigen Stunden fiel starker Regen, den der Wind gegen die Mauern schlug; um fünf Uhr war es schon Nacht. Sie versuchte sich auszudenken, was sie tun sollte, wenn Federigo nicht wiederkäme, und da ihr nichts einfiel, wollte sie den Wagen anspannen lassen und zu ihrem Bruder fahren; aber sie unterließ es, um den Ort nicht zu verlassen, zu dem ihr Mann jeden Augenblick zurückkehren konnte. Sie fühlte sich so ratlos den trübsten Gedanken hingegeben, daß sie sich selbst zürnte und sich zu ermannen suchte. Beschämend fiel ihr ein, daß sie sogleich zu Gott hätte Zuflucht nehmen sollen, und sie ging etwas gefaßter in ihr Schlafzimmer, um vor ihrem Kruzifix zu beten. Allmählich war es ihr, als löse sich eine Klammer von ihrem Herzen, die es zusammengepreßt hätte, und sie gelobte sich, künftig, was Gott schicke, standhaft tragen zu wollen, im Vertrauen, daß es aus seiner Weisheit fließe, daß es ihren Kräften zugemessen sei und ihr und ihrem Manne zum Guten dienen müsse. Als sie beruhigt aufstand, meldete ein Diener den Grafen. Mit einem Freudenaufschrei lief sie ihm entgegen und lehnte den Kopf an seine Schulter, in Tränen ausbrechend, um ihn gleich darauf lächelnd anzusehen. Er schob sie sanft zurück und sagte nicht unfreundlich: »Was ist dir, Kind? Hast du dir Gedanken gemacht? Glaubst du, die Spione hätten den Mut, Hand an Federigo Confalonieri zu legen?« Sie lachten jetzt beide. »Ich glaube auch nicht mehr, daß sie es tun werden«, sagte Teresa; »aber noch sicherer macht es mich, daß sie es nicht ohne Gottes Willen tun können.«

Daß ihr Mann gerade in diesem Augenblick gekommen war, erschien ihr wie eine Antwort Gottes auf ihr Gebet und ihre Ergebung: Sieh, da ist er! Sie glaubte zuversichtlichen Herzens zu sein; in der Nacht aber hatte sie einen beängstigenden Traum von ihrem Kinde, das im Alter von drei Jahren verstorben war. Es trat im Hemdchen vor ihr Bett, faßte sie bei der Hand und zog sie mit sich, die selig bange, klopfenden Herzens folgte. Sie gingen durch das Haus und durch viele dunkle Straßen auf nackten Füßen, ohne daß ihnen ein Mensch begegnete, bis zum Friedhof, wo das Erbbegräbnis der Confalonieri war. Dort hob das Kind mit seiner kleinen Hand die Marmorplatte vom Grabe, so wie man ein Blatt in einem Buche blättert, und ging eine Treppe hinunter in die Erde. Sie sah in dem dunklen Gange, wo es kühl und schaurig war, den zarten Engelsleib vor sich glänzen und wußte, daß das Kind sie zu Federigo, seinem Vater, führen wollte. Obwohl sie sich glücklich geborgen bei der verklärten Seele fühlte, graute ihr doch, daß es immer tiefer hinunterging, und sie fragte: Ist er noch nicht hier? Da wendete sich das Kind nach ihr um, schüttelte den Kopf und lächelte todestraurig, indem es mit der Hand in die bodenlose Tiefe deutete. Als sie erwachte, mußte sie weinen; dennoch fühlte sie sich begnadet wie immer, wenn sie von ihrem Kind geträumt hatte; denn sie glaubte fest, daß der Himmelsabgesandte, der ein Stück ihres Leibes und ihres Herzens war, in Wirklichkeit bei ihr gewesen sei, diesmal, um sie vor der Gefahr, die Federigo drohte, zu warnen. Es wurde von diesem

Kinde, an das sie beständig dachte, niemals zwischen ihr und ihrem Mann gesprochen; es war nämlich an den Folgen eines Sturzes gestorben, den es durch seine Schuld getan hatte, da er es liebte, unbändig mit der Kleinen zu spielen, um ihr die Ängstlichkeit, die er albern fand, abzugewöhnen. Der Schmerz verschloß anfänglich ihr Herz so sehr gegen ihn, daß sie kaum seinen Anblick ertragen konnte, was er mit dem Vorwurf der Kälte und der Ungerechtigkeit erwiderte, anstatt die Unglückliche durch den Hinweis auf die Gemeinsamkeit des Verlustes und der Trauer zu gewinnen. Mit der Zeit glich sich die Entfremdung aus, doch blieb die Erinnerung daran so bitter, daß sie es vermieden, das zu berühren, wodurch sie herbeigeführt war.

Jetzt glaubte sie indessen, ihm die Warnung des Himmels mitteilen zu müssen, und erzählte ihm den Traum, während sie beim Frühstück zusammensaßen. Er betrachtete sie gerührt: ihr Gesicht sah jung und schimmernd aus, und er glaubte darin lesen zu können, wie ihr zumute war, als fühle sie noch die Hand des verklärten Lieblings, der durch die unendliche Nacht in unvergänglicher Liebe zu ihr gekommen war. Die Tränen, die in seine Augen stiegen, verbergend, beugte er sich über ihre Hand und küßte sie; dann sagte er, der Traum sei ohne Zweifel durch die Beängstigungen des vergangenen Tages entstanden, immerhin wolle er tun, was möglich sei, um sie zu beruhigen. Zur Flucht sei noch kein Anlaß; hingegen erinnerte er sie daran, daß von einem Zimmer des zweiten Stockes ein Gang zu einer Falltür führe, durch welche man auf das Dach gelangen könne. Hier, sagte er, stehe ihm im letzten Augenblick noch ein Weg zur Rettung offen, indem er vom Dache in ein Nebenhaus eindringen und sich dort etwaigen Verfolgern entziehen könne. Teresa begnügte sich damit, ohne überzeugt zu sein.

Um ihr einen Wunsch zu erfüllen, hatte Federigo sich bereit erklärt, dem Bildhauer Comolli einige Stunden zu einem Reliefbilde zu sitzen. Er war auf dem Wege dorthin, als ihn ein junger Mann grüßte, der ihm bekannt vorkam und dessen Anblick ihm eine widrige Empfindung erregte, die durch seine Erscheinung durchaus nicht zu erklären war. Er hatte ein angenehmes Gesicht mit klugen, ein wenig schelmischen Augen, und sein Gruß war untertänig, allerdings mit einer Beimischung von Vertraulichkeit, als ob eine besondere Beziehung zwischen ihm und dem Grafen bestehe. Im Weitergehen besann er sich darauf, daß es einer der Beamten war, die im Frühling die Haussuchung bei ihm vorgenommen hatten, nämlich der, welcher ihm angeboten hatte, etwaige verdächtige Papiere zu verwahren. Es fiel ihm ein, daß er möglicherweise beauftragt sein könnte, ihn zu überwachen, und er dachte daran, aus Comollis Fenster zu sehen, ob er sich in der Nähe aufhielte; aber er warf den Gedanken wieder weg und wurde dort auch sogleich davon abgelenkt. Es war eine Engländerin in dem Atelier des Bildhauers, die Federigo von einem früheren Aufenthalt in Mailand kannte, und bei seiner lebhaften Sympathie für England und alles Englische war er bald in einem anregenden Gespräch mit ihr. Comolli, den der störende Besuch in üble Laune versetzt hatte, heiterte sich etwas auf bei der Aussicht, daß Federigo ihm um so länger und ruhiger sitzen würde, wenn die Dame ihn unterhielte, am besten ihm etwas vorläse. Sie erklärte sich dazu bereit, stellte aber zunächst die Frage, ob Confalonieri wisse, daß Silvio Pellico zum Tode verurteilt sei; ihr sei es von einer in Venedig lebenden englischen Familie als Tatsache mitgeteilt worden. Er antwortete, daß er noch nichts davon gehört habe, daß das Urteil wohl gefällt sein könne, daß es aber nach seinem Dafürhalten nicht werde vollzogen werden. Wenn es sich bewahrheiten sollte, müßte man eine Petition an den Kaiser gelangen lassen, der freilich als hartnäckig und schwer zu beeinflussen gelte. Die Dame äußerte ihre Entrüstung, daß so rücksichtslos gegen einen Dichter vorgegangen werde; wohingegen Federigo lachend meinte, man könne vom Staate nicht mehr Rücksicht gegen den Künstler verlangen, als der Künstler auf ihn nehme. »Was?« brummte Comolli, »der Künstler sei nicht mehr als der Staat? Die Kunst ist der Gipfel der Schöpfung, der Staat ein notwendiges Übel, und notwendig auch nur dann, wenn er den Menschen und besonders den Künstlern angenehme Daseinsbedingungen verschafft.« Nachdem das Gespräch eine halbe Stunde lang lebhaft hin und her gegangen war, rief Comolli, der während dieser Zeit vergeblich versucht hatte, etwas von des Grafen Profil zu erhaschen, in hervorbrechendem Zorne: »Soll die Vorlesung nun endlich beginnen? Sonst kann ich einen Kutscher von der Straße heraufrufen, um mir zu Confalonieris Bilde zu sitzen.« Federigo stand auf und sagte lachend, die Zeit, die er für die Sitzung erübrigt habe, sei nun abgelaufen; er verabschiedete sich eilig und lachte noch auf der Treppe, während Comolli hinter ihm her schimpfte.

In diesen Tagen wurde bekannt, daß Graf Porro in seiner Abwesenheit zum Tode durch den Strang verurteilt worden war, was den Grafen Vitaliano veranlaßte, seinen Sohn zu einer Unterredung zu sich zu bescheiden. Dahin wäre es nun gekommen, sagte er mit erbittertem Vorwurf zu Federigo, er habe den Umgang mit Porro niemals gern gesehen, der würde nun *in effigie* gehängt; Federigo solle das beherzigen, er schaudere bei dem Gedanken, daß ihm sein Sohn eine solche Schande bereiten könne. *In effigie* sei doch immerhin besser als in Wirklichkeit, sagte Federigo kalt. »Für dich vielleicht«, sagte Vitaliano böse; »für mich wäre der Unterschied nicht so groß. Von dem Augenblick an, wo du verurteilt würdest, wärest du mein Sohn nicht mehr. Ich warne dich zum letzten Male; ich weiß, daß die Regierung mit dir unzufrieden ist, noch kannst du von deinen Irrwegen umkehren. Warum befassest du dich damit, Zeitungen zu schreiben und Schulen zu gründen, was deines Amtes nicht ist? Ich erwarte, daß es mit diesen Umtrieben nun für immer ein Ende hat.« Die Schulen, mischte sich Tante Pompea ein, möchten noch ihr Gutes gehabt haben, wenn auch Übertreibung dabei gewesen wäre, denn den Mädchen namentlich würde durch Gelehrsamkeit nur der Kopf verrückt; aber man wisse nicht, was man von einem Menschen denken solle, der die Straßen und Häuser mit einem Gase beleuchten wolle, welches giftig wäre. So etwas lasse vermuten, daß er von sich reden machen und der Regierung Verlegenheiten bereiten wolle. Federigo versuchte wie sonst mit einem Scherze zu antworten, aber er fiel frostig aus und beschwichtigte die anspruchsvolle Tante nicht. Der Anblick seines Vaters, dessen Gesicht glühend rot geworden war, und der einem gereizten Tiere glich, das durch Käfigstäbe von dem Gegenstande seiner Wut getrennt ist, war ihm unerträglich; er hatte das Gefühl, daß boshafte Hände an allen seinen Nerven zerrten. Weit fort von hier zu sein, in Ägypten oder Indien, wo die Menschen kaum den Namen von Mailand kannten, erschien ihm über alles begehrenswert; aber er unterdrückte den Wunsch, bis er fortgehen könnte, ohne den Schein der Flucht zu erwecken.

In der ersten Dezemberwoche wurde das Erscheinen mehrerer Damen der Aristokratie in der Scala erwartet, denen die Kaiserin von Österreich einen hohen Orden verliehen hatte, und die sich im Schmucke dieser Auszeichnung zeigen wollten. Teresa und ihre Freundinnen hatten sich verabredet, gleichfalls zu kommen, um jenen Damen ihre unverzierte Erscheinung entgegenzusetzen; sie trugen bis an den Hals geschlossene Kleider, die man *à l'italienne* nannte. Die kleine Gesellschaft war in besonders heiterer Stimmung, sogar Teresa strahlte in einem unschuldigen Triumphe. In der ersten Pause bemerkte Federigo den jungen Pallavicino, der im Gespräch mit einer Dame tapfer gestikulierte, um dann wieder zerstreut vor sich hinzustarren. »Er schildert ihr wahrscheinlich, was er heute zu Mittag gegessen hat«, sagte die Milesi. Giorgio seinerseits bemerkte nun die Confalonieri und machte Miene, aufzustehen und sie zu besuchen, als der Vorhang aufging und ihn daran verhinderte. Nach dem Akte war sein Platz leer, was nicht auffiel, da man häufig nur auf eine Stunde ins Theater ging, wenn andere gesellige Verabredungen vorlagen.

Am folgenden Morgen, als Federigo und Teresa beim Frühstück saßen, ließ sich Baron Trecchi bei ihnen melden. Sein Gesicht war voll und rosig wie immer, aber es war ein bekümmerter Blick in seinen Augen, der andeutete, daß ihn etwas Wichtiges und Unerwünschtes herführte. Die Einladung, am Frühstück teilzunehmen, lehnte er ab: er hatte eben erfahren, daß Giorgio Pallavicino am vergangenen Abend im Theater verhaftet worden sei, und konnte es nicht erwarten, sich mit Federigo darüber auszusprechen. Teresa war totenblaß geworden, und auch Federigo war betroffen. »Warum mußte er wiederkommen!« sagte er nach einer Pause; »ich hatte ihn dringend gewarnt. Es gibt Menschen, die sich selbst den Strick drehen, mit dem sie erwürgt werden.« »Glaubst du, daß ich etwas zu befürchten habe?« fragte Trecchi. »Sie werden Verhöre mit dem kleinen Giorgio anstellen, und wer weiß, was für Sprünge seine Zunge macht.« »Dich«, sagte Federigo lächelnd, »wird sie weder zum Olymp noch zum Tartarus tragen. Sie werden sich übrigens nicht die Mühe geben, halb Mailand einzusperren und auszufragen. Täten sie es aber, so würden sie in bezug auf dich bald einsehen, daß du ein ungefährlicher Feind bist.« Trecchi lachte, schon ein wenig beruhigt. »In diesem Augenblick wenigstens«, sagte er, »habe ich mehr Angst vor ihnen, als sie vor mir zu haben brauchen.«

Teresa wartete ungeduldig, bis er fortgegangen war, dann legte sie ihre beiden Hände gefaltet auf Federigos Brust und bat: »Laß uns fliehen! Ach, laß uns fliehen! Wenn du es nicht willst, werde ich schweigen; aber einmal muß ich es noch sagen: Laß uns fliehen!« Er runzelte die Stirn und sagte unwillig: »Gerade jetzt! Daß einer meiner Anhänger verhaftet wurde, soll mir das Zeichen zur Flucht sein!« »Ach,« sagte Teresa, »sie werden alle die Verantwortung auf dich werfen, vielleicht im Vertrauen, daß du die Zeit benützt habest, um dich zu retten.« Er besann sich einen Augenblick, dann sagte er kurz, indem er ihre Hände von sich ablöste: »Nein, es kann davon nicht die Rede sein. Sprich nicht mehr davon, du weißt, daß ich solche Auftritte nicht liebe.«

In der Meinung, daß die Freundinnen mehr über ihren Mann vermöchten als sie selbst, fuhr sie zur Milesi, deren noch verstörte Dienerin sie mit der Nachricht empfing, daß ihre Dame vor einigen Stunden von Polizisten verhaftet und fortgeführt worden sei. Doppelt beängstigt fuhr sie zu Mathilde Dembowsky, die sie allein zu Hause traf; aber diese weigerte sich, Federigo zuzureden, er möchte fliehen, da sie vielmehr stolz und froh sei, ihn groß handeln zu sehen. »Wenn die Milesi verhaftet ist,« sagte sie, »wird die Reihe auch an mich kommen; aber ich denke nicht daran, zu fliehen, sondern ich freue mich darauf, den Elenden ins Gesicht zu sagen, was ich denke.«

»Ja, du!« sagte Teresa schmerzlich. »Was können sie dir tun? Sie wollen dich erschrecken und etwas von dir erfahren. Glaubst du, daß sie uns Frauen hoch genug achten, um uns zu fürchten?

Nur der ist in Gefahr, den sie fürchten, und du weißt, daß das Federigo ist. Aber er ist nicht dein Mann.« Die Dembowsky schloß die Augen, so daß ihre langen Wimpern wie ein schwarzes Band auf ihren weißen Wangen lagen, rückte dann dichter zu Teresa und schlang ihre Arme um sie. »Er ist doch deiner, den ich liebe«, sagte sie. »Euch beide liebe ich und möchte euch glücklich sehen. Aber es wäre mir ein unheilbarer Schmerz, wenn ich Federigo geringer achten müßte, als er bisher vor meiner Seele stand. In ihm sah ich Italiens Größe und Italiens Zukunft. Vertraue ihm doch, er wird ohne uns das Rechte wählen.« Teresas große Augen standen voll Tränen. »Du liebst nicht«, flüsterte sie mit zuckenden Lippen. Die Dembowsky sah sie mit traurigem Vorwurf an. »Ich liebe seine Größe,« entgegnete sie, »anders kann ich nicht.«

Inzwischen hatten Teresas Worte Federigo quälend im Sinn gelegen; er fing an, die Möglichkeit ins Auge zu fassen, daß er bisher unrichtig geurteilt hätte und daß er Pflicht und Klugheit außer acht setzte, während er glaubte, über allem Tadel zu handeln. Eine unerträgliche Unruhe trieb ihn aus dem Hause auf die Straße und wieder zurück und im Hause durch alle Räume. Wie er so plötzlich vor Teresa stand, die eben heimgekehrt war, sah er so anders aus, als wie sie gewohnt war, daß sie sich nicht sofort in ihn finden konnte. »Kann ich denn fliehen?« sagte er. »Ich? Weißt du denn nicht, daß der Kapitän seine Ehre verliert, der das sinkende Schiff verläßt, bevor alle gerettet sind?« »Das ist nicht das rechte Bild«, antwortete sie; »dieser Sturm gilt nur dir, und vielleicht hilfst du allen mehr, wenn du dich rettest, als wenn du dich auslieferst.« Während sie dies sagte und ihn ansah, mußte sie an einen Löwen denken, der sich im Netze des Jägers gefangen hat und nach langem, vergeblichem Umwälzen, um es zu zerreißen, fühlt, daß er sich ergeben muß. Dies war der Mann, den ein mächtiger Kaiser fürchtete; er stand vor ihr wie ein Kind, das alle verlassen haben, mit bittenden, Zuflucht suchenden Augen. Ein warmer Strom von Zärtlichkeit durchflutete sie; sie ergriff seine beiden Hände, drückte sie an ihr Herz, küßte sie und sagte: »Glaube mir, niemand wird dich schmähen, alle werden dich loben. Du tust es ja für mich, für mich, die dich anbetet und ohne dich nicht leben kann.« Er zog sie an sich und hielt sie in seinen Armen, augenscheinlich erschüttert. »Teresa,« sagte er, »ich hätte eher an dich denken sollen!« Sie glaubte, daß es nun abgemacht sei, und wollte sich unverzüglich zur Abreise fertig machen, allein er sagte, sich so zu überstürzen sei nicht notwendig. Er müsse durchaus einige Vorbereitungen und Anordnungen wegen seines Vermögens treffen, was aber hoffentlich bis zum nächstfolgenden Tage erledigt sein würde. Damit mußte sie sich begnügen, und es wurde ihr leichter, weil sie selbst im Hause mancherlei zu ordnen hatte, womit ihr die Zeit schnell verging.

Am nächsten Vormittag überraschte sie der Besuch der Milesi, die, in ein Spitzentuch und in einen langen Mantel gehüllt, aus der Untersuchungshaft kam, um ihrer Freundin zu sagen, daß Federigo Mailand verlassen müsse. Aus den Fragen, die man an sie gerichtet habe, sei ihr deutlich geworden, daß es auf ihn abgesehen sei. Sie habe sich kein Zeugnis gegen ihn ablisten lassen, aber andere könnten weniger geschickt oder glücklich sein. Teresa sagte ihr, daß ihr Mann zur Flucht entschlossen sei, aber nicht vor dem nächstfolgenden Tage, dem dreizehnten Dezember, fort könne; vielleicht indessen würde ihre Warnung die Abreise beschleunigen. Plötzlich fing die Milesi hell zu lachen an, schlug in die Hände und sagte: »Oh, ich könnte euch erzählen! Was sie mich gefragt haben, und was ich geantwortet habe! Aber ich werde euch alles erzählen, wenn wir wieder sorglos zusammen sind.« Sie eilte fort, denn sie glaubte, die Polizei beobachte sie noch, und wollte womöglich vermeiden, daß ihr Besuch im Hause Confalonieri bekannt werde.

Die Abreise beschleunigen wollte Federigo nicht. Auf einen Tag mehr komme es nicht an, auch wolle er nicht als ein Bettler ins Ausland flüchten. Er müsse sehen, soviel wie möglich von seinem Vermögen flüssig zu machen, und das erfordere Zeit; auf seinen Vater dürfe er nicht rechnen, das wisse Teresa wohl. Auch müsse er den Weg festsetzen, den sie nehmen wollten, und die Leute finden, die ihnen behilflich wären.

Der zwölfte Dezember war ein dunkler Tag; in der Nacht war Tauwetter eingetreten, Südwind wehte, und der Schnee, der auf den Dächern und der Straße gelegen hatte, löste sich in breiigen Schmutz auf. Am Abend saßen Federigo und Teresa im Wohnzimmer, dessen Fenster mit gelber Seide verhängt waren und dem die Möbel aus goldbraunem Nußbaum mit Einlagen aus Elfenbein und farbigen Hölzern einen warmen Ton gaben. Das Feuer im Kamin war erloschen, aber sie dachten nicht daran, neues anzünden zu lassen. Nachdem nun alle Vorbereitungen getroffen waren, konnte Teresa die Angst, es könne noch etwas dazwischenkommen, kaum noch ertragen. Halb bewußtlos zählte sie die Tropfen, die in regelmäßigen Abständen von der Dachrinne fielen; sie sprach nicht, im Gefühl, daß das Lautwerden ihrer eigenen Stimme ihr Grauen erregen würde. Federigo, der ihre Stimmung mitempfand, suchte sie zu beruhigen, indem er sagte, daß sie ihn nicht bei Nacht verhaften würden, daß also heute keine Ursache zur Besorgnis mehr sei und daß sie morgen in früher Stunde das Haus verlassen würden; es war verabredet, daß der Wagen sie vom Hause des Barons Trecchi aus abholen sollte. Er schlug vor, sich schlafen zu legen, womit Teresa einverstanden war; sie waren im Begriff, aufzustehen und das Zimmer zu verlassen, als sie das Rollen eines Wagens auf der Straße hörten. Sie hörten, wie er vor dem Hause hielt, das Öffnen und Zuwerfen des Wagenschlages, das Anläuten der Glocke, das Öffnen und Schließen des Tores, Stimmen und Schritte auf der Treppe. Beide standen regungslos, die Augen auf die Tür geheftet, in der einen Augenblick später eine verschleierte Dame erschien, die Gräfin Bubna, die atemlos und augenscheinlich in großer Erregung war. Den Schleier zurückschlagend, ging sie ohne Gruß auf Federigo zu und sagte: »Ich bin gekommen, um Sie im Wagen über die Grenze zu bringen. Wenn Sie nicht mit mir kommen, sind Sie verloren.« Federigo trat einen Schritt zurück und runzelte unwillig die Brauen. »Ich bin kein Verbrecher,« sagte er ablehnend, »wie sollte ich in einem Staate, wo das Recht herrscht, verloren sein?« »Ach, streiten wir nicht um Worte«, entgegnete sie ungeduldig; »ich weiß, daß Ihr Leben in Gefahr ist.« Da sie das innerste Widerstreben Federigos fühlte, wandte sie sich zu Teresa und sagte kurz: »Helfen Sie mir! Ihres Mannes Leben ist in Gefahr.« Teresa war dem Vorgange mit großen

Augen gefolgt; so erschöpft wie sie war, spielte sich alles, was geschah, in klaren, scharfen, grell beleuchteten Bildern vor ihr ab, von denen sie kaum die Empfindung hatte, daß sie wirklich mit ihr zusammenhingen. Sie vermochte nichts, als die Hand auf Federigos Arm zu legen und seinen Namen auszusprechen; ohnehin wußte sie, daß es keinen Einfluß auf ihn haben würde. Indessen ballten sich die Hände der Gräfin Bubna vor zorniger Ungeduld; sie hätte Federigo packen und mit Gewalt in ihren Wagen schleppen mögen. »Sie glauben nicht, daß ich gut unterrichtet bin?« sagte sie. »Ich wäre nicht gekommen, wenn es noch ein anderes Mittel, Sie zu retten, gäbe. Es ist das einzige, das letzte!« Wie sie sah, daß jedes ihrer Worte ihn in seinem widerstrebenden Willen nur noch mehr erstarren ließ, drehte sie sich um und wollte gehen; in der geöffneten Tür jedoch blieb sie stehen und rief: »O Gott!« indem sie das Gesicht mit ausbrechenden Tränen in die Hände drückte. Federigo machte Miene, sie zu begleiten, aber sie warf die Tür hinter sich zu und eilte so schnell die Treppe hinunter an den Wagen, daß er sie nicht mehr erreichte. Als er wieder in das Wohnzimmer kam, stand Teresa noch an derselben Stelle; er küßte ihre Hand und sagte, daß sie morgen bei Tagesanbruch das Haus verlassen und zu Fuß dahin gehen wollten, wo der Wagen sie erwarte.

So früh sie indessen auch aufstanden, kamen die Polizeibeamten, die den Grafen verhaften sollten, doch noch eher. Es waren nicht dieselben Männer, die das erste Mal gekommen waren, noch hatten sie dieselben Instruktionen; als Teresa ihnen entgegenging, um Federigo Zeit zur Flucht zu lassen, und ihnen sagte, er sei noch nicht angekleidet, erwiderte der Polizeikommissar Bolza, der an ihrer Spitze stand, spöttisch lachend, ihretwegen brauche er keine Umstände zu machen, und auf seinen Wink suchte einer sie gewaltsam von der Tür fortzuschieben, vor welcher sie stand. Federigo trat im selben Augenblick ein und verwies dem Manne sein rücksichtsloses Benehmen gegen die Gräfin, worauf Bolza entgegnete, der Mann habe seine Pflicht getan, der Graf müsse ihnen sofort auf die Polizei folgen, wo man ihm einige Fragen vorzulegen habe. »Die Polizei wird warten, bis ich mich angekleidet habe«, sagte Federigo, konnte aber nicht verhindern, daß auf einen Wink Bolzas ihn einer der Häscher begleitete. Bei seinem Ankleidezimmer angelangt, rief Federigo diesem zu: »Warten Sie hier!« Da ihm der Mann aber doch folgte, packte er ihn am Fuße der Treppe, die zu der Dachtür führte, an der Brust und stieß ihn mit solcher Wucht zurück, daß er umfiel und die Besinnung verlor. Als er nach einigen Minuten wieder zu sich kam und dem Grafen nacheilte, fand er ihn mit Aufbietung aller Kräfte an der Tür rütteln, die verschlossen war. Er überhäufte ihn mit Vorwürfen und wollte ihm Handschellen anlegen, damit er ihm nicht zum zweiten Male einen solchen Streich spielen könne. »Du wirst mich nicht anrühren!« sagte Federigo drohend, und der Mensch, dem es plötzlich erschien, als sei der Graf doch ein mächtiger Mann, den man klüger tue sich nicht zum Feinde zu machen, lenkte ein und entschuldigte seine Grobheit. »Helfen Sie mir,« sagte Federigo, »mir die Hand zu verbinden, damit die Gräfin nicht erschrickt«; denn er hatte sich bei dem Versuch, die schwere Tür mit Gewalt zu öffnen, so verletzt, daß er blutete. »Der Herr Graf hat Muskeln wie ein geübter Fechter«, sagte der Mann anerkennend, während er dem Befehl Folge leistete; »man würde es nicht glauben, wenn man diese vornehme Hand sieht.« Federigo lächelte und sagte: »Es geht an mit den Muskeln; aber ich habe Kraft, wenn ich zornig bin. Jetzt, wo es vorüber ist, würde ich gegen Euch zurückstehen.« Teresa war, von den andern Männern beobachtet, stehengeblieben, ohne durch eine Miene zu verraten, mit welcher Angst sie wartete; auch als sie Federigos Schritte zurückkommen hörte und einsah, daß nichts mehr zu hoffen war, verriet sie durch kein Zeichen, was in ihr vorging. Er umarmte und küßte sie, indem er sagte: »Lebe wohl, Liebe, wir werden uns bald wiedersehen«; in seinem Blick lag die Zufriedenheit mit ihrer würdigen Haltung.

Im Gefängnis wurde der Graf von dem Direktor desselben, Caldi, einem beweglichen kleinen Manne mit pfiffigem Gesicht, unter lebhaften Achtungs- und Freudenbezeugungen empfangen. Er rechne es sich zur Ehre an, sagte er, einen solchen Mann, wie der Graf Confalonieri sei, in seinem Hause zu empfangen. Er habe eigens für ihn das geräumigste und freundlichste Zimmer ausgewählt und hoffe, der Graf werde sich wohl darin fühlen. Auf den Wunsch des Grafen könne es geheizt werden, außerdem komme am Nachmittag die Sonne herein und bleibe bis zum Abend; es sei ein Zimmer für Naturfreunde. Federigo dankte und erklärte sich zufriedengestellt; als er allein war, sah er sich mit Befremden um: das Zimmer war nicht gerade klein, aber kahl, schäbig und trübe; eine eiserne Bettstelle war darin, ein Tisch, einige Stühle, ein Schrank aus bemaltem Tannenholz und ein andrer, noch roherer Tisch, auf dem ein kleines, blechernes Waschgeschirr stand.

Er fühlte sich todmüde und ruhebedürftig; aber es ekelte ihm vor dem Bett, von dem er nicht wußte, wie viele vor ihm darin gelegen haben mochten. Das Bewußtsein, daß er tagelang, vielleicht wochenlang in diesem Raume würde bleiben müssen, überfiel ihn gewaltsam: die Vorstellungen drehten sich in seinem Kopfe, wie wenn er wahnsinnig würde. Mit einer äußersten Anstrengung suchte er den Taumel seines Inneren zu bemeistern. ›Bin ich ein Sklave,‹ dachte er, ›daß die Klarheit und die Ruhe meines Geistes von dem Zimmer abhängen, wo ich mich aufhalte?‹ Er ging einige Male auf und ab und legte sich dann auf das Bett, das nur einige Zoll länger war, als seine Größe betrug, und überdachte seine Lage.

Aus den wenigen Fragen, die ein Richter sogleich nach seiner Ankunft im Gefängnis an ihn gestellt hatte, ging hervor, daß von Untersuchungsgefangenen Belastendes gegen ihn ausgesagt worden war; allein er glaubte, daß er sich dagegen behaupten würde, wenn er nur erfahren könnte, wie weit Pallavicino, dessen Aussage zumeist in Betracht kam, mit seinen Zugeständnissen gegangen war. Dieser selbst mußte wünschen und alles Erdenkliche versuchen, sich mit ihm in Verbindung zu setzen; es war anzunehmen, daß er über die Möglichkeiten dazu schon unterrichtet war.

Seine Überlegungen wurden durch einen Aufwärter unterbrochen, der nach den Wünschen des Grafen in bezug auf das Mittagessen fragte. Er sagte, daß er Riboni heiße und künftig den Grafen bedienen würde; sein Gesicht trug den Ausdruck tiefer Besorgnis und Bedenklichkeit, der durch eine angenehme Gemütlichkeit in seinem Wesen und seiner Art zu sprechen versüßt wurde. Auf die Antwort Federigos, daß er Suppe, Fleisch und Gemüse und ein Glas Wein wünsche, sagte er tadelnd, der Graf solle nicht in so wegwerfender Weise vom Essen sprechen; es gebe hier einen Koch, von dem der Direktor Caldi selbst sage, daß der König von Frankreich keinen besseren besitze. Sein Name sei Cisalpino, und es habe seine besondere Bewandtnis mit ihm; wenn er wisse, um welche Person es sich handle, werde er ohne Zweifel sein Talent mit besonderer Gefälligkeit in Ausübung setzen.

Das Essen war in der Tat gut, aber Federigo beachtete es nicht. Danach schlief er vor Müdigkeit ein und erwachte, als es im Zimmer schon dunkelte. Er ging an das Fenster, das wie alle andern vergittert war und die Aussicht auf den viereckigen Hof hatte; in der Mitte desselben befand sich ein steinerner Brunnen, hinter dem eine jetzt blätterlose Weide stand. Es fiel Schnee in großen Flocken, die wie losgerissene Fetzen aussahen und, sowie sie das Pflaster berührten, im flüssigen Schmutz vergingen. Eine Weile beschäftigte er sich damit, die einzelnen ins Auge zu fassen und in ihrem Schweben zu verfolgen, bis sie ihm entschlüpften und der kurze Lebenslauf zerronnen war. Dann dachte er wieder an Pallavicino und an die Notwendigkeit, sich mit ihm ins Vernehmen zu setzen. Nachbarn hatte er offenbar nicht; die Fenster auf dem gegenüberliegenden Flügel des Gebäudes schienen auf einen Gang zu führen. Der Hof lag totenstill; jetzt zum ersten Male sah er ein Mädchen, das zur Bedienung gehören mußte, mit einem Eimer zum Brunnen gehen. Sie ging offenbar der Kälte wegen mit eiligen Schritten und verrichtete ihr Geschäft, das sie gewohnt sein mochte, gleichgültig, ohne nach seinem oder einem andern Fenster hinaufzusehen.

Plötzlich fiel ihm ein, daß Teresa den Inhalt seines Schreibtisches ausräumen würde oder schon ausgeräumt hatte, damit bei einer erneuten Haussuchung der Polizei nichts Kompromittierendes in die Hände fiele, und daß sie dabei die Briefe jener Frau, die er liebte, gefunden haben müsse. Sie würde sie nicht lesen, aber auch ohne das rasch begreifen, da sie die Handschrift kannte, und so würde er ihr an einem Tage einen zwiefachen Todesschmerz bereitet haben. Es war ihm wie ein Fiebertraum, daß er, Federigo Confalonieri, nichts tun konnte, um einzuschreiten, vorzubeugen, irgendwie zu ordnen und zu helfen, daß er die Ruhe seiner Frau und die Ehre seiner Geliebten dem Zufall oder gehässigen Feinden preisgeben mußte. Während er, die Zähne aufeinanderbeißend, in die Dämmerung starrte, sah er an einem der gegenüberliegenden Fenster das blasse Gesicht Pallavicinos erscheinen, der vielleicht Erlaubnis hatte, in dem Gange spazierenzugehen. Unwillkürlich bewegte er die Lippen, um Giorgio aufmerksam zu machen; seine Augen drangen herrisch auf die weit offenen ein, die ihn erschreckt anstarrten, und mit der Hand machte er die Gebärde des Schreibens; unter den Wärtern war ohne Zweifel einer, der um Geld einen Zettel übermitteln würde. In dem ungewissen Licht glaubte er zu sehen, daß das blasse Gesicht am Fenster ein Lachen verzerrte, und gleich darauf verschwand es; er hätte sich einbilden können, daß es ein Blendwerk gewesen sei.

Er blieb stehen und wartete, ob es etwa wiederkäme, bis die Dunkelheit sich dazwischenballte. Dann fing er wieder an, im Zimmer auf und ab zu gehen, die Aufmerksamkeit auf irgendein Zeichen spannend, das Pallavicino ihm etwa gäbe. Vielleicht, dachte er, brächte ihm Riboni mit dem Abendessen einen Brief; aber der war augenscheinlich unbefangen. Ob viele Untersuchungsgefangene da seien, fragte ihn Federigo.

»Wir haben das Haus voll«, sagte Riboni, sorgenvoll die Brauen hochziehend. »Wir haben außerordentlich zu tun, um alle zufriedenzustellen; denn es sind fast alle verwöhnte Herrschaften, wenn auch natürlich mit Unterschied. Jeder hat seine Eigenheiten: der eine weint, der andere betet, der dritte trinkt, und obwohl es unmoralisch klingen mag, dies letztere ist der Mangelhaftigkeit aller Verhältnisse am meisten angemessen.« Federigo antwortete, er sei bis jetzt noch mit anderen Mitteln dagegen aufgekommen, worauf Riboni ihn von der Seite ansah und in ein klägliches Gewinsel ausbrach, das sich bei schärferer Beobachtung als seine Art zu lachen erwies.

Das erste Verhör fand statt, ohne daß irgendeine Nachricht von Pallavicino an ihn gelangt war. Von den fünf Richtern, vor die er geführt wurde, waren die meisten Italiener, einige Tiroler. Sie verkehrten untereinander und mit ihm in einem gemütlichen, beinah nachlässigen Ton, der ihm nicht gefiel, der aber auch nichts Aufregendes hatte; nur der Untersuchungsrichter, ein Mailänder namens Menghini, ein magerer Mann mit gelblicher Gesichtsfarbe, war reizbar und konnte plötzlich bei einem unwesentlichen Punkte mit bösartiger Hartnäckigkeit auf seiner Meinung bestehen, während er im allgemeinen den ganzen Fall als etwas Beiläufiges behandelte, worüber man sich schon einigen würde. Hatte Federigo auch damit gerechnet, daß ungünstig über ihn ausgesagt war, so wurden seine schlimmsten Befürchtungen doch durch das, was er erfuhr, übertroffen: Pallavicino nämlich hatte gestanden, daß er die Reise nach Piemont im Auftrage Confalonieris gemacht habe, und hatte das Protokoll dieser Aussage mit seinem Namen unterzeichnet. Als ihm dies von Menghini mit einem triumphierenden Lächeln vorgelegt wurde, sagte Federigo, er zweifle, ob das Pallavicinos Handschrift sei, woraus eine hitzige Auseinandersetzung entstand; denn Menghini, dem das Blut in den Kopf schoß, entgegnete feindselig, was der Graf damit sagen wolle. Ob er glaube, man fälsche hier Unterschriften. Ob er glaube, man bedürfe listiger Fallstricke, um ihm seine politischen Umtriebe nachzuweisen. Gerade ihm müsse Pallavicinos Handschrift wohlbekannt sein, und er könne seinen Zweifel nur in beleidigender Absicht ausgesprochen haben. Als Federigo zu Worte kommen konnte, sagte er, er habe nicht glauben können, daß Pallavicino seinen Namen unter eine Bezichtigung gegen ihn gesetzt habe, die noch dazu falsch sei; das sei alles. Die kühle Sicherheit, mit der er sprach, setzte die Richter, die ihn neugierig beobachteten, in Erstaunen, es war nichts davon zu bemerken, wie sehr sein Gemüt erschüttert war.

Als er in sein Zimmer zurückkam, fand er es überheizt, öffnete das Fenster und setzte sich davor. Er hatte eingesehen, daß seine Lage gefahrvoller war, als er geglaubt hatte; aber nicht das überwältigte ihn, sondern daß es durch die Schuld eines seiner ergebensten Anhänger so gekommen war. Er hatte nie daran gezweifelt, daß sie alle sich eher das Leben als ein verderbliches Wort gegen ihn würden entreißen lassen, so wenig wie ein Kind gegen seinen Vater oder ein Knecht gegen seinen

König zeugt. Verraten war er von einem, den er für unbesonnen, aber für unwandelbar treu gehalten hatte; er glaubte einen Ausdruck von Mitleid und Schadenfreude in den Augen der Richter gelesen zu haben. Es war ihm so zumute, als ob er hätte weinen können. Wie am Tage vorher fiel Schnee, nur daß die Flocken noch größer und dauerhafter waren; sie flogen bald abwärts, bald wieder nach oben wie beseelte Geschöpfe, und zuweilen standen sie still in der Luft und schienen ihn anzusehen.

Als Riboni mit dem Mittagessen kam und das offene Fenster sah, schalt er, indem er es schloß, über die Verschwendung der kostbaren Wärme und Federigos Leichtsinn, mit dem er sich der kalten Luft ausgesetzt hätte. Dieser bemerkte erst jetzt, daß ihn fror und daß das Zimmer völlig durchkältet war. Nun fiel es Riboni auf, daß er bleich und traurig aussah; er zuckte ein paarmal die Schultern und sagte: »Ja, ja!« und reichte dem Grafen ein Glas Wein mit der Aufforderung, zu trinken. »Wenn Ihr mit mir trinkt«, sagte Federigo, worauf Riboni bereitwillig ein Glas holte und ihm Bescheid gab. »Es geht nicht ohne Trinken«, sagte er mit Überzeugung; »die Welt ist zu mangelhaft. Allerdings ist es mein Grundsatz, öfters, aber mit Maß einen Tropfen zu mir zu nehmen, während bei Cisalpino, dem Koch, auf je zwei oder drei Monate völliger Nüchternheit ein Monat des Saufens kommt.« Cisalpino, erzählte er, habe eine Geliebte, ein Teufelsweib, mit der er nicht länger als ein paar Monate in Frieden leben könne, dann gäbe es Streit und Schlägerei, und sie verlasse ihn. Ohne sie könne er aber noch weniger leben; er fange aus Verzweiflung zu saufen an, werde nachlässig und gewissenlos im Kochen, lasse alles versalzen und verbrennen. Schließlich erfolge eine Versöhnung mit der Entlaufenen, dann gehe es wieder aufwärts, und die Küche floriere, bis neuer Hader ausbreche und die übliche Katastrophe herbeiführe.

Federigo anerbot sich, nach dem Wohlgeschmack des Essens auf die Stufe zu schließen, wo Cisalpinos Entwicklungsgang eben angekommen sei, und riet richtig, daß er seit etwa einer Woche mit der Geliebten wieder versöhnt sei. Über diesen Beweis von Seelenkunde und einer feinen Zunge war Riboni hoch

erfreut. Wenn Cisalpino erführe, meinte er, wie fein der Graf seine Arbeit zu schätzen wisse, würde er zu noch höheren Einfällen angeregt werden und vielleicht sogar das nächste Mal den Verlust der Geliebten ohne Schaden des Berufes ertragen.
Nach dem Essen brachte Caldi einige Bücher aus seiner Bibliothek, die sein Vater, wie er erzählte, von seinem Oheim, der Apotheker gewesen sei, ererbt habe, und die von unschätzbarem Werte sei. Sie bestand aus Arznei- und Kräuterbüchern, die zum Teil astrologischen Inhalts waren, und Geschichten von Märtyrern und Ketzern, deren mannigfache Todesarten dem längst verstorbenen Apotheker seine Mußestunden verkürzt haben mochten. Sie waren sämtlich in lateinischer Sprache verfaßt und schienen Federigo brauchbar, seine Kenntnisse darin aufzufrischen. Nachdem er einige Stunden dabei zugebracht hatte, vermochte er ruhiger über die Erfahrungen des Nachmittags zu urteilen. Pallavicino hatte sich vielleicht durch geschickt gestellte Fragen umgarnen lassen; ja es war anzunehmen, daß die Leiden der Gefangenschaft seinen unbefestigten Geist aus dem Gleichgewicht gebracht hatten. Er selbst mußte sich den Vorwurf machen, daß er ihn damals nicht aus dem Spiele gelassen hatte; denn er erinnerte sich, daß er geschwankt hatte, bevor er ihn die wichtige Reise nach Turin unternehmen ließ, und daß Teresa ihn davor gewarnt hatte. Er beschloß, darüber nicht mehr zu grübeln, sondern sich über sein eigenes künftiges Verhalten klarzuwerden.
Daß er das Recht, ja die Pflicht habe, sich bis aufs äußerste zu verteidigen, war ihm nicht zweifelhaft. Die Rolle, die er als Staatsmann, als Verschwörer gespielt hatte, war durchaus von seinen menschlichen Beziehungen getrennt; sie niemals offenbar werden zu lassen, war er denen, die mit ihm gekämpft hatten, und der Idee selbst, für die er kämpfte, schuldig. Er hatte sich nicht menschlich gegen einen Menschen versündigt: er stand als Feind einem mächtigen Feinde gegenüber, dessen Rache sich auszuliefern schwachmütige Torheit gewesen wäre. Das Zeugnis Pallavicinos allein konnte ihn nicht verderben; er wollte dabei bleiben, es zu bestreiten, wie überhaupt alles, was ihm selbst oder andern gefährlich werden konnte.
In dem zweiten Verhör erfuhr er, daß ein anderer Anklage-

punkt darin bestand, er habe an einer Verschwörung gegen das Leben des Feldmarschalls Bubna teilgehabt. Federigo zog die Augenbrauen zusammen und sagte, es sei wohl bekannt, daß er mit dem Feldmarschall in freundschaftlichen Beziehungen gestanden habe. Allein Menghini antwortete: »Was beweist das?« Bubna hätte eben ausrufen können: Auch du, Confalonieri!, eine Wendung, die ihn selbst und die übrigen Richter sehr zu belustigen schien. Es war ersichtlich, daß sie zwar der Anklage keinen großen Wert beilegten, da sie nicht durch Beweise unterstützt und offenbar auf Geschwätz zurückzuführen war, daß sie aber andererseits die Tatsache nicht unglaubwürdig fanden. Federigo empfand Ekel und Grauen: er wußte nicht, wie er sich gegen eine Beschuldigung verteidigen sollte, die er, wenn er frei gewesen wäre, nur durch eine Forderung zum Zweikampf hätte erwidern können. Bubna selbst, dessen mächtiger Kopf mit den klugen und guten Augen vor seiner Seele stand, würde der Verleumdung keinen Glauben schenken, ja den Verleumder mit einem Fußtritt von sich stoßen; ob aber seine Landsleute in Mailand ebenso verfahren würden, dessen war er nicht sicher. Plötzlich erinnerte er sich jener Zeit, wo ein ungreifbares, schleichendes Geflüster ihn als den Mörder jenes napoleonischen Ministers Prina bezeichnet hatte, der der Revolution zum Opfer gefallen war, und er übersah auf einmal, wie wenig sich viele besinnen würden, ihm ein Verbrechen ähnlicher Art zuzutrauen, wenn es auch durch seine freundschaftliche Beziehung zu Bubna noch niederträchtiger geworden wäre.

Menghini, dem das Gefühl, den Grafen beleidigt zu haben, unbehaglich war, besuchte ihn am folgenden Tage auf seinem Zimmer und suchte ihn zu begütigen. »Lieber Graf,« sagte er, »ich begreife nicht, warum Sie sich nicht offen über alles aussprechen. Damit wäre diese unglückliche Sache erledigt, unter der ich kaum weniger als Sie leide. Der Milde des Kaisers darf sich ein reuig Geständiger unbedenklich anvertrauen. Glauben Sie nicht, daß mein Beruf gegen menschliche Empfindung verhärte: Ich habe Verständnis für Ihre Ideen, wenn ich sie auch nicht gutheißen kann. Ich glaube Ihnen, daß Sie in der Sache mit dem Grafen Bubna unschuldig sind; aber verhielte es sich auch anders, so weiß ich doch, daß ein politischer Mord anders als ein gemeiner Mord einzuschätzen ist.« Federigo antwortete kühl, daß er, was er zu sagen habe, im Verhör gesagt habe und vertrauliche Eröffnungen nicht zu machen habe. Dieser Mann war ihm widerlich wie ein sich an der Erde windender Wurm, den man zertreten möchte, wenn eben das nicht noch mehr Ekel einflößte. »Sie besinnen sich vielleicht noch, lieber Graf,« sagte Menghini, in dessen Gesicht jetzt ein hämischer Zug getreten war; »ich will Ihr Bestes und rate Ihnen, wenigstens das zuzugestehen, was Sie doch nicht mehr leugnen können. Bücken Sie sich ein wenig, um leidlich durchschlüpfen zu können; das ist klüger, als sich aufrecht einfangen zu lassen.«

Nach vier Wochen etwa wurde ihm gemeldet, daß er Teresa sehen könne. Er hätte sich gefreut, wenn ihm nicht der Gedanke an die Briefe, deren Kenntnis er bei ihr voraussetzte, schwer aufs Herz gefallen wäre. Das peinliche Gefühl, ihr gegenüber schuldig zu sein, schwand jedoch, sobald er ihr gegenüberstand, deren strahlende Augen ihm nichts als eine Botschaft herzlicher Liebe bringen zu wollen schienen. Obwohl sie blaß und ein wenig leidend aussah, erschien sie ihm so schön und würdig wie je, ihre Miene süßer bewegt; ein Hauch von hilfreichem Liebeswillen strömte von ihr aus und umhüllte ihn wohltätig. Anstatt ihr zu sagen, was er sich vorgenommen hatte, daß er sich bewußt sei, ihr Unrecht getan zu haben, und ihre Verzeihung erbitte, gab er ihr nur beruhigende Auskunft über seine Gesundheit und empfahl ihr Ruhe und Zuversicht. Wie sie selbst sagte, verdankten sie die Zusammenkunft der Güte des Menghini, der ihr auch beiwohnte; denn sich ohne Gegenwart eines Dritten zu sehen, konnte ihnen nicht gestattet werden. Er hielt sich aber fern genug, daß sie eine Verabredung über zu wechselnde Briefe treffen konnten, die mit Federigos Wäsche abgeliefert und empfangen werden sollten.

Diese Briefe zu schreiben und zu lesen, war ihm eine Freude und ein Trost. Indem er auf ihr Zusammenleben zurückblickte, sah er ein, daß sie ohne Aufhören durch ihn gelitten hatte; durch seine Herrschsucht und Eifersucht wie durch seine Gleichgültigkeit. Er war die Ursache gewesen, daß sie das Kind, ihren Liebling, verloren hatte; durch seinen Stolz und seine Härte war sogar ihre Trauer verbittert worden. Für viele Frauen hatte er Neigung und Verständnis gezeigt, nur ihr hatte er sich entfremdet und die Großherzigkeit ihrer bescheidenen Treue mit frostiger Anerkennung erwidert. Es beruhigte ihn, ihr dies zu sagen und von ihr zu hören, daß sie wohl durch ihn gelitten habe, daß er ihr aber weit mehr Glück als Schmerz gegeben habe dadurch, daß er immer der Gegenstand ihrer Liebe gewesen sei. Er nahm sich vor, in der Zukunft, die ihnen gemeinsam noch gegönnt sein würde, von ganzem Herzen auf ihr Glück bedacht zu sein; so, dachte er, wäre wohl das Leben, daß man nicht immer auf geradem Wege ans Ziel komme, sonst wäre es nicht Leben, nämlich ein Spiel mancherlei Kräfte, ein Kaleidoskop unendlicher Farben und unendlicher Figuren.

Nach vier Monaten hatte der Prozeß noch kein Ergebnis geliefert; vielmehr lag er für Confalonieri günstiger als im Anfang, weil Pallavicino seine Aussage zurückgenommen hatte. Die Unzufriedenheit des Gouverneurs ärgerte Menghini und verstimmte ihn gegen den Grafen als die Ursache der Belästigungen, die er erfuhr; anderseits gönnte er dem Gouverneur die Schlappe, die er durch die übereilte Anklage erlitt. Die sämtlichen Richter sahen im Grunde den Prozeß für eine dornige Aufgabe an, die sie gern los gewesen wären; nichtsdestoweniger bedeutete es für sie eine empfindliche Kränkung, daß der Kaiser, als der Prozeß gegen die Carbonari in Venedig beendet war, den Tiroler Antonio Salvotti, der diesen zu seiner Zufriedenheit geführt hatte, an die Spitze der Mailänder Kommission stellte. Sie wußten von Hörensagen, daß Salvotti ehrgeizig war, Tag und Nacht arbeitete, seine Tätigkeit mit Hingabe wie etwas Heiliges ausübte und sie für mittelmäßige Juristen und Faulenzer hielt. Menghini besonders fand seinen Arbeitseifer und die strenge Frömmigkeit, die man ihm zuschrieb, von vornherein lächerlich, und da Salvotti aus Tirol gebürtig war und in Deutschland studiert hatte, hielt er ihn für einen Österreicher, was, obwohl er selbst österreichischer Beamter war, in seinen Augen gegen ihn sprach. Immerhin erfüllte es ihn mit einer gewissen Schadenfreude, daß der neue

Richter vermutlich mehr gegen Confalonieri ausrichten würde, da dieser dann zu spät einsehen müsse, was er an ihm verloren hätte.

Auf Federigo wirkte der Frühling erfrischend; er saß am geöffneten Fenster und suchte, gegen die gekreuzten Eisenstäbe gepreßt, sich so tief wie möglich in die durchstrahlte Luft hineinzubeugen. Sinnend betrachtete er die Weide am Brunnen, deren helles Grün seiden schimmerte; die Lieblichkeit des biegsamen Stammes erinnerte ihn an die ferne Frau, die er liebte. Er dachte, ob sie versuchen würde, Nachricht in seine Gefangenschaft gelangen zu lassen, und daß er, wenn er Gelegenheit hätte, ihr zu schreiben, ihr sagen wollte, daß sie einander nicht wiedersehen, ja nicht wieder schreiben dürften, bis es ihm gelungen sei, seine Leidenschaft zu besiegen. Dies Opfer wollte er Teresa bringen; auch schien es ihm an der Zeit, mit der Frauenliebe ein Ende zu machen; er fühlte sich in den wenigen Monaten gealtert. Immer wenn er die Weide ansah, erschien sie ihm wie ein feiner junger Leib, über den der Schleier gelöster Haare fällt; sie war es, ihre Seele, die vor seinem Fenster stand und ihm wehmütig Lebewohl sagte.

Nach seinem Dafürhalten waren seine Aussichten jetzt gut; man würde ihn lieber freisprechen, als ihn zu einer kurzen Freiheitsstrafe verurteilen, allenfalls ihn aus Italien verbannen. Vielleicht konnte er schon im Sommer mit Teresa in die Schweiz reisen, die Luft der Berge einatmen, die so rein und der Sonne benachbart war. Er stand in Beziehungen zu Staatsmännern und Philosophen der westlichen Schweiz und freute sich auf den persönlichen Verkehr mit ihnen, die in einer Atmosphäre von Tätigkeit, Sittenreinheit und vernünftiger Freiheit lebten, ungleich der Trägheit, dem wirkungslosen Aufschäumen, dem Schwelgen in Worten, wie es in Mailand herrschte.

Er war in diesen Vorstellungen, als Menghini eintrat und, die Aufforderung des Grafen kaum erwartend, sich zu ihm setzte. Er bedauerte, daß Confalonieri ihm kein Vertrauen geschenkt habe; sie alle achteten ihn, sein Schicksal gehe ihnen zu Herzen; er besonders, das müsse Confalonieri zugeben, habe ihm stets Teilnahme bewiesen. Nun würde vielleicht alles anders werden, da Doktor Salvotti, ein Fremder, ein Tiroler, ein

Teufel an Ehrgeiz, an die Spitze der Kommission trete, bei dem keine Rücksicht als vorwärtszukommen gelte. Die Aussicht, nicht mehr ausschließlich mit Menghini verkehren zu müssen, war Federigo angenehm; anderseits schien ihm jede Veränderung jetzt etwas Bedrohliches anzudeuten. Er fragte, ob der Prozeß in Venedig beendigt sei. Ebendeswegen, sagte Menghini, solle Salvotti befördert werden, weil der Kaiser mit seinen dortigen Leistungen ausnehmend zufrieden sei; er habe elf Todesurteile erzielt, welche freilich alle in vieljährige Kerkerstrafen umgewandelt seien. Federigo erkundigte sich nach dem Schicksal Pellicos, des berühmten Rechtsgelehrten Romagnosi und eines Professors Graf Ressi, der in den Prozeß verwickelt war, weil er einen Schüler als Carbonaro anzuzeigen unterlassen hatte. Menghini zögerte mit der Antwort; er habe schon zuviel gesagt, seine Teilnahme für Confalonieri habe ihn verführt, zu plaudern. Doch erzählte er nach kurzem Besinnen, Romagnosi sei freigesprochen, weil man ihm nichts Strafbares habe nachweisen können. Er habe sich in glänzender Weise verteidigt, und es verlaute, Salvotti habe die Gelbsucht bekommen, weil er diesen nicht habe überlisten können. Der arme Ressi dagegen sei zu zwanzig Jahren schweren Kerkers verurteilt worden. »In seinem Alter und bei seiner Kränklichkeit«, sagte Federigo, »wird er den Tag der Befreiung nicht erleben.« »Der ist bereits gekommen«, sagte Menghini, mit den Augen zwinkernd; »denn bevor noch das Urteil verkündigt wurde, ist er gestorben.« »Gott ist die höchste Instanz«, sagte Federigo ruhig und erkundigte sich nochmals nach dem Schicksal Pellicos. Er und Maroncelli, sagte nun Menghini, seien zum Tode verurteilt, aber zu zwanzigjährigem schwerem Kerker begnadigt, den sie auf dem Spielberg in Mähren abzubüßen hätten. Er hoffe, daß der Aufenthalt dort erträglich sei, sagte Federigo. Menghini zuckte die Achseln und sagte: »Es wird nicht gerade eine Sommerfrische sein.« Nach einer Pause sagte der Graf: »Armer Silvio! Ich wollte, ich könnte sein Schicksal mildern.« Menghini betrachtete den Grafen verstohlen. ›Verstellt er sich,‹ dachte er, ›oder kommt es nicht in seinen Sinn, daß er selbst weit ärmer und hilfloser ist als jener Pellico?‹ Es zwang ihn, sich diesen Kopf, der so frei und fürstlich getragen wurde, vorzustellen, wie er aussähe, wenn die Schnur um den Hals zugezogen würde; er ärgerte sich, daß er gekommen war, und schwur sich, diese Besuche künftig einem andern zu überlassen. Dabei fiel ihm Salvotti ein, und welche Enttäuschung für diesen, welchen Triumph es für ihn bedeuten würde, wenn es ihm jetzt noch gelänge, Confalonieri ein Geständnis zu entlocken. »Lieber Graf,« begann er, indem er ihm näher rückte, »Sie werden vielleicht bald nicht mehr Gelegenheit haben, sich mit einem Ihrer Richter vertraulich zu besprechen. Ergreifen Sie diese Gelegenheit: Mir können Sie sich anvertrauen. Die Indizien sind zu belastend gegen Sie, als daß Ihr Schweigen oder Leugnen Sie noch retten kann; aber ich zweifle nicht, daß Sie durch ein ausgiebiges Geständnis die Milde des Kaisers gewinnen werden.« Federigos Gesicht nahm einen strengen und hochmütigen Ausdruck an. »Ich bedarf nur der Gerechtigkeit des Kaisers«, sagte er, indem er aufstand, wie wenn er einen Bittsteller entlassen wollte.

Während des Besuches war die Sonne weitergerückt, so daß die Strahlen das Fenster Confalonieris nicht mehr trafen. Ein peinliches Gefühl war ihm zurückgeblieben, denn er konnte sich nicht verhehlen, daß die Zuziehung des Salvotti so viel sicherlich bedeutete, der Prozeß werde nicht so bald zu Ende kommen, wie er für möglich gehalten hatte. Er würde noch viele Wochen, ja vielleicht Monate in diesem Zimmer zubringen können und mit dieser Lebensweise, die seiner Gesundheit so nachteilig war; es konnten ganz unvorhergesehene Wendungen eintreten. Die glänzende Verteidigung Romagnosis fiel ihm ein, von der Menghini gesprochen hatte, und er beschloß, sich womöglich so zu unterrichten, daß er das bestehende Recht zu seinen Gunsten ausnützen könnte.

Nach einigen Tagen erzählte Riboni mit wichtigen, geheimnisvollen Gebärden, daß Salvotti angekommen sei. »Das ist ein Mann!« sagte er, »das ist ein Mann!« in einem Tone, der sowohl Bewunderung wie Abscheu bedeuten konnte. »Er könnte das ganze Mailand wie eine Nuß zerknacken.« Ob dieser Mann ihn hindern würde, künftig ein Glas Wein oder sonst eine Kleinigkeit von ihm anzunehmen, fragte Federigo. Riboni verdrehte die Augen wie ein Märtyrer, der vergeblich mit glühenden Zangen gezwickt wird, und sagte: »Ich bin ein unabhängiger Charakter. Nichts wird mich hindern, dem Herrn Grafen fortgesetzt die treue Anhänglichkeit zu zeigen, die ich für ihn empfinde.« Nachdem er einen Schluck Wein getrunken hatte, fing er an behaglich zu wimmern, und erzählte, daß Salvotti ein schöner Mann sei, kürzlich eine junge, reiche und vornehme Dame geheiratet habe und vom Kaiser wie sein Augapfel gehalten werde. Da heiße es sich bücken und gehorchen, denn vor dem sei jetzt die ganze Lombardei samt Venetien nicht mehr als ein Beet voll Kohlköpfe; aber er, Riboni, behielte im Herzen doch seine unabhängigen Gedanken. »Bei jedem«, sagte er, »klopft einmal der Henker an, und wer weiß, ob es nicht viel leidlicher ist, geköpft oder gehängt zu werden, als an der Wassersucht oder am Krebs zu sterben. Der Unterschied ist nicht so groß, wie wir meinen. Vielleicht, während der Richter einen armen Teufel zum Galgen verurteilt, unterzeichnet Gott im selben Augenblick das Todesurteil des Richters mit allerlei Verschärfungen und Prozeduren, auf die unsere Einbildung nicht verfiele.« »Und Riboni lacht beide aus«, sagte der Graf belustigt, worüber der ins Lachen geriet und sich krümmte wie ein Vergifteter.

Bald darauf wurde Federigo zu einem Verhör geführt, bei welchem Salvotti den Vorsitz führte. Die Stimmung war ernster als sonst, was augenscheinlich der würdigen Erscheinung des neuen Richters zuzuschreiben war. Er hatte, seit er in Mailand angekommen war, die sämtlichen Verhöre Confalonieris sowie aller anderen in den Prozeß verwickelten Personen gründlich gelesen und sich danach einen Überblick über die Vorfälle gebildet. Wie er dem Grafen vorhielt, was geschehen und wie weit er bei den Ereignissen beteiligt gewesen sei, schien er auf unbegreifliche Weise mehr als andere zu wissen. Obwohl er schnell sprach, war seine Anordnung so klar, daß er auch den Widerstrebenden von der Unfehlbarkeit seiner Schlüsse überzeugte. An seine Darstellung knüpfte er zuredende Worte, Confalonieri möge seine verhängnisvolle Lage durch ein offenes Bekenntnis zu verbessern suchen. »Ich habe meinen Anteil an der liberalen Bewegung Italiens dargelegt«, sagte Federigo; »vielleicht könnte ich noch manches erzählen, was für Sie als

Menschen von Interesse wäre, aber nichts, was eine staatsgefährliche Handlung von mir aufdeckte.« »Überlassen Sie es mir, den Charakter Ihrer Handlungen zu beurteilen«, entgegnete Salvotti scharf. »Würden sie auch die Festigkeit des österreichischen Staates nicht haben erschüttern können, so schließt das ihre Strafwürdigkeit nicht aus.« »Der Kaiser mag Ursache haben, mich zu hassen,« sagte Federigo, »aber ich bestreite, daß er Grund habe, mich zu bestrafen.« »Haß liegt der Majestät so fern wie Gunst«, sagte Salvotti. »Sogar Sie, Herr Graf, haben, denk ich, nicht aus persönlicher Abneigung gehandelt, als Sie die österreichische Herrschaft zu stürzen unternahmen. Sie haben sich während der französischen Okkupation mit neumodischen Grundsätzen erfüllt, die man liberal nannte; oder Sie haben sich mit den Erinnerungen an eine verklärte Vergangenheit genährt, wo in den Städten Mailands eine selbständige Aristokratie sich alle Rechte anmaßte und die Sklaverei des Landes Freiheit nannte. Sie hielten einen unreifen Prinzen für einen unbefangenen Helden, dem es auf Gesetze und Verträge nicht ankomme. Sie bereiteten sich auf den Augenblick vor, wo er kommen würde, um Mailand zu befreien; Sie verteilten unter Ihre Anhänger die Rollen, die sie im glücklichen Falle zu spielen hätten; aus Ihrer Hand sollte er die eiserne Krone empfangen.«

»Und wenn dem so wäre?« sagte Confalonieri kalt. »Wenn Sie meine Träume richtig geschildert hätten? Hätte der König von Frankreich alle seine Untertanen bestrafen können, die auf die Rückkehr Napoleons warteten, um ihm zu Füßen zu stürzen?«

Salvotti stutzte und sah den Grafen mit ungeduldigem Befremden an, während die übrigen Richter vor sich hin blickten und lächelten. »Sie waren kein Träumer und Schwärmer, Herr Graf«, sagte er heftig. »Sie wünschten den Sieg der Revolution in Piemont nicht nur, sondern Sie suchten ihn herbeizuführen.«

»Hier hat Ihre Auslegungskunst Sie im Stiche gelassen«, sagte Confalonieri. »Den Sieg der Revolution, nein, den wünschte ich nicht einmal. Wenn ich etwas wünschte, so war es, den König von Sardinien an der Spitze seiner Soldaten unsere Grenze überschreiten zu sehen, nicht, daß eine revolutionäre Armee

es täte. Ich wußte besser, als der Kaiser selbst es wissen konnte und als es Ihnen jetzt der Erfolg bewiesen hat, daß Italien noch nicht reif war für die Träume, die Sie mir zutrauen und die ich vielleicht in Wahrheit geträumt habe.«
Salvotti faßte den Grafen fest ins Auge, indem er sagte: »Und woher kannten Sie die Absichten des erträumten Königs von Sardinien? Und woher wußte er, daß er in Mailand anders als feindlich würde empfangen werden? Beruhte das auf Ahnungen von ihm und von Ihnen? Ich fürchte sehr, Herr Graf, daß Sie Ihre Lage zu leicht nehmen. Sie sind ein Mann von Talent, Willenskraft und hohem Sinn, Sie haben die Schwelle des vollendeten Mannesalters betreten, und die Erde breitete sich vor Ihnen aus, um Ihre Taten als fruchtbaren Samen zu empfangen. In diesem Augenblick verführte der Ehrgeiz Ihre Vaterlandsliebe und Ihr Urteil, um Sie von dem gefährlichen Gipfel herabzustürzen. Sie haben leider nicht eingesehen, daß Sie gegen göttliche und menschliche Gesetze sich versündigten; aber Sie haben erfahren, daß Sie sich täuschten. Sie sind nicht besser, aber klüger geworden und verwerfen von diesem Standpunkt aus Ihre früheren Handlungen. Können Sie sich einbilden, sie dadurch rückgängig gemacht zu haben? Nur wenn Sie gestanden, bereut und gesühnt haben, können Sie ein neues Leben beginnen. Vielleicht läßt Ihnen die Gnade des Kaisers diesen Weg offen; wahrscheinlicher ist es, daß er es Gottes Allmacht überläßt, Ihre Seele jenseits zu erleuchten. Sie haben Ihr Leben verwirkt, indem Sie Handlungen planten und ausführten, die auf den Umsturz der Herrschaft Ihres Monarchen abzielten. Hätte der Monarch das Recht, einen armseligen Dieb zu bestrafen, der ein Schaf aus dem Stalle lockt, wenn er die Nächsten seines Thrones ungestraft die Hand nach seiner Krone ausstrecken ließe? Er hat die traurige Pflicht, die ganze Strenge des Gesetzes gegen Sie anzuwenden. Ihnen, Herr Graf, steht es frei, diese Strafe in mißverstandenem Heldentum zu ertrotzen. Wären Sie allein! Aber in Ihrer Hand ruht die hingegebene Hand eines Weibes, das Sie liebt, das Sie zum Gott ihres Erdenlebens gemacht hat, ohne vom Glauben an den Gott der Welten jemals zu wanken. Wie soll sie es ertragen, ihren Gatten als einen verlorenen Missetäter, ein Schreckbild des Pöbels,

einen würdelosen, entmenschten Kadaver am Galgen verwesen zu sehen?«

Federigo hatte die Anrede als eine unerträgliche Zudringlichkeit empfunden, gegen die sich zu schützen seine nächste Sorge war. »Mein Herr,« sagte er, »es ist Ihnen das Recht erteilt worden, sich mit meinem öffentlichen Leben zu beschäftigen; meine persönlichen Angelegenheiten bitte ich Sie nicht zu berühren.« Salvotti wechselte die Farbe; es war ihm so, als hätte der Graf ihm ins Gesicht geschlagen. Er empfand seine Worte nicht wie die Abwehr eines Angeklagten, sondern wie die Zurechtweisung des Aristokraten, dem er täppisch zu nahe gekommen war. In den verhüllten Augen des Grafen, die ihn so ansahen, als ob sie es nicht der Mühe wert hielten, bei ihm zu verweilen, las er eine Gleichgültigkeit, die zu weit entfernt von ihm war, um ihn zu verachten. Er fühlte den Trieb zu einem leidenschaftlichen Ausfall, aber er beherrschte sich und sagte kurz: »Wie Sie meinen«, worauf er zum eigentlichen Verhör überging. Seine Fragen folgten einander so schnell und so unvorhergesehen, daß Confalonieri Mühe hatte, zu antworten, ohne sich eine Blöße zu geben.

Während er seine ganze Aufmerksamkeit auf das, was er sagte, richten mußte, wühlten die Empfindungen in ihm, die Salvottis Reden und sein Betragen in ihm erregt hatten. Er fühlte, daß mit einem Male alles anders geworden war; denn so sprach keiner zum Grafen Confalonieri, sondern so sprach man zu einem Ausgestoßenen, dessen Worte die Geltung verloren haben. Es war ihm so, als ob der Henker seine Hand ihm auf die Schulter gelegt hätte. Vor Jahren hatte er einmal im Gebiete von Modena einen Gehängten gesehen: Wie von einem grellen Blitz aus der Nacht herausgerissen, stand das Bild vor ihm, der nackte Pfahl, in der Dämmerung einem aufgereckten Gespenst mit heraushängender Zunge gleichend, die ein erwürgter Mensch war; und darunter sah er Teresa, den Pfahl umschlingend und mit entsetzten Augen heraufstarrend. Sein Gehirn war heiß und trocken, und die Worte, die an ihn gerichtet wurden, fielen wie Tropfen darauf, die augenblicklich versiegten. Salvottis Augen schienen ihm Werkzeuge zu sein, die er benutzte, um ihm folternd zu entreißen, was er von ihm hören wollte. Da er fühlte, daß er nicht mehr imstande war, die Bedeutung dessen, was gesprochen wurde, zu beherrschen, bat er die Richter, eine Pause zu machen; nachdem das Verhör vier Stunden lang gedauert habe, sei er erschöpft. »Sie werden sich daran gewöhnen«, sagte Salvotti gleichgültig; die andern jedoch rückten verlegen mißbilligend auf ihren Stühlen, und Menghini sagte, der Graf habe im vergangenen Jahre eine schwere Krankheit überstanden, worauf man doch wohl Rücksicht nehmen müsse.

Sowie Federigo in seinem Zimmer angekommen war, warf er sich auf sein Bett; aber seine Nerven waren zu sehr gereizt, als daß er hätte schlafen können. Wieder aufstehend, sah er das Paket, das die Bücher und die Wäsche enthielt, die Teresa ihm von Zeit zu Zeit zu schicken pflegte. Er öffnete es hastig und fand einen von ihrer Hand geschriebenen Zettel, auf dem sie mitteilte, daß Trecchi, Mompiani aus Brescia, die Frecavalli und einige andere Freunde verhaftet seien und daß in Mailand gesagt werde, dies sei auf Grund seiner Aussagen geschehen. Sie wisse, daß das unwahr sei, könne aber nicht verhindern, daß seine Feinde das Gerede verbreiteten. Ob er nichts tun könne, um die Verleumdungen zu entwaffnen.

Federigo war einen Augenblick betäubt; dann hatte er das Gefühl, als ob große, harte Hände sein Herz faßten und zusammenpreßten. Schmerz, Zorn und Verzweiflung wollten seine Brust auseinandersprengen; das Leiden schien zu groß, als daß es eine Minute lang ertragen werden könnte, und dauerte doch und nahm zu. Das Bewußtsein seiner Ohnmacht und Verlassenheit durchdrang ihn; wenn das Gerücht auch nicht von Salvotti selbst ausging, als habe er Mitschuldige verraten, so würde er doch gewiß keins entkräften, das ihn verächtlich machte. Vor seinen Augen wurde es feurig rot, indem er deutlich empfand, daß er so entehrt nicht würde leben können. Auf einmal jedoch zerrannen ihm alle Vorstellungen, und eine unbesiegbare Müdigkeit durchrieselte als ein Wohlgefühl seine Glieder. Gleichzeitig wurde es leicht und leuchtend hell in seinem Kopfe, so daß er seine gegenwärtige Lage und das Künftige mit zweifelloser Klarheit übersah.

Er sah, daß sein Tod in dem Augenblick seiner Verhaftung

beschlossen war, daß eine Schlinge um ihn gelegt war, die Tag für Tag enger zusammengezogen wurde; er sah die erbitterte Wut seines Vaters, den Schmerz Teresas, die Mienen und Gedanken seiner Freunde und Feinde; aber anstatt von Angst oder Traurigkeit war dies Wissen von Seligkeit begleitet, als habe er das Ufer der Erde bereits zurückgestoßen und stürze sich, so wie man Sterne unaufhaltsam durch den Raum schießen sieht, in die goldene Umarmung des Weltenozeans. Plötzlich wurde das leise Zucken in seinen Gliedern heftiger, er fühlte den Antrieb, laut zu schreien, und verlor über dem dumpfen Bemühen, ihn zu unterdrücken, das Bewußtsein. Als er wieder zu sich kam, war sein Körper mit kaltem Schweiß bedeckt, und seine Müdigkeit war so groß, daß er sofort eingeschlafen wäre, wenn nicht Riboni mit dem Abendessen gekommen wäre und ihm einen Schluck Wein eingeflößt hätte. Auf Ribonis erschreckte Frage erklärte er, daß er einen Herzkrampf gehabt habe und daß der Mangel an Luft und Bewegung vermutlich die Ursache davon sei. »Ja, ja,« sagte Riboni, »man muß eine gute Gesundheit haben, um es auszuhalten. Und hat man sie, zu was hilft es einem?« »Du meinst, es ist schade darum, wenn man gehängt wird«, sagte Federigo, während jener ihn stützte und trinken ließ; »aber man kann auch am Galgen eine gute oder schlechte Figur machen.« »Euer Gnaden haben immer recht,« sagte Riboni anerkennend, »man kann auch Christus am Kreuze von den beiden Lumpenkerlen durch die vornehme Haltung unterscheiden. Einstweilen essen und trinken Sie, das ist für Leib und Seele bekömmlich und auch eine schöne Zerstreuung.« Bald nachdem Riboni fortgegangen war, schlief Federigo wieder ein und schlief bis zum folgenden Morgen. Von dem Zufall benachrichtigt, gestattete Salvotti, daß ein Arzt gerufen würde, und auf dessen Urteil, daß der Graf täglich eine Stunde im Hofe spazierengehen dürfe. Er tat dies in Begleitung eines Aufsehers, häufig Ribonis, der es gern so einrichtete, daß sie nah an der zu ebener Erde gelegenen Küche vorbeikamen und einige Worte mit Cisalpino wechselten.

Salvotti hatte den Prozeß Confalonieri nicht, wie die Mailänder Richter meinten, mit Freuden übernommen; denn das

Geschäft, italienischen Schwindelköpfen, Fanatikern oder Toren ihre kindischen Geheimnisse zu erpressen und sie ins Gefängnis zu bringen, war ihm in Venedig immer lästiger geworden, abgesehen davon, daß er sich weit lieber auf wissenschaftlichem Gebiete ausgezeichnet hätte. Obwohl er nicht eben Mitleid mit den Angeklagten hatte, die sich auf verbotene und nach seiner Meinung sinnlose und verbrecherische Umtriebe eingelassen hatten, hielt er es doch für richtiger, ihnen in Zukunft keine Beachtung zu schenken; denn sie schienen ihm soviel Aufwand der Justiz nicht wert zu sein. Wie er sich nun aber in den neuen Prozeß vertiefte, hatte es etwas Tröstliches für ihn, daß sich in dem Grafen Confalonieri eine Persönlichkeit darzustellen schien, die die Anstrengungen und Widerwärtigkeiten, denen er sich aussetzte, wenigstens rechtfertigte; denn schon dadurch, daß er der hohen Aristokratie angehörte, Verbindungen über ganz Italien, ja über die westeuropäischen Länder hatte, daß er Meinungen und Handlungen von vielen beeinflußte, konnte er Österreich gefährlicher werden als die planlosen jungen Leute, mit denen er bisher zu tun gehabt hatte. Auch bemerkte er schon im ersten Verhör, daß der Graf kein ungeschickter Gegner war, indem er sich hinter einem Rechtsstandpunkt verschanzte, woraus ihn zu vertreiben die Tatsachen, über die man bis jetzt verfügte, nicht genügten. Er hatte es sich anfangs leichter gedacht, den Mann, dessen hochverräterischer Wille zweifellos war, des Hochverrats zu überführen; und doch erwartete das nicht nur der Kaiser von seinem Scharfsinn, sondern er selbst forderte es von sich als Pflicht, nachdem er den Prozeß einmal übernommen hatte.

Daß er Confalonieri nicht zu einem Geständnis bringen würde, sah er ein; er hatte es mit einem zu tun, der um sein Leben kämpfte und der, was mehr bedeutete, weil er in seinem innersten Herzen sich nicht als Untertan des Kaisers fühlte, von seinem Recht überzeugt war. Die Erscheinung des Grafen war ihm an sich nicht unsympathisch; aber so, wie ihre Beziehungen zueinander waren, verursachte sie ihm ein Unbehagen, dessen Ursprung ihm nicht immer klar wurde. Er war sich bewußt, ihm an wissenschaftlicher Bildung, an Gründlichkeit und Ausdauer des Denkens überlegen zu sein; trotzdem benahm er sich so, als wolle er den Gegner von einer Höhe herabziehen, auf der er stehe oder sich einbilde zu stehen, damit sie auf gleicher Ebene kämpften. Er hatte das Bedürfnis, ihn zu demütigen, und suchte das mit solcher Reizbarkeit zu tun, als ob das die Hauptsache sei, worauf es ankomme. In einem Verhör bat Federigo, daß man ihm das österreichische Gesetzbuch zur Verfügung stelle; denn da ihm im Gegensatze zum gemeinen Rechte kein Verteidiger bewilligt werde, müsse er selbst sich die Kenntnis der Gesetze verschaffen, gegen die er sich vergangen haben sollte. »Es genügt, wenn ich die Gesetze kenne,« sagte Salvotti, »denn ich bin Ihr Verteidiger.« »Das hatte ich noch nicht bemerkt«, erwiderte Confalonieri. »Ich nehme Ihr Interesse wahr,« fuhr Salvotti fort, »indem ich Ihnen empfehle, sich mit rückhaltlosem Geständnis die Gnade des Monarchen zu verdienen zu suchen. Sie selbst erschweren Ihrem Verteidiger das Amt, indem Sie sich auf den Standpunkt des unschuldig Verfolgten stellen, wohin er Ihnen nicht folgen könnte, ohne seiner Einsicht oder seinem Gewissen Gewalt anzutun.« »Es mag in der Tat eine schwierige Aufgabe sein, Anwalt und Richter in einer Person zu vereinigen,« antwortete Confalonieri, »und ich würde Sie selbst auf dem Schafott nicht beneiden.« Salvotti hatte wieder das Gefühl, als ob er einen Schlag ins Gesicht bekommen hätte, ohne sich wehren zu können. Aus den Mienen seiner Kollegen konnte er lesen, daß sie so wie er einen beleidigenden Hohn in des Grafen Worten verstanden hatten und daß sie ihm das, was in ihren Augen eine Niederlage war, gönnten.

Salvotti pflegte wenig von sich selbst und dem, was in ihm vorging, zu sprechen, außer wenn jemand es mit Liebe und Herzlichkeit aus ihm herauslockte. Das hätte seine Frau, mit der er seit einem Jahre verheiratet war, getan, wenn sie gewußt hätte, was ihn störte; aber in ihrem Charakter lag es, alles auf sich zu beziehen, besonders wenn es ihren Mann anging, in den sie leidenschaftlich verliebt war. Sie hatte Talente, malte und machte Verse und betrachtete das Leben mit Phantasie, aber ohne Verstand und höhere Einsicht. Die auffallende Schönheit Salvottis, denn er glich an sinnlich vollendeten Formen, Glut, Farbigkeit und Ebenmaß einem Römer der Kaiserzeit, hob ihn für ihr Gefühl über die Alltäglichkeit und bürgte ihr für Wunder, die sie an seiner Seite erleben würde und auf die sie, ohne sich dessen bewußt zu sein, seit sie seine Frau war, wartete. Zuweilen kam es ihr vor, als wäre er im Grunde nur ein kluger, rechtlicher, ordnungsliebender Mann, wie es viele gibt, und sein Gesicht wirkte dann wie eine zufällig aufgelesene Maske auf sie; dann kam eine Ernüchterung und Ermattung über sie, die so lange währte, bis ihr Temperament oder die Anregung der Liebe sie wieder in eine leidenschaftlich hingegebene Stimmung trieb. Für solche Stimmungswechsel hatte Salvotti kein Verständnis; er dachte, daß Frauen und besonders begabte Frauen so wären, und er ertrug es um so williger, als er sie, die außer ihren Talenten noch den Vorzug adliger Geburt besaß, sehr verehrte. Wenn er des Abends nach Hause kam, erzählte er wohl dies und das von dem Prozeß und den Angeklagten, auch von Confalonieri, aber niemals so, wie es ihr den Gegenstand interessant gemacht hätte, weil er alles schlechtweg verstandesgemäß ansah und das Gerippe der Tatsachen nicht mit Fleisch oder Faltenwurf zu bekleiden wußte. So kam es, daß sie zunächst, als sie ihn verstimmt und in sich gekehrt sah, argwöhnte, er verberge ihr etwas sie Betreffendes, und ihm mit ihren Fragen wunderlich und launisch erschien und daß er infolgedessen zufrieden war, wieder an seine Arbeit gehen zu können.

Die vorsichtig unfreundliche Haltung seiner Kollegen entging ihm nicht und trug dazu bei, ihn sich einsam fühlen zu lassen. Zwar beobachteten sie die Höflichkeit und mischten sich im allgemeinen nicht ein; aber wo es ohne Folgen möglich war, bekrittelten sie seine Maßnahmen, ja sie unterstützten Confalonieri hier und da beiläufig und ließen merken, daß es sie belustigte, wenn es dem Grafen gelang, sich aus einer Enge frei zu machen, in die Salvotti ihn getrieben hatte. Besonders Menghini sprach sich in Salvottis Abwesenheit gern dahin aus, daß dieser wohl sein Glück machen werde, daß es aber nicht jedermanns Sache sei, einem Unglücklichen, der nur aus idealen Beweggründen das Gesetz überschritten habe, die Grube zu graben. Als sich Salvotti bemühte, den jungen Pallavicino zu veranlassen, daß er seine erste Aussage, welche für Confalonieri verhängnisvoll geworden war, bestätige, und ihn nötigenfalls mit Confalonieri zu konfrontieren, begab sich Menghini zu Giorgio Pallavicino und ließ ihn beiläufig wissen, daß er, da sein Prozeß bereits abgeschlossen sei, weitere Aussagen zu verweigern das Recht habe. Dann ging er zu Confalonieri und erzählte diesem, was Salvotti beabsichtige, mit Hinzufügung, daß er schwerlich etwas damit erreichen werde, wenn sich der Graf nicht durch die Gegenüberstellung mit Pallavicino beirren lasse. Dieser sei ein zerfahrener, aber im Grunde gutartiger Mensch, dem abenteuerliche Vorstellungen im Kopfe wimmelten; er habe sich närrisch gestellt, um glauben zu machen, daß seine ersten für Confalonieri verhängnisvollen Aussagen im Wahnsinn gemacht seien; aber er könne niemanden davon überzeugen, daß er damals noch närrischer als jetzt gewesen sei. Dessen ungeachtet könne jenes Zeugnis, nachdem er es zurückgenommen habe, nicht mehr gegen Confalonieri verwendet werden, und da Pallavicino auf irgendeinem Wege erfahren habe, daß er jetzt die Antwort zu verweigern befugt sei, werde wohl die Konfrontation, wenn sie stattfinde, ergebnislos verlaufen. Federigo sagte, er müsse es Pallavicino überlassen, zu tun, was sein Gewissen ihm vorschreibe; dann sprach er von der selbst für die Hundstage außerordentlichen Hitze. Ja, sagte Menghini, sie litten alle unter der Hitze, vorzüglich er, der sie ohnehin nicht vertragen könne; er sei an Leber und Galle krank und stecke überhaupt in keiner guten Haut. Federigo betrachtete ihn und fand ihn gelber und trockener aussehend als gewöhnlich; er bot ihm von den Früchten und dem Wein an, womit Teresa ihn zu versorgen pflegte. Menghini sagte, das dürfe seine Frau nicht erfahren, denn Wein sei für ihn etwas Verbotenes; aber einen Schluck zu nehmen, könne er nicht abschlagen. Er würde sich überhaupt das bißchen Vergnügen nicht verkürzen lassen, wenn es nicht der Familie wegen wäre; für seine Frau und seine drei Kinder wäre es wichtig, ob er noch ein Jahr oder noch zehn lebte. Dann erzählte er von seinen Kindern: von dem jüngsten besonders würde man nicht glauben, daß es seines wäre; es sei so wie einer von den Pfirsichen auf dem Tische, rund und rostrot, sein Fleisch fest, saftig und elastisch. Es tue weh, zu denken, daß es einmal Entbehrung und Sorge würde kennenlernen, wenn er zu früh fort müsse.

Der Graf erkundigte sich nach seinem Gehalt und nach seinen Aussichten auf eine Pension, wenn er arbeitsunfähig würde oder stürbe. Das hänge von der Gnade des Kaisers ab, sagte Menghini seufzend. Er habe einen Beruf, wo es mehr Arbeit und Mühsal gebe als Entgelt. Es werde von höherem Orte mehr von einem Richter verlangt, als daß man seine Pflicht tue und ein Ehrenmann sei. Wenn man sich nicht schmiegen könnte, würde man vergessen und Jüngere rückten über einen hinaus. »Es ist natürlich,« sagte Federigo, »daß der Kaiser sich besonders gern auf die Tiroler stützt, die seinem Hause unentwegt Anhänglichkeit bewiesen haben, während die Mailänder Fremde für ihn sind.« Menghini zuckte die Achseln und sagte: »Das Leben ist eine komplizierte Maschine; wenn man sie besser machen will, geht sie vollends entzwei.« Die Pfirsiche, die Federigo ihm für sein jüngstes Kind anbot, steckte er mit sichtlicher Freude in die Tasche.

Auf die Möglichkeit einer Konfrontation mit Pallavicino war Federigo nicht vorbereitet gewesen, und er konnte sich nicht daran gewöhnen. Zuweilen schien es ihm besser, sich töten zu lassen, als in einer so schmählichen Komödie mitzuspielen. Sein Ekel vor der nächsten Zukunft war so groß, daß ihm die Vorstellung etwas Verführerisches hatte, den Kampf aufzugeben und die Folgen des Geschehenen wehrlos auf sich zu nehmen. Was dagegenwirkte, war mehr noch als der Gedanke an Teresa die Verantwortung für die Reinheit seines Namens, die er seinem Vater und sich selbst gegenüber fühlte. Er wollte nicht leiden, daß die Regierung seinen Namen befleckte, daß die Verleumdung von Feinden und Gedankenlosen ihn schändete, daß die Zeit ihn mit flüchtiger Verachtung in den Staub trete.

In langen Zwischenräumen besuchte ihn seine Frau, und wenn er auch nicht frei mit ihr sprechen konnte, tat es ihm doch wohl, neben ihr zu sitzen und ihre Hand in seiner zu fühlen. Da er sie blaß und schmal aussehend fand, bat er sie, auf das Landgut zu gehen, wo sie sich jedes Jahr erholt hätte; die übermäßige Hitze in der Stadt sei ihr schädlich, und sie könne von Zeit zu Zeit hereinkommen, um ihn zu sehen. Sie sah ihn ängstlich an und bat ihn, ihr zu erlauben, daß sie in der Stadt bliebe; es gäbe keine andere Erholung und Pflege für sie, als täglich an dem Hause vorüberzugehen, wo sie ihn leben wisse; an keinem andern Orte würde sie Ruhe finden. »Ich möchte es um deinetwillen, daß du aufs Land gingest«, sagte er; »aber ich hätte dich sehr vermißt, wenn du nicht mehr in meiner Nähe gewesen wärest.« Sie sah ihn dankbar lächelnd an in dem Gefühl, daß er ihr seit vielen Jahren nicht ein solches Liebeswort gesagt hätte, und führte seine Hand an ihre Lippen.

Im Spätherbst fand die Gegenüberstellung Confalonieris und Pallavicinos statt. Der letztere war schon in dem Zimmer, wo die Verhöre abgehalten wurden, anwesend, als Confalonieri eintrat, und erschrak bei seinem Anblick. Die Blässe und die dunklen Schatten seines Gesichtes, die Starrheit seiner Augen machten einen um so schmerzlicheren Eindruck, als er gewählt wie sonst gekleidet war und dadurch die Lage, die die Veränderung erklärte, verleugnen zu wollen schien. Unwillkürlich sprang Giorgio auf und rief den Namen des Freundes, wurde aber von einem der Richter gemahnt, auf seinem Platze zu bleiben; Federigo begrüßte ihn mit einer Handbewegung und einer Neigung des Kopfes. Zuerst wurde Confalonieri aufgefordert, sich zu der früheren Aussage Pallavicinos, als habe er diesen nach Turin geschickt, um mit dem Erbprinzen von Savoyen zu verhandeln, zu äußern, und tat dies, indem er ihre Richtigkeit bestritt. Während er das tat, hängten sich Giorgios Blicke mit verzweifelter Spannung an ihm fest; denn obgleich er wußte, worauf es ankam, und alles vorausgesehen hatte, was gesagt werden würde, hatte er doch gezweifelt, ob der Augenblick je wirklich würde, wo der verehrteste Mann ihn, den Jüngeren, der die Wahrheit gesagt hatte, der Lüge zeihen würde, um sein Leben zu retten. Er empfand die heftigste Reue, daß er diese Umstände herbeigeführt hatte, und hätte sich an Federigos Hals werfen mögen, um sich auszuweinen; zugleich aber stieß ihn ein zorniges Grauen vor ihm zurück. Es war ihm so zumute wie einem Kinde, das zum ersten Male auf einem Bilde das Innere des Menschen dargestellt sieht, wo die Eingeweide bloßgelegt werden. Als die Reihe an ihn kam, gab er seine Erklärung ab, zu seiner letzten Aussage nichts mehr hinzufügen zu wollen. Plötzlich fing er an zu lärmen, er würde sich auch auf der Folter kein Wort entreißen lassen, er würde den ärgsten Qualen trotzen und seine Henker sterbend verachten.

Federigo war sich kaum dessen, was um ihn her vorging, bewußt geworden; sowie er jedoch in seinem Zimmer war, sah er in einer blendenden Helligkeit, die seinen Kopf befreite, den häßlichen Auftritt, so wie er gewesen war: sich selbst in dem weißen Spitzenhemde mit steinernen Mienen, Salvottis düsterschönes, unruhig gespanntes Gesicht, den kleinen Pallavicino, der mit geballten Fäusten fuchtelte, und die andern Richter, die ihm mit einem Gemisch von Spott und Abneigung zusahen.

Eines Tages kam Caldi, der Direktor, mit auffallenden Gebärden in Federigos Zimmer; zuerst schob er nur den Kopf durch eine Spalte, sah von der Schwelle aus in alle Winkel des fast leeren Raumes, legte den Finger auf den Mund und machte andere Zeichen der Vorsicht und Verschwiegenheit. Nachdem er sich auf diese Art gesichert zu haben glaubte, zog er ein Album aus der Tasche, in welches seit Jahren, wie er erzählte, die Gefangenen sich auf seine Bitte eingeschrieben hätten, etwa die Verse eines Dichters oder eigene, oder ein Lob der guten Verpflegung, oder ihren Namen schlechthin. »Die meisten Herrschaften, die sich hier aufhielten,« sagte er mit Selbstbewußtsein, »waren Männer von Genie, wie es diese Zeitläufe mit sich bringen, wenn auch natürlich einige Spitzbuben und Schelme, Tollköpfe und Narren darunter waren. Ich habe mich niemals geschämt, mit ihnen zu verkehren, besonders weil man von ihnen lernen kann und weil die Zeit kommen kann, wo diejenigen hoch gepriesen werden, von denen man es am wenigsten dachte.« Er ließ den Grafen hineinsehen und lesen, wobei er die Blätter einzeln streichelte und glättete. »Jedes Blatt«, sagte er, »ist so wertvoll wie eine Banknote. Die Italiener freilich wissen so etwas nicht zu schätzen, aber die Engländer, die gebildet und reich sind, wiegen es mit Gold auf.« Er für sein Teil wolle das Album nicht verkaufen, sondern halte es wert als Andenken und wolle es seinen Kindern als Vermächtnis hinterlassen; wenn sie nichts als das erbten, könnten sie zufrieden sein. Übrigens würde er nicht gewagt haben, den Grafen Confalonieri um einen Beitrag zu bitten, wenn der Kreis, in den er sich einreihen sollte, weniger erlaucht wäre. Federigo antwortete, daß er mit Vergnügen sich ein kleines Denkmal auf diesem interessanten Friedhof stiften wolle, worauf Caldi sich mehrmals verneigte und eifrig sagte: »Sie können, Herr Graf, hier Ihre innersten Gedanken niederlegen, gleichsam Ihr Testament machen; denn Sie wissen, daß mir dies Buch als ein Heiligtum gilt, zu dem ich keinem Unbefugten den Eintritt gestatte.« Confalonieri lachte, nahm die Feder und schrieb: ›Zu Mailand hängen sie keinen, ehe der Strick ihm gedreht ist.‹ – Seine Handschrift, die, wenn er viel hintereinander schrieb, bis zur Unleserlichkeit undeutlich wurde, war flüchtig und elegant; überblickte man einige Zeilen zusammen, so erinnerten sie an ein Ährenfeld, das ein gelinder Wind nach einer Seite neigt. Caldi, der mit Ehrfurcht und Spannung zugesehen und sich inzwischen eine Brille aufgesetzt hatte, die er beim Lesen trug, obwohl er weder kurzsichtig noch weitsichtig war, las mit halber Stimme, anfangs enttäuscht, weil er etwas Längeres und Hochtrabendes erwartet hatte; allmählich aber heiterte sich seine Miene auf, bis ein verständnisvolles Lächeln sich in unzähligen Fältchen über sein Gesicht verbreitete. »Das ist fein! das ist fein!« rief er schnalzend, las den Spruch wieder und wieder, ihn immer ausdrucksvoller betonend, und lachte schließlich gerade heraus, freilich bemüht, diese Äußerung seiner Zufriedenheit lautlos zu machen.

Nach vielen wortreichen Danksagungen versammelte er Riboni und Cisalpino, den Koch, in einem an die Küche anstoßenden Raum, der zum Abwaschen des Geschirrs diente, um ihnen die neue Eintragung in das Album zu zeigen. Über seine Schulter sehend, lasen die beiden gespannt, während er mehrfach mit dem Finger auf den Mund klopfte und durch Deuten nach allen Wänden an die strenge Vertraulichkeit der Sache erinnerte. Nachdem sie sich stillschweigend ausgelacht hatten, sagte Riboni, der sich zuerst gefaßt hatte: »Er denkt, er komme noch davon! Ich glaubte nicht, daß er noch solche Einbildungen hätte!« Cisalpino, der die Gewohnheit hatte, sich über alles, was Riboni sagte, zu ärgern, fuhr ihn böse an: »Was weißt du, welche Verbindungen ein solcher Herr hat? Er ist ein Mailänder Kind und ein feiner Kopf und wird schon den Kopf aus der Schlinge ziehen, wenn es Zeit ist.« Caldi rieb sich bedenklich das Kinn. »Ein feiner Kopf ist er«, sagte er; »aber Salvotti! Salvotti! Sein Kopf ist eine Mühle, die Kieselsteine zu Mehl mahlt. Mit ihm kann einer allein nicht fertig werden. Der Graf ist verloren.« »Verloren ist er,« fügte Riboni bei, »ich sage nicht, ob mit Recht oder Unrecht; aber gegen Salvotti kann er nichts ausrichten. Salvotti schlägt ihn. Es ist keine Rettung für ihn.« Cisalpino, welcher puterrot, eine Schaumkelle in der Hand, aus der Küche zurückgelaufen kam, wo er einige Handgriffe besorgt hatte, rief zornig: »Salvotti? Ha, ein Bauer ist er! Hund und Sohn eines Hundes! Der Graf wird ihn eine Weile kläffen lassen und ihm dann einen Tritt geben, daß er elend zur Seite fliegt. Ich pfeife auf Salvotti!« Erschrocken stürzte Caldi auf den erhitzten Mann zu und drückte beide Hände auf seinen Mund, während Riboni durch Händeringen und höchst besorgtes Aufziehen der Augenbrauen andeutete, daß er die unheilvollsten Folgen dieser Unbesonnenheit vorhersah. »Willst du uns alle an den Galgen bringen?« zischte Caldi zwischen den Zähnen. »Ich pfeife auf Salvotti!« wiederholte Cisalpino, sowie er seinen Mund freigearbeitet hatte. »Wäret ihr nicht Dummköpfe und Feiglinge, würden wir uns zusammentun, um den Grafen, der ein Ehrenmann ist und ein Herz für Italien hat, zu befreien. Aber ich wette, daß er auch so davonkommt, wenn ihr den Mut habt, die Wette zu halten.« Da sich Riboni bereit erklärte, schlug Cisalpino vor, daß die Wette drei Flaschen Wein gelten sollte; zwar hätte Riboni den Geldeswert vorgezogen, aber Cisalpino erklärte, daß er über einen so feinen Mann, wie der Graf sei, nicht um Geld und auch nur um die allerbeste Sorte Wein wetten wolle, worauf Riboni sich fügte.

Der Winter kam, und Confalonieri hatte noch immer nichts zugestanden, was eine Anklage auf Hochverrat begründet hätte. Er hielt sich geschickt an das System der Verteidigung, das er einmal gewählt hatte, die Tatsachen, die ihm nachgewiesen waren, nicht zu leugnen, wohl aber die Absicht, den Sturz der österreichischen Regierung herbeiführen zu wollen; er habe bei einem etwaigen Siege der piemontesischen Revolution nur deshalb die Leitung der Dinge übernehmen wollen, um die Ordnung in Mailand zu erhalten. Im übermütigen Gefühl gesicherter Stellung ging er dabei so weit, daß er mehr Dank als Strafe des Kaisers zu verdienen behauptete. Bei Gelegenheit eines Wortwechsels mit Salvotti, der sich daran anknüpfte, ließ er sich hinreißen, zur Unterstützung seiner Aussage einen Brief anzuführen, den er an den General St. Marsan, den Anführer der Aufständischen in Piemont, geschrieben und in dem er diesem widerraten habe, mit seinen Truppen die Grenze zu überschreiten; er wollte damit den Beweis beibringen, daß er den Ausbruch der Revolution wenigstens zu dieser Zeit nicht befördert, vielmehr zu hintertreiben gesucht habe.

Als er den Inhalt des Briefes aus dem Gedächtnis angab, hörte Salvotti aufmerksam zu: er begriff sofort die Wichtigkeit dieses Briefes, der Confalonieris Verkehr mit dem Feinde tatsächlich bewies; dies aber, Verkehr mit dem Feinde, war nach dem österreichischen Gesetzbuche eine der Handlungen, die den Begriff des Hochverrats bestimmten. War dies Gesetz in seinem Wortlaute Federigo auch nicht bekannt, so fühlte er doch, sowie seine Aussage beendet war, daß er einen Umstand preisgegeben hatte, der sich gefährlich nach verschiedenen Seiten auslegen ließ. Sein erster Antrieb war, das Gesagte zurückzunehmen; aber er fühlte sofort, daß er dessen nicht fähig wäre. Während Salvotti ironisch antwortete, glaubte er in seinem Gesicht ein teuflisches Triumphieren zu sehen; daß er kurz darauf die Sitzung schloß, machte ihm den Eindruck, als sei sein Gegner zum Ziele gelangt und nur noch bedacht, die erlistete Beute in Sicherheit zu bringen.

Im Januar wurde es ungewöhnlich kalt, und Federigo litt in seinem Zimmer entweder an Frost oder an Hitze. Seine rheumatischen Schmerzen, die sich mit dem Herbst wieder eingestellt hatten, nahmen zu, und auch die Beschwerden, die vom Herzen ausgingen, wurden quälend. Jenem krampfartigen Anfall, der ihn im Frühsommer zum ersten Male überrascht hatte, waren mehrere gefolgt und hatten seine Gesundheit sehr angegriffen; er mußte zuweilen Anwandlungen tiefer Traurigkeit überwinden.

Eines Nachmittags hatte er das Vorgefühl eines Anfalls, als er am Fenster stand. Er öffnete es, um sich durch die Luft zu erfrischen; da er aber das Bewußtsein schwinden fühlte, schleppte er sich bis an das Bett, um nicht zu fallen. Im Augenblick, als er sich hinlegte, hörte er plötzlich aus unendlich weiter Ferne eine Melodie von eindringlicher Wehmut und Süßigkeit, die ihm die Gestalt eines Engels vor Augen führte, wie er ihn auf dem Gemälde eines alten lombardischen Meisters gesehen hatte: Halb Jüngling, halb Mädchen, hatte er Leib und Glieder von lilienhafter Geradheit und Schlankheit; über seinem elfenbeingelben Gesicht lag der Schmelz keuscher Liebe, seine magere Hand hielt eine Flöte, und sein halbgeöffneter Mund schien Musik aus- und einzuatmen. Als er wieder bei Bewußtsein war und die Töne sowie das Bild ihm einfielen, wurde er unsicher, ob er vielleicht nur ein Erzeugnis seiner krankhaft erregten Nerven gehört habe; denn er konnte sich nicht denkken, woher Klänge von solchem Wohllaut, wie er sie noch nie vernommen hatte, gekommen wären. Einige Tage später erzählte Riboni, ein junger Franzose sei angekommen, namens Alexander Andryane, ein lieber, braver, hübscher Mensch, der aber ein Hauptverschwörer sei und Salvotti viel zu schaffen mache. Er solle ein Abgesandter heimlicher Sekten zur Befreiung Italiens sein, was man eigentlich kaum glauben könne, da die italienischen Sachen einen Franzosen nichts angingen, weswegen anderseits das Verbrechen freilich um so größer sein würde. »Ich bin nicht der liebe Gott«, sagte Riboni, »und lasse deshalb alles dahingestellt, was die verborgene Seele betrifft. Meine Pflicht ist es, einen jeden, der sich hier aufhält, zu bedienen, und das tue ich ohne Ansehen der Person, indem das Übel und die Strafe in dieser kläglichen Welt ohnehin nicht ausbleibt.«

Als Federigo bald hernach am offenen Fenster stand, hörte er ein wohlklingendes Pfeifen und unterschied dieselbe Melodie, die er kürzlich während seines Anfalls vernommen und später einem krankhaften Reiz seiner Nerven zugeschrieben hatte.

Jetzt besann er sich, daß ihm die Musik bekannt war: es war die Arie Blondels aus einer alten französischen Oper namens Richard Löwenherz, welche beginnt: ›O Richard, mein König, das Weltall verläßt dich.‹ Während er, von der Lieblichkeit des geflöteten Gesanges ergriffen, zuhörte, dachte er, daß vielleicht der junge Franzose, von dem Riboni erzählt hatte, sein Urheber wäre, und zugleich hatte er das Gefühl, daß es ihm gelte, obwohl er sich den Zusammenhang nicht erklären konnte. Dies alles bestätigte in der Folge Riboni, der nach und nach berichtete, daß Andryane eine Verehrung für den Grafen habe wie für einen Heiligen und ihn immer ausfrage, was er esse, trinke, spreche und denke; ferner, daß er mit einem andern das Zimmer teile, daß sie sich wie Brüder vertrügen und daß Andryane fleißig arbeite, als ob er Professor werden solle, während doch der Strick zu seinem Halse schon gemessen sei; und daß er, wenn er nicht lese oder schreibe, singe, trällere oder pfeife, was zwar eigentlich verboten sei, was aber niemand das Herz habe einem armen Teufel zu wehren, der ohnehin auf dem letzten Loche blase. Unwillkürlich stellte sich Federigo den jungen Franzosen unter dem Bilde jenes lombardischen Engels vor, das sein Pfeifen, als er es das erste Mal hörte, ihm vor die Seele gerufen hatte. Auch Caldi rühmte Andryane als einen reizend schönen Jüngling mit blonden Locken, strahlenden blauen Augen und einem liebenswürdigen Lächeln, mit dem er einen immer begrüße, auch wenn er traurig sei, ferner, wie weich und behutsam er das Italienische ausspreche, wie er mit spitzen Fingern das Weinglas halte, und wie fleißig er seine Bibliothek benutze, nicht ohne ihn, Caldi, wegen seiner Belesenheit und Bildung zu bewundern.

Weniger günstig urteilte Riboni über Silvio Moretti von Brescia, einen alten Mann, der unter Napoleon Offizier gewesen war und nach dessen Sturze und der Auflösung des Heeres seinen Lebensunterhalt durch Unterricht in der deutschen Sprache verdiente, die er während eines Feldzuges erlernt hatte. Da er schon einmal wegen der Teilnahme an einer gegen Österreich gerichteten Verschwörung zu mehrjähriger Gefängnisstrafe verurteilt gewesen war, mußte er jetzt, als rückfällig, auf das schärfste Urteil gefaßt sein und hatte, der Wiederholung schon erlittener Qualen überdrüssig, auf der Fahrt nach dem Gefängnis versucht, mit Glasscherben seinem Leben ein Ende zu machen. Ein schöner Mann sei Moretti, erzählte Riboni, mit weißem Haar, gerader Nase und furchtbaren Augen; als er nach dem Selbstmordversuch im Gefängnis wieder zu sich gekommen und innegeworden sei, daß er lebe, habe er ausgesehen wie ein edler Geist, der zürne, daß er sich noch an diese niederträchtige Erde gekettet finde. Was aber daraus werden sollte, wenn es jeder so machte, der dahintergekommen sei, daß es mit dem Leben faul stehe. Es sei eine strafbare Gottlosigkeit, sich den Übeln entziehen zu wollen, mit denen Gott die Menschheit beladen habe; auch sei Moretti stolz, herrisch und finster, und er beeile sich immer, aus seinem Zimmer wieder herauszukommen. Salvotti habe gleichfalls schwere Mühe und Not mit ihm, denn er schwiege wie ein Fels, und Salvotti könne, soviel er wolle, mit dem Stabe daran schlagen wie Moses, es käme kein Tropfen herausgesprungen.

Federigo hatte die Erfahrung gemacht, daß aus den Reihen der napoleonischen Soldaten die unversöhnlichsten Gegner Österreichs hervorgingen, und daß sie die zuverlässigsten Kämpfer waren, die Gefahren oder Entbehrungen nicht abschreckten. Er erinnerte sich Morettis als eines schwermütig-einsilbigen Mannes, für den es im Leben nur Tatsachen und einige wie Diamanten durchsichtige und unauflösliche Grundsätze gab, so daß er im Gespräch nicht ergiebig war. Was er jetzt erfahren hatte, erregte sein Interesse und sein Mitgefühl für den einsamen alten Mann, und er prägte zunächst Riboni ein, daß er ihm wegen seines Alters und ehrenwerten Charakters mit besonderer Dienstbeflissenheit zu begegnen habe. Als er eines Tages entdeckte, daß Moretti ein neben dem seinen gelegenes Zimmer bezogen hatte, versuchte er sich mit ihm in Verbindung zu setzen, sei es auch nur, um ihm die Zeit zu verkürzen. Er erinnerte sich nämlich, gehört zu haben, daß sich die Nachbarn in den Gefängnissen durch Klopfen an der Mauer unterhielten, so daß jeder Buchstabe durch die Zahl seiner Stelle im Alphabet ausgedrückt werde. Da dem Moretti diese Art des Verkehrs bekannt war, gelang es nach einigen Versuchen, eine Verständigung herzustellen. Confalonieri teilte mit, wer er sei, und Moretti, der augenscheinlich erfreut über die Anrede war, sagte, daß er nur darüber traurig sei, daß ihn nicht in der Schlacht ein Kosak getötet oder an der Beresina kein Wolf zerrissen habe, sondern daß er aufgehoben sei, zu Hause an der habsburgischen Pest zu verfaulen. Das Aufpassen und Zählen beim Klopfen sowie die schwerfällige Langsamkeit des Sprechens griffen Federigo so an, daß er die Unterredung nach einer Stunde abbrechen mußte.

Am nächsten Tage fing Moretti zu klopfen an, erzählte verschiedenes aus der Welt, was Confalonieri, der über ein Jahr früher verhaftet war, noch nicht wußte, und berichtete über seinen Prozeß: er setze allen Bemühungen Salvottis, ihn zu fangen, ein unverdrossenes Schweigen entgegen; denn sie sollten die Genugtuung nicht haben, einen Soldaten Napoleons, einen Italiener von Brescia, am Galgen zu sehen. Den Kaiser nannte er Herodes und Salvotti Judas, was Federigo sich zwar nicht entschließen konnte, mitzumachen, was er aber auch, aus Rücksicht auf Morettis Verletzlichkeit, nicht beanstandete. Nach Verlauf einiger Tage hatte er alle Erlebnisse Morettis erfahren, auch was mit seinem Versuch, sich zu töten, zusammenhing. Auf Federigos Frage, ob er das etwa wiederholen würde, antwortete er: nein; er habe zwar die Mittel dazu, denn er brauche, wenn es darauf ankomme, nicht mehr als einen Nagel oder ein Stückchen Glas, habe aber beschlossen, sein Leben nicht gewaltsam abzukürzen. Da Federigo fragte, was ihn zu diesem Beschlusse bewogen habe, kam eine Pause und dann das Wort »Rache«.

Federigo, den die Anstrengung des Sprechens erhitzt hatte, stand auf und stellte sich an das geöffnete Fenster; denn es waren schon Frühlingstage gekommen. Er dachte, wie wunderbar es sei, daß einer unerschüttert erwägen könne, wo er sein Leben wegwerfen oder es behalten wolle; wie wenn es ein Mantel wäre, den man lange genug getragen hätte. Sein Blick fiel auf die Weide am Brunnen, deren junge Blätterpracht hell über den öden Gefängnishof flammte. Wie er das biegsame Gerüst, das er den Winter hindurch gesehen hatte, mit der überschwenglichen Gestalt verglich, in die sie verwandelt war, mußte er denken, so bekleide Gott den durch den Tod entblößten Menschen jenseits mit unverweslichem Fleische; einem Auferstandenen glich der Baum, leuchtend in verherrlichtem Leben, wehmütig scheidend zur Erde zurückgebogen. Warum sträubte sich sein Herz dennoch vor dem Tode? Soviel er es darauf vorzubereiten suchte, es horchte wohl eine Weile; aber dann wich es ihm schaudernd aus oder brachte ihn ungestüm zum Schweigen: Das konnte so wenig sein, wie daß ein Gestirn mit Pfeilen erlegt würde.

Daß keine Verhöre mehr stattfanden, da sein Prozeß nun abgeschlossen war, wirkte zunächst beruhigend auf Federigo, um so mehr, als er gleichzeitig die wiederkehrende Sonnenwärme genießen konnte. Es wurde ihm eine Zusammenkunft mit Teresa gewährt, die er lange nicht gesehen hatte; aber während sonst den Gefangenen nach Schluß des Prozesses mancherlei Erleichterungen zugebilligt wurden, schien es ihm, als ob für ihn die Aufsicht strenger werde. Die Spaziergänge im Hof hörten auf, Riboni war sehr beschäftigt und stets in sorgenvoller Eile. Menghini, der zuweilen kam, äußerte sich nicht deutlich über das vermutliche Ergebnis des Prozesses. »Wir sind nichts mehr als Salvottis Kammerdiener«, sagte er; auch für den Kaiser sei Salvottis Wille maßgebend. Wiederum sprach er von der Milde des Kaisers, auf die allein er seine Hoffnung setzen müsse.

Eines Nachmittags erzählte Menghini, von den jungen Leuten, die im vergangenen Jahre nach dem Spielberg gebracht wären, sei einer, Graf Oroboni, ein Venezianer, gestorben. Er sei 29 Jahre alt gewesen, stark und blühend, durch und durch gesund, und es gehe das Gerücht, daß die Ursache seines Todes Hunger gewesen sei. Federigo fragte, ob man sich dort nicht selbst beköstigen könne. Es scheine nicht der Fall zu sein, sagte Menghini achselzuckend, und da der Kaiser außerordentlich sparsam sei und die Kerker voll wären, könne man sich vorstellen, daß der Speisezettel nicht reichhaltig sei. »Es ist eine große Belastung für den Staat«, sagte Federigo; »man sollte alle Gefangenen arbeiten und sich ihren Unterhalt selbst verdienen lassen.« Ob Silvio Pellico noch lebe und gesund sei, wußte Menghini nicht. Wie beide schwiegen, hörten sie den Franzosen eine Arie aus Rossinis ›Barbier von Sevilla‹ pfeifen. Menghini wiegte den Kopf nach dem Takte und sagte: »Ein lustiges Lied und klingt doch traurig.« Damit stand er auf und verabschiedete sich, um frühzeitig nach Hause zu kommen; sein jüngstes Kind, ein Mädchen von vier Jahren, habe sich nicht wohl befunden, als er fortgegangen sei.

Schon am folgenden Tage kam Menghini wieder mit entstelltem Gesicht und einem Ausdruck in den Augen, als ob sie etwas Schreckliches gesehen hätten. Federigo überlief bei seinem Anblick ein Frösteln; für einen Augenblick vermochte er nicht zu sprechen, dann faßte er sich und fragte Menghini, ob er ihm etwas Schlimmes zu sagen habe. Menghini nickte und ließ sich, ohne die Einladung zu erwarten, auf einen Stuhl fallen. »Das Kind hat Scharlachfieber«, sagte er, und indem er dies aussprach, fing sein Kinn an zu zittern, und seine Augen, denen die gelbliche Farbe des Weißen um die stumpfbraunen Pupillen herum etwas Krankes gab, füllten sich mit Tränen. Der Graf erkundigte sich, ob er einen guten Arzt habe, und teilte ihm mit, wie die Krankheit, anscheinend mit gutem Erfolge, in England behandelt werde; allein er bemerkte, daß Menghini nicht imstande war, was er sagte, aufzunehmen. Allmählich gelang es ihm doch, dem ganz Fassungslosen ein wenig Mut einzuflößen. »Wenn Gott mir nur das Kind läßt,« sagte er, »so will ich auf jedes andere Glück mit Freuden verzichten. Vielleicht habe ich mich versündigt, indem ich mit diesem und jenem unzufrieden war. Was tut es, daß ich mich ohne Entgelt und Anerkennung plage, daß andere mir vorgezogen werden? Wenn das Kind seine Arme um meinen Hals legte und mich anlachte, so war ich mitten im Paradiese.« In den nächsten Tagen kam Menghini nicht, weil das Kind in Lebensgefahr schwebte.

Nachdem in den letzten Tagen des August während unerträglicher Hitze sich öfters Wolken am Himmel gesammelt und wieder zerteilt hatten, so daß man fast aufgehört hatte, zu denken, es könne regnen, brach im September, vom Winde jäh und furchtbar zusammengetrieben, ein schweres Gewitter los. Unter Donner und Blitz fiel Hagel, der in Regen überging; das Unwetter konnte sich nicht ersättigen und wälzte sich dumpf brüllend wieder zurück, wenn man es schon erschöpft geglaubt hatte. Federigo saß am Fenster und atmete die abgekühlte Luft ein, ohne sich davon erfrischt zu fühlen. Von der Weide waren viele Blätter abgerissen und jagten im Winde über die nassen Steine; der Hagel hatte ein frostiges Kältegefühl verbreitet. Er dachte, daß nun die Blätter alle eins nach dem andern abfallen würden, und daß er den geliebten Baum nie wieder grün im Frühling sehen würde. Am nächsten Morgen, als er die Bangigkeit, die über ihn gekommen war, noch nicht bemeistert hatte, erhielt er einen Brief von Teresa, der ihm anders klang als alle, die er bisher erhalten hatte. Sie pflegte über Tatsachen zu schreiben, die sie und ihn interessierten, und von ihren Empfindungen nicht viel mehr als die der Sorge um sein Befinden und der treuen Ergebenheit im allgemeinen zu äußern; aber diesmal klang ihr Brief wie ein verzweifelter Schrei. Während er sonst jeden Zettel von ihrer Hand mehrere Male las, bevor er ihn zerriß, zerstörte er diesen sofort, um den Eindruck nicht noch einmal zu erleiden; trotzdem war er sich des Inhalts deutlich bewußt, wie wenn er ihn auswendig gelernt hätte. Teresas Gesicht stand vor ihm, das große Sonnenlicht ihrer Augen von darüberströmenden Tränen ausgelöscht, nicht der stürmische Vorwurf, der gegen ihn daraus hervorbrach. Vielleicht hatte sie erfahren, daß er zum Tode verurteilt sei und daß der Kaiser das Urteil bestätigen würde, und sie klagte ihn an, daß er ihr diesen Schmerz bereite. Den ganzen Tag über ging er in seinem Zimmer auf und ab, von Zweifeln gequält, ob er um ihretwillen anders hätte handeln sollen. Vielleicht, wenn er von Anfang an sich der Gnade des Kaisers anheimgegeben hätte, wäre der Ausgang anders gewesen; konnten dies Unmögliche aber Menschen oder Gott von ihm verlangen?

In der Nacht fuhr er aus unruhigem Schlaf auf und glaubte, ihre Stimme zu hören, die schrie: »Hilf mir, Frederigo, ich kann dich nicht sterben sehen!« Nur halb erwacht, horchte er nach dem Fenster hin, an das der Regen schlug; es drängte ihn, aufzustehen und zu sehen, ob sie da draußen stände.

Er erwachte mit schwerem, ausgebranntem Kopfe; es schien ihm unmöglich, sich anzukleiden und den grauenvollen Tag zu beginnen. Endlich tat er es doch, um mit Moretti zu sprechen, was er am vergangenen Tage unterlassen hatte. Bisher hatte er zu Moretti niemals von sich selbst gesprochen, sondern zugehört, wenn jener ihm aus seiner Vergangenheit erzählte, oder etwa seinen Groll zu besänftigen versucht; aber jetzt fühlte er das Verlangen, sein Leiden mitzuteilen, einem Menschen zu sagen, daß er sterben müsse und leben wolle, daß er die beste Frau für immer unglücklich gemacht habe. Als auf sein Anklopfen keine Antwort erfolgte, dachte er, daß vielleicht ein Wärter in der Nähe sei, den Moretti sich erst entfernen lassen wollte; augenscheinlich aber war der alte Offizier aus irgendeinem Grunde in ein anderes Zimmer gebracht worden. Er fühlte sich mehr erleichtert als enttäuscht; denn es war ihm schon zum Bewußtsein gekommen, daß es ihn gereut haben würde, wenn er dem Drange, sein Herz aufzuschließen, nachgegeben hätte. Nur für Moretti bedauerte er die Trennung, dessen düstere Verbitterung seine Nähe ein wenig hätte mildern können. Er legte sich wieder auf sein Bett, so voll von Mattigkeit und Überdruß, daß ihm jedes Ende wünschenswert erschien, wenn es käme, ohne daß er die Augenlider zu heben brauchte.

Er befand sich in diesem Zustande, als Menghini bei ihm eintrat, das gelbe, ganz verfallene Gesicht durch ein Lächeln verklärt. Sein Kind sei außer Gefahr, sagte er, und weil Confalonieri so warmen Anteil daran genommen habe, komme er, es ihm zu berichten. Fieber habe es gar nicht mehr, und diesen Morgen habe es gelacht, als er hinter seinem Bett Verstecken mit ihm gespielt habe, nicht so laut wie sonst, aber hell und klar, wie wenn man mit einem Stäbchen an ein kristallenes Glas schlage. Dann schilderte er, wie es sich anstelle, wenn es Arznei nehmen müsse, das Näschen kraus ziehe und die Augen zukneife und dann, wenn es geschluckt habe, den runden Kopf schüttle, daß die Löckchen flögen, kurze, blonde Löckchen, geringelt wie Sprungfedern. Federigo hörte zu und versuchte, sich auf diese Krankheit und was damit zusammenhing zu besinnen. Daß Menghini voll Jammer zu ihm gekommen war und sich von ihm hatte trösten lassen, daß er Mitleid mit ihm gehabt und ihn fast liebgewonnen hatte, schien ihm unvordenklich lange her zu sein; er hätte sich nicht gewundert, wenn das Kind längst gestorben und sogar sein Andenken geschwunden wäre.

Schon seit einigen Monaten hatte das Essen und Trinken ihn geekelt; jetzt nahm er nicht viel mehr zu sich als Kaffee und Früchte, besonders Pfirsiche, die Teresa ihm schickte. Eines Tages sprach Riboni einen milden Tadel deswegen aus; Cisalpino habe sich eben wieder mit der Frau versöhnt und koche Meisterwerke; er sei einer der aufrichtigsten Verehrer des Grafen, und es müsse ihn verstimmen, wenn seine Schüsseln unberührt zurückkämen. Federigo entschuldigte sich damit, daß er bei dem gänzlichen Mangel an Bewegung nicht wohl Hunger haben könne, worauf Riboni zustimmte und die Ärzte tadelte, die ihm die Erlaubnis zum Spaziergang nicht erwirkt hätten. Nun, meinte er, der Herr Graf werde ja wohl bald einmal wieder an die Luft kommen, und dachte bei sich, das würde auf dem Wege zum Galgen sein. Federigo verstand ihn und sagte ruhig, ein kaum merkliches Lächeln in den Augenwinkeln: »Ich freue mich auf meinen ersten Ausgang; hoffentlich wird die Sonne scheinen.«

An einem der letzten Septembertage hörte er in dem Zimmer, das Moretti bewohnt hatte, ein Klopfen und antwortete schnell, in der Meinung, daß dieser es wieder bezogen habe; anstatt dessen war es Alexander Andryane, der Franzose, den die Tatsache, daß Confalonieri sein Nachbar war, in freudige Aufregung versetzt hatte. Federigo antwortete, er wisse, wer er sei, und daß sein Gesang ihm manchen schönen Augenblick bereitet habe. »Er war für dich«, sagte Andryane und fügte hinzu, daß die Überwachung in der letzten Zeit strenger geworden sei und er infolgedessen fast nie mehr singen oder pfeifen könne. »Ich glaube, das gilt mir«, sagte Federigo, und als Andryane entgegnete, ihnen beiden, er sei auf das Todesurteil gefaßt, bemühte er sich, ihn glauben zu machen, der Kaiser werde nur gegen ihn, Confalonieri, als das vermeintliche Haupt der Verschwörung, die ganze Schärfe des Gesetzes anwenden; auch würde er damit einem klugen und richtigen Grundsatze folgen. »Mein Gebet ist,« antwortete Andryane, »daß ich, wenn du sterben mußt, dein Schicksal teilen dürfte.« Es wirkte günstig auf Federigos Stimmung ein, daß er von da an täglich diesen jungen Menschen, der Stunden herzzerreißender Verzagtheit hatte und begierig war, sich an den Grafen, den er anbetete, anzuklammern, durch sein Zureden aufrichten konnte.

Mit dem Oktober kam sommerliche Wärme wieder; es war ein Schimmer über allen Gegenständen, wie wenn man durch farbiges Glas sähe, und die Weide schien in allen Poren von Licht durchdrungen und in Licht erstarrt zu sein. Um die Mitte des Monats kam Salvotti und teilte dem Grafen mit, die Entscheidung des Obergerichts in Verona sei nun eingetroffen; es habe, wie zu erwarten gewesen, das über ihn ausgesprochene Todesurteil bestätigt, das nun nur noch dem Kaiser zur Unterschrift vorzulegen sei. Bis zum Beginn des folgenden Jahres werde alles erledigt sein. Er habe angenommen, daß es dem Grafen lieb sei, dies zu wissen, und er halte es für seine Pflicht, ihn nochmals zu erinnern, daß nur eine besondere Fügsamkeit seinerseits den gerechten Zorn des Kaisers mildern könne. Federigo dankte für die Mitteilung und die Erinnerung; zwei Bitten, sagte er, habe er an den Kaiser zu richten: einmal wolle er ihn darauf aufmerksam machen, daß er, als mütterlicherseits von ungarischem Adel abstammend, das Recht habe, keine andere Todesart als durch das Schwert anzunehmen; ferner wolle er jetzt, bevor noch das Urteil bestätigt sei, sein Testament machen und seine Frau zur Erbin seines Vermögens einsetzen.

Salvotti entgegnete, er werde guttun, von beidem abzusehen; die erste Bitte werde keinesfalls Berücksichtigung finden, ein Testament sei er allerdings jetzt noch berechtigt zu machen, werde aber dadurch nur die Verstimmung Seiner Majestät gegen sich vermehren. »Sie mögen Seine Majestät kennen,« sagte Federigo, »aber es scheint nicht, daß Sie die Mailänder Aristokratie kennen. Viele mögen damit einverstanden sein, daß ich sterbe; aber nicht einer wird es leiden wollen, daß einer der Ihrigen am Galgen endet. Es könnte für den Kaiser schwere Folgen haben, wenn er darauf bestände, den ersten Stand des Reiches in meiner Person zu erniedrigen.« Salvotti entgegnete: »Seine Majestät läßt in allen Fällen das Gesetz entscheiden.

Wenn er sich fügt, werden es seine Untertanen auch tun müssen.« Ohne darauf einzugehen, sagte Federigo, daß er die Bittschrift aufsetzen werde; was die andere Sache betreffe, so wisse Salvotti als erfahrener Jurist am besten, daß er des Rechtes, sein Vermögen, wem er wolle, zu vermachen, nicht beraubt werden könne. Er bitte deshalb, daß ihm ein Notar geschickt werde, mit dem er die Angelegenheit erledigen könne; und da Salvotti noch einmal Einwendungen machte und vor einer Handlung warnte, die als eigenmächtiger Trotz ausgelegt werden würde, sagte er kalt abfertigend, er habe Salvotti nicht um Rat fragen wollen, was er tun solle, sondern ihn in Kenntnis setzen von dem, was er zu tun beschlossen habe.

Salvotti verbeugte sich schweigend und ging in so mißmutiger Stimmung, wie sie ihn jetzt oft bedrückte; er wünschte, daß es Abend werden möchte, damit er ausruhen könnte. Es war jetzt fast immer so, daß ihn tagsüber der Gedanke an den Abend beherrschte, und er schrieb es dem Übermaß von Arbeit zu, mit der er die letzten Jahre belastet war, daß er zu der geringsten Tätigkeit, die sonst fast ohne sein Zutun vor sich gegangen war, einer Willensanstrengung bedurfte. War er dann zu Hause, kam das ersehnte Wohlgefühl auch nicht über ihn, oft, im Gegenteil, wünschte er sich wieder fort, um den Augen seiner Frau nicht zu begegnen, die, so empfand er es, gespannt und zweifelnd an ihm hingen, als verlangten sie etwas von ihm, was er nicht geben könne; aber abgesehen davon, daß nicht durch den Beruf veranlaßtes Ausbleiben seinen häuslichen Gewohnheiten und Grundsätzen widersprach, wohin hätte er gehen sollen? Er war mehr als fremd in Mailand, gefürchtet, gehaßt, vielleicht auch verachtet. Durch die Höflichkeit und Unterwürfigkeit seiner Kollegen hindurch fühlte er ihre Abneigung und war überzeugt, daß sie hinter seinem Rücken boshaft und in herabsetzender Weise von ihm sprächen. Alle Menschen, mit denen er in Berührung kam, begegneten ihm mit Hochachtung, gleichwohl schienen sie seinem Umgang auszuweichen, so daß er daran denken mußte, wie in früherer Zeit auch der Niedrigste sich durch eine Berührung des Henkers entehrt gefühlt hätte. Dies erbitterte ihn nicht; denn er sagte sich, daß die Menschen ungerecht und kurzsichtig wären und sich oft vor einem Ergebnis in Ehrfurcht beugten oder es begehrten, das herbeizuführen sie sich zu gut hielten. Wenn er die Mailänder Gesellschaft von Dieben befreit hätte, die ihr Silber entwendeten, so hätten sie ihn als brauchbaren Beamten geschätzt; nun er den Kaiser vor Hochverrätern schützte, die aus ihrem Kreise hervorgingen, galt ihnen seine Pflichttreue als die Anmaßung eines Gewinnsüchtigen oder Ehrgeizigen.

Er wäre am liebsten nur des Abends ausgegangen, wenn ihn die Dunkelheit vor den Blicken der Menschen beschützte. Manchmal befürchtete er, nicht nur mißmutig und überarbeitet zu sein, sondern an Schwermut als wie an einer Krankheit zu leiden. Es kam vor, daß er nachrechnete, wie alt er war, und daß es ihn ängstigte, noch so viele Jahre vor sich zu haben. Er sehnte den Zeitpunkt herbei, wo der Prozeß zu Ende wäre und er Mailand verlassen könnte. Die Angeklagten, mit denen er jetzt zu tun hatte, waren fast alle gutartige, beschränkte Leute, die auf die Einladung irgendeines Freundes an einer politischen Versammlung teilgenommen und mitgeschrien hatten, ohne sich der Folgen bewußt zu sein; die der Anblick des Gefängnisses und der Aufenthalt darin so entnervt hatte, daß man auch ohne Bürgschaft sicher sein konnte, sie würden sich in Zukunft von allen politischen Anzettelungen fernhalten. Er war der Ansicht, daß der Kaiser gut daran täte, diese, die nicht gefährlich waren, laufenzulassen und die Kommission aufzulösen. Was für Gewinn hatte der Kaiser von allen den Geständnissen, die Bände mit Dingen füllten, über die man bereits besser als die Verhörten selbst unterrichtet war? Aber er fing an einzusehen, daß Franz keiner andern Richtschnur folgte als seiner persönlichen Neigung, die dahin ging, diejenigen auszuspüren und zu demütigen, die sich seiner Autorität widersetzten, und daß er damit das Interesse des Staates wahrgenommen zu haben glaubte.

Nachdem Federigo tagelang auf einen Notar hatte warten müssen, kam endlich einer, der ihm entgegenarbeitete, anstatt seinen Auftrag auszuführen. Er hielt ihm vor, daß ein großes Vermögen der Familie erhalten bleiben müsse und daß er deshalb, da er kinderlos sei, seinen Vater zum Erben einsetzen müsse. Er könne durch ein Vermächtnis der Pflicht gegen seine

Frau genügen, müsse aber bedenken, daß sie sich wieder verheiraten könne und daß dann sein Vermögen in unbekannte, vielleicht nicht würdige Hände geriete; daß, selbst wenn das nicht geschähe, die Beeinflußbarkeit der Frauen so groß sei, daß eine unerwünschte Verwendung des Geldes immerhin zu befürchten sei. Federigo zweifelte nicht daran, daß der Notar unter dem Einflusse seines Vaters auf ihn einzuwirken suchte, der den Besitz seines Sohnes nicht in den Händen Teresas und ihrer Familie, die er nicht liebte, wissen wollte; aber wenn er auch auf seinem Willen beharrte, konnte er doch nicht hindern, daß alles, was er am Tage gehört hatte, sich in den langen Nächten in ihm sammelte, ihn beunruhigte und verwirrte. Wenn jedermann damit rechnete, daß Teresa sich wieder verheiratete, so war es vielleicht Eitelkeit oder Verblendung, wenn er allein nicht daran glauben mochte. Er erinnerte sich einer alten Dame in Mailand, von der man erzählte, ihr Gatte habe ihre Liebhaber immer von ihrer unwandelbaren Tugend unterhalten, und einer andern, die auf dem Totenbette gesagt hatte, es sei ihr höchster Stolz und sollte auf ihrem Grabstein zu lesen sein, daß sie eine Nacht am Herzen Napoleons geruht habe. Er erinnerte sich an solche, die er mit keinem begehrlichen Blick anzutasten gewagt hatte, bis sie selbst ihn einluden, sie weniger hoch zu achten. Zwar verglich er Teresa nicht mit diesen; aber auch in ihrer Seele konnten Möglichkeiten verborgen sein, die er nicht ahnte. Er dachte an die Zeit, als der Vizekönig Eugen Beauharnais ihr den Hof machte: wie heiter strahlend ihre schönen Augen auf ihn gerichtet waren, und wie die kindliche Freude an den Huldigungen, mit denen er sie umschmeichelte, sich auf ihrem reinen Antlitz malte. Er fühlte die Eifersucht heranschleichen, die ihn damals so wütend befallen hatte, daß er sich kaum hatte zurückhalten können, sein Eigentum mit Gewalt von der Seite des Verführers wegzureißen. Ein Schauder überlief ihn, indem er daran dachte, daß er bald kein Recht mehr, auch das ärmste des Bettlers nicht, an etwas Lebendes hätte. Ein Wirbelsturm von Empfindungen riß ihn fort und schleuderte ihn in eine Hölle voll Qual und Finsternis; aber es gelang ihm in wenigen Augenblicken, dieser entsetzlichen Anwandlung Herr zu werden und sein Schicksal und was es von ihm forderte, mit festen Händen abzuwägen. Es war seine Pflicht, zu wünschen, daß Teresa, die als seine Frau nur gelitten hatte, nach seinem Tode an der Seite eines liebevolleren Mannes noch ein spätes Glück finden möchte. Wie sie auch in Zukunft handeln würde, er mußte sie segnen und ihr danken und ihr, die er immer ohne Falsch und voll Treue gefunden hatte, sein Vertrauen beweisen. Mochten immerhin Fremde oder ihre Brüder den Besitz seines Geschlechtes genießen: Darum gerade wollte er es ihr geben, damit sie nach ihrem Belieben darüber verfügte.

Die erste Hälfte des Novembers ging über diesem Geschäft hin, das die Widerwilligkeit des Notars ihm erschwerte, und er fühlte sich erleichtert, als das Testament nach seiner Absicht ausgefertigt war. Eines Nachmittags kam Menghini so mager und gebeugt, daß Federigo ihm rasch einen Stuhl hinschob und sich nach seinem Befinden erkundigte. Es gehe nicht gut, sagte Menghini, die Leber mache ihm zu schaffen. Er habe auf Verordnung des Arztes für einige Zeit Urlaub nehmen müssen und komme, sich zu verabschieden. Künftig werde ein anderer an seiner Stelle die Besuche bei den Gefangenen machen; ihm werde der Graf zugestehen, daß er es sich stets habe angelegen sein lassen, seine schwere Lage zu erleichtern. Federigo erwiderte etwas Höfliches und fragte nach dem jüngsten Kinde; wie er Menghini gegenübersaß, sah er in dem halbdunklen Zimmer die Veränderung in seinen Zügen, die auf den Tod deuten. Das sei gesund, gab Menghini zur Antwort, und so üppig wie ein Honigbrötchen, von dem rundherum die goldgelben Tropfen herabhingen, voll Schelmerei und Ausbündigkeit. Um dieses Kindes willen hoffe er, daß Gott ihn noch ein paar Jahre am Leben lasse; denn er könne nicht im Grabe und nicht im Paradiese Ruhe finden, wenn das Kind auf Erden Mangel und Trübsal litte. Federigo sagte, er hoffe, Gott werde ihn seiner Familie noch lange erhalten; trotzdem wolle er nicht unterlassen, das Kind seiner Frau zu empfehlen, die, selbst kinderlos, ihr Glück darin finde, für fremde Kinder, die es bedürften, zu sorgen. Menghini dankte verlegen und sagte nach einer Pause, wenn es nach ihm gegangen wäre, würde der Graf Teresa häufiger gesehen haben. Das Herz habe sich einem gewendet, wenn man die edle Frau bitten und unerhört sich langsam wieder entfernen gesehen hätte. Was hätte er aber gegen Salvotti ausrichten können? Der fortwährende Unmut, der an ihm fresse, seit Salvotti da sei, der habe ihm eigentlich so zugesetzt; wenn er ihn eine Weile nicht sehe, würde ihm wohler werden. Daran anknüpfend berichtete er nach einigem Zögern, der Kaiser habe die Bittschrift des Grafen, seine Todesart betreffend, abschlägig beschieden: Confalonieri gehöre zu seinen italienischen Untertanen, die Herkunft seiner Mutter gehe ihn nichts an, übrigens habe ein Rebell keine Rechte. Vielleicht, meinte Menghini, wäre die Antwort anders ausgefallen, wenn Salvotti das Gesuch befürwortet hätte; immerhin müsse der Graf noch auf die Milde des Kaisers hoffen. Federigo war aufgestanden und sagte einige Worte des Dankes und gute Wünsche, worauf Menghini sich empfahl. Auf der Schwelle drehte er sich noch einmal um und sah den Grafen mit trüben Augen an; er wollte etwas sagen, aber das Mitleid mit dem stolzen Manne, den es augenscheinlich Mühe kostete, sich aufrecht zu erhalten, schnürte ihm die Kehle zusammen. »Ich fürchte, wir sehen uns nicht wieder«, brachte er endlich hervor. »Auf Erden nicht«, entgegnete Confalonieri, indem er Menghini die Hand reichte. Gleichzeitig hörte er in seinem Kopfe eine dünne Glocke läuten, schrill und kläglich und so durchdringend, daß er meinte, es müsse jenseits der Mauern des Hauses vernehmbar sein, und er wußte, daß dies das Zeichen zu seiner Hinrichtung war. Bald fielen tiefere Glocken von den Türmen Mailands ein, die von San Fedele und die von San Ambrogio, dann aber noch viele, die er nicht kannte, bis ein Donnergewoge entstand, das die Himmelswölbung erzittern machte. Plötzlich aber ging das Geläute in ein starkes, weiches Rauschen über, in dem er die Stimme seiner Weide erkannte, die vor seinem Fenster sang: Addio! Addio! Unglückseligster, addio! Dann verlor er das Bewußtsein.

Durch die Krampfanfälle sehr geschwächt, stand er oft nur auf, um mit Andryane zu sprechen; stundenlang lag er fröstelnd auf dem Bette. In der Annahme, daß er nur noch kurze Zeit zu leben haben würde – denn er wußte, daß das Urteil zwei oder drei Tage nach Eintreffen der Bestätigung des Kaisers würde ausgeführt werden –, sehnte er sich danach, Teresa zu sehen, die seit Wochen nicht bei ihm gewesen war. Aus den Äußerungen Menghinis ging hervor, daß sie es versucht hatte und durch Salvotti verhindert war; dennoch wunderte es ihn, daß sie, die so vieles vermochte, in dieser Lage sich nicht den Weg zu ihm erzwingen konnte. Es konnte vieles geschehen sein, seit er von draußen abgeschlossen war, was sie bedrängte und sich ihrer zu bemächtigen suchte: sein Vater, Verwandte, Freunde, die nicht seine waren und sie aus der Gemeinschaft mit dem Hochverräter lösen wollten. Er sehnte sich danach, ihr vertrautes Gesicht zu sehen, ihre Augen, deren Unschuldsblick ihm die Ruhe wiedergeben würde; sie standen wie zwei Sonnen frei über allen Strömen, die sie aus ihrem Kreise reißen möchten. In dem Wiedersehen, das vor seinem Sterben stand, sammelten sich alle seine Gedanken; er wollte ihr sagen können, wie teuer sie ihm geworden sei und daß der Augenblick, wo er dies ihr sagte, Vergangenheit und Zukunft verschlingend, ihm das ganze Leben vorausschenkte. Seine Angst, sterben zu müssen, bevor er sie gesehen hätte, wurde so groß, daß er sich entschloß, Salvotti um einen Besuch zu bitten, damit er ihm die letzte Zusammenkunft gewähre.

Salvottis schönes Gesicht war bleich und ernst; er begrüßte den Grafen mit knappster Höflichkeit. Federigo setzte ihm seinen Wunsch auseinander, Salvotti möge veranlassen, daß er seine Frau sähe, und jener antwortete, er wolle Seine Majestät von dem Wunsche des Grafen in Kenntnis setzen und seine Entscheidung erwarten. Er wisse bestimmt, entgegnete Federigo, daß es in Salvottis Macht stehe, ihm seine Bitte zu gewähren oder abzuschlagen. Vielleicht habe er kein Recht, es zu verlangen; aber er wundere sich, daß eine Gunst, die jedem gewährt werde, ihm ohne Grund entzogen würde. Als Salvotti hierauf kurz erwiderte, er könne nur seine erste Antwort wiederholen, schoß Federigo das Blut ins Gesicht, und seine Brauen zogen sich zitternd zusammen. Er hätte diesen Menschen wie eine Schlange mit einem Peitschenschlage zerbrechen mögen. Indessen, während seine Hände sich zusammenballten, dachte er an Teresa, die viele Male bittend vor ihm hatte stehen und seine Entscheidung, wie sie auch ausfiel, schweigend hatte annehmen müssen, und daß er ihr schuldig war, sich zu überwinden, um den letzten Schlag seines Herzens an ihres schlagen lassen zu können. Er richtete seine Augen, die feucht geworden waren, fest auf Salvotti und sagte: »Erfüllen Sie die letzte Bitte eines dem Tode Geweihten und lassen Sie mich, bevor ich sterbe, meine Frau um Vergebung bitten für alle Leiden, die ich ihr zugefügt habe.« Es war das erste Mal, daß Salvotti den Schmelz seiner Stimme und seiner Augen empfand, und er wich unwillkürlich einen Schritt vor ihm zurück. Der Grund seines Verhaltens war, daß Teresa vor zwei Tagen Mailand verlassen hatte, um die Begnadigung ihres Mannes vom Kaiser zu erflehen, und daß er dies Confalonieri verheimlichen wollte, um in ihm nicht die nach seiner Ansicht vergebliche Hoffnung zu erregen, sein Schicksal könne sich noch wenden. Er überlegte schnell, was für ihn empfindlicher sein würde, und kam zu dem Schlusse, seiner anfänglichen Absicht zuwider, ihm die Wahrheit zu sagen. Nachdem er ihm mitgeteilt hatte, daß Teresa in Begleitung ihres Bruders und seines Vaters nach Wien abgereist sei, fügte er hinzu, er hätte versucht, sie von ihrem Vorhaben abzubringen, da er es bedauert habe, daß sie sich umsonst den Anstrengungen einer Reise um diese Jahreszeit und unter diesen Umständen aussetze. Wenn der Kaiser einmal einen Entschluß gefaßt habe, lasse er sich von niemandem davon abbringen; hätte er Gnade wollen walten lassen, so würde er dem Feldmarschall Bubna nachgegeben haben, der einige Tage vorher nach Wien gereist sei, um für den Grafen zu bitten.

Confalonieri sagte: »Ich würde sie zurückgehalten haben, wenn ich sie gesehen hätte«, und nach einer kleinen Pause fragte er: »Glauben Sie, daß sie zur rechten Zeit zurück sein wird?« Salvotti versuchte ein beklemmendes Gefühl, das in ihm aufstieg, zu unterdrücken; er bemerkte, daß Federigo weiß im Gesicht geworden war, und fürchtete, er möchte einen Anfall bekommen. Indessen faßte er sich und sagte: »Man rechnet vier bis fünf Tage für die Reise; aber der starke Schneefall im Gebirge wird sie erheblich verzögern. Zählen Sie nicht darauf, Ihre Frau wiederzusehen; vielleicht wünschen Sie um ihretwillen, daß sie zu spät komme.« Federigo war es, als rücke alles von ihm fort und verschwinde in unermeßlicher Leere. Jetzt fühlte er, daß er in Wahrheit gerichtet war. Er sah Teresa auf vereistem Pfade, schaudernd in ihren Mantel gehüllt, gegen das Wetter kämpfend, seinen Namen in die Ferne rufend, den der Sturm ihr vom Munde riß. Wenn sie käme, würde er nicht mehr da sein; ihre Tränen würden auf sein totes Haupt fallen. Er würde sie nicht sehen, er würde sie nicht trösten; niemals, niemals würde er ihr sagen können, was er in diesem Augenblick mit Wonne und Entsetzen fühlte, daß er sie liebte. Bewußtlos ihren Namen rufend, deckte er die Hände vor das Gesicht, beugte sich und stürzte auf beide Knie, so daß seine Haare fast den Boden berührten. Salvotti stand mit peinlichen Gefühlen daneben; er hätte gern etwas gesagt oder getan, um dem Grafen, wenn nicht zu helfen, doch Teilnahme zu zeigen; anderseits glaubte er, ihm nur dadurch wohltun zu können, daß er das Zimmer verließe und sich nicht länger zum Zeugen seines Zusammenbruchs machte. Er wartete unschlüssig, ob der Graf etwa ein Zeichen gäbe, daß er sich seiner Gegenwart bewußt sei und menschlicher Hilfe bedürfe; aber da das nicht geschah, entfernte er sich langsam.

An diesem Abend fand ihn seine Frau so düster, ja so krank aussehend, daß sie ihn liebevoll fragte, was ihm fehle; und er gab dem Antrieb, die Last des seltsamen Erlebnisses loszuwerden, nach und erzählte ihr, was vorgefallen war. Sie erkundigte sich nach Confalonieris Frau, wie sie sich zu dem Schicksal ihres Mannes stelle, und er sprach mit Anerkennung von der sanften Würde, die sie im Verkehr mit ihm, Salvotti, gezeigt habe, und von der Tatkraft und Unerschrockenheit, mit der sie für ihren Gatten kämpfe. Ihn schilderte er als nicht leicht zu durchschauen, stolz, leidenschaftlichen Geistes und hochsinnig; er sei es gewohnt und halte es für selbstverständlich, daß man ihn anbete und sich für ihn aufopfere, anderseits verrate er nicht gern seine Gefühle. Heute zum ersten Male bei der Nachricht, daß er seine Frau nicht wiedersehen würde, sei der Schmerz mächtiger gewesen als der Trieb, sich niemals unbeherrscht zu zeigen. Er schilderte, wie er vor seinen Augen zusammengebrochen sei; als Kind in seiner Heimat habe er oft gesehen, wie Tannen gefällt werden, wie, nachdem der Stamm oberhalb der

Wurzel durchsägt war, die hohe Säule ein wenig, wie von innen, erschauderte, dann langsam das Haupt neigte, ohne sich zu biegen, und schnell, mit zischendem Sausen die Luft durchschneidend, stürzte und tot war. Daran habe er denken müssen.

Salvottis Frau sah ihn erschreckt an und fragte, ob es ausgeschlossen sei, daß der Kaiser ihn begnadigte. »Ich halte es dafür«, sagte Salvotti; »der Kaiser pflegt meine Urteile zu bestätigen, außer wenn ich eine Milderung derselben befürworte, was ich in diesem Falle nicht für angezeigt gehalten habe.« »Der Unglückliche«, sagte sie nach einer langen Pause, »und die unglückliche Frau! Du hättest sie retten können.« Salvotti sah sie verwundert an und fragte: »Wie hätte ich das können? Da sein Hochverrat mir erwiesen war und ich ihn für nicht ungefährlich halte, war es meine Pflicht, diese meine Überzeugung im Urteil zum Ausdruck zu bringen.« Er bemerkte ein eigentümliches Flackern in ihren Augen und in ihrem Blick etwas unruhig Tastendes, das ihm schon öfters aufgefallen war, ja etwas Schneidendes, beinahe Feindseliges. Er sah ein, daß er sie durch seine Erzählung zu sehr erregt habe und daß er, weit entfernt, Trost bei ihr zu finden, sie zu beschwichtigen suchen müsse.

Indessen war das so leicht nicht; denn sie stand ihm plötzlich so fremd, so herb von ihm abgeschlossen gegenüber, daß er hätte zweifeln können, ob sie dieselbe sei, die er oft und noch vor kurzem leidenschaftlich stammelnd an seiner Brust gehalten hatte. Es fiel ihm nichts anderes ein, als ihr zuzureden, sie möchte sich hinlegen, was sie auch tat; zuerst hörte er sie weinen, dann wurde sie still, und es schien ihm, daß sie eingeschlafen wäre. Er selbst konnte lange keinen Schlaf finden, so sehr bedrückte ihn die Sorge um die Reizbarkeit und Launenhaftigkeit seiner Frau. Weinte sie um das Schicksal des Grafen Confalonieri, warum tat sie es nicht an seiner Seite, ihr Mitgefühl mit dem seinigen vermischend? Er verstand nicht, warum sie sich ihm entzog, nicht, warum sie traurig war; mehr und mehr wurde ihm klar, daß es ihm überhaupt an Verständnis für sie fehle, obwohl er sie treu und herzlich wie am ersten Tage liebte. Mailand, die schöne Stadt, war verflucht für ihn;

er wollte seine Pflichten so schnell wie möglich erledigen und es verlassen. Anderswo, dachte er, würde er seine Jugend und seine glücklichen Tage wiederfinden.

Als Teresa durch den Grafen Bubna erfahren hatte, daß er nichts beim Kaiser habe ausrichten können und daß die letzte Hoffnung auf ein mündliches Gnadengesuch der Familie beschränkt sei, fuhr sie zu ihrem Schwiegervater, um ihn zu bitten, daß er mit ihr nach Wien fahre und beim Kaiser für seinen Sohn eintrete. Graf Tiberio saß mit seiner Cousine Pompea und andern Anverwandten beim Kartenspiel, denn es war Abend; nachdem er sie eine Zeitlang in einem kleinen Empfangssaale hatte warten lassen, trat er zu ihr ein, verbeugte sich kurz und fragte, was ihm die Ehre verschaffe. Sie hatte kaum, ihr Anliegen vortragend, seinen Sohn erwähnt, als er sie unterbrach und fragte, wen sie meine, er habe keinen Sohn, wobei er sie scharf herausfordernd ins Auge faßte. Teresa sah ihn staunend an und wiederholte, was sie gesagt hatte. »Verstehen Sie nicht, was ich gesagt habe?« sagte er lauter und heftiger als vorher. »Ich habe keinen Sohn, also müssen Sie sich in der Person irren.« Erst jetzt begriff Teresa den Sinn seines Benehmens. »Wer bin ich?« fragte sie, um ihn zu zwingen, den Namen Federigos zu nennen. »Das interessiert mich nicht«, antwortete er trocken. »Möglicherweise eine Wahnsinnige, die an der Einbildung leidet, die Schwiegertochter eines Mannes zu sein, der keinen Sohn hat.« Damit drehte er ihr den Rücken, um wieder zu seinem Kartenspiel zu gehen, das im anstoßenden Wohnzimmer abgehalten wurde. Teresa folgte ihm und sagte, indem sie sich, ohne die andern zu beachten, neben ihn stellte: »Sie werden sich nicht setzen, bevor Sie mir versprochen haben, sich zu der Reise bereit zu machen! Übermorgen müssen wir abfahren.« Ihre Augen strahlten ihn furchtlos an und machten es ihm unmöglich, sie nicht zu beachten, was er gern getan hätte. Wütend warf er die Karten auf den Tisch, die er schon in die Hand genommen hatte, und zählte auf, was alles Federigo seit seiner frühen Jugend ihm angetan hätte: das vorwitzige Bücherlesen, den Umgang mit Engländern und Rebellen, die

Heirat, das Schulwesen und das Jakobinertum, mit dem er sich den verdienten Untergang selbst bereitet habe; schließlich kam er auf seine, des Vaters, Warnungen, die er verachtet habe. »Sie werden mit mir kommen?« fragte Teresa, als er aufhörte. Sein Toben abschneidend, schob ihn Pompea mißbilligend zur Seite, legte den Arm um Teresa und sagte: »Freilich wird er kommen; er wird tun, was er kann, um den unseligen Mann zu retten, der uns allen und namentlich Ihnen, armes Kind, viel Böses angetan hat. Sie sind ein braves Weib, Gott wird Ihnen gnädig sein, und so werden es die Menschen auch müssen. Mit Ihnen kann sich mein Vetter nicht vergleichen, aber im Herzen dankt er Ihnen für das, was Sie tun, wenn er es auch nicht zugesteht.« Sie geleitete Teresa unter sanften Liebkosungen bis an den Wagen und legte ihr, da sie beim Öffnen des Haustores die eisige Winterluft spürte, den eigenen Schal über den Mantel, der sie nicht genug zu schützen schien.

Gabrio erklärte sich ohne weiteres bereit, mit nach Wien zu fahren; vom Grafen Tiberio erhielt sie noch spät einen Brief, er sei entschlossen, mitzureisen, bitte sie aber zu beherzigen, daß er es nicht um ihres Mannes willen tue, sondern um seinen guten Namen vor Schande zu bewahren und zugleich, um die Stadt Wien wiederzusehen, die für ihn mit angenehmen Jugenderinnerungen verbunden sei.

Auf der Reise war der alte Graf liebenswürdig und gesprächig; er erzählte von Wien, von Maria Theresia und ihrem Sohne Josef, den er für entartet hielt und nicht eigentlich zur Familie rechnete. Mit leichter Ironie begleitete er die zärtliche Sorgsamkeit, mit der Gabrio sich bemühte, seiner Schwester die Unbequemlichkeiten der Reise zu erleichtern, und belustigte sich damit, seine unvertilgbare Liebenswürdigkeit auf die Probe zu stellen. Am zweiten Tage fing er an, unter der Kälte, dem nur selten unterbrochenen Sitzen im Wagen und der mangelhaften Ernährung zu leiden, und wurde schweigsam; es vergingen Stunden, ohne daß ein Wort gesprochen wurde.

Obwohl es acht Uhr abends war, als die Reisenden in Wien eintrafen, eilte Gabrio, nachdem er Teresa im Gasthause untergebracht hatte, zum italienischen Gesandten, um zu betreiben, daß die Audienz beschleunigt würde, und zum Feldmarschall

Bubna, der ihn teilnehmend empfing. Er könne keine Hoffnung machen, sagte er; man müsse, was möglich sei, versuchen, darum habe er Teresa nicht abgeredet, die furchtbare Reise zu unternehmen; aber der Kaiser habe gesagt, er wolle ein Exempel statuieren, und daß er das einmal ausgesprochen habe, genüge ihm, um es für unumstößlich zu halten. Wenn die Audienz gewährt werde, womit schon etwas gewonnen sei, solle sich die Gräfin durch das barsche Wesen des Kaisers nicht abhalten lassen, einen Fußfall zu tun; auch Gabrio möge sich eine demütige Haltung zu geben suchen, das sei nicht ohne Wirkung auf den Monarchen. »Ich selbst«, fügte er hinzu, indem seine melancholischen Augen ein gütiges Lächeln erhellte, »würde es mich mehr als einen krummen Rücken kosten lassen, wenn ich unserem unglücklichen Freunde und damit Ihrer beklagenswerten Schwester dadurch helfen könnte.« Teresa nickte willig zu den Ratschlägen, die Gabrio ihr überbrachte. »Es ist ja nicht der Kaiser,« sagte sie, »es ist Gott, vor dem ich mich in den Staub werfe, und vor dem meine Seele seit zwei Jahren unablässig im Staube liegt.«

Nach zehn Tagen wurde der Wartenden der Bescheid, daß der Kaiser die beiden Herren, nicht aber Teresa in Audienz empfangen wolle, eine Entschließung, die seine Ungeneigtheit, Gnade zu gewähren, andeutete. Die dadurch doppelt erregte und geängstigte Stimmung Gabrios wurde vollends hoffnungslos, als er vor dem Kaiser stand, den er noch niemals aus solcher Nähe gesehen hatte. Er erinnerte ihn an eine lederne Puppe, die er als Kind besessen hatte, die etwas unvergeßlich Grauenhaftes für ihn gehabt hatte, namentlich wegen der Hände, die mit den aus fünf schmalen, schlaff herunterhängenden Lederstreifen bestehenden Fingern so aussahen, wie er sich eine Knute vorstellte. Daß Gott diese unscheinbare Figur mit der höchsten Macht und Würde ausstaffiert hatte, die es in Europa gab, und dabei unzweifelhaft eine ebenso weise wie unerforschliche Absicht verfolgte, stellte ihm plötzlich die Majestät Gottes erschütternd vor die Seele. Dies Gefühl, verbunden mit der entschiedenen Abneigung, die der Kaiser ihm einflößte, war weit erträglicher als die angstvolle Spannung, mit der er gekommen war, und gab ihm die fast verlorene Fassung wieder. Während der Kaiser mit glanzloser und keifender Stimme dem alten Grafen vorhielt, daß sein Sohn ein Verbrecher sei und daß Gnade ausüben von der Gerechtigkeit abweichen heißen würde, bemühte er sich, an Teresa denkend, eine unterwürfige Haltung anzunehmen, die jedoch nur eben achtungsvoll ausfiel. Auch mit dem alten Tiberio, dessen treue Gesinnung er kannte, war Franz nicht sonderlich zufrieden; er antwortete auf alles, was sie vortrugen, ungehalten und sagte zum Schluß, ein Exempel müsse statuiert werden, das Todesurteil sei unterschrieben, zurücknehmen könne er nichts, und die Gräfin müsse sich eilen, wenn sie ihren Mann noch lebend antreffen wolle.

Erst als er im Wagen saß, kam es Gabrio zum Bewußtsein, daß er seiner Schwester die Nachricht bringen müsse, durch welche die Hoffnung, die sie bisher aufrecht erhalten hatte, endgültig vernichtet wurde. Er stieg aus und lief, um Mut zu fassen, eine Stunde lang durch die engen Straßen um den Stefansdom, dessen ungeheure Gestaltung der Winternebel und das Wirrsal wehender Flocken verhüllten. Seine Zähne klapperten vor Frost und Furcht; dazu quälten ihn Zweifel, ob er nicht durch besser gewählte Worte oder ein geschickteres Benehmen und inständigeres Bitten doch noch den Kaiser zu einem andern Entschluß hätte bringen können. Er fand Teresa, die das Ergebnis schon erfahren hatte, angekleidet, um zur Kaiserin zu gehen und ihre Fürbitte bei Franz zu erwirken.

Die Kaiserin, Karolina Augusta von Bayern, Franzens vierte und letzte Gattin, die ihn um viele Jahre überlebte, war eine stattliche Frau mit einem Gesicht, das nicht schön war, aber das Wohlwollen ihres Herzens anziehend ausdrückte. Sie hatte eine ziemlich hohe Meinung von dem Kaiser, kannte aber seine Schwächen und erlaubte sich, selbständig zu denken und innerhalb der Grenzen, die Klugheit und Taktgefühl ihr vorschrieben, auch zu handeln. Nachdem sie ihre Damen entfernt hatte, zog sie die vor ihr kniende Teresa in ihre Arme, setzte sich mit ihr auf ein Sofa und sagte, daß sie zu ihrem Leidwesen bereits von der Ergebnislosigkeit der Audienz gehört habe und daß sie nicht glaube, es könne jetzt noch mit Aussicht auf Erfolg eine Einwirkung auf den Kaiser versucht werden. Indessen, je länger Teresas ernster Blick auf ihr ruhte, desto lebhafter wurde ihr Herz bewegt. Sie versprach, trotz der späten Stunde unverzüglich mit dem Kaiser zu sprechen und für die fremde Sache wie für eine eigene zu kämpfen; vom Ausgang sollte Teresa sofort unterrichtet werden.

Die Kaiserin wußte, daß ihr Mann unweigerlich nein sagen würde, wenn sie ihr Anliegen geradezu vortrüge, daß sie Aussicht auf Erfolg nur hätte, wenn sie sich der Hauptsache auf Schleichwegen näherte. Glücklicherweise hatten ihr verschiedene Umstände schon vorgearbeitet. Zunächst nämlich hatte der Kaiser einen häßlichen Eindruck von der Erscheinung des alten Grafen Confalonieri empfangen. Diesen kannte er als seinem Hause und seiner Person unbedingt ergeben; er wußte, daß seine Beziehungen zu Federigo in den letzten Jahren aus politischen Gründen feindselig gewesen waren und daß niemand seinen Sohn härter als er, der eigene Vater, beurteilte. Es war ihm nie in den Sinn gekommen, daß er Rücksicht auf ihn zu nehmen brauchte; nun aber hatte er bemerkt, daß in dem Gesicht des Mannes, während er ihn grob anließ, etwas aufzuckte, was an den Blick einer Dogge erinnerte, die sich gegen die Schläge des Herrn zur Wehr setzen will. Ein unangenehmes Gefühl überlief ihn, gerade als ob er wirklich einen bösen Hund vor sich hätte, dem er schnell einen Maulkorb vorschnallen müßte, bevor er mutig in der Bestrafung fortfahren könnte. Sollte sich der Mann plötzlich auf seine Vorfahren, aristokratischen Ansprüche und alles das, worauf die Mailänder sich so viel einbildeten, besonnen haben? Es fiel ihm ein, was der Feldmarschall Bubna gesagt hatte, daß es vielleicht vorteilhafter wäre, sich den lombardischen Adel durch Milde zu verbinden, als sich eines möglicherweise gefährlichen Mannes zu entledigen; alle Familien, die mit Confalonieri verwandt und verschwägert wären, würden sich in seiner Person beleidigt und angegriffen wähnen, wenn er an den Galgen käme. Etwas Ähnliches hatte früher schon Metternich gesagt, und wenn dieser auch jetzt die Ansicht hatte, da man dem Confalonieri einmal den Prozeß gemacht hätte, dürfe man ihn nicht als Märtyrer wieder auftauchen lassen, so ließ sich diese Besorgnis dadurch entkräften, daß der Gefährliche auf Lebenszeit im

Spielberg verwahrt werden würde. Solange er lebte, blieb die Möglichkeit offen, daß er allerlei die Revolution, namentlich den Erbprinzen von Savoyen, Karl Albert, Angehendes gestände, was sich politisch außerordentlich gut verwerten ließe, und Franz arbeitete somit doppelt für den eigenen Nutzen, wenn er seine Langmut aufrollte.

Als gegen zehn Uhr abends die Kaiserin sich bei ihm melden ließ, war er fast enttäuscht, daß sie sich nicht zu seinen Füßen warf und um Gnade für den Grafen Confalonieri bat; sie sagte nämlich mit verstelltem Gleichmut, die Gräfin sei eine liebenswerte Frau, und es sei ihr darum schmerzlich, daß ihr Mann sich zu schwer vergangen habe, als daß sie ihn der Gnade ihres Gemahles zu empfehlen wagte. Dagegen habe Graf Wurmbrand eine Bemerkung fallenlassen, als seien in dem Prozeß einige kleine Unrichtigkeiten vorgekommen, weswegen sie ihm zur Erwägung vorlegen möchte, ob er die Akten noch einmal durchsehen wolle, damit die Gerechtigkeit, die er vertrete, ganz ohne Makel zur Erscheinung komme. Der Kaiser machte ein bedenkliches Gesicht und wandte ein, daß er das Urteil bereits bestätigt habe, ließ aber schließlich stillschweigend gelten, daß, wenn auch niemand sonst auf der Welt, so doch er selbst Macht über seine eigenen Worte habe, sie zu verändern und etwa zurückzunehmen. Kurz vor Mitternacht erteilte er in ihrem Beisein den Befehl, daß ein Eilbote nach Mailand abgefertigt würde, um den Vollzug des Todesurteils einstweilen im Namen des Kaisers aufzuschieben. Frohen Herzens eilte sie, Teresa wissen zu lassen, was geschehen war, und ihr zugleich zu raten, sie solle betreiben, daß dem Kaiser von Mailand aus eine Bittschrift eingereicht würde mit möglichst vollzähligen Unterschriften des Adels; dies würde voraussichtlich seine Neigung zur Gnade verstärken. Dann bedachte sie, daß dem Eilboten, von dem das Leben des Grafen Confalonieri abhing, etwas zustoßen könne, und gab Befehl, daß dem ersten ein zweiter mit demselben Auftrag nachgeschickt würde.

Der alte Graf hatte sich sogleich nach der Audienz zu Bette gelegt; zwar fuhr er mit, als Gabrio und Teresa vor Morgengrauen aufbrachen, aber unterwegs blieb er in einer kleinen Ortschaft im Gebirge zurück, weil er sich zu schwach für die

Reise fühlte. Bei Nacht in Mailand anlangend, hielten sie zuerst beim Hause Casati, um zu erfahren, ob Federigo lebe; denn es war immerhin zweifelhaft geblieben, ob der Befehl des Aufschubs rechtzeitig eingetroffen war. Camillo, Teresas jüngster Bruder, erzählte, es gingen verschiedene Gerüchte in der Stadt um, bald, Federigo sei freigesprochen, bald, er sei bereits in aller Stille im Hofe des Gefängnisses gerichtet; er wisse aber mit Bestimmtheit, daß er lebe und daß der Tag der Hinrichtung noch nicht anberaumt sei. Von da fuhren die Geschwister zu Manzoni, um ihn zu ersuchen, er möge die Bittschrift in Eile verfassen. Manzoni mußte aus dem Schlafe geweckt werden und kam, in einen Mantel gewickelt, etwas frostig und verstört in das durch ein paar Kerzen schwach erhellte Wohnzimmer, wo Gabrio und Teresa warteten. Gabrio setzte die Sachlage auseinander und begründete die Bitte damit, nur er sei imstande, so zu schreiben, daß das Herz des Kaisers gerührt werde. »Wenn er nun aber keins hätte?« sagte Manzoni, indem er den Kopf in die Hand legte und seine Gäste nachdenklich betrachtete; aber wie er sah, daß Teresa etwas erwidern wollte, faßte er ihre beiden Hände und versicherte, daß er bereit sei, alles zu tun, was sie verlange. Sie nickte dankbar und fügte hinzu, es sei notwendig, daß die Bittschrift in der Nacht fertig werde; denn die Unterschriften müßten im Laufe des Tages gesammelt werden, damit Gabrio abends wieder abreisen und sie nach Wien bringen könnte. Anstatt der Antwort klingelte Manzoni und bestellte sich Kaffee. »Ich werde so schreiben,« sagte er, »daß er Ihr Herz schlagen hört, nicht nur Ihres, sondern das Herz von Mailand, das wie eine Sturmglocke schlägt.« Als sie Abschied nehmend danken wollte, wehrte er ab und sagte: »Man kann nicht wissen, wer von uns beiden mehr zu danken hat. Vielleicht, wenn alle meine Bücher vergessen sind, werden spätere Geschlechter diese Bittschrift lesen und sich erzählen: Das hat Manzoni geschrieben, um eines edlen Italieners Leben zu retten.« Er küßte ihre Hand, umarmte Gabrio und begleitete sie zur Tür; als sie schon auf der Treppe waren, kam er ihnen nach und sagte flüsternd, wenn nicht das Gegenteil wünschbar sei, möchte er bitten, daß er nicht als Verfasser der Bittschrift genannt werde; er könne

Ungelegenheiten dadurch haben, ohne jemandem damit zu nützen. Die Geschwister versicherten, daß sie damit einverstanden seien; außerdem, fügte Teresa hinzu, werde sie den Erzbischof bitten, als erster seine Unterschrift unter das Gesuch zu setzen, die ein Schild für alle folgenden sei.

Graf Gaisruck, der seit einigen Jahren Erzbischof von Mailand war, wurde von vielen für einen natürlichen Sohn des verstorbenen Kaisers Josef, also einen Vetter des regierenden Kaisers gehalten, eine Meinung, die gewisse habsburgische Familienzüge in seiner äußeren Erscheinung zu bestätigen schienen und der Umstand, daß er sich dem Kaiser gegenüber auffallend unabhängig verhielt. Er war kräftig gebaut, hatte einen freien, klugen Blick und machte den Eindruck eines gesunden, blühenden Mannes, obwohl er sechzig Jahre alt war. Er empfing Teresa mit strenger Miene und unterbrach ihre Auseinandersetzung und Bitte mit polternden Worten: »Also zum Rädelsführer einer Revolution wollt Ihr mich dingen? Das ist ein hübsches Stück! Ihr habt es nicht übel im Sinn! Das ist ein kecker Einfall! Warum wollt Ihr den armen Grafen nicht sterben lassen? So wäre er vielleicht nur ins Fegefeuer gekommen, während ihm die Hölle gewiß ist, wenn er am Leben bleibt. Glaubt Ihr, er wird es Euch danken, wenn Ihr ihn lebendig im Kerker begrabt, anstatt tot in einem gehörigen Grabe?« Inzwischen hatte er die Kniende aufgehoben, ging mit großen Schritten im Zimmer auf und ab und fragte dann barsch, indem er plötzlich vor Teresa stehenblieb: »Wissen Sie, daß Ihr Mann ein großer Sünder ist?« Sie errötete und sagte, dem Blick des Erzbischofs furchtlos begegnend: »Ich habe ihm nichts zu verzeihen, und Gott ist voll Erbarmen.« Er überlegte sich die Worte einen Augenblick und fing wieder an, im Zimmer auf und ab zu gehen, wobei er vor sich hin brummte: »Nicht übel! Damit sind die Rollen verteilt, und das Stück kann gespielt werden.« Endlich machte er wiederum bei ihr halt und sagte freundlich: »Nun, Kind, ich will Euch helfen. Ein Erzbischof von Mailand fürchtet den römischen Kaiser nicht, das ist uralte Überlieferung. Du bist ein Kind Gottes, ich kenne dich; auch Graf Federigo ist ein guter Katholik, wenn auch freilich ein schlechter Untertan. Ich habe ihn gern, aber er muß

noch manches lernen, und es kann ihm nicht schaden, wenn er ein wenig in die Schule geht; doch wünsche ich, daß Gott ihn entläßt, nachdem er ihn gehörig geschüttelt hat.« Er verabschiedete Teresa mit dem Segen und einem Kuß auf die Stirn: »In diesem Kelche duften nur reine Gedanken«, sagte er.
Im Laufe des Tages füllte sich die Bittschrift mit allen edlen Namen Mailands, so daß Gabrio gegen Abend zum zweiten Male die Reise nach Wien antreten konnte.

Am letzten Tage des Jahres drückte Riboni dem Grafen einen kleinen Papierstreifen in die Hand, worauf stand: ›Alles ist vergebens. Du mußt sterben; ich folge dir bald nach‹; darunter erkannte er die Initialen der Mathilde Dembowsky. Er schloß daraus, daß der Kaiser Teresa abgewiesen habe, wie Salvotti ihm vorausgesagt hatte, und ferner, daß der Zustand der Dembowsky gefährlich geworden war, so daß sie ihr Ende voraussah. Er beklagte, daß Teresa gerade jetzt die Freundin verlieren sollte; aber sie hatte Gabrio, und sie hatte Gott, der sie trösten würde. Es war schon Nacht, als Federigo durch ein starkes Geräusch von Schritten und Waffen erwachte und zwei Männer gewahr wurde, die sich, das Gewehr neben sich stellend, an seine Tür setzten. Er besann sich, daß dies die Totenwache sein müsse, die nach der Sitte einen zum Tode Verurteilten bis zum Augenblicke der Exekution nicht mehr verlassen durfte. Beim Schein der Laterne, die die Soldaten mitgebracht hatten, konnte er die Gesichtszüge einigermaßen erkennen: der eine war noch jung und leidlich hübsch, wenn auch roh aussehend, der andere älter, brutal und stumpfsinnig. Er dachte, was sie antworten würden, wenn er sie anspräche und ihnen erklärte, sein Verbrechen sei kein anderes, als daß er Italien habe befreien wollen, sie möchten sich mit ihren Kameraden vereinigen, um ihn zu retten. Es würde sein, als wenn er in einer fremden Sprache zu ihnen spräche. Während er mit geschlossenen Augen still auf dem Bette lag, sprachen sie halblaut untereinander; er wurde aufmerksam, als er den Namen Menghini hörte. Sie sprachen von seinem Begräbnis und daß Caldi in bezug auf Salvottis finsteres Gesicht gesagt habe: Er ärgert sich, daß er den Menghini nicht mehr ärgern kann. So hatte der arme Mann das kleine Kind mit dem Schelmenlachen verlassen, das jetzt vielleicht weinte, weil es die väterlichen Liebkosungen vermißte.

Die ungewohnte Gegenwart von Menschen hielt ihn wach; nach einigen Stunden bemerkte er, daß sie eingeschlafen waren. Um zu erfahren, ob die Totenwache auch zu Andryane gekommen wäre, gab er ein leises Zeichen, das erwidert wurde. »So wirst du nicht sterben,« sagte er ihm, »gelobt sei Gott!« Vermutlich, fuhr er fort, werde er nach einigen Jahren der Haft freigelassen werden. Er solle dann den Kampf für Italien aufgeben und sich nie wieder mit geheimen Gesellschaften einlassen. Auch in seinem Vaterlande und offen vor allen Augen könne er nützlich wirken. Das Unglück, das er jetzt erleide, solle er so ertragen, daß es ihm zum Heile werde. Der Sturm könne wohl eines Baumes Früchte abschlagen, aber nicht eine gute Art in schlechte verkehren. Dann sagte er ihm Lebewohl, und daß sie nicht mehr miteinander sprechen könnten, da er unaufhörlich beobachtet werde.

In gewissen Zwischenräumen wurden die Männer von andern abgelöst, die gleicher Art waren; Federigo versuchte ein Gespräch mit ihnen anzuknüpfen, aber sie schüttelten den Kopf oder brummten etwas Undeutliches, augenscheinlich mehr aus Gleichgültigkeit, als um den erhaltenen strengen Befehlen zu gehorchen. Anfangs hielt die Erwartung des Todes, dessen unmittelbare Herolde die Wächter waren, seine Nerven in Spannung; als jedoch mehrere Tage verflossen waren, ließ diese nach. Auch an die Gegenwart der Soldaten gewöhnte er sich allmählich so, daß er in seinen Gedanken und Träumen nicht mehr durch sie gestört wurde. Mit der ersten Woche des Januar hatte der Schneefall aufgehört, der Himmel war entwölkt, und aus heiterster Bläue strahlte das erwärmende Licht, das er so sehr liebte. Traf die Sonne sein Fenster, so begrüßte er sie, als wäre es Teresa, und ergoß das Bekenntnis seiner unendlichen Liebe in ihre goldene Brust. Entfernte sie sich, so erwartete er stürmisch ungeduldig den Augenblick ihrer Wiederkehr und füllte die Zeit mit Worten der Zärtlichkeit und der Sehnsucht aus. So waren fast vierzehn Tage vergangen, als er unter Kleidungsstücken und Wäsche zum ersten Male seit vielen Wochen wieder einen Zettel von Teresas Hand erhielt, auf dem sie ihm in wenig Worten mitteilte, die Todesstrafe sei aufgehoben. Er suchte sich zu überzeugen, daß Teresa nur von mitleidigen Freunden getäuscht sei; aber er konnte nicht verhindern, daß der neu erweckte Zweifel ihn beunruhigte.

Als er in der folgenden Nacht etwa um zwei Uhr Schritte im Gange näher kommen hörte, überlief ihn mit dem Gedanken, daß die Entscheidung nun da sei, ein Schauder, der seinen ganzen Körper lähmte, während seine Seele verhundertfacht zu leben schien. Er sagte den Männern, die eintraten und ihn barsch aufforderten, ihnen zu folgen, daß er krank sei, seit vierzehn Tagen zu Bett liege und allein nicht würde gehen können; worauf sie untereinander flüsterten und einer von ihnen sich wieder entfernte. Gleich darauf drängte sich durch die Tür, die er nicht verschlossen hatte, ein junger Mann, der sich an Federigos Brust warf und unter Tränen ausrief, er sei Andryane und würde mit ihm sterben. Die beiden Aufseher, die ihm nachgeeilt waren, zogen ihn so höflich, wie es unter den Umständen möglich war, aus dem Zimmer fort, so daß er nur mit einem innigen Blick Abschied nehmen konnte. Federigo hatte sofort gesehen, daß Andryane eine gewisse Ähnlichkeit mit jenem Engeljüngling auf dem Bilde des lombardischen Meisters wenigstens insofern hatte, als sein weiches blondes Haar gelockt und in seinen blauen Augen schwärmerisches Feuer war; auch hatte die lange Haft sein blühendes Gesicht blaß und mager gemacht. Seine Gestalt jedoch war, wenn auch noch jugendlich schlank, männlich breit und kräftig angelegt. Mehr noch als die Schönheit nahm der offene, freundliche Ausdruck seiner Mienen für ihn ein. Federigos Mitgefühl für den armen Fremdling war so lebhaft, daß es ihn unwillkürlich drängte, sich zu eilen, um ihn gegen die bevorstehende Gefahr zu beschützen. Inzwischen war der eine der Polizisten mit einem Arzte zurückgekommen, der bei dem Transport zugegen sein sollte für den Fall, daß Federigo etwas zustieße. Als er angekleidet war, führten ihn die Männer an einen Wagen, der im Hofe des Gefängnisses wartete; obwohl er sich fest in einen Mantel eingewickelt hatte, schlugen ihm vor Frost die Zähne aufeinander. Er bemerkte, als er am Ziele der Fahrt ausstieg, daß er sich im Justizpalaste befand und daß er nach der Kapelle geführt wurde, wo der Sitte gemäß die zum Tode Verurteilten sich die drei Tage, die bis zur Hinrichtung verliefen, aufhalten mußten. Indem ihn ein Gefühl von Mut und Kraft durchdrang, richtete er sich auf und versuchte allein vorwärts zu gehen; aber sowie er die Kapelle betrat, erfaßte er mit einem Blick ein anderes Bild, als er erwartet hatte, und blieb, von streitenden Empfindungen überwältigt, regungslos stehen. Im Hintergrunde des hohen Raumes brannte in einem Kamin ein Feuer, das die Kälte milderte, und von den Wänden her loderten Fackeln in die Dunkelheit. Nahe beim Kamin standen mehrere Männer im halblauten Gespräch, unter denen er Pallavicino, dessen Freund Gaetano Castiglia, Borsieri und Andryane sofort erkannte, die ihrerseits bei seinem Eintritt stutzten und starr nach ihm hinblickten. Er wollte in ihre Arme eilen und sagen: Da bin ich, ich verlasse euch nicht, seid ohne Furcht; zugleich empfand er seine Ohnmacht und das Eitle seines Willens. Kaum hatte er gewaltsam einige Schritte vorwärts getan, so verlor er das Bewußtsein und sank in Andryanes Armen zusammen, der ihm entgegengeeilt war. Man legte ihn auf eine Matratze, die nahe beim Kamin für ihn aufgestellt war, und der Arzt bemühte sich, nachdem die krampfhaften Zuckungen aufgehört hatten, ihn zu wecken, was aber erst nach Verlauf einer halben Stunde gelang. Wie er zu sich kam, sah er sich von den weinenden Freunden umdrängt, von denen besonders Pallavicino und Borsieri, deren Aussagen verhängnisvoll für ihn geworden waren, unter bitteren Selbstanklagen seine Verzeihung erflehten. Er schüttelte den Kopf, zog sie an sich und küßte sie; als er zu sprechen vermochte, sagte er, daß er wisse, ihr Herz sei treu, und sie hätten ihm nicht mit Absicht geschadet; daß einzig ihre Unerfahrenheit und ihre Unbekanntschaft mit den Ränken dieses Gerichtshofes ihnen zum Fallstrick geworden sei. Wenn er sterben müsse, sollten sie nicht um ihn sorgen, er sei darauf vorbereitet; schmerzen tue ihn nur, daß er der Befleckung seines Namens durch seine Feinde nicht wehren könne; wenn sie jemals frei und in der Lage sein sollten, möchten sie für sein Andenken eintreten.

Während die andern es versprachen, umschlang ihn Andryane zärtlich und sagte: »Kann ich dies auch nicht für dich tun, so bin ich doch glücklich, mit dir zu sterben.« Bevor noch Confalonieri etwas erwidern konnte, verlor er zum zweiten Male das Bewußtsein, das er erst nach einer Stunde wiedererlangte, als der Tag zu grauen begann. Er horchte erstaunt auf ein dumpfes Brausen, das draußen das Gebäude umwogte, und erfuhr von Andryane, der bei ihm auf der Matratze saß, es komme von der Volksmenge, die der Ausstellung der Verurteilten beiwohnen wolle; es sollte nämlich in ihrer Gegenwart vor dem Justizpalast das Urteil öffentlich verlesen werden, damit sie in ihrer Erniedrigung dem Volke zur Abschreckung dienten. Mit dem Gedanken, daß dies den zum Tode Verurteilten vermutlich erspart sein würde, schlief Federigo ein und erwachte erst, als einige Beamte eintraten, um die Gefangenen vor den versammelten Gerichtshof zu führen. Sie hatten nur wenige Schritte bis zu dem Saale zu gehen, wo die Richter im Halbkreis um einen Tisch zu beiden Seiten des Präsidenten saßen, der sie mit verdrossener Miene musterte und sie aufforderte, das Urteil in Ehrfurcht zu vernehmen, das er nach kurzer Pause zu verlesen sich anschickte. Er las zuerst, daß alle, als des Hochverrats angeklagt und geständig, zum Tode verurteilt seien, worauf er anhielt, um sie der Tatsache recht innewerden zu lassen; dann fuhr er fort, daß die unerschöpfliche Milde des Kaisers sie habe begnadigen wollen, Confalonieri und Andryane zu lebenslänglichem schwerem Kerker, die anderen zu abgemessener Kerkerstrafe, die sie alle auf dem Spielberg abzubüßen hätten.

Mit unverhohlener Teilnahme betrachteten die Richter Andryane, der höflich grüßend eingetreten war und in seiner Haltung achtungsvolle Bescheidenheit mit anständigem Selbstbewußtsein zu vereinigen wußte. Alle waren der Meinung, daß ihn eine viel zu harte Strafe treffe, während Confalonieri unbilligerweise der Gerechtigkeit entzogen sei. Dieser hatte beim Eintreten nichts empfunden als den Wunsch, sich aufrecht halten zu können, solange der Akt dauerte; bei der Stelle des Urteils aber, wo es hieß, daß sie alle des Hochverrats geständig wären, vergaß er diese Sorge über der Entrüstung, daß man,

wenigstens ihn betreffend, die Wahrheit entstellt hatte. Sein Blick, der hochmütig auf den Richtern ruhte, nannte sie lügnerische und feige Kreaturen; er bemerkte nicht, daß, als seine Begnadigung verlesen wurde, alle Mitgefangenen ihn ansahen, einige mit Tränen in den Augen, und daß Andryane, der neben ihm stand, seinen Arm an sich preßte. Erst als sie nach einer eindringlichen Empfehlung, sie möchten künftig versuchen, durch reuevolles Betragen die Milde des Kaisers zu verdienen, entlassen waren und Federigo wieder auf die Matratze gelegt war, kam ihm zum Bewußtsein, daß ihm das Leben geschenkt war, und er dachte an Teresa. Das Feuer im Kamine war erloschen, und zwischen den hohen Mauern der Kapelle wurde die Kälte schärfer, allein die jungen Leute bemerkten es nicht; nach der vorausgegangenen Spannung hatten sie Lust, miteinander zu plaudern und zu lachen. Sie sprachen halblaut, um Federigo, von dem sie glaubten, er sei eingeschlafen, nicht zu stören. »Die Milde des Kaisers,« sagte Pallavicino, »kommt mir vor wie der Teufel; jeder spricht davon, und keiner hat ihn gesehen.« »Vielleicht«, meinte Andryane, »lernen wir ihn auf dem Spielberg als liebenswürdigen Wirt kennen. Ich denke, er führt gute Weine, da es an geräumigen Kellern nicht fehlen wird.« »Gefehlt! Gefehlt!« rief Pallavicino, »der Spielberg ist eine Heilanstalt, wo alle mit Entfettungskuren behandelt werden. Manchen bekommen sie freilich nicht, einige sollen sogar daran gestorben sein.« »Ist das wahr?« fragte der sanfte Castiglia, die Augen aufreißend; »ich hatte gerade den Beschluß gefaßt, den Idealismus abzuschwören, der uns ins Unglück gebracht hat, und mich der Völlerei zu ergeben.« Darüber gerieten alle ins Lachen. Andryane sagte: »Beruhigen Sie sich; in solch einem alten Schlosse müssen doch alte Weine lagern. Wer weiß, was für Schätze wir dort entdecken.« »Freilich,« sagte Borsieri, »die Ratten und Molche werden dort beständig betrunken sein. Um so leichteres Spiel werden wir mit ihnen haben, wenn sie uns anbeißen wollen.«
Confalonieri hörte das Gelächter und Geschwätz mit Rührung, und eine warme Zärtlichkeit erfüllte sein Herz für die jungen Menschen, die auf einem schmalen, über den Abgrund des Todes hingespannten Sonnenstrahl wie Kinder scherzten. Zu-

gleich empfand er selbst den Vorwurf, solche knabenhafte Jugend mit folgenschweren politischen Angelegenheiten betraut zu haben, und es schien ihm billig und eigentlich wünschbar, in einem längeren, von den lauten Zerstreuungen der Gesellschaft abgeschlossenen Zusammenleben Ideen mit ihnen austauschen und auf sie einwirken zu können. Der Aufenthalt in der einsamen mährischen Festung stellte sich ihm nicht unfreundlich dar: auch dort war Sonne, Himmel und Ferne, ein später Frühling würde anmutig schlank den Felsen umkränzen, und unter dem unermeßlich ausgebreiteten Schnee würde das verhüllte Leben desto glühender fortkeimen. Indem er daran dachte, kam ihm zum Bewußtsein, daß alles dies ihm wieder angehörte, die Sonne, der Himmel, die Hoffnung, und daß es ihm alles ein Geschenk Teresas war. Sein Herz und seine Augen füllten sich mit Tränen; er empfand es als eine nie gekannte Süßigkeit, selbst den Atem, der ihn belebte, und den Gedanken, den er dachte, von ihr als eine Göttergabe zu empfangen und ihr zu danken. Er fühlte sich still und sicher in ihren Händen geborgen und wünschte nichts weiter; an Wiedersehen und Trennung dachte er nicht.

Diese friedlichen Minuten wurden durch Gerichtsbeamte unterbrochen, die den Verurteilten Ketten anlegten, um sie zu der öffentlichen Verlesung des Urteils vorzubereiten; sie taten es in höflicher Weise, ohne sich durch die kecken und ausgelassenen Bemerkungen Pallavicinos und Borsieris beirren zu lassen. Hinter den Sitzen der auf dem Gerüst Ausgestellten waren eiserne Ringe in der Mauer befestigt, mit welchen die Ketten verbunden wurden, damit Fluchtversuche unmöglich wären. Außerdem waren noch andere Sicherheitsmaßregeln veranstaltet, indem der Platz selbst und die angrenzenden Straßen durch ein großes Aufgebot berittener Soldaten besetzt waren. »Man überschätzt uns oder die Mailänder«, sagte Federigo lächelnd zu Andryane, als er, auf der Höhe des Prangers, die Menge der verteilten Truppen überblickte. Sie hatten den Blick in die enge Straße, die zum Platze des schönen Brunnens führt, dessen Marmorbecken von nixenartigen Gestalten getragen wird. Im Geiste ging er daran vorüber, am Dome vorüber, weiter der Kirche San Fedele und der Scala zu und stand dann nach einigen Schritten vor seinem Hause. Jene Straßen würden leer sein, und niemand würde den geisterhaften Schatten an den hohen Häusern entlanggleiten sehen; denn alles drängte sich auf diesem Platze zusammen, um dem Schauspiel seiner Schande beizuwohnen. Stundenlang hatten sie sich in der Kälte gedrängt und gestoßen, damit es ihnen nicht entginge; er wünschte zu wissen, was sie dachten und fühlten, ob sie Schadenfreude oder Mitleid oder bloße Neugier bewegte. Einige Frauen sah er mit Wohlwollen und Bedauern auf Andryane blicken; andere lachten und machten Witze, und im ganzen schienen alle von der Unterhaltung sehr befriedigt zu sein. Es kam ihm sonderbar vor, daß dies das Volk war, das er bei seinen Zukunftsplänen im Auge gehabt, mit dem er gerechnet, auf das er gebaut hatte und von dem er jetzt fühlte, daß es ihn so wenig anging wie das Volk von Rom oder von Wien und London, von dem zu ihm kein Verständnis, kein Band ging. Inzwischen hatte schon ein Beamter, auf einem Balkon neben dem Gerüst stehend, das Urteil zu verlesen begonnen und schrie, augenscheinlich von der Wichtigkeit seiner Aufgabe durchdrungen, so laut er konnte, um möglichst weithin vernommen zu werden. »Niemand klatscht,« sagte Borsieri zu seinem Nachbar, als er geendet hatte, »und der Mann hätte in der Tat ein Bravo verdient. Er hat wie ein Löwe gebrüllt; es muß eine Kabale oder Parteihaß im Spiele sein, daß das Publikum die Stelle nicht da capo verlangt.«

Als sie wieder im Saale versammelt waren, erzählte Federigo seinem jungen Begleiter, er habe gehört, wie die Leute sein blondes Gelock bewundert hätten, und fügte freundlich hinzu, indem er mit der Hand darüberstrich, es sei wirklich schön genug, um einen Mädchenkopf zu zieren. Andryane errötete und fragte, ob ihnen auf dem Spielberg die Haare abgeschnitten werden würden; in Frankreich würden die Sträflinge, soviel ihm bekannt sei, glatt rasiert. »Ich weiß es nicht«, erwiderte Confalonieri; »es wäre jedenfalls schade um deine Locken.« »Lieber den Kopf!« rief Andryane mit Entschiedenheit und gab damit den jungen Leuten Anlaß, ihm neckend auszumalen, wie er geschoren sich ausnehmen würde. Schließlich sagte Federigo, im Ernste wäre nicht daran zu denken; sie wären keine gemeinen Verbrecher, sondern Staatsgefangene, um deren Tun und Lassen innerhalb ihrer Abgeschlossenheit sich niemand bekümmern würde. Das beruhigte Andryane, der mit liebenswürdiger Verlegenheit erklärte, seine verstorbene Mutter habe seine Locken so lieb gehabt, daß sie ihm selbst dadurch teuer und beinah etwas Heiliges geworden seien.

Einige Tage vor der Abreise der Verurteilten nach dem Spielberg wurde dem Grafen mitgeteilt, daß er den Besuch seines Vaters und seiner Frau erwarten dürfe. Seine Sehnsucht nach dem Augenblick des Wiedersehens verwandelte sich, nun er herannahte, in Angst, die sich fortwährend steigerte, bis es ihm war, als würde ein Herzschlag ihn töten, wenn nicht ein Zufall das Unerträgliche abwendete. Als zwei Wächter kamen, um ihn zu dem Zimmer zu führen, wo die Begegnung stattfinden sollte, glaubte er, seine Glieder nicht bewegen zu können. Beim Eintreten fiel sein Blick sofort auf Teresa, deren große Augen angstvoll auf die Tür gerichtet waren; sie war in Schwarz gekleidet und sehr bleich, und über ihr zu ihm hingewendetes Gesicht flossen Tränen. Sowie sie seiner ansichtig wurde, lächelte sie und schrie auf: »Mein Federigo!« und lag in seinen Armen. Sie ließen sich gleichzeitig los in dem Gedanken, daß sein Vater sich nicht zurückgesetzt fühlen sollte; diesen aber, der seinen Sohn seit mehr als einem Jahre nicht gesehen hatte, erschreckte sein krankes Aussehen, und sein Groll schwand vollends, als Federigo, ihn umarmend, seiner Reue Ausdruck gab, ihm soviel Kummer bereitet zu haben, und um seine Verzeihung bat. Er ermahnte den Sohn, in Zukunft sich so zu betragen, daß der Monarch sich von seiner Besserung überzeugen könne, wovon allein jede Hoffnung abhänge, und Federigo versprach zu tun, was in seiner Macht stehe und was die Ehre ihm gestatte, um den Kummer zu mildern oder aufzuheben, den seine Angehörigen durch ihn erlitten und der ihn schwerer belaste als seine eigenen Leiden. Wie er dabei nach Teresa hinsah und diese den Kopf schüttelte und lächelte, wollte ein Gefühl glückseligen Friedens über ihn kommen; da jedoch näherte sich der Beamte, der der Begegnung hatte beiwohnen müssen, und erinnerte daran, daß die Zeit abgelaufen sei. Es schwindelte Federigo, und er fühlte sich schwach werden; aber

er hielt sich desto gefaßter, umarmte seinen Vater und Teresa und sagte zu ihr, indem er sie fest ansah: »Wir werden wieder vereinigt werden, hier oder bei Gott.«
Auf seinem Zimmer wurde er bewußtlos und hatte im Laufe dieses Tages noch mehrere Anfälle, wodurch er so schwach wurde, daß es zweifelhaft schien, ob er die Reise werde antreten können. Ein Arzt, der gerufen wurde und Fieber feststellte, erklärte eine Reise unter diesen Umständen für lebensgefährlich; ein anderer dagegen sagte, daß nichts im Wege stehe, da die Erscheinungen nervöser Natur seien; nach diesem Urteil richteten sich die Behörden, denen es darauf ankam, gerade ihn, der der Gegenstand der lebhaftesten Aufmerksamkeit war, so schnell wie möglich aus Mailand zu entfernen. Bevor der Morgen dämmerte, setzte sich der Zug der vielen Wagen, in welchen die Gefangenen mit ihren Wächtern verteilt waren, in Bewegung. Federigo saß ermattet mit geschlossenen Augen in eine Ecke des Wagens gedrückt; ein unerklärliches Gefühl jedoch, als ginge Teresa neben dem Wagen her, zwang ihn, sich aufzurichten und einen Blick aus dem Fenster zu werfen: die Straße lag leer und still in dem lautlos niederrieselnden Regen, die hohen Paläste standen zu beiden Seiten wie alte Diener, die in stummer Treue dem gestürzten Gebieter die letzte Ehre erweisen. Beim Anblick der Gendarmen, die am Zuge entlangritten, verschwand die Einbildung vollends; sowie er sich aber zurücklehnte, kam das Gefühl von der dunklen Gestalt wieder, die mit leisen Schritten unverscheuchbar neben dem Wagen hinglitte, und ließ ihm keine Ruhe. Erst als jenseit der Stadt der trübe Tag aufging, blieb das unsichtbare Geleit zurück.

Infolge der Anstrengung der Reise verschlimmerte sich Federigos Zustand so, daß er in Villach zurückgelassen werden mußte, von den Beamten und seinen Gefährten aufgegeben. Unter der Pflege warmherziger Menschen indessen, die sein Schicksal rührte, erholte er sich bald so weit, daß der Arzt ihn fähig erklärte, die Reise fortzusetzen. Zu seiner Überraschung eröffnete ihm der neue Kommissar, der zu seiner Begleitung gekommen war, daß er Auftrag habe, ihn nicht nach Brünn, sondern nach Wien zu führen, wo, wenn er nur wolle, sein Schicksal sich in glücklichster Weise ändern würde. Dieser war ein gebildeter und feiner Mann, der auf ein anregendes Gespräch einzugehen verstand, den Faden fallenließ, wenn er beim Grafen Erschöpfung verspürte, und ihn wieder aufgriff, wenn eine Zerstreuung ihm wohltätig zu sein schien.

Es hatte einen schmerzlichen Reiz für Federigo, denselben Weg durch die verschneiten Berge zu fahren, den kürzlich Teresa für ihn gemacht hatte, das Herz voll von ihm, so wie jetzt seines von ihr voll war. Die Minuten des letzten Wiedersehens gingen an ihm vorüber, wie man die Strophen eines schönen Gesanges nicht müde wird wieder und wieder zu hören. Er hörte ihren Aufschrei: Mein Federigo! und sah in ihren Augen den Stolz und die Seligkeit, sich ihn erkämpft zu haben, zugleich mit dem scheuen Zweifel, ob er in Wahrheit der ihre sei. Er hingegen, so schien es ihm, hatte ihr nichts, nichts von dem gesagt, was in seiner Brust ihr entgegenschlug; er hatte sich nicht zu ihren Füßen niedergeworfen und gesagt: Nimm den, der nur dein ist, nicht weil du sein Leben gerettet hast, sondern weil er dich liebt; er hatte nicht von Reue, nicht von Dank, nicht von Hoffnung gesprochen, außer in Worten, die ihm jetzt trocken und bedeutungslos vorkamen. Er erinnerte sich daran, daß er alle Kraft darauf gewendet hatte, sich nicht gehenzulassen, um nicht zusammenzubrechen; sowohl um seine Feinde nicht zu Zeugen seiner Schwäche werden zu lassen, wie um Teresa nicht zu erschrecken, die ihn für kräftiger halten sollte, als er damals war. Wenn sie jetzt käme, dachte er, daß er ihr alles sagen würde: daß er ihr so innig angehörte wie der Mensch Gott, dessen allmächtiger Umarmung auch der Ungläubige sich nicht entziehen kann. Seine Vorstellung von ihr wurde zuweilen so lebhaft, daß er glaubte, sie müsse ihm begegnen; sei es auch nur, daß die Natur mit magischen Kräften das Bild der getreuen Frau festgehalten hätte, die über den eisigen Paß jagte, nicht wissend, ob der Mann noch lebend war, um dessen Leben sie kämpfte. Die Jahre, Sorgen und Aufregungen hatten Zeichen in ihr blasses Gesicht geschrieben, dessen treuherzige Unschuld desto süßer durch den Flor des

Schicksals leuchtete. Sie, die sein gewesen war, ohne daß er sie besessen hatte, die entsagend abseits gestanden hatte, während er verblendet nach täuschenden Sternen griff, sie war das Kind, die Heldin, die Heilige; von ihr geliebt zu sein und sich ihr zu ergeben, war eine Wonne, die die Schrecken des Todes und alle Martern des Lebens tausendmal aufwog. Wenn er ihr hätte sagen können, daß er die Freiheit und seine früheren Glücksumstände nicht tauschen möchte gegen die Empfindung einer solchen Liebe, wie er für sie fühlte, hätte er nichts vermißt; so schimmernd klar war es ihm, daß das Los des Bettlers selbst, der nichts als sein Elend empfindet, vorzüglicher ist als das eines Fürsten, der besinnungslos genießt. Er war ungeduldig, ihr zu schreiben, wurde aber von seinem Begleiter auf Wien vertröstet, wo die Gelegenheit dazu ihm sicherlich offenstehen würde.

Dort wurde in einem hohen Gebäude abgestiegen, wo mehrere Zimmer im dritten Stock für den Erwarteten mit geschmackvoller Eleganz hergerichtet waren. Da ihm, der noch schwach war, das Treppensteigen mit der schweren Kette am Fuße beschwerlich war, entschuldigte der Kommissar die hohe Lage der Wohnung, worauf Confalonieri lächelnd sagte: »Sie vergessen, daß ich nur auf die Zelle einer Festung Anspruch habe.« Der Kommissar sagte bedeutungsvoll: »Ein Augenblick kann ein Schicksal wenden«, und fügte mit aufrichtiger Teilnahme hinzu, er wünsche von Herzen, der Graf möge sich bald wieder in der Lage befinden, die einzig seiner Person angemessen sei.

Die Versuche, die Salvotti noch in den letzten Tagen seiner Gefangenschaft gemacht hatte, um Angaben über seine Mitverschworenen von ihm zu erhalten, gaben Federigo eine Gewähr für den Zweck seines Hierseins, und er hätte die nutzlosen Veranstaltungen beklagt, wenn es ihn nicht interessiert hätte zu erfahren, wie weit der Kaiser es treiben würde, und wenn er nicht gehofft hätte, die ungerechten Verdächtigungen, die gegen ihn erhoben waren, zurückweisen zu können. Am Abend des dritten Tages wurde ihm der Besuch einer hohen Persönlichkeit angekündigt, zu deren Empfange Diener mehr Wachskerzen anzündeten, als gewöhnlich brannten, und einen Teetisch vorbereiteten. Federigo dachte, während er den Zurüstungen zusah, daß jetzt die Flügeltüren sich öffnen und seine Freunde eintreten könnten: Porro und Trecchi und Pecchio und Bianca Milesi und Mathilde Dembowsky und alle andern, die in den Räumen seines Hauses sich heimisch fühlten. Er glaubte ihre Stimmen zu hören, von denen er nicht wußte, wo sie waren, wie es ihnen ging und wie sie seiner dachten, dem die Kette am Fuße klirrte. Etwas nach acht Uhr trat Fürst Metternich ein, der dem Grafen aus ehemaliger Geselligkeit bekannt war, außer Atem und mit scherzhaftem Vorwurf, daß Federigo so hoch wohne. Er erkundigte sich nach seinem Befinden und wie die Reise ihm bekommen sei, bedauerte die Unbequemlichkeiten, denen er unterwegs ausgesetzt gewesen sei, erwähnte den unlängst erfolgten plötzlichen Tod des Prinzen Eugen Beauharnais und kam damit auf die Wandelbarkeit des Schicksals und auf die Revolutionen in Italien. Diese seien nun abgeschlossen, sagte er, und zwar siegreich für den Kaiser, der kein anderes Interesse mehr als ein theoretisches an ihnen hätte. Die Entwicklung dieser irrigen und verderblichen Strömung in Europa gründlich kennenzulernen, wäre des Kaisers Wunsch, und er könne das am besten durch Confalonieri, dessen einflußreiche Persönlichkeit der Mittelpunkt des weitverzweigten Gewebes gewesen sei. Könne der Kaiser auch nichts Neues durch ihn erfahren, so könne doch das, was er schon wisse, durch Confalonieri bestätigt werden. Daß dieser während des Prozesses in seinen Aussagen so zurückhaltend gewesen sei, wäre durch ein, wenn auch falsches, Ehrgefühl zu erklären und bis zu einem gewissen Grade zu entschuldigen gewesen; jetzt aber, da der Prozeß abgeschlossen sei und er die Wahrheit sagen könne, ohne zu schaden, da neue Verhaftungen nicht mehr vorgenommen würden, liege es nur an dem guten Willen Confalonieris, ob er dem Kaiser seine Ergebenheit beweisen und zugleich für sein eigenes Glück sorgen wolle.

Metternich war insofern ein Menschenkenner, als er ziemlich genau vorhersagen konnte, wie ein Mensch sich unter gewissen Umständen verhalten würde, wenn er ihn einmal oder einige Male gesprochen hatte, und er war von vornherein überzeugt, daß sein Auftrag ergebnislos bleiben würde. Er spürte hinter der Höflichkeit und liebenswürdigen Beredsamkeit des Grafen die Unzugänglichkeit seines innersten Wesens, das ihn herb und fremdartig anmutete, so glatt und angenehm auch äußerlich der Verkehr sich abspielte. Während das Gespräch sich stundenlang hinzog, von beiden mit Geschick und Anmut geführt, dachte der Fürst bei sich, daß er eher einen blutigen Jakobiner zum Renegaten würde machen können, als diesen Aristokraten, der den Namen des Kaisers nicht ohne Ehrerbietung erwähnte und sich der Dankesschuld gegen ihn bewußt schien, bewegen zu offenbaren, was er verschweigen wollte. Nur um dem erhaltenen Auftrage zu genügen, fragte er, ob Confalonieri vielleicht Scheu trage, ihm, dem Fürsten, Eröffnungen zu machen; ob er vielleicht einer höheren Person gegenüber, die bereit sei, selbst seine Geständnisse entgegenzunehmen, seine verderbliche Zurückhaltung würde fallen lassen. Confalonieri, der sofort begriff, daß es sich um den Kaiser handelte, sagte ruhig, er würde niemandem lieber sein Vertrauen als dem Fürsten Metternich schenken; allein er habe nichts zu sagen, was nicht schon aus seinem Verhör bekannt sei, und es sei insofern ein Unvermögen die wahre Grundlage seiner vermeintlichen Halsstarrigkeit.

Nachdem er einen Blick auf die Uhr geworfen hatte, stand Metternich auf und verabschiedete sich eilig mit der Bemerkung, die Zeit sei ihm so schnell verflossen, daß er beinah die rechte Stunde versäumt habe, um einen Ball zu besuchen, und forderte Confalonieri noch einmal auf, es ihn wissen zu lassen, wenn er sich künftig doch noch auf etwas Mitteilenswertes besinnen sollte. Es war schon elf Uhr, und Federigo legte sich ermattet zu Bett; aber er konnte nicht einschlafen, sondern wurde mit jedem Augenblick wacher und unruhiger, wo seine Gedanken das eben Erlebte wiederholten, wie man fieberhaft in einem aufregenden Buch blättert, das man zu Ende gelesen hat. Jetzt fühlte er, daß er noch eine gestalt- und namenlose Hoffnung gehabt hatte, die nun vernichtet war, daß er um sich herum noch helle, freie Wege ins Weite gesehen hatte; jetzt reckte sich hart vor ihm die jähe Mauer der Festung in die entweichende Luft. Er fühlte den Druck der schweren Eisenkette um seine Gelenke und die Wucht, mit der sie ihn herunterzog, sogar jetzt, wo er lag. Eine schreckliche Begierde, aufzustehen und irgendwo einen Ausweg in die Freiheit zu suchen, überkam ihn, die er noch nie zuvor gehabt hatte. Er zweifelte, ob es durchaus so hätte kommen müssen; ob er nicht um Teresas willen, der er es im Geiste gelobt hatte, noch unterwürfiger sich hätte gebärden sollen, um den Kaiser zufriedenzustellen. Es schauderte ihn bei der Vorstellung, daß er dem Manne hätte gegenüberstehen sollen, der seinen Vater mit harten Worten abgefertigt hatte und der sich zum Spion zu erniedrigen bereit war, um des Vergnügens willen, ihn als reumütigen Sklaven zu seinen Füßen zu sehen. Gegen das Opfer seiner Ehre wollte er ihn begnadigen, weil er des Befleckten künftig sicher sein könnte, den nicht nur seine Freunde nicht mehr gekannt, aus dessen Händen die Ärmsten Mailands das Almosen nicht mehr genommen hätten. In einer plötzlichen Aufwallung des Hasses und der Verachtung staute sich das Blut in seinem Herzen, so daß er hätte aufschreien mögen, um sich von der Beklemmung, die über ihn kam, zu befreien. Hatte der Kaiser ihn für einen Schwächling gehalten, den er mit der Angst vor dem Jammer lebenslänglichen Kerkers und mit der Sehnsucht nach den Genüssen des Lebens zum Verräter machen könnte? Hatte er vielleicht nach den Verhören, die er jedenfalls gelesen hatte, sich das schimpfliche Urteil über ihn gebildet? Er dachte an Metternich, wie er auf dem Ball erscheinen würde, von Männern und Frauen umschwärmt, wie er, wenn er ihn nicht schon vergessen hätte, mit vielsagendem Lächeln von dem stolzen mailändischen Grafen erzählen würde, der jetzt ein Sträfling sei und den viele für einen Mörder und Angeber hielten. Wie er sich nun an die wüsten Ereignisse und Beschuldigungen erinnerte, die zehn Jahre zurücklagen, fiel ihm Eugen Beauharnais ein, dessen Tod er soeben erfahren hatte und den er einst so sehr gehaßt hatte, daß er sich damals kaum hätte enthalten können, seinen Tod als etwas Erwünschtes zu begrüßen. Heute war es ihm gleichgültig, ja er beklagte den Mann, der von seiner Kraft und Jugend, von einer liebenswerten und liebenden Frau, von mancherlei Entwürfen hatte hinweg müssen. Er hätte sich durchaus jenes Haßgefühls nicht mehr bemächtigen können, das ihn einst so qualvoll erfüllte, und das Bewußtsein von der Bedeutungslosigkeit alles dessen, was dem Menschen wichtig erscheint, beruhigte ihn. Allmählich vermochte er wieder mit Inbrunst an Teresa zu denken und sich zu sagen, daß es töricht sei, sich um die Verkennung des Kaisers und unbekannter Menschen zu kümmern, da sie ihn liebte. Ja, sie betete ihn an, sie, die Heilige, ihn, der ihr viel zuleide getan hatte. Fast freute er sich darauf, nun die Reise nach dem Spielberg anzutreten, wo er Freunde finden würde, die seiner bedurften, und wo er allein mit Kleinodien war, die niemand ihm nehmen konnte, mit seiner und der Geliebten Liebe.

Am Spätnachmittage des Tages, wo Confalonieri auf dem Spielberge ankommen sollte, saßen der oberste der Gefangenwärter, der alte Schiller, ein junger, namens Kral, und einer der Wache haltenden Soldaten im Zimmer des ersteren beim Wein zusammen und sprachen über den Grafen, von dem sie durch die italienischen Staatsgefangenen, seine Freunde, mancherlei gehört hatten. Diese hatten sich oftmals erkundigt, ob der Graf unterwegs seiner Krankheit erlegen sei oder ob er noch lebe, und hatten auf die Nachricht, daß er erwartet werde, eine Freude gezeigt, als ob er nicht käme, um ihr Los zu teilen, sondern um ihnen Segen und Hilfe zu bringen. Der Franzose, erzählte Schiller, habe ihn so umarmt, daß er beinah umgefallen sei, und der kleine Pellico habe gefragt, was für Anstalten wir getroffen hätten, um einen solchen Herrn, der noch dazu krank sei und der aufmerksamsten Pflege bedürfe, zu empfangen. Hierüber lachte er auf eine besondere Weise in sich hinein, von der man zuerst nichts hörte, bis er darüber ins Husten geriet, das immer heftiger wurde und zuletzt, nach geräuschvollen Entladungen, mit einem drohenden Räuspern abschloß. Kral, ein Böhme, dessen breites, unschönes Gesicht einen ängstlichen Ausdruck davon hatte, daß er beständig in Sorge war, es möchte ein Vorgesetzter in der Nähe sein und ihn auf einer ungeahnt hereinbrechenden Unvorschriftsmäßigkeit ertappen, hörte mit hingegebener Aufmerksamkeit zu, zwischendurch nach draußen horchend, ob dort alles still bleibe. Wenn der Graf wirklich so krank sei, sagte er, würde es gewiß bald aus mit ihm sein; er hätte eben erst ein böses Vorzeichen gesehen, wovon er nicht spräche, weil er wüßte, daß er ausgelacht werden würde. »Das wäre,« rief Schiller, »wenn ich in dieser verwünschten Spelunke nicht einmal über dich Kürbiskopf lachen sollte! Ich befehle dir, augenblicklich zu erzählen, was du dir ausgebrütet hast, und wenn es das faulste Luderzeug wäre, das jemals von einem deutschen Galgen heruntergeschnitten ist.« Kral schüttelte bekümmert den Kopf über die greulichen Ausdrücke, die Schiller eigens auswählte, um ihn zu necken, erzählte aber bereitwillig, als er vor einer Stunde das Zimmer des Grafen habe reinigen lassen, habe er zufällig durch das Fenster nach dem Friedhof hinuntergesehen und dort das weiße Häschen erblickt, an dessen Dasein er niemals so recht habe glauben wollen. Es sei auf dem Mäuerlein hingehuscht, das den Friedhof umgebe, und habe sich plötzlich aufgerichtet und ein Männchen gegen ihn gemacht, gerade als ob es ihm etwas habe sagen wollen; da sei ihm ein Grauen angekommen, und er habe den Gefangenen, der das Reinigungsgeschäft besorgt habe, zur Eile angetrieben, um das Zimmer verlassen und Schiller aufsuchen zu können. Dem Soldaten Fritz, der erst seit kurzem auf dem Spielberg war, wurde zur Erklärung mitgeteilt, daß bei dem Tode des furchtbaren Trenck, der zu den Zeiten der Kaiserin Maria Theresia hier gefangengesessen habe, das weiße Häschen zuerst erschienen sei und sich seitdem sehen lasse, wenn ein Todesfall bevorstehe, wie es denn auch vor dem Ende des jungen italienischen Grafen Oroboni sich gezeigt habe. »Dieses Häschen«, sagte Schiller gutmütig, »weiß, was sich schickt: für die gemeinen Verbrecher bemüht es sich nicht und ebensowenig für unsereinen; es spukt nur für bessere Leute, insbesondere für die Adligen, auch wenn sie mit dem Teufel im Bunde stehen, wie der Trenck.«

Fritz, ein junger Bayer mit hübschem, braunem, trotzigem Gesicht, sagte, er bedauere, daß er das vornehme Häschen nicht gesehen habe; er würde es erschossen und zum Essen hergerichtet haben, um zu sehen, ob sein Gespensterbraten ebenso wohlschmeckend sei wie ein natürlicher. Übrigens glaube er nicht daran, daß der Trenck mit dem Teufel im Bunde gestanden

habe, da er sonst seine Künste wohl zuerst benützt habe, um aus dem scheußlichen Kerker zu entkommen.
Schiller zuckte die Achseln und meinte, man könne nicht wissen, wie es dazumal auf dem Spielberg zugegangen sei, und besonders, was für ein Leben der Trenck geführt habe. Sein Hauptverbrechen sei nämlich das gewesen, daß er in die Kaiserin verliebt gewesen sei; wie nun aber kein Frauenzimmer einem Manne deswegen böse sei, und wenn es der Henker wäre, so habe Maria Theresia ihren Verehrer zwar ehrenhalber ins Gefängnis schicken müssen, ihm aber sonst vielleicht das Leben nicht sauer gemacht. Zu essen habe er genug gehabt und auch ein Mädchen, die schöne Tochter eines Aufsehers, die ihm mit Haut und Haaren ergeben gewesen sei. Außerdem werde auch erzählt, daß er die Seelen der Mönche, die ihn täglich besucht hätten, dem Teufel hätte zuwenden wollen und daß er zu dem Zweck Gelage mit ihnen gefeiert und ihnen allerlei Unfug und Unzucht beigebracht hätte. Andere freilich behaupteten das Umgekehrte: die Mönche hätten seine Seele bekehrt, weshalb auch das weiße Häschen erschienen sei, zum Zeichen, daß er seiner Sünde ledig geworden sei.
»So war er niemals ein rechter Mann, wenn er sich von den Pfaffen bekehren ließ«, sagte Fritz mit um so mehr Nachdruck, weil er wußte, daß er Kral, den er nicht leiden mochte, dadurch kränken würde. »Ihr redet so,« antwortete dieser, »weil Ihr das Unglück noch nicht kennengelernt habt. Was würde aus den elenden Leuten, die hier eingekerkert sind, wenn sie nicht auf Gott vertrauten und sich mit den Freuden des Himmels vertrösteten?« »Als Gefangenen freilich werdet Ihr mich niemals sehen!« sagte Fritz hochmütig. »Frei würde ich mich schon zu machen wissen, sei es lebendig oder tot.« Lebendig würde es einem hier wohl nicht gelingen, sagte Schiller. Vor dreißig Jahren, da habe einmal einer einen Fluchtversuch gemacht, sei aber erwischt, weil er ein Bein dabei gebrochen habe. Da seien ihm so viel Peitschenhiebe zur Strafe zuerkannt, daß er schon nach der ersten Hälfte gestorben sei. Wie sollte es jetzt einer bewerkstelligen zu entfliehen, mit all den Ketten und Eisengittern und Soldaten auf Schritt und Tritt? Es genüge nicht, wenn einer sich in eine Maus verwandeln könne,

kaum ein Floh könne unvermerkt entschlüpfen. Viele hofften anstatt dessen auf Begnadigung, worauf der Graf Confalonieri freilich nicht zu rechnen hätte. Mit dem sei es eine besondere Sache, der sei ein großer und unerschrockener Herr, der die Österreicher aus Italien habe vertreiben und das ganze Land habe frei machen wollen. Der Kaiser habe große Furcht vor ihm und habe ihm alle erdenklichen Ehren angeboten, wenn er sich zu ihm halten und seine Mitverschworenen verraten wolle; aber der Graf habe geschwiegen, und wenn einmal das Festungstor hinter ihm zugeschlagen sei, werde es sich nie mehr vor ihm auftun. Der werde deshalb vielleicht versuchen, auf eigene Hand davonzukommen, Geld genug habe er, um die Wächter zu bestechen, und Kral, der so habgierig sei, solle sich nur in acht nehmen, daß er sich nicht fangen lasse. Kral wurde dunkelrot vor Schreck und beklagte sich über die ungerechtfertigte Verleumdung, indem er ängstlich nach der Tür horchte; der alte Schiller kam darüber ins Lachen und Husten, als das schrille Läuten der Hausglocke ertönte und die Plaudernden aufschreckte.

Schiller nahm sein Schlüsselbund und stand nicht ohne Anstrengung auf, um sich in den Hof zu begeben; er war schmal gebaut und sehr groß und erschien auch so, obwohl er stark nach vorn übergebeugt ging. Nach einer halben Stunde kam er wieder, lautlos in sich hinein lachend, leerte geschwind ein Glas Wein und erzählte: »Das ist einer! Solch einen haben wir noch niemals gehabt! Wie er so bleich aus seiner Kutsche kam, da dachte ich: der steigt aus einem Sarg in den andern. Aber der stand da, als ob er mit dem Kopfe schon im Himmel wäre. Wißt ihr, er trägt seinen Kopf wie einer, der im trüben Wasser schwimmt und acht gibt, daß ihm der Schmutz nicht in den Mund fließt. Halt ihn nur hoch, dachte ich bei mir, hier wird es dir doch darüber zusammenschlagen. Erst verabschiedete sich der Herr von ihm, der ihn gebracht hatte, wie von einem Fürsten, dann klirrte ich mit meinen Schlüsseln und sagte, er müsse mit mir kommen, und wunderte mich, was für ein Gesicht er machen würde. Er tat ganz unbefangen, wie wenn er im feinsten Hotel abgestiegen wäre und ich als der Oberkellner ihn in Empfang nähme und hinter mir noch eine ganze

Schar von Kellnern stände, die dienerten und warteten, was der Herr Graf befehlen werde. Als es die Treppe hinaufging, legte er seine Hand auf meinen Arm und sagte, ich möchte langsam gehen, weil er erst kürzlich krank gewesen und von der Reise angegriffen sei.« Schiller zeigte die Stelle seines Armes, wo die Hand gelegen habe, und lachte unbändig; wenn er nicht die Nägel gesehen hätte, möchte er schwören, es wäre ein Handschuh darübergezogen gewesen. »Nun hättet ihr ihn aber sehen sollen, als ich seine Zelle aufmachte! Die andern, als ich sie zuerst in ihren Koben brachte, rangen die Hände und lamentierten und sperrten sich; aber er ging ruhig ans Fenster und sagte: ›Da ist eine schöne Aussicht.‹ Gewiß, Herr Graf, und die hohen Wandspiegel und die Armleuchter mit den Wachskerzen und die Perserteppiche sind auch schön und passen ausgezeichnet zu dem Spitzenhemde und dem feinen Tuchrock des Herrn Grafen. Der Herr Graf wünschte dann noch ein wenig zu Abend zu essen, und als ich sagte, die Stunde wäre vorbei, nach welcher nichts verabreicht würde, stutzte er ein ganz klein wenig und sagte dann: ›Ich sehe, daß ich in einem ordentlichen Hause bin.‹«

Kral sagte, beunruhigt und vorwurfsvoll, Schiller hätte dem armen Herrn, der sehr hungrig sein müsse, doch ein Stück von seinem eigenen Brot zustecken können, worüber dieser in unendliches Lachen und Husten geriet. »Er hat ja einen Krug Wasser,« sagte er, als er wieder sprechen konnte, »das hilft auch gegen den Hunger. Ich bin neugierig, was er sagen wird, wenn du ihm morgen früh die Suppe bringst: ›Die Schokolade ist ausgezeichnet! Das Gebäck ist vortrefflich! Zerbrich das feine Porzellan nicht, kleiner Tölpel!‹ – und damit wirst du gemeint sein.«

Indessen stand Federigo am Fenster und sah auf die Landschaft hinunter, von der der Abend sanft die Farben wegzuhauchen begann. Der Felsen, der die Festung trägt, war mit Eichen, Buchen und Birken bewachsen, die noch unbelaubt waren; jenseits des Burggrabens sah man niedrige Häuser in Gärten, kahles Ackerland mit einzelnen Büschen und Bäumen dazwischen, weiterhin Wälder und Hügel. Durch die breite Ebene schlangen sich hie und da gewundene Straßen, die zu

Häusergruppen und winzigen Dörfern führten oder sich in Gebüschen verloren. Der Anblick des weit ausgebreiteten Landes, wie er einen ähnlichen seit mehr als zwei Jahren nicht gehabt hatte, ergriff Federigo; zugleich mußte er an die Weide im Gefängnishofe in Mailand denken, und Tränen traten in seine Augen. Als er sich in das Zimmer zurückwendete, in dem es inzwischen dunkel geworden war, erschien es ihm wie eine Gruft; die Luft war moderig, wie sie es in Räumen ist, wohin die Sonne nicht scheint, die Wände waren weiß getüncht, und es war leer bis auf eine mit einem Strohsack bedeckte Pritsche, einen Tisch, einen Stuhl und einen Krug voll Wasser. Er versuchte, ob er auf dem Strohsack liegen könne: seine Glieder wurden steif und schmerzten; er stand mehrmals auf und ging in dem engen, dunklen Raume hin und her, bis die Müdigkeit ihn zwang, sich wieder hinzulegen. Der Schlaf hatte ihn doch endlich überrascht, als er infolge eines Geräusches aufwachte und neben sich zwei Männer sah, von denen einer eine Laterne trug und die im Begriff waren, ihn aufzudecken und anzufassen. Nur halb wach, richtete er sich auf und rief: »Zurück von mir!« indem er einen drohenden Blick auf die Männer warf. Nun erst erkannte er in dem einen von ihnen den alten Schiller, der entschuldigend sagte, dies wäre die nächtliche Visite, die die Pflicht hätte, sich zu überzeugen, daß seine Kette und das eiserne Gitter am Fenster noch in Ordnung wären. »Ja,« sagte Federigo, der sich wieder zurückgelegt hatte, »wenn ich recht fleißig gewesen wäre, so hätte ich vielleicht von heute abend bis jetzt alles auseinanderfeilen können.« Der alte Schiller schmunzelte und sagte scheinbar geringschätzig: »Mit *den* Händen!« indem er leise auf des Grafen rechte Hand klopfte, die auf der groben wollenen Decke lag und vor Erregung noch unmerklich zitterte.

Die Entrüstung, daß er sich von Schergen überfallen und untersuchen lassen mußte wie ein gefährlicher Übeltäter, ließ ihn nicht wieder zur Ruhe kommen, und überwältigte ihn doch die Erschöpfung, so schreckte ihn das harte Rufen der sich ablösenden Wachen auf. Als er endlich eben wieder eingeschlafen war, erweckte ihn zum zweiten Male ein Geräusch, ein anhaltendes, dumpfes Rasseln und Brausen, das dadurch entstand, daß die gemeinen Verbrecher, die zwei Stockwerke tiefer schliefen, gleichzeitig aufstanden, um an die Arbeit geführt zu werden, und mit ihren Ketten durcheinanderklirrten und -sprachen. Je weniger er sich das Getöse erklären konnte, desto mehr erregte es seine gereizten Nerven; es war, als erhöben sich in den Wurzeln des furchtbaren Gebäudes die Gebeine derer, die hier begraben starben, ein Chor von Verdammten, die die erlittene Qual um diese Stunde erneuerten. Es war fünf Uhr; eine Stunde später kamen Schiller und Kral mit einem Stück schwarzen Brotes und einem eisernen Teller voll Mehlsuppe, in der ein hölzerner Löffel lag. Während Confalonieri ein paar Schluck davon versuchte und einige Brocken Brot aß, betrachtete Schiller ihn von der Seite und sagte streng: »Die Suppe ist gut!« »Sehr gut, und das Brot nicht minder«, sagte Federigo ernsthaft, indem er beides zurückschob; »ich werde meinen Magen allmählich daran gewöhnen.« Schiller, der des Morgens in übler Laune zu sein pflegte, bis er zum ersten Frühstück ein Glas Wein getrunken hatte, brummte unzufrieden, vor Mittag gebe es nichts anderes. Als er mit Kral draußen war und dieser schüchtern vorbrachte, der kranke Herr müsse doch irgend etwas zu essen bekommen, herrschte der Alte ihn an, er solle schweigen. Er habe doch gehört, daß der Herr die Suppe gut gefunden habe! Außerdem habe jeder hier die Freiheit, zu verhungern. Aber das sei auch die einzige! Übrigens solle keiner sich rühren! Kral ließ den Kopf hängen und ging seiner Arbeit nach; um neun Uhr jedoch winkte Schiller ihm, in sein Zimmer zu kommen. Dort nahm er aus einem Eckschrank eine Flasche Wein, goß sich ein Glas ein und leerte es mit einem Zuge, schloß dann den Schrank wieder und sagte, während sein Gesicht sich rötete und seine Augen zu blinken anfingen: »Der Graf gefällt mir. Ein Edelmann fragt nicht nach Brot und Fleisch, sondern nach Blut und Ehre. Der, wenns ihm schlecht geht, betrinkt sich nicht wie unsereiner, sondern beißt die Zähne zusammen und schluckt es trocken hinunter. Man muß von oben heruntersehen, wenn man ein Edelmann sein will.« »Das tut er«, sagte Kral, der aus seinen hellblauen Augen staunend zu dem Alten aufsah; »ich komme mir neben ihm wie eine Maus vor.« Hierüber lachte Schiller ungeheuer; plötzlich jedoch veränderte er den Ton und wetterte: »Marsch an die Arbeit! Hier sind keine Maulaffen feil! Und daß ich nirgends einen Lärm oder eine Ungehörigkeit vernehme! Hier muß es wie im Grabe sein!« Dann ließ er die Unterlippe hängen und ging, die struppigen Brauen böse zusammenziehend und laut mit den Schlüsseln klirrend, an seine Arbeit.

Federigo fühlte sich außerordentlich schwach durch den Mangel an Schlaf und Nahrung und erregt durch die Einsicht, daß er hier nicht als ein Staatsgefangener, sondern als ein Sträfling zu gelten schien. Im Zimmer auf und ab gehend, erwog er, wie sich sein Leben und das seiner Freunde gestalten würde, wenn dieser Grundsatz wirklich durchgeführt werden sollte: mit den Wärtern wollte er nicht darüber sprechen, sondern den Vorsteher um eine Unterredung bitten und sich wenigstens Gewißheit verschaffen. Bald ermattet, blieb er am Fenster stehen und sah hinaus: der Himmel war voll grauer Wolken, die sich nicht bewegten, und auf den Dächern und Bäumen lagen Fetzen grauen Schnees, die nach dem letzten Tauwetter zurückgeblieben sein mochten; es sah so aus, als wäre es immer so gewesen und würde immer so sein. Federigo war im Begriff, sich wieder vom Fenster abzuwenden, als er einen weichen, flötenden Ton hörte, der ihn als etwas Vertrautes wehmütig ans Herz rührte; er horchte auf und unterschied deutlich die Melodie der alten Arie: ›O Richard, mein König, die Welt verläßt dich!‹, die er im Gefängnis von Mailand so viele Male von Andryane gehört hatte. Das Fenster öffnend, rief er: »Alexander!« laut genug, daß der im Gange patrouillierende Soldat es hörte und zu schelten anfing. Schiller, der dazukam, ging in Federigos Zimmer und brummte: Was für ein Lärmen das wäre! Wenn man die Italiener gewähren ließe, würde es im Gefängnis bald zugehen wie in einem Opernhause. Das gehe nicht an; hier müsse es wie im Grabe sein. »Und Ihr seid der Totengräber«, entgegnete Federigo ruhig. Schiller unterdrückte eine Anwandlung zum Lachen und knurrte weiter: Für den Totengräber wäre Graf und Bettler eins, hier müsse einer schweigen wie der andere, hier dürfe keiner aus Mutwillen das Fenster aufmachen, dazu heizte man nicht. Confalonieri zog die Augenbrauen hoch, betrachtete Schiller verwundert und

sagte: »Mir scheint, daß niemand so viel Lärm macht wie Sie«, worauf dieser hinausging, indem er die Tür zuschlug. Nach einer Weile kam er wieder, ein Weißbrot in der Hand und sagte: »Wenn ich vorhin grob war, so geschah das mit Vorbedacht meines Amtes wegen. Wäre ich es nicht, so hätten wir alle den Teufel im Nacken. Künftig gebt selbst acht, daß Euch die Soldaten nicht hören, und jetzt nehmet dies Brötchen an zum Zeichen, daß Ihr mir nicht zürnt; denn Ihr müßt Hunger haben.« Confalonieri nahm die Hand des Alten und sagte: »So geht es, wenn ein guter Mann ein übles Amt bekleidet. Das Brot nehme ich nicht, weil ich mir nichts heimlich aneignen will, was mir nicht bestimmt ist; anstatt dessen bitte ich Euch, mir einen Arzt zu schicken, der mir verordnen wird, was mir zuträglich ist.« Der Arzt, sagte Schiller, käme nur des Donnerstags, jetzt aber wäre Dienstag; bis dahin könne der Graf doch nicht ohne zu essen leben, und er suchte ihm nochmals das Brot aufzudrängen. »Ich werde mich bemühen, künftig nur des Donnerstags krank zu werden«, versetzte Confalonieri; »inzwischen wird mich Gott aus Gnade erhalten. Das Brot nehme ich nicht an, aber ich versichere Euch, daß mir niemals eines so gut geschmeckt hat wie dies, welches ich nicht gegessen habe.«
Am folgenden Tage forderte Schiller den Grafen auf, ihm zu folgen, weil er sich den Anzug und die Kette der Anstalt müsse anlegen lassen; die Kette sei leichter als seine, vom Anzuge hingegen wisse er nichts Vorteilhaftes zu sagen. Die vorgeschriebene Kleidung bestand aus einem groben wollenen Hemd und einem ebensolchen Anzuge, der weiß und braun gefärbt war, so daß die beiden Seiten wechselsweise zueinander paßten, wie es zuweilen bei den Kleidern der Bajazzi der Fall ist. Federigo stutzte, als er die Sträflingstracht sah, und überlegte, ob er sich gutwillig dazu bequemen solle, sie anzulegen; denn dadurch erkannte er die Maßregel an, die er für unberechtigt hielt; aber die Erwägung, daß Widerstand aussichtslos sein würde, zumal seine Kameraden sich schon gefügt hatten, gab den Ausschlag. Als er fertig war, sagte er, an dem scheckigen Anzug heruntersehend, zu Schiller: »Es kommt vor, daß ein Hanswurst im Königsmantel geht; warum sollte nicht einmal ein Verständiger eine Narrenjacke oder ein ehrlicher Mann ein

Sträflingskleid tragen?« Als Schiller dies am Abend seinem Schützling Kral erzählte, erschrak der fast über den Mut des Grafen, eine so verwegene Rede in Gegenwart Schillers zu führen, der sie hätte weitererzählen können. »Der?« sagte Schiller. »Er kennt mich, als wenn ich fünfundzwanzig Jahre unter ihm gedient hätte. Während du seinen Ohren etwas sagst, lesen seine Augen, was du denkst.« »Seltsame Augen hat er«, bestätigte Kral. »Das erste Mal, als ich ihm die Suppe brachte, hat er mich angesehen, als wäre ich gar nicht da, so daß ich Lust bekam, mich nach mir selber umzusehen; aber heute hat er mir einen Blick gegeben, daß mir das Herz klopfte.« »Ich will dir etwas sagen,« begann Schiller, indem er sich über den Tisch beugte und belehrend den Finger hob, »er küßt mit den Augen. Er ist ein gefährlicher Mensch, und du sollst dich vor ihm hüten; denn wenn er von dir verlangte, du möchtest ihn ans Tor begleiten, er wolle ein wenig spazierengehen, so könntest du keinen Widerstand leisten. Ich dagegen bin alt und fest wie Eisen; ich werde schon mit ihm fertig werden.« Kral empfand einen unbestimmten Schrecken, sowohl vor den Gefahren, die ihm drohten, wie vor der harten Behandlung, die Schiller dem Grafen könnte angedeihen lassen. »Kürbis!« schalt dieser, »kennst du den alten Schiller noch nicht? Seine Pflicht kommt zuerst! Daran ist nicht zu rütteln! Aber abgesehen davon ist ein Ehrenmann in seinen Händen gut aufgehoben.«

Doktor Bayer, welcher die italienischen Staatsgefangenen zu behandeln hatte, erledigte seine Besuche schleunig, als ob er etwas Entscheidendes versäumte; denn da er nicht ungutmütig war, fürchtete er, wenn er die Klagen ausführlich anhörte und den Jammer sähe, würde er sich Zugeständnisse und Bewilligungen entschlüpfen lassen, die an höchster Stelle Mißfallen erregen und eine unerträgliche Ungnade auf ihn herabziehen würden. Von Confalonieri wußte er schon aus vorausgeschickten Berichten Bescheid und verordnete ihm sofort einen Strohsack zum Schlafen und die Krankenkost, die etwas zuträglicher als die allgemeine, aber noch weniger reichlich war; hierzu war er befugt und kargte um so weniger damit, als er hoffte, dem Klagenden auf diese Weise den Mund zu stopfen. Federigos Behauptung dagegen, er müsse zur Belebung des Herzens eine

Tasse Kaffee trinken, das sei Arznei für ihn, deren sein Organismus bedürfe, setzte ihn in Verlegenheit; er sagte, daß er das wohl einsähe, daß er aber zuvor die Allerhöchste Bestätigung einer solchen Verordnung nachsuchen müsse. »Ich wüßte nicht,« sagte Federigo, »was Gott dagegen haben sollte, wenn Sie mir eine Tasse Kaffee verordnen. Sind Sie aber gewohnt, über Ihre ärztlichen Maßnahmen Erleuchtung im Gebet zu suchen, so tun Sie es bitte auf der Stelle, damit ich die Entscheidung sofort erfahre.« Während Schiller, der den Arzt hereingeführt hatte, entzückt in sich hinein hustete, stand der Doktor verblüfft auf der Schwelle, ungewiß, ob der Graf ihn verspottete oder ob seine ungenügende Bekanntschaft mit der deutschen Sprache ein Mißverständnis veranlaßt habe. Seine Erklärung, er habe in diesem Falle nicht an Gott, sondern an die Kaiserliche Majestät gedacht, empfing Federigo unbefangen, meinte aber, der Doktor möge doch, wenn er einer Bestätigung bedürfe, zunächst mit der Gottes vorliebnehmen, der allgegenwärtig sei, während der Kaiser weit entfernt wohne. Nun, nun, sagte der Doktor lächelnd, es wäre eine Neuerung; aber er wäre kein Pedant, und so solle der Graf denn seinen Kaffee trinken, ohne jedoch zu vergessen, daß es nur bis auf weiteres sei.

In jeder Woche einmal erfolgte ein Besuch des Vorstehers, Hauptmann Smertscheks. Confalonieri sagte ihm, daß er an seine Frau zu schreiben wünsche; in welcher Form dies geschehen könne; ob etwa die Briefe, welche aus- und eingingen, einer Kontrolle unterworfen wären. In das nicht gerade verfeinerte, aber angenehme Gesicht des Hauptmanns trat ein ängstlicher Zug, indem er sagte, dies betreffend habe er die strengsten Befehle erhalten, von den italienischen Staatsgefangenen dürfe keiner weder Briefe erhalten noch absenden, und auch mündliche Nachrichten über das Ergehen der Familie dürften ihnen nur auf besonderen Befehl des Kaisers mitgeteilt werden. Auf die Frage des Grafen, ob diese Maßregel für alle zu schwerem Kerker Verurteilten gelte, nahm die Nervosität des Hauptmanns sichtlich zu; er sagte mit einer gewissen Erregung, daß nicht nur die Gefangenen, sondern daß auch er sich dem fügen müsse, was der Kaiser zu befehlen für gut finde; daß die ewigen Quengeleien zu nichts führten und daß ein Mann besser tue, sich in das Unvermeidliche zu schikken. Übrigens sei er überzeugt, wenn etwas Besonderes in den Familien der Gefangenen vorfiele, würden sie davon in Kenntnis gesetzt werden, und umgekehrt; dafür bürge ihm die Milde des Kaisers.

»So«, sagte Confalonieri; »es wurde wenigstens in Mailand bekannt, daß der junge Graf Oroboni gestorben war.« Er setzte höflich hinzu, daß er nichts anderes beabsichtigt habe, als sich nach den bestehenden Vorschriften zu erkundigen, daß er zwar ihre Härte beklage, aber weit davon entfernt sei, den Hauptmann dafür verantwortlich zu machen. Dieser fing an, sich wieder zu beruhigen, und sagte, er wisse schon, daß der Graf ein einsichtiger Mann sei, der sich beherrschen könne. Leider wären nicht alle die Italiener so; da hätte zum Beispiel der junge Pallavicino dem Wärter die Schüssel mit Suppe vor die Füße geworfen, hätte den Wasserkrug zerschmettert und dergleichen Kindereien mehr. Wie er sich dabei verhalten solle? Es widerstrebe ihm, gebildete Menschen wie Tiere an die Kette zu legen; er sei kein Barbar, aber er müsse doch die vorgeschriebene Ordnung aufrechterhalten. Confalonieri bat ihn, Nachsicht zu haben; sie hätten als politische Gefangene nicht erwartet, wie gemeine Verbrecher behandelt zu werden, und würden sich allmählich in ihre Lage finden. Er sei überzeugt, alle seine Gefährten erkennten die Menschlichkeit an, mit der ihr Unglück von ihm und auch von den Wärtern geachtet würde. Ach, man möchte es nicht glauben, sagte der Hauptmann, der nun mitteilsam wurde, er sei oft schlimmer daran als die Gefangenen, die sich für so sehr bedauernswert hielten. Wo er sich zeigte, Klagen und Vorwürfe, Seufzen und Stöhnen! Als ob er an ihrem Unglück schuld sei und ihr Los ändern könne! Und in seinem eigenen Hause sei es nicht viel besser. Da setze seine Frau das Lied fort, indem sie die armen Italiener beklage und ihn zu dieser und jener Vergünstigung bewegen wolle, was für ihn, wenn er sie gewährte, die schwersten Folgen haben könnte. Dabei sei sie selber, die arme Frau, schwerkrank an der Schwindsucht und könne nicht mehr lange leben; sie sei jetzt leichter als sein zehnjähriges Töchterchen, und wenn er sie bei gutem Wetter in den Garten trage und wieder ins Haus, so komme es ihm vor, als habe er kein Fleisch und Bein, sondern die leeren Gewänder auf den Armen. So etwas sei ein Unglück für den Haushalt, zumal wenn die Frau so sanft und freundlich wie seine sei; niemals habe er ein ungütiges Wort von ihr gehört; gegen die Kinder und die Dienstboten sei sie zwar allzu nachsichtig gewesen, einer müsse doch schelten und strafen, und so fiele es denn auf ihn, der es auch nicht zum Vergnügen tue. Er putze auch den Schiller von Zeit zu Zeit ordentlich herunter; denn der sei ein dickköpfiger Schweizer und würde keinen Herrgott mehr über sich erkennen, wenn er ihn nicht zuweilen zusammenschimpfte.

Der Sträfling, der die Zimmer der italienischen Gefangenen zu reinigen hatte, war ein Zigeuner, der vor einer Reihe von Jahren wegen Schmuggelns zu einer längeren Haft verurteilt worden war. Als er frei geworden war, erfuhr er, daß seine Frau ihm inzwischen untreu gewesen sei, und beschloß, um sich zu rächen, sie auf grausame Weise zu ermorden. Er band sie auf einem Stuhle fest, begoß sie mit Petroleum, das er anzündete, und hätte sie verbrennen lassen, wenn nicht Leute dazugekommen wären, die die Unglückliche mit lebensgefährlichen Brandwunden losmachten. Er wurde nun zu zwanzig Jahren schweren Kerkers auf dem Spielberg verurteilt, von denen er jetzt schon mehrere abgebüßt hatte. Da er sich still und gehorsam verhielt und da sich außerdem die ersten Anzeichen der Brustkrankheit bei ihm meldeten, wurde er zu der leichten Arbeit des Zimmerreinigens verwendet. Er hatte ein gelbes, von Pockennarben entstelltes Gesicht, das ohnehin in allen Zügen von phantastischer Häßlichkeit war; um so mehr fiel die Schönheit seiner schwarzen Augen auf, und auch die schlanke Zierlichkeit und Biegsamkeit seiner Gestalt konnte die plumpe Sträflingskleidung nicht ganz verdecken. Er hieß Olah, war aber von Maroncelli Kaliban benannt worden, weil er ihn an jenes märchenhafte Scheusal aus dem Shakespeareschen Schauspiel erinnerte. Confalonieri war etwa drei Tage auf dem Spielberge, als Kaliban ihm beim Reinigen des Zimmers einen Zettel zeigte und, indem er sein starres Gesicht zu einem Grinsen verzog und mit den Augen zwinkerte, denselben unter den Wasserkrug schob. Es zeigte sich, daß es ein zusammengefalteter Brief Pellicos war, in dem er Federigo begrüßte, sich erkundigte, wie er die Qualen der Gefangenschaft ertrüge, und ihm mitteilte, daß, wenn er Neigung hätte, ihm zu antworten, Kaliban den Verkehr bereitwillig besorgen würde, ohne daß Verrat von ihm zu befürchten sei. Ein Stück Papier und ein Bleistiftstümpfchen lagen daneben.

Federigo war erfreut, mit seinen Gefährten und namentlich mit Pellico in Verbindung treten zu können; er schrieb sofort einen langen Brief, in dem er allerlei aus Mailand erzählte, wovon er glaubte, daß es Silvio interessieren könne; dann erinnerte er an die Zeit, wo sie mit andern, jetzt weit entfernten Freunden den ›Conciliatore‹, jene Zeitschrift herausgaben, durch die sie Italien anregen und erheben wollten, und schlug vor, daß sie jetzt etwas Ähnliches für sich selbst unternehmen könnten. Jeder könne sich über einen Gegenstand verbreiten, der ihm am Herzen liege, oder die Kenntnisse mitteilen, die er besäße; es würde eine ansehnliche Zeitung entstehen, und jeder von ihnen könnte zugleich sich ausgeben und von den andern aufnehmen. Pellico solle vor allem die reichliche Muße benutzen, um die dichterischen Ideen auszuführen, mit denen er sich früher getragen, ohne sie bei seinen vielfachen andern Pflichten vollenden zu können.

Mit einer gewissen Unruhe wartete er darauf, Kaliban den Brief geben zu können; in dem Augenblick aber, wo dieser ihn erwartungsvoll und aufmunternd anblinzelte, um das Papier in Empfang zu nehmen, ekelte es ihn plötzlich so stark davor, mit dem verbrecherischen Geschöpf eine verbotene Heimlichkeit zu unterhalten, daß er die Hand, in der er das zusammengefaltete Blatt schon bereit hielt, zurückzog und den Elenden mit einem Blick ansah, der die vertrauliche Gebärde untersagte. Als um fünf Uhr das frische Wasser für die Nacht gebracht worden war und Federigo sich in der Dämmerung allein fand, war er geneigt, seine Handlungsweise zu bereuen. Er malte sich aus, wie Pellico seine Antwort erwartet hatte, welche Enttäuschung, was für Befürchtungen ihr Ausbleiben in ihm erregen mußte. Er hatte an die Möglichkeit gedacht, Schiller oder Kral um die Vermittlung des Verkehrs zu ersuchen; aber er sah ein, daß er das nicht tun konnte, ohne sie in einen peinlichen

Zwiespalt zu versetzen. Schiller war der heimliche Betrieb wohl kaum entgangen, und er übersah ihn absichtlich; sollte an seiner Empfindlichkeit etwas scheitern, was niemandem schadete und für ihn und seine Gefährten von großer Wichtigkeit war? Am folgenden Morgen benutzte er einen Augenblick, wo er mit Kaliban allein war, um ihn zu fragen, ob er den Brief bestellen wolle. Er könne ihm keine Belohnung dafür anbieten und ihn auch nicht schützen, wenn er ertappt und zu einer vermutlich sehr harten Strafe verurteilt werde. »Macht nichts«, sagte Kaliban, und auf Federigos weitere Frage, warum er es denn tue, antwortete er, zu seinem Vergnügen, wobei sich ein listiges Funkeln in seine stumpfen, schwarzen Augen stahl. Augenscheinlich bewog ihn nicht Mitgefühl mit den Gefangenen zu den Diensten, die er ihnen leistete, sondern er befriedigte dadurch einen Trieb, auf Schleichwegen zu gehen und den Behörden etwas ihrer Aufsicht Unterstelltes zu entziehen. Es kostete den Grafen jetzt weniger Überwindung als zuvor, ihm den Brief zu geben; ja er fühlte sich zu dem Fremdling hingezogen wie zu einem hübschen Tier der Wildnis, das man an sich gewöhnen möchte. Der Ausdruck schwermütiger Gleichgültigkeit in seinen Augen, als er an eine etwaige harte Strafe dachte, die er sich zuziehen könnte, hatte sich Federigo besonders eingeprägt; es reizte ihn, zu erfahren, ob es etwas gebe, was diese Seele in Lust oder Unlust versetzen könnte, und was das sei. Schiller konnte darüber keine Auskunft geben: er sah in Kaliban eine für gewöhnlich unschädliche Bestie, die böse wird und beißt, wenn man sie auf den Schwanz tritt, und verstand weder das Interesse des Grafen, noch billigte er es.

Federigos Vorschlag wurde von seinen Gefährten freudig aufgenommen, und jeder bemühte sich, etwas zustande zu bringen: Maroncelli konnte nicht Papier genug für seine literarischen und ästhetischen Abhandlungen aufbringen; Pellico dagegen klagte, daß die Gedanken und Bilder ihm nicht zufließen wollten, ja daß ihn zu keinem Entwurf ein zwingendes Gefühl triebe. Er beschränkte sich zunächst auf persönliche Mitteilungen, wie auch Andryane tat, der sich mit den verwegensten Plänen trug, ein Wiedersehen mit dem verehrten Freunde zu erzwingen.

Der Kaiser hatte im allgemeinen, die Italiener betreffend, das System, zwei zusammenwohnen zu lassen, wozu ihn verschiedene Beweggründe veranlaßten: einmal sollten sie sich gegenseitig Beistand leisten, denn die meisten wurden bald leidend und pflegebedürftig; dann konnten sie durch Trennung oder durch Vereinigung gegen die Neigung bestraft werden; und schließlich konnte in gewissen Fällen der eine den andern beobachten und aushorchen. Indessen ließ er doch auch ein gewisses Wohlwollen walten, indem er meistens die herrschenden Sympathien berücksichtigte, wie denn Pellico mit Maroncelli lebte und Andryane, der dies sehnlich wünschte, mit Confalonieri zusammengetan wurde. Als er sich plötzlich, der nichts erwartet hatte, als in eine andere Zelle geführt zu werden, dem angebeteten Manne gegenübersah, stürzten die Tränen aus seinen Augen, und er konnte lange nichts anderes als den Namen Federigo rufen. »Nun ist es gut«, sagte er endlich, durch seine Tränen lächelnd; »ich habe in meinem ganzen früheren Leben keinen so frohen Augenblick gehabt wie diesen.« Auch Confalonieri war bewegt, als er in das schmale Gesicht des Armen sah, dessen frische Jugendschönheit noch vor einem Vierteljahr auf dem Pranger in Mailand die Zuschauer gerührt hatte. Alexander bewunderte das Zimmer, das mit einem verhältnismäßig großen Fenster versehen war, während alle andern das Licht nur durch eine Art von Gucklöchern erhielten. Es wurde jetzt Frühling: der grüne Flor junger Saaten schwebte über vielen Äckern, zwischen den dunkeln Föhren, aus den Gebüschen und braunen Wäldern züngelte, funkelte und flatterte das Grün hervor, und unter dem festlichen Gewimmel leichter weißer Wölkchen trieben die Landleute Kühe und Pferde mit Pflug und Egge durch die aufquellende Erde.

Nachdem sie eine Weile hinausgeblickt hatten, sagte Federigo: »Wie wohltätig ist das Schauspiel der göttlichen Erde, die ihre Kinder die Arbeit lehrt und ihnen in ihrem Schoße die Belohnung zubereitet, für uns, die ihre Hand losgelassen und ihrer fast vergessen hatten.« »Wie meinst du das?« fragte Andryane lebhaft. »Du kannst doch nicht wünschen, daß die Menschen Bauern geblieben wären und den Babelturm unserer Kultur niemals erbaut hätten?«

»Das meine ich nicht«, sagte Confalonieri. »Ich denke nur, daß wir die erhabene Regel des Säens und Erntens, des Keimens und Vergehens, das Gleichgewicht zwischen Verschlossenheit und Fülle und den sternenstillen Gang der Natur uns einprägen und unsern Handlungen zugrunde legen sollten. Wir wollen süße Früchte von Bäumen, die bittere tragen; wir wollen im Mai genießen, was erst im Herbste reift; wir wollen Glück und Freiheit, obwohl wir nirgends eine Schönheit wahrnehmen, die nicht aus Notwendigkeit hervorginge und dem Zwecke diente.«
Andryane, der aufmerksam zugehört hatte, sagte: »Ich habe dir nicht ganz folgen können; aber du wirst mir helfen, mich an deinen Gedanken teilnehmen zu lassen. Du hast nicht nur eine reichere Erfahrung vor mir voraus, sondern auch einen umfassenderen Geist, einen gebildeteren Sinn und mehr und besser geordnetes Wissen. Wie glücklich bin ich, von dir lernen zu können, und wie wunderbar bin ich vom Schicksal geführt worden! Ich verließ Paris, um das tändelnde Dasein eines jungen Lebemannes abzustreifen und mich zu ernsteren Zielen vorzubereiten. Meine Liebe zu Italien, mein Haß gegen tyrannischen Druck und meine Begeisterungsfähigkeit lockten mich von meinem Wege ab und schienen mich in grausige Finsternis zu stürzen; nun aber sehe ich ein, daß die Vorsehung mich ebendas finden ließ, was ich suchte, und was ich nirgends so rein gefunden hätte. Hier reizen mich keine Zerstreuungen, hier habe ich Gelegenheit, mich in allen Tugenden des Mannes, Entsagung, Selbstüberwindung, Kampf gegen härteste Unbill, zu üben; hier habe ich dich als Lehrer, der zugleich Vorbild ist. Schon jetzt fühle ich, wie sehr ich einst Ursache haben werde, meine Unbesonnenheit zu segnen, die mich dahin führte, wo ich mit dir leiden und von dir lernen kann.«
Federigo sagte, daß er nichts mehr wünsche, als das Vertrauen, das Alexander in ihn setze, zu rechtfertigen, und daß er bereit sei, ihm von seinen Erfahrungen und Kenntnissen, was immer nützlich sei, mitzuteilen. Die Bücher würden ihnen dabei sehr zustatten kommen. Sie hatten nämlich alle von zu Hause Bücher mitgenommen, die eine mäßige Bibliothek bildeten, deren Gebrauch ihnen auch gestattet wurde und die sich mit der Zeit

vielleicht ergänzen ließ. Sie besprachen miteinander, was sie zunächst vornehmen und wie sie die Zeit einteilen wollten, und es schien Andryane, als ob der Tag kaum Stunden genug für die mannigfachen Beschäftigungen hätte.

Unter lebhaften Gesprächen verging die Zeit bis zum Abendessen, das um fünf Uhr gebracht wurde; es bestand aus einer Suppe und trockenem Brot. Andryane beklagte sich über die Reizlosigkeit des einförmigen Essens, das sich bei dem Mangel an Bewegung noch schwerer verdauen lasse. Sie fingen beide an, in dem kleinen Zimmer auf und ab zu gehen, zwischendurch am Fenster verweilend, um nicht schwindlig zu werden. Von der unendlichen Ebene verschwand das Licht; nur von den Wipfeln der Bäume des alten Kirchhofs im Westen strömte noch rötlicher Schein auf die moosige Mauer und die spitzen Grabsteine, die sie überragten. Auf den bleichen Wegen zogen die Bauern von der Feldarbeit nach Hause, und nachdem diese verschwunden waren, kam nichts mehr als zuweilen einmal ein langsames Fuhrwerk über die breite Landstraße. Im Burggraben ging ein halberwachsenes Mädchen mit bloßen Füßen auf und ab, als ob sie auf etwas warte; zuweilen bückte sie sich nach einem wilden Veilchen oder einer Anemone, die sie bald hernach wieder fortwarf, dann stand sie still mit schlaff herunterhängenden Armen und gesenktem Kopfe, so daß man ihren braunen Nacken sehen konnte.

Das Gespräch war allmählich erloschen. Confalonieri machte das Auf- und Abgehen bald müde, so daß er sich auf die Pritsche niederlegen und ausruhen mußte. Zum Lesen war es schon zu trübe im Zimmer; Andryane setzte sich auf einen Stuhl und starrte vor sich hin. »Wie töricht sind alle meine Vorsätze und Pläne«, sagte er nach einer Weile mit gepreßter Stimme. »Was für einen Sinn hat es, Kenntnisse zu sammeln, die ich niemals verwerten kann, und meinen Geist zu veredeln, mit dem ich vielleicht niemals wirken werde? Was ich auch hier mir aneignen könnte, hat nicht mehr Wert als der Klumpen Gold, den Robinson auf seiner Insel fand und den er verächtlich mit dem Fuße zur Seite stieß!« Federigo richtete sich auf und sagte, das sei falsch; der Mensch solle streben, Gott ähnlich zu werden, ohne zu fragen, ob und was er dadurch wirken werde. So gösse auch die Sonne Licht und Wärme nicht aus, um Leben zu zeugen oder zu pflegen, und könne doch nicht strahlen, ohne es zu tun. Außerdem sei es für ihn keine Frage, daß der Kaiser ihn, Andryane, bald begnadigen werde, daß er aber bei seiner Jugend, selbst wenn er einige Jahre hier zubringen müßte, noch eine schöne Laufbahn in der Heimat vor sich habe. Andryane schüttelte den Kopf und ließ seine Tränen zwischen den Fingern hindurchrinnen. Um sich selbst auf andere Gedanken zu bringen, ging er ans Fenster und pfiff die Melodie eines französischen Volksliedes, das Pellico besonders lieb war, um diesen zu einer leisen Unterhaltung an das Fenster zu rufen. Anstatt seiner kam die Stimme Maroncellis, der mitteilte, Silvio habe solche Kopf- und Brustschmerzen, daß er nicht vom Bett aufstehen könne; doch hatte er noch nicht ausgesprochen, als ein wachehabender Soldat ihn unterbrach und mit groben Drohungen Stillschweigen befahl.

Es schien Andryane, als ob seit dem Abendessen lange, schwere Stunden vergangen wären; aber als sie nach der Uhr sahen, war es noch nicht sieben. Die Zeit war hier etwas anderes als draußen im Leben; hier war sie ein ungeheueres Rad, das die Gefangenen selbst drehen mußten, und das stillestand, wenn sie erlahmten. Dann stockte alles, und das Nichts, in dem keine Brust atmen kann, senkte sich erstickend auf den traurigen Felsen hinunter. Die Rufe der einander ablösenden Wachen, die wie die Hammerschläge des riesigen Uhrwerks fielen, klangen dann gespensterhaft grausig, als rassele das Triebwerk noch, obwohl das Rad erstarrt sei.

Die endliche Ankunft des Sommers machte das Leben leichter; denn nun konnte durch die geöffneten Fenster reine Luft einströmen, auf den Feldern und Wiesen und auf der ganzen farbigen Ebene ging immer etwas vor, was unterhaltend und schön anzusehen war, und es blieb bis zum Abend hell in den Zimmern. Confalonieri gab Andryane Unterricht in der englischen, deutschen und italienischen Sprache, die dieser erst zu studieren angefangen hatte; auch in den Naturwissenschaften, in der Geschichte, Staatswissenschaft und Volkswirtschaftslehre besaß er gründliche Kenntnisse. Andryane hatte sich mit Mathematik und Philosophie beschäftigt, kannte die schöne französische Literatur gründlich und die der andern Länder, soweit sie ihm durch Übersetzungen zugänglich war, und gab durch seine stets rege Wißbegierde immer neuen Anlaß zu fesselnden Gesprächen. In dem neuen ›Conciliatore‹, der durch Beiträge aller entstand, wurde das Gelesene besprochen, oder es wurden Fragen beleuchtet, die einer aufwarf. Pellico machte sich wieder an dramatische Arbeiten, die Maroncelli in Musik zu setzen pflegte und mit seiner gut geschulten Stimme, die natürliche Beweglichkeit und süßesten Schmelz besaß, wenn duldsame Wachen da waren, halblaut sang. War Fritz da, so wußten die Italiener, daß sie ungestört sprechen, pfeifen und singen konnten, ja zuweilen antwortete er mit einem deutschen Liedchen, das sie ihm leicht ablernten und das ihm, von ihren tonreicheren Stimmen gesungen, neu und um vieles lieblicher erschien. Lieber als alles andere indessen war es ihm, wenn Confalonieri am Fenster war und sich mit Pellico unterhielt: zuweilen glückte es ihm, vereinzelte Worte zu verstehen, aus denen er sich den Sinn des Ganzen zusammenzustellen suchte; aber es beglückte ihn schon, die stolzen Züge des unglücklichen Grafen zu sehen und einen Blick aus seinen belebenden Augen zu erhaschen. Indessen auch von den anderen Wachen wurden viele im Laufe des Sommers unachtsamer; es starb nämlich die Frau des Vorstehers, was diesen so weich stimmte, daß er, teils weil er in seinen Kummer versunken war, teils um in ihrem mitleidsvollen Sinne zu handeln, die Zügel fallen ließ und dadurch die Angestellten und die Mannschaft zur Nachlässigkeit und Nachsicht ermunterte. Wenn die Tagesarbeit getan war, kam es vor, daß Andryane und Maroncelli, an ihre Fenster gelehnt, Auftritte aus den Dramen Pellicos hersagten, besonders den, wo Paolo und Francesca einander die verbotene Liebe gestehen, und daß nicht nur ihre Gefährten zuhörten, sondern auch die Wachen, die den Sinn nicht verstehen konnten, neugierig lauschten. Die Spaziergänge wurden oft weit über die halbe Stunde, die einem jeden dazu bewilligt war, ausgedehnt, wenn auch davon freilich nicht abgegangen wurde, daß jeweilen nur einer allein ausgehen durfte.

In den ersten Jahren, bevor die vom Mailänder Prozeß ankamen, hatten die italienischen Gefangenen die Erlaubnis gehabt, im Burghof spazierenzugehen, wo sie mit andern Menschen, namentlich mit der Frau des Vorstehers und ihren Kindern, in Berührung kamen. Dies aber hatte durch folgende Begebenheit ein Ende genommen. Eine Fruchthändlerin, die im Hofe ihren Stand hatte, verliebte sich in Maroncelli, der, als ein junger, hübscher, schwarzlockiger, kühn und freundlich blickender, dazu beklagenswerter Mensch, wohl geeignet war, solche Empfindungen einzuflößen. Es hatte damit angefangen, daß Maroncelli im Vorübergehen einen verlangenden Blick auf ihre Kirschen, Erdbeeren und Äpfel warf und die gutmütige Frau ihm winkte, sich zu nehmen, was er wolle; da er den Kopf schüttelte und lachend seine leeren Hände zeigte, griff sie gewaltig in einen Korb voll Kirschen und stopfte ihm selbst in die Taschen, was hineingehen wollte. Das nächste Mal wollte Maroncelli nicht wieder an ihrer Bude vorübergehen, um nicht aus ihrer Wohltätigkeit Vorteil zu ziehen; aber es zeigte sich, daß sie darüber empfindlich war, und so kam es, daß sie fast täglich ihn und auch Pellico, der mit ihm draußen war, mit Früchten versorgte und er ihr in ebenso heimlich zugesteckten Gedichten dankte, woran sie, obwohl sie oft Mühe hatte, sie sich übersetzen zu lassen, die größte Freude hatte. Allmählich verliebte sich die Frau, welche nicht mehr jung, aber sehr leidenschaftlicher Natur war, über die Maßen in Maroncelli; und da sie sich an Hand der Gedichte eingeredet hatte, er teile ihre Gefühle, so wurde sie völlig verdreht und trat eines Tages vor den Vorsteher mit der Erklärung, sie wolle Maroncelli heiraten, und er solle ihn zu diesem Zwecke freilassen. Als der Hauptmann lachte, wurde sie zornig; sie war eine Ungarin, stattlich gewachsen, hatte ein häßliches, aber sehr ausdrucksvolles Gesicht, auf dem sich Wut, Schmerz, und was sonst in ihr vorging, überzeugend malte, und es begann ihm ihrer Heftigkeit gegenüber unbehaglich zumute zu werden. Er versuchte ihr auseinanderzusetzen, daß ein Staatsgefangener auf dem Spielberg nicht heiraten dürfe, womit er ihre Entrüstung nur noch mehr erregte; denn sie hielt dies für eine eigenmächtige Grausamkeit des Vorstehers, gegen welche sie die Güte des Kaisers anrufen wollte. Jetzt erschrak der Hauptmann heftig; denn wenn diese tolle Frau wirklich, wie sie erklärte, nach Wien ging und ihre

Sache dem Kaiser vortrug, so mußten ein Skandal schlimmster Art und Weiterungen ohne Ende sich ergeben. Gewalt gegen eine Frau anzuwenden, war ihm peinlich, und Vernunft wollte sie nicht annehmen; in dieser Not verfaßte Maroncelli einen Brief, in dem er ihr bekannte, daß er sie zwar liebe, daß er aber an eine Frau in seiner Heimat gebunden sei, der er die Treue als ehrenhafter Mann nicht brechen wolle, weswegen er blutenden Herzens auf sie verzichte, und löste dadurch die unheilvolle Verwicklung auf. Die Frau wurde zunächst infolge der Enttäuschung tiefsinnig und menschenscheu, kam aber nach ein paar Monaten wieder zum Vorschein und setzte ihren Obsthandel fort. Maroncelli begrüßte sie zuweilen vom Burggraben aus, wo sie, da er meist verlassen war, sich ganz wohl unbemerkt aufhalten konnte; denn den Spaziergängen im Hofe hatte der Hauptmann nach dieser Katastrophe schleunigst ein Ende gemacht.

Anstatt dessen wurde den Gefangenen eine Terrasse angewiesen, die sich dicht an den von ihnen bewohnten Flügel der Burg anschloß und wie dieser nach Norden gelegen war; bot sie insofern keinen Vorteil, so gewährte sie doch einen viel weiteren Rundblick, als man von den kleinen Fenstern aus genießen konnte. Trat man aus dem engen Gange, an dem die Zellen lagen, auf die Terrasse, so war es, als würde einem Blinden mit einem Male das Licht und die Welt geschenkt, so überschwenglich drängten Himmel und Flur und eine Fülle farbiger Bilder dem Auge entgegen. Da waren Felder, Straßen, Weiden und Dörfer reizend ineinandergefügt und ineinander tätig und lebendig, die Nähe mit unendlicher Ferne verknüpft und das mächtig entströmende Bild im Westen begrenzt durch den uralten Hain über den Gräbern und im Osten durch die nördlichen Ausläufer der Stadt Brünn mit breiten Klosterdächern und starren Türmen. Freilich gab es auf der Terrasse nichts Grünes; um so teurer war den Gefangenen eine weiße Rose, die zufällig an der Mauer wuchs, ein von der Sonne nie beschienenes, der Kälte und den Stürmen des Nordens ausgesetztes dürftiges Gewächs mit kränklichen Blüten.

Confalonieri, der auf seinen Spaziergängen fast immer von Kral begleitet war, hatte sich bald über den Zustand und die

Verhältnisse der Stadt und des Landes unterrichtet und auch Krals Lebensgeschichte und Lebensziele erfahren. Kral war der Sohn eines böhmischen Dorfschneiders, nach dessen frühem Tode der Knabe sich gewöhnt hatte, als die Stütze der geliebten Mutter betrachtet zu werden. Als begabt und lernfähig war er bei Pfarrer und Lehrer so beliebt gewesen, daß sie zuzeiten daran gedacht hatten, einen Lehrer aus ihm zu machen, was aber der Tod des Vaters vereitelte; er las und lernte nur noch in knappen Mußestunden, um einem angeborenen Triebe genugzutun. Kaum erwachsen, verlobte er sich mit einem Nachbarskinde, einem braven und fleißigen Mädchen, mußte aber sie und die Mutter verlassen, um in den Krieg zu ziehen, nach dessen Beendigung ihm die Stelle als Gefangenwärter auf dem Spielberg angeboten wurde. Trotz seines Widerstrebens gegen den Schergendienst nahm er sie an in der Hoffnung, dadurch schneller zu Gelde zu kommen und zu irgendeiner Zeit einmal zu seiner Mutter zurückkehren und sein Mädchen heiraten zu können. Mit dieser Aussicht lebte er vergnügt, ja im Herzensgrunde glückselig von einem Tage und von einem Jahr zum andern, nur bedrückt durch die Furcht, unversehens etwas im Dienste zu verfehlen und dadurch in unabsehbare Nöte zu geraten, oder betrübt durch den Anblick menschlichen Kummers, über den ihn aber die Gewohnheit, der Gedanke an Gottes Weisheit und Güte und die Möglichkeit, selbst durch Gefälligkeit und Mitgefühl ein wenig zu lindern, schnell tröstete. Die Italiener mochte er gern leiden und faßte für Confalonieri eine schwärmerische Zuneigung, die so mit Ehrfurcht gemischt war, daß er im Grunde mehr Angst vor ihm als vor Schiller oder dem Vorsteher hatte. Bei den Spaziergängen ließ Federigo sich von ihm erzählen, oder er lehrte Kral fremde Sprachen oder brachte ihm sonst etwas Wissenswertes bei, was dieser ohne Unterschied mit auffallender Gelehrigkeit und unbegrenzter Begierde aufnahm. Außer daß er gern lernte, kamen ihm auch Kenntnisse wie ein nützlicher Besitz und beinah so wertvoll vor wie Geld, das er über alles schätzte, ein wenig aus natürlicher Habgier, hauptsächlich aber, um seine Mutter und seine Verlobte damit zu beglücken und um sich damit aus seiner Niedrigkeit emporzuarbeiten. Die Aussicht, den unverheirateten und kinderlosen Schiller einmal zu beerben, welche dieser ihm andeutungsweise eröffnet hatte, trug dazu bei, ihm die Zukunft wundervoll und ergiebig erscheinen zu lassen, und kettete ihn um so fester an Schiller, dem er ohnehin wie einem Vater ergeben war. Gerade deswegen kränkte ihn Schillers Trunksucht, der er zwar nur gelegentlich im Unmaß frönte, während er sich für gewöhnlich mit der Dosis begnügte, die ihm auf Stunden eine gewisse behagliche Stimmung verschaffte, ohne seine Zurechnungsfähigkeit im geringsten zu erschüttern. Kral, dem schon ein Schluck zu Kopfe stieg und dem Wein im Grunde widerwärtig wie Arznei, ja wie Gift war, mißbilligte auch das tägliche, wohlabgewogene Trinken, welches Schiller das notwendige oder moralische nannte, und klagte verstohlen gegen Confalonieri, wie der sonst musterhafte Mann sich durch die üble Gewohnheit schade und schon manchen Verweis dadurch zugezogen habe.

Als Federigo eine Gelegenheit ergriff, um Schiller deswegen Vorstellungen zu machen, wollte er anfangs ausweichen, dann sagte er, in einer solchen Spelunke, wie der Spielberg sei, könne ein Ehrenmann nicht leben, ohne sich zu betrinken. Ob der Graf glaube, daß er dazu geboren sei, Räuber und Mörder an die Kette zu legen oder feine Leute, wie die Italiener, einzusperren und langsam verhungern zu sehen? Nach längeren Erörterungen ließ er sich endlich dazu herbei, die Geschichte seiner Laufbahn zu erzählen. Ein Schweizer aus dem Kanton Uri, hatte er sich als junger Mensch, da es ihn zu wenig dünkte, am Gotthard Kristalle zu graben oder das Vieh auf die Weide zu treiben, in das österreichische Heer anwerben lassen, wurde aber zeitweise so sehr von Heimweh befallen, daß er nur mit Hilfe des Weines, wie er behauptete, die Lust, zu desertieren oder den Tod zu suchen, überwinden konnte. In der Trunkenheit ließ er sich eine grobe Vernachlässigung im Dienste zuschulden kommen, deren Folge schimpfliche Entlassung gewesen wäre, wenn nicht seine Vorgesetzten die Tüchtigkeit, die ihn im allgemeinen auszeichnete, berücksichtigt hätten. So blieb er im Heere, rückte aber nicht vor, während er sich früher Hoffnung auf ehrenvolle Beförderung hatte machen können. Der Gedanke, daß allen Anstrengungen zum Trotz er sich nie mehr aus dem dumpfen Geleise des Alltagslebens würde erheben können, erzeugte einen Ingrimm gegen sich selbst in ihm, den er durch Trinken glaubte betäuben zu müssen; und als er, Invalide geworden, die Stelle auf dem Spielberg erhielt, fing er vollends an, den Wein als unumgängliche Voraussetzung seines Berufes zu betrachten. Wegen seiner Rechtlichkeit und Zuverlässigkeit, seiner unermüdlichen Leistungsfähigkeit und Ordnungsliebe, seines Überblicks, kurz, wegen seiner Brauchbarkeit, die ihn unersetzlich machte, ließ ihm der Hauptmann die gelegentlichen Anwandlungen von Trunkfälligkeit mit andern Eigenheiten, wie Trotz und Widerspenstigkeit, hingehen, die den Schweizern seiner Meinung nach nun einmal im Blute lägen.

Ja, sagte Federigo, so habe er einen Flecken auf den andern gemacht, anstatt sofort den ersten zu vertilgen. Wenn man den ersten Fehltritt nicht sogleich als Schwungbrett nach oben benütze, sänke man tiefer, und der Aufschwung würde immer schwieriger, wenn auch, solange nur das Leben dauere, noch möglich. Brüllend vor Lachen fragte Schiller, wie alt der Graf glaube, daß er sei? Mit siebzig Jahren, den einen Fuß im Grabe, den andern in der Hölle des Spielbergs, würde er nicht ein solcher Narr sein, sich durch Kasteiungen zum Heiligen zu martern. »Das sind Ausreden«, sagte Federigo; erstens schade das Trinken seiner Gesundheit, zweitens könnte er sich verdienten Tadel zuziehen; vor allen Dingen aber müsse und solle der Mensch nach Vervollkommnung streben, auch wenn er in einem Loche begraben sei, wohin nie ein Mensch gelange, ja selbst wenn das Auge Gottes nicht dorthin gelangen könne. Er, Schiller, sei aber in einem ganz andern Falle, er könne viel nützen und viel schaden, er gebe das Beispiel für viele andere, die gleichfalls nützen und schaden könnten, und zwar wehrlosen Gefangenen, wie er und seine Freunde. Ein derartiges Zureden machte endlich so viel Eindruck auf Schiller, daß er sich selbst das Wort gab, das gelegentliche oder edle Trinken ganz zu unterlassen und das moralische auf ein geringeres Maß herabzusetzen.

Confalonieri erholte sich im Laufe des Sommers so sehr, daß er seit seiner ersten schweren Krankheit sich nicht mehr so wohl befunden hatte; die Ohnmachten waren schon nach den ersten Wochen ausgeblieben, nun ließen auch die rheumatischen Schmerzen nach, und nur selten einmal kamen vorübergehende Anfälle von Atemnot. Er meinte, wenn er nur Sonne hätte, würde er wieder ganz in den Besitz der früheren Gesundheit gelangen. Im Hochsommer wurde eine Stelle auf der Terrasse von den Strahlen der untergehenden Sonne getroffen; er betrachtete es als ein Glück und Glückeszeichen, wenn sein Spaziergang so fiel, daß die sanfte Glut ihn erwartete und still empfing.

Es war August, als Schiller die bevorstehende Ankunft des Priesters Stefan Paulovich meldete, dem der Kaiser die Seelsorge für die italienischen Gefangenen anvertraut hatte. Schiller, dem die Geistlichen in Bausch und Bogen mißfällig waren, erzählte, der vorige sei leidlich gewesen, wenn schon auch ein Salbenschmierer und Augenverdreher, wie das nicht anders sein könne. Jetzt komme einer, der vom Kaiser mit besonderen Vollmachten ausgerüstet sei, um die Mailänder zu bekehren, die viel größere Sünder seien als die Venezianer. Der werde wohl ein gefährlicher Pfiffikus sein; was ihn, Schiller, betreffe, so werde er sich möglichst im Winkel bei seinem Glase halten, damit er ihm nicht vor die Nase komme. Federigo sagte: »Das werden Sie nicht tun, weil Sie damit nicht ihm, sondern sich selbst schaden würden. Übrigens soll man gegen keinen Stand ein Vorurteil haben: ich hatte eins gegen die Gefangenwärter und habe hier erfahren, daß es darunter Leute gibt, die ich gern zu meinen Freunden zählen möchte.« Schiller verbiß ein Lächeln und beharrte bei seiner Meinung: »Ihnen, Herr Graf, bekam die Bohnensuppe nicht, ich kann die Priester nicht vertragen; was dem einen recht ist, ist dem andern billig.« Andryane unterstützte ihn: Federigo sei gläubiger Katholik, er könne ihn darin nicht verstehen, achte jedoch eines jeden Überzeugung. Die Pfaffen aber, die wären Heuchler, denn die Religion, als eine Gefühlssache, könne nun einmal nicht Beruf sein. Ihnen wäre nicht an Gott gelegen, sondern an einem bequemen Leben oder an Ehren und Auszeichnungen, oder sie suchten sogar eine Maske, unter der sie weltliche Laster verstecken könnten. Er für seine Person werde es so halten wie im Gefängnis in Mailand: dem Manne zwar mit geziemender Achtung begegnen, ihm aber offen erklären, daß seine Religion die freie Wissenschaft sei und daß er sich deshalb von allen kirchlichen Zeremonien fernhalten wolle.

Als Paulovich angekommen war, fragte Andryane, wie er aussehe. »Wie ein Schwein, das im Miste gegraben hat«, sagte Schiller mißmutig, rasselte mit den Schlüsseln und schlug im Hinausgehen die Tür hinter sich zu. Confalonieri, der als der erste zu ihm geführt wurde, mußte an Schillers Worte denken, als er dem Priester gegenüberstand: er hatte eine formlos dicke Gestalt, glattgespannte Haut, kleine Augen, die wie von außen angesetzt aussahen, und eine Gesichtsbildung, die man rüsselhaft nennen konnte, obwohl seine Nase nicht groß war. Ein bewegliches Wesen und einen vergnügten Sinn konnte er sehr wohl hinter ernster Würde und Nachdenklichkeit zurückhalten, wie er auch, wenn es nicht zu lange dauern mußte, fromme und bedeutungsvolle Reden führen konnte, die ihm selbst tiefsinnig vorkamen, weil einfache Begriffe schon etwas Neues und Schwieriges für ihn waren. Infolge eines munteren Temperaments und einer unbewußten Menschenkenntnis, die ihn sofort die rechte Art finden ließ, mit jedem umzugehen, hatte er sich trotz niedriger Geburt zu höherer Stellung aufgeschwungen und in ihr zu behaupten vermocht. Was den Kaiser zu ihm hinzog, war seine unbedenkliche Unterwürfigkeit, die Unbefangenheit, mit der er sich der dreistesten Schmeicheleien bediente, und der derbe Mutterwitz, den er in schicklichen Augenblicken entfalten konnte.

Er kam Confalonieri liebenswürdig wie ein Gleicher dem Gleichen entgegen, streifte die Ursache seines Hierseins zunächst nicht und fragte nach einer längeren Unterhaltung über allgemeine Dinge ohne Dringlichkeit, warum Federigo in Mailand das Abendmahl nicht habe nehmen wollen, ob seine Überzeugung ihn gehindert habe oder irgendein zufälliger Grund, der vielleicht jetzt weggefallen sei. Federigo sagte, er sei damals so sehr von irdischen Angelegenheiten bewegt gewesen, daß er sich selbst nicht würdig erachtet habe; seine Ehrfurcht vor den Sakramenten sei zu groß, als daß er ohne wahre innere Ergriffenheit daran teilhaben wollte. Dies billigte Paulovich und schloß das Gespräch mit dem Ausdruck der Hoffnung, Confalonieri bald als treuen und gehorsamen Sohn der Kirche mit ihren Segnungen versehen zu können. Während der ganzen Unterredung empfand Federigo ein bestimmtes Widerstreben gegen Paulovich; aber er suchte es in Gedanken an Teresa zu unterdrücken, in deren Sinn er zu handeln wünschte und die sich kindlich gläubig vor dem Priester, als vor dem Stellvertreter Gottes, gebeugt haben würde.

Von Andryane ließ sich Paulovich die Geschichte seiner Kindheit und Jugend erzählen, was dieser gern, sich immer mehr erwärmend und aufschließend, tat. Vorzüglich sprach er von seiner früh verstorbenen Mutter, an die sich ihm eine durch die Phantasie ausgeschmückte Erinnerung eingeprägt hatte. Er erwähnte, daß er in der Zeit geboren sei, wo die Religion als Staatseinrichtung von der Republik abgeschafft war, und daß seine Mutter vielleicht gerade im Gegensatz zu der bestehenden Gottlosigkeit eine innige Gläubigkeit in sich bewahrt und auf ihn übertragen gehabt habe. Er besann sich auf das geheimnisvolle Entzücken, das die Heiligengeschichten der Mutter in ihm erregten, wie auch der Besuch einer Kirche und jeder Gegenstand und jeder Vorgang, der mit der Religion in Verbindung stand. Als er in die Zelle zurückkehrte, war er noch heiß von Erinnerungen und rühmte an Paulovich sein Verständnis für die Kinderseele und das Zartgefühl, mit dem er seine besondere Lage als eines von der Heimat getrennten Fremdlings begriffen habe. Nach der nächsten Zusammenkunft war er in großer Erregung: Paulovich habe gesagt, es sei ihm nachträglich eingefallen, daß Andryane, als in der religionslosen Zeit geboren, wahrscheinlich die Taufe nicht empfangen habe und infolgedessen der Kirche gar nicht angehöre, von der er sich entfernt zu haben glaube. Man könnte also ganz wohl damit beginnen, ihn dem Schoße der Kirche zu übergeben, die mütterlich auch die Ungläubigen umfange und auf unbegreiflichen Wegen zum Heile führe. Paulovich sei herzlich gerührt gewesen über dies wundergleiche Zusammentreffen, durch welches vielleicht eine Seele gerettet werde.

Andryane war über die Aussicht einer etwaigen Taufe so bewegt, daß er die Frage, ob er schon getauft sei oder nicht, auf sich beruhen ließ, um sich in Träumereien über die Geheimnisse und die Glückseligkeit des Glaubens zu vertiefen. Die Zurückhaltung, die Federigo diesem Ereignis gegenüber beobachtete, da nach seinem Dafürhalten manches dagegen sprach, die Handlung jetzt vollziehen zu lassen, verstimmte Alexander ein wenig und veranlaßte ihn, sich Paulovich gegenüber um so schrankenloser auszusprechen, der alle seine Geständnisse mit Geduld und Nachsicht aufnahm. Seit Andryane ihn gebeten hatte, ihn für das Sakrament vorzubereiten, nannte er ihn seinen geistlichen Sohn und behandelte ihn mit wohlwollender Vertraulichkeit. Es wurde auch ein gewisser Unterricht eingeleitet, der zwar häufige Zusammenkünfte veranlaßte, aber nur in einigem Auswendiglernen von Katechismuserklärungen bestand; denn die Hauptsache, sagte Paulovich, sei der Glaube, den Gott ihm schon einflößen werde, wenn er seine Seele nur demütig ausbreite wie ein Bettler seinen Almosensack.

Während sich dies mit Andryane begab, war Confalonieri in seinem Innern tief beschäftigt; denn da er sich bereit erklärt hatte, das Abendmahl zu empfangen, mußte er sich darauf vorbereiten, eine Generalbeichte abzulegen, die jenem Akt vorangehen hatte. Indem er sein vergangenes Leben überblickte, erschien er sich selbst in einem andern Lichte als jemals vorher: In früherer Zeit war er immer überzeugt, nicht nur das Rechte, sondern das Notwendige zu tun; er beklagte, daß er eine Frau habe, die nicht für ihn passe, und hielt es für selbstverständlich, daß er Zeit, Interesse und Empfindung andern zuwendete; er zürnte, daß sein Vater keine seiner Ideen teilte, und war der Ansicht, daß er das äußerste Maß von Selbstüberwindung leiste, indem er ihm äußerlich die Achtung des Sohnes erweise; es bekümmerte oder entrüstete ihn, wenn er die Männer weichlich, gleichgültig oder leichtsinnig fand; aber er dachte niemals daran, ihre Tugenden gegen seine Fehler abzuwägen. Darin hatte er gewiß recht gehabt, daß er Italien einer gänzlichen Erneuerung bedürftig hielt; zweifelhaft aber schien es ihm jetzt, ob er die richtigen Mittel gewählt habe, diese herbeizuführen. Fraglich war es, ob die Italiener nach lange ertragener Fremdherrschaft und Bevormundung fähig waren, sich selbst zu regieren. Ob er das Recht hatte, um ungewisser Ziele willen das Glück und Leben vieler Menschen auf das Spiel zu setzen. Er hatte vergessen, daß die Menschen nicht mehr anstreben sollen, als das Wohl einzelner zu befördern; er hatte sich blindlings zu den wenigen gezählt, die, das Wohl einzelner mißachtend, ihr Bild des Guten zu verwirklichen wagen dürfen. Mit einem Male wurde er sich aller Härte seines Handelns bewußt, unter der diejenigen, die ihm nahestanden, von jeher gelitten hatten. Wo er nicht willige Hingebung oder denn Geist, Leben, Tätigkeit und großen Sinn fand, hatte er sich weggewendet; wieviel hätte er vielleicht über seinen Vater vermocht, wenn er, liebevoll auf seine Meinungen eingehend, ihm die seinigen bescheiden nähergebracht hätte; wie anders hätte Teresas Leben verlaufen können, wenn er es der Mühe wert gehalten hätte, ihr schönes Herz an sich zu ziehen und zu enthüllen, das sie kindlich scheu und herbe verbarg. Es war ihm eigenartig anziehend, die Spuren seines Charakters und seines Schicksals zu verfolgen und einen sinnvollen Zusammenhang zu entdecken, und er freute sich darauf, die Einsicht, die er gewonnen hatte, einem andern mitzuteilen. Hätte er sich Paulovich auch nicht dazu auserlesen, so nahm er sich vor, die geheiligte Person in ihm zu sehen, die durch das Wunder der christlichen Liebe das Bekenntnis der Sünder aufzunehmen und abzuwägen befähigt war.

In dem Augenblick jedoch, als er Paulovich gegenüberstand, der für diese Gelegenheit eine besondere, selbstgefällige Feierlichkeit angenommen hatte, fühlte er, wie am ersten Tage, ein kaum zu überwindendes Widerstreben. Dieses nahm zu, während Paulovich ihm eine Ansprache hielt, er möge nun äußerlich und innerlich sich beugen wie vor Gott und sich ganz eröffnen, ohne etwas zurückzubehalten, indem er den Beichtvater entscheiden lasse, was Sünde sei und was nicht. Wäre Teresa dagewesen, wie gern hätte er sich zu ihren Füßen niedergeworfen und kniend bekannt: ich glaubte mehr zu sein als alle und mehr als du und war deiner nicht würdig; aber was für ein Widersinn war es, diesen Hohlkopf zum Mitwisser seiner Seele zu machen! Seines Beschlusses eingedenk, wollte er sich trotzdem bezwingen, ging schnell auf Paulovich zu und kniete auf dem Schemel nieder, der für ihn bereit stand; nachdem er dann die übliche Eingangsformel gesprochen hatte, bat er den Priester, Fragen an ihn zu richten, da er sich auf ein zusammenhängendes Bekenntnis nicht vorbereitet habe. Auf diesen Wunsch nach längeren Erörterungen eingehend, sagte Paulovich, bei Confalonieris Vergangenheit müsse man zuerst an seine politischen Verirrungen denken; er habe zwar im Laufe des Prozesses allerlei bemerkenswerte Geständnisse gemacht, doch habe noch viel daran gefehlt, daß das Ergebnis Seine Majestät befriedigt habe. Hier möge er einsetzen, um das Versäumte nachzuholen.

Er habe von seinen Sünden gegen Gott sprechen wollen, sagte Confalonieri, indem er sich aufrichtete; über die politischen Angelegenheiten habe er sich an der zuständigen Stelle ausgesprochen und habe dem nichts mehr hinzuzufügen. Paulovich lehnte sich mit wichtigem Lächeln in seinen Sessel zurück und sagte, da sei er falsch unterrichtet, wenn er glaube, die Kirche befasse sich nicht mit politischen Dingen. Ob ihm die Bulle nicht bekannt sei, in der Papst Leo alle diejenigen verdamme, die geheimen Gesellschaften angehörten oder angehört hätten oder mit Gliedern geheimer Gesellschaften wissentlich umgingen? Bevor er sich in dieser Hinsicht nicht gründlich gereinigt hätte, könne er ihn nicht absolvieren. Inzwischen war Confalonieri aufgestanden und bat nun, die Bulle lesen zu dürfen, um sich von ihrer Bedeutung Kenntnis zu verschaffen; er stand schlank und fest vor Paulovich, der mit ärgerlich gerötetem Gesicht und unmutig vorgeschobenem Munde seine Beute entschlüpfen sah. Die Bulle solle er haben, sagte er, und werde schon sehen, wer recht habe; übrigens solle er bedenken, daß er beim Kaiser ohnehin nicht gut angeschrieben sei und Ursache habe, ihn nicht noch mehr gegen sich aufzubringen.

Federigo fühlte sich befreit, wie wenn er die Hülle einer unpassenden Rolle, die zu spielen ihm aufgedrängt wäre, für immer von sich geworfen hätte. Daß er aus dieses Mannes Händen das Sakrament nicht empfangen wolle, ja überhaupt nicht, solange er unfrei wäre, stand in ihm fest; aber obwohl dieser

Entschluß sein Herz eines peinlichen Druckes entledigte, so stimmte ihn doch traurig, was er als Folge davon erkannte. Nicht das hielt er für das Schlimmste, daß der Kaiser in seiner Unversöhnlichkeit gegen ihn bestärkt werden würde, sondern daß Teresa sich betrüben würde, wenn entstellte Berichte über seine Gottlosigkeit zu ihr drängen. Die Unmöglichkeit, sich mit ihr in Verbindung zu setzen, war ihm noch niemals so unerträglich schmerzvoll gewesen, so sehr, daß er Schiller davon erzählte, der ihn nach der Ursache seines gedankenvollen Wesens fragte. »Es ist nur gut,« sagte Schiller, »daß Sie mit dem Schwarzen auseinander sind. Ich fürchtete schon, weil ich sah, daß irgend etwas im Gange war, Sie wollten sich auch taufen lassen.« Confalonieri lachte und sagte, wenn er ein Heide wäre und alle Priester wie Paulovich, würde er ungetauft sterben. Schiller rieb sich die Hände, klopfte Federigo billigend auf die Schulter und sagte: »Bleiben Sie nur fest, Herr Graf, lassen Sie sich von dem Schwarzen nicht ins Bockshorn jagen. In der Hölle drüben mag er regieren, hier in dieser bin ich Meister und werde dem alten Maulwurf schon eins auf die Nase geben, wenn er sie in unser Revier steckt.«
Als die Taufe Andryanes an einem schönen Septembersonntage vor sich ging, war er niedergeschlagen und wehmütig, machte aber keine Bemerkung gegen ihn, um ihn nicht zu kränken, und sagte halb entschuldigend zu Federigo: »Unser Pfau muß eben einmal ein Rad schlagen.«
Mit heißen Wangen und geröteten Augen kam der Neugetaufte um die Mittagszeit zurück, noch erfüllt von dem Eindruck, den die heilige Handlung in der kleinen Kirche auf ihn gemacht habe. In den herrlichen Kathedralen Frankreichs sei sein Herz nie so sehr im tiefsten Grunde erschüttert gewesen wie in dieser dürftigen Kapelle. Könne er sich auch noch nicht einen guten Christen nennen, so fühle er doch den Glauben in sich keimen und zweifle nicht, daß er sich täglich reicher entfalten werde; denn der Glaube sei die einzige Pflanze, die zum Gedeihen nicht der Sonne des Glückes, sondern der Schatten des tiefsten Elends bedürfe. Paulovich sei zwar wohl beschränkt von Verstande, aber ein herzensguter Mensch, der beim Kaiser für seine und ihrer aller Begnadigung wirken werde und der

ihm versprochen habe, die Erlaubnis zum sonntäglichen Kirchenbesuche für sie durchzusetzen. Er habe ihm auch erzählt, nicht nur der Kaiser, sondern alle Erzherzoge und Erzherzoginnen seien gerührt über die Taufe, welche der Kirche eine Seele gerettet und einen Strahl himmlischer Gnade in die Mauern des Spielbergs geleitet habe.

In ähnlicher Weise wie Andryane äußerte sich Pellico über Paulovich: er sei zwar nicht in allen Dingen vollkommen, meine es aber gut; außerdem müsse man sich daran gewöhnen, den Priester, nicht den Menschen zu verehren. Eines Tages begab sich etwas Unvorhergesehenes mit Maroncelli. Dieser nämlich wechselte immer noch, wenn sich eine Gelegenheit fand, mit der Ungarin Früchte und Liebesgedichte und hatte gerade ein solches in der Hand, um es durch Kaliban zu befördern, als er abgeholt und zu Paulovich geführt wurde. Im Laufe der religiösen Unterredung, die bei Maroncellis Gesprächigkeit sehr lebhaft ausfiel, entglitt ihm der Zettel, den er in den Ärmel geschoben hatte, und wurde von Paulovich entdeckt. In der Meinung, einen wichtigen Fang getan zu haben, schickte sich dieser mit kniffligen Fragen zu einem Verhör an, das Maroncelli mit der Erklärung abbrach, er habe das Gedicht mit Absicht fallen lassen, nämlich dem zu Füßen, für den es bestimmt sei und dem es selbst zu überreichen er nicht gewagt habe. Der Inhalt des Gedichtes, Dank für Wohltaten, die wie Tau auf seine verschmachtende Seele fielen und durch die er sich aus Nacht des Leidens neu geboren fühle, ließ in Paulovich noch einige Zweifel zurück, die aber Maroncelli zerstreute, indem er mit verwegener Unbefangenheit Punkt für Punkt auslegte, alles in allem, wie das von Paulovich ausstrahlende Christentum eben der Segen sei, der ihn zu einem neuen Menschen gemacht habe. Durch Andryane bereits an angenehme Ausdrücke gefühlvoller Dankbarkeit gewöhnt, stand Paulovich endlich nicht länger an, die Verse Maroncellis als sein Eigentum anzuerkennen, und schrieb die verliebte Übertriebenheit der Ausdrücke der Wirkung zu, die seine Persönlichkeit nun einmal hervorbringe. Da er in der Folge Maroncelli gegenüber mit wohlwollender Laune auf das Gedicht zurückkam, hielt es dieser für angezeigt, einige weitere folgen zu lassen, in denen er sich nun viel überschwenglicher herausließ und mit den hochtrabendsten Schmeicheleien nicht zurückhielt. Er krönte seine Arbeit, als das Ende des geistlichen Besuches herannahte, durch ein Abschiedsgedicht, in welchem er sich mit Eurydike verglich, die als ein Schatten im Hades schmachten müsse, bis Orpheus einkehren und ihn durch den Zauber seiner Worte wieder zum Lichte führen werde.

Es war Herbst geworden, als Paulovich abreiste. Von den Fenstern der Gefängnisse sah man viele Tage nichts als vom graubleichen Himmel niedersinkenden Regen und, wenn er nachließ, das entblößte Land und die entblätterten Bäume. An den Sturmtagen war der Spaziergang auf der Terrasse ein Abenteuer, auf das Confalonieri oft verzichten mußte; denn es war nicht erlaubt, sich durch einen Mantel gegen die Kälte zu schützen. Auch wurde kein Licht gegeben, um die Dunkelheit zu vertreiben, die jetzt schon um vier Uhr in die Zellen kam. Um diese Zeit stellte sich Federigo an das Fenster und hing seinen Gedanken nach, während die hin und her sausenden Fledermäuse das Gewebe der Nacht vor das weit entfaltete Bild der großen Ebene webten.

Eine Veränderung brachte die Ankunft Silvio Morettis, dessen Prozeß erst jetzt beendet war und der Federigos Nachbar wurde. Dessen Hoffnung, durch Moretti Nachrichten aus Mailand und vielleicht von Teresa zu erhalten, wurde freilich getäuscht; er sei bewacht worden wie ein Pestkranker, erzählte Moretti, und habe keines guten Menschen Stimme mehr gehört, seit er von Federigo getrennt worden sei. Doch hatte er von dem Besuche des Kaisers in Mailand gehört und daß alle Klassen gewetteifert hätten, den Landesvater durch ihre Ergebenheit das schnöde, rebellische Unkraut vergessen zu machen, das einmal den Garten der Treue verunziert hätte und das nun zertreten sei. Er sei jetzt zufrieden, sagte er, daß er den Anblick der Schergen und Spione nicht mehr ertragen müsse, die sich entwürdigt und ihn gequält hätten, um ihm Geständnisse zu erpressen; statt ihrer verhaßten Gesellschaft genieße er jetzt die Nähe eines Edlen wie Confalonieri, und statt von dem trüben

Gefängnishofe von Mailand zurückgestoßen zu werden, schweife sein Blick in die Ebene von Austerlitz, wo er einst gekämpft und gesiegt habe, während der Dampf der Schlacht den Spielberg verhüllte. Von der Muße, zu der er hier gezwungen war, versprach sich Moretti sogar viel. Er hatte sich nämlich schon vor Jahren mit dem Problem des Luftschiffens beschäftigt und war auf einige Ideen gekommen, die er für zukunftsreich hielt. Seine Ansicht war hauptsächlich, man müsse nicht, wie man bisher getan, Bälle durch leichtes Gas in die Luft steigen lassen, sondern Maschinen bauen, für welche der Bau der Vögel das Vorbild wäre. Die Gasbälle würden nie etwas anderes als eine interessante Spielerei sein; nur mit einer Maschine würde man die Luft als fahrbares Element durchsteuern können. Er hatte bisher niemals die Mittel gehabt, um ein Modell nach seinen Grundsätzen zu verfertigen, und fürchtete, sie sich jetzt noch weniger verschaffen zu können; aber er würde zunächst im Kopfe weiterarbeiten, um seine Idee wenigstens theoretisch zu vollenden. Confalonieri zeigte lebhaften Anteil und versprach, wenn sie beide einmal frei sein würden, sein Vermögen zugunsten einer Erfindung zur Verfügung zu stellen, durch welche die Kultur so wesentlich würde gefördert werden. Frei würden sie niemals werden, sagte Moretti, oder denn als Krüppel und Verblödete. Ob Confalonieri glaube, der Kaiser werde so unbesonnen sein, Feinde freizulassen, die er über zehn Jahre lang allein mit ihrer Rache gelassen hätte? Sie würden langsam hingemordet werden, und wenn bei einigen von ihnen der Körper widerstandsfähig wäre, so würde der Geist erliegen. Confalonieri wußte, daß es besser sei, Moretti nicht zu widersprechen, und brachte die Rede wieder auf die Flugmaschine, die auch künftig der Gegenstand ihrer Gespräche war.

Es zeigte sich, daß Paulovich in einer Hinsicht Wort gehalten hatte; denn eines Sonntagmorgens wurden die Gefangenen in die Kirche geführt, um die Messe zu hören. Es geschah in der Weise, daß diejenigen, die zu einem und demselben Prozeß gehörten, zusammen hin- und zurückgeführt wurden und auch in der Kirche zusammenstanden, so voneinander getrennt, daß sie sich zwar sehen, aber nicht miteinander sprechen konnten. Andryane war in großer Erregung, weil er Silvio Pellico zum ersten Male sehen sollte, zu dem ihn seine Dichtungen wie auch seine Briefe hinzogen und von dem er bis jetzt nur die zarte Stimme gehört hatte. Er sah eine schwächliche Gestalt, ein feines Gesicht mit hoher, schön gebogener Stirn unter spärlichen Haaren, hinter einer Brille milde, matte Augen, eine spitze Nase und einen dünnen Mund, der, wenn er lächelte, durch die Lieblichkeit des Ausdrucks für diese unscheinbare, wenn auch ungewöhnliche Erscheinung gewann. Es beschäftigte Andryane während des übrigen Tages, das Äußere der sämtlichen Gefangenen zu durchgehen und mit ihrem Charakter zu vergleichen sowie mit ihrem früheren Aussehen, soweit dies Federigo bekannt war. Dieser bemühte sich, die trübe Stimmung zu verbergen, die der Anblick der Gefährten in ihm erregt hatte: Die Worte Morettis waren ihm eingefallen, als er die Verwandlung sah, die jetzt schon mit einigen, namentlich mit Pellico, vorgegangen war. Silvio war auch zu der Zeit, wo er ihn kennenlernte, keine schöne oder blendende Erscheinung gewesen; aber ein rastlos spielender Geist hatte die klugen Augen und die freundlichen Lippen anmutig belebt, und ein beständiges Funkeln übermütiger oder sinnvoller Einfälle hatte dem schwachen, kleinbürgerlichen Dasein Reiz und Schwung verliehen. Das war jetzt wie mit einem groben Tuche weggewischt, und übriggeblieben waren nur die feinen Linien, die sich unter einer allzu großen Anstrengung zu krümmen schienen. Das schnelle Hinschwinden so edler Kräfte erschreckte Confalonieri; er wünschte irgend etwas zu unternehmen, um es aufzuhalten, und konnte bei der Gedrücktheit und Gebundenheit ihres Lebens die Mittel dazu nicht finden. Soviel er konnte, ermunterte er Pellico durch Briefe, durch Anteil an seinen Arbeiten und durch Teilnahme für alles, was ihn bewegte; auch bewog er den Arzt, sich seiner anzunehmen; aber alles dies genügte nicht, um die ununterbrochene Wirkung des Heimwehs, der Eingeschlossenheit und der Trägheit des Lebens aufzuwiegen.

Mehr als alle litt Olah unter der Kälte; er hustete beständig, sein Gesicht fiel ein, und seine Schultern beugten sich mehr nach vorn. Als Confalonieri äußerte, er müsse wärmere Kleidung haben und besser ernährt werden, brummte Schiller mißmutig, an einer solchen Bestie liege nichts, von Rechts wegen gehöre er an den Galgen, und da würde er noch mehr klappern. Confalonieri entgegnete: »Von Rechts wegen gehöre ich auch an den Galgen«, und wandte sich an Doktor Bayer mit der Bitte, Olah zu untersuchen und ihm das Notwendige zu verordnen. Dieser schüttelte mißbilligend den Kopf, tat aber doch des Grafen Willen und berichtete nach der Untersuchung, dem Zigeuner wäre nicht zu helfen; es würde ihm gehen wie so oft den tropischen Tieren in den Käfigen der Menagerien: nach ein paar Jahren würde er an der Schwindsucht sterben. Es hätte keinen Sinn, in einem so aussichtslosen Falle noch Umstände zu machen; die Menschenliebe wäre ein schöner Grundsatz, wenn der Graf aber Arzt wäre, würde er bald einsehen, daß man nur die gesunden Menschen lieben, den faulen aber einen Fußtritt geben sollte, damit sie jenen desto eher Platz machten. »Unter Gesunden verstehen Sie die, welche Geld oder Ansehen und Einfluß, und unter Faulen die, welche nichts von alledem haben«, sagte Confalonieri. Doktor Bayer lachte herzhaft und hob belehrend seine große, fleischige Hand, indem er sagte: »Die Unterschiede hat die Natur gemacht; das Raubtier hat scharfe Zähne, der Wurm gar keine; der Reiche kann in das Bad reisen, der Arme stirbt ein paar Jahre früher daheim; einer verträgt das Leben überhaupt schlechter als ein anderer, und dabei wird es wohl sein Bewenden haben.« Da die Kälte an diesem Tage besonders durchdringend war, legte Confalonieri seine eigene Jacke ab und zog sie Kaliban an, der es sich erstaunt gefallen ließ. Am Abend kam Schiller mit bösem Gesicht, ein wollenes Hemd unter seinem Anzuge versteckt haltend, das er Federigo reichte. »Ich kann ohne das Hemd auskommen,« grollte er, »und ich will nicht, daß Sie um der Bestie willen Kälte leiden. Aber ich tue es für Sie, nicht für die Bestie, die nicht erfahren soll, daß ich etwas mit der Sache zu schaffen habe.« Auch Doktor Bayer verordnete dem Zigeuner nachträglich allerlei Stärkungsmittel, obwohl es, wie er Federigo auseinandersetzte, weggeworfenes Geld und der wahren Menschenliebe zuwider sei.

Einige Wochen vor Ostern kam Paulovich, der inzwischen vom Kaiser zum Hofkaplan ernannt war, wieder auf dem Spielberg an, von Maroncelli in einem Gedicht begrüßt, zu welchem er eine Horazische Ode verwertet hatte. Da er es nämlich für ersprießlich hielt, seine Huldigungen fortzusetzen, erleichterte er sich die Aufgabe dadurch, daß er passende Gedichte umarbeitete, anfangs behutsam, allmählich aber, als der Erfolg die gänzliche Unbekanntschaft des Paulovich mit der Literatur klar erwies, unbedenklicher, so daß er sich sogar der Liebessonette Petrarcas bediente. Die Genugtuung des Kaplans über den ihm dargebrachten Weihrauch war so lebhaft, daß er die Gedichte allen zeigte, dabei das Talent, die Frömmigkeit und Hingebung Maroncellis angelegentlich herausstreichend, wodurch er den Schabernack selbst ausbreitete und das Vergnügen vermehrte. Der wohlgelungene Spaß stachelte Pallavicino an, etwas Ähnliches zu unternehmen, um womöglich Maroncelli zu übertrumpfen, und er verfiel darauf, die Begier des Paulovich nach Geständnissen, mit der er alle plagte, auszunützen. Während er sich zuerst ungebärdig gegen den Priester benommen und ihn durch prahlerische Ungläubigkeit gekränkt hatte, gab er nun vor, in sich gegangen zu sein und Mitteilungen über eine gefährliche Verschwörung machen zu wollen, die er entdeckt habe. Er habe nämlich spät abends von seinem Fenster aus im Burggraben zwei schattenhafte Gestalten erkannt, die sich offenbar mit einem im Hause Befindlichen hätten in Verbindung setzen wollen. Ob sie das erreicht hätten, könne er nicht sagen; doch hätte er sie untereinander in schlechtem Italienisch reden hören und die Worte Überfall, Mord und Flucht unterschieden; auch die Namen des Kaisers und des Hofkaplans seien in unehrerbietiger Weise genannt worden. Von dieser törichten Fabel konnte Paulovich nicht genug hören und wurde auch von Pallavicino gut bedient, der freilich genug zu tun hatte, um sich immer neue und haarsträubendere Einzelheiten auszudenken. Da trotzdem nichts Handgreifliches dabei herauskam, beschloß Paulovich, dem Komplott selbst nachzuspüren, und wurde von nun an des Abends öfter im Burggraben gesehen, wo er, hinter Gesträuch versteckt, die Ausgeburten Pallavicinos zu überraschen gedachte.

Während dieser über den Erfolg entzückt war, erregte die Komödie das Mißfallen der andern: Pellico und Andryane fanden es anstößig, einen Geistlichen zum Narren zu halten, Confalonieri meinte außerdem, wenn es an den Tag käme, würde Paulovich sich nicht nur an Pallavicino, sondern an ihnen allen rächen, wozu er der Lage nach die beste Gelegenheit hätte. Er stellte Pallavicino bei Gelegenheit des Kirchenbesuches vor, daß er zu weit gegangen sei und daß er einlenken müsse, worauf er erwiderte, Gefahr der Entdeckung liege nicht vor, käme aber doch etwas heraus, so würde Paulovich schweigen, um sich nicht lächerlich zu machen. Schließlich könne er sich mit einem Rückfall in seinen Wahnsinn entschuldigen, den er jetzt besser spielen würde als früher, da er ihm unterdessen in Wirklichkeit nahegekommen sei. Hingegen kam Confalonieri mehrmals darauf zurück und beharrte dabei, die Sache sei unziemlich und gefährlich, und Pallavicino müsse ihr auf irgendeine Art ein Ende machen und die Spitze abbrechen, bis dieser schroff ablehnend sagte, er sei anderer Meinung und wolle, auch in Ketten frei, sich nichts vorschreiben lassen. Gegen andere äußerte er, daß er die Herrschaft, die Confalonieri sich auch hier anmaße, nicht mehr anerkennen wolle; nur die blinde Unterwürfigkeit unter seine Befehle habe ihn und sie alle in das Elend dieses Kerkers geführt.

Zunächst waren Maroncelli und Pallavicino die Lieblinge des Kaplans, während der Verkehr mit Andryane ein wenig kühler zu werden begann. Diesen fingen die kindischen Katechismusgespräche zu langweilen an, und es entfuhr ihm zuweilen ein kecker und witziger Einwand, worüber sich Paulovich ärgerte, der seinerseits kein Interesse für Andryanes Seelenvorgänge mehr aufbrachte und merken ließ, daß es ihm vielmehr darauf ankomme, durch ihn hinter die Geheimnisse des Grafen Confalonieri zu kommen. Seine Erbitterung gegen diesen nahm zu, je entschlossener er dabei blieb, sich der Sakramente zu enthalten, und die bald schmeichelnden, bald drohenden Angriffe des Priesters mit unermüdlicher Höflichkeit und Gewandtheit zurückschlug. Mit Moretti fand nur eine einzige Zusammenkunft statt: er ließ sich zwar zu Paulovich führen, erklärte ihm aber sogleich in würdigen Worten, er glaube an Gott, denn dafür zeuge das Gewissen, und die Welt müsse einen Grund haben, glaube jedoch nicht, daß Gott sich den Menschen anders als durch die Natur und den Geist im allgemeinen geoffenbart habe, und halte sich deshalb von allen Religionen fern. Auf weiteres Zureden antwortete er nur durch stumme Verbeugungen und war in Zukunft zu keiner Fortsetzung des Gespräches zu bewegen. Zu Confalonieri sagte er, er habe sofort durchschaut, daß Paulovich eine Kreatur des Kaisers sei, ein Spion, dessen Aufgabe sei, sie auszuhorchen. Er nannte ihn eine Giftbombe und behauptete, der Augenblick werde kommen, wo sie platzen und ihre Schädlichkeit verspritzen werde.

Es war gegen das Ende vom Aufenthalte des Paulovich, daß in Maroncelli der Argwohn aufstieg, der Priester habe seine Schelmerei gewittert, das heißt, da man ihm das nicht zutrauen konnte, er sei von irgend jemand darauf gebracht worden. Er nahm die Gedichte nicht wie sonst zufrieden entgegen, sondern sprach mit übellaunig verzogenem Munde von Anklängen und tadelte die verliebte Sprache als mit wahrem Christentum unvereinbar und auf einen verwilderten Zustand des Gemütes deutend. Ebenso stellte er an Pallavicino Fragen, die ihn in Widersprüche verwickeln sollten, ließ sich nicht mehr im Burggraben sehen und setzte in seinem Benehmen allen gegenüber an die Stelle der Herablassung und Vertraulichkeit Tadelsucht und mißtrauische Zurückhaltung. Der beunruhigende Verdacht wurde von Schiller verstärkt: Der Schwarze, erzählte er, belästige ihn seit einiger Zeit mit Fragen, suche ihm aufzupassen und habe sogar seine Zuverlässigkeit beim Vorsteher in Zweifel ziehen wollen. »Gott sei Dank hat er recht,« sagte Schiller hohnlachend, »und ich werde es mich keine Mühe verdrießen lassen, in diesem Betrug und Kampfe den Sieg zu behalten.«

Peinlicher noch als die unbestimmte Angst vor den feindlichen Absichten des Priesters war für die Gefangenen der Gedanke, daß ein Verräter unter ihnen sein müsse. Es waren mehrere da, denen sich zutrauen ließ, daß sie Verkürzung oder Erleichterung ihrer Strafe durch Angeberei erkauften; doch richtete sich der allgemeine Verdacht am bestimmtesten auf einen ehemaligen Richter namens Solera, der im venezianischen Prozesse verurteilt war. Die Erscheinung und das Wesen des Mannes waren geeignet, gegen ihn einzunehmen: er war gedrückt in der Haltung, schleichend im Gange, verkehrte nicht mit den andern, drängte sich anstatt dessen, nach dem Berichte Schillers, mit widriger Demut an Paulovich und ließ sich von den Wärtern beim Gebet überraschen. Die Berücksichtigung, die der Kaiser ihm zuteil werden ließ, hatte sich bereits darin gezeigt, daß er die Versorgung von Soleras mittelloser Familie übernommen hatte. Es erregte Befremden und neuen Argwohn, daß er plötzlich zu Moretti einquartiert wurde, der, mit seiner Einsamkeit zufrieden, keinen Wunsch nach Veränderung hatte laut werden lassen.

Der Oberst war über den Eindringling außer sich; die beständige Gegenwart eines Menschen in seinem Zimmer, sagte er zu Confalonieri, würde ihm jedenfalls störend sein, vollends die eines solchen, der ihm Widerwillen einflöße. Auch ohne daß er ihn ansehe, verursache der Mann ihm körperliches Unbehagen, mit ihm sprechen könne er nicht, und auch seine Arbeit könne er nicht fortsetzen. Einsamkeit sei das einzige, was er verlange, und er habe ein Recht darauf, da er zu schwerem Kerker verurteilt sei, der dem Buchstaben nach in Einzelhaft bestehe. Confalonieri stimmte ihm bei und versuchte nur vorsichtig, Solera in etwas günstigerem Lichte erscheinen zu lassen, namentlich insofern er an dieser Vereinigung unschuldig sei und sie selbst vielleicht nicht einmal gewünscht habe. Bisher hatte Moretti seinen Nachbar häufig durch Klopfen zu einem Gespräch eingeladen, jetzt geschah das selten, zuweilen antwortete er nicht einmal, wenn Confalonieri ihn anrief. Er sehne sich mehr als je nach Federigo, sagte er, aber er könne nicht sprechen, wenn Solera dabei sei, denn der sei ein Spion und würde alles dem Paulovich hinterbringen. Er habe schon angefangen, Fragen an ihn zu stellen, wie er mit dem und jenem zufrieden sei, wie er über dies und das denke, und währenddessen wären seine kohlschwarzen Augen an ihn herangekrochen wie Mäuse, die sich in ihn hineinwühlen wollten. »Das ist eine häßliche Vorstellung«, sagte Confalonieri. »Antworte doch ruhig und sprich mit mir wie sonst. Wir haben nichts mehr zu fürchten; und wer würde an unsern Gesprächen über die Flugmaschine Anstoß nehmen?« Zu fürchten, entgegnete Moretti, sei viel; der Vorsteher hätte das Recht, die Gefangenen mit eisernen Ringen an die Mauer zu schmieden und sie wie Hunde zu peitschen. Und würde man nicht glauben, daß die Flugmaschine ein Instrument sei, mit dem sie die Flucht bewerkstelligen wollten? Schlimmer noch als dies aber wäre, daß auch seine Gedanken bewacht würden; unablässig kröchen die spähenden Augen an ihm herum, um sie zu erhaschen, wenn er sie herausließe.

Der Zustand Morettis machte Federigo lebhafte Sorge, und er dachte, daß körperliche Arbeit das einzige Mittel sein würde, um eine Änderung herbeizuführen. Auch Andryanes Stimmung fing an, gedrückt zu werden; er klagte, daß er die Bücher bereits auswendig wisse; im Anfang habe er gedacht, er könne sein Leben damit ausfüllen, nun sagten sie ihm nichts mehr. Vieles, was ihm stets tiefsinnig und wundervoll erschienen sei, fange an, ihm nichtssagend oder abgedroschen vorzukommen. Federigo riet ihm, zu turnen, und sprach ihm von seinem Plan, die Erlaubnis zu irgendeiner körperlichen Beschäftigung nachzusuchen. Wenn es gelänge, Paulovich zu gewinnen, daß er die Bitte beim Kaiser befürworte, würde dieser vermutlich einwilligen; Andryane, der noch einigermaßen in Gnade sei, könne vielleicht selbst geschickt darauf hinwirken. Die Aussicht hatte viel Anziehendes für Andryane: er malte sich aus, wie er Paulovich den Plan mundgerecht machen wollte, und, wenn es zur Ausführung käme, was für ein Handwerk er sich auswählen würde.

Etwa vier Wochen nach der Abreise des Paulovich kam der Gouverneur von Mähren, Graf von Mitrowsky, zu einer Visitation auf den Spielberg. Er hatte, obwohl in den besten Jahren, die Gicht, weswegen der Besuch eine große Anstrengung für ihn war und darauf deutete, daß etwas Ungewöhnliches im Gange sei. Schiller begleitete ihn mit einem Sessel, damit er bequem sitzen könne; das Gesicht des Alten war feierlich verschlossen und verriet durch kein Blinzeln irgendeinen Anteil oder eine Meinung. Der Gouverneur begrüßte Confalonieri und Andryane höflich, fragte, wie es ihnen gehe, ob das Essen gut sei, ob sie das Klima vertrügen und dergleichen, wobei er sie, soweit es der Anstand zuließ, neugierig und etwas mißgestimmt betrachtete. Da ihm der Besuch lästig war, sah er Störenfriede in ihnen, um die mehr Wesens, als ihm nötig schien, gemacht würde; doch war es ihm nicht uninteressant, wie namentlich Confalonieri sich in seiner heiklen Lage ausnähme. Er erhielt die Antwort, sie seien zufrieden, nur bäten sie, daß ihnen an den Winterabenden ein Licht bewilligt würde, damit sie sie durch Lesen verkürzen könnten. Dies brachte den Gouverneur auf ihre Bücher, die er sich zeigen ließ: es waren ein Dante, ein Byron und ein Band von der Naturgeschichte des Buffon. Er beneidete sie, daß sie den Dante in der Ursprache lesen könnten, und führte einige Verse in deutscher Übertragung an, wobei sein Vortrag und sein Gesichtsausdruck lebhaftes Verständnis für die Schönheit der Dichtung verrieten. Er, sagte er, habe leider keine Zeit zu seinen Lieblingsstudien, und wenn er nicht von Geschäften geplagt sei, quäle ihn die Gicht; wenn er immer nach den Vorschriften des Spielbergs gelebt und sich genährt hätte, würde er vielleicht glücklicher und gesünder sein. »Wenn Sie überhaupt noch da wären, vielleicht«, antwortete Confalonieri lächelnd. Der Gouverneur brach das Gespräch schnell ab und sagte, es gehöre zu seinen Pflichten, von Zeit zu Zeit selbst eine gründliche Untersuchung in den Wohnungen der Staatsgefangenen vorzunehmen, und er wolle nun damit beginnen; er war im Begriff, sich mit Hilfe Schillers aufzurichten, als von Maroncelli gesungen das Duett aus dem Barbier von Sevilla ertönte: Glück und Huld, mein Herr, zum Gruße! Schiller verzog keine Miene, Andryane stellte sich mit einer unwillkürlichen Bewegung vor das Fenster, als könne er die unerlaubte Musik dadurch verbergen; der Gouverneur hingegen horchte auf, ließ sich wieder in den Sessel fallen und beugte sich zur Seite, um den Ton besser aufzufangen. Als schon nach wenigen Takten das harte Klopfen eines Wärters dem Gesang ein Ende machte, zuckte er zusammen, und ein Ruf des Ärgers entfuhr ihm: er besann sich aber gleich darauf und sagte: »Ja so!« – »Ihr Leben scheint den Musen und der Freundschaft gewidmet zu sein«, fuhr er dann fort. »Welche Stimme! Sie verriet den Italiener und den geschulten dazu. Und was für Musik! Mag auch Mozart der höhere Genius sein, die Wonne des Daseins in Tönen entfaltet keiner wie Rossini.«

Da Andryane lebhaft zustimmte, entspann sich zwischen beiden ein Gespräch über den Barbier von Sevilla, wobei sie abwechselnd den Wert und die Reize einer jeden Nummer hervorhoben und im Gedächtnis der Oper schwelgten, als würde sie vor ihnen gesungen. Ob Confalonieri ihren Geschmack nicht teile, fragte ihn Graf Mitrowsky. Er könne nicht urteilen, antwortete er, da er schon im Gefängnis gewesen sei, als der Barbier nach Mailand gekommen sei. »Ich hörte ihn in der Scala am letzten Tage meiner Freiheit«, sagte Andryane; »darum ist er mir unvergeßlich, und darum machen die heitersten seiner Melodien mich manchmal weinen.« Der Gouverneur seufzte, winkte Schiller und schickte sich von neuem an, mit der Untersuchung zu beginnen. Er befühlte die Decken und Strohsäcke, die auf der Pritsche lagen, von oben und unten, betastete die Waschschüsseln, kratzte an den Wänden und stöberte in den Winkeln, alles mit augenscheinlicher Anstrengung und leisem Stöhnen. Einen Bleistift, den er in einer Fensternische fand, drehte er langsam zwischen den Fingern und probierte ihn auf dem Nagel; die Bücher durchblätterte er nochmals Seite für Seite. Federigo und Andryane folgten ihm befremdet mit den Augen, was er zu bemerken schien; denn als er fertig war, sprach er nochmals von dem Drucke der Pflicht, die ihm auferlegt sei; sein Gesicht war rot von der Anstrengung, und das Sprechen machte ihm Mühe. »Wir bedauern, Exzellenz, daß wir sie Ihnen nicht abnehmen können«, sagte Confalonieri höflich. Der Graf rückte seinen Kneifer zurecht und betrachtete ihn. »Ich hoffe für uns beide, dies möge das letzte Mal sein«, sagt er, sich verabschiedend.

Einige Tage später kam der Vorsteher, der zum Zwecke seiner Wiederverheiratung einen kurzen Urlaub gehabt hatte, in gereizter Stimmung, visitierte gründlicher und rücksichtsloser als sonst und regte sich über eine aus einem Hölzchen und einem Stück Fingernagel gefertigte Schreibfeder auf, die er fand. Die Herren Italiener machten ihm mehr zu schaffen als alle übrigen Gefangenen, polterte er; zwischen ihren Ansprüchen und Klagen und den Rügen des Kaisers führe er ein gequältes, ruheloses Leben. Confalonieri sagte, es wäre ihr Wunsch, ihm Unannehmlichkeiten zu ersparen; wenn sie unabsichtlich ihm solche bereitet hätten, so bedauerten sie es; worauf er einlenkend erwiderte, das wisse er wohl, Paulovich sei an allem schuld, er habe den Kaiser aufgestiftet, ihm dies und jenes hinterbracht über ungenügende Beaufsichtigung auf dem Spielberg und über die mangelnde Zucht, so daß nun täglich mündliche oder schriftliche Vorwürfe einträfen. Er nannte Paulovich, ohne sich dessen bewußt zu werden, mehrmals den Schwarzen und jammerte über die Neigung der Geistlichen, sich in weltliche Angelegenheiten zu mischen, was immer üble Folgen hätte. Da wäre jetzt wieder ein Schreiben des Kaisers eingetroffen: mit seiner Erlaubnis, daß den Staatsgefangenen hier und da ein nützliches Buch dürfe gegeben werden, sei sträflicher Mißbrauch getrieben; das müsse aufhören, er hätte nichts dagegen, wenn sie ein von der Kirche empfohlenes Erbauungsbuch läsen, alles andere sei vom Übel. Die Zuchthäuser sollten keine Pflanzschule von Phantasten und Gelehrten, sondern von frommen und gehorsamen Untertanen sein. Andryane legte beide Hände auf die Bücher, die den Tisch bedeckten, und rief aus: »Die Bücher will man uns nehmen? Alle? Das heißt unsern Geist des Lichtes und der Speise berauben! Das ist nicht möglich!« und mehr dergleichen. Da der Hauptmann wieder nervös wurde, begütigte ihn Federigo mit dem Versprechen, wenn es sein müsse, würden sie sich fügen, ohne ihm Vorwürfe zu machen, wohl wissend, wie menschlich er sich stets gegen sie betragen habe; worauf er sagte, sie möchten die Hoffnung noch nicht ganz verlieren; bis ein förmliches Dekret eingetroffen sei, wolle er ihnen die Bücher lassen; inzwischen könne irgendein unberechenbarer Zufall den Sinn des Kaisers wenden. Er fühlte sich augenscheinlich erleichtert, daß er seiner gehässigen Mitteilung ledig war, und sagte, wenn der Kaiser nur recht unterrichtet werde, so sei er gerecht und milde, und er hoffe, ihn von seiner Schuldlosigkeit und der Reinheit seiner Absichten überzeugen zu können.

Als er fortgegangen war, warf sich Andryane schluchzend an Federigos Brust und klagte, daß er ohne die Bücher zugrunde gehen werde; dann wieder ergriff er eines und begann hastig zu lesen, um den Inhalt auswendig zu lernen. Alle wurden von ähnlicher Verzweiflung ergriffen; auch Schiller war übler

Laune und schlug die Türen, weil der Vorsteher ihn hart angelassen hatte. Dies jedoch schüttelte er bald ab, da der arme Mann im Grunde selbst zu beklagen sei, und tröstete sich und die Gefangenen, indem er auf den Schwarzen schimpfte, den er nunmehr den Basilisken nannte. Bisher, sagte er, hätten sie verträglich in dieser Hölle gelebt, wie die drei Männer im feurigen Ofen; nun habe der Basilisk seine Eier gelegt, aus denen eine Drachenbrut auskröche, um sie alle zu verderben. Confalonieri meinte, es sei nun dringend notwendig, seinen Plan wegen einer körperlichen Beschäftigung auszuführen; würde ihnen das gestattet, woran nicht zu zweifeln sei, so brauchten sie den Verlust der Bücher nicht einmal zu beklagen. Das Lesen und Lernen sei allzu einseitig, wer nur lese, nehme ein, ohne auszugeben; sie vor allen Dingen müßten darauf sehen, sich die Selbsttätigkeit zu erhalten, die den Menschen zu einem gottverwandten Wesen mache und die das Kerkerleben unterdrücke. Bei der Ausübung jedes Handwerks könne man erfinderisch tätig sein; er würde am liebsten Landarbeit verrichten und Gemüse bauen, wenn ihm dazu nur ein Stückchen Land innerhalb des Burgraumes bewilligt werde. Der Plan wurde freudig aufgenommen; doch bezweifelte Schiller, daß er verwirklicht werden könne. Der Kaiser, meinte er, würde vielleicht mit sich reden lassen, wenn er nicht von dem Basilisken umgarnt wäre; der aber würde alles hintertreiben, was den Italienern guttun könne.

Auch Moretti wunderte sich, daß Confalonieri für möglich hielte, die Erlaubnis zur Arbeit würde sich erwirken lassen. Würde denn einer, der seinen Feind vergiften wolle, sagte er, ihm gleichzeitig ein Gegengift geben? Arbeit würde dem langsamen Hinfaulen des Geistes und des Körpers, wozu der Kaiser sie verdammt habe, am besten entgegenwirken; also würde er sie nicht arbeiten lassen. »Wenn wir nicht sterben,« sagte er, »will er uns zu lebendig Toten machen. Er hat uns Luft, Licht, Nahrung und Bewegung genommen, um unseren Körper zu entkräften, ebenso will er unseren Geist erniedrigen. Keiner von uns wird jemals die Freiheit erlangen, als bis ihm Stolz, Ehrgefühl, Mut und Würde, Verstand und Willenskraft gebrochen sind. Wenn wir kriechende, wedelnde, winselnde Tiere geworden sind, wird er die Türe aufmachen und uns mit einem Tritt unter die Menschen jagen.« Übrigens war es immer seltener möglich, mit Moretti zu sprechen; er fühlte sich häufig krank, und in der Kirche beobachteten die Freunde, daß er das blühende Aussehen verlor. Der Judas an seiner Seite, sagte er, sei der Blutegel, der ihn aussauge. Er kenne ein Märchen von einem Manne, dem, als er im Walde geschlafen habe, eine Schlange in den Mund gekrochen sei, welchen Schlupfwinkel sie nicht mehr habe verlassen wollen. Dem Manne habe vor dem scheußlichen Gaste gegraut, und er habe allen Ärzten und Weisen seine ganze Habe versprochen, wenn sie ihn von dem Inwohner befreiten; aber niemand habe es vermocht, denn die Schlange habe sich, wenn man nach ihr gegriffen, tief in seine Eingeweide zurückgezogen und sei wieder heraufgekrochen, wenn er matt und verzweifelt allein geblieben sei. So sei für ihn die Gegenwart des Spions, die er nicht loswerden könne.

Eines Nachmittags, als Andryane mit Kral spazierenging, kam Schiller in Confalonieris Zimmer, setzte sich, von ihm aufgefordert, auf die Pritsche und sagte, der Graf habe früher einmal geklagt, daß er keine Nachricht an seine Frau gelangen lassen und keine von ihr erhalten könne. Jetzt sei er zu dem Beschluß gekommen, solche Briefe vermitteln zu wollen, und wenn die Gräfin so treu und kühn sei, wie man sagte, könnten sie miteinander ihm zur Flucht verhelfen. Confalonieri fragte staunend, wie er sich dies zu erklären habe. Warum er gerade ihn retten wolle und nicht zum Beispiel Pellico, der mehr unter der Gefangenschaft leide als er selbst. »Eben darum,« sagte Schiller, »weil Sie ein so stolzer Mann sind, täte es mir leid um Sie, wenn Sie auch so kümmerlich und kläglich werden sollten wie die andern. Sie gehören nicht hierher, Herr Graf, und, weiß Gott, ich will es mich teuer kosten lassen, wenn ich Sie befreien kann!« Confalonieri setzte sich neben ihn, umarmte ihn und rief: »Schiller! Schiller! Das wolltet Ihr für mich tun? Aber die Pflicht! Eure Pflicht ist Euer Gott!« Schiller blinzelte halb schalkhaft, halb wehmütig mit den Augen und sagte: »Herr Graf, vor vielen Jahren, als ich mit meinem Regiment in Istrien stand, kam einmal ein Mann in das Lager mit einem Adler, den er in den Karstbergen gefangen haben wollte und gegen Geld zeigte. Der Adler hatte um seinen abgeschabten Hals ein ledernes Band mit silbernem Schild, auf welchem die Jahreszahl 1493 eingegraben stand, das Jahr also, in welchem Christoph Kolumbus die Neue Welt entdeckte, womit der Mann beweisen wollte, daß der Adler in jenem Jahre schon gelebt habe. War das nun Wahrheit oder Betrug? Der Adler sah mit solchen Augen über uns hinweg, als ob er dächte: ›Ich habe Millionen von diesem Gewürm leben und sterben gesehen und weiß, daß es nicht lohnt, ihretwegen den Blick von der Sonne abzuwenden.‹ Gegen Abend wollte der Mann, um einige Geschäfte zu besorgen, in ein stundenweit entferntes Dorf gehen und vertraute den Vogel für die Nacht unserem Schutze. Als die Kameraden schliefen, betrachtete ich mir den Adler, der starr und dunkel wie ein Felsen des Gebirges in dem engen Käfige saß, und dachte, ob ich ihn herauslassen sollte. Es gelüstete mich sehr, und es wäre wohl nicht herausgekommen, wenn ich es getan hätte; aber ich dachte daran, daß der Mann ihn unter meine Aufsicht gestellt hatte, und unterließ es. Am anderen Tage konnte ich den Adler und seine Augen nicht aus dem Sinn bringen, und jetzt noch kommt mir je zuweilen eine Stunde, wo ich denke: ›Hätte ich damals den Adler befreit, so säße er jetzt auf den Bergen und hätte nur die Sonne und die Sterne über seinem Haupte; anstatt dessen ist er im Käfig verfault.‹«

Confalonieri lachte, indes ihm Tränen aus den Augen stürzten; er stand auf, reckte sich und ging mit schnellen Schritten im Zimmer auf und ab, von Schillers zufriedenen Blicken begleitet. Andryane wußte sich vor Freude nicht zu fassen. Federigo wieder und wieder umarmend, sagte er, der Gedanke, daß der Freund frei sei, werde ihm künftig die Gefangenschaft leicht machen. »Denkst du,« sagte Federigo, »ich werde dich hier zurücklassen? Ohne dich verlasse ich den Spielberg nicht.« Schiller wollte Einwendungen machen, zu zweien sei die Flucht schwieriger zu bewerkstelligen; doch gab er Federigos Überredung nach und versprach, an ihm solle es nicht fehlen. Zunächst schrieb Federigo an Teresa, wenn sie die Flucht ins Werk setzen könne, so sei er mit Hilfe getreuer Männer imstande, aus der Festung zu entkommen; die Abfertigung des Briefes übernahm Schiller.

In der Nacht, die diesem Tage folgte, konnte Federigo nicht schlafen. Er rief sich zurück, was er geschrieben hatte, und tadelte sich, daß er, ganz auf das Tatsächliche sich beschränkend, seiner Liebe nur mit wenigen Worten Ausdruck gegeben hatte. Stellte er sich jedoch vor, wie sie seinen Brief erhielte und läse, so schien es ihm, als hätte er nicht mehr zu sagen brauchen, als müsse die Kraft seines Herzens unmittelbar aus dem Blatt in ihr Herz überströmen. Wenn er sagte, daß sie das süße Licht seiner Dunkelheit sei, der wundervolle Karfunkelstein, der, lange verkannt und mißachtet, in der Finsternis plötzlich zu leuchten angefangen habe, so waren das spielende Bilder, mit denen er, wenn er bei ihr wäre, wohl glückliche Stunden schmücken könnte; aber alle Worte schrumpften welk zusammen, wenn er sie zu Trägern seiner Glut in die Ferne machen wollte. Wie herrlich und staunenswert die Tempelwelt der Gedanken sein mochte, sie stürzte zusammen, wenn die Titanen des Lebens das blitzende Haupt rührten. So wie sein Herz schlug jetzt das ihre in ungestümer Hoffnung: ein Siegesmarsch, der Worte und Gedanken zerschmetterte.

Die Erwartung der Antwort ließ Confalonieri und Andryane den Druck weniger empfinden, den die Anwesenheit des Paulovich im Herbste mit sich brachte. Er trug diesmal seine Selbstgefälligkeit und Behaglichkeit mit besonderem Nachdruck zur Schau und sonnte sich in den Klagen seiner Beichtkinder über den Verlust ihrer Bücher; wenigstens hielt er sich gern dabei auf, ihnen die Berechtigung der Maßregel zu erklären. Andryane konnte es nicht lassen, immer wieder zu verfechten, die Ausbildung des Geistes sei etwas Lobenswertes und von Gott Gewolltes, während Paulovich im Gegenteil behauptete, die Wissenschaft mache den Menschen hochmütig und verführe ihn dazu, auf den eigenen Verstand und die eigene Kraft zu bauen, anstatt sich in kindlicher Unterwürfigkeit den Befehlen Gottes und seiner Vertreter auf Erden hinzugeben. Gerade sie, die Italiener, hätten das bewiesen, indem sie auf ihre Bildung gepocht hätten und gleichzeitig durch Unbotmäßigkeit gegen ihren höchsten irdischen Herrn zu Verbrechern geworden wären. Erhitzte sich Andryane bei solchen Streitigkeiten, so schüttelte der Priester bedauernd den Kopf, daß seine ehemalige Fügsamkeit nachlasse, und warnte, der Kaiser würde sich gezwungen sehen, die Züchtigung zu verschärfen, bis vollständige Besserung erzielt sei. Jedoch versprach er, die Bitte der Gefangenen um Erlaubnis zu körperlicher Beschäftigung zu befürworten, weil darin keine strafbare Anmaßung zu liegen scheine. Andryane lachte mit Schiller über das aufgeblasene Benehmen des Schwarzen in der Aussicht, daß er nicht lange mehr darunter leiden würde.

An einem Spätherbsttage kam die Antwort Teresas, die schrieb, daß ihr Bruder Gabrio in Verkleidung nach Brünn kommen und an dem später zu bestimmenden Tage zu einer bestimmten Stunde Federigo im Wagen erwarten und sicher über die Grenze bringen werde. Sie bedürften noch einiger Monate, um alles so vorzubereiten, daß ein Mißlingen ausgeschlossen sei; im Frühling, wenn der Schnee geschmolzen sei, werde er einen Brief erhalten, der ihm den Tag und die Stunde angebe, wo er sich bereit zu halten habe. Außerdem schrieb sie, daß sie dem Kaiser bei Gelegenheit seines Besuches in Mailand eine Bittschrift überreicht habe, er möge ihr gestatten, sich in Brünn niederzulassen, wo sie in der Nähe des Gemahls, wenn auch getrennt von ihm, leben könne, daß er sie aber mit harten Worten abgewiesen und sie dadurch zu der Einsicht gebracht habe, es sei für sie keine Hoffnung außer in der Flucht. Die Schwägerin Andryanes dagegen habe er in Audienz empfangen und ihre Bitte um Begnadigung zwar für den Augenblick abgeschlagen, sie aber auf die Zukunft vertröstet, wenn Andryane völlig gebessert sein würde. Sie schrieb ferner, daß im Laufe des letzten Jahres ihre Freundin, die Gräfin Frecavalli, gestorben sei, desgleichen kürzlich der Feldmarschall Bubna, der seit Federigos Abreise keinen Tag habe vergehen lassen, ohne sie zu besuchen.

Confalonieri las den Brief mehrere Male hintereinander, bis er ihn auswendig zu wissen glaubte, und zerriß ihn dann in winzige Fetzen, die er aus dem Fenster blies; sie stiegen wie Schaumperlen in einem Champagnerglase in die duftende Herbstluft. Es war Nachmittag, und Kral kam, um ihn zum

Spazierengehen abzuholen; im Vorbeigehen sah er, daß Fritz am Eingang der Terrasse auf Posten stand, und grüßte ihn mit einem schnellen, frohen Lächeln. Mit wenigen Schritten ging er bis an die Balustrade und blickte, sich weit vorbeugend, in das Land hinunter; wie ein ozeangleicher Strom rollte die glückliche Ebene, den Pfeilern, die Stadt und Friedhof bildeten, sich entreißend, in die schimmernde Ferne. Die roten und gelben Gebüsche, die hellen Häuser, die bunten Gärten waren wie Schiffe unter jubelnden Fahnen, hochgetragen von der Erde, die, ihrer Frucht entladen, frei aufrauschend in die Unendlichkeit stürzte. Kral stellte sich dicht neben Confalonieri und sah scheu verwundert zu ihm auf; es sähe aus, als wolle er Flügel ausbreiten und fortfliegen, sagte er. »Möchtest du das nicht?« fragte Federigo und ließ Kral erzählen, daß er wohl zuweilen Lust habe, die Welt zu sehen, daß er aber doch beim ersten Plätzchen, das ihm gefiele, denken würde, hier möchte er mit seiner Mutter und seiner Braut bleiben, und so lohne sich's gar nicht, fortzugehen. Er würde sich auch auf dem Spielberg wohl fühlen, wenn er diese beiden bei sich hätte; hier könne man, wenn das Abendrot über die schwarzen Wälder wandere, von schönen Tälern und Fluren träumen, wie sie doch wohl nirgends zu finden wären.

Confalonieri hörte die Worte, ohne sie in seinem Bewußtsein aufzunehmen, so voll war sein Sinn von Gedanken an das Vergangene und an das Zukünftige. Er hatte das Empfinden, auf einer schmalen, schwebenden Brücke zu gehen, die unendlich hoch über bodenloser Tiefe hinge und von der immerwährend Menschen abglitten, um im Ungewissen zu verschwinden. Nun war auch Bubna gefallen, der gute und siegreiche Feldherr, und gefallen war die kühne Gräfin, der die Grübchen, wenn sie lächelte, das herbe Gesicht so lieblich veränderten. Er dagegen, der die schwere Kette an den Füßen schleppte, ging leicht und sicher, ohne Schwindel und Grauen, über den Abgrund, dem flammenden Ziele entgegen. Er, den die kalten Finger des knöchernen Henkers schon umklammert hatten, er lebte, um Glück und Freiheit hundertfach zu genießen; sie waren Staub. Wie Gott auch immer mit ihren Seelen schaltete, von allem Irdischen waren sie ausgeschlossen; den Kerker, der sie umschloß, öffnete kein Schlüssel, und könnte Licht auch hineindringen, so könnten sie es nie mehr empfinden. Er glaubte zu wissen, daß es die Liebe war, die ihn so hielt und trug, sein Herz bindend an ein anderes Herz, das wie eine Sonne unfehlbar und unerschütterlich über allen Gefahren und über dem Tode leuchtete.

Andryane betrachtete ihn zärtlich, als er vom Spaziergange zurückkehrte. »Jetzt siehst du so aus,« sagte er, »wie du mir geschildert wurdest, bevor ich dich kennenlernte: Dein Auge überwölbt die Welt wie eine saphirblaue Sommernacht.«

Nach wenigen Tagen erregte die ausführlichere Besprechung des Fluchtplanes allerlei Bedenken in Federigo. Da es nicht ausbleiben konnte, daß das gelungene Wagnis Verdacht der Beihilfe und Mitwissenschaft gegen die Wärter lenkte, hatte er von Anfang an beschlossen, Schiller und Fritz mit sich zu nehmen; denn abgesehen davon, daß er dadurch Gelegenheit erhielt, ihnen seine Dankbarkeit zu beweisen, wurden sie zugleich vor Strafe und die unschuldigen Zurückbleibenden vor Verdacht geschützt, indem die Entflohenen sich eben durch ihr Entweichen für schuldig erklärten. Hingegen erklärte Schiller, daß Fritz zwar den Grafen begleiten solle und daß ihn die Aussicht freue, der Graf werde die Zukunft des wilden Jungen in eine gute Bahn lenken; daß er selbst aber entschlossen sei, an seinem Platze zu bleiben. Er wolle nicht fahnenflüchtig werden; Federigo zu befreien, das könne er vor Gott verantworten, selbst zu fliehen nicht, es sei eine Gewissenssache und umsonst, daran zu rütteln. Außerdem sei er zu alt, um sich einen neuen Unterhalt zu schaffen, also würde er von Federigo das Gnadenbrot annehmen müssen, und das würde ihm nicht munden, wenn er auch wisse, daß er es ihm gern und übergern reichen würde. Das sei aber der Flucht keineswegs hinderlich, behauptete er. Niemand würde ihm etwas nachweisen können, man würde schließlich glauben müssen, daß der einzige Fritz die Sache zuwege gebracht habe.

In diese Einrichtung konnte sich Federigo nicht finden; er ließ sich nicht überzeugen, daß Schillers Großmut nicht doch schlimme Folgen für ihn haben könnte. Nachdem er lange für sich gezweifelt und erwogen hatte, sagte er eines Abends in der Dämmerung zu Andryane, er befürchte, die Flucht werde nicht zustande kommen, nicht etwa, weil Teresa die Mittel dazu nicht aufbrächte, sondern weil er es nicht tun könne, ohne andere, namentlich Schiller, zu gefährden. Andryane sah ihn erschrocken an: »Tätest du es deinetwegen, so möchtest du recht haben,« sagte er, »und wenn du an andere denkst, warum nicht zuerst an deine Frau? Willst du sie, die dir alles opferte, zum zweiten Male deiner Ehre opfern?« Federigo antwortete nicht sofort, sondern starrte versunken in das Buschwerk unter der Mauer, an dessen letzten, feuchtbraunen Blättern der kühle Wind spielte. Andryane rückte dicht zu ihm und erinnerte ihn daran, wie Teresas Gesundheit schon während des Prozesses gelitten; wie sie jedesmal, wenn er nur auf Reisen gewesen sei, einer Pflanze im Schatten gleich verschmachtet sei; wie er selbst leiden würde, wenn die Sehnsucht nach ihm und die Sorge um ihn sie tötete, in dem Gedanken an die Bitterkeit ihres Sterbens, da sie mit dem Leben zugleich die Hoffnung, den Geliebten wiederzusehen, hätte fallenlassen müssen.

»Würde sie weniger leiden,« sagte Confalonieri, »wenn sie mich wiederhätte und mich in ihren Armen elend sähe?«

Dazu würde es nicht kommen, sagte Andryane; er würde ja nicht müßig sein, sondern versuchen, die zurückgelassenen Gefährten zu befreien; wer könne wissen, welchen Eindruck seine Befreiung in Italien machen würde und welche Folgen sich daran knüpften?

Federigo dachte, daß in Wirklichkeit alles anders wäre, als Alexander sich einbildete; daß er, wenn auch aus dem Kerker befreit, nicht mehr frei wäre, gegen den Kaiser zu kämpfen, der ihm das Leben geschenkt hatte; daß, was er auch unternehmen könnte, das Los seiner Freunde nur verschlimmern würde; aber er sprach nichts davon aus, weil er Andryanes Angst mitfühlte, die schönen Träume aufgeben zu sollen. Die gelichteten Wipfel der alten Kirchhofsbäume ließen die Häupter steinerner Urnen und Genien sichtbar werden, die über den Hügeln auf Sockeln aufgestellt waren. Vom Winde getrieben, strichen die langen Zweige der Trauerweiden und Trauerbirken an den stillen Gestalten vorbei, sie bald verhängend, bald frei machend, die unbeweglich blieben. Einmal wird der Tag kommen, dachte er, wo auch aus unserer Asche ein Garten des Todes wuchert; noch sind wir es, die blühen und rauschen und schwere Früchte an der Sonne süß werden lassen; warum zögern wir, das Leben zu leben, bevor die Dämmerung fällt? Oder ist das das Leben, daß wir kämpfen, zweifeln und entbehren, um desto glühender zu lieben und zu leiden? Ist Genießen nicht Leben? Nicht Blondhaar und Rosenwangen, Lachen und Küsse? Sind es vielleicht Wunden und Schmerzen, und brausen seine innigsten Geheimnisse vielleicht im Tode? Wie er in Andryanes blasses und geängstetes Gesicht sah, verscheuchte er diese Gedanken und versuchte zu glauben, er habe sich in Grübeleien verloren, wie die Moderluft des Kerkers sie erzeuge. Des jungen Freundes Locken streichelnd, sagte er, daß er wohl einsähe, er, Alexander, habe in vieler Hinsicht recht, und daß noch Zeit genug sei, alles zu überlegen und einzurichten.

Bald nach der Abreise des Paulovich, im Spätherbst, traf die bestimmte Verordnung des Kaisers wegen der Bücher ein, die nun durchgeführt werden mußte. Sämtliche Bücher mußten abgeliefert werden, und danach schienen die trüben Zimmer kahler und kälter; die Zeit war entleert und bodenlos geworden, und jeder Versuch, sie auszufüllen, war vergeblich. Schillers Bemühungen, den Verlust auszugleichen, indem er irgendeinen wunderlichen Schmöker einschmuggelte, den er aufgetrieben hatte, oder indem er Papier und Bleistift lieferte, wurden durch die Visitationen erschwert, die häufiger stattfanden als früher und strenger gehandhabt wurden; fand sich das geringste, so folgten Rügen, Drohungen, Strafen und doppelt scharfe Untersuchungen. Schiller war in grimmiger Laune: Die Herren von der Polizei oder von der Regierung, die jetzt häufig auf den Spielberg kamen, plagten ihn mit Fragen, untersuchten auch sein Zimmer, was früher niemals vorgekommen war, behandelten ihn argwöhnisch, und die ärgerlichen Vorwürfe des Vorstehers mehrten sich. Es fiel Confalonieri und Andryane auf, daß seine Erscheinung sich veränderte; sein Gesicht sah häufig so aus, als wenn Asche darüber verstrichen wäre, seine lange Nase war schmaler und mehr gekrümmt als sonst, er ging beschwerlich, und wenn er nicht aufmerksam auf seine Haltung war, fiel er in sich zusammen. Er ließ es mit schweigendem Nicken zu, wenn Andryane ihm den schweren Wasserkrug abnahm oder hinreichte, damit er sich nicht zu bücken brauche. Zuweilen war ihm anzumerken, daß er über das Maß getrunken hatte, und die Vorstellungen Federigos, er solle den errungenen Sieg nicht preisgeben, verfingen wenig. Etwas ihm Angehöriges müsse jeder Mensch haben, sagte er, der Wein sei sein Bruder, der seine Zärtlichkeit erwiderte und ihm wohltue. »Ich brauche Kraft zum Kampfe gegen Beelzebub, der mich verfolgt und mir Fallen stellt. Mit meinem Bruder zusammen werde ich den Widersacher schon noch eine Weile bestehen; aber ich spüre in allen Knochen, daß er mir arg zugesetzt hat.« Beim Einbruch des Winters zog er sich eine Erkältung zu, die ihn drei Tage das Bett zu hüten zwang. Als er wiederkam, sagte er, Confalonieri aus trüben Augen ansehend: »Der Winter kommt, und das Alter kommt. Es wird Zeit, daß ich Euch fortschaffe aus der Spelunke; denn eine Sense, der niemand entrinnt, könnte mich wegmähen, bevor ich meine einzige gute Tat auf Erden getan und dem Beelzebub einen Possen gespielt habe.«

Auch bei Confalonieri machte sich der Winter bemerkbar, indem sich seine rheumatischen Schmerzen einstellten. Obwohl die Unterhaltungen durch die Mauer ihm dadurch noch beschwerlicher als sonst wurden, setzte er sie oft stundenlang fort, um Moretti zu zerstreuen, dessen Zustand fortwährend bedenklicher wurde. Über die Flugmaschine wollte er nicht mehr sprechen: es sei sein Wille, daß die Erfindung, die vielleicht einen großen Umschwung in Verkehr und Handel und Kriegführung herbeiführen werde, keinem andern Lande zugute kommen solle als Italien. Lieber solle sie verlorengehen und niemand jemals von ihr erfahren, als daß Österreich sie für sich ausnützte, und deshalb müsse er auf der Hut sein, daß der Spion an seiner Seite nichts davon höre. Confalonieri meinte, wenn man imstande sei, den Fortschritt der Menschheit zu fördern, müsse man den Ehrgeiz der Nationen hintansetzen; aber davon wollte Moretti nichts hören. Keinem andern als dem

ersten Könige von Italien solle sein Paradiesvogel zuteil werden; bis jener aufstehe, solle auch dieser sich verbergen. Im Widerspruch mit seiner üblichen Vorsicht äußerte er zuweilen in Soleras Gegenwart Dinge, die, wenn dieser sie hinterbrachte, ihm ernstlich schaden konnten. Sogar über Solera selbst fing er an sich in beschimpfender Weise auszulassen, wenn dieser im Zimmer war, sei es, daß er seine Gegenwart vergaß oder die Folgen seiner Handlungen nicht mehr überblicken konnte. Ohne Federigos Frage zu erwarten, erzählte er ihm von dem unerträglichen Verhältnis: er sei jenen Unglücklichen gleich, die man aus Grausamkeit mit einem Leichnam zusammengebunden habe; wie jene unaufhörlich den Verwesungsgeruch einatmen müßten, so umhülle ihn der giftige Dunst des Verräters. Es hülfe nicht, die Augen zu schließen und nicht zu schlafen; ja er fürchte den Schlaf, weil er dann die spähenden Augen nicht verscheuchen könne, die an ihm herumkröchen und sein Herz benagten, um seine Gedanken zu entwenden. Seine einzige Erholung sei, auf das Schlachtfeld zu sehen, wo er einst das Schwert geführt habe; hätte er das noch, das würde ihn befreien.
Eine unbehagliche Empfindung überlief Confalonieri; nach seinem Dafürhalten, sagte er, müsse Moretti versuchen, dem erzwungenen Zusammensein ein Ende zu bereiten. Wenn er dem Kaiser eine Bitte deswegen einreiche, werde sie gewiß berücksichtigt werden; der Kaiser habe im allgemeinen ihre Wünsche und Bedürfnisse in dieser Hinsicht geachtet. Moretti glaubte das nicht: Was der Kaiser mit seiner scheinbaren Milde beabsichtige, wisse er nicht; so viel sei gewiß, seiner Handlungen letzter Zweck sei, sie alle zu vernichten. Ohne weiter mit dem Obersten zu rechten oder auf ihn einzudringen, beschloß Federigo, dem Direktor vorzustellen, daß es, um schrecklichen, unabsehbaren Folgen vorzubeugen, notwendig sei, Moretti und Solera voneinander zu trennen. Der Hauptmann pflegte nach wie vor jede Woche ein Stündchen bei Federigo zu verplaudern. Gewöhnlich sprach er während der ganzen Zeit von seiner ersten Frau, von ihrer Freundlichkeit, von ihrem Mitgefühl mit den Gefangenen. von ihren sanften Augen, mit denen sie die wilde Kinderschar und eigentlich auch ihn selbst

regiert habe. Hätte sie nicht in diesem rauhen Klima wohnen müssen, hätte sie vielleicht länger am Leben bleiben können; das sei aber nicht möglich gewesen, die Stelle, so unfroh sie sei, habe ihm doch die Familie ernährt. Jetzt zwar wolle er bald um Versetzung einkommen; seine Frau finde den Aufenthalt trostlos und lasse nicht nach mit Bitten. Ihm für sein Teil sei der Fleck Erde doch liebgeworden, mit seinen frohen und traurigen Erinnerungen; das gehe ja aber seine Frau nichts an, und er stimme ihr im ganzen bei; namentlich in der letzten Zeit habe er einen schweren Stand gehabt. Der Kaiser, der so milde sei, werde gewiß die Gnade haben, nach so langem Dienst ihm eine leichtere Stelle zu gewähren.

Federigo sagte, er hoffe, daß des Hauptmanns Wünsche sich erfüllten; sie freilich würden seine Menschlichkeit vermissen. Hier anknüpfend, trug er seine Bitte und seine Bedenken, Moretti betreffend, vor: der Oberst befinde sich seiner Meinung nach in einer krankhaften geistigen Verfassung, er sei infolgedessen unberechenbar, und man würde am besten tun, ihn nicht zu reizen, sondern ihn in der Einsamkeit ruhig werden zu lassen. Der Hauptmann öffnete seine braunen Augen voll Schrecken und ohne Verständnis und fragte, ob es so weit sei, daß er Moretti an die Kette legen lassen müsse; er möchte den Kaiser nicht schon wieder behelligen und könne doch nichts ohne seine Zustimmung vornehmen, er sei in einer wahrhaft unerträglichen Lage, und wenn er nicht schleunig an einen andern Ort komme, werde der Spielberg noch sein Grab werden. Indessen gelang es Federigo, ihn zu beschwichtigen und ihm das Versprechen abzunehmen, er werde die Trennung Soleras von Moretti beim Kaiser zu erwirken suchen.

Im März kam Schiller, nachdem er wieder einige Tage das Bett hatte hüten müssen, zu Federigo und sagte ihm, er solle Teresa schreiben, es sei keine Zeit mehr zu verlieren. Im Bett sei ihm der Gedanke gekommen, es könne sich begeben, daß er nicht wieder aufstände. Was aber dann werden solle? Man könne nicht wissen, was für ein Mann sein Nachfolger werde; im besten Falle würde es Kral: der sei zwar ein guter Mensch und bete den Grafen an, würde aber nie den Mut haben, ihm zur Flucht behilflich zu sein. Fritz bliebe wohl, auf den er sich unbedingt verlassen könne; aber der allein würde es nicht ausrichten können. Bald käme der Basilisk, und solange der da sei, könne nichts unternommen werden; bis zum Sommer dürfe man aber nicht warten, sonst möchte es leicht für immer zu spät sein.

Federigo antwortete, seine Frau zur Eile anzutreiben, sei überflüssig; vielleicht habe man ihr geraten, die Schneeschmelze abzuwarten, weil dann die Wege leichter fahrbar wären. Komme etwas dazwischen, so solle das ein Urteil Gottes sein, dem er sich ohne Groll unterwerfen wolle, mit dem er sogar im tiefsten Herzen übereinstimme. Schiller wurde böse: eine solche Verzagtheit habe er nicht von Confalonieri erwartet; wenn auch seine Freunde zürnten oder sich betrübten, wenn auch dieser oder jener ihn verlästerte, deswegen auf das Glück der Freiheit zu verzichten, wäre weichlich und schwachmütig. Wenn nun jene begnadigt würden? Ob sie freiwillig ihm zuliebe hierbleiben würden? Und dahin würde es kommen! Einer nach dem andern würde begnadigt werden, nur er nicht. Wenn er wolle, daß er, Schiller, ihn noch liebe und achte und bewundere, müsse er solche Quengeleien lassen.

Bald darauf kam eine Botschaft aus Brünn, der Befreier sei dort angekommen, am folgenden Abend um sieben Uhr werde ein Wagen unterhalb des Friedshofs auf Confalonieri und seinen Freund warten. Andryane brach in Tränen aus und küßte den Alten, dessen kleine Augen lustig seinen Triumph herausblitzten. Eine Schwierigkeit bestand darin, daß es ebenso unmöglich war, das Gefängnis mit der Kette am Fuße unbemerkt zu verlassen, wie, sie ohne Hilfe eines Schmiedes zu entfernen. Nun war zwar kürzlich auf Veranlassung des Arztes Federigo wegen eines besonders heftigen rheumatischen Anfalls die Kette abgenommen; ein Mittel aber, Alexander von der seinen zu befreien, wollte niemandem einfallen. Mehrere Vorschläge wurden ersonnen und verworfen, dazwischen erklärte Andryane, zurückbleiben zu wollen, damit der Plan nicht durch ihn scheitere; wenn nur Federigo frei werde, sei das schon Glück genug für ihn. Federigo, der eine Weile unbeteiligt am Fenster gestanden hatte, drehte sich plötzlich um und sagte, daß er noch nicht entschlossen sei zu fliehen und daß er eine Stunde

allein sein wolle, um zur Klarheit zu kommen. Schiller schlug mit seinem Schlüsselbunde hart auf den Tisch: Da solle das Donnerwetter hereinschlagen! Jetzt, wo alles bereit sei, gebe es kein Zurück! Sie hätten keine Zeit mit Flausen zu verlieren! Federigo sah ihn groß an und wiederholte seinen Wunsch, allein zu bleiben, worauf Schiller brummend fortging und Andryane sich still in das Nebenzimmer begab. Bevor eine halbe Stunde vergangen war, ging Federigo zu ihm, der traurig auf seiner Pritsche saß, und sagte: »Es kann nicht sein, ich kann es mir nicht abringen. Wir müssen uns fügen.« Er habe alles abgewogen, Teresens Glück und Unglück, sein Leben und nicht zum mindesten Alexanders Hoffnungen: alles zusammen könne seine Schmach nicht aufwiegen, wenn er seine Gefährten im Stiche lasse, um in seines Weibes Armen das Glück der Freiheit zu genießen. Nach Italien könne er nicht zurück, und könnte er es, so würde es nur sein, um in der Dunkelheit ein feiges Leben zu führen. Vielleicht daß andere anders urteilten; er selbst würde sich der Untreue zeihen und sich verachten.
Außer sich rief Andryane: »Ach, du denkst nur an dich! Du denkst nicht an sie, die nur für dich lebt, die, kommst du ihr nicht wieder, um dich vergeht! Laß mich für sie bitten! Denke, daß sie es wäre, die dich beschwört, sie nicht zu verlassen!« Er kniete, indem er dies sagte, vor Federigo nieder, faßte seine Hände und hob sein junges, abgemagertes Gesicht mit den zärtlichen Augen flehend zu ihm auf. Französische und italienische Worte durcheinandermengend, ließ er Bitten, Klagen und Gründe hervorströmen, hauptsächlich daß Teresa ebenso wertvoll, ja wertvoller sei als seine Freunde, daß er ihr ebensoviel Rücksicht und Opfer schuldig sei und daß ihn nur der Umstand verblende, daß er selbst gewinne, indem er sich für sie rettete. Federigo entwand ihm seine Hände und trocknete den Schweiß von den Schläfen. »Du verwirrst mich so, daß ich die Kraft zu urteilen verliere«, sagte er gequält.
Sie wurden durch Kral unterbrochen, der Andryane zum Spaziergange abholte, aber schon nach wenigen Minuten mit ihm zurückkehrte, der sich, auf den Stufen, die zu der Terrasse führten, ausgleitend, den Fuß so sehr verletzt hatte, daß er kaum aufzutreten imstande war. Da der Fuß gebrochen sein

konnte, wurde der Arzt geholt, um ihn etwa sofort einzurenken. Sowie Kral hinausgegangen war, um dafür zu sorgen, rief Andryane Confalonieri zu sich, bog seinen Kopf zu sich herunter und flüsterte ihm glücklich lachend zu: »Das ist ein Zeichen, das Gott uns gibt! Sie werden mir die Kette abnehmen müssen, und ich bin frei, mit dir zu fliehen.« Während der Doktor den Fuß untersuchte, eine Zerrung der Muskeln feststellte und wegen der schnell zunehmenden Schwellung die Kette abnehmen ließ, stand Federigo im Nebenzimmer am Fenster und hörte zwischen den Worten, die dort gewechselt wurden, die weichen Laute des Tauwindes, der sich ungestüm gegen das Gitter warf. Aus der unruhvollen Helligkeit des Vorfrühlingsabends wehte es wie Möwenflügel und flatternde Fahnen; das leichte, flockige Gewölk, das erschien und verschwand, schien sich unter seinen Füßen zu ballen und ihn emporzutragen.
Trotz der heftigen Schmerzen, die er litt, machte Andryane, auf Federigos Arm gestützt, Versuche zu gehen; Schiller, der dazu kam, klopfte ihm auf die Schulter und sagte, er hätte nicht geglaubt, daß er ein solcher Held sein könne. »Wenn ihr erst wüßtet, wie weh es tut«, sagte der Belobte eifrig und mit strahlenden Augen; »es ist, als ob ich auf glühendem Eisen ginge.« Nur ungern ließ er sich bewegen, damit aufzuhören; Federigo und Schiller meinten, daß er seinen Zustand nur verschlimmere, während er mit Hilfe kalter Umschläge bis morgen schon um vieles besser sein könne. Federigo ließ der Gedanke an das nahe Wiedersehen Teresas keinen Schlaf finden; er fühlte ihre Hand, ihren Mund, ihren Leib, als läge sie neben ihm; der Duft, der aus ihren Haaren stieg, betäubte ihn; sein Körper loderte und bebte, wie wenn Feuer durch seine Adern liefe und ihn erschütterte. Gegen Morgen schlief er ein, erwachte aber bald wieder mit einem schwer drückenden Gefühl hoffnungslosen Wehes.
Nachdem er noch eine Weile in Gedanken gelegen hatte, stand er auf, setzte sich zu Andryane und fragte, indem er sich über ihn beugte: »Würdest du mich auch dann noch lieben, wenn ein Entschluß von mir unsere Flucht vereitelte?« In Andryanes Gesicht malte sich fassungsloses Erschrecken, das aber nach kurzem Kampfe einem zärtlichen Lächeln wich, mit dem er

sagte: »Lieben würde ich dich immer, vielleicht noch mehr, weil ich die Größe deines Herzens daran ermäße; aber ich bitte dich, opfere nicht um niedere Güter die höheren, die dir keine Reue zurückerkaufte.« Federigo stand auf, um sich, da es Sonntag war, zum Besuch des Gottesdienstes vorzubereiten, dem Andryane seines Fußes wegen nicht beiwohnen konnte. Als er in der Kapelle stand und die kleine Schar seiner Gefährten in den grotesken Sträflingskleidern überblickte, kam es ihm vor, als habe er einen Traum geträumt, indem er auf den Fluchtplan eingegangen war. Wie hatte er denken können, am nächsten Sonntage und alle Sonntage, die kämen, sollte das trotzige Häuflein in dem frostigen Raume vor dem plattgesichtigen, unverständliche Worte murmelnden Pfaffen stehen, und er wäre fern, frei, im Genusse des Glücks? Wie hätte er ferner denken können, daß er auf der Schwelle horchte, ob alles still wäre, daß er behutsam über den Gang und die Treppe hinunterschliche, daß er mit stockendem Atem in eine Wagentür schlüpfte und zusammenführe, wenn er Räderollen oder Pferdetraben hinter sich hörte? Es war so unmöglich, daß er nicht mehr glauben konnte, er habe es jemals ernstlich erwogen.

Als nach dem Gottesdienste Schiller kam, teilte ihm Federigo mit, er habe sich endgültig entschlossen, auf die Flucht zu verzichten; Schiller solle so gütig sein, einen Brief dieses Inhalts sofort an seinen Schwager in Brünn gelangen zu lassen. Er war sehr bleich, und es lagen graue Schatten unter seinen Augen. Schiller, den Andryane schon vorzubereiten versucht hatte, stieß Federigos Hand mit dem Briefe wütend zurück; der Teufel solle alle miteinander holen, rief er mehrmals, er wolle nichts mehr mit der Sache zu tun haben und den Brief nicht bestellen, möge daraus entstehen, was wolle. Es zuckte über Federigos Gesicht, und alle seine Muskeln schienen sich schmerzhaft zusammenzuziehen. »Besorgen Sie den Brief!« sagte er, mühsam seine Stimme dämpfend; »kein Wort mehr! Gehorchen Sie mir!« Andryane humpelte, so schnell er konnte, auf Schiller zu, umarmte ihn, drückte ihm den Brief, den er Federigo abgenommen hatte, gewaltsam in die Hand und redete ihm erklärend und beschwichtigend zu, während er ihn aus dem Zimmer schob.

An den Sonntagen fiel der Spaziergang aus, und sie wurden dadurch besonders lang, drückend und schwermütig. Nachdem Federigo lange still auf dem Bett gelegen hatte, stand er auf und wollte seine Handlungsweise gegen Andryane verantworten; dieser unterbrach ihn jedoch, das sei nicht nötig, was ihn bewogen hätte, wisse er, sie wollten nicht mehr darüber reden. Federigo dankte ihm und schlug vor, sie wollten statt dessen ausdenken, womit sie die Zeit ausfüllen könnten, bis sie eine Beschäftigung nach ihrem Wunsche hätten. Während des Gesprächs erinnerte sich Andryane daran, daß er sich zuweilen mit Versemachen abgegeben hatte und auch für talentvoll gehalten worden war, und beriet sich mit dem Freunde über eine größere Dichtung, die er, in der Art der Odyssee oder der Äneide, hervorbringen wollte.

Das Abendbrot war ihnen schon gebracht worden, so daß sie niemanden mehr zu sehen erwarteten, als, am Sonntage eine doppelt ungewöhnliche Erscheinung, Hauptmann Smertschek bei ihnen eintrat. Die Befürchtung, der Fluchtplan sei verraten, verscheuchte sein zufriedenes Gesicht und die behagliche Stimmung, in der er sich, augenscheinlich nach einem besonders festlichen Mittagessen, befand. Er sei gekommen, um etwas mitzuteilen, sagte er; der Kaiser habe die Bitte der Staatsgefangenen wegen einer Beschäftigung huldvoll erhört, wenn er sie auch freilich etwas anders aufgefaßt habe, als sie, soviel er davon wisse, gemeint gewesen sei, sie sollten nämlich alte Leinwand geliefert bekommen und diese zu Verbandzwecken zerzupfen. Andryane wollte sich aufrichten und lebhaft erwidern, aber Confalonieri, der neben ihm saß und von Zeit zu Zeit seine Umschläge erneuerte, drückte ihn auf das Lager zurück und sagte, zu dem Hauptmann gewendet: »Der Herr Hofkaplan, der dem Kaiser unsere Bitte übermittelt hat, muß uns demnach falsch verstanden haben; wir werden also unmittelbar eine Bittschrift bei Seiner Majestät einreichen.« Smertschek wiegte sich verlegen hin und her; das wäre kaum rätlich, sagte er, der Kaiser würde das nicht gut aufnehmen, sie möchten es einstweilen mit der Arbeit versuchen, es wäre immerhin eine Zerstreuung. »Wir wollen keine Zerstreuung,« rief Andryane heftig, Tränen der Enttäuschung und Entrüstung im Auge.

»wir wollen unser Blut durch Bewegung erfrischen, wir wollen nützliche Arbeit leisten, die unserer Kraft angemessen ist, damit wir fühlen, daß wir Menschen sind, nicht verwesendes Fleisch in Gräbern!« Man hörte eine Weile nichts als das Räuspern des Hauptmanns und das Fließen des gerade niederströmenden Regens; dann sagte Federigo, er könne nicht glauben, daß der Kaiser eine in geziemenden Worten abgefaßte Erklärung übel aufnehmen werde; wenn die anderen einverstanden wären, wolle er den Versuch machen. Das könnten sie ja, wenn sie wollten, sagte der Hauptmann, das stehe ihnen frei, er habe nur eine gutgemeinte Warnung äußern wollen. Jedenfalls müsse er ihnen das sagen, daß der Kaiser angeordnet habe, die Leinwand, die ihnen zugeteilt würde, müsse nach einem gewissen Zeitraum verarbeitet wieder abgeliefert werden, daß sie also, bis ein anderer Befehl eintreffe, sich damit abzufinden hätten. »Wir mußten uns die Bewilligung einer Arbeit als Gnade erbitten«, sagte Federigo; »ich zweifle, ob man sie als Pflicht von uns zu fordern berechtigt ist.« Der Hauptmann, der ungeduldig zu werden begann, zuckte die Schultern und rief: »Berechtigt! Meine Herren, was der Kaiser tut, das ist berechtigt. In Ihrer Lage ist es Firlefanz, sich über Rechtstitel aufzuregen. Schließlich ist es einerlei, wie man seine Zeit hinbringt, und wer weiß, ob es auf die Dauer nicht kurzweiliger ist, Leinwand zu zupfen, als Erde zu schaufeln.« Da niemand antwortete, fuhr er fort, der Kaiser habe jedenfalls erwartet, Freude und Dank zu erregen, und wenn er sich in der Wahl des Mittels auch vergriffen habe, so sei doch seine Absicht gut gewesen. Auch gegen ihn selbst habe er gnädige Worte gebraucht und habe ferner befohlen, daß Solera vom Obersten Moretti getrennt werde und dieser fürs erste allein bleibe.

Als er fort war, machte Andryane dem Grafen Vorwürfe, daß er sich nicht deutlicher und kräftiger ausgesprochen hätte oder ihn hätte sprechen lassen, und brach zuletzt in Tränen aus. Federigo trat an das Fenster. Der Regen stürzte noch immer gerade herunter, und in sein starkes Rauschen mischten sich die heller rieselnden Stimmen der kleinen Bäche und Güsse, die aus den Traufen und an den Mauern hinunterliefen. Es dunkelte, und er dachte daran, daß jetzt die Zeit wäre, wo unterhalb des Friedhofs der Wagen stehen sollte, der ihn in die Freiheit geführt hätte; nun lösten Dunkelheit und unendliche Fluten auf, was an Licht und Traum und Hoffnung dagewesen war. Dort unten hatte das Leben gestanden und auf ihn gewartet, den sonnenhaften Leib eingehüllt in rauchende Regenströme, das stolze Auge liebreich aufgeschlagen nach der Zinne des Kerkers; dann, da er nicht kam, war es für immer fortgegangen, um seiner zu vergessen. Oder es war keine Göttin, sondern seine Frau, seine Geliebte, ein armes, schmerzleidendes Weib, die sich, da er nicht kam, in die aufgeweichte Gräbererde geworfen hatte und dort verlassen lag, und es war ihr unstillbares Schluchzen, das die Burg umschlang, an den Mauern rüttelte und die Nacht bis an den Himmel durchrauschte. Seine Augen füllten sich mit Tränen, und er empfand eine zwingende Sehnsucht, sich hinzugeben und sich in Weinen zu erschöpfen; aber es gelang ihm, den Trieb zu unterdrücken, dem seine Gewohnheit, sich zu beherrschen, entgegen war. Er ging zu Andryane, machte ihm einen frischen Umschlag und suchte ihn durch den Gedanken an die von ihm geplante Dichtung zu zerstreuen. Dann fiel ihm ein, daß, da es Sonntag war, Moretti vielleicht noch nicht von dem ihn betreffenden Beschluß in Kenntnis gesetzt sei, und er beeilte sich, ihm die beglückende Botschaft anzukündigen.

Schiller hatte sich an diesem Tage nicht mehr sehen lassen und kam am nächsten ohne Gruß ins Zimmer und ohne auf die von Andryane geflissentlich angeregten Gespräche einzugehen; sein Gesicht war lang und hohl, sein Blick leer. Nachdem es einige Tage so gegangen war, kam er eines Abends mit so unsicherem Schritt und so schlecht berechneten Bewegungen, daß er den Wasserkrug, den er brachte, umgeworfen hätte, wenn Andryane ihm nicht schnell zu Hilfe gekommen wäre; es war ersichtlich, daß er zuviel getrunken hatte. Er nickte dankend und sagte: »Ich kann nichts mehr vertragen, und daran seid ihr schuld. Warum wolltet ihr mich von dem Wein abwenden, der mein Bruder und mein einziger Freund ist? Ihr

meint es nicht so treu wie er, ihr habt kein Herz für den alten Mann, dem euer Wohl mehr wert als seins war. Auch gut, so werde ich mich wieder mit meinem alten Gesellen vertragen.«
In dem Gefühl, daß diese Worte hauptsächlich an ihn gerichtet waren, stand Confalonieri auf und begann etwas zu erwidern; als er sich aber plötzlich dem verwitterten Gesicht und den trüben Augen gegenübersah, unterbrach er sich, eilte auf Schiller zu und fiel ihm um den Hals. Da er sich loszumachen suchte, sagte er unter Tränen lachend: »Ich lasse mich nicht abschütteln. Ich habe meinen besten Freund gekränkt und würde nicht wagen, um seine Verzeihung zu bitten, wenn er nicht ebenso gegen mich schuldig wäre. Konntest du mich nicht verstehen, als ich nicht sprechen konnte, weil mir das Herz brach? Konntest du nicht wissen, daß ich gern glücklich gewesen wäre und glücklich gemacht hätte, wenn ich gedurft, wenn ich gekonnt hätte?« Inzwischen hatte sich Schiller losgemacht, die nassen Augen getrocknet und sah Federigo herausfordernd mit bösen Augen an. »Ich weiß,« sagte er, »warum Ihr nicht durftet, nicht konntet! Ihr wollt immer groß dastehen, niemand soll scheel auf Euch blicken können. Ein armer Teufel darf nicht heikel sein; ich war es auch nicht, als ich in dieser Spelunke Gefangenwärter wurde. Aber Ihr wollt lieber zugrunde gehen, als daß einer die Nase über Euch rümpfen könnte; so geht zugrunde.«
»Ganz Mailand blickt scheel auf mich, ohne daß es mich anficht«, erwiderte Federigo lebhaft; »aber ehe ich mich selber verachten müßte, wollte ich freilich lieber zugrunde gehen.«
»Ihr hättet ja das Trinken anfangen können«, brummte Schiller höhnisch. »Mit Wein kann man alles aushalten, auch, sich selber zu verachten.«
In dieser Weise ging es in den nächsten Tagen weiter; die grimmige Stimmung Schillers war nicht zu überwinden. Was auch Confalonieri sagen mochte, am Ende fing Schiller wieder an, er, Federigo, habe ihn verhindert, die erste gute Tat seines Lebens zu tun und zugleich dem Basilisken einen Possen zu spielen.
Eines Nachmittags, als Federigo auf die Terrasse ging, sah er, daß Fritz die Wache hatte, und wollte ihn grüßen, wie er sich

gewöhnt hatte, es zu tun; aber er empfing einen Blick, der, voll Hohn und Verachtung, ihn wie eine Waffe zurückzutreiben bestimmt schien. Während er auf und ab ging, sah er das hübsche, braune Knabengesicht vor sich mit den kühnen grauen Augen, aus denen ihm sonst ein leidenschaftliches Gefühl zugeflammt war und die sich jetzt gegen ihn auflehnten; frei und kalt hatten sie ihn angeblitzt, Herren über diese Liebe, die sie als etwas Schmachvolles zerrissen und von sich getan hatten. Die Stimme Krals, der neben ihm plauderte, berührte ihn widerwärtig; unter dem Vorwande des Regens, der niedersprühte, kürzte er den Spaziergang ab. Als er wieder an Fritz vorüberging, streifte dessen strenger Blick gleichgültig an ihm vorbei; es war gerade, als hätten die Augen ihn vorhin zu Boden geworfen und sähen ihn nun nicht mehr.

Federigo war übel ums Herz; es war ihm unmöglich, mit Andryane darüber zu sprechen, obwohl dieser ihm weit näher stand als Fritz, der kaum erwachsen war, keine geistige Bildung besaß und den er nur von Ansehen kannte. Was in dem Jungen vorgegangen war, begriff er: Die Flucht hätte auch ihm die Freiheit gegeben und zugleich die Möglichkeit, unter der Leitung eines verehrten Mannes sich nach seiner Neigung zu entwickeln; aber sicher schmerzte ihn mehr als das Scheitern seiner Wünsche, daß er sich in seinem Helden getäuscht hatte. Er mißachtete ihn, weil er um irgendeiner Rücksicht willen auf die Freiheit, die ihm winkte, verzichtet hatte, die Freiheit, die sein Recht und seine Größe war. Sie war über ihn hingestürmt, nach Sonnen und Sternen hin, und hatte ihm ihren Mantel zugeworfen, um ihn mitzunehmen; indem er ihn nicht ergriff, verwarf er sich selbst, löschte seinen Namen aus und sank in Nacht. Wenn er auch an sich und seinen Handlungen nicht irre wurde, so verstand er doch, daß Fritz so dachte, und es machte ihn traurig. Gelegenheit, mit ihm zu sprechen und auf ihn einzuwirken, hatte er nicht, auch zweifelte er, ob es ihm gelingen könnte; denn grausam, unvertraulich und unfruchtbar mußten ihm alle Ideen erscheinen, denen die Menschen ihr Glück opfern, während das Leben in seiner Unschuld und Fülle alle, die ihm ergeben sind, an seiner Brust sammelt, wo süße Nahrung für alle quillt. Trotzdem dachte er sich immer wieder aus. was er ihm sagen und womit er ihn treffen könnte, nicht, um seine Verehrung wiederzugewinnen, sondern um seinen Schmerz zu veredeln und seine unklaren Ideale zu ordnen, die ihn immer wieder auf Irrwege führen könnten.

In diesen Tagen kam Paulovich, zufriedener und selbstgefälliger als je, da er vom Kaiser zum Bischof von Cattaro ernannt worden war. Er ließ Andryane alle Einzelheiten seiner neuen Tracht bewundern und erzählte, wie anders als sonst er diesmal von den Mönchen im Kloster zu Brünn empfangen worden sei. Das wäre eine andere Bewirtung als sonst: nichts als zartes und gemästetes Geflügel komme auf den Tisch und auserlesene Leckerbissen, dazu die feinsten Ungarweine und Rheinweine, die sie früher im Keller gespart hätten, um ihm statt dessen sauren Landwein vorzusetzen. Da dächte er oft an seine Kindheit zurück, wo er alle Tage habe Polenta fressen müssen und wo sein Vater, wenn er deswegen unlustig gewesen sei, zu ihm gesagt habe: Werde du geistlich, so kannst du deinen Wanst auch mit Dublonen stopfen! Jetzt sei es wirklich so und nur an Wein schon manche Dublone da hindurchgegelaufen.

Andryane sagte, wenn man das höre, müsse man fast bedauern, nicht Geistlicher geworden zu sein, worauf Paulovich, der Spott hinter diesen Worten witterte, sich ein wenig aufblies und sagte, ja, man müsse freilich auch das Zeug dazu haben, man müsse viel lernen, die Menschen kennen und führen und auf das Irdische verzichten können. »Ihr«, sagte er, »waret töricht genug, auf gefährlichen und verbrecherischen Wegen nach eitlem Ruhm zu streben. Jeder Baum trägt die Früchte, die ihm gemäß sind, und so dürft Ihr Euch nicht wundern, wenn Euch Eure sauer und holzig schmecken.« Was das Leinwandzupfen anbetreffe, so habe der Kaiser mit Recht geglaubt, ihnen damit eine hohe Vergünstigung zu gewähren; insbesondere habe er geglaubt, Confalonieris Geschmack damit zu treffen, der sich von jeher als Menschenfreund ausgewiesen habe. Seine besondere Zuneigung für Andryane wollte Paulovich damit beweisen, daß er ihm als Ersatz für die entzogenen Bücher ein Gebetbüchlein mitbrachte, das von den Jesuitenvätern zusammengestellt und durchaus unschädlich und heilsam sei.

Der Kaiser habe es selbst durchblättert und auf seine, des Bischofs, Fürbitte seine Genehmigung dazu gegeben. Andryane antwortete, daß ein Gefangener kein Buch brauche, um zu beten, und ließ den dünnen Band absichtlich liegen, obwohl er wußte, daß Paulovich ihm diesen Trotz nachtragen würde.

Eines Tages erzählte Kral, als er das Mittagessen brachte, mit wichtigem Gesicht, der Kaiser sei erkrankt, und es werde in allen Kirchen für ihn gebetet. Zum ersten Male stellte sich die Möglichkeit naher Befreiung durch den Tod des Kaisers dar; Andryane meinte, lebhaft ergriffen, vielleicht habe Gott sie durch das letzte Ereignis der Flucht prüfen wollen, und da sie gut bestanden hätten, indem sie es verschmähten, sich eigenmächtig und mit etwaiger Schädigung anderer zu retten, öffne er nun selbst ihnen allen wie durch ein Wunder den Kerker. Alles sei dann eine natürliche und weise Fügung gewesen, die Leiden des Kerkers eine Schule, aus der man mit gestähltem Charakter und gereifter Einsicht hervorginge. Paulovich bestätigte das Gerücht und veranstaltete gleichfalls einen Gottesdienst für die Genesung des Monarchen, an welchem teilzunehmen er die Gefangenen aufforderte; doch genügte ihm das nicht, sondern er fragte einen jeden einzeln über seine Gefühle hinsichtlich dieses Ereignisses aus, ob sie aufrichtig für die Gesundheit des Kranken beten könnten oder etwa gar aus selbstsüchtigen Gründen seinen Tod herbeisehnten. Confalonieri erwiderte, er sei sich bewußt, daß er dem Kaiser ein schlechter Untertan gewesen sei, daß der Kaiser ein Recht habe, ihn mit Härte zu behandeln, daß er ihm das Leben geschenkt und ihn dadurch zur Dankbarkeit verpflichtet habe. Einen Vorteil, den des Kaisers Tod ihm bringe, würde er genießen, aber sein Leben nie mehr trüben, im Gegenteil sich bemühen, durch seine Person ihm keinen Anstoß mehr zu erregen oder Schaden zuzufügen.

Diese Erklärung verbreitete Paulovich unter den Gefährten Federigos, mit vielen süßlichen Worten verbrämt, als überfließe er von Reue und Unterwürfigkeit, und fachte dadurch Zwietracht an, indem namentlich Pallavicino ein Zeugnis niederträchtiger Gesinnung darin sehen wollte. Er sagte zu seinen Freunden, daß er den Kaiser nach aller Schmach und Ungerechtigkeit, die er von ihm erfahren, noch weit mehr hasse als früher, daß kein Zwang seine Vaterlandsliebe würde unterdrücken können und daß er sie, sowie er Gelegenheit hätte, von neuem betätigen würde. Wer anders empfinde, sei ein Heuchler oder ein schwachsinniger und schwachmütiger Mensch wie Pellico, der vor dem Unglück in den Schoß der Kirche sich geflüchtet habe. Schändlich sei es vollends, daß ebender, der den Kampf gegen Österreich angeführt habe, das Ideal nun verleugne und seinen Anhängern ein Vorbild knechtischer Gesinnung gebe, sei es, um sich dadurch Begünstigung zu erschleichen, oder weil er, im Glück übermütig, im Unglück seine Schwachheit verrate.

Indessen kam diese Erbitterung nicht jetzt zum Ausbruch, wo die schwankende Hoffnung auf einen bevorstehenden Wechsel des schrecklichen Geschicks alle Gemüter beunruhigte. Pellico quälte sich damit, daß er für den Kaiser beten wollte, was er für eines christlichen Untertanen Pflicht hielt, und währenddessen doch nicht, wie er Federigo klagte, den inbrünstigsten Haß aus seinem Gemüt entfernen konnte, der alle seine Gedanken vergiftete. Andryane dagegen gab sich seiner frohen Erwartung unbedenklich hin und tadelte alle, die es nicht ebenso machten. Ein kindliches Herz sei Gott wohlgefällig, er wolle den Menschen weder gefühllos noch verstellt. Ihm sei es lieb, wenn seine Menschen sich an seiner Sonne, seinem Frühling freuten, und wenn er ihnen aus dem Hinwelken eines Greises Leben sprießen lasse, so wolle er, daß sie es dankbar empfingen, ohne zu grübeln. Mittags kam Kral, als er das Essen brachte, mit besorgtem Gesicht und sagte, in der Stadt gehe das Gerücht, der Kaiser liege im Sterben, und in den Kirchen lägen die Leute auf den Knien, um für die Erhaltung des kostbaren Lebens zu bitten. Er sah kümmerlich aus, wie wenn eine ihm teure Person in Gefahr sei, und wiederholte mehrmals, der Kaiser sei sehr edel und milde gewesen und es sei eine schreckliche Sache, daß ein solcher Mann sterben müsse wie ein gewöhnlicher. Dabei warf er ab und zu einen scheuen Blick auf Confalonieri und Andryane, als habe er sie im Verdacht, daß sie diese Ansichten und Gefühle nicht teilten und als ob er davon lieber kein Augenzeuge sein möchte.

Die beiden rührten das Essen nicht an; sie gingen eine Weile mit großen Schritten im Zimmer auf und ab, oder sie stellten sich an das Fenster und blickten schweigend auf das grünende Land. Plötzlich jedoch trat in Andryanes Stimmung ein Umschlag ein: er bereute, sich einer Freude hingegeben zu haben, die ihm jetzt kannibalisch erschien. Wer könne wissen, wieviel Gutes der Kaiser insgeheim getan habe? Wieviel mehr wert er vor Gott sei als er? Ob nicht das, was ihnen als Grausamkeit erscheine, strenges Pflichtgefühl sei, dem er sein Herz opfern zu müssen glaube? Und was dergleichen nachträgliche Billigkeiten mehr waren. Überall machte sich trotz der eisernen Regelung der Stunden eine gewisse Erregung bemerkbar; die Wärter und Soldaten standen beieinander und flüsterten und ließen die Gefangenen plaudern, wie sie mochten, oder sie fuhren plötzlich mit übertriebener Grobheit dazwischen.

Am folgenden Tage, als Andryane auf der Terrasse spazierenging, fingen alle Glocken der Kirchen Brünns zu läuten an. Es war, als müsse die Masse der Töne das leichte Gewebe der Luft zerdrücken und als drängten sich die bläulichen und rosigen Schultern geschäftiger Genien gegen den stürzenden Klang, um ihn über die Erde hinaufzutragen. Andryane klopfte das Herz: er sah sich unsicher nach Kral um und fragte, was das Geläut zu bedeuten habe, worauf dieser mit einem ausweichenden Blick erwiderte, es gehe dem Kaiser besser und in den Kirchen werde Gott gedankt, daß er die Gebete des Volkes erhört habe. Als Andryane wieder ins Zimmer zurückkam, brach er in Tränen aus. Federigo machte einen Versuch, ihn zu trösten; aber weil es ihm selbst schlecht zu Sinne war, ließ er es an diesem Tage gehen. Sie lagen jeder auf seiner Pritsche, ohne miteinander zu sprechen.

Paulovich feierte das Ereignis durch besonders gute Laune und Gesprächigkeit; indem er seine fetten Hände auf den Knien rieb und seine Augen schadenfroh belustigt umherspielen ließ, sagte er: »Gott hat unsere Gebete erhört«, und malte aus, welche Wohltat es für Europa, Österreich und Italien und schließlich für ihn selbst sei, daß der Monarch noch lebe. Er sei gewiß, daß er in Wien schon mit Ungeduld erwartet werde; denn die italienischen Gefangenen lägen dem Kaiser besonders am

Herzen; aber er beschließe nicht über sie ohne seinen Rat und Beistand. Auch sie, die Gefangenen, würden ihn vermissen, wenn er auch seinen Nachfolger selbst angeleitet habe; aber sein Volk in Cattaro bedürfe seiner gleichfalls, und nachdem er sich so lange auf dem Spielberg schwer geplagt habe, komme ihm der neue, bessere Wirkungskreis wohl zu.

Als er fort war und Confalonieri sich freute, daß er nicht zurückkomme, sagte Schiller traurig: »Was hilft uns das? Der Basilisk hat seine Eier gelegt und kann durch sie noch lange stechen und Gift spritzen.« Daran dachten sie, als Andryane bald darauf von Confalonieri getrennt und mit jenem Solera vereinigt wurde, dessen Gesellschaft Moretti so unerträglich gewesen war. Es geschah ohne Vorbereitung und wurde so rücksichtslos ausgeführt, daß Andryane kaum Zeit gelassen wurde, den Freund zum Abschiede zu umarmen. Moretti war der Meinung, daß diese Maßregel den Zweck habe, Andryane durch Solera über Confalonieri auszuhorchen, da es Paulovich nicht gelungen war, ihn zum Sprechen zu bringen.

Als Federigo das erste Mal nach der Trennung vom Spaziergange in das leere Zimmer zurückkam, fiel ihm der Abend ein, wo er auf dem Spielberge eingetroffen war und den trüben Raum zuerst betreten hatte. Es schien ihm, als sei er damals noch jung, kühn und voll törichter Hoffnungen gewesen. Hatte ihm auch vor dem Grabeshauch, der ihm entgegenschlug, gegraut, so hatte er doch unvergeßlich in seinem Herzen ein Leben gefühlt, das nicht zu löschen war; die Zelle war für ihn nichts anderes gewesen als eine Höhle, in der ein Flüchtling sich eine Weile verbirgt, um weiter in glückliche Freiheit zu eilen, sowie die Sterne günstiger winken. Jetzt wußte er, daß hier sein einziges Haus für immer war, sein Haus und seine Gruft, auf die ein Stein gewälzt war, den kein Mensch lüften konnte. Die Wege und die Flüsse, die er frei ins Weite strömen sah, schlugen keine Brücke in eine selige Ferne, sondern sie waren ein Bild auf sein Fenster gemalt, dessen zudringlicher Anblick die Augen übersättigte.

Am anderen Morgen lag er, als Schiller eintrat, noch auf dem

Bett, weil er den Tag nicht hatte beginnen mögen. Schiller setzte sich zu ihm, ohne ihn anzusehen und ohne etwas zu sagen; er war grau, seine Unterlippe hing herunter, und wie Confalonieri ihn betrachtete, sammelten sich ein paar Tränen in seinen trüben Augen, liefen langsam heraus und verflossen in den tiefen Furchen seines Gesichtes. Federigo richtete sich auf, faßte die Hände des Alten und fragte, was geschehen sei; ob er sich krank fühle, oder was ihm sonst fehle. Es dauerte eine Weile, bis er antworten konnte, dann sagte er, die Augen auf die Wand gerichtet: »Beelzebub hat gesiegt. Dies ist das letzte Mal, daß ich bei Euch sein kann; denn ich bin weggejagt und auf den Mist geworfen.« Aus der näheren Erklärung ging hervor, daß er nicht eigentlich in Ungnade, sondern unter dem Vorwande seines Alters und seiner Kränklichkeit entlassen war, wie ihm denn auch gestattet wurde, mit einer kleinen Pension auf dem Spielberg bis zu seinem Ende zu bleiben; allein es hatte, wie schon vorher, nicht an scharfen Verweisen gefehlt, daß er in strafbarer Weise die Übergriffe der italienischen Staatsgefangenen begünstigt habe. »Ihr hattet unrecht,« sagte er, »mit Euren Reden von der Würde und Göttlichkeit des Menschen Euch die Flucht und mir das Trinken auszureden. Das sind Gaukeleien, mit denen der Mensch um sein bißchen Glück auf Erden betrogen wird.« »Es kommt nicht an auf Glück«, rief Confalonieri; allein Schiller unterbrach ihn, indem er störrisch mit Kopfschütteln sagte: »Die Erde gehört den Pfaffen und der Himmel auch; den Guten bleibt nichts als ein froher Augenblick, den sie sich erhaschen.« Er könne ihnen nun nicht mehr beistehen; aber zum Glück sei Kral sein Nachfolger geworden, der ein guter Junge sei und seine Worte in Ehren halten werde. Er werde ihm das Versprechen abnehmen, für die Italiener, seine Kinder, so zu sorgen, wie wenn sie seine Brüder wären, und insbesondere ihm, Confalonieri, die Briefe wie bisher zu befördern. Erhielte er einmal die Freiheit wieder, würde er sich ohnehin erkenntlich zeigen; Kral würde es aber auch ohne diese Aussicht tun. Einen anderen, auf den sie sich verlassen könnten, hätten sie nun nicht mehr; denn Fritz, der sich schon seit mehreren Tagen mit Fluchtgedanken getragen hätte, wäre in letzter Nacht entwichen und wohl schon weit.

Ob er sich wieder auf die Räuberei legen werde, wisse er nicht; mit Geld habe er ihn nach seinen Kräften versehen. Wäre er jünger, so hätte er wohl mit ihm gehen mögen, zum Sterben aber sei die alte Spelunke gut genug, und er wolle doch auch seine Italiener nicht verlassen, denen er vielleicht noch hier und da ein Buch oder sonst etwas Brauchbares zuwenden könne. Er versprach, im Burggraben spazierenzugehen und nach ihren Fenstern hinaufzuwinken, solange es dem Gefährten gefiele, der von jetzt an immer an seiner Seite sein würde. Auf der Schwelle kehrte er noch einmal um und sagte: »Ihr müßt mir aber keine bösen Blicke geben, wenn ich einmal einen Schluck Wein getrunken habe; denn das würde uns beide kränken, da wir uns nicht mehr versöhnen können.« Er sah dabei ernsthaft aus, in keinem Winkel um seine Augen oder um seine Lippen war ein Blinzeln oder Lächeln; Confalonieri nickte schweigend.

Am folgenden Abend, nachdem die Sonne untergegangen war, erschien Schiller im Burggraben; als er Federigos ansichtig wurde, lächelte er, nickte zufrieden vor sich hin und blickte wieder lächelnd hinauf. Es war für diesen eine wohltätige Unterhaltung, zu warten, bis die vertraute Gestalt unter den Bäumen hervorkam, und ihr zu folgen, bis die dicken Gesträuche sie seinen Blicken wieder entzogen. Es war noch eine letzte Spur soldatischer Strammheit in dem hageren und verwitterten Körper, wenn er zuweilen stehenblieb und sich aufrichtete; aber wenn er ging, kam bald etwas Gebeugtes und Gelöstes in seine Glieder, das ein Gefühl von Wohlbehagen des Ausruhens erweckte. Federigo mußte an den Gefährten denken, von dem Schiller gesagt hatte, daß er von nun an immer an seiner Seite sein werde. Lautlos ging der geheimnisvolle Dämon neben und hinter ihm, mit mächtigem Gang die wankenden Greisenschritte behütend, von einem sanften, grünlichen Lichte umflossen, das schimmernd an den dunklen Gebüschen hängenblieb.

Täglich freute sich Federigo auf diese Besuche, die nur dann ausblieben, wenn der Husten oder sonstige Beschwerden den Alten einmal im Bette hielten. Vom Morgen bis in die Nacht war er am Fenster, zuweilen in einem Gespräch mit Pellico oder in Gedanken oder nur in Betrachtung der Landschaft und dessen, was sich draußen begab. Einmal spielte sich vor seinen Augen ein kleiner Auftritt ab, der seine Aufmerksamkeit besonders fesselte. Er sah nämlich vor einem Hause von ländlicher Bauart am Fuße des Spielbergs eine Frau mit einem Kinde einen Mann erwarten und empfangen, der auf der Straße von der Stadt herkam, wo er vermutlich sein Geschäft betrieb. Er konnte so viel erkennen, daß die Frau ein einfaches loses Kleid trug, das von einem schärpenartigen Bande zusammengehalten wurde, und das Kind, ein etwa dreijähriges Mädchen mit goldgelben Locken, ein feuerrotes Kittelchen, das Hals, Arme und Beine frei ließ. Gleichzeitig setzten sich der Mann, die Frau und das Kind in Bewegung, um einander entgegenzulaufen; als sie sich erreicht hatten, umarmten und küßten sich der Mann und die Frau, und das Kind umfaßte beide, so gut es eben konnte, bis die beiden sich bückten, es aufhoben und in ihre Umarmung vereinigten. In Federigos Augen traten Tränen; es betrübte ihn, daß die drei bald darauf in das Haus gingen, wie er sich vorstellte, um das kleine Mädchen zu Bett zu bringen oder um das Abendessen zu nehmen. Er betrachtete nun das Haus näher: es war gelblichweiß angemalt, hatte grüne Läden und ein flaches Dach; auf zwei Seiten war es fast zugedeckt von alten Holunderbäumen mit absonderlich gekrümmten Stämmen, an der gegenüberliegenden, die nach Süden ging, befand sich eine kleine, offene Vorhalle, die durch hölzerne Pfeiler gebildet war. Das Haus lag in einem Garten, wo Gemüse gebaut wurde; aber es gab dort auch einen mit Gras bewachsenen Abhang, auf dem Obstbäume standen und wo Blumen zu blühen schienen. Daß der Holunder in Blüte stand, konnte er sehen, und daß man die weißen Dolden von den Fenstern des Erdgeschosses sowohl als von denen des ersten Stockes aus erreichen konnte. Er erwartete mit Ungeduld den folgenden Tag, um mehr von den Menschen zu sehen, die seine Teilnahme erregt hatten. Bald hatte er festgestellt, daß die Frau und das Kind den Mann jeden Morgen um sieben Uhr an die Gartentür begleiteten und Abschied von ihm nahmen, ihn mittags wieder empfingen und etwa um zwei Uhr wieder fortgehen sahen, daß der Empfang des Abends aber der ausgiebigste war, vermutlich, weil sie dann am meisten Zeit hatten. Gewöhnlich kamen die Frau und das Kind schon frühzeitig an die Gartentür und spielten zusammen, während sie warteten, und er konnte ihnen anmerken, in welchem Augenblicke sie des Mannes ansichtig wurden; dann zerrte das Kind am Kleide der Frau, um sie zum Gehen zu veranlassen, aber sie pflegte zu warten, bis er näher herangekommen war, und lief ihm dann entgegen. Alle drei hatten einen verschiedenen Rhythmus in der Bewegung, doch war er bei allen stark und hinreißend. Durch Kral brachte Confalonieri in Erfahrung, daß der Mann Werkmeister in einer Fabrik und ein Fremder sei, Ungar oder Pole; daß er bei den Beamten wie bei den Arbeitern beliebt sei als ein lustiger und immer hilfsbereiter Mann; daß das Häuschen ihm und seiner Frau gehöre und daß sie ein bescheidenes Auskommen hätten. Unmerklich gewöhnte sich Federigo daran, mit diesen Menschen zu leben; er kannte ihre Lebensweise, er wußte, um welche Zeit die Frau in den Garten kam, um das Gemüse für den Mittagstisch zu holen oder um die Gartenarbeiten zu verrichten, und freute und bekümmerte sich um ihretwillen um die Gunst oder Ungunst des Wetters. Einmal warteten sie des Abends vergeblich auf den Mann; er sah, wie die Frau anfing, ängstlich zu werden, wie sie trotzdem das Kind zu beschwichtigen suchte, und wurde selbst aufgeregt, wie sie in das Haus ging, wiederkam und wieder hineinging, offenbar um ihre Besorgnisse durch irgendeine Beschäftigung zu zerstreuen. Plötzlich, als sie gerade wieder mit dem Kinde in den Garten hineinging, drehte sie sich um, offenbar, weil der Erwartete von weitem ihren oder des Kindes Namen gerufen hatte, und fing sogleich an, ihm entgegenzulaufen; es war ihm, als sähe er ihr Herz schlagen, und als zitterten auch das Haus und der Holunderbaum.

Wie seine Einbildungskraft sich mit dieser Familie beschäftigte, kam ihm in den Sinn, daß er selbst vor langer Zeit etwas Ähnliches erlebt hatte, als er im dritten oder vierten Jahre seiner Ehe einen Sommer mit Teresa und dem Kinde auf seinem Landgut in Valmadrera gewesen war. Damals war er häufig nach Como oder Chiasso geritten, um Nachrichten aus der Stadt zu holen oder Bekannte zu sprechen, und wenn er gegen

Abend wiedergekommen war, hatte Teresa, das Kind an der Hand oder auf dem Arme, am Gartentor unter den alten Akazien, die es begrenzten, auf ihn gewartet. Er sah sie vor sich mit der Schlankheit des Körpers, die sie damals hatte, das volle, runde Gesicht von Spiel und Freude gerötet, die strahlenden Augen, die ihm entgegenjubelten. Des Kindes Augen glichen den ihren; sie waren meist ernsthaft, aber sie lachten und sprühten, wenn sie ihn und das Pferd erblickten, die beide zugleich Liebe und eine reizende Furcht in ihm erregten. Es schrie vor Angst und Entzücken, wenn er es in die Luft warf oder es auf den Rücken des Fuchses setzte, den er damals vorzugsweise ritt, und ihn ein wenig traben ließ. Es war ihm so, als wäre in jenem Jahre ein langer, nie getrübter, veilchenbekränzter Frühling gewesen; die Stelle vor dem Gartentor, wo er vom Pferde stieg, war immer mit rosigen und blauen Akazienblüten bedeckt, und wenn sie zur Veranda gingen, hatte das Kind, auf seiner Schulter sitzend, reife Kirschen von dem Baume gepflückt, der am Hause stand.

Er hatte damals nicht geahnt, wie glücklich er war. Was die meisten Menschen sich mühsam erringen und unter Kämpfen festhalten, hatte er besessen, als wäre es mit ihm geboren, und vielleicht hatte er es deshalb nicht erkannt und sich von schimmernden Idealen aus dem heiligen Bannkreise des Hauses locken lassen. Jetzt glaubte er einzusehen, daß es ein kurzsichtiger Wahn sei, ein Volk über das andere zu stellen oder eine Regierungsform über die andere, oder von gewissen Gesetzen und Einrichtungen das Heil der Menschen zu erwarten. Wieviel Gutes hätte er wirken können, ohne Anstoß zu erregen und ohne Schaden zu stiften, wenn er sich begnügt hätte, Weib und Kind zu hegen, seinen Nachbarn hilfreich zu sein und alles das Nützliche zu leisten, was gerade der Tag und die Stunde erforderte! Denn hätten alle Umwälzungen und Taten schließlich ein anderes Ende als dies, daß der Mann freite und Kinder erzeugte und diese wieder dahin führte, daß sie dasselbe täten? Wenn er an das Holunderhaus dachte, so empfand er, daß dies Leben der Inbegriff des Lebens sei, sein einziger Preis und Sinn, die Krone aller Wünsche und Hoffnungen. Er hatte es besessen und verloren, ohne es zu wissen, Tod und Trennung,

Kränkungen, Enttäuschungen und bittere Erfahrung hatten den süßen Frühling auf immer zugedeckt. Dies dachte er; aber unter dem Gedanken war ein sicheres Gefühl, daß die entschwundenen Tage wiederkehren würden, golden gereift, innig bewußt, zauberhaft erfüllend und beschließend. Dies heimliche Gefühl war immer in ihm, wenn er die drei Menschen im Holunderhaus beobachtete, und vermehrte seine Teilnahme, die so weit ging, daß er das Haus selbst und die Bäume und Pflanzen, die er erkennen konnte, liebhatte und mit den Blikken hegte, als ob sie ihm gehörten. Im Spätsommer blühten am Zaune Sonnenblumen und rote Malven; oben auf der Anhöhe, wo die Obstbäume wuchsen und wo die Kleine in ihrem leuchtenden Kittel zuweilen hinunterrollte, stand eine Ulme, die durch ihre Form auffiel. Auf kurzem, dickem Stamme breitete sich das Gewirr der dichten Zweige dunkel aus und erinnerte ihn an einen Berg mit vielen Höhlen und labyrinthischen Schluchten; darin sammelten sich zahllose Vögel, die zu gewissen Stunden ausflogen und zu anderen wiederkamen, zuweilen auch das alte Haupt in losen Kreisen umflatterten, das ihnen Zuflucht gab.

Um diese Zeit starb einer der Gefangenen aus dem venezianischen Prozesse, namens Villa, ein schwacher Mensch, der sich durch Angeberei Straflosigkeit zu erkaufen versucht hatte. Da er nur auf das Sinnenleben gestellt war und ererbten Reichtum behaglich genossen hatte, fing er im Kerker sofort zu verfallen an und schwand bei der Unwirksamkeit der kleinen Mittel, die der Arzt ihm zuwenden konnte, unaufhaltsam an der Auszehrung hin. Ein Freund von ihm, ein Priester und gutherziger, harmloser Mensch, den Villas Leichtfertigkeit erst zum Karbonarismus verleitet, dann verraten hatte, pflegte ihn und bereitete ihn mit Hilfe seiner kindlichen und angelernten Frömmigkeit auf den Tod vor, in den er sich nach langem Jammer ergeben hatte. Während der letzten Tage war sein Bett von guten Weinen und allerhand Leckerbissen umgeben, die der Kaiser ihm zur Stärkung bewilligt hatte, die er aber nicht mehr berührte. Unter den übrigen herrschte eine gedrückte Stimmung; Pellico, der nie ganz gesund war, litt so sehr unter Brustschmerzen, daß er sich nicht bis an das Fenster schleppen konnte. Moretti sagte zu Confalonieri, daß Pellico vermutlich der nächste sein würde, der stürbe; freilich könne es auch sein, daß der Kaiser ihn vorher begnadigte, da er schon gebrochen und so gut wie gestorben sei; er könne nichts mehr als weinen und beten.

Übrigens befand sich Moretti besser, seit er allein war. Er beschäftigte sich viel mit seiner Erfindung und rief Federigo fast täglich an, um ihm von seinen Fortschritten und Plänen sowie von seinen Hoffnungen auf Rache zu erzählen. Er war der Meinung, daß diejenige Nation, welche die Luft befahren könne, einen Aufschwung über alle anderen nehmen, namentlich im Kriege dem Gegner überlegen sein müsse. Ihr, sagte er, stehe in Wahrheit eine Legion Engel zu Gebote, eine himmlische Heerschar, deren die Regimenter der Erde sich nicht erwehren könnten, und er liebte, sich vorzustellen, daß Italien das Reich sein würde, das unter diesem Zeichen siegte. Würden seine Gedanken jemals ausgeführt, so sollte das erste Schiff den Namen Spielberg führen, damit einst in der grenzenlosen Freiheit des Raumes des düsteren Felsens gedacht würde, an den sie geschmiedet gewesen wären. Federigo, der von jeher viel Wert auf die Vereinfachung und Beschleunigung des Verkehrs gelegt hatte, malte sich Reisen aus, die er auf dem Luftwege unternähme, ja er träumte von der Möglichkeit, über die Atmosphäre, die die Erde umgibt, hinauszudringen. Oft, wenn er nachts am Fenster stand, zog er mit den Augen eine Bahn durch den schwarzen Ozean, in dem die fernen Inseln schimmerten, und landete an silbernen Gestaden, mit klopfendem Herzen auf den ersten Laut des fremden Giganten horchend.

Indessen war der nächste, der nach Villa starb, nicht Pellico, sondern der alte Schiller. Er war leidlich durch die gute Jahreszeit gekommen, und wenn er abends mit Kral beim Weine saß, erzählte er Geschichten aus seiner Kriegszeit, von Mord, Brand und Scheußlichkeiten aller Art, welche dartun sollten, daß auf Erden die wahre Hölle und der Triumph des Bösen sei. Er fand Vergnügen daran, diese Ansicht an immer haarsträubenderen Beispielen zu beweisen und Kral zu verhöhnen, der mit frommem Mute irgendwelche Absicht und Wohlweisheit Gottes auch aus den heillosesten Katastrophen herausklauben wollte. Als die Kälte kam, wurde er krank, unterließ es aber doch nicht, durch den aufgeweichten Schnee im Burggraben zu gehen, um zu seinen Freunden, den Italienern, hinaufzunicken. Dabei zog er sich eine Lungenentzündung zu und starb nach kurzem Kranksein, wie ein Müder, der gern einschläft.

Kral brachte schluchzend die Nachricht und erzählte erst einige Tage später, was sich am Vorabend des Todes zugetragen hatte. Schiller hatte nämlich, durch einen Schluck Wein zu vollem Bewußtsein gebracht und in gute Stimmung versetzt, Kral zu sich gewinkt und ihm anvertraut, daß er nichts besitze, da er sein Erspartes schon vor Jahren an einen entfernten Verwandten in seiner Heimat, der in Not gewesen sei, verloren habe, und daß die Geschichte mit der Erbschaft nur ein Schwank zur Ergötzung gewesen sei. Kral habe doch bis dahin viel Freude durch diese Aussicht gehabt, er solle sich das jetzt nicht gereuen lassen und solle ihm, Schiller, trotzdem ein gutes Andenken bewahren.

Im ersten Augenblick, sagte Kral, sei er erstaunt gewesen, bald habe er aber eingesehen, daß es besser so sei; denn im anderen Falle hätte er vielleicht nicht so traurig sein können über das Hinscheiden des guten alten Mannes, der ihm ein Vater gewesen sei, weil der gefährliche Mammon ihn abgeleitet hätte, was sein Gemüt später ohne Zweifel mit vergeblicher Reue erfüllt haben würde. Jetzt könne er von Herzen traurig sein, so wie er früher von Herzen froh gewesen sei über die vermeintliche Erbschaft.

Noch eine Veränderung trat dadurch ein, daß Doktor Bayer ausblieb, in Ungnade gefallen, weil er, wie es hieß, ein Geschenk von den Angehörigen eines italienischen Gefangenen angenommen habe. An seiner Statt kam ein Arzt slawischer Herkunft, der in Krankheitsfällen meist erklärte, es liege nichts vor, es werde sich schon von selbst geben, so daß man sich seiner nur im Notfalle bediente. Bei dem ersten Besuche, den er Confalonieri machte, sagte er, daß kein Grund vorhanden sei, ihm Kaffee zu verordnen, worauf diese Begünstigung zurückgezogen wurde.

Im Beginne des Winters wurde Solera begnadigt und gleichzeitig Andryane wieder mit Confalonieri vereinigt. Dieser hatte sich so sehr an die Einsamkeit gewöhnt, daß er im ersten Augenblick mehr Bedauern als Freude darüber empfand; aber die maßlose Erregung Alexanders, der sich an der Brust des Freundes dem Leben wiedergegeben glaubte und ein ähnliches Gefühl bei ihm voraussetzte, verscheuchte die selbstsüchtige Regung sofort. Andryane hatte eine qualvolle Zeit durchlebt: Trotz des Widerwillens, den Solera ihm einflößte, versuchte er bei seiner geselligen Anlage immer wieder, sich mit ihm zu unterhalten und ihm eine gute Seite abzugewinnen, woraus aber, da gegenseitiges Mißtrauen und Verschiedenheit der Temperamente im Wege standen, nur Mißhelligkeiten sich ergaben. Hatten sich beide zu Ungerechtigkeiten und verletzenden Worten hinreißen lassen, so pflegte Solera schließlich zu weinen und um Verzeihung zu bitten, was in Andryane Mitleid erregte, ohne den Widerwillen zu vermindern. Er sah gealtert aus und war reizbar und zum Widerspruch geneigt geworden, wenn auch seine leidenschaftliche Anhänglichkeit an Confalonieri eher zugenommen hatte. Die krampfhaft betriebene religiöse Betätigung Soleras, der ein besonderer Günstling des Paulovich gewesen war, hatte ihm das Katholische durchaus verleidet, so daß er auf den Gedanken gekommen war, Protestant zu werden. Er behauptete, die Verlogenheit und entsittlichende Wirkung des Katholizismus an Paulovich und Solera nun gründlich kennengelernt und eingesehen und an sich selbst erfahren zu haben, daß die Verdummung und Abstumpfung des Menschen sein berechneter Zweck sei. Federigo erwiderte, daß er an anderen anderes beobachten könne, daß er jedem abraten würde, das Bekenntnis, in dem er geboren sei, aufzugeben, daß er es aber für eine überflüssige und mutwillige Herausforderung halten würde, wenn Alexander es jetzt täte, wo er in der Gewalt des Kaisers sei. Hierauf entgegnete Andryane, daß er eben gerade darum verpflichtet sei, seine Überzeugung zu bekennen, weil ihm Gefahr daraus erwachse, wie er sich doch vorher nicht gescheut habe, die Taufe zu empfangen, obwohl es ihm Vorteil zu bringen versprach. Er war enttäuscht und unzufrieden, daß Federigo seinen Plan nicht billigte; dieser hingegen dachte, daß Schiller gesagt haben würde, unser Pfau muß wieder einmal ein Rad schlagen, und begnügte sich damit, einstweilen seinen Schwung aufzuhalten, indem er ihn mit der Entstehungsgeschichte des Protestantismus bekannt machte und ihm die protestantischen Dogmen sowie die Bedeutung der katholischen Symbole erklärte. Auch mit Pellico, der lebhaften Anteil daran nahm, beredete Andryane schriftlich und mündlich diesen Gegenstand.

Es war nun schon monatelang auf den Befehl des Kaisers Leinwand gezupft worden, als seine Erwiderung auf die Bitte der Gefangenen, ihnen eine ihren Absichten besser entsprechende Arbeit zu gewähren, eintraf: nämlich, da sie mit dem Leinwandzupfen nicht zufrieden wären, sollten sie inskünftig Strümpfe stricken, wobei es nun aber zu verbleiben hätte. Es wäre dies zugleich eine nützliche, nicht anstrengende und die Nerven beruhigende Arbeit. Die Zahl der Strümpfe, die jeder in jeder Woche vollenden sollte, war vom Kaiser festgesetzt, ebenso Strafen für denjenigen, der weniger oder gar keine ablieferte.

Dieser Befehl des Kaisers wurde von allen nicht nur als Enttäuschung, sondern als unerträglicher Hohn empfunden. Auch Silvio Pellico, der sich mit Ergebenheit jedem Leiden zu unterziehen pflegte, konnte die Empörung und den inneren Widerstand nicht überwinden. Da, wie es sich von selbst versteht, keiner von ihnen stricken konnte, war vom Vorsteher der Ausweg getroffen, daß zunächst Kral es lernen mußte, um dann seinerseits die Gefangenen darin zu unterweisen. Obwohl er dies mit unermüdlicher Willigkeit tat und selbst bekümmert und erstaunt war, daß feine Herren zu einer solchen Arbeit gezwungen wurden, so konnte doch Pellico, der besonders ungelehrig und ungeschickt war, sich nicht mit derselben Geduld fassen, sondern wurde heftig und unfreundlich gegen Kral, dessen bloße Nähe ihm unerträglich wurde. Er klagte gegen Confalonieri, daß er unfähig sei, die Demut zu empfinden, die das Christentum vorschreibe, daß, wenn er glaube, seinen Feinden verziehen zu haben, bei jeder neuen Beleidigung eine Erbitterung in ihm sich rege, die das Gegenteil beweise. Wäre sein Haß früher eine Natter gewesen, so sei er jetzt eine Riesenschlange, ein Scheusal, dessen Übermacht er mit Entsetzen seinen Willen beherrschen fühle. Das Gift des zurückgedrängten Hasses habe seine Seele krank gemacht, so daß er oft sogar diejenigen anspeien möchte, die ihm wohlwollten und wohltäten. Confalonieri sagte, er solle nicht versuchen, seine Feinde zu lieben, sondern ihren Standpunkt zu verstehen oder die verhältnismäßige Unwichtigkeit solcher Verhältnisse und Leidenschaften einzusehen. Was das Strümpfestricken anbelange, so dürfe es einem vernünftigen Menschen nicht allzu schwer fallen, sich in Notwendiges zu fügen. Außerdem sei keine Arbeit an sich entwürdigend und sei es besonders nicht deswegen, weil es eine Arbeit der Frauen sei; sie könnten vielmehr von den Frauen lernen, das Niedrige mit Größe und Anstand zu verrichten. Kral habe ihm erzählt, daß alte Schäfer die Gewohnheit hätten, während sie ihrer Herde folgten, Strümpfe zu stricken, und diese Tatsache könne einem die untergeordnete Arbeit ehrwürdig machen. Durch solches Zureden gelang es ihm endlich, Pellico das Gleichgewicht des Gemütes wiederzugeben. Andryane war weniger seinetwegen unglücklich, als daß er Confalonieri Mägdearbeit tun sehen mußte. Zuweilen, wenn er zusah, wie die schönen, starken und schlanken Hände des Grafen mit der Wolle hantierten, die sehr derb und mit einem üblen Geruch behaftet war, brach er in Tränen aus; denn dies sei trauriger, als ein edles Kriegspferd auf der Straße vor einen Karren gespannt zu sehen. Pallavicino weigerte sich bestimmt, zu stricken; wenn Kral es ihm zeigen wollte, zerriß er die Fäden, verdarb, was schon fertig war, mutwillig und gebärdete sich in jeder Weise so, daß jener davon abstehen mußte. Auf die Bitte des Vorstehers, der, um Pallavicino zu zähmen, ihn auf eine Zeit lang von seinen Gefährten getrennt und in ein schlechteres Zimmer einquartiert hatte, der aber ungern zu schärferen Mitteln greifen wollte, schrieb Federigo dem Widerspenstigen, er möge sich fügen, sowohl um seiner selbst wie um des Hauptmanns willen, der sich ihnen immer wohlgesinnt erwiesen habe. Wie weit er es treiben wolle? Ob er nicht wisse, daß der Vorsteher ihn könne peitschen lassen? Zum Sklaven mache man sich, wenn man gezwungen gehorche; sich zum Notwendigen entschließen, sei nicht schimpflich.

Die Antwort Pallavicinos enthielt bittere Vorwürfe, daß Federigo die neue und unerhörteste Quälerei veranlaßt habe, indem er den Kaiser um die Erlaubnis zu arbeiten gebeten habe. Anstatt sie zu ermahnen, sich zu fügen, hätte er zuerst das Beispiel des Widerstandes geben sollen, dies würde vielleicht gefruchtet haben. Nicht jedem sei es gegeben, seine Wandlungen mitzumachen, nicht jeder habe den kläglichen Mut, seine Vergangenheit zu verleugnen. »Einst,« so hieß es am Schlusse, »als du uns Jünglinge auffordertest, mit Gefahr unseres Lebens das Vaterland zu befreien, beteten wir dich an. Du warest unser Gott auf Erden, auf einen Wink von dir hätten wir Gut und Blut geopfert. Jetzt, da du mich ermahnst, einem Tyrannen zu gehorchen, der mich entwürdigen will, entziehe ich mich deiner Herrschaft. Ich entthrone dich, Idol meiner Jugend, ich breche dich in Scherben und verbiete meinen Augen, über dem vergötterten Staube Tränen zu vergießen. Wie teuer du mir warest, ich zerreiße das Band der Freundschaft, der treuesten Ergebenheit. Daß ich durch dich Freiheit und Zukunft verlor, habe ich dir niemals vorgeworfen, daß du mich der Liebe zu dir beraubtest, das kann ich dir nicht verzeihen. Wärest du unerschrocken in den Tod gegangen, den du herausgefordert hattest, ich hätte dich unter die Sterne versetzt; frohlockend hätte ich mich im Kerker begraben lassen in der Hoffnung, einst zu dir emporgehoben zu werden. Aber du entwandest dich deinem Schicksal: du nahmst das Leben als ein Gnadengeschenk aus der Hand des Tyrannen, den du hattest stürzen wollen, und der edlen Frau, deren Liebe du mit Undank vergolten hattest, und verbirgst dein erschlichenes Dasein in den Lumpen schweigender Unterwürfigkeit. Nenne Giorgio Pallavicino nicht mehr deinen Freund, er war der Jünger eines Federigo Confalonieri, der nicht mehr ist.«

Sonst pflegte Confalonieri die Briefe, die er erhielt, zwei- oder dreimal zu lesen, bevor er sie zerriß; allein diesmal konnte er sich nicht dazu entschließen. Das ganze Schreiben stand mit jedem Satz und mit jedem Wort so vor ihm, als wäre es ein einziges und wäre mit Feuer mitten in seinen Kopf eingebrannt. Während er das Papier in Stückchen riß und aus dem Fenster warf, erfüllte sein Herz unnennbare Traurigkeit: er mußte an den Schmerz denken, den der unglückliche junge Mensch litt, den er durch und durch begriff und in dem er ihn nicht trösten konnte. Sie mußten es beide einsam in ihrem Kerker durchkämpfen. Es schien ihm natürlich, daß es so gekommen war. Was konnte er denen noch sein, die einst sein Ansehen, sein Glück und sein Wahn geblendet hatte? Er fühlte deutlich, was er ihnen hätte bleiben können, wenn er gestorben wäre, stolze Worte auf den Lippen, das Gedächtnis eines Helden und Märtyrers zurücklassend, und er verglich sich und sein Los mit dem reinen Glanze, der sein Bild umstrahlt hätte. Er war wie einer, der dem Feinde sein Schwert übergeben hatte, bevor er als ein Schatten in die Unterwelt hinabstieg; es war gut, wenn ihm niemand nachblickte, wenn niemand seine geknechteten Hände Wolle stricken sähe. Sein Herz bäumte sich gegen das Gefühl unsäglicher Bitterkeit, das ihn ersticken wollte: dies konnte, es konnte das Ende nicht sein. Einst würde sein Weg wieder aufwärtsführen, und da, wo er ans Licht träte, würde sein Schwert liegen, blinkend und schneidend, wie es einst gewesen war, und würde freudig in seiner Hand zucken, der die Kraft und Ehre der vergangenen Tage wiederkehren würde.

Indem dieser Gedanke wie ein Gesicht in ihm aufleuchtete, verlor er das Bewußtsein, nachdem er seit beinah zwei Jahren keinen Anfall mehr gehabt hatte. Unter Andryanes Pflege, den sein Aufschrei herbeigerufen hatte, erholte er sich bald, wenn auch sein Gesundheitszustand, wie jedes Jahr, bis zum Frühling ungünstig blieb.

Als der Schnee geschmolzen war, fielen den Gefangenen mehrere Maurer auf, die einige Meter von der Burg entfernt einen Vorrat von Backsteinen aufrichteten, Erde ausgruben und sich anschickten, irgendein Bauwerk aufzuführen. Den an ihn gerichteten Fragen wich Kral anfangs aus; endlich jedoch erklärte er, daß auf Befehl des Kaisers im Norden der Burg eine Mauer errichtet würde an Stelle einer alten, die sich auch früher dort befunden habe, die aber durch die Franzosen im Kriege zerstört worden sei. Da dies bezweifelt wurde, gab er, obwohl augenscheinlich ungern zu, daß die Maßnahme auf einen Bericht des Paulovich zurückzuführen sei; als könnten die italienischen Staatsgefangenen von ihren Fenstern aus mit im

Burggraben befindlichen Personen in Verkehr treten, was durch die Mauer hintertrieben werden sollte.

Die Beraubung des Ausblicks in die Landschaft traf Federigo noch um vieles härter als der Verlust der Bücher. Moretti sagte, dies wäre vom Standpunkte des Kaisers aus eine richtige Berechnung: die Tyrannen der alten Zeit hätten ihre Feinde in Löchern bei Schlangen und Molchen verfaulen lassen, er wolle unter dem Anschein veredelter Sitte einen ähnlichen Erfolg erzielen. Auch dem seelenlosen Barbaren sei wohlbekannt, daß die Natur jedem Menschen göttlich heilsam sei; daß sie selbst dem angeketteten Sklaven, solange er in ihr ruhe, das Gefühl und die Wirkung der Freiheit geben könne. Wenn er seine Blicke ausgeschickt hätte, wie Adler über der Ebene von Austerlitz zu schweben, wären sie triefend von Himmelsluft zurückgekehrt. Er hätte sie nicht überwinden können, solange die Natur ihnen gesellt gewesen sei; nun wären sie verloren. Federigo entgegnete nichts, er konnte sich nicht vorstellen, woher er die Kraft nehmen sollte, dieser Entziehung standzuhalten. Es war ihm, als habe er sich von dem Anblick der Erde genährt, als wären diese Felder, diese Büsche, diese Wege seine einzige Speise gewesen. Besonders schmerzte es ihn, das Holunderhaus verlieren zu sollen, das er seinem Leben mit so viel Innigkeit verschwistert hatte.

Während des Winters hatte er wenig von den Bewohnern gesehen; er nahm an, daß der Mann oder die Frau den Schnee von der Haustür bis zur Gartenpforte fortkehrte; aber das geschah zu einer frühen Stunde, wo er im Zwielicht noch nichts erkennen konnte. Zuweilen kam das Kind in den Garten, anstatt des roten Kittelchens in einen Ziegenpelz gewickelt, so daß es einem drolligen kleinen Bären glich, und wenn die Mutter nachkam, warfen sie einander wohl mit Schneebällen, wobei er ihr ausgelassenes Lachen zu hören glaubte. Um die Mittagszeit hatte der Mann auch einmal einen Schneemann gemacht, dem ein alter Hut aufgesetzt und ein Stock in die Hand gegeben wurde.

Jetzt kam es Federigo so vor, als bewege sich die Frau nicht mit derselben Freiheit und Munterkeit wie sonst, und er brachte durch Kral in Erfahrung, daß sie in Hoffnung war. Obwohl dies im allgemeinen etwas Erwünschtes bedeutet, tat es ihm leid, weil in einem so glücklichen Zustande jeder Wechsel etwas Bedrohliches zu haben scheint, und auch weil er nicht wußte, ob der Zuwachs der Familie nicht etwa vermehrte Sorgen mit sich brächte. Einmal war er Zeuge eines kleinen Auftritts, der ihn in dieser Mutmaßung bestärkte: die Frau nämlich nahm Äpfel ab, wobei ihr das Kind, so gut es konnte, behilflich war, indem es die umherrollenden Früchte auflas und in einen dazu bestimmten Korb legte. Wie es nun einmal einen Apfel für sich nahm und hineinbiß, gab ihm die Mutter einen Schlag auf die Hand, worüber es bitterlich zu weinen anfing, so daß die Mutter selbst sich bemühte, es zu trösten. Federigo dachte, daß die Äpfel zum Verkauf bestimmt wären, daß die Kleine vielleicht gewöhnt gewesen war, nach Belieben zu essen, daß aber jetzt eine größere Sparsamkeit befolgt würde und die Kleine, ohne es zu ahnen, durch das erwartete Geschwister beschränkt und verkürzt würde. Er hatte den Eindruck, als ob der Frau die Arbeit Mühe mache und als ob sie reizbar und weniger fröhlich als sonst sei, und das alles bekümmerte ihn, obwohl er sich sagte, daß kein greifbarer Grund dazu vorhanden sei. Er konnte den lebhaften Wunsch nicht unterdrücken, hingehen zu können und seine Freundschaft und seine Hilfsbereitschaft anzubieten; aber er war ärmer und ohnmächtiger als ein Bettler, mit diesen einfachen Menschen verglichen.

In der Mitte des Sommers geschah in den Gefängnissen eine Untat, welche eine wichtige Veränderung zur Folge hatte. Unter den zu schwerem Kerker verurteilten Verbrechern befand sich ein Jude, der der Gegenstand des Hasses und der Verachtung aller übrigen und zwischen diesen Ausgestoßenen ein Ausgestoßener war. Er vergalt die Kränkungen, die er empfing, mit bösartiger Verhöhnung, insbesondere des christlichen Glaubens, wodurch er seine Quäler am empfindlichsten zu treffen dachte und wodurch er ihrer Abneigung Nahrung und eine eigentliche Begründung gab. Auch die Wärter verabscheuten ihn und nahmen sich seiner nicht an, wenn er von der Überzahl der Angreifer mißhandelt wurde; einzig Hauptmann Smer-

tschek pflegte ihn, wenn etwas von den Ausschreitungen bis zu ihm drang, einigermaßen zu beschützen. Auch er empfand den Abscheu gegen ihn, den sein von Furcht, Haß und unterdrückten Leidenschaften zerrissenes Gesicht, das lange, rötliche, zum Teil ergraute Haarsträhnen umgaben, seine Fremdartigkeit und sein lauerndes Wesen unwillkürlich einflößten; aber der von allen Seiten gehetzte alte Mann tat ihm leid, und da er in religiösen Dingen weitherzig war, ärgerte ihn das blindwütende Vorurteil des Volkes gegen die Juden, und wo ihm ein solches entgegentrat, schlug er sich ohne weiteres auf deren Seite, obwohl er von demselben Gefühl der Abneigung erfüllt war wie diejenigen, die er bekämpfte. Bei einer solchen Gelegenheit nun, wo der alte Jude in roher Weise geschlagen war, weil er, wie die Schuldigen behaupteten, die Jungfrau Maria beschimpft habe, und der Hauptmann Ruhe gebietend zwischen die Wütenden trat, zwar auch den Juden verwarnte, schärfer aber diejenigen bedrohte, die ihn geschlagen hatten, fiel ihn der Jude unversehens an und brachte ihm mit einem Messer einen Stich in die Seite bei, der im ersten Augenblick für tödlich gehalten wurde. Warum der Unselige gerade denjenigen umbringen wollte, der sich bemühte, gerecht gegen ihn zu sein, wurde nicht klar; vielleicht war er einer vorübergehenden Geistesverwirrung unterlegen, oder die gemessene Verachtung des höherstehenden Mannes hatte seine Rachsucht mehr entflammt als der offene Haß seiner Genossen.
Heilte die Wunde auch bald, so war nach diesem Unfall doch dem Hauptmann und besonders seiner Frau der Aufenthalt auf dem Spielberg noch unerträglicher als zuvor geworden, so daß er sich entschloß, die Bitte an den Kaiser zu richten, er möchte ihn anderswohin versetzen. Er war, da diese bewilligt wurde, zwar dankerfüllt, aber im Grunde doch betrübt, daß er den Ort verlassen mußte, wo seine erste Frau gestorben war. Überhaupt hatte der Anfall des alten Juden ihn schwermütig gemacht; er äußerte gegen Confalonieri, daß er beständig darüber nachdenken müsse, was jenen dazu veranlaßt haben könne, und ob er wohl seinen Posten gerecht und pflichtgemäß ausgefüllt habe. Wenn seine erste Frau noch gelebt hätte, würde etwas so Schreckliches nicht vorgefallen sein; das wohltätige Wesen, das

von ihr ausgegangen sei, habe sich auf ihn und auf den ganzen Spielberg erstreckt. Er sehe schon ein, daß er diesen für ihn so unleidlichen Ort verlassen müsse, wenn er noch einmal seines Lebens froh werden wolle; dennoch könne er das Gefühl nicht unterdrücken, daß es nicht wohlgetan sei, das Grab seiner Frau zu verlassen. Die Erwiderung Federigos, das Grab seiner Frau sei in seinem Herzen, und er nehme es überallhin mit, machte einen tiefen Eindruck auf den Hauptmann; zuerst sah er den Grafen groß an, als wundere er sich, daß man einen so schönen Gedanken haben könne, dann erfaßte er ihn zusehends besser und gewann eine außerordentliche Befriedigung daraus, so daß er Federigo zum Abschied dankbar und augenscheinlich in leichterer Stimmung die Hand drückte.

Der an seine Stelle trat, ein Beamter namens Diekmann, der sich aus untergeordneter Stellung heraufgearbeitet hatte, war durchaus anders geartet und ließ sofort merken, daß unter ihm ein neues System beginne. Er war durch und durch voll Betriebsamkeit, Fleiß, Ordnung und Pünktlichkeit, schwelgte in dem Bewußtsein, es mit diesen Tugenden so weit gebracht zu haben und wenn nicht die Glückseligkeit, so doch die Vollkommenheit in alle Verhältnisse hineinzutragen. Was unter seinem Vorgänger gewesen und geschehen war, betrachtete er als untauglich und schickte sich zuversichtlich an, auch hier die Musterwirtschaft einzurichten, die gleichsam ein Ausfluß seines Charakters war. Die Gefangenen waren für ihn bewegliche Gegenstände, welche die herzustellende Ordnung entweder störten oder vorteilhaft vollendeten; übrigens wollte er ihnen weder wohl noch übel und kam nicht auf den Gedanken, daß sie persönliche Eigenheiten oder Ansprüche haben könnten. Infolgedessen vollzog er die wöchentlichen Visitationen mit geräuschvoller Gründlichkeit, hörte etwaige Beschwerden, ungeduldig zur Kürze und Sachlichkeit ermahnend, stirnrunzelnd an und erledigte sie schleunig, nur die Zweckmäßigkeit des Ganzen im Auge. In ein menschliches Verhältnis zu ihm zu treten, war unmöglich.

Erst im Spätherbst wurde die Mauer fertig, jenseit welcher nur noch die äußersten, im Horizont verschwimmenden Streifen der Ebene und eine Kette blauer Hügel sichtbar waren. Confalonieri vermied es seitdem, an das Fenster zu treten, und brachte die meiste Zeit, da mit der Kälte sich seine rheumatischen Schmerzen wieder einstellten, auf der Pritsche liegend zu. Um diese Zeit wurde in dem größeren ihrer Zimmer über der Tür ein Öllämpchen befestigt, welches von fünf bis um sieben Uhr brannte und über den nächsten Umkreis eine trübe Helligkeit verbreitete. Auf Federigos Frage, was das zu bedeuten habe, erinnerte Diekmann ihn daran, daß sie um abendliche Beleuchtung während des Winters gebeten hatten, um länger lesen zu können, augenscheinlich stolz darauf, daß er von allem, was vor seiner Zeit vorgefallen war, genau Bescheid wußte. Die darauf bezügliche kaiserliche Erlaubnis sei jetzt eingetroffen, und wenn sie nun auch keine Bücher mehr hätten, könnten sie doch länger Strümpfe stricken oder sich sonst des Lichtes erfreuen. Das Lämpchen, das an die geweihten Lichter erinnerte, die in der Nacht des Festes Allerseelen auf den Gräbern und in den Grüften zu brennen pflegen, machte einen schaurigen Eindruck auf Andryane, so daß er um die Zeit, wo es brannte, aufgeregt und geängstigt zum Weinen geneigt war.

Obwohl aus dem größeren Fenster, das Confalonieris Zimmer vor denen der anderen Gefangenen voraus hatte, seit der Errichtung der Mauer kein nennenswerter Vorteil mehr gezogen werden konnte, so war es ihm und Andryane doch empfindlich, als sie ihre Zelle an Pallavicino und den mit ihm zusammenwohnenden Freund abtreten mußten, weil dieser brustleidend war und einen möglichst luftigen Raum bewohnen sollte. Wären auch die Zimmer, die sie anstatt dessen erhielten, nicht enger und dunkler gewesen, so hätten sie doch nur ungern den Raum verlassen, in dem sie mehrere Jahre zugebracht hatten, und in dem ihnen jeder Stein und jede Spalte vertraut war. Vor allen Dingen schmerzlich aber war es Confalonieri, sich von dem Obersten Moretti entfernen zu müssen, dem seine Nähe und Fürsorge ein Trost gewesen war, um so mehr, als er nicht wußte, ob Pallavicino auf seine Eigentümlichkeiten einzugehen verstehen würde.

Eines Tages wurde Andryane von einem Wärter aufgefordert, ihm augenblicklich zum Vorsteher zu folgen, und da dies nur in außergewöhnlichen Fällen geschah, glaubte Federigo nichts anderes, als daß sein Freund begnadigt worden sei und nicht zurückkehren werde. Anstatt dessen wurde ihm mitgeteilt, daß sein Vater gestorben sei, und ihm einige Stellen aus dem Briefe seiner Schwägerin vorgelesen, in welchem sie ihn davon in Kenntnis setzte. Die Worte, mit denen sie ihm erzählte, daß der Sterbende häufig seiner gedacht und die Hoffnung geäußert habe, seine Leidenszeit im Kerker möge ihn zu Gott führen, machten einen solchen Eindruck auf ihn, daß er seine protestantischen Neigungen nicht nur aufgab, sondern bereute, jemals in Gedanken vom katholischen Glauben abgewichen zu sein. Er gab sich von nun an einer andächtigen und verzückten Frömmigkeit hin wie einer, der sich von einem geliebten Gegenstand Verzeihung für vorübergehende Untreue verdienen möchte, und beschloß, mit Verwerfung seiner früheren Pläne, die Geschichte der Kreuzzüge in ein episches Gedicht zu fassen. Da sie jetzt nur selten ein Stück Papier und einen Bleistift sich verschaffen konnten, riet ihm Confalonieri, jeden Vers, den er gemacht habe, auswendig zu lernen und so das Ganze, bis einmal bessere Zeiten kämen, in seinem Gedächtnis aufzubewahren. Hiermit wurde die Zeit einigermaßen hingebracht; doch erlahmte Andryane oft, so daß Federigo Mühe hatte, ihn durch Ratschläge und Anerkennung zur Wiederaufnahme der Arbeit zu bewegen.

In demselben Jahre erkrankte Maroncelli: er bekam ein Geschwür am Knie, dessen unzweckmäßige Behandlung den Verlust des Beines herbeiführte. Während der langen Wochen, die bis zum Entschlusse des Arztes und zur Erlaubnis des Kaisers vergingen, widmete ihm Pellico die sorgsamste Pflege, die des Kranken unbesiegbare Munterkeit und liebliche Denkart ihm erleichterte. Als er eines Sonntags zum ersten Male wieder beim Gottesdienste erschien, ergriff es alle, denjenigen als Krüppel an der Krücke humpeln zu sehen, dessen elastisch hüpfender Gang stets den behenden Schlag eines sorglosen Herzens anzudeuten schien. Seine braunen Augen lachten nach allen Seiten, und die rosigbräunliche Farbe fehlte nicht ganz auf seinen Wangen; nur daß er etwas Fett am Gesicht und Körper angesetzt hatte, ließ ihn älter und weniger frisch als sonst erscheinen. Pellico sah, durch die lange Pflege und den Anblick und das Mitleiden qualvoller Schmerzen angegriffen, traurig, krank und verkümmert aus.

Nicht lange danach hörten Confalonieri und Andryane an einem Nachmittage, kurz nachdem sie das Abendessen eingenommen hatten, Schritte auf dem Gange, die keinem der gewöhnlich dort verkehrenden Wärter angehörten und überhaupt zu dieser Stunde auffallend waren. Beide horchten mit angehaltenem Atem: die Schritte gingen bis zu der von Pellico und Maroncelli bewohnten Zelle, und unter den Personen, die diese nach einer Weile verließen, befand sich Maroncelli, den das Aufstoßen der Krücke verriet. Sie hörten ihn, als sich die Schritte ihrer Tür näherten, langsamer gehen, unterschieden ein leise geflüstertes Addio und sahen einen Zettel aus dem Schlüsselloch fallen, den er hineingeschoben hatte, und auf welchem mit einer Nadel gestochen stand: »Wir sind frei, lebt wohl, lebt wohl!« Confalonieri sagte, in dem Augenblick, als die auffallenden Schritte hörbar geworden wären, sei ihm der bestimmte Gedanke gekommen, ihm sollte der Tod Teresas mitgeteilt werden; er habe aufgeatmet, als die Schritte an ihrer Tür vorübergegangen wären, aber das angstvolle Schlagen seines Herzens habe noch nicht wieder nachgelassen. Nun sei es statt dessen ein Glücksbote gewesen; Pellico wäre gewiß des Todes gewesen, wenn er noch länger auf dem Spielberg hätte bleiben müssen. Andryane nickte; die Kehle war ihm zugeschnürt, und als sein Blick, der hilfesuchend über die nackten Mauern hinlief, an den eisernen Ringen hängenblieb, an welche die Gefangenen festgeschlossen werden konnten, brach er in Tränen aus. »Sieh,« sagte Federigo, »diese Begnadigung ist ein Zeichen, daß der Zorn des Kaisers nachgelassen hat und daß auch du dich bald der Freiheit wirst erfreuen können.«

Andryane schüttelte heftig den Kopf und sagte: »Im Gegenteil, nun aus dem kargen Quell der Gnade ein Tropfen geflossen ist, wird er auf lange Zeit versiegt sein.« Mit allerlei Gründen suchte Federigo ihn zu einer anderen Ansicht zu überreden und erreichte schließlich, ihn etwas heiterer zu stimmen. Indem er sich an des Freundes Brust warf, erwiderte er ihm unter Tränen lächelnd, daß er weit entfernt sei, Pellico und Maroncelli ihr

Glück zu mißgönnen, sie nicht einmal beneide, da vielmehr sein Schmerz, Federigo zu verlassen, wenn er allein begnadigt würde, die Freude, frei zu sein, weit übertreffen würde.

Dies geschah im Hochsommer des Jahres 1830. Schon seit einiger Zeit hatte Andryane ein Nachlassen seiner Sehkraft wahrgenommen, das ihn beunruhigte und das er namentlich dem Umstande zuschrieb, daß er sich lange damit beschäftigt hatte, soviel italienische Worte er kannte und ihre Bedeutung im Französischen mit dem Nagel auf die getünchte Mauer zu ritzen, deren Blendung seine Augen gereizt hatte. Die Fürsprache des Priesters, der nach Paulovich mehrere Male den Spielberg besuchte, bewirkte, daß einige Augenärzte Andryane untersuchten; sie sprachen sich dahin aus, daß das Leiden nicht ungefährlich sei und allmählich in völlige Blindheit übergehen könne, wenn nicht bald die geeigneten Mittel angewendet würden, die aber nur in Licht, Luft und allgemeiner Kräftigung des Körpers beständen. So bedenklich das auch klang, hielt es Confalonieri doch für günstig; denn er meinte, auf das übereinstimmende Urteil der Ärzte hin werde der Kaiser nicht länger mit der Begnadigung zurückhalten, für welche er vielleicht nur eine geeignete Gelegenheit erwartet habe. Andryane stimmte zwar nicht zu, gab sich aber doch im Herzen der Hoffnung hin, bis ein Zufall die gute Aussicht aufs neue einschränkte.

Es kam nämlich in gewissen Zwischenräumen ein Barbier aus Brünn auf den Spielberg, der den italienischen Staatsgefangenen den Bart zu rasieren hatte und als ein gesprächiger und zugleich gutherziger Mensch gern mit ihnen plauderte, wenn die Laune des anwesenden Wärters es gestattete. Da er als Geselle in Paris gewesen war, nannte er sich Monsieur Renard statt Reinhart und liebte es, französische Brocken in seine Unterhaltung einzuflechten. Mit Vorliebe erzählte er Confalonieri die schrecklichsten Vorfälle, welche sich begeben hatten, und knüpfte daran die Bemerkung, die Welt werde täglich schlechter, und er könne froh sein, daß er fern davon sei und nichts damit zu tun habe. Jetzt nun berichtete er in französischer Sprache, um den Wärter zu hintergehen, von der Französischen Revolution im Juli, von der Vertreibung des bourbonischen Königs und von der Unruhe und Aufregung, welche in den anderen Ländern dadurch hervorgerufen sei. Er war sich nicht klar, ob Confalonieri, als ein vornehmer Herr, die Revolution mißbilligte oder, als ein gefangener Hochverräter, darüber froh wäre, und sprach deshalb einerseits im Tone der Entrüstung, hier und da jedoch mit einem belustigten und schadenfrohen Zwinkern, das ihm natürlicher war. Diese Nachricht war für die Gefangenen, die seit langer Zeit nichts von den politischen Vorgängen in Europa erfahren hatten, überraschend und ein Gegenstand vieler Erwägungen; doch neigte Confalonieri mehr, als er es äußerte, dazu, das Ereignis in bezug auf Andryane für unheilvoll zu halten. Es war anzunehmen, daß der Kaiser die revolutionäre Bewegung mit verdoppelter Strenge und Vorsicht erwiderte und das Auftauchen solcher Persönlichkeiten in Frankreich verhinderte, die als aufrührerische Elemente gelten mußten. Den eigenen Einwendungen zum Trotz blieb in Andryane doch noch eine heimliche Hoffnung wach, die erst, als der Winter hereinbrach, ganz erlosch. Von jetzt an verfiel er in einen dumpfen Trübsinn, der keiner Anregung mehr weichen wollte. Die Erschlaffung seiner Sehnerven nahm zu: er unterschied die Gegenstände weniger deutlich, und wenn er in dem kleinen Gebetbuche las, das der Geistliche ihm gegeben hatte, verschwamm ihm die Schrift, und eine unüberwindliche Müdigkeit zwang ihn, die Augen zu schließen. Ein Ausmalen glücklicher Zukunft verfing nicht mehr; denn abgesehen davon, daß er von der Möglichkeit einer Begnadigung nun nichts mehr hören wollte, sagte er, daß sie ihm nicht einmal mehr erwünscht käme. Als ohnmächtiger Blinder in die Welt zurückzukehren sei schrecklicher als im Kerker enden, um so mehr, als er nicht wissen könne, wie sich bei seiner Abwesenheit nach dem Tode seines Vaters seine Vermögenslage entwickelt habe; es sei zu spät. Seine Kraft sei erschöpft, alle Früchte am Baume seines Geistes vertrocknet; wie solle er in diesem Zustande seinen Unterhalt verdienen oder, wenn er noch reich sei, seinen Besitz genießen und verwerten? Wenn ihn Confalonieri aufforderte, die alten Lieder zu singen oder zu pfeifen, lehnte er ab, weil Musik ihn traurig mache, seit die Antwort Maroncellis ausbleibe. Das Dichten war ihm dadurch zuwider geworden, daß sein Gedächtnis das vorher Verfaßte nicht mehr festhalten wollte und daher doch nur Bruchstücke zustande kamen. Es kam vor, daß ein Tag verging, ohne daß zwischen ihm und Confalonieri etwas gesprochen wurde außer das Notwendige; Andryane starrte vor sich hin, oder er las in dem kleinen Gebetbuch, dessen Gebete er längst auswendig wußte. Die Kälte war in diesem Winter so außerordentlich, daß beide oft auf den Spaziergang verzichteten, der auf der vereisten, nie von der Sonne berührten Terrasse für die ungenügend Bekleideten und Ernährten qualvoll und ein Anlaß zu Erkältungen war. Im Zimmer war es überheiß, wenn das Feuer im Ofen brannte, oder unerträglich kalt und immer die Luft schlecht. Zuweilen hatte Andryane Anwandlungen seiner früheren Lebhaftigkeit; dann überströmte er Federigo mit Zärtlichkeiten, bat ihn um Verzeihung, daß er ihn quäle und ihm zur Last falle, und ergoß sein Gefühl in Gedichten, um bald wieder in die erstorbene Gleichgültigkeit zurückzufallen.

Im Frühling erhielt Andryane die Erlaubnis, seines Augenleidens wegen sich täglich mehrere Stunden auf der Terrasse aufzuhalten, wodurch bald seine Kräfte sowie seine Stimmung gehoben wurden. Besonderes Vergnügen machte es ihm, die weiblichen Gefangenen zu beobachten, welche unter Aufsicht eines Wärters zu gewissen Tageszeiten im Freien Wäsche wuschen, und seine Laune erheiterte sich vollends, als er durch Kral erfuhr, daß eins dieser Mädchen sich in ihn verliebt habe. Das Mädchen, das den besseren Ständen angehörte und sich infolge eines Liebesverhältnisses in verbrecherische Handlungen verwickelt hatte, war wegen ihres bescheidenen Betragens allgemein beliebt und auch hübsch genug, daß es Andryane reizte, Blicke und Lächeln mit ihr zu wechseln. Die Beständigkeit der guten Witterung kam ihm zu Hilfe, so daß ihm dieser Sommer schneller und angenehmer verging als je einer zuvor auf dem Spielberg. Wie die Töne eines schönen Liedes sich so folgen, als ziehe ein jeder den folgenden magnetisch sich nach, so reihten sich die goldenen Tage ohne Wanken aneinander.

Es war im August, als Andryane auf der Landstraße einen Trupp Soldaten sah, die augenscheinlich nicht zu der Besatzung des Spielbergs gehörten. Auf Befragen erzählte Kral, daß die Cholera in Asien ausgebrochen und nach Rußland vorgedrungen sei und daß diese Soldaten bestimmt seien, einen Grenzkordon zu bilden, um das Einschleppen der Krankheit zu verhüten. Als Confalonieri später sagte, die Soldaten würden dazu nicht genügen, es müßten ganz andere Maßregeln getroffen werden, war Kral verwundert, indem er meinte, die Regierung werde schon das Zulängliche tun, und vor allen Dingen werde Gott das Übel nicht bis hierher kommen lassen. Nicht lange danach jedoch hieß es, in Olmütz sei ein verdächtiger Todesfall vorgekommen, und einige Tage später sagte man dasselbe von der Stadt Brünn. Diekmann allerdings, den der Graf darauf anredete, bestritt es, als sei eine solche Störung der öffentlichen Ordnung unter seiner Aufsicht nicht wohl denkbar; doch griff die Krankheit bald so um sich, daß es nicht möglich war, die Tatsache zu verhehlen, um so weniger, als Kral nun so ängstlich wurde, daß er von nichts anderem sprach und bei Confalonieri Rat, Schutz und Trost suchte. Er wußte eine Geschichte von einem Manne, der nachts mit einem fremden Mädchen gegangen war, um sich zu unterhalten; nachdem sie gegessen und sich niedergelegt hatten, wurde das Mädchen krank, der Mann wollte sich entfernen, wurde aber von ihr, die sich schreiend an ihn klammerte, festgehalten. Endlich machte er sich los und eilte fort, fühlte aber schon auf dem Wege nach Hause Fieberschauer und starb im Laufe des folgenden Morgens. Mit solchen Gerüchten, die von einem zum anderen getragen wurden, regte er sich immer mehr auf; er wagte kaum noch zu essen, ja kaum einen Menschen zu berühren, aus Furcht, das Verhängnis könne von ihm auf seinen Leib übergehen. Andryane wurde von dieser Ängstlichkeit angesteckt und jammerte bald, daß sie dem Sterben hilflos preisgegeben seien, bald, im Gegenteil, wollte er eine Fügung Gottes darin sehen und sich dem willkommenen Tod ergeben, der ihn von einem nur aus Leiden bestehenden Leben erlöste.

Confalonieri fragte Diekmann, welche Vorbereitungen zum Schutze der Gefangenen getroffen wären, worauf dieser ein

Bild seiner seit dem Auftreten der Cholera entfalteten Tätigkeit entrollte: abgesonderte Baracken wären errichtet, um die Kranken sofort aufzunehmen, die Zahl der Wärter wäre vermehrt, und einige derselben wären von Ärzten unterwiesen, wie die erste Hilfe zu leisten sei, Posten wären aufgestellt, die auch des Nachts etwaige Hilferufe hören und den sofortigen Transport der Erkrankten besorgen würden. Auf die italienischen Staatsgefangenen erstreckten sich freilich diese Maßregeln nicht, da sie unmittelbar vom Kaiser abhingen; der aber würde zu seiner Zeit schon das Notwendige veranlassen. Auf diese Zeit, sagte Confalonieri, die Brauen zusammenziehend, wollten sie lieber nicht warten. Der Kaiser werde billigen, was die Vernunft erheische. Vorkehrungen, die nicht auf alle Gefangenen ausgedehnt würden, verfehlten ihren Zweck. Auch sei ihre Gesundheit und ihr Leben ebenso wertvoll wie das der gemeinen Verbrecher.

Das möchte wohl sein, erwiderte Diekmann, allein der Kaiser müsse das besser wissen. Übrigens seien die Einrichtungen auf dem Spielberg so und würden so gehandhabt, daß er mit Stolz behaupten möchte, es würden an keinem Orte so wenig Fälle vorkommen wie auf dem Spielberg. In gewisser Hinsicht sei das wahr, entgegnete Confalonieri, hier sei keine Gelegenheit zu Ausschweifungen, die oft gefährlich würden. Hingegen müßte für bessere Luft in ihren Zimmern gesorgt werden; auch müßten sie in dieser Zeit besser ernährt werden; denn das Wesentliche sei, daß der Magen die Kraft habe, die Keime der Krankheit zu zerstören; ferner müßten sie im Notfall sofortige Hilfe erlangen können. Wenn Diekmann dazu nichts tun könne, wolle er sich an den Kommandanten oder an den Gouverneur wenden. Die Andeutung, daß er nicht allein maßgebend sei, reizte Diekmann zu einer boshaften Bemerkung, nämlich, er freue sich, zu sehen, daß einem zu lebenslänglichem Kerker Verurteilten noch so viel am Leben liege; es sei das ein Beweis, daß er sich auf dem Spielberg einigermaßen wohl fühle. Federigo hob den Kopf, in seinen Augen flammte es, und um seinen Mund flog ein Lächeln, das stolz und ein wenig herablassend war. »Es handelt sich nicht nur um mich,« sagte er, »sondern um junge Männer, die diesen Ort voraussichtlich über kurz oder lang verlassen werden und vor denen eine schöne und ehrenvolle Zukunft liegt. Was mich betrifft, so möchte ich mich bewahren für irgendein Unglück oder Glück, mit dem die unerforschliche Vorsehung mich etwa noch begnaden möchte.« Diekmann sah ihn verdutzt an und wußte nichts zu erwidern; als er gegangen war, fiel Andryane dem Freunde um den Hals und rief: »Schönster und wunderbarster aller Menschen! Woher kommt dir plötzlich diese Herrlichkeit? Ist dir dein und unser Leben im Ernst noch so wichtig, das wir vernünftigerweise froh sein müßten Gott zurückgeben zu dürfen?« »Wichtig?« sagte Confalonieri; »es ist mir heiliger als je. Daß wir nicht so wichtig sind, wie wir ehemals meinten, habe ich eingesehen, weder wir noch unsere Taten, noch unsere Pläne. Andere werden kommen und tun, was wir zu tun unterließen, weiser und erfolgreicher als wir; und kämen sie nicht, was läge daran? Aber gerade weil ich das begriffen habe, wüßte ich jetzt, wie ich das Leben leben sollte. Jetzt würde ich nicht mein Wesen ins Unermeßliche stürzen wollen, sondern das Nächste mit Liebe an mich heranziehen. Ich würde die Menschen lieben und die Arbeit tun, die der Augenblick mir zuführte, den Augenblick selbst wie einen Gesandten Gottes bewerten. Die Erde fruchtbar zu machen, die Saat zu säen, den Keim wachsen zu sehen, selbst eine Pflanze zu sein, die an der Sonne aus der Sonne sich bildete, das würde mich beglücken.« Alexander begeisterte sich an der Vorstellung von einer Zukunft, wo Federigo an Teresas Seite, er mit seinem geliebten Weibe und geliebten Kindern in Frankreich miteinander lebten und der erlittenen Mühsal wie eines drückenden Traumes oder einer kurzen Prüfung gedächten. »Wie dem auch sei,« sagte Federigo, »so will ich dir gestehen, daß ich außer allem diesem und abgesehen davon, daß ich zu den anderen Schmerzen Teresa nicht auch den meines Todes bereiten möchte, mich deshalb gegen die Cholera wehre, weil mir vor ekelhaften Krankheiten graut.« Alle die Eingaben jedoch, die er an verschiedene Instanzen richtete, fruchteten nichts; denn sie verwiesen auf die Entscheidung des Kaisers, die nicht eintraf. So blieb nichts übrig, als sich dem Zufall anzuvertrauen. Kral, der viel ängstlicher war als die schlecht versorgten Italiener, behauptete, daß die Cholera nicht leicht auf den Spielberg kommen würde, daß aber, sowie einer erkrankt sei, rettungslos alle angesteckt werden und sterben würden. Da die Gefangenen in der Woche sich nicht sahen und nicht immer voneinander hörten, überblickte des Sonntags in der Kirche jeder erwartungsvoll die Plätze der Gefährten, und wenn einer fehlte, fürchteten die anderen, ihn nicht wiederzusehen. Nachdem in einer Nacht Geschrei, Kettenklirren und ungewöhnliches Hin- und Herlaufen in den unteren Räumen verraten hatten, daß eine Erkrankung eingetreten war, bemächtigte sich aller das unbehagliche Gefühl, als sei der furchtbare Gast nun eingetreten, unsichtbar gegenwärtig in jedem Winkel, auf jedem Stuhl und jedem Lager, um einem von ihnen im nächsten Augenblick den giftigen Atem ins Herz zu hauchen. »Ich fürchte nichts«, sagte Borsieri; »nachdem ich sieben Jahre lang mährische Bohnensuppe gegessen habe, werde ich auch die Cholera verdauen.« Aber Kral war überzeugt, daß sie samt und sonders verloren wären.

An einem Nachmittage, als Kral mit Confalonieri auf der Terrasse spazierenging, sahen sie von der Stadt her vier oder fünf Leichenwagen hintereinander dem Friedhofe zufahren. Bei keinem derselben war ein Gefolge; auf den Särgen, die zu dritt auf die Wagen gestellt waren, lagen weder Trauerdecken noch Kränze; auch hörte man kein Läuten und keine Musik; die Pferde, die nachlässig mit schwarzen Tüchern behangen waren, wurden von den Kutschern mit der Peitsche zur Eile angetrieben und galoppierten ein paar Schritte, um unter der drückenden Schwüle bald wieder zu erlahmen. Am Himmel standen blaugraue, von der Sonne beleuchtete Wolken, wie flammende Scheiterhaufen; die Türme der Stadt, die weißen Häuser und die hohen Bäume, deren viele noch dunkelgrüne, andere gelbe Blätter hatten, sahen aus wie Metall in weißem Feuer glühend. Selbst auf der Terrasse war es so heiß, daß man die Hand nicht lange auf der Brüstung mochte liegen lassen. So gehe es den ganzen Tag zu, sagte Kral, mit schreckhaft aufgerissenen Augen auf den Leichenzug starrend; am schlimmsten aber sei es bei Nacht. Dann erst würden die meisten Leichen beerdigt; denn man wolle die große Zahl der Todesfälle verheimlichen. Von Mitternacht bis gegen den Sonnenaufgang könne man die

Karren rollen hören, auf denen die Toten lägen, nicht eingesargt, nur in Tücher gewickelt, um in eine gemeinsame Grube geschüttet zu werden, die schon vorbereitet der Zufuhr harre. Man wisse wohl, daß unter den Leichen auch Lebende sich befänden, die, ohnmächtig oder betäubt, von den Trägern in der Eile mit ergriffen würden. Confalonieri sagte, es sei unrecht, die Leichen nicht zu verbrennen; man könne nicht erwarten, daß die Seuche aufhöre, wenn man das Gift, anstatt es zu zerstören, in der Erde aufbewahre und weiterverbreite. Kral schüttelte sich; seit dem gestrigen Tage, sagte er, fühle er sich nicht gut, auch jetzt sei ihm schwindlig. Das komme von der Hitze, sagte Confalonieri und ging mit ihm ins Haus.

Sie wollten eben in sein Zimmer eintreten, als der Zigeuner Olah mit einem Wärter den Gang hinunterkam, einen Eimer in der Hand, der ihm augenscheinlich zu schwer wurde. Sie wurden aufmerksam und blieben stehen, als er plötzlich den Eimer hinsetzte und sich mit beiden Händen nach dem Kopfe faßte, wie wenn er heftige Schmerzen hätte oder sich sonst elend fühlte. Der neben ihm gehende Wärter rief ihn an, was er mache, und wollte ihn am Arme packen; da aber der Zigeuner im selben Augenblick, von einem Krampf befallen, zu Boden stürzte, schrie er: die Cholera! und rannte davon, ebenso Kral, der mit Entsetzen zugesehen hatte. Confalonieri rief ihnen zornig nach, sie sollten dableiben und dem Unglücklichen helfen; indessen als er sah, daß es umsonst war, nahm er den Bewußtlosen in seinen Arm, schleppte ihn in sein Zimmer und legte ihn, von Andryane unterstützt, auf seine Pritsche. Ihm beizustehen, hatten sie nichts als Wasser, womit sie ihm die Schläfen rieben. Inzwischen hatte Kral einen Krankenwärter geholt und kam selbst mit ihm zurück, tief beschämt nicht nur wegen seiner Ängstlichkeit, sondern hauptsächlich, weil er den Schlüssel in des Grafen Zimmer hatte stecken lassen, was eine unentschuldbare Pflichtversäumnis war und die schlimmsten Folgen für ihn hätte haben können. Hatte er bisher Federigo verehrt, so war er ihm jetzt nicht anders als ein Hund ergeben, der sich bewußt ist, Schläge von seinem Herrn zu verdienen. Nachdem festgestellt war, daß Olah die Cholera nicht hatte, war er ein wenig von seiner Furchtsamkeit geheilt, so daß er sich zuweilen über die der anderen lustig machte. Doch wurde die Stimmung im Laufe des Winters noch gedrückter, da die Seuche nicht, wie man angenommen hatte, mit der Kälte aufhörte, sondern nur nachließ, während die Kränklichkeit der Gefangenen, wie stets in der kalten Jahreszeit, zunahm. Nun Andryane von der Erlaubnis, sich so lange wie möglich auf der Terrasse aufzuhalten, keinen Gebrauch mehr machen konnte, verschlimmerte sich der Zustand seiner Augen, ohne daß die Ärzte einzuschreiten vermochten, so daß die Befürchtung, zu erblinden, sich seiner wieder bemächtigte. Er bereute, sich im vergangenen Sommer froheren Stimmungen hingegeben zu haben, da es folgerichtig und besser für ihn gewesen wäre, wenn er damals schon für immer auf die Zukunft verzichtet und seine Seele hätte absterben lassen, anstatt sie noch einmal mit Empfindungen zu täuschen.

Im März fiel in trübes Tauwetter neuer Schnee; die Natur schien sich in Verwesung aufzulösen. Eines Tages hörte Andryane in der Dämmerung den Schrei eines Raben vor dem Fenster, der sich mehrfach wiederholte und ihm so lästig war, daß er aus der Luke sah, ob er ihn etwa verscheuchen könne. Er saß auf der Spitze eines vorragenden Dachfirstes, und sein dunkler Körper ragte groß in die graubleiche, ungewisse Schneeluft; ihn durch das Werfen mit kleinen Schneekugeln aufzutreiben, gelang nicht. Andryane regte sich darüber auf: die Nähe des Unglücksboten beängstigte ihn, er habe das Gefühl, als rufe das Schicksal ihn beim Namen, bevor es ihn treffen wolle. Federigo sagte, der Winter treibe Raben und andere Vögel, die nicht auswanderten, aus den vereisten und verschneiten Wäldern und Feldern zu den Wohnungen der Menschen, wo sie Futter zu finden hofften; insofern deuteten sie freilich Unglück an, da für das Volk Glück und Unglück hauptsächlich durch den Wechsel der Jahreszeiten bedingt sei. Übrigens hätten sie auf dem Spielberg nichts zu fürchten, nur zu hoffen. Der Rabe flog einige Male auf, umflatterte die Mauerecke, wo er gesessen hatte, und ließ sich dann wieder nieder; erst mit der Dunkelheit verschwand er. Am anderen Morgen, als Andryane aufwachte, hörte er wieder das melancholische Krächzen und fand den rätselhaften Gast auf demselben Platze. Er fühlte sich dadurch aufs äußerste beunruhigt, und Federigos Behauptung, es hätten oft und oft Raben auf dem Gesimse gerastet und nach ihrer Art gekräht und Kreise gezogen, reizte ihn mehr, als daß sie ihn tröstete. Gegen Mittag flog der Vogel fort und kam nicht zurück, wie wenn er sich seiner Botschaft entledigt hätte. Den ganzen Tag über war Andryane unruhig und ängstlich; aber da sich nichts begab, verging diese Stimmung und machte der trübsinnigen Gleichgültigkeit Platz, in die er jetzt meistens versunken war.

Am folgenden Nachmittage, nachdem sie das Abendessen schon eingenommen hatten, hörten sie das eigentümliche Rasseln, das mit dem Öffnen der das Stockwerk abschließenden Haupttür verbunden war. Da diese für gewöhnlich nicht und um diese Zeit niemals benutzt wurde, außer wenn etwas Wichtiges vorlag, dachten beide sofort an jenen Sonntagabend, als Pellico und Maroncelli die Begnadigung erhielten. »Es gilt dir«, sagte Confalonieri zu Andryane, der aufgestanden war und festgewurzelt zitternd auf dem Fleck stehenblieb, um zu horchen, wohin die Schritte sich wendeten. Es war in der Tat der Polizeidirektor, der Andryane aufforderte, ihm zum Vorsteher zu folgen, mit der verheißenden Miene und dem munteren Tone eines Mannes, der eine erwünschte Nachricht bringt und dadurch anzeigte, daß es sich um Befreiung handelte. Andryane sah sich fast bestürzt nach Confalonieri um; plötzlich brach er in Tränen aus und warf sich laut schluchzend in seine Arme. »Ich bin glücklich«, sagte dieser mehreremal schnell und herzlich, indem er ihn wieder und wieder an sich zog und küßte; sie wußten beide, daß die Gefangenen, denen die Begnadigung angesagt war, nicht mehr in ihre Zelle zurückkehren konnten, sondern in die Stadt geführt und dort bis zur Weiterreise in angemessener Weise untergebracht wurden.

Noch eine Stunde lang horchte Federigo bei jedem Geräusch auf, ob Andryane nicht dennoch wiederkäme; aber es blieb alles still, wie es zuvor gewesen war. Erst am anderen Morgen, als er auf dem Stuhl neben Andryanes Pritsche den Kamm und die Seife liegen sah, die ihm gehört hatten, fing er an zu weinen. Das Zimmer schien ihm leer und frostig und die Stille wie ein Stein; es war ihm, als hätte er ein liebes Kind verloren.

Um diese Zeit lebte Teresa nicht mehr: sie war am 27. September 1830 gestorben. Wie während des Sommers ihre Entkräftung zunahm und die Ärzte kaum noch wagten, ihr Hoffnung zu machen, richtete sie nochmals mit Manzonis Hilfe eine Bittschrift an den Kaiser, er möge ihr gewähren, nach Brünn zu ziehen und in den Armen ihres Gatten zu sterben; allein sie wurde nicht erhört, obwohl sich Österreicher und Italiener für sie verwendet hatten. Von der Gefährlichkeit ihres Zustandes hatte sie niemals das Herz gehabt Federigo zu schreiben; doch als sie einige Wochen vor ihrem Tode an ihn schrieb, glaubte sie ihn auf das vorbereiten zu müssen, was sie als unabwendbar erkannte. Sie sagte, daß sie sich schwächer als sonst fühle, daß ihr Zustand wohl nicht unbedenklich sei, daß es aber in Gottes Hand liege, eine Wendung zum Guten herbeizuführen. Müsse sie aber sterben, so bedeute das keine Verschlimmerung ihrer Lage; räumlich wären sie doch getrennt, weiter, als wenn sich scheidende Meere zwischen ihnen breiteten, eins nur durch die Liebe, die sie zueinander fühlten. Vom Körper getrennt, würde ihre Seele noch inniger sich an ihn schmiegen, noch inniger ihn empfinden und von ihm empfunden werden. In seinem Herzen aufgenommen zu werden, sei immer ihr höchster Wunsch gewesen; jetzt habe es sich ihr aufgetan, sie kniee auf der Schwelle des Paradieses, das Gott ihr für die Ewigkeit bereitet habe. Zwischen den vorsichtig gedämpften Worten schlich es leise wie ein zärtlicher, verstohlen rinnender Tränenstrom.

Ein banges Vorgefühl kam ihm aus dem Briefe entgegen; aber allmählich wich es den Gründen, die er sich vorführte: Teresas Nerven seien natürlich zerrüttet, es würde nicht an täglichen Aufregungen durch die Familie fehlen, die ihren Zustand verschlimmerten; gewiß sei sie leidend, aber ernstliche Besorgnisse brauchten deshalb nicht vorzuliegen. Er stellte sich vor, wie gerade und stattlich ihr Körper früher gewesen war; viel Kummer und viel Anstrengungen der Seele hatten sie seitdem angegriffen; daß aber dadurch gesunde Organe erkrankten, hielt er für unwahrscheinlich. Was seine Ansicht am meisten stützte, war die innere Gewißheit des Wiedersehens und Wiederhabens, das ihnen bestimmt sei. Wie man weiß, daß die Sonne den Scheitelpunkt ihrer Bahn erreicht haben muß, bevor sie untergeht, oder daß zu ihrer Jahreszeit die Blumen aufblühen, ob der Himmel heiter oder trübe ist, so stand es ihm fest, daß das Glück dieser unglückvollen Liebe einst kommen würde, wie lange auch die Entbehrung dauern möchte. Dann würde sie wieder jung und stark an seinem Herzen werden, dessen Liebe Balsam sein würde für die Zerstörung, die seine Härte und Verblendung ihr zugefügt hatte. Die Reue hätte ihn erdrückt, wenn seine Liebe nicht hundertmal größer gewesen wäre: sie umhüllte ihn und sie mit einem Mantel von diamantenem Feuer, das selbst der Tod nicht durchdringen konnte. Es gab Tage, wo die Allmacht seines Empfindens ihn mit Triumph erfüllte: ihn hatte der Tod in seine Burg geworfen, um die sich Zeitlosigkeit wie eine schwarze Schlange wand, um die Rabe und Eule und Fledermaus das Leichentuch der Vergessenheit zauberten, die kein Gestern, kein Morgen, keine Zukunft, kein Wechsel verscheuchte; aber im Innersten dieses Grabes sang ein unsterbliches Herz: Ich bete dich an! Wie eine Rose stieg der Gesang aus dem Herzen, zahllose Kelche öffnend, die Finsternis durchduftend, das Gefüge der Mauer durchdringend, und würde zuletzt aus den Spalten der Gruft quellen und in die Sonne jubeln: Ich bete dich an!

Im Januar hatte er durch Kral Gelegenheit, einen Brief zu besorgen, und schrieb, die wehmütige Stimmung ihres letzten beantwortend, besonders zuversichtlich, um ihr Kraft und Freude einzuflößen. Um ihn solle sie nicht sorgen, seine Gesundheit sei um vieles besser als die letzten Jahre in Mailand, das Bewußtsein ihrer Liebe und der Glaube an die Zukunft halte ihn aufrecht. Sie habe alles für ihn getan, ihm alles gegeben, jetzt solle sie um seinetwillen sich zu erhalten suchen. Sowie es die Jahreszeit erlaubte, solle sie auf das Land ziehen und heitere Gedanken hegen. Dort würde jedes Blatt und jeder Lufthauch ihr sagen, wie sehr geliebt sie sei und wie glücklich sie sein würden. Die vergangenen Tage würden wiederkehren, die Frühlingstage, die Frühlingsnächte, und nie mehr scheiden.

Es wurde ihm leichter zumute, als der Brief fort war; es war ihm, als müßten die Worte, die heiß von seinem schmelzenden Herzen getropft waren, sie wie sein Herz selbst berühren und sie erwärmen und erquicken. Nachdem Andryane fort war, be-

gann er ihre Antwort mit zunehmender Sehnsucht zu erwarten, obwohl die Zwischenräume, in denen die Briefe sich folgten, durchaus nicht gleichmäßig waren und der ganze Verkehr von unberechenbaren Zufällen abhängig war. An einem Mittag im April brachte Kral ihm eine Handvoll Veilchen, die er im Burggraben für ihn gesammelt hatte; seit Andryane fort war, war er noch mehr als sonst darauf bedacht, den Vereinsamten durch kleine Aufmerksamkeiten zu zerstreuen. Die Veilchen saßen an kurzen Stielen und waren feucht vom Tau, der in dem schattigen Graben erst spät auftrocknete; als Federigo das Gesicht hineindrückte und den Duft einatmete, kamen ihm Erinnerungen an den Garten am See, unbestimmte, aus längst vergangener Zeit, die ihm das Gefühl einer unwiederbringlichen Wonne gaben. Vielleicht war es, daß Teresa und das Kind ihm manches Mal die ersten Veilchen gebracht hatten, beide mit demselben treuherzigen Blick zu ihm aufsehend, Teresa ein wenig unsicher, ob die bescheidene Gabe ihn so entzücken würde, wie das Kind es erwartete. Er saß lange so da, das Gesicht in Veilchen und Tränen gebadet. Deutlich wie niemals zuvor empfand er, daß die vergangenen Tage niemals wiederkehren und daß, wenn sie es täten, sie niemals denselben Menschen wiederfänden. Doch war diese Wehmut ohne Bitterkeit; wäre er nur mit Teresa vereint, so würden, dachte er, schöne Tage sie geleiten, wenn auch nicht veilchenbekränzte wie einst.
Einige Tage später wurde ihm der vor mehr als einem halben Jahre erfolgte Tod Teresas mitgeteilt. Als er zum Vorsteher geführt wurde, erwog er, was Außergewöhnliches vorliegen könne; denn daß er begnadigt wäre, mußte er bei Lebzeiten des Kaisers für ausgeschlossen halten. Am wahrscheinlichsten war es, daß ihm aus einem Briefe, vielleicht seines Vaters, etwas sollte vorgelesen werden, wie etwas Ähnliches bei anderen vorgekommen war; auch konnte sein Vater erkrankt oder gestorben sein. Diekmann erwiderte Confalonieris Gruß flüchtig, erledigte schnell noch ein paar Schreibereien, und als der Beamte, der den Grafen geführt hatte, ihn aufmerksam machte, daß der Gefangene von Nummer sieben da sei, rieb er sich die Stirn wie einer, den die Menge der Geschäfte zerstreut, murmelte mehrmals Nummer sieben, als könne er sich nicht besin-

nen, wer das sei, und sagte endlich: »Ach so!« und, indem er sich zu Confalonieri wendete, er habe die Pflicht, ihm mitzuteilen, daß seine Frau gestorben sei. Dann machte er sich wieder anderweitig zu tun, und als er sah, daß Confalonieri noch dort stand, sagte er, er könne nun gehen, indem er einen Blick auf den Beamten warf und mit der Hand nach der Tür winkte.

Zunächst empfand Federigo keine Veränderung, als daß er keinen Brief mehr erwarten konnte; dann bemerkte er an dem Schwererwerden seines Herzens, daß es nie mehr ein Hauch der Hoffnung oder Freude anregte. Er sah sich aufstehen, gehen, essen und zuweilen einige Worte sprechen und war froh, wenn er nach der Anstrengung, die jede Tätigkeit ihn kostete, sich wieder hinlegen und die Augen schließen konnte. Allmählich fand er sich mit der Tatsache ab, daß Teresa nicht mehr auf Erden war. Er sagte sich, daß ihr Körper ein noch größeres Maß von Leiden nicht mehr ertragen konnte, und daß ein Aufhören des Leidens nicht in der Möglichkeit lag, und daß es töricht wäre, etwas Widersinniges zu verlangen. Es kam ihm unbegreiflich kindisch vor, daß er auf Glück gerechnet hatte wie auf eine bestimmbare Erscheinung; denn nicht nur, daß es auf Glück nicht ankam, es gab nichts, was sich mit allgemeiner Sicherheit so nennen ließ. Teresa hatte ihre Kraft erschöpft: eine schöne Flamme, hatte sie gewärmt und geleuchtet, bis der Stoff verzehrt war, an dem sie brannte. Während manche Seele unter dumpfem Drucke glimmt, ohne jemals sich zu entfalten, ohne zu nützen oder zu erfreuen, hatte sie weithin strahlend gelebt, einem heiligen Feuer auf Altären vergleichbar, in das der Priester duftendes Holz und Gewürze wirft.

Wäre das aber auch nicht gewesen, so hätte er doch nicht Ursache gehabt, sagte er sich, sie zu beklagen, noch sie das Recht zu klagen. Wenn er die Entwicklung so vieler überdachte, deren Tod er erlebt hatte, und wie gering das Ergebnis ihres Daseins war, so kam er zu dem Schlusse, daß der Mensch mit seinem Trieb, sich als den Mittelpunkt der Welt zu fühlen, lernen müsse, daß die seiner nicht bedürfe und nicht nach ihm frage. Er suchte sich einzuprägen, daß man durch alle erdenklichen Qualen, Anstrengungen und Kämpfe nichts erwirbt als die Einsicht der Wertlosigkeit alles dessen, um was man litt und kämpfte, und seiner selbst; daß es auf nichts ankomme als auf gewisse große Ordnungen und Gesetze in dem endlosen Auf und Ab des empfindenden Äthers, der uns als Menschheit erscheint. Daß das Verhältnis der Menschen zu Gott überaus vernunftvoll und heilig sei, bezweifelte er nicht; aber er hielt dafür, daß die Art desselben den menschlichen Begriffen und Sinnen nicht zugänglich sei, und daß man sich damit bescheiden müsse, für sich selbst nichts zu sein. Indem man streben müsse, Gott ähnlich zu werden, müsse man eingedenk sein, daß man flüchtiger und bedeutungsloser sei als ein Regentropfen zwischen Himmel und Erde.

Wenn er daran dachte, daß eine Zeit gewesen war, wo er Eugen Beauharnais haßte wegen eines Blickes, den er mit Teresa gewechselt hatte, so dachte er an sich wie an einen fremden Menschen, dessen Verblendung bis zum Wahnwitz ging; es kam ihm jetzt so vor, als wären sie beide von Ewigkeit her tot gewesen und als hätte er das wissen müssen. Oder wenn er an jene Fiebernacht dachte, wo er Mompiani beschwor, in das Haus des Grafen Bubna zu dringen und ihn vor den Verschworenen zu schützen, so kamen ihm jene Pläne und seine Angst und Erregung so unsinnig und unbegreiflich vor wie etwa dem Gebildeten die Wilden, die mit Lärm von Becken und Schellen den vermeintlichen Wolf zu verjagen denken, von dem sie wähnen, daß er den Mond verschlingen wolle. Es war ihm wie ein Traum, daß er einmal in weiter Ferne auf sonnigen Hügeln Entwürfe gemacht hatte, die Menschen zu beglücken, und daß er damit begonnen hatte, sich gegen den Kaiser aufzulehnen, den Gott vielleicht auf seinen Platz gestellt hatte, weil gerade seine Person und sein Wirken unerforschlichen Zwecken dienten, vielleicht auch, weil es gleichgültig war, wer regierte und nach welchen Gesetzen.

Die Sehnsucht nach Teresa, die ihn zuerst beständig begleitet hatte, hörte allmählich auf, wenn er auch oft an sie dachte; ebensowenig sehnte er sich nach Andryane oder einem anderen Freunde, obwohl er sie alle treu im Gedächtnisse bewahrte. Kral sah er gern, am liebsten aber hatte er den Zigeuner um sich, der ihm von seinen Wanderungen erzählte oder ihm die Weisen seines Volkes vorsummte oder stumm und zufrieden wie ein

Hund bei ihm saß. Lästig waren ihm die wöchentlichen und außerordentlichen Visitationen, so daß ihn die Duldsamkeit, mit der er sie über sich ergehen ließ, eine ermüdende Anstrengung kostete; er beklagte sich nie mehr über irgend etwas und antwortete nicht mehr auf die an ihn gerichteten Fragen, als die Höflichkeit erforderte. Gewisse Augenblicke, Tage und Zeiten waren ihm lieb: der Sommer, der Sonntag, wo er die Gefährten sehen und begrüßen konnte, der Spaziergang auf der Terrasse und die klaren Nächte.

Abends, wenn alle Geräusche des Tages bis auf den Schritt der Wache im Gange, den er nicht mehr bemerkte, verstummt waren, kam ein Gefühl vollkommener Ruhe über ihn, wie wenn er ein bedeutendes Ziel erkämpft hätte. Er stellte sich dann an das Fenster und erwartete das Erscheinen der Sterne, von denen ihm viele vertraut waren; die auffallenden Bilder kannte er aus früherer Zeit, andere hatte er sich an der Farbe oder Stellung gemerkt. Er wußte, wann jeder kam und wie lange er sichtbar blieb, und unterhielt sich damit, sie aufzusuchen. Als Knabe hatte er auf einem Landgut seiner Eltern an einem von Zypressen und Weiden ummauerten Weiher die Schwäne gefüttert; wenn er sich dem Ufer näherte, kamen die glänzenden Tiere eines nach dem anderen still gezogen, beugten den steilen Hals zu der bewegungslosen, dunklen Wasserfläche oder standen still, den Blick erwartend auf ihn gerichtet. So schwammen die Sterne aus der Tiefe der Nacht zu ihm heran, wenn er an das Fenster trat, das weiße Gefieder von himmlischem Äther blitzend. Das finstere Gemäuer, an das er gekettet war, versank unter ihm, so daß er sich frei auf dem Scheitel der Erde fühlte, umgeben von Brüdern, die, einem Schwur getreu, ihrem Verlassenen zu Hilfe gekommen waren. Unverletzlich gerüstet standen sie in Ehrfurcht und Mitleid um sein wundes Herz geschart. Oft bewegte sich sein Gemüt zu ihnen mit dem Gedanken: Nehmt mich hin mit meinen Schmerzen und Träumen, laßt mich ruhen und auf ewig untergehen, oder tragt mich und bringt mich wieder, euer möchte ich sein, da ich die Tore des Lebens hinter mir geschlossen habe! Allein er fühlte sich dem Tode zu nahe, als daß man hätte sagen können, er sehnte ihn herbei. Es hatte nichts Bitteres mehr für ihn, zu denken, daß er auf diesem Friedhofe liegen würde, durch kein Zeichen von den Gebeinen namenloser Verbrecher unterschieden; vielmehr kam ihm dieser Garten, den er von seinem Fenster aus sehen konnte, wie seine Heimat vor. Er sah den Wipfel einer Schwarzpappel, die sich wie eine Bergeskuppe wölbte, und den einer Akazie, der zu ihrer Blütezeit weich wie eine bläulichweiße Wolke über der moosigen Mauer schwebte. Unter diesen Bäumen lustwandelte der Tod, der unbekannte Vertraute, mit dem er die Herrschaft dieses dunkeln Felsens teilte und der auf ihn wartete, gelassen von der niedrigen Mauer über die Ebene hinausblikkend und über die flutende Zeit.

Es gab jedoch auch Tage und Nächte, wo er sich zu müde und zu gleichgültig fühlte, um von der Pritsche aufzustehen und an das Fenster zu gehen. Dann empfand er weder Langeweile noch Betrübnis: es stand alles still in ihm, und die Dinge und Vorstellungen waren zu weit entfernt, als daß er irgendeine Beziehung zu ihnen gefühlt hätte. Wenn er hätte sprechen oder lesen müssen, wäre es ihm eine Pein gewesen.

An das Holunderhaus und seine Bewohner hatte er seit dem Tode Teresas nicht mehr gedacht, als eines Tages während des Spazierganges auf der Terrasse sein Blick darauf fiel und ihm zum Bewußtsein kam, wie verändert es aussah. Die grünen Fensterläden waren geschlossen, es war frisch angestrichen, und die alten Holunderbäume waren ausgerissen, sowohl der, welcher die eine Seite, mehrere Fenster verdunkelnd, ganz umklammert hatte, wie der andere, der die Pforte so überwuchs, daß der Mann und die Frau sich ein wenig hatten bücken müssen, wenn sie aus und ein gingen. Auch die Ulme war fortgenommen, wodurch der Umriß des Grundstücks anders geworden war; bei flüchtigem Hinschauen hätte man glauben können, ein neues Haus stände da in einem neuen Garten. Auf die Frage Federigos, ob die Leute ausgezogen wären, erzählte Kral, die Frau sei damals an der Cholera gestorben, und der Mann sei so betrübt gewesen, daß er nicht mehr in Brünn hätte bleiben wollen, sondern in seine Heimat zurückgekehrt sei. Seitdem habe es leer gestanden; vor einem halben Jahr habe es zwar einen Käufer gefunden, der habe es aber zuvor putzen und schön herrichten lassen und werde nun vielleicht bald einziehen. Er fügte nach einer Pause hinzu, daß er damals dem Grafen nichts davon gesagt habe in der Meinung, es würde ihn betrüben. Federigo nickte und dankte; er war durchaus nicht traurig, sondern hatte ein Gefühl, als ob alles in der Ordnung sei, nun die Frau wohlbehütet in dem Garten des Todes in seiner Nähe liege; denn obwohl er nicht wußte, wo sie begraben war, konnte er nicht umhin, vorauszusetzen, daß sie auf dem Friedhof des Spielbergs wäre. Er hatte ein Gefühl, als erweitere sich seine Herrschaft, wenn recht viele in seinen Bezirk kämen und sich zu seinen Füßen niederlegten.

Empfindlich war es für ihn, daß Kral fortging, der, nachdem er zwölf Jahre lang auf dem Spielberg gedient hatte, sich getraute, um seine Entlassung einzukommen. Confalonieri selbst hatte ihn dazu ermutigt und dabei beraten. War auch seine Mutter inzwischen gestorben, so wartete doch seine Braut noch auf ihn, und die Aussicht, sie zu heiraten und mit seinen Ersparnissen ein kleines Geschäft anzufangen, das ihm ein wenig freie Zeit lassen würde, zu lesen und zu lernen, stimmte ihn fröhlich. Erst als der Zeitpunkt seiner Abreise sich näherte, wurde er unsicher und bereute fast, einen in so mancher Hinsicht verwegenen Entschluß gefaßt zu haben; auch kam es ihm wie ein Unrecht vor, den Grafen zu verlassen, der kaum je in einem Gefängniswärter einen so treuen Diener wiederfinden würde. Während der letzten Tage kamen ihm die Tränen, sowie Federigo zu sprechen anfing, und als er vor der Tür stand, um ihm Lebewohl zu sagen, kehrte er nach kurzem Kampfe wieder um, weil er es nicht über sich vermochte, und trug einem Kameraden die letzten Grüße auf.

Sein Nachfolger war ein trockener, aber nicht ungutmütiger Mensch, mit dem Federigo gut auskam, obwohl sich persönliche Beziehungen zwischen ihnen nicht entwickelten. Er hatte für manche Dinge Sinn, die Kral gleichgültig gewesen waren und mit denen Confalonieri jetzt sich zu beschäftigen liebte; so merkte er sich, an welchen Tagen Regen oder Schnee fiel, woher der Wind kam und was für Veränderungen er brachte, wie kalt oder wie warm es war und auffallende Bewölkungen des Himmels. Er tat das, ohne etwas daraus zu folgern, nur so, wie ein Sammler sammelt; aber es war ihm angenehm, daß jemand auf seine Beobachtungen und Notizen Wert legte, und er sorgte bereitwillig für die entsprechenden Berichte aus der Stadt, mit denen der Graf die Wettererscheinungen in der Höhe vergleichen wollte. Er wußte auch, wieviel Fabriken in der Stadt waren, wieviel Arbeiter dort angestellt waren, wieviel Lohn sie erhielten, wieviel Kinder die Schule besuchten, wieviel Land beackert wurde und wieviel als Weide diente und dergleichen mehr, was alles Federigo interessierte. Über das Wetter in anderen Ländern berichtete er auch freiwillig, was er in Zeitungen auftrieb; aber mit anderen Gegenständen war er zurückhaltend, weil sie ihm zur Politik zu gehören schienen, worüber zu sprechen ihm verboten war.

Die langen und regelmäßigen Beobachtungen brachten es dahin, daß Federigo die geringsten Veränderungen in der Atmosphäre nicht entgingen und er den Charakter der Witterung aus Symptomen vorhersagen konnte, die von den meisten unbemerkt blieben. Er hörte es dem Winde ab, aus welcher Richtung er blies; er fühlte den Grad der Feuchtigkeit, der in der Luft war, an seiner Hand und sah ihn an den Sternen; er zog Schlüsse aus der Lage, der Gestalt und Beweglichkeit der Wolken. Glaubte er auch nicht, daß er die Gesetze der atmosphärischen Erscheinungen herausbekommen könnte, so unterhielt es ihn doch, Stoff dazu zu sammeln, und es kam ihm dabei zugute, daß er sich von jeher für Physik interessiert hatte und die Kenntnisse seiner Zeit besaß. Kennte man erst einmal diese Gesetze genau, so dachte er, daß es vielleicht den Menschen möglich werden würde, diese wechselvollen und einflußreichen Ereignisse ihrerseits zu beeinflussen.

Die Tage vergingen Federigo in dieser Weise schneller als sonst, und es kam vor, daß es ihm an Zeit fehlte, Briefe an seine Gefährten zu schreiben, die Kaliban nach wie vor beförderte. Was die Kirche betrifft, so war er dabei geblieben, weder zu beichten noch das Abendmahl zu nehmen; aber er wohnte sonntags dem Gottesdienste bei und unterhielt sich gern über religiöse Fragen mit den Geistlichen, die der Kaiser in gewissen Zeitabständen auf den Spielberg schickte. Einer von diesen, der besonders weitherzig war, gab ihm verschiedene religiöse Bücher, die dem Geiste eines gebildeten und denkenden Menschen Anregung und Nahrung geben konnten, nämlich die Gedanken von Pascal, die Bekenntnisse des Augustinus und die Nachfolge Christi von Thomas a Kempis. Diese Bücher las Federigo mehrere Male mit immer wachsendem Interesse und glaubte sie jedesmal besser zu verstehen.

An einem Vormittage im Mai des Jahres 33 las er in der Nachfolge Christi; es war ein in blaugraue Pappe gebundenes Büchlein mit großem Druck auf rauhem, dünnem Papier, das etwas abgegriffen war. Nachdem er eine halbe Stunde aufmerksam gelesen hatte, ließ er das Buch sinken, weil ihn die Frühlingslieblichkeit der Luft zerstreute, die durch das Fenster hereinspielte, an dem er saß. Sie hatte einen zarten, kaum spürbaren Wohlgeruch an sich, mehr von Erde als von Blumen, und war kühl und warm zugleich wie eine Hand, von der man sich gern berühren läßt. Am Horizont verschwammen Farben des Flieders und der Malven ineinander, und die weißen Wölkchen, die am hellblauen Himmel erschienen und verschwanden, waren wie kleine, flügelschlagende Schmetterlinge über einem Blütenfelde oder wie Segel auf entfernten Kähnen, die man eben erschimmern sah und gleich darauf aus den Augen verliert. Wie er den Kopf an das Gitter des Fensters lehnte, hörte er das Quaken der Frösche im Burggraben, das er in diesem Jahre noch nicht bemerkt hatte und das ihm Freude zu bereiten pflegte, weil es mit der warmen Jahreszeit kam.
Er hörte eine Weile zu und vergaß es wieder; dann schien es ihm plötzlich so, als wären in der Nähe die Töne einer Melodie laut geworden, ein paar Töne wie ein fliegender Faden, den man noch ergreifen könne. Er horchte und dachte nach, und nun war es ihm, als wäre es der Anfang des alten Liedes gewesen, das Andryane zu singen oder zu flöten liebte: O Richard, mein König, die Welt verläßt dich; aber als es nicht wiederkam, sagte er sich, daß er sich getäuscht habe. In der Festung selbst wurde nie mehr gesungen; was man etwa auffing, war das Trällern eines Arbeiters oder eines Kindes jenseits der Mauer, von denen nicht anzunehmen war, daß sie die französische Arie kannten.

Ohne etwas Bestimmtes zu denken, starrte er auf das Buch in seinem Schoße und auf seine Hand, die es hielt und deren Beschaffenheit ihm gerade jetzt, vielleicht in dem hellen Frühlingsschein, auffiel. Sie war früher viel, von Herren wie von Damen, bewundert worden und war auch jetzt noch schön; doch fehlte ihr die nervöse Kraft und die schimmernde Blässe; sie sah aus wie aus altem, gelbem Elfenbein gemacht. Der Anblick dieser Hand erinnerte ihn an etwas, und allmählich fanden seine Gedanken den Weg zu einer anderen, anders geformten Hand, die er ebenso leblos auf einem Buche hatte liegen sehen: es war die Hand des alten Grafen Melzi, und das Buch, in dem er gelesen hatte, war die Nachfolge Christi, in kostbares karminrotes Leder gebunden, von dem die wächserne Farbe der zierlichen, durchsichtigen Greisenhand sich eindrucksvoll abgehoben hatte. Beinahe zwanzig Jahre waren seit dem Frühlingsmorgen vergangen, wo er, trunken von Jugendstolz und Jugendhoffnung, an dem Krankenbett gewesen und sich mit Zorn und auch ein wenig Verachtung von dem einst verehrten Manne abgewendet hatte, der auch wie alle dem Alter seinen Zoll zahlte. Er erinnerte sich, wie zugleich das Bewußtsein ihn wie ein Rausch durchglüht hatte, daß die Pflicht und Verantwortung und Lust des Handelns nun bei ihm allein sei, der die Einsicht und die Kraft dazu hatte und ohne Furcht war. Auf einmal mußte er an Pallavicino denken, daß er ähnliche Empfindungen, die ihn damals bewegten, jetzt gegen ihn haben mochte, wie das seiner Jugend und dem Maße seiner Erfahrung entsprach. Hatte er auch dem unglücklichen jungen Freunde niemals gezürnt, so schien es ihm nun doch, als hätte er sich bemühen sollen, eine Verständigung herbeizuführen, indem er ihm eine richtige Auffassung seines jetzigen Standpunktes beizubringen suchte. Er wußte, daß jener unter seinem Verlust und dem Gebot, ihn zu verachten, das er sich auferlegte, gelitten hatte, und an ihm wäre es gewesen, den Zwiespalt aufzulösen oder doch zu mildern. Vielleicht zwar wäre es unmöglich gewesen; denn es mußte wohl so sein, daß die Menschen ihre Bahn mühevoll durchlaufen und die der anderen kreuzen und stören, als wäre jeder eine Welt für sich, durch ewige Schranken von allen anderen getrennt.

Seit geraumer Zeit schon hatte Pallavicino es erreicht, daß der Kaiser ihn auf eine andere Festung versetzte, damit er nichts mehr von Federigo zu sehen und zu hören brauchte, und die vom Spielberg hatten keine Kunde mehr von ihm. In diesem Jahre starben Silvio Moretti und der Zigeuner, dessen Körper zäher gewesen war, als der Arzt anfänglich gemeint hatte. Obwohl er viel hustete und sichtlich abmagerte, war er in guter Stimmung, verhältnismäßig gesprächig und zugänglich. Er summte Federigo die Weisen vor, die er früher auf der Geige gespielt hatte: dann war es diesem, als sähe er eine grenzenlose Steppe, über die Wolken und Winde jagten und über die ein kleiner Trupp dunkler Menschen zöge, winzig und vergänglich wie die Schatten der Wolken, die Brust von Schwermut und gewaltsamen Leidenschaften zerrissen. Der Zigeuner dachte sich nichts dabei; er glaubte Federigo mit dieser Musik zu erheitern, den er Vater nannte, während er von allen anderen Menschen auf dem Spielberg unverhohlen mit Haß oder Verachtung sprach. »Aber wenn du dir die Freiheit damit erkaufen könntest, daß du mich umbrächtest?« fragte ihn Federigo einmal; worauf er ohne Besinnen antwortete: »Dann täte ich es; aber das ist unmöglich.« Indessen trug er sich zuletzt mit allerlei wunderlichen und unbegründeten Hoffnungen auf Befreiung, und als er in das Spital gebracht wurde, wo er nicht lange danach starb, sah er das als ein glückliches Zeichen an, weil sich seiner Meinung nach von dort aus eher eine Flucht bewerkstelligen ließe.

Bei dem Obersten Moretti trat in den letzten Monaten eine Verdunklung des Bewußtseins ein, so daß er sich mit seiner Flugmaschine auf Reisen oder sonst mit ihr beschäftigt glaubte. Die Wärter, die ihn bedienten, hielt er für Spione der österreichischen Regierung, die ihm sein Geheimnis ablisten wollten, und empfing sie mit Vorwürfen und Drohungen. Er wolle lieber verhungern, sagte er, als die Erfindung preisgeben, die er bestimmt habe, Italien groß zu machen, und ließ oft das Essen unberührt, in der Meinung, er solle dadurch bestochen werden. Federigo, der, nachdem Pallavicino den Spielberg verlassen hatte, wieder in sein früheres Zimmer versetzt und Morettis Nachbar geworden war, ging auf seine Wahnvorstellungen ein und sprach so mit ihm, als ob sie zusammen die Luft durchflögen und Städte, Flüsse und Fluren unter sich sähen; allein auch ihm war es nicht immer möglich, seinen rasch und wild springenden Vorstellungen zu folgen, und Widerspruch oder Hemmung machten ihn toben. Ungenügend gepflegt, denn die Wärter fürchteten sich vor ihm, und durch die immer häufiger werdenden Wutanfälle erschöpft, starb er, indem er friedlich einschlief wie ein Kind, das sich müde geweint hat.

Das von ihm verlassene Zimmer wurde im Laufe des folgenden Jahres von einem jungen Manne bezogen, der mit vielen anderen zu mehrjähriger Kerkerstrafe verurteilt war, weil sie einer verbotenen Verbindung, dem ›Jungen Italien‹, angehörten. Er machte Confalonieri durch Klopfen auf sich aufmerksam, stellte sich ihm vor und sagte ihm, daß er sich glücklich schätze, in seiner Nähe zu sein. Sein, des Grafen, Name werde von allen denen, die die Einigung und Befreiung Italiens zu ihrem Lebenszweck gemacht hätten, mit Ehrfurcht genannt, als des ersten in Oberitalien, der dies Ideal aufgestellt habe und sein Märtyrer geworden sei. »Ich fürchte,« antwortete Confalonieri, »es werden mehr sein, die meinen Namen mit Erbitterung nennen, da ich viele unglücklich gemacht habe.« Darauf komme es nicht an, entgegnete der andere, der Gabriele Rosa hieß; die Italiener seien zu weichlich, nur auf ihr Wohlergehen bedacht, das müsse anders werden. Nur durch Opfer könne das Große erreicht werden; ein freies Vaterland sei durch Gut und Blut nicht zu teuer erkauft. Er erzählte von dem Genuesen Mazzini, der, überzeugt, daß die Carbonari zu vernünftigen Taten untauglich seien, das ›Junge Italien‹ gegründet habe, dessen Teilnehmer auf jedes persönliche Glück verzichten müßten, um des hohen Zieles willen. Er selbst, Mazzini, lebe das Leben eines armen Verbannten; er versuche ein neues Geschlecht heranzubilden, dessen Triebfeder die Pflicht, nicht der Genuß sei. Seine Anhänger würden erbittert verfolgt, die Gefängnisse seien voll; im Laufe des letzten Jahres wären fünfzehn Personen wegen politischer Vergehen verhaftet worden, einer seiner Freunde habe das Zimmer gehabt, das Confalonieri vor zehn Jahren bewohnt habe. Die sogenannte gute Gesellschaft sei ganz österreichisch, es gehöre zum guten Ton, Verehrung für den Kaiser und alles Kaiserliche zur Schau zu tragen; aber wer aufmerksam horche, könne in weiter Ferne das Pfeifen eines drohenden Windes hören. Ob er nicht wisse, daß der junge Dembowsky, der verstorbenen Gräfin Mathilde Sohn, einen österreichischen Offizier im Duell getötet habe und mit seinen Sekundanten, unter denen der Graf Antonio Belgioioso sich befinde, geflüchtet sei. Auch der Graf Emilio Belgioioso und seine junge, von ihm geschiedene Frau, Gräfin Cristina Trivulzio, hätten als Anhänger Mazzinis in die Schweiz flüchten müssen, und ihr Vermögen sei mit Beschlag belegt.

Wie es Manzoni gehe, fragte Confalonieri. Seine Frau sei kürzlich gestorben, berichtete Rosa, und man sage, daß er dadurch in unheilbare Trauer versenkt sei. Geschrieben habe er nichts mehr; er habe sich rasch erschöpft und zehre vom alten Ruhm, dagegen habe sich sein Schwiegersohn Massimo d'Azeglio sehr hervorgetan mit einem historischen Roman, der mit mehr Feuer und Empfindung geschrieben sei als die ›Verlobten‹ und der die Vaterlandsliebe im ganzen Volke verbreitet habe.

Es fiel ihm dann ein, daß Confalonieri die ›Verlobten‹ noch nicht gelesen haben könne, da das Buch erst im Jahre 25 erschienen war, und er fügte bei, daß es auch im Ausland als ein Meisterwerk angesehen werde und daß er ihm nächstens ausführlicher davon erzählen wolle. Zu Manzoni sähe jetzt ganz Italien als zu dem Haupte der Literatur auf, nachdem die Alten, Foscolo, Monti und Pindemonte, alle kurz nacheinander gestorben wären.

Silvio Pellico, nach dem Confalonieri fragte, habe sich unter die Röcke der Jesuiten und Nonnen verkrochen und halte die Ohren zu, wenn man ihn bei seinem alten Namen rufe. Er verstehe die Zeit nicht, und sie gehe über ihn weg. Man habe kürzlich eines seiner Dramen im Theater del Re aufgeführt; die Marchionni habe die Heldin gespielt, und die Patrioten hätten geklatscht, um den Märtyrer der guten Sache zu ehren; aber im ganzen habe es kalt gelassen. Die echten Mailänder wollten überhaupt nur die Pasta und die Malibran hören, die neuen Opernsterne, am liebsten in der ›Norma‹ von Bellini, der jetzt viel beliebter sei als Rossini. Er trällerte einen Marsch und eine Arie, um Confalonieri einen Begriff von der Oper zu geben, die

in der Scala vierunddreißigmal hintereinander gegeben sei. Übrigens sei Bellini ein Mann ohne Charakter, er habe die bereits begonnene Komposition des ›Ernani‹ aufgegeben, weil die Polizei wegen des Gegenstandes ihm Schwierigkeiten bereitet habe. Die Scala selbst würde Confalonieri nicht wiedererkennen, so schön sei sie neuerdings dekoriert, daß sie einem Feenpalast aus Gold und Elfenbein gleich sei. Sonst werde nicht viel gebaut außer Triumphbögen, wenn der Kaiser erwartet werde. Die kürzlich vollendete Galerie De Cristoforis freilich sei etwas Vorzügliches, was vielleicht keine Stadt des Festlandes aufzuweisen habe: eine lange, mit Glas gedeckte Halle, die die Via Francesco mit der Via del Monte verbinde. Sie sei immer belebt von Neugierigen und Kauflustigen, denn zu beiden Seiten hätten die feinsten Geschäfte ihre Auslagen, und man werde durch Regenwetter nicht gestört noch durch die Dunkelheit vertrieben; denn bis Mitternacht sei die Galerie erleuchtet. Es wären Cafés dort, und während des Karnevals würden Bälle und Maskeraden dort abgehalten. Die Straße dei Servi sei verbreitert, und die Kirche S. Maria dei Servi solle ebendeshalb abgerissen werden; an ihrer Stelle solle eine andere Kirche nach dem Muster des römischen Pantheon errichtet und dem heiligen Karl Borromäus geweiht werden. An der Fassade der Kirche San Fedele werde auch schon lange gearbeitet, und die leere Nische auf dem Platz der Mercanti, wo zur Franzosenzeit die Statue des Brutus gestanden habe, sei nun endlich durch ein Standbild des heiligen Ambrosius ausgefüllt.
Ob Comolli sie gemacht habe, fragte Confalonieri. Der andere besann sich einen Augenblick und sagte: Comolli, nein, der sei vor mehreren Jahren gestorben, dieses sei von Scorgini. Außer diesem gelte Pompeo Marchesi jetzt für ausgezeichnet; kürzlich sei in seinem Atelier in den öffentlichen Gärten Feuer ausgebrochen und habe das Modell einer Statue des Cesare Beccaria zerstört, das er für die Brera entworfen habe.
Federigo brach das Gespräch ab und legte sich auf sein Bett; in seinem Kopfe war es so, als ob lange ein lauter, durchdringender Lärm um ihn herum gewesen sei. Eine Masse von Vorstellungen überfielen ihn betäubend; allmählich erst beruhigte er sich damit, daß das alles in weiter, unerreichbarer Ferne war

und daß niemand von ihm einen Entschluß oder eine Parteinahme in allen diesen Angelegenheiten verlange. Dann mußte er an die alten Gebäude denken, die niedergerissen waren, und an die neuen, an denen gebaut wurde, und stellte sich die Arbeiter vor, wie sie munter hantierten und an den Gerüsten kletterten, den Staub, der aus dem Schutt in die klare Luft stieg, und die schweren Steinblöcke, wie sie langsam hinaufgewunden wurden. Plötzlich gestaltete sich das Bild so deutlich und farbig, als ob es wirklich vor seinen Augen wäre: er sah die behauenen gelblichen Quader, die unter dem gewölbten Azur, an dessen glatte, fugenlose Mauer sie anzustoßen schienen, wie Bernstein leuchteten; er fühlte die prickelnden Kristallwellen des Sonnenlichtmeers, das durch das Marmorbett der Straße wogte, und die Gelindigkeit des Schattens in dem Hofe, der den Eintretenden wie ein kühles Bad empfing. Da war keine bröckelnde Erde, kein faulendes Holz, da waren keine welkenden Blätter, keine löslichen Dünste, sondern es war alles aus edlem Stein und Metall, wie ein Saal für Götterbilder. Er sah sich selbst sein eigenes Haus betreten, die Treppe hinaufeilen und die Hand auf den Griff der Tür legen; aber dann ließ er die Hand fallen, und das Bild zerfloß. Es war keine Tür da in ganz Mailand, durch die er hätte eintreten mögen, es war niemand da, der auf ihn wartete, kein Raum, wo er Ruhe gefunden hätte. Der Anblick der niedrigen Decke über seinem Kopfe und der getünchten, bekritzelten Wände, die ihn umschlossen, gab ihm das Gefühl der Sicherheit wieder, das er während des Gespräches mit seinem Nachbarn verloren hatte.

Am folgenden Morgen erinnerte er sich, wie furchtbar das erste Erwachen auf dem Spielberg für den Gefangenen sei, und rief den jungen Mann an, um ihn durch seinen Anteil zu trösten oder zu zerstreuen. Es zeigte sich indessen, daß Rosa nicht in so verzweifelter Stimmung war, wie Federigo vorausgesetzt hatte. Er habe ja schon aus dem Buche Pellicos gewußt, wie es auf dem Spielberg sei, sagte er; eigentlich habe er es sich schlimmer vorgestellt, das Essen sei ihm nicht so wichtig, er habe einen guten Magen, und sein Zimmer sei leidlich. Wenn nur die verwünschte Mauer nicht wäre, die den Blick ins Freie hemmte; freilich sei in diesem Lande doch nichts Schönes zu sehen. Er habe sich allerlei Bücher zum Lesen mitgebracht, die man ihm auch gelassen hätte, ein paar Jahre könne er es auf diese Weise schon aushalten, vielleicht würde er niemals im Leben soviel Zeit zum Ausruhen und Lesen haben. Dessenungeachtet sprach er den Grafen oft an, teils weil er selbst doch der Abwechslung bedürftig war, und ebensosehr in der Absicht, jenem eine erwünschte Unterhaltung zu verschaffen. Sie sprachen sowohl durch Klopfen an der Mauer wie mündlich am Fenster, wenn die Unaufmerksamkeit oder Nachsicht der Wachen es geschehen ließ.

Rosa sprach am liebsten von den politischen Dingen; er war überzeugt, daß die Mazzinisten früher oder später ihr Ideal der einheitlichen Republik Italien verwirklichen würden; viel Blut würde vorher noch fließen, viele einzelne müßten geopfert werden. Mazzini hätte anfänglich auf Karl Albert gehofft, der kürzlich, nach dem Tode seines Oheims, die Regierung angetreten habe; aber der verfolge die Patrioten, die Verbündeten seiner Jugend, noch erbitterter als seine Vorgänger und Kollegen und habe sich ganz mit den Jesuiten und Mönchen verbündet. Der Klerus sei eben ein Krebsschaden an Italien, der Papst müsse jedenfalls seiner weltlichen Herrschaft beraubt werden, und am besten wäre, wenn man ihn ganz und gar loswerden könnte. Von den neuen Päpsten, die seit Confalonieris Gefangenschaft auf den Heiligen Stuhl gekommen waren, sprach er mit Verachtung, den aus Belluno gebürtigen Gregor XVI. nannte er einen unwissenden, bigotten und tückischen Tiroler. Im Kirchenstaat und im Neapolitanischen seien die Revolutionen an der Tagesordnung: es würde damit zwar zunächst nichts ausgerichtet, stifte aber doch Nutzen, da blutige Rache der Regierungen folgte, die wiederum neue Aufstände hervorrufe, wodurch die Zustände immer unhaltbarer würden.

Confalonieri hatte gegen alles dieses manches einzuwenden, doch tat er es in zurückhaltender und höflicher Weise. Im Grunde konnte er wenig Interesse dafür aufbringen; aber er ließ es so wenig merken, wie er in einer langweiligen Gesellschaft gegähnt hätte. Rosa machte ihm den Eindruck eines zielbewußten, energischen und ausdauernden jungen Mannes, und er erinnerte sich, wie oft er den Mangel dieser Eigenschaften an den Italienern beklagt hatte, und er dachte, daß er ein weniger fremdes Gefühl ihm gegenüber behalten würde, wenn er ihn sehen könnte, was nicht der Fall war. Wie anstrengend es ihm auch sein mochte, führte er doch lange Gespräche an der Mauer mit ihm und suchte ihn zu trösten, als er nach einigen Monaten trotz aller Tapferkeit unter dem Drucke des Kerkerlebens ein wenig zu leiden anfing. Inzwischen zutraulicher geworden, erzählte er dem Grafen von einem geliebten Mädchen, an dessen Treue während seiner Gefangenschaft zu glauben ihm schwer wurde. Sie sei eine so verführerische Schelmin; aus ihren tanzenden Lockenringen, aus ihren winzigen Fingerspitzen, von ihren immer bewegten, plaudernden und lachenden Lippen sprängen unsichtbare Schlangen und ketteten die Herzen an ihre leichtherzige kleine Person. Sie habe vielleicht keine Schuld, als daß sie allzu reizend sei, um nicht zu gefallen, und allzu empfindend, um die erregten Gefühle nicht zu erwidern; sie sei des Lebens zu voll, um einen Begrabenen, wie er sei, zu lieben.

Federigo sagte, wenn sie ihm unter diesen Umständen nicht treu bleiben könne, sei sie wohl überhaupt nicht für die Ehe geschaffen; auch habe er ja gewußt, daß er um seiner Ideale willen auf persönliches Glück vielleicht würde verzichten müssen, und gelobt, es zu tun. Schließlich bestehe das Glück nicht im Genuß, sondern in der Empfindung; oft sei die Erfüllung der Untergang der Liebe; zu lieben, das sei Glück, und in Kampf und Not erstarke gerade die Kraft zu lieben. Ach, antwortete Rosa auf einen dieser Sätze, das sei die Weisheit des Alters und des Unglücks; sie gehe ihm nicht ein, obwohl er wisse, daß jedes Wort richtig sei.

Federigo bemühte sich, nicht merken zu lassen, daß ihn diese Worte schmerzlich getroffen hatten. Er wollte lesen, um darüber hinwegzukommen; aber seine Gedanken blieben nicht bei dem oft durchdachten Gegenstande, auch war das Licht an diesem Frühlingsabend schon zu trübe in seiner Zelle. Er tadelte sich selbst als allzu empfindlich; denn niemand wußte besser als er selbst, daß er alt und unglücklich war. Dennoch starrte er auf diese Worte wie in einen Spiegel, aus dem ihn sein Gesicht wie eine fremde Maske anstarrte, vor der ihm graute und die er doch nicht loswerden könnte. Er stand auf, um die Sterne zu suchen, deren bleicher Schimmer sie kaum von dem milchigen Himmel unterschied; ein verschwimmendes Häufchen erinnerte ihn an zusammengeneigte Weiden und Birken über einem vergessenen Male. Die Zeit kam ihm wünschenswert vor, wo er ganz allein, ohne den jungen Nachbar gewesen war; wo er auf nichts bedacht war, als das Rad der Tage immer wieder hinaufzuwälzen, bis es einmal nicht mehr herabrollen oder bis er zusammenbrechen würde.

Zu dieser Zeit hielt sich der Kaiser in Brünn auf, ohne daß irgendein Gnadenerlaß seine Nähe angekündigt hätte. Rosa sagte, daß ihm eine Begnadigung höchst ungelegen sein würde; er wolle viel lieber ein paar Jahre gefangen sitzen, als auch nur durch einen Schein von Verpflichtung an den Kaiser gebunden sein. Er sei mit dem Kaiser in Krieg und wolle es bleiben. Als bekannt wurde, daß die Abreise des Monarchen durch einen Anfall von Rheumatismus verzögert werde, sagte er, daß man mit Franzens Tode nicht rechnen könne, da er zwar von Haus aus kränklich, aber zäh sei. Auch sollten die Patrioten seinen Tod gar nicht herbeiwünschen; seine Engherzigkeit und Härte fachten den Haß gegen Österreich an; sein Nachfolger, der ganz von Metternich abhänge, würde wahrscheinlich vorsichtiger verfahren und dadurch die Entwicklung nur verlangsamen. Für Confalonieri freilich, meinte er, sei der Tod des Kaisers die einzige Möglichkeit der Befreiung, und insofern sei er zu wünschen. Das sei richtig, sagte Federigo, namentlich für seine Gefährten, die viel jünger als er seien, würde es ein Glück bedeuten; aber wenn man an Rheumatismus stürbe, würde er wohl dem Kaiser vorangehen.

Während des Winters und namentlich in den Monaten Januar und Februar waren seine rheumatischen Schmerzen so heftig, daß er eine Zeitlang dem Gottesdienst nicht beiwohnen konnte. Als er am letzten Sonntage im Februar zum ersten Male wieder hinging, begegnete er auf dem Hofe Borsieri und Castiglia, die ihn erfreut begrüßten und sich nach seinem Befinden erkundigten. »Ich bin eine Festung, die der Winter belagert,« sagte er, »der Frühling wird mir bald Entsatz bringen.« Die Luft war lauwarm, der gleichmäßig graue Himmel ließ die Sonne in der Größe und Farbe einer Zitrone wie durch ein Loch sehen.

Man sprach von der Länge des mährischen Winters und daß die vorwitzigen, milden Tage durch Schnee und Eis wieder würden vertrieben werden. Trotzdem gab sich Federigo der wohltuenden Wirkung der sanft erwärmten und doch frischen Luft hin; er hatte keine Schmerzen, und das Atmen wurde ihm leichter. Die Predigt ließ er unbeachtet an sich vorüberrollen und empfand das Nichtzuhören fast wie ein Vergnügen; erst als der Priester mit verändertem Tonfall das Schlußgebet begann, wendete er ihm seine Aufmerksamkeit zu. Der üblichen Formel, die dem Wohle des Kaiserhauses galt, fügte er diesmal eine besondere Bitte um Genesung des Kaisers hinzu, dessen Krankheit die ganze Monarchie in schwere Sorge versetzt habe. Dies fiel um so mehr auf, als die früheren, nicht seltenen Erkrankungen des Kaisers niemals in der Kirche erwähnt worden waren, und es ließ sich daraus schließen, daß in diesem Falle sein Ableben zweifellos bevorstehe. Als Borsieri beim Verlassen der Kirche an Federigo vorüberging, drückte er ihm verstohlen die Hand und flüsterte ihm zu: »Siehst du die weiße Wolke am Himmel? Da duelliert sich mein Gebet mit dem des Pfaffen.« Federigo mußte lachen; aber er wunderte sich, daß Borsieri den Vorfall so ernst nahm und so sichtlich dadurch aufgeregt wurde. Er hielt für das wahrscheinlichste, daß der Kaiser wieder gesund werden würde, wie es sonst immer geschehen war; und sollte er sterben, so würde vermutlich die Zeit kommen, wo seine Gefährten und vielleicht auch er den Spielberg verlassen könnten; es überlief ihn kein Schauer der Ungeduld oder Freude bei dieser Vorstellung, die er vielmehr wie etwas Störendes zurückschob.

Das milde Wetter dauerte weiter; Federigo genoß es, und da er sich erinnerte, daß auch in Italien gewöhnlich im März eine Reihe warmer Tage kam, denen ein zweiter Winter folgte, so daß selbst der April oft noch starke Kälte brachte, schien ihm etwas Gesetzmäßiges darin zu liegen, und er dachte über den etwaigen Zusammenhang nach.

Einen Tag nach dem Tage, an welchem der Kaiser in Schönbrunn gestorben war, ging er mit dem Oberwärter auf der

Terrasse spazieren und fragte ihn nach den Wetterregeln der Bauern in seiner Heimat aus. Er gab ausführlichen Bescheid und sagte auch, der März müsse milde sein, weil dann die Saaten keimten; im April wären sie schon kräftiger und könnten dem Unwetter eher widerstehen. Es war noch nicht Mittag, und einige Bauern trieben ihren Pflug über die gewölbten Äcker, deren gelockerte Erde sammetbraun wie die dunklen Blätter des Goldlacks war. Die Pflüge waren von Kühen und Rindern gezogen und glichen in ihrer gleichmäßigen Bewegung gehorsamen Sternen, die an den unsichtbaren Fäden eines ausgespannten Zaubernetzes auf und nieder gingen. Der Himmel war etwas dunkler als an den vorhergehenden Tagen und die zitronengelbe Sonne ein wenig glänzender; hoch im Blau drehte sich ein Flug weißer Tauben im Kreise wie ein frisch erblühter Frühlingsbrautkranz. Die Luft und das Licht und die Gegenstände lagen so weich und leicht ineinander, als wäre nirgends ein Zwischenraum und doch auch keine Berührung.

Während der Graf und sein Begleiter miteinander sprachen, fingen die tiefen Glocken in der Stadt langsam zu läuten an, und Federigo fragte, ob ein Begräbnis stattfinde. Der Oberwärter schüttelte den Kopf und sagte nach einer Weile, das könne nur den Tod des Kaisers zu bedeuten haben; er habe schon vor zwei Tagen die letzte Ölung empfangen, weil er von den Ärzten aufgegeben sei. Es sei ja verboten gewesen, darüber zu sprechen, aber nun könne es doch nicht geheim bleiben und sei auch kein Geheimnis. Federigo stellte einige auf die Krankheit des Kaisers bezügliche Fragen, dann blieb er stehen und lehnte sich gegen die Mauer. Es war ihm so zumute, als ob er weinen möchte, eine so gewaltsame Traurigkeit kam über ihn. Er erinnerte sich plötzlich, was er vor Jahren sich vorgestellt hatte, wenn er die Möglichkeit dieses Augenblicks erwog; er dachte, wie Teresas Herz schlagen würde, wenn sie dies Geläut vernehmen könnte, und was es ihm dann bedeutet hätte. Diesen ehernen Schall hörten die gleichgültigen Bauern, die mit ihrem Werkzeug weiter in die Erde gruben, die Soldaten, die schläfrig auf ihrem Posten standen und nur an den Augenblick dachten, wo sie abgelöst würden, die dumpfen Kühe und Schafe und die Vögel, die mitten im Klange schwammen, ohne sich seiner bewußt zu werden; nur sie nicht, nur sie nicht, der er das Glück gegeben hätte. Der Oberwärter, der sich nicht klar war, welcher Art die Gefühle sein möchten, die den Grafen augenscheinlich bewegten, ging schweigend auf und ab, bis dieser sich wieder zu ihm gesellte und das vorher unterbrochene Gespräch fortsetzte. Als er sich wieder in seinem Zimmer befand, war er zu müde, um noch eine Erregung zu fühlen, und auch später kam sie nicht wieder.

Federigo glaubte zuerst, es wäre ein Druck von ihm genommen dadurch, daß der nicht mehr lebte, dessen Feind er war und dem er sein Leben verdankte; aber es zeigte sich, daß kein fühlbarer Unterschied da war; denn von der Gnade eines österreichischen Monarchen hing er doch ab. Glück hätte es für ihn, auch wenn Teresa lebte, nicht mehr gegeben; wenn die Nachricht vom Tode des Kaisers sich als irrtümlich erweisen sollte, so dachte er, daß es ihm gleichgültig sein würde. Indessen das wiederholte Trauergeläut in der Stadt und die Gebete des Priesters bestätigten die Tatsache, die übrigens keinen Einfluß auf das Leben in der Festung hatte; es ging alles im gewohnten Gange weiter. Mit der Zeit drangen doch einige Gerüchte auf den Spielberg, so, daß der neue Kaiser sich in einem Edikt gegen die Todesstrafe für politische Verbrechen ausgesprochen, und daß er eine weitgehende Amnestie erlassen habe. Die Ankunft neuer Gefangener schien zu bedeuten, daß das frühere System sich dennoch nicht geändert habe, und erschütterte die Aussicht auf baldige Befreiung. Nach der anfänglichen frohen Erregung befiel alle Gefangenen eine bange Niedergeschlagenheit, auch Federigo wurde von Unruhe und Mißstimmung ergriffen. Der April wurde so ungewöhnlich kalt, daß seine rheumatischen Schmerzen wiederkamen und daß er in seinem Zimmer mußte heizen lassen, nachdem er sich schon an Frühlingsluft gewöhnt hatte. Bald war es ihm zu heiß, so daß er das Feuer ausgehen ließ, worauf es ihm zu kalt wurde, und immer kam ihm die Luft schlecht und erstickend vor. Die bloße Vorstellung, daß er länger als elf Jahre in dieser Luft gelebt habe, konnte ihm Übelkeit erregen. Selbst wenn das Fenster offen gewesen war, blieb immer ein Rest faulen Stoffes zurück, weil niemals Zug entstand und niemals ein Sonnenstrahl hineindrang. Wenn er vom Spaziergang zurückkam und sich der Tür näherte, bewirkte die Angst, in diese Luft einzutreten, eine Beklemmung in seiner Brust. Was er aß, nahm einen ekelhaften Geschmack an, er fürchtete sich vor den Mahlzeiten, und wenn er etwa Hunger hatte, verschwand er beim Anblick der Speisen. Seine Sehnsucht, in der Sonne zu sein, sich in ihren Strahlen zu baden, nahm so zu, daß er sich nicht mehr auf der Terrasse aufhalten konnte, ohne von dem Drange gequält zu werden, er müsse sich hinabstürzen und, sei es auch sterbend, bis zu der besonnten Erde kriechen. In alle seine Gedanken mischten sich Bilder eines blauen, glänzenden, kühlen Meeres, in dem er badete, oder eines riesengroßen Abhanges, wo er zwischen Primeln und Anemonen in der Sonne lag, und hinderten ihn, sich zu irgendeiner geistigen Tätigkeit zu sammeln. Sein Abscheu gegen alles, was ihn umgab, erstreckte sich auch auf seine wenigen Bücher, die ihm, wenn er sie berührte, die Empfindung erregten, als seien sie mit einem Pelz von Schimmel überzogen. Die Angst, daß es ihm unmöglich, durchaus unmöglich werden würde, diesen Aufenthalt länger zu ertragen, der doch vielleicht niemals enden würde, steigerte seine Erregung.

Erst gegen das Ende des Jahres, als die Hoffnungen schon vergessen waren, wurde Confalonieri und seinen Gefährten eröffnet, daß der neue Kaiser willens sei, ihre Kerkerstrafe in Deportation nach Amerika zu verwandeln; sie würden auf einem Schiffe der Regierung dorthin gebracht werden und wären dort frei; falls sie sich in den österreichischen Staaten blicken ließen, behielte die Regierung sich vor, sie auf den Spielberg zurückzuführen. Es wurden ihnen mehrere Tage gelassen, um sich zu bedenken, ob sie darauf eingehen wollten; denn da ihnen nicht gestattet sein sollte, Vermögen mitzunehmen, außer dem, das sie zur Zeit besäßen, welches nichts war, gingen sie nicht geringen Schwierigkeiten entgegen. Der Direktor gestattete ihnen eine Zusammenkunft, um sich miteinander zu beraten; freilich war der Gedanke, auf dem Spielberg zu bleiben, keinem ernstlich in den Sinn gekommen. »Daß der Spielberg die Hölle ist,« sagte Borsieri, »steht fest; also muß es an jedem anderen Orte der Welt besser sein als auf dem Spielberg.« Castiglia klagte, er habe sich in früherer Zeit gerade Amerika wie die Hölle vorgestellt, worauf Federigo lachte und sagte, er stimme für Abwechslung in jedem Falle, eine andere Hölle sei besser als immer dieselbe.

Diekmann freute sich, als er das Ergebnis der Beratung hörte; er habe eigentlich nicht daran gezweifelt, denn den Herren müßte doch die Freiheit in jeder Form erwünscht sein; auch wäre zu hoffen, daß dieser erste Gnadenbeweis der Vorläufer einer vollständigen Amnestie sei, die ihnen ermöglichte, in ihre Heimat zurückzukehren. Sein sonst so gestrenges und unzugängliches Gesicht drückte teilnehmende Freundlichkeit aus, und er ließ es sich angelegen sein, den Abreisenden angenehme Eindrücke zu verschaffen. Er erzählte ihnen, was ihm von Amerika bekannt war, von Auswanderern, die dort ihr Glück gemacht hatten, und von bewährten Mitteln gegen die Seekrankheit. Sowie der Befehl eintraf, wurden sie in geschlossenem Wagen nach Brünn gebracht und in dem dortigen Polizeigefängnis leidlich einquartiert, wo sie sich so lange aufhielten, bis sie mit bürgerlicher Kleidung versehen waren. Die Reise, die über Wien nach Triest ging, wo sie sich einschiffen sollten, war so eingerichtet, daß sie in Betracht ihrer Schwäche nicht übermäßig angestrengt würden, und der Beamte, dessen Aufsicht sie anvertraut waren, stellte sich mehr als liebenswürdiger Begleiter dar. Bis zur Abfahrt des Schiffes, die sich um Monate verzögerte, war ihnen in dem alten Kastell von Gradisca eine Wohnung angewiesen.

Während der Reise hatte Federigo sich eingebildet, wenn er erst ruhig in Gradisca wäre, in der Sonne säße und südliches Land sähe, würde sich ein gewisses Wohlgefühl einstellen; anstatt dessen entwich es ihm ferner und ferner. Während der Mahlzeiten, die er mit den Kameraden einnahm, war er liebenswürdig und heiter; sowie diese beendet waren, hatte er das Bedürfnis, allein zu sein; war er es aber, so kam nichts von dem, was er erwartete. Das Wetter war regnerisch, und wenn es nicht regnete, so daß er in dem zum Kastell gehörigen Garten sitzen konnte, empfand er die Luft als schwül und beklemmend. Der Anblick der steifen Blattgewächse, der Oleander und Granatbäume war ihm nicht wohltuend; die Bilder der Birken und Pappeln und Ulmen, die er vom Spielberg aus zu sehen gewohnt war, drängten sich davor, wie die Bilder lieber, verlassener Freunde dem Fremdling die neuen Menschen verhaßt machen. Schon in Wien hatte er Briefe von seinen Schwägern Gabrio und Camillo erhalten, die mit zartem Gefühl die verstorbene Schwester ersetzen zu wollen schienen, deren Liebe den Zurückkehrenden nicht empfangen konnte. Diese Briefe las er wieder und wieder, jedes Wort einzeln in sein Herz drückend, um allen Duft und Klang herauszusaugen. Er war ungeduldig, sie zu beantworten, und begann mit einem Gefühl, als könne er nie wieder aufhören zu schreiben; aber er war aufs äußerste erschöpft, bevor er nur einen kleinen Teil von dem gesagt hatte, was ihn bedrängte. Auch Bücher waren ihm zugeschickt worden, eine neuentstandene Literatur, in der viele von den Forderungen erfüllt waren, die er und seine Anhänger in ihrer Blütezeit gestellt hatten; er las die Titel und die Namen der Verfasser und ein paar Seiten und legte sie beiseite, weil er kein Interesse für das Dargestellte fassen konnte. Oft saß er lange und starrte auf seine gelben Hände mit einem seltsamen Gefühl, als ob sie fremde Wesen wären, die sich auf seinen Willensantrieb nicht bewegen würden. Trotz dieser unüberwindlichen Müdigkeit war eine Unruhe in ihm, als dürfe er keine Zeit verlieren, als müsse er sich eilen, um irgendein Ziel zu erreichen. Vielleicht, dachte er, würde sich alles ändern, wenn er seinen Schwager Gabrio gesehen hätte, der versprochen hatte, alles aufzubieten und zu opfern, um ihn bald besuchen zu können. Dies Wiedersehen schwebte ihm vor wie der Abschluß von etwas Gewesenem, das ohne dasselbe nicht zu Ende kommen könnte und ihm nachgehen müßte. Er hatte Augenblicke, wo es ihm nicht anders war, als käme Teresa selbst, um ihm jetzt das einst verwehrte Lebewohl zu sagen.

Am Vormittage eines heiteren Frühlingstages kam Gabrio an. Er hatte sich unterwegs in vergangene Zeiten zurückversetzt, wo Federigo der schönste und geistreichste Edelmann in Mailand war, den alle bewunderten und den er oft beneidete und manchmal haßte. Nun, da er unglücklich und beklagenswert war, fühlte er nur noch Mitleid für ihn und sehnte sich danach, ihm, wie er auch Teresa versprochen hatte, seine Liebe zu beweisen. Nicht ohne lebhafte Erregung betrat er das Zimmer Federigos, zu dem er geführt worden war, in dessen Mitte ein großer, magerer Mann stand, den er im ersten Augenblick nicht erkannte. Er ging trotzdem schnell auf ihn zu, da er ja wußte und dann auch sah, daß er es war, und umarmte und küßte ihn, indem er ihn liebevoll beim Namen nannte. Federigo legte den Kopf auf seine Schulter und weinte; er hatte sich nicht von der Stelle bewegt und kein Wort gesprochen. Nachdem das eine Weile gedauert hatte, wurde Gabrio unruhig; auch sein Herz klopfte, und seine Augen hatten sich mit reichlichen Tränen gefüllt; aber dies war etwas anderes: es war, als ob er an ein Gefäß gestoßen hätte, das dadurch gesprungen wäre und dessen ganzer Inhalt nun zu Boden strömte, bis es leer wäre.

Er wollte ihm zureden, aber die Worte fehlten ihm, und er brachte nur unzusammenhängende Sachen vor. Schließlich sagte er, wie sehr Teresa leiden würde, wenn sie ihn so sähe; er brächte ihm ihre Liebe, die seine Begleiterin und Trösterin sein würde. Teresa habe ihn zum Hüter dieses Hortes gemacht, und soweit ein Mann es vermöchte, der nicht Priester eines Tempels, sondern voll irdischer Geschäfte, Sorgen und Freuden sei, habe er ihn unvermindert bewahrt. »Betrachte mich«, sagte er, »als deinen Bruder, unzertrennlich mit dir vereint durch die Liebe eines Engels. Zähle künftig auf mein Herz, wie du auf ihres zähltest, ich werde zu dir halten, was auch geschehen möge und was du auch tun mögest. Ich werde nie vergessen, daß sie mir empfahl, dir nicht zu zürnen, weil sie um dich gelitten hätte. Weil er der Liebe bedurfte, sagte sie, schenkte Gott ihm mein Herz. Es war alles Gottes Wille.«

»Ja,« sagte Federigo, »ihr Herz war eine Gabe aus Gottes Hand, und ich zerbrach es. Das kann mir nicht verziehen werden.« Gabrio stellte ihm mit liebevollem Eifer vor, daß er, wenn je ein Mensch, seine Irrtümer gebüßt habe. Jetzt solle er sich nicht mit Reue quälen, die von ihm Gekränkte habe ihm längst verziehen, vielmehr ihm niemals gezürnt, und ihr einziger letzter Wunsch habe seinem Glück gegolten. Könne er auch nie mehr glücklich werden, so könne ihm doch das Bewußtsein Ruhe geben, mit der Verklärten in Gott vereint zu sein. Federigo sah ihn verständnislos an; er war so müde geworden, daß er sich hinlegen mußte und einschlief. Während des Mittagessens, das alle gemeinsam einnahmen, herrschte eine fröhliche Gesprächigkeit, obschon die Anwesenheit des österreichischen Kommissars Zwang auferlegte; indessen waren alle gewandt genug, um mit Laune eine Unterhaltung über unverfängliche Gegenstände zu führen, die keinen interessierten. Anfänglich fühlte sich Gabrio ein wenig unbequem zwischen den blassen Gesichtern, die entweder eingefallen oder in ungesunder Weise aufgedunsen waren; aber er gewöhnte sich daran. Sein Schwager kam ihm schon wieder so vertraut vor, daß er sich wunderte, warum er ihn zuerst nicht erkannt habe. Bei Tische kam die stolze Haltung und die fürstliche Liebenswürdigkeit wieder zur Geltung, die ihn sonst von den meisten Menschen unterschieden hatte; nur war kein Glanz und keine Freiheit mehr darin. Es hätte sich auch ein Geisteskranker so benehmen können, dem die Gewohnheiten der gesunden Zeit noch anhingen.

Wenn die beiden Schwäger allein waren, erzählte Gabrio von Teresa, von ihrer Freundlichkeit gegen alle Menschen, von ihrer Hilfsbereitschaft für alle Leidenden, wie sie niemals andere mit Klagen belästigt habe. Sie, die Gequälte, langsam Hinsterbende, sei der Schutzengel der andern gewesen; nur er habe zuweilen ihre Tränen trocknen dürfen. Seit das Gerücht sich verbreitet habe, die Gefangenen auf dem Spielberg müßten Hunger leiden, habe sie nicht mehr essen mögen. Sie habe sich Mühe gegeben, sich gut zu ernähren, um sich für den Geliebten zu erhalten; aber es habe ihr nicht geschmeckt und sei ihr auch nicht bekommen. Zuweilen unterbrach er sich, weil es ihm grausam schien, Federigos Wunden immer von neuem aufzureißen; der jedoch erklärte sich begierig nach diesen Schmerzen, die einzig ihm das Bewußtsein des Lebens vermittelten.

Gabrio bestand darauf, in Federigos Nähe zu schlafen. Am Abend, als dieser sich schon hingelegt hatte, kam er in sein

Zimmer, um noch ein wenig zu plaudern, eine Orange in der Hand. Er setzte sich an den Rand von Federigos Bett, zog mit dem Taschenmesser künstlich und säuberlich die Schale der Frucht ab und teilte sie mit ihm, während sie sprachen. Federigo sah ihm zu, wie er behaglich hantierte, die Kerne entfernte, ohne einen Tropfen Saft zu vergießen, und ihm die Spelte zutraulich aufmunternd hinhielt, und das Bild Teresas stieg vor ihm auf, die vor Jahren ihn auch einmal so gepflegt hatte. Nach seiner Krankheit war ihm geraten worden, des Morgens nüchtern eine Orange zu essen, und sie pflegte sich an sein Bett zu setzen, die Frucht zuzubereiten und ihm zu reichen, geradeso, wie Gabrio es eben machte. Er hatte dieselbe langsame und sorgfältige Art dabei wie sie und denselben freundlichen Kinderblick in den großen, brombeerschwarzen Augen, wie sie hatte. Federigo sah ihn unverwandt an, wie um einen schönen Zauber mit dem Blicke festzuhalten, aber er stand bald auf und verabschiedete sich, weil er den Eindruck hatte, sein Schwager rege sich mehr auf, als ihm für die Nachtruhe gut sei.

Sowie er die Tür hinter sich geschlossen hatte, stürzten die Tränen aus Federigos Augen. Er wußte nicht, was ihm geschehen war: Das verhüllte Feuer in seinem Herzen hatte, durch einen Hauch angeblasen, seine Eingeweide ergriffen und seinen ganzen Körper in Flammen gesetzt. Es war eine Kraft in der Glut, ihr Grab zu sprengen und sie mit ihm zu vereinen: er sah nach der Tür, als müsse sie sich öffnen und die geliebte Frau eintreten, voll kindlicher Würde, mit zaghaften Schritten, den treuherzigen Blick wehmütig fragend auf ihn gerichtet. Der er niemals die Antwort gegeben hatte, auf die sie hoffte, die er niemals besessen hatte, obwohl sie sein war; jetzt mußte sie kommen, um seine Seele zu empfangen, die er in ihre Hände geben wollte. Er hatte das Gefühl, daß nach diesem Augenblick kein anderer mehr kommen könnte; daß er bereits gelöst und in eine andere Form des Daseins übergegangen sei, und sowie er sie berührte, nur in ihr noch unvergänglich ruhen, nach seiner körperlichen Erscheinung aber verschwunden sein würde. Erst nach Mitternacht schlief er ein, und als er am anderen Morgen erwachte, war ihm so zumute, als sei in Wirklichkeit seine Seele ausgeströmt und habe seinen Körper leer zurückgelassen. Er fürchtete sich davor, irgend jemand und am meisten Gabrio sehen zu müssen; er wußte nicht, ob er ihn liebte oder haßte, in seinem Kopfe war es wie in einer Wüste, über die heißer Wind weht und den aufgewühlten feurigen Sand vor sich her treibt.

Es war an diesem Tage eine dürre Kälte um ihn her, die Gabrio zurückscheuchte; allmählich verlor sich das, und Federigo zeigte wieder, wie erkenntlich er für die Liebe seines Schwagers war und wie sehr er ihrer bedurfte. Da er inzwischen ruhiger geworden schien, erzählte Gabrio ihm allerlei von persönlichen und öffentlichen Verhältnissen in Mailand.

Von dem alten Confalonieri, der jetzt etwa achtzig Jahre alt war, deutete er an, daß Teresa viel unter ihm zu leiden gehabt habe. Er sei eben immer der gleiche: denjenigen gegenüber, die mit Nachdruck zu ihm, zu Federigo, hielten, spräche er wegwerfend oder bitter tadelnd über ihn; andererseits wurme es ihn aber, wenn jemand ihn angriffe. Er habe sehr unter Federigos Unglück gelitten, wenn er sich auch angestellt habe, als gehe es ihn nichts an, oder als sei er damit einverstanden, wenn ein Übeltäter die verdiente Strafe erlitte. Bis jetzt habe er erklärt, da nach dem Willen der österreichischen Regierung die Deportierten kein Vermögen nach Amerika mitnehmen dürften, werde er seinem Sohne nichts geben; dabei werde er aber gewiß nicht bleiben, es komme nur darauf an, daß Federigo sich recht entgegenkommend und nachgiebig zeige. Federigo war die Geldfrage gleichgültig; er meinte, das würde sich finden; nur darauf rechnete er, daß sein Vater diejenigen seiner Gefährten unterstützte, die arm wären und keine Aussicht auf anderweitige Hilfe hätten.

Nicht ohne Bangigkeit erkundigte sich Gabrio, wie sein Schwager sich jetzt zu den politischen Fragen stellte; er nehme an, die langen, schweren Jahre hätten ihn wohl etwas duldsamer und genügsamer gemacht. Zufrieden mit den bestehenden Verhältnissen sei wohl keiner, der sein Vaterland liebe; aber die Zeiten wären ungünstig, Federigos ganze Verwandtschaft, er besonders, würde scharf überwacht, die Vernunft erfordere große Behutsamkeit.

Federigo antwortete, Gabrio könne unbesorgt sein, er habe gelernt, zu schweigen. Er denke nicht daran, sich ohne Zweck Quälereien auszusetzen; er bilde sich auch nicht mehr ein, daß man seiner bedürfe, und halte seine Ansichten nicht mehr für die einzig richtigen. Die irdischen Angelegenheiten müßten wohl auch geordnet und durchgekämpft werden; aber ihm stehe das nicht zu. Er sei fremd auf der Erde geworden.
Gabrio drückte ihm gerührt und sichtlich aufatmend die Hand. Ja, sagte er, ihm, nach seinen Erfahrungen, müsse freilich das irdische Getriebe kleinlich vorkommen. Glücklich sei der Weise, der sich ganz davon fernhalten und in Gott leben könne. Alle Verwandten und Freunde würden entzückt sein, von seiner maßvollen und versöhnlichen Gesinnung zu hören. Er selbst, Gabrio, habe eine dornenvolle Stellung; sein Herz sei italienisch, aber in seinem Kreise seien wenige, die ihn verständen. Warten sei die Losung. Glücklicherweise werde einem das durch die klugen Bestrebungen der neuen österreichischen Politik erleichtert.
Es war Federigo so, als ob er dies und ähnliches, was Gabrio sagte, vor längst vergangener Zeit schon gehört hätte, und eine widerwärtige Empfindung war damit verbunden. Obgleich er es richtig fand, schämte er sich, es anzuhören, und vor allen Dingen, es durch Worte von ähnlicher Bedeutung hervorgerufen zu haben. Ein bitterer Geschmack stieg in seiner Seele auf, dessen Ursache er nicht eigentlich hätte bezeichnen können. Er erinnerte sich, daß er einmal, wenn die Sonne aufging, Lust in sich gefühlt hatte, den Tag wie eine Festung zu stürmen, daß er einmal ohne Maß gehofft und Kraft in sich gefühlt hatte, das Unmögliche zu wagen. Die Jugend hatte wie ein Adler auf seiner Schulter gesessen; der war jetzt fortgeflogen. Gabrio sah, daß ihn plötzlich, nachdem er eine Weile bewußtlos ins Blaue gestarrt hatte, ein leises Zittern überlief und daß er zu weinen anfing. Dies erschütterte ihn jedesmal, und er gab sich dann in liebevoller Weise Mühe, seinen Schwager zu zerstreuen. Es kam oft vor, daß Federigo ohne einen ersichtlichen Grund in Tränen ausbrach, die so hinströmten, als sei sein Herz schon allzu voll davon und lasse sie nun endlich fließen.
Nicht immer war ihm in solchen Augenblicken Gabrios An-

wesenheit erwünscht; er hatte das Gefühl, als treffe der Balsam seines Trostes niemals den Mittelpunkt der Wunde, von der die Schmerzen ausgingen, sondern nur die Ränder und die empfindliche Umgebung. Er glaubte, das käme daher, daß Gabrio ihn liebhätte, ohne ihn zu kennen. Wenn Gabrio von der Güte Gottes und von dem Troste der Religion sprach, so drückte er damit nicht das aus, was Federigo darunter verstand; er würde niemals begriffen und vielleicht sich vor dem gegraut haben, was Federigo Gott nannte. Es hatte für Federigo etwas Ergreifendes, wenn Gabrio, der ein zärtlicher Vater war, von seinen Kindern erzählte, und wie sie ihren unbekannten, unglücklichen Oheim fast wie einen ihrer Heiligen liebten und verehrten; dennoch hätte er lieber gewollt, er hätte nichts von dem allem hören müssen, was ihm so fern, so unaussprechlich gleichgültig war. Es war ihm im Grunde so gleichgültig, wie wenn er Sand durch ein Sieb laufen sähe. Was hatte er mit dem durch langes Leiden verklärten alten Mann zu tun, für den diese Kinder vermutlich ihn hielten? Er dachte, daß der einzige auf der Welt, der ihn kennte, Andryane wäre, der auf dem Spielberg mit ihm gelebt hatte, und daß er diesem allein sich würde mitteilen können, weil er seines Verständnisses gewiß sei. Er klammerte sich an den Gedanken, daß Andryane irgendwo auf der Welt war und daß er ihm schreiben und Briefe von ihm erhalten könne. Zuweilen wünschte er, Gabrio möchte wieder abreisen, damit er ungestört an Andryane schreiben könnte.

Als Gabrio fort war, vermißte er ihn bitterlich: es war eine frostige Leere um ihn herum. Allmählich bildete sich jedoch ein gewisser, regelmäßiger Gang des gemeinsamen Lebens heraus, der erträglich war. Er hatte ein solches Grauen vor Amerika, daß der Aufenthalt in Gradisca dadurch fast zu etwas Wünschbarem wurde. Schon im Mai wurde die Hitze sehr stark; es regnete niemals und gab auch kein Gewitter. Die kahlen, rötlichen Berge, die blankblättrigen, bestaubten Bäume, die blendenden Häuser und die bleichen Wege, die Zeit selbst, alles stand festgezaubert vom Schlangenblick der Sonne, lautlos in ihrem weißen Feuer verbrennend. Im Kastell hinter den geschlossenen Läden war es kühl und still; man hörte nichts von draußen als zuweilen das rhythmische Geschrei der Leute, die, mit ihren Waren herumziehend, sie feilboten. Borsieri und Castiglia belustigten sich damit, den österreichischen Kommissar zu necken, einen wohlwollenden, höflichen Mann, der nicht imstande war, etwas abzuschlagen, was mit guter Manier von ihm erbeten wurde. Castiglia hatte sich schon am ersten Tage in eine junge Dame verliebt, die am Schlosse vorübergegangen war und mit dem Augenglas hinaufgesehen hatte, und er überredete den Kommissar, ihn in die Stadt zu begleiten, damit er die schöne Unbekannte aufspüren könne. Da dieser die noch immer Gefangenen eigentlich gar nicht, geschweige denn allein durfte ausgehen lassen und doch den zur Schau getragenen Liebeskummer Castiglias nicht ungetröstet lassen mochte, entschloß er sich, ihn zu begleiten, und ließ sich von ihm zu immer neuen Entdeckungsfahrten überreden. Zwar wurde die erste nicht gefunden, anstatt dessen aber entzündete der Anblick einer anderen, der wiederzubegegnen die lästigsten Opfer gebracht wurden. Kamen die beiden Abenteurer schweißbedeckt ins Schloß zurück, so plagten die Zurückgebliebenen den ohnehin bedenklichen und reuevollen Kommissar mit Andeutungen, was für unliebsame Folgen es für ihn haben könnte, wenn sie bemerkt würden oder wenn sein Schutzbefohlener ihm etwa gar entwischte. Zwischendurch kamen für alle Stunden der Erschöpfung: sie schliefen oder lasen oder lagen gelangweilt und doch unfähig, sich zu beschäftigen, da, wie sie es auf dem Spielberg sich angewöhnt hatten.

Einen Brief zu schreiben war für Federigo eine Anstrengung; doch sehnte er sich danach, es zu tun und Briefe alter Freunde zu erhalten. Wenn er eine Handschrift wiedersah, die ihm früher vertraut gewesen war, traten ihm Tränen in die Augen und hinderten ihn oft lange, zu lesen, was auf dem Bogen stand, der in seiner Hand zitterte. Die herzlichen Worte, die ihm die Gewißheit gaben, daß er nicht vergessen war, daß unveränderte Gesinnungen ihm entgegenkamen, ließen sein Herz hochschlagen und erregten ein Gefühl in ihm, als wolle die Verödung in seiner Brust voll werden; aber immer kam es so, daß er nach einer Weile das Blatt sinken ließ und die Hand auf die Augen legte. Es war nichts; ein Tropfen Tau war auf eine

verdorrte Pflanze gefallen und glitzerte dort, ohne daß das tote Blatt sich aufrichtete.
Seine Vermögenslage ordnete Metternich, indem er dem alten Grafen Confalonieri brieflich vorstellte, der Kaiser würde es natürlich finden, wenn er seinen Sohn standesgemäß versorgte, ja er wünsche es; denn die ehemaligen Gefangenen würden den Anerbietungen zweifelhafter Parteigänger zugänglich gemacht, wenn man sie mittellos ließe. So hatte Federigo dem Wiener Hofe nicht nur sein Leben, sondern auch den Genuß seines Vermögens zu verdanken. Es war bedeutend genug, daß er sich alle äußeren Bequemlichkeiten des Lebens dadurch verschaffen und die weniger gut Gestellten unter seinen Gefährten unterstützen konnte.
Kurz vor dem Abgange des Schiffes, das die Staatsgefangenen nach Amerika befördern sollte, erkrankte Federigo, so daß er in Gradisca zurückbleiben mußte. Da jedoch die österreichische Regierung sich nicht allzu lange gedulden wollte, mußte er sich entschließen, im November, der Zeit der ärgsten Stürme, zu Schiffe zu gehen. Unterwegs litt er noch mehr als durch körperliche Leiden durch das Verhalten des Schiffskommandanten, eines venezianischen Grafen Bandiera, der seiner Anhänglichkeit an Österreich durch hochfahrendes Benehmen gegen den ehemaligen Rebellen Ausdruck gab. Einen besonders empfindlichen Schaden fügte er ihm zu, indem er die Briefe unterschlug, die Federigo an Bord des Schiffes, in der Meinung, nunmehr endgültig frei zu sein, an seine nächsten Freunde, namentlich an Andryane, geschrieben hatte. Aufs äußerste erschöpft kam er nach langwieriger Reise in New York an.

Daß er von Maroncelli, der, aus dem Kirchenstaate verbannt, sich hier angesiedelt hatte, von Borsieri und Castiglia und einigen anderen Emigranten empfangen wurde, hatte er erwartet; es schien jedoch so, als wäre ganz New York auf seine Ankunft gespannt gewesen. Der Besitzer des Gasthauses, in dem er abstieg, hatte kaum seinen Namen erfahren, als er das Ereignis bekannt machte, wovon die Folge war, daß Abgesandte mehrerer Zeitungen ihn aufsuchten und dringend baten, vorgelassen zu werden. Federigo, der nicht wußte, um was es sich handelte, empfing einen, nachdem er eben das Bett verlassen hatte. Der Herr betrachtete ihn aufmerksam, während er seine Zudringlichkeit mit der Begierde des Publikums, über das Befinden des erlauchten Gastes unterrichtet zu werden, entschuldigte, und stellte dann, da Federigo still blieb, eine Reihe von Fragen über die Überfahrt, über die Behandlung, die ihm auf dem Schiffe zuteil geworden sei, über seine Absichten und Pläne und den Eindruck, den New York auf ihn gemacht habe. In bezug auf dies letzte antwortete er, daß er bis jetzt das Bett habe hüten müssen und nichts als das Zimmer des Gasthauses kenne, das ihm gut gefalle, und daß er hoffe, sich mit der Zeit an das schnellere Lebenstempo zu gewöhnen, welches hier zu herrschen scheine.

Die magere Ausbeute des Gespräches hinderte nicht, daß am folgenden Morgen ein langer Bericht in der Zeitung erschien, der Confalonieri als den Typus des westeuropäischen Aristokraten schilderte, beherrscht von den Formen mittelalterlicher Grandezza und erfüllt von träumerischem Idealismus. Doch fehle es dem Grafen nicht an einem praktischen Blick, der ihn mit Amerika seelenverwandt mache, wie er denn einer der ersten gewesen sei, der die technische Zivilisation in Italien einzuführen versuchte. Es verlaute, daß er in Amerika Muster zur Verwirklichung seiner weltbeglückenden Pläne studieren wolle. Zunächst jedoch suche er Erholung von den durch Tyrannenmacht über ihn verhängten Qualen, die vor der Zeit sein Haar gebleicht und seine hohe Gestalt gebeugt hätten.

Die Folgen dieses Artikels zeigten sich noch am selben Tage: Federigo erhielt Sendungen von Blumen und Früchten, Vertreter der besten Gesellschaft gaben ihre Karten bei ihm ab; man lud ihn ein und bot ihm Gastfreundschaft an. Der Andrang hatte etwas Beängstigendes, wirkte aber doch auch anregend. Vielleicht, dachte er, sei es das beste für ihn, sich mitten in die lebhafteste Bewegung des Lebens hineinzuwerfen. Das herzliche Entgegenkommen überraschte ihn, und es schien ihm Pflicht, sich dankbar zu erweisen. Vor vielen Jahren hatte er sich in den glitzernden Wogen der Geselligkeit wohlgefühlt; es lockte ihn, das Spiel, das er einmal so gut verstanden hatte,

wieder zu versuchen. Eine Einladung des Magistrates, der ihn festlich willkommen heißen wollte, konnte er um so weniger abschlagen, als er gebeten wurde, selbst den ihm bequemen Tag zu bestimmen; schließlich mußte er doch auch damit beginnen, seine neue Umgebung kennenzulernen.
Als er in den hell mit Gas beleuchteten und von Menschen erfüllten Saal eintrat, überlief ihn ein peinliches Gefühl, so daß er gern umgekehrt wäre; aber er sammelte sich bald und gab sich der behaglichen Wärme hin. Damen und Herren kamen ihm entgegen und begrüßten ihn, und er fand sich augenblicklich in ein lebhaftes Gespräch verwickelt. Die Mode hatte sich, während er auf dem Spielberg war, gänzlich verändert. Zu seiner Zeit hatten die Kleider noch den griechischen Fall, sie waren aus Seide oder leichten Stoffen sehr einfach gemacht und meistens weiß. Jetzt waren Ärmel und Röcke stark aufgebauscht, es gab Besatz von allerlei Farben, was ihm alles gegen den guten Geschmack zu verstoßen schien. Indessen waren die Damen schön, und wenn sie auch nicht jene vornehme sanft gewinnende Liebenswürdigkeit oder jene gelassene Majestät an sich hatten, die man an manchen Frauen in der Gesellschaft in Europa ehemals bewunderte, so waren sie gesprächig, kameradschaftlich und zugleich kokett, von einer kühlen Neugierde und erpicht darauf, sich zu unterhalten. Seine Tischnachbarin war in Italien gewesen und konnte die italienische Sprache mit zierlicher Anmut radebrechen. Sie hatte alle Merkwürdigkeiten und Altertümer gesehen und sie zu ihrer Verwunderung klein und unansehnlich gefunden; aber das katholische Wesen in Rom und das bunte Treiben der Fremden dort hatte sie entzückt, und sie erzählte von allerlei Abenteuern, in denen sie eine Rolle gespielt hatte, sachlich und mit viel Sinn für das Komische, wie wenn sie unbeteiligt einem Lustspiel zugesehen hätte. Federigo fühlte sich angezogen und angeregt durch das schöne Mädchen und durch allerlei Fremdartiges, was er um sich her wahrnahm. Zur herkömmlichen Zeit erhob sich einer der Veranstalter des Festes, um des Grafen Gesundheit auszubringen. Er bewillkommnete den Dulder, der im Lande der Freiheit endlich die lange getragenen Ketten habe abwerfen können, und sprach den Wunsch aus, Amerika möch-

te dem Märtyrer der Verbesserung des menschlichen Geschlechtes eine zweite Heimat werden. Sie würden stolz sein, denjenigen ihren Mitbürger zu nennen, den auf dem Kontinent eine barbarische und engherzige Regierung seiner Adelsrechte beraubt hätte, weil er die Menschenrechte am höchsten geschätzt hätte. Er verglich ihn mit Kolumbus, Lafayette und Napoleon, welch letzterer nicht so schmählich geendet haben würde, wenn sein Genius ihn rechtzeitig nach dem Westen geführt hätte. Dies trug er nicht mit rednerischem Schwunge, sondern scharf, knapp und trocken vor, so daß es wie ein unwidersprechlicher Befehl klang; doch war die Miene seines regelmäßigen, glattrasierten Gesichtes verbindlich.

Federigo war über diese Ansprache erstaunt und belustigt und schickte sich nach einer Weile in guter Laune zum Danke an. Er war von jeher Meister im Reden gewesen, sei es, daß er zünden und hinreißen oder durch liebenswürdigen Humor und persönlichen Ton wirken wollte, und da er sich der englischen Sprache gut und geläufig bediente, machte ihm die Aufgabe keine Schwierigkeit. An den Vergleich mit Kolumbus anknüpfend, setzte er seine Ähnlichkeit mit diesem und die Unterschiede auseinander, was ihm Gelegenheit gab, sich gegen übertriebenes Lob zu verwahren und dem gastfreien Lande, in dem er sich aufhielt, in halb scherzhafter Form zu huldigen. Er wurde häufig von Jubel und Händeklatschen unterbrochen, und als er geendet hatte, bog man sich von allen Seiten zu ihm hinüber, um mit ihm anzustoßen. Wie er im Begriffe war, sich zu setzen, fiel sein Blick auf einen ihm gegenüberstehenden Wandspiegel, der seine Gestalt bis zu den Knien zurückwarf. Der plötzliche Eindruck dieser fremden und grauenvollen Erscheinung, die er als sein Bild erkannte, lähmte ihn. Zwei Augen starrten ihn an, die aus unendlicher Ferne, von der Küste des Schattenreiches her über den Strom der Vergessenheit zu blicken schienen; sie waren wie das Tote Meer, an dessen Ufern nichts wächst, in dem die Fische sterben und in das die Vögel, die hinüberfliegen wollen, tot hineinstürzen. Das graue Gesicht über der breiten, weißen Binde war nur eine Maske mit einem aufgemalten Lächeln; der dunkle, nach neuester Mode geschnittene Frack saß nicht über Fleisch und

Bein. Eine andere Luft umhüllte diesen Fremdling als alle anderen, die anwesend waren, eine moderige, eisig anhauchende Grabluft. Es war ein von den Toten Wiederkehrender, der seinen Stuhl besetzt und seine Spur vertreten und seine Kränze verwelkt sieht. Die Gedanken und Vorstellungen rasten durch seinen Kopf: er sah sich, wie er vor zweiundzwanzig Jahren in London im Hause des Herzogs von Manchester dessen schöne Frau führte, wie alle Blicke ihnen bewundernd folgten, wie er sprach und wie sie zuhörte, wie er lächelte und fühlte, daß die Herzen derer, die er ansah, sich regten und wie von einem aufgehenden Lichte gelockt ihm entgegenflogen.

Es war ihm, als müsse eine lange Zeit vergangen sein, während er dies alles gesehen und gedacht hatte; allein er schloß aus dem Benehmen der Gesellschaft, daß es nur ein Augenblick gewesen war, den niemand bemerkt hatte. Einzig seiner schönen Nachbarin mochte ein Ausdruck von Ermüdung an ihm auffallen; denn sie sagte unvermittelt, er müsse auf dem Spielberg viel gelitten haben; man sähe es ihm an, und es stünde ihm gut wie einem Soldaten seine Narben. Zur Antwort sprach Federigo von den Unbilden der Überfahrt, die seine Gesundheit angegriffen hätten, in einer Art, die es ihr trotz ihrer kühlen Unbedenklichkeit unmöglich machte, auf den Spielberg zurückzukommen.

Als er zu Hause angekommen war, zog er sich hastig aus und legte sich zu Bett. In dem dunklen Zimmer waren noch ein paar glimmende Punkte im Kamin, die letzten Funken eines Holzfeuers, das er während seiner Abwesenheit hatte anzünden lassen; er hätte sich einbilden können, daß dort ein nächtliches Tier säße und ihn anstarrte. Seine gereizten Nerven ließen alles, was er gesehen und gehört hatte, sinnlos an ihm vorüberkreisen: die überladene Pracht der goldenen und silbernen Gefäße, die den Tisch bedeckten, die hin und her schießenden Diener, den aus Konditoreis hergestellten Mailänder Dom, der ihm zuerst angeboten wurde, die zum Teil bis an die Fingerspitzen mit funkelnden Ringen geschmückte Hand seiner Nachbarin, und dazu hörte er zusammenhangslose Sätze, die an ihm vorübergewirbelt waren. Er zitterte vor Kälte und Müdigkeit; wie ein Todkranker bei den wilden Völkern lag er da, um den herum die Bewohner des Dorfes sitzen und auf Musikinstrumenten trommeln und blasen, um das durch einen bösen Geist verursachte Übel zu vertreiben. Es dauerte lange, bis der höllische Tanz nachließ und er einschlafen konnte, und erst nach einigen Tagen hatte er sich genug erholt, um wieder unter Menschen gehen zu können.

Es begann ein unruhiges, wahllos zusammengewürfeltes Leben: er besichtigte Fabriken und Werkstätten und Häuser, besuchte Vereine und Gesellschaften und empfing Verehrer und Neugierige. Allerhand Anliegen, die ihn befremdeten, gelangten an ihn. Ein Weinhändler, der eine neue Champagnersorte auf den Markt bringen wollte, wünschte, sie auf seinen Namen zu taufen und eine Anzahl Flaschen dadurch doppelt wertvoll zu machen, daß die Etikette den Namenszug des Grafen von seiner eigenen Hand geschrieben trüge. Dagegen würde die Firma sich ein Vergnügen daraus machen, ihm unentgeltlich von dem Getränk zu liefern, wieviel er möchte. Zeitschriften und Verleger baten um Schilderungen aus seiner Gefängniszeit, die sie sogar selbst auszuarbeiten übernehmen wollten, wenn er nur seinen Namen darunter setzte. Der Erfinder eines durch Dampfkraft zu bewegenden Wagens stellte ihm denselben zur Verfügung, damit er ihn zu Ausflügen in die Umgegend benütze, wodurch die Neuheit gut beim Publikum eingeführt werden würde. Damen wünschten ihn zum Präsidenten einer Liga gegen die in den Südstaaten herrschende Sklaverei zu machen, verschiedene protestantische Sekten suchten sein Interesse zu gewinnen. Herren seiner Bekanntschaft waren Gründer großer Unternehmungen, an denen sie ihn zu beteiligen dachten: Petroleum sollte gewonnen, neue Städte sollten errichtet und Eisenbahnen gegründet werden.

Einigemal versuchte er, ermüdet und des Treibens überdrüssig, sich von allem zurückzuziehen; allein sowie er sich selbst überlassen war, erschien ihm sein Aufenthalt in dem von unverstandener Geschäftigkeit brodelnden Lande so sinnlos, daß er sich durch die vorige Unruhe von unerträglicher Schwermut heilen zu müssen glaubte. Als sich ihm Gelegenheit bot, eine mehrmonatige Reise durch die Vereinigten Staaten zu machen, entschloß er sich dazu, um nur New York, wo es im Frühjahr noch

bitter kalt war, verlassen zu können. Seine Reisegesellschaft bestand in einem Amerikaner, der Handelsverbindungen anknüpfen wollte, und in einem französischen Bischof, der vom Papste für einige Zeit auf Reisen geschickt war. Er war mit einem Italiener in Streit geraten und hatte, von diesem herausgefordert, sich auf einen Zweikampf eingelassen; zwar war dieser rechtzeitig verhindert worden, doch hatte der Heilige Vater für gut befunden, den Gegenstand ärgerlichen Geredes einstweilen zu entfernen. Er war ein liebenswürdiger und gebildeter Mann, und da er fürchtete, von allen, die seine Geschichte kannten, für einen unchristlichen Raufbold und Sünder gehalten zu werden, suchte er diese Meinung durch einen Aufwand von Sanftmut und Gefälligkeit zu zerstreuen. Der Amerikaner machte die Erhabenheiten der Natur und die Merkwürdigkeiten des modernen Lebens, die man unterwegs antraf, um so eindrucksvoller durch die kaltblütige Gleichgültigkeit, mit der er sie wie die Sprünge eines von ihm verfertigten, durch neue Erfindungen bereits überholten mechanischen Theaters erklärte und an sich vorübergehen ließ.
In die größeren Städte hatten die Zeitungen Confalonieris Namen getragen, so daß er auch dort das Ziel der Aufmerksamkeit war. In New Orleans kam ihm die Einladung eines reichen Fabrikanten sehr ungelegen, da er durch die rasche Art des Reisens und durch die übermäßige Hitze ermüdet war, und er hätte sie ausgeschlagen, wenn er nicht Rücksicht auf den Amerikaner hätte nehmen wollen, dessen Geschäftsfreund jener war. Als es sich nun durch einen Zufall zeigte, daß weder der Fabrikant noch seine Familie wußte, wer Confalonieri war, sondern daß sie ihn aufs Geratewohl für einen berühmten italienischen Dichter hielten, sagte er lachend, daß er sich in diesem Falle durch irgend jemand könne vertreten lassen, um seine erschöpfte Person dem Getümmel der Gesellschaft zu entziehen. Der Bischof erklärte sich dienstfertig bereit, den Stellvertreter zu spielen, und obwohl er hernach Bedenklichkeiten hatte, wurde der Plan ausgeführt, und das Abenteuer lief ohne Störung ab. Am folgenden Morgen indessen bat der Bischof inständig, daß die Abreise, welche erst nach mehreren Tagen stattfinden sollte, sofort angetreten würde oder daß man ihn

allein abreisen ließe. Es sei wundervoll gewesen, sagte er, aber er würde sich einer solchen Prüfung nicht wieder unterziehen. Man müsse der heilige Antonius sein, um derartigen Versuchungen standhalten zu können; er bewundere den Grafen, daß er seine Tugend darin unverletzt erhalten habe. Dies eine Mal habe er sich leidlich durchgekämpft; er habe die Macht über die Damen, mit der Confalonieris Name ihn ausgerüstet habe, nur dazu benützt, um religiöse Empfindungen in ihnen zu wecken; bei einer einzigen fürchte er zarte Hoffnungen erregt zu haben. Durch schleunige Abreise müsse er seine Seele retten.

Es wurde seinem Wunsche entsprochen, und nach einiger Zeit erfuhren die Reisenden, daß der Dampfer, auf welchem sie ursprünglich hatten weiterfahren wollen, mit sämtlichen Insassen infolge einer Kesselexplosion untergegangen war. Es war eine neue Maschine gewesen, die mit einer noch nie erzielten Geschwindigkeit hatte arbeiten sollen. Der Bischof, der den Anlaß zu der lebenrettenden Beschleunigung der Reise gegeben hatte, sah darin einen Beweis, daß Gott ihn wieder in seine Gnade aufgenommen habe, was seine Stimmung hob, ohne ihn anmaßend zu machen.

Da, wo sie den Mississippi verließen, kamen sie dazu, wie einige tausend Indianer eingeschifft wurden, um nach dem Westen transportiert zu werden. Sie hatten, durch die Überlegenheit der Weißen gezwungen, einen Vertrag unterzeichnet, der sie zu freiwilliger Auswanderung verpflichtete, und den Abgang der dazu bestimmten Schiffe, in eine Umzäunung wie in eine Schafhürde zusammengepfercht, erwarten müssen. Eine Menge Schaulustiger hatte sich eingefunden, um die besiegten Wilden abreisen zu sehen, die ihrerseits die Zuschauer mit keinem Blicke streiften. Die Männer gingen mit stolzer, melancholischer Gleichgültigkeit vorüber, und sowohl die Majestät ihrer Haltung wie die furchterregende Kraft ihrer schlanken, muskulösen Körper standen in traurigem Gegensatz zu der Lage, in der sie sich befanden. »Also auch hier, im Lande der Freiheit,« sagte der Bischof, »wird der Schwächere aus seinem rechtmäßigen Besitze verdrängt, und jedes Mittel ist erlaubt, um denjenigen zu vernichten, dessen einzige Schuld darin be-

steht, dem Stärkeren im Wege zu sein. Auch hier ist das Sprichwort wahr, daß Macht vor Recht geht.«
»Macht ist Recht«, sagte der Amerikaner im Tone eines Lehrers, der einen Fehler verbessert. »Ich glaube, Sie würden uns selbst auslachen, wenn wir aus Achtung vor dem Götzen Recht die gesegneten Fluren von menschlichen Raubtieren durchstreifen ließen, anstatt sie zu bebauen und zu besiedeln.« Sie sprachen noch eine Weile darüber hin und her, ohne daß Confalonieri sich beteiligte. Der Anblick der zum Untergang bestimmten Auswanderer stimmte ihn trübe; dazu kam, daß er sich kränker als je fühlte. Es herrschte seit einigen Wochen eine Hitze, wie er sie noch niemals erlebt hatte. Die Menschen, die Schiffe, der breite, stark fließende Strom, alles löste sich in ein blendendes Flimmern auf, das seine Augen schmerzte und seinen Kopf ermüdete. Um Mitternacht wachte er nach kurzem, tiefem Schlaf auf und trat auf die Altane, an die sein Zimmer grenzte, in der Hoffnung, daß es draußen kühler geworden sein möchte.
Die Meierei, wo sie übernachteten, lag frei, aber da sie niedrig war, gewährte sie nur eine beschränkte Aussicht. Er sah die durch Gebüsche gezeichnete Uferlinie des meerhaften Stromes, dessen ungeheures Rauschen der heiligen Stille zu huldigen schien. Indessen auch das Rauschen und die Stille gingen unter in der Übermacht des Sternenhimmels, der sich über die Erde hinwälzte. Federigo dachte an den Niagarafall, den er gesehen hatte: ein donnernder Katarakt von Sternen stürzte sich von Unermeßlichkeit zu Unermeßlichkeit, ohne je die Erde zu erreichen, von der aus er den Schaum der Weltenmassen leuchten sah. Das waren nicht seine Sterne, die wie weiße Schwäne auf schwarzem Wasser gezogen kamen, wenn er sich zeigte, nicht die uranfänglichen Hieroglyphen, die den Namen Gottes durch den Raum schrieben, nicht die Brüder, die, einem alten Schwur getreu, vom Himmel niederstiegen, um dem Verlassenen beizustehen. Dort hatte er gefühlt, wie die grenzenlosen Wirbel der Welt in den einen Spiegel seiner Seele wie in der Spitze eines Trichters zusammenströmten, und daß er, wenn auch nur ein Geschöpf, der Gottheit und der Ewigkeit teilhaftig sei. Dort war der Tod sein Nachbar gewesen und hatte aus dem Laby-

rinth seines Gartens ihm zugelächelt wie einem Mitwisser seiner großen Geheimnisse. Wie nach dem Untergang der Sonne, wenn der Glanz ihrer tyrannischen Gegenwart erloschen ist, die Glorie der Nacht mit Sphärengesang sich herabläßt, so tauchte damals, als die Erde unter ihm versunken war, eine neue Seele in seinem Busen auf, die in der Einsamkeit heimisch war. Die Sinne für das Tagesleben waren ihm verdorrt, und er stand seinem Ansturm stumpf und geängstigt gegenüber.

Wußte er auch keinen Ort auf der Welt, nach dem er sich sehnte, so stand ihm das doch fest, daß er in Amerika nicht bleiben könne. Es ekelte ihn vor der unermüdlichen Geschäftigkeit, die nichts als Gelderwerb zum Ziele hatte, vor den hastigen Neuerungen, von denen die eine die andere verdrängte, vor der Verweichlichung der Lebensweise, vor dem Klappern des Räderwerks, das das Atmen der Seele ersetzte. Es schien ihm, als wären Frömmigkeit, Geschäft, Liebe und Spiel nur ein einziger Betrieb, um die Zeit zu töten oder um Lärm zu machen; die Reichen waren reicher, die Armen ärmer als anderswo, keiner glücklicher. Wie ein Babelturm reckte sich die schwindelnde Stadt in die Wolken, aber nirgends war etwas dem irdischen Staub Entrücktes; in Italien waren die Pflastersteine schöner als hier die Kathedralen und Paläste.

Seiner Rückkehr nach Europa stand nur ein Bedenken entgegen, daß er sich nämlich der Gefahr aussetzte, von Österreich wieder auf den Spielberg gebracht zu werden. Indessen da er das österreichische Gebiet nicht zu betreten brauchte, die anderen Staaten ihn nicht ausliefern würden und allem Anschein nach die österreichische Regierung selbst diese alten Prozesse lieber in Vergessenheit geraten lassen wollte, glaubte er sich darüber hinwegsetzen zu können. Es hieß sogar, daß bald eine allgemeine Amnestie erlassen werden würde, die den ehemaligen Rebellen das Bürgerrecht in der Lombardei wiedergäbe; denn die Zeit hatte sich geändert, es herrschte Ruhe in den österreichisch-italienischen Staaten, und Versöhnlichkeit galt als Regierungsweisheit. Auch war Federigo so zumute, als könne er seine Lage nicht verschlimmern; als notwendig empfand er nur das eine: Amerika zu verlassen.

Zunächst begab sich Federigo nach Belgien, wo die Arconati, die im Jahre 1821 Mailand verlassen hatten, das Schloß Gaesbeck besaßen, das alten Freunden und gleichgesinnten Flüchtlingen eine behagliche Zukunft bot. Wie es nie an Emigranten fehlte, war das Haus nie ohne Gäste, die den Wirten als Gegengabe das Bewußtsein vermittelten, eine wirksame Macht in den vaterländischen Kämpfen zu sein. Schloß Gaesbeck glich einem Leuchtturm an gefahrvoller Küste, auf dessen winkendes Feuer die Schiffer zusteuern und der die Gescheiterten aufnimmt. Der Dichter Berchet gehörte von jeher unter dem Titel eines Lehrers des Sohnes Carlo zum Haushalt; außer ihm war augenblicklich nur der Graf Arrivabene aus Mantua da, der sich 1821 gleichfalls in Belgien niedergelassen hatte. Es tat Federigo wohl, bei seinem Eintritt in das Haus auf allen Seiten den heimischen Dialekt zu hören – denn auch die Dienstboten waren Lombarden – und überall Gegenstände heimischen Kunstgewerbes und heimischer Kunst, zum Teil ihm wohlbekannte, zu sehen. »Ihr habt einstweilen ein einiges Italien in Belgien eröffnet,« sagte er, »da es unten nicht geraten wollte, und ich wünsche dem zukünftigen am Po, daß es so friedlich und wohnlich werden möchte, wie das eure zu sein scheint.« Frau Konstanze entgegnete: »Wir sind einfache Wirtsleute ohne Verdienst, die nur das Glück haben, daß sie zuweilen erlauchten Gästen ihr Haus öffnen können. In diesem Sinne dürften wir es ein Pantheon für lebendige Helden nennen.« Sie nickte bei diesen Worten Federigo mit nachdrücklicher Freundlichkeit zu, über dessen Gesicht ein Schatten flog. »Wenn alle eure Gäste wären wie ich,« sagte er, »würde es eher eine Kapelle für die Gebeine Gefallener sein. Indessen«, setzte er liebenswürdig hinzu, »zweifle ich nicht, daß die meinigen hier wieder Fleisch ansetzen und zum Leben auferstehen werden.«

Während er sich auf seinem Zimmer umkleidete, sprach die Gesellschaft von dem Eindruck, den er gemacht hatte. »Es überlief mich, als er eintrat«, sagte Arconati, indem er sich die Augen trocknete; »es war, wie wenn man eben von einem Abwesenden gesprochen hat, der inzwischen gestorben ist, und sein Geist erscheint. Hätte die arme Teresa ihn damals hingerichtet werden lassen! Es hätte vielleicht der Sache genützt, und er brauchte nicht wie ein Gespenst unter den Lebendigen umzugehen.« Berchet und Arrivabene lachten, und Frau Konstanze tadelte alle miteinander. Man dürfe ihn nicht merken lassen, daß man etwas Auffallendes an ihm finde. Man müsse ihn behandeln wie einen gesunden, kräftigen Menschen, damit er Vertrauen zu sich selbst fassen könne. Er wäre wie einer, der eine schwere Krankheit überstanden habe; sie traue ihm zu, daß er sie überwinden könne. Arrivabene meinte, an seine äußere Erscheinung werde man sich gewöhnen, er sei eben früher als die meisten Menschen gealtert; aber wenn er wirklich ein mystischer Frömmler geworden sei, wie er von Mailand aus gehört habe, und in seinen politischen Ansichten ein ergebener Diener Österreichs, so würde es schwerhalten, das alte Verhältnis wiederherzustellen. Frau Konstanze gebot Schweigen; man dürfe keine vorgefaßten Meinungen über ihn haben, sondern müsse voraussetzen, daß er der alte sei. Wie er aber auch sei, sie hätten ihn als Dulder zu verehren. Sie könnten alle nicht wissen, mit was für Waffen man sich eines solchen Schicksals erwehren müsse, die man vielleicht nachher nicht wieder ablegen könne.

Das Essen war ganz auf italienische Art zubereitet; ein Risotto alla milanese leitete es ein. Federigo freute sich darüber, aber er nahm so wenig, daß Berchet brummte, man schäme sich zu essen, worauf Konstanze rasch einfiel, sie hätten sich alle noch in mancher anderen Hinsicht vor Confalonieri zu schämen. Man lachte, und eine fröhliche Stimmung entstand. Federigo erzählte von der amerikanischen Küche und anderen Eindrükken seines Aufenthaltes und wie seine Gefährten, lauter gemeinsame Freunde, dort lebten. Sein Tadel der amerikanischen Verhältnisse rief das Lob Deutschlands hervor, wo die Arconati sich lange aufgehalten hatten. Sie sprachen von den allgemein verbreiteten Kenntnissen, von der Ausdauer, mit der Idealen nachgestrebt werde, von der weltmännischen Bildung, mit der man das Fremde anerkenne und aufnehme; aber auch die Belgier rühmten sie als tätig, strebsam und mäßig. Allerhand kleine Reiseerlebnisse wurden aufgefrischt, an denen die Vergangenheit der Arconati und ihrer Freunde reich war. Arrivabene lobte das Geschick, das ihn gezwungen habe, auszuwandern und sich in der Fremde ein Dasein zu begründen. Wäre er in Mantua geblieben, so hätte er vermutlich bis an sein Ende ein Leben voll schläfriger Behaglichkeit geführt, die Fremde habe seine Ansichten erweitert, seine Sinne geweckt, seine Kräfte gestählt. Er genieße jeden Tag, weil er ihn sich selbst erobert habe; früher sei er eine Pflanze gewesen, vom Boden, vom Himmel und von der Gunst vieler Umstände abhängig; hier erst sei er ein Mensch geworden, der stehen könne, wo er wolle. So sei, was er für bitteres Unglück gehalten habe, sein Glück geworden. Ähnlich sprach sich Frau Konstanze aus: wie eng eingemauert sei ihr Kopf früher gewesen; wenn sie jetzt ein wenig freie und weite Aussicht habe, so verdanke sie es dem Umgang mit vielen bedeutenden Menschen verschiedener Länder und der Berührung mit fremden Sitten und Anschauungen.

Federigo wurde während dieses lebhaften Gespräches immer stiller. Er dachte an den Spielberg, wo jeder Tag lang wie ein Jahr und leer wie ein verlorener Augenblick gewesen war. Während diese Menschen, die ihn umgaben, gelebt hatten, gewachsen waren und Reichtümer gesammelt hatten, hatte er unbeweglich auf eine getünchte Wand gestarrt. Er versuchte, sich von diesen Gedanken loszureißen, sich in die allgemeine Unterhaltung zu mischen, aber seine Kräfte reichten nicht mehr aus; er fühlte, wie seine Lider schwer und die Linien in seinem Gesichte tiefer wurden, es war, als ob die Haut fester an seinem Schädel klebte. Ohne ihn zu beobachten, fühlte Frau Konstanze, was in ihm vorging, und versuchte, dem Gespräch eine andere Wendung zu geben, indem sie sagte, ihre Erfahrungen wären freilich beschränkt und einseitig, sie hätten als vermögende, unabhängige Menschen in einer gebildeten Gesellschaft verkehrt, wo sich ein kosmopolitisches Wesen herausbildete, das die Tiefen der menschlichen Seele und die Unterschiede der Völker maskierte; ihm aber, der hilflos, entblößt von jedem Schutz und jedem Vorteil, ein nackter Mensch unter Fremden, gelebt habe, würden sich die Menschen auch ohne schonende Hülle wie ohne täuschenden Firnis gezeigt haben. Er erwiderte etwas Gleichgültiges, das ihr den Eindruck gab, er habe nicht recht zugehört, und zog sich, sowie sie ihm Gelegenheit gab, auf sein Zimmer zurück.

Die Erfahrung, daß er Gesellschaft von Freunden fast ebensowenig ertragen konnte wie die der Amerikaner, hatte etwas Entmutigendes für ihn; aber er nahm doch einen ernstlichen Anlauf, sich dem Leben anzupassen. Ungeachtet der rheumatischen Schmerzen, die er immer noch hatte, und der Müdigkeit, die sich einstellte, sowie er eine Viertelstunde lang geistig oder körperlich tätig war, wechselte er mit Reiten und Spazierengehen ab, um die verlorene Schwungkraft wiederzugewinnen. Bei den Spaziergängen begleitete ihn meistens der zwanzigjährige Sohn der Arconati, Carlo, der in Deutschland studiert und kürzlich mit außerordentlichem Erfolge die philosophische Doktorprüfung bestanden hatte. Auf diesen einzigen Sohn, ihren verwöhnten Liebling, setzten beide Eltern ungemessene Hoffnungen, insofern mit Recht, als sein Verstand außerordentlich war. Es gab keine Gedankenarbeit, die für ihn zu schwierig war; seine Fähigkeit, mathematische Probleme zu lösen und philosophischen Tiefsinn und scholastische Spitzfindigkeiten zu durchdringen, hatte die Professoren in Erstaunen gesetzt. Er seinerseits schätzte diese Leistungen gering, aber ebenso die der anderen, ja sogar der höchsten Geister, die dem Geistesleben der Menschen die Bahnen vorgezeichnet haben, weil das alles für den Einsichtsvollen selbstverständlich, von einem höheren Standpunkt aus aber nur Stückwerk sei. Er fand in keiner Philosophie oder Religion etwas Befriedigendes; für wen das Denken etwas anderes als Selbstzweck sei, dem müsse es Verzweiflung bringen, Frieden gebe nur die Dummheit oder der Stumpfsinn. Die Lippen, die derartiges geläufig vorbrachten, waren kindlich und anmutig und immer auf dem Sprunge zum Lachen, auf das sein rundes, rosiges Gesicht ein Recht zu haben schien. Dies Lachen zu sehen und zu hören hatte für Federigo etwas Beglückendes: es klang ihm wie das festliche Geläute eines kristallreinen Kinderherzens, für das die hübschen und die häßlichen Dinge nichts als ein wundervolles Spielzeug sind. Der Gegenstand seines unendlichen Plauderns waren meistens die Schwächen seiner Bekannten, für die er einen unentrinnbaren Scharfblick hatte; er kannte die geheimsten Triebfedern ihrer Handlungen und wußte, was sie absichtlich oder unbewußt verschwiegen, so genau, als ob er sie selbst erschaffen hätte. Namentlich über den Dichter Berchet, der ihn erzogen hatte, und über seine Eltern machte er sich fortwährend lustig. Seine Mutter zwar bewunderte er wegen ihrer Tatkraft, Aufrichtigkeit und Menschenliebe, aber er sagte, sie sei häßlich, und eine häßliche Frau sei eigentlich ein Widerspruch in sich, als Frau sei sie ganz verfehlt und verunglückt. Sie sei nicht gefallsüchtig und nicht launenhaft, also könne sich kein Mann in sie verlieben, und doch würde sie jeden Mann glücklich machen, das sei sinnlos. Über die Kindlichkeit ihrer Anschauungen wollte er sich totlachen: im Grunde habe die Welt nach ihrer Meinung nur den einen Fehler, daß die Lombardei dem Kaiser von Österreich in die Hände gefallen sei. Wäre nur diese Ungerechtigkeit gutgemacht, so würde sich alles andere schon finden. Sie sei wie eine Windmühle, wo auf der einen Seite ununterbrochen Korn eingeschüttet würde und auf der anderen das gute Mehl herauskäme und die Flügel sich lustig drehten. Sein Vater dagegen, der wirbele die Körner nur herum, daß sie in alle Winde flögen, der könne keinen satt machen. »Wenn ich stürbe,« sagte er, »würde er nach drei Tagen herausgefunden haben, daß Mama daran schuld wäre, und dann wäre er getröstet: nur müßte Mama täglich die Vorwürfe anhören.« Eines Morgens kam Arconati übler Laune zum Frühstück, weil das Gebell eines Hundes ihn nicht habe schlafen lassen, und verlangte, daß derselbe getötet würde. Es half nicht, daß Frau Konstanze behauptete und von allen feststellen ließ, der Hund habe nicht mehr gebellt, als er seit zwei Jahren immer getan habe, ohne daß er oder sonst jemand sich beklagt hätte; er erneuerte von nun an jeden Morgen die Klage, das Tier sei unerträglich, es mache ihn krank, und einer von ihnen beiden, er oder der Hund, müsse zugrunde gehen. Frau Konstanze mußte sich entschließen, das Tier, das ihr besonders lieb war, erschießen zu lassen, mit dem Erfolge, daß Arconati, als er zufällig den toten Körper sah, Kopfschmerzen bekam und am anderen Tage behauptete, man habe ihn mißverstanden, er würde niemals den Befehl zu einer solchen Grausamkeit gegeben haben. Bei solchen Gelegenheiten neckte ihn Carlo in der lustigsten und treffendsten Weise, ohne sich durch eine etwaige Empfindlichkeit abschrecken zu lassen. Sein Vater würde niemals ein Opfer für Italien bringen, außer Geld, soviel er entbehren könne, sagte er. Wenn es ein italienisches Königreich gäbe und es würden dort die Zigarren verboten, die er am liebsten rauchte, so würde er nach Österreich auswandern, falls sie da erlaubt wären.

Wenn er etwas Derartiges behauptete, machte er seinen Vater nach und schilderte erbarmungslos die selbstsüchtigen Vorgänge, die sich dabei in ihm abspielten; dennoch wirkte er niemals abstoßend auf Confalonieri, sondern wie wenn man ein Kind mit Händen und Füßen eifrig und glücklich im Schmutz wühlen sieht. Auch liebte Carlo seinen Vater und hätte es nicht gut ertragen, wenn ein anderer ihn angegriffen hätte. Was Berchet betraf, so belustigte es ihn, daß er für einen Revolutionär galt und beinahe einmal zum Tode verurteilt wäre; ihm gehe Ruhe und Ordnung über alles, er sei ein überzeugter Anhänger des Legitimen, nur beim Versemachen sei er auf Abwege geraten. Dies müsse eine Art Koller gewesen sein, der sich mit dem zunehmenden Alter verloren habe; denn er könne schon lange nicht mehr dichten, geschweige denn vom Sturze der Tyrannen. Wenn Federigo zu ihm sagte, er, Carlo, müsse einmal ein tüchtiger Mann werden und die Fehler der anderen vermeiden, schüttelte er sich und antwortete, er sei schlimmer, jämmerlicher und lächerlicher als alle anderen, er werde nie etwas anderes werden als ein Hanswurst, der jedermann auslache. Zuweilen jedoch sagte er, wenn Federigo sich seiner annehmen wolle, so möchte doch vielleicht noch die Kraft zu etwas Großem in ihm aufgehen, Federigo müsse nur befehlen, so werde er folgen; und er lächelte ihn dazu aus seinen schmalen, perlmutterschimmernden Augen und mit seinem plauderhaften Munde zutraulich-zärtlich an.

Arconati bemerkte die Verehrung seines Sohnes für Confalonieri und konnte einen leichten Ärger darüber nicht unterdrücken. Er legte es öfters darauf ab, ihn zu einer Spötterei über Federigo zu reizen, worauf Carlo, auch wenn er übrigens dazu geneigt gewesen wäre, nicht einging, weil er seinen Vater durchschaute. Dieser sagte, Confalonieris Gegenwart habe etwas Drückendes, man wisse nie, was er eigentlich dächte und empfände. Er spiele den Märtyrer, jeder hätte sein Päckchen zu tragen, er sollte sich einmal gehenlassen und unbefangen fröhlich mit Freunden sein. »Der Unglückliche,« entgegnete Frau Konstanze entrüstet, »er hat keine Frau, kein Kind und kein Vaterland, er hängt von einem Vater ab, mit dem ihn niemals Liebe verbunden hat, er hat eine Last bitterer Erinnerungen und keine Hoffnung. Wäre es nicht verständlich, wenn er die Kapuze über das Gesicht zöge wie Silvio Pellico? Anstatt dessen nimmt er diese elende Gabe des Lebens an, wie wenn es etwas Kostbares wäre, und sucht sich hineinzuschicken und es zu verwerten. Lacht er auch selbst nicht, so tut es ihm doch wohl, unseren Carlo lachen zu hören, und wieviel Ursache er auch zu klagen hätte, hat er doch noch keine Klage lautwerden lassen.« Eben das, sagte Arconati, sei ihm unangenehm. Wenn er jammerte und klagte, würde er auch bald lachen lernen. Er habe immer das Gefühl, als könne dieser zusammengeballte, geknebelte Jammer sich einmal losreißen und das Haus und die ganze Erde überfluten.

Während seines Aufenthaltes auf Schloß Gaesbeck kräftigte sich Federigos Gesundheit etwas, und er dachte, es fehle nur die Sonne, damit er sich ganz erholen könne. Er fand, daß in Belgien die Sonne einen Schleier trage, sie könne nur dünsten und schmoren, nicht braten und backen. Er sehnte sich nach Frankreich, wo das Klima dem italienischen verwandt sei und wohin ihn auch Andryane zog, der mit seiner Familie nicht weit von Paris lebte. Er lebte dort in glücklichen Verhältnissen, die Fabrik seines verstorbenen Vaters gewährte ihm ein sicheres Einkommen; er war verheiratet und hatte Kinder, von denen das älteste, ein Knabe, auf den Namen des im Kerker zurückgelassenen Freundes getauft war. Aus seinen Briefen an Federigo sprach die alte Liebe und der von der ganzen Familie geteilte Wunsch, dem Einsamen in seinem Hause eine Heimat geben zu können. Es war Anfang September, als Confalonieri, von Paris kommend, in Coye eintraf, ebenso ungeduldig erwartet wie selbst voll Erwartung. Der Tag leuchtete bis zum fernsten Horizonte; die Luft war wie Götterwein, den gaukelnde Amoretten in kühlen Schalen kredenzten. Sie wiegten sich auf den Kirschbäumen, den Eschen und Platanen, die die breiten Straßen umsäumten, und ließen den ambrosischen Schaum über die zitronengelben, blanken Blätter fließen; sie schütteten ihn in den bläulichen Rauch, der leicht wie die Säule eines fernen Springbrunnens in den Himmel stieg; sie umspielten das Dach des Wagens, der den Reisenden über Land führte, und neigten ihre durchsichtigen Becher überfließend an seine geschlossenen Lippen. Er war zu unruhig, um es zu bemerken; während der ganzen Fahrt gelang es ihm nicht, das schmerzhafte Klopfen seines Herzens zu beschwichtigen. Plötzlich, bevor noch der Wagen das Haus erreicht hatte, hörte er Andryanes Stimme, der Kutscher mußte halten, und er fühlte sich von Andryanes Armen umschlossen und von seinen Tränen überströmt. Ein Wohlsein überkam ihn, wie wenn er nun etwas Abschließendes erreicht hätte, wie wenn er nun so lange weinen könnte, bis alle Bitterkeit und alle Krankheit, alles, was ihn hinderte, zu leben, aus seiner Seele fortgespült wäre. Dies dauerte jedoch nur einen Augenblick; denn Andryane ließ ihn los, betrachtete ihn, rief schluchzend seine Frau, daß er da sei und daß sie ihn begrüßen solle, rief einem Diener zu, den Kutscher abzufertigen, und reichte ihm den kleinen Federigo zur Umarmung. Dann küßte und umarmte er ihn wieder und wieder und sagte jubelnd, nun sei es doch so gekommen, daß sie miteinander frei im schönen Frankreich wären, wovon sie so oft auf dem Spielberg geträumt hätten, ohne doch im Grunde daran zu glauben.

Mit einem Male sah Federigo sie beide vor sich, wie sie damals gewesen waren, in der grotesken Sträflingstracht in dem halbdunklen, kahlen Raume, wußte, was ihm vorgeschwebt hatte, wenn sie von den Möglichkeiten einer solchen Zukunft sprachen, und verglich es mit dem, was war. Damals war er noch der Starke, Unbeugsame, an den sich viele anschmiegten, um von seinen Kräften genährt zu werden; damals lebte Teresa noch und streckte liebevoll flehend die Arme nach ihm aus. Sein Blick umfaßte das breite, niedrige, wohnliche Haus, das den ausgedehnten Garten so gelassen beherrschte, die geräumige Veranda, wo das Spielzeug der Kinder und Bücher und Nähereien der jungen Frau umherlagen, und die männliche Gestalt seines Freundes, der hier gebot und wirkte und genoß. Ein scharfer Schmerz durchbohrte langsam sein Herz: warum war er in dies volle Haus gekommen, wo nirgends ein Platz für ihn und sein Elend war? Er hätte den Wagen rufen und schnell fortfahren mögen, um nie zurückzukommen und dies Bild des Glücks, an dem er keinen Teil hatte, zu vergessen. Während Alexanders Tränen schon getrocknet waren und seine Stimme fröhlich und gewichtig erklang, konnte er nicht aufhören, zu weinen; nicht solche Tränen, die Schmerzen auflösten und fortschwemmten, sondern in denen er selbst mit seiner letzten, mühsam gesparten Kraft zerschmolz.

Nachdem Federigo sich in behaglicher Umgebung, die Andryane und seine Frau für ihn vorbereitet hatten, ausgeruht hatte, begann die Nähe und die zärtliche Liebe des Freundes wohltuend auf ihn zu wirken. Andryanes Frau, die er sich nach ihren Briefen und seinen Andeutungen als eine zarte, schwärmerische Frau vorgestellt hatte, war eine kleine rundliche Brünette mit munteren Augen, der man anmerkte, daß sie in allen praktischen Dingen erfahren war, die schnell und verständig zugriff und die auch in Gesellschaft sicher und angemessen aufzutreten wußte. Sie war gutmütig und hilfreich und bediente sich gern, wenn ihr Gefühl angeregt wurde, des erhabensten oder innigsten Ausdrucks, dessen Überschwenglichkeit aber ihre vergnügte Erscheinung abschwächte. Ihres Mannes Neigung, sie in eine künstliche Beleuchtung zu stellen, als wäre sie eine heroisch opferwillige, nach hochgesteigerten Idealen strebende Frau, war ihr unlieb und veranlaßte sie oft, ihn zu necken oder zu tadeln. Ihrer Verehrung für Confalonieri gab sie dadurch Ausdruck, daß sie ihn möglichst gut zu verpflegen suchte, wobei sie sich so herzlich und zurückhaltend zugleich benahm, daß er nicht umhin konnte, ihr dankbar zu sein. Andryanes Liebe ermüdete ihn etwas; er sollte alles sehen, alles erfahren, sich über alles äußern, was ihm im Grunde gleichgültig war. Andryane zweifelte nicht daran, daß es ihm gelingen würde, die Lebensflamme in Federigo anzufachen, geradesogut wie er Holz im Kamine anzünden und dadurch das Zimmer erwär-

men könne. Er war so voll Eifer und Liebe, wie wenn er einen Ertrunkenen oder Erfrorenen in den Armen hätte und ihn durch Reiben und durch seinen Atem zu beleben versuchen wollte. Die Sicherheit des Auftretens und die selbstbewußte Art zu sprechen hatte er früher nicht gehabt; auch äußerlich war er verändert: In den letzten Gefängnisjahren war seine Haut grau und schlaff geworden, und das Verkümmern seiner angeborenen Kraft und Schönheit hatte etwas Rührendes für Confalonieri gehabt; jetzt war er breit und ein wenig dick und von blühender Farbe; nur die Augen waren schwach und glanzlos geblieben. Von seiner Tätigkeit an der Fabrik sprach er wenig, um so mehr aber von seinen politischen Betätigungen; daß er nirgends mehr die alte Einfachheit und Redlichkeit der Gesinnung fände, daß der Hang nach materiellen Genüssen alles überwuchere, daß die Politiker alle vom persönlichen Ehrgeiz geleitet würden, daß er aber sich bemühen wolle, religiöse Gesinnung im Volke zu verbreiten, um der einreißenden Begehrlichkeit zu steuern. Das absolute Königtum werde er nach wie vor bekämpfen; aber gerade in einem freien Staate müßte der Besitz gesichert sein, und aus diesem Grunde müsse er sich zunächst zur konservativen Partei halten, obwohl er seinen früheren Grundsätzen treu geblieben sei. Er verfügte über eine große Anzahl rednerischer Wendungen und über eine Salbung, wie einer, der von Gott eigens geweiht ist, um Vorbild und Lehrer des Volkes zu sein.
Jedoch kamen Augenblicke, wo er diesen wichtigen Beruf vergaß und ganz in der Freude aufging, Federigo bei sich zu haben. Als es dunkelte und eine Dienerin das Licht besorgen wollte, schickte er sie fort, um wie einst auf dem Spielberg mit Federigo die Nacht zu erwarten. Er kniete neben ihm nieder, schmiegte sich an ihn und sagte: »Weißt du, daß ich manches Mal Heimweh nach jener Zeit habe, wo ich so unglücklich war und du mich tröstetest?«
Sie waren zu wenig allein, als daß Federigo nur einen Teil von dem hätte aussprechen können, was sein Herz belastete und was er nur Andryane glaubte sagen zu können. Auch störte ihn Alexanders Gewohnheit, Personen von hohem Rang und klangvollem Namen als seine Freunde anzuführen, wie wenn er sich

des Umgangs mit hochgestellten Leuten rühmen wollte. Wenn er beiläufig einflocht, daß dieser oder jener Staatsmann ihn um Rat gefragt oder daß man bei Hofe von ihm gesprochen habe, mußte Confalonieri denken, ob er vielleicht die Anhänglichkeit Andryanes seinem Titel zu danken habe und ob er vielleicht auch jetzt mehr ein Schaustück sei, mit dem man prunke und sich selbst Glanz verleihe, als der im Herzen gehegte Freund. Es berührte ihn aus diesem Grunde peinlich, als Andryane erzählte, er sei beschäftigt, seine Erinnerungen an die Gefangenschaft niederzuschreiben, und werde den ersten Teil bald veröffentlichen; denn der Argwohn stieg in ihm auf, das sei auch eine Posaune, um den eigenen Ruhm in die Welt zu blasen. Er meinte, da Silvio Pellico das Leben auf dem Spielberg in so musterhafter Weise dargestellt habe, sei es nicht nötig und nicht ratsam, denselben Gegenstand zu behandeln; aber Andryane entgegnete lebhaft, er könne seine schriftstellerische Begabung zwar nicht mit der Silvio Pellicos vergleichen, dafür werde seine Schilderung wahrer und erschütternder sein. Pellico sei zum Teil durch sein Temperament und seine Grundsätze, zum Teil durch seine Lage als Italiener und besonders durch den Umstand, daß seine Gefährten zur Zeit der Veröffentlichung des Buches noch gefangen gewesen wären, zu einer beschönigenden Darstellung gedrängt worden. Von Confalonieri habe er ganz geschwiegen, nicht aus Gleichgültigkeit, sondern aus wohlbedachter Rücksicht. Das sei jetzt, wo Confalonieri frei sei, nicht mehr nötig und ihm nicht erträglich. Die ganze Welt müsse ihn kennenlernen, wie er sei, seine stille Größe, seine Vaterlandsliebe, seine opferwillige Freundestreue, die unerschütterliche Erhabenheit seines Charakters. Nur er, der die Zeit der tiefsten Erniedrigung mit ihm durchgemacht habe, kenne seine Seelengröße ganz und wolle die Welt ihn mit seinen Augen sehen lassen.

»Freundesaugen«, sagte Federigo, »kann nur einer haben, nicht die Welt. Mache mich nicht noch berühmter, als ich bin«, fügte er lächelnd hinzu; »ich habe in Amerika genug darunter gelitten, und hier in Europa könnte es noch ärgere Folgen für mich haben. Laß mich lieber unbemerkt in der Menge verschwinden!« Alexander sagte abwehrend, er kenne Federigos

Bescheidenheit, könne aber keine Rücksicht darauf nehmen, er solle und müsse nach Verdienst gewürdigt werden. Italien müsse seine Helden und wahren Freunde kennen, deren es vielleicht eher, als man jetzt meine, bedürfen werde. Da er nicht auf den Gedanken kam, Federigo fürchte hauptsächlich, Österreich gegen sich aufzubringen, gewann dieser es nicht über sich, ihn daran zu erinnern, sondern behielt sich vor, es bei einer geeigneten Gelegenheit zu tun.

Diese jedoch sollte zunächst nicht kommen; denn schon im Laufe des folgenden Tages zeigte dem Grafen ein Eilbrief des Polizeipräfekten aus Paris an, er müsse Frankreich verlassen, weil die österreichische Regierung gegen seinen Aufenthalt Einspruch erhoben habe.

Es schien unfaßbar, daß das lang ersehnte Zusammensein, dessen man eben anfing, sich ruhiger zu erfreuen, so jäh zerrissen werden sollte. Andryane war voll Scham und Wut über die würdelose Nachgiebigkeit der Regierung seines Landes und konnte sich nicht hineinfinden, daß Federigo sich fügen wollte, ohne seiner Entrüstung einen weithin vernehmbaren Ausdruck zu geben. Erschöpft von der Erregung des Abschieds, die der des Wiedersehens so schnell gefolgt war, saß der Graf eine Weile in die Ecke seines Wagens gelehnt, ohne sich einer Empfindung oder eines Gedankens bewußt zu werden. Da es ihm plötzlich einfiel, daß er nicht noch einmal zurückgewinkt hatte, bog er sich vor, wie wenn er es nachholen könnte; aber er sah nur die Landstraße zwischen Stoppelfeldern, keine Häuser mehr hinter sich. Er machte eine Bewegung, um den Kutscher wenden zu lassen; denn es war ihm, als müsse er Alexander noch einmal inniger Lebewohl sagen, so wie es ihrer Freundschaft und ihren Erinnerungen entspräche; aber er führte es nicht aus. Ein beklemmendes Angstgefühl preßte seine Brust zusammen: er hatte seine Begleitung abgelehnt, weil er fürchtete, Andryane möchte den Behörden gegenüber seine Entrüstung allzusehr merken lassen und ihm dadurch schaden, der durchaus Österreich keinen Grund zur Unzufriedenheit geben wollte. Es ekelte ihn vor diesen Umtrieben und Bedenken, die schuld daran waren, daß er den getreuesten Freund jetzt nicht an seiner Seite hatte. Wohin auf Erden er jetzt gehen konnte, da war er der überflüssige Kranke oder der bestaunte Märtyrer oder der begnadigte, reumütige Frevler; nur in diesem Herzen war er der Held, der gewagt und verloren, der unsäglich geliebt und gekämpft und gelitten hatte und dennoch nicht überwunden war. Rückwärts am Wege stand neben Andryane, der dem verschwundenen Wagen noch immer nachblickte, dies edle Bild, der Doppelgänger, der seine Züge trug und doch nicht eins mit ihm war; es war ihm, als sähe er es langsam zurückweichen, in der Herbstluft spurlos verbleichen wie einen Stern in der Morgenbläue und als sei das, was er mühsam weiterschleppe, nichts als eine abgeworfene, der Verwesung preisgegebene Haut.

Dagegen erhob sich allmählich eine andere Stimme, die ihm sagte, daß es anders sei, daß er sich von unwirksamen Phantasien entferne und den richtigen Weg in das menschliche Leben gehe. Der Vergangenheit nicht mehr zu gedenken und mit seiner Lage, so beschränkt sie auch sein mochte, sich zu begnügen, das war seine Pflicht. Die Versöhnung mit Österreich mußte er suchen, um die mit seinem Vater zu ermöglichen, mochten immer höhnende und trauernde Stimmen sagen, er, der einst den mächtigsten Kaiser Europas herausgefordert habe, trage jetzt gefügig seine Ketten, um bequeme Tage zu haben. Er hatte keine andere Aufgabe mehr, als aus kleinen, unansehnlichen Bausteinen sich ein Leben zu bauen, das niemandem im Wege war.

Seit Confalonieri Amerika verlassen hatte, war die österreichische Regierung darauf bedacht, alle seine Schritte zu überwachen und seine Gesinnungen zu erspähen. Metternich erinnerte den Gouverneur der Lombardei an die Warnungen, die er vor sechzehn Jahren erhoben hatte, bevor man zur Anklage schritt: nun sei das eingetreten, was er damals habe vermeiden wollen. ›Wir haben ihn berühmt gemacht‹, schrieb er; ›was war er damals in den Augen aller Verständigen als ein eitler, hochmütiger Narr, der von sich reden machen wollte? Jetzt ist er eine Sehenswürdigkeit, wir haben ihm eine Geltung verschafft, die er aus eigenen Mitteln niemals erreicht haben würde.‹ Zwar war der Zustand der Lombardei und Venetiens so befriedigend, daß man an eine ernstliche Gefahr nicht denken wollte; aber die Vorsicht und das System geboten, eine Schlinge von Beobachtungen um den Grafen zu legen, die man im Notfall nur zuzuziehen brauchte, um ihn unschädlich zu machen. Dies erschien um so notwendiger, als Frankreich die Ausweisung, sich ermannend, zurücknahm und dadurch dem verdächtigen Manne Gelegenheit gab, mit zahlreichen italienischen Emigranten zu verkehren und am italienischen Gebiet entlangzustreifen. Es war deshalb dem Polizeiminister von Mailand lieb, durch einen seiner Assessoren einen jungen Mann kennenzulernen, der eine ausgesprochene Abneigung gegen die Liberalen und sogenannten Patrioten hatte und, da er nichts anderes zu tun hatte, es sich gern zur Aufgabe machte, sie zu überwachen. Der junge Mann hieß Tiberio de Belrocco und wollte von einem alten parmesanischen Geschlechte abstammen, tauchte bald hier, bald dort auf, saß in den Cafés und las Zeitungen und hatte eine Menge von Bekannten, obwohl er in angesehenen und ehrbaren Familien nicht verkehrte. Da niemand wußte, wovon er lebte noch womit er sich beschäftigte, hielten ihn die meisten für einen Abenteurer, was sie aber nicht hinderte, sich seine Gesellschaft gefallen zu lassen; denn er war elegant und unterhaltend und wußte alles, was in der Gesellschaft, besonders an heiklen Dingen, vorfiel. Er selbst hielt sich für einen Dichter und glaubte, daß er demnächst, wenn er einmal recht in Stimmung wäre, eine Tragödie verfassen würde, die ihn mit einem Schlage berühmt und reich machte. Die Sicherheit seines Benehmens rührte zum Teil daher, daß er diese künftige Tat voraussetzte und die sich daraus ergebende Ehrenstellung vorwegnahm. Was ihn an der Ausführung seiner Pläne hinderte, waren hauptsächlich die Geldverlegenheiten, denen er auf jede beliebige Art abzuhelfen suchte; und er sah eine tragische Ironie darin, daß er zuweilen den Spion machte, um die Dichterseele zu fristen, die in ihm wohnte. Nicht daß er seine Tätigkeit an sich für verächtlich gehalten hätte; aber er wußte, daß sie von anderen dafür angesehen wurde, und fand, daß für einen Mann von seiner Herkunft jede Anstellung, die Verpflichtungen auferlegte, ein Herabsteigen bedeutete. Übrigens imponierte ihm Österreich als eine Macht, die keine Flausen kennte, sondern nötigenfalls mit Feuer und Schwert dreinführe, während seine Landsleute in seinen Augen eine herabgekommene, gauklerhafte Nation waren, unter denen nur selten einmal ein überlegener Geist aufstände. Über alle Maßen verachtete er die patriotischen Gegner Österreichs, die sich idealistisch gebärdeten, nichts ausrichteten und von der Begeisterungssucht der Habenichtse und der Flachköpfe lebten.

Zur Zeit, als er sein Amt antrat, befand sich Confalonieri in Marseille, wo er seinen alten Freund, den Grafen Porro, besuchte. Mit diesem, als dem bei weitem leichter Zugänglichen, knüpfte er zuerst an, indem er sich nicht etwa als Gesinnungsgenosse gab, sondern als geistvoller Träumer, der vor allen Dingen die großen Persönlichkeiten suche und verehre und von diesen sich gern hinreißen und belehren lasse. Als er den Wunsch aussprach, den Grafen Confalonieri kennenzulernen, sagte Porro, daß dieser sehr zurückgezogen lebe und schon allzusehr von Besuchen überhäuft sei; aber einer Begegnung im Café konnte er doch nicht wohl ausweichen. Belrocco erzählte Anekdoten von der Herzogin von Parma, der ehemaligen Kaiserin Marie Louise, und dem Grafen Neipperg, deren durch Zeit und bürgerliche Treue befestigtes Liebesverhältnis allgemein wie eine gültige Ehe geachtet wurde. Dies brachte ihn auf den Vizekönig von Mailand und dessen häusliches Leben und die habsburgische Familie überhaupt, von denen er viele lächerliche und gehässige Züge wußte, wie sie, ausgeschmückt oder erfunden, in Italien in Umlauf waren. Wie Federigos Miene immer kälter und müder wurde, fing Belrocco plötzlich an zu lachen und sagte: »Was für ein ungeschickter Esel bin ich, verehrter Graf! Ich wollte Sie zum Reden bringen und habe Sie zum Schweigen gebracht! Ich war auf eine Äußerung aus Ihrem Munde versessen, als ob Sie die Malibran wären, und ich wählte gerade einen Gegenstand, der einem fein empfindenden Manne, wie Sie sind, den Mund verschließen mußte!« Er versicherte, daß ihm die häuslichen Angelegenheiten der Habsburger ganz gleichgültig seien, daß er sich benommen habe wie ein dummer Junge, der zum erstenmal vor das Angesicht eines verehrten Dichters trete und etwas Ungereimtes über seine schönsten Verse vorbringe. Dabei hatte er eine gewandte Zutraulichkeit und eine drollige Art, die Porro belustigte, während Confalonieri ablehnend erwiderte, an ihm sei höchstens das Schweigen beachtenswert, nicht das Reden, wovon er sich durch lange Jahre vollständiger Einsamkeit entwöhnt habe.

Gegen Porro äußerte sich Belrocco später, es sei kläglich, einen ehemals bedeutenden Mann so herabgekommen zu sehen; entweder habe Confalonieri Angst, für einen Gegner Österreichs angesehen zu werden, oder er sei es wirklich nicht mehr, und beides finde er gleich unwürdig. Es möge christlich sein, dem Feinde, der einen geschlagen, die andere Backe hinzuhalten, aber es sei weder italienisch noch edelmännisch. Porro zuckte die Achseln und sagte, Confalonieri sei immer zurückhaltend gewesen, jetzt sei er vollends unergründlich; man müsse sehr mit ihm befreundet sein, um in seinem Innern lesen zu können.

Nach diesem Mißerfolge zog Belrocco sich nicht zurück, sondern verdoppelte seinen Eifer, um überall zu sein, wo er des Grafen Anwesenheit vermuten konnte. Es kam damals ein italienischer Improvisator nach Marseille, dem der Ruf außergewöhnlicher Begabung vorausgegangen war und den zu hören sich infolgedessen ein zahlreiches und auserlesenes Publikum versammelte. Die italienische Kolonie, die vollständig vertreten war, saß auf den vorderen Bänken, Confalonieri neben Porro, der nach allen Seiten grüßte und winkte, während jener nur einen flüchtigen Blick in die Runde warf. Besonders als er bemerkte, daß Belrocco hinter ihm saß, vermied er es, sich nach rückwärts zu wenden. Das Programm wurde im Augenblick entworfen in der Weise, daß der Improvisator Vorschläge aus dem Publikum entgegennahm und den gewünschten Gegenstand lyrisch oder dramatisch, wie es geeignet schien, behandelte. Die Zeit war schon vorgerückt, als jemand, vielleicht durch Confalonieris Gegenwart angeregt, dem Improvisator den Titel: ›Der Gefangene auf dem Spielberg‹ zurief, was mit lebhaftem Beifall unterstützt wurde. Federigo zuckte zusammen wie von einer taktlosen Zudringlichkeit betroffen; er hatte das bestimmte Gefühl, als sei der Vorschlag von Belrocco ausgegangen. Indes der Improvisator, den Arm aufgestützt und die Augen beschattet, sich in seinen Gegenstand vertiefte und das Publikum in verhaltener Bewegung wartete, wurden seine Mienen kälter und abweisender, wie wenn er eine Maske über das Gesicht zöge. Nach wenigen Minuten richtete sich der Improvisator auf und fing seinen Vortrag an. Er sprach wie ein Wanderer, der in der Abenddämmerung die Burg vor seinen Blicken aufsteigen und ein blasses Gesicht an einem ihrer Fenster auftauchen sieht, mit dem er Zwiesprache hält. Die gedämpfte Stimme war wie ferner, flötender Gesang, der Federigo nach sich zog auf jene Straße, die er allein kannte, auf der die Leichenwagen nach dem Friedhof fuhren und die, wenn es dunkel wurde, trocken, kalt und bleich wie die Wüsten des Mondes zwischen den tief überhängenden Birken hervorstarrte. Mit zögerndem Schritt und unruhig bewegtem Herzen stieg er sie hinan, bis er die Mauer vor sich sah, die das Grab hatte schließen sollen, und die Terrasse, über die der eisige Nordwind strich und auf der die kränkliche, niemals von der Sonne berührte weiße Rose blühte. Er blickte hin, ob die Tür sich nicht öffnete und jemand herausträte und zärtlich die zitternden Blätter der einsamen Pflanze streichelte: jemand, der ebenso abgezehrt war wie sie und dessen schwerfälligen Gang das Rasseln einer Kette begleitete. Ein unwiderstehliches Heimweh dahin, aus dem menschenvollen Saale fort, wo alle Augen sich bohrend auf ihn richteten, ergriff sein Herz; er bückte sich ein wenig und zog die Hand mit dem Mantel vor das Gesicht, um nichts mehr zu sehen und nicht mehr gesehen zu werden. Von dem Gedichte, das inzwischen die Zuhörer zu Tränen gerührt hatte und dem nach kurzer Pause ein Sturm des Beifalls folgte, hatte er nichts gehört. Es konnte ihm nicht entgehen, daß die Huldigung mehr ihm als dem Improvisator galt; die Damen wehten ihre Tücher, und viele von denen, die er auch nur flüchtig kannte, drängten sich zu ihm, um ihm die Hand zu drücken, unter ihnen Belrocco. »Ich weiß, daß Sie es nicht lieben, so hervorgezogen zu werden, verehrter Graf«, sagte dieser; »aber wir müßten keine Italiener, ich möchte fast sagen keine Menschen sein, wenn diesmal das Herz nicht den Takt überwältigt hätte.«

Seinen Auftraggebern berichtete Belrocco, er habe Confalonieri scharf beobachtet und halte ihn für einen versteckten, gefährlichen Menschen. Er gebe sich als ein den Händeln der Welt fernstehender Dulder, als ein vornehmer Sonderling, der mit dem Leben abgeschlossen habe; das sei aber wohlberechnete Pose, durch welche er aufzufallen und die Einbildungskraft der Menschen zu reizen hoffe. Man könne ihn dem Schießpulver vergleichen, das, einer Handvoll Asche ähnlich, verheerende Explosionen hervorrufen könne. So gealtert und gebrochen, wie vielfach gesagt würde und wie er selbst verbreitet habe, sei er übrigens nicht; er sähe gerade so leidend aus, wie es den Frauen interessant vorkäme, und wüßte, wie er von jeher getan hätte, seine Erscheinung durch sorgsam gewählte Kleidung zu heben. Während er den Einsiedler spielte, liebe er es, sich öffentlich zu zeigen; ob er bestimmte verbrecherische Absichten damit verbinde oder ob er nur von dem angeborenen Hange getrieben sei, von sich reden zu machen, könne er noch nicht entscheiden. Keinesfalls könne man ihm trauen, weder seinem Betragen noch seinen ausdrücklichen Worten; denn er sei ein Schauspieler, der niemals aus der Rolle falle.

Das Gefühl, behorcht und belauert zu werden, verleidete Federigo den Aufenthalt in Marseille, der ohnehin auf die Dauer nichts Anziehendes für ihn hatte. Er brachte den Winter in Paris zu, wo er glaubte sich besser verlieren zu können und wo er in früheren Jahren gern gewesen war. Im Hause einer alten Freundin, der Gräfin Dubourg, bei der nur eine kleine, sehr gewählte Gesellschaft verkehrte, fesselte ihn eine Dame, die, weder reich noch jung oder schön, für eine Heirat kaum in Betracht zu kommen schien und seit längerer Zeit bei der Gräfin, ihrer Tante, als deren Gesellschafterin lebte. Sie hieß Sophie O'Ferrall, stammte aus Irland und war über dreißig Jahre alt; ihre Formen waren mager und ihr unregelmäßiges Gesicht für den ersten Blick beinahe häßlich. Hatte jedoch ihr Wesen einmal angezogen, so bemächtigte sich auch ihre Erscheinung der Einbildungskraft: Mehr noch als ihr rötlichblondes Haar gefiel Federigo die Schlankheit und stählerne Geschmeidigkeit ihres Körpers, die ihr einen Vorteil vor vielen, bedeutend jüngeren Frauen gab. Ihre Haltung war nicht weich und einschmeichelnd, aber sicher, frei und geschmackvoll, wie wenn sie daran gewöhnt gewesen wäre, sich beständig vor vielen Zuschauern zu bewegen. Obwohl sie sich schmucklos kleidete, war stets der Zauber vornehmen Daseins um sie gebreitet und machte, daß alle sich unwillkürlich nach ihr richteten. Lebhaft und lustig, wie sie war, konnte sie sich gehenlassen, ohne jemals das Maß zu überschreiten; ihr Lachen war immer wohllautend und ihre Gebärde zurückhaltend, ohne daß sie darauf geachtet hätte. Die Munterkeit ihres Geistes war das, was Confalonieri zunächst am meisten anzog; das Unbedeutende und Alltägliche machten ihre Witze und ihre Phantasie bemerkenswert, ihre Regsamkeit füllte jede Lücke aus, es war, wie wenn eine geschickte Hand aus Lehm reizende oder groteske Formen bilden kann.

Der äußerlichen Sicherheit entsprach jedoch die innere keineswegs; denn ihr scharfes Urteil hatte mit leidenschaftlichen und leicht erregten Sinnen zu kämpfen. Diese wurden immer unterworfen; denn einesteils sagte sie sich, daß ihre Armut und ihr Äußeres ihr hinderlich seien; vor allen Dingen aber sah sie stets die Fehler und Lächerlichkeiten der Menschen und entgingen ihr auch die Schwächen der Männer nicht, in die sie verliebt war. So kam es, daß Schönheit, Kraft oder Geist desselben Mannes sie betörten, dessen Verstandesschwäche oder Geschmacklosigkeit oder Selbstüberhebung sie zum Spott und zur Verspottung ihrer selbst herausforderte.

Zum erstenmal erweckte Federigo eine Leidenschaft in ihr, die das Urteil des Verstandes nicht trübte und ihn nicht bändigte. Er, den das Schicksal in einen tragischen Dunstkreis gehüllt hatte und dessen Verschlossenheit ihn selbst dem Nächsten fernrückte, war ihrem Witz und ihrer Zergliederung nicht zugänglich; er war für sie eine stille, verhängnisvolle Erscheinung, von der man sich entweder abwendet oder zu der man bewundernd die Hände hebt. Willig ließ sich ihr kluger und kühler Kopf von der ungeteilten Empfindung berauschen, die dem Unglücklichen gegenüber fast wie Pflicht schien. Ihm hatte anfänglich ihre Heiterkeit und Unterhaltungsgabe wohlgetan;

wie sie aber anfing, einzig ihm gegenüber ihre Sicherheit zu verlieren und ihre Abhängigkeit merken zu lassen, gewann ihre Nähe noch einen anderen, lieblicheren Reiz für ihn. Wenn sein Blick sie traf, stockte ihre behende Zunge und verwirrten sich ihre funkelnden Einfälle, ihre schimmernden Augen wankten und schienen bereit, zu seinen Füßen zu erlöschen.

An einem frostigen Märzabend traf er Sophie allein und setzte sich mit ihr an den Kamin, in dem ein Holzfeuer brannte. Er klagte darüber, daß es nicht Frühling werden wolle, und knüpfte die Mitteilung daran, daß er sich entschlossen habe, den Süden aufzusuchen, weil Sonnenwärme für seine Gesundheit unentbehrlich sei. Ihres Frohsinns und ihrer freundlichen Fürsorge, die oft seine ungesellige Melancholie erheitert und seiner Seele wenigstens ein Sonnenstrahl gewesen sei, werde er dankbar gedenken. Auf ein Ende ihres Verkehrs war Sophie so wenig gefaßt gewesen, daß die Tatsache ihr Herz wie ein betäubender Schlag traf. Eine jähe Erbitterung flammte gegen denjenigen in ihr auf, der, so schien es ihr, den Schatz ihrer Liebe wie etwas ihm Gebührendes hingenommen hatte, um es beiseite zu werfen, sowie er seiner nicht mehr bedurfte. Wenn es sich um seine Gesundheit handelte, galt für ihn kein anderer Anspruch, keine Verbindlichkeit, hatte nichts anderes Wert; er erschien ihr kalt wie die Erde eines ausgebrannten Vulkans, die jeden Keim, der sich bei ihr ansiedeln möchte, ausstößt. Ohne zu ahnen, was in ihr vorging, fuhr Federigo fort, er wolle ihr zum Zeichen seiner Dankbarkeit und Freundschaft ein Andenken geben und habe, da sie oft ihrer Bewunderung für seine Teresa Ausdruck gegeben habe, ein Armband ausgewählt, das sie getragen habe. Es bestand aus ineinander verschlungenen goldenen Gliedern, die sich an ein breites Mittelstück anschlossen, eine in Gold gefaßte, künstlich aus Haaren verfertigte Landschaft, im Vordergrund eine über eine Urne gebeugte Weide darstellend. Sowie er ihr den Schmuck reichte, sprang sie auf und warf ihn, ohne einen Blick darauf zu werfen, in den Kamin, indem sie ausrief, sie wolle kein Andenken an ihn, nicht an ihn erinnert werden, vielmehr ihn vergessen. Sein Herz gehöre einer Toten, sei erstorben wie diese; er habe die Flamme des ihrigen geschürt, um sich daran zu erwärmen, und gehe nun weiter, wie man ein Gasthaus verlasse, nachdem man seine Rechnung bezahlt habe. Daß er während dieses Ausbruches mit einer Zange in dem glimmenden Feuer stocherte, um das Armband herauszuholen, reizte sie vollends; sie schob plötzlich seinen Arm zu Seite, griff mitten in den Brand nach dem Armband, faßte es und warf es vor seine Füße. Dann preßte sie, noch auf dem Boden vor dem Kamin kniend, beide Hände vor das Gesicht und brach in leidenschaftliches Schluchzen aus.

Confalonieri zog sie an sich, untersuchte, ob sie sich verletzt habe, und bemühte sich, sie zu beschwichtigen, die jetzt sich anklagte, daß sie ein heiliges, ihr anvertrautes Kleinod habe vernichten wollen. Nicht sie, entgegnete er, sondern er sei achtlos mit einem Kleinod, ihrem Herzen, umgegangen, das mehr wert sei als irgendein lebloser Gegenstand. Sie solle sich nicht kränken, daß sie ihm ihr Gefühl gezeigt habe, das könne nur seine Achtung und Zuneigung für sie erhöhen, traurig sei es vielmehr, kalt und stumpf und alt zu sein wie er. Ihre Vorwürfe seien berechtigt: er habe sich an ihrem liebevollen Herzen erwärmt, ohne darüber nachzudenken, was ihn dazu berechtige oder wozu es ihn verpflichte. Entschuldigen könne ihn nur sein Alter, durch das er sich als aus der Reihe derer ausgeschieden betrachtet habe, die um die Hand einer Frau zu bitten wagen dürften. Noch immer schluchzend sagte Sophie, sie wisse nichts von seinem Alter, sie wisse nur von ihrem Unwert. Es sei unmöglich, daß er sie so lieben könne, wie er Teresa geliebt habe; auch hätte sie nie daran gedacht, seine Frau zu heißen. Alles, was sie wünsche, sei, in seiner Nähe bleiben und für ihn sorgen zu dürfen, soviel es ihm angenehm sei. Sie würde ihn erheitern, wenn er dessen bedürfe, und sich zurückziehen, wenn sie ihm lästig sei; könne sie nur ihm mit Herz und Hand dienen, so frage sie nicht, unter welchem Titel es geschehe. Das könne nur unter dem Titel seiner Frau geschehen, sagte Confalonieri lächelnd und zärtlich, und es beglücke ihn, daß er hoffen dürfe, nicht von ihr zurückgewiesen zu werden. Indessen sein Alter lege ihm die Pflicht auf, für sie beide bedenklich zu sein. Sie müsse sich darüber klarwerden, daß er ihr kein anderes Glück zu bieten habe, als für sie in dem Bewußtsein liegen könne, einem gebrochenen Manne die letzte Lebensfrist zu verschönen. Sie solle sich prüfen und sich mit ihrer Tante beraten, während er von Paris entfernt sei; auch er wolle in Ruhe überlegen, ob er die Verantwortung zu einem solchen Schritte auf sich nehmen könne.

In dem pyrenäischen Bade, das Federigo aufsuchte, beschäftigte ihn der Gedanke an Sophie viel: ihre nicht leicht zu durchschauende Persönlichkeit, die Charakterstärke, die Mischung von Leidenschaftlichkeit und Kühle, von Stolz und Hingebung in ihrem Wesen, ihre belebten Züge, alles miteinander zog ihn zu ihr hin. Er hatte die Vorstellung, sie müsse ein unschätzbarer Kamerad auf Reisen sein, bereit, sich an der Welt zu freuen, aufmerksam auf alles Bedeutende und dazu fähig, in glücklichen Augenblicken sich in ein liebendes Weib zu verwandeln. Seine Gesundheit schien sich zu bessern, und diese würde, so dachte er, auch einen Teil seiner Jugend zurückbringen. Das Gefühl, nirgend auf Erden eine Stätte zu haben, mit nichts auf Erden verknüpft zu sein, diese flatternde gestaltlose Unruhe würde vielleicht einzig durch eine Heirat, dachte er, ausgeglichen werden. Zuweilen, wenn er seine Lage erwog, kam sie ihm nicht mehr durchaus hoffnungslos vor. Die österreichische Gesandtschaft in Paris hatte ihm Aussicht gemacht, daß er die Erlaubnis, sich im Ausland niederzulassen, erhalten würde; so konnte er sich dort einen Wohnsitz mit häuslicher Behaglichkeit schaffen. Vor allen Dingen konnte er seiner alten Reiselust einmal genügen und neue Eindrücke aufnehmen, die nicht wie früher durch ein gewaltsames Streben beeinträchtigt würden.

So entschlossen er war, wollte er doch seinem Vater das Zugeständnis machen, ihn von dem Schritt zu unterrichten, bevor er ihn vollzöge. Seit Federigo aus Amerika zurückgekehrt war, hatte man über ein Wiedersehen mit seinem Vater beratschlagt, das darum schwer zu bewerkstelligen war, weil der achtzigjährige, häufig kränkelnde Mann weite Reisen nicht unternehmen, Federigo aber Italien nicht betreten konnte. Auf die Amnestie zu warten, schien bei den vielen Bedenklichkeiten und Weiterungen der österreichischen Regierung nicht ratsam, und so dachte man an den südlichen Teil der Schweiz, der die

Lombardei im Norden begrenzt. Der Umstand, daß die Confalonieri ein Schloß im Kanton Tessin besaßen, welches sie als ihren Stammsitz betrachteten, legte Federigo den Gedanken nahe, sich dort niederzulassen; aber auch das hatte in der damaligen Zeit bedeutende Schwierigkeiten. Während nämlich die demokratische Partei den berühmten Führer und Märtyrer der Liberalen mit Freuden begrüßt hätte, widerstrebten die Konservativen, nicht nur weil sie in seiner Person eine Verstärkung ihrer Gegner sahen, sondern auch um Österreich gefällig zu sein, das keine lombardischen Emigranten an der Grenze dulden wollte. In Anbetracht aller dieser Verhältnisse gab er den Plan auf und erklärte sich auch bereit, die Erlaubnis der österreichischen Regierung einzuholen, bevor er sich auf den Boden der Schweiz begäbe.

Den letzten Teil der Reise durch das Tal des Tessin machte er zu Pferde; in Mendrisio wollte er den alten Grafen erwarten. Er ritt langsam, um sich des italienischen Himmels zu freuen, der ihn nun zum ersten Male wieder umfing und dessen Schönheit er fast vergessen hatte. Hier war kein Wiesengrund, auf dem Bäume standen, sondern Waldgötter und Nymphen mit biegsamen Leibern tummelten sich, das Gelock von Blättern durchflochten, auf dicken, feuchten, blumengestickten Moosdecken. Wie Hunderte von Rosenblättern flatterten zwischen ihnen und über ihnen winzige Liebesgötter, die die Luft mit Gehängen von Blumen und Früchten bekränzten und höher oben Baldachine aus Gold und blauer Seide trugen. Wie er träumerisch durch das weiche Girren und Säuseln dieser Seligkeit hinritt, fiel ihm ein Vers ein, den Maroncelli auf dem Spielberg oft gesungen hatte, der lautete: ›Weh den Verdammten! Keine Straße führt aus ihrer Gruft In das Paradies, aus dem sie stammten.‹ Seine leichte Stimme hatte die düsteren Worte wie eine Libelle mit unendlichen Kadenzen und Trillern umgaukelt. Die Erinnerung stimmte ihn traurig, er wußte nicht warum; er fühlte sein Herz wie einen schweren Stein, den er mühsam durch das Blütenland schleppen müsse.

Die bevorstehende Begegnung mit seinem Vater, dachte er, habe zu viel Bedrückendes, als daß seine Seele gerade jetzt sich frei regen könnte, und dies Zusammensein müsse erst überstanden sein, bevor er sich mit dem Maße anderer Menschen messen könne.

Der alte Graf hatte das Wiedersehen mit unruhiger Eile betrieben, nach seiner Angabe, weil er eines baldigen Todes gewärtig sei und nicht ohne mündliche Versöhnung mit seinem Erstgeborenen scheiden wolle. In Wirklichkeit hielt er sich für ausnehmend gesund und lebensfähig und wünschte die Begegnung aus keinem anderen Grunde, als weil er sich nach Federigo sehnte. Seine Gedanken weilten jetzt oft in der Vergangenheit und namentlich in jenen Jahren, wo Federigo ein kleines Kind und sein Stolz gewesen war. Er erinnerte sich, wie die Besucher den schönen Knaben bewunderten, dessen feines und weiches Gesicht wie das eines Mädchens gewesen wäre, wenn nicht das Feuer der blauen Augen ihm einen Ausdruck von Stolz und Selbständigkeit gegeben hätte. Seine Lippen bogen sich ein wenig wie der Rand eines Blumenkelches, über den duftende Honigtropfen fließen, und er wußte noch, wie beglückend es war, wenn sie sein ermunterndes Lächeln gelehrig beantworteten. Er erinnerte sich, daß er oft unzufrieden mit dem heranwachsenden Knaben gewesen war, wenn er eine unbändige, trotzige Liebe für seine Mutter äußerte, die krank war und viel allein sein mußte, oder wenn er ein kostbares Spielzeug achtlos wegwarf und leidenschaftlich nach Dingen oder Beschäftigungen verlangte, für die er noch zu klein war oder die ihm aus einem anderen Grunde verboten waren. Indessen schien es dem alten Vitaliano jetzt, als sei er damals, nach Art junger Väter, allzu streng gewesen und als hätte das erregbare Kind eines freundlicheren Sinnes und einer gelinderen Hand bedurft. Jetzt kam es ihm oft im Traume, daß diese weiche Wange und der liebliche Mund sich sanft an ihn schmiegten, und eine verschwiegene Hoffnung blieb ihm davon zurück, etwas so Süßes und Wunderbares würde sich ereignen, wenn Federigo wieder da wäre. Die Strapazen der Reise, die trotz aller Kürze nicht ganz zu vermeiden waren, verstimmten ihn etwas, und er erschrak beinahe, als plötzlich der Wagen anhielt, eine Stimme, die er kannte, ihn rief und Federigo in seinen Armen lag. Das blasse Gesicht, das er dicht vor sich sah, erschien ihm fremd, krank und alt, und doch kam aus den

Augen der Blick, den nur Federigo hatte und nach dem er sich insgeheim gesehnt hatte. Er schämte sich, daß er so wunderlich gewesen war, das kleine Kind wiederhaben zu wollen, das vor fünfzig Jahren einmal sein gewesen war, und zugleich stieg der Argwohn in ihm auf, daß die liebevolle Nachgiebigkeit und kindliche Unterordnung, die er aus Federigos Briefen gelesen hatte, vielleicht so wenig der Wirklichkeit entsprächen wie seine anderen Träume; aber er erfaßte auch sofort, was dieser Mann in vielen Jahren mußte gelitten haben, während er mit unversöhntem Groll seiner gedacht hatte. Dies alles durchzuckte sein Herz in einem einzigen Augenblick und erschütterte ihn so, daß er in krampfhaftes Weinen ausbrach. Es war für Federigo um so ergreifender, als er seinen Vater niemals zuvor weinen gesehen hatte; auch gebärdete der Alte sich, wie wenn ihm etwas Unerhörtes widerführe; sein Körper schütterte, er schluchzte laut und unwillig und griff mit beiden Händen verzweifelt in sein dichtes weißes Haar.

Als er sich endlich beruhigt hatte, fiel ihm ein, daß vor dem Hause, wo sie abgestiegen waren, viele Menschen versammelt gewesen waren und sie begrüßt hatten und daß dies vielleicht nicht nur Neugierige gemeinen Schlages, sondern Anhänger seines Sohnes und gefährliche Lärmmacher wären. »Ich hoffe,« sagte er zu Federigo, »wir werden nicht beständig einen tumultuarischen Pöbel unter den Fenstern haben, und du wirst diesen Leuten von Anfang an klar zu verstehen geben, daß du kein Jakobiner bist und daß du nichts mit solchen gemein hast, die die Ordnung zu stören sich unterfangen.« Federigo sagte beschwichtigend, er habe soviel wie möglich bekannt gemacht, daß er ganz zurückgezogen leben und keine Besuche empfangen wolle; übrigens sei er nun einmal die Zielscheibe unerwünschter Aufmerksamkeit geworden, wovon er einige drollige Beispiele erzählte. »Siehst du!« sagte der Alte; »du wolltest mir niemals glauben, daß dein Treiben dich nur dem Gesindel ehrenwert machte. Was hast du erreicht? Es hätte alles anders werden können!« Indessen wollten sie das ruhen lassen, setzte er hinzu, da Federigo schwieg, und fing an, von allerlei zum Teil weit zurückliegenden und für diesen kaum verständlichen Familienangelegenheiten zu sprechen.

Nach dem Abendessen schlief er in einem Sessel sitzend ein. Sowie er aufwachte, erzählte er munter von seinen körperlichen Leiden und von dem Anteil, den das Ungeschick der Ärzte daran hätte. Keiner von allen, die in Mailand wären, verstände etwas; sie hätten Theorien, über die sie gelehrt redeten, sollten sie aber ihre Weisheit anwenden, da fehlte es. Das wäre überhaupt die neue Mode, das Wissen der Älteren gering zu schätzen und mit hohlen Redensarten übertrumpfen zu wollen. Wenn sie ihm nur Schlaf verschaffen könnten, so wäre ihm geholfen; sein Körper sei gesund und kräftig, nur der Schlaf fehle ihm; aber sie glaubten ihm nicht einmal, daß er so wenig schliefe, wie er sagte. Dann erzählte er von den verkehrten und quälerischen Methoden, die sie zu seiner Behandlung angewandt hätten, und wieviel Geld sie sich dafür hätten zahlen lassen, ohne ihm geholfen zu haben. Seine Augen hatten dabei bald einen mißtrauisch herausfordernden, bald einen klagenden Blick, und sein gefaltetes Gesicht hatte sich dunkel gerötet. Federigo beschränkte sich darauf, ihm mit Anteil zuzuhören und ihn zuweilen zu beklagen.

In dieser Weise gestaltete sich das Zusammenleben friedlich und herzlich. Federigo verließ seinen Vater fast nie, und wenn er einmal spazierenritt, so ermunterte seine Erscheinung niemanden, sich ihm zu nähern. Manche hielten ihn für hochmütig; andere meinten, er sei von österreichischen Häschern umgeben, die Befehl hätten, ihn ohne weiteres auf den Spielberg zu schaffen, wenn er der Regierung unbequem würde. Eines Tages traf er Belrocco, der sich überrascht und erfreut stellte, den Grafen zu treffen; er habe auf dem Wege nach Italien nicht unterlassen können, an diesem entzückenden Orte etwas zu verweilen.

Nach Verlauf von acht Tagen glaubte Federigo seinen Heiratsplan berühren zu können, und unterrichtete seinen Vater behutsam davon, während sie gegen Abend langsam spazierengingen; allein die Tatsache schon, daß sein Sohn, ohne ihn zu befragen, einen Beschluß gefaßt hatte, brachte den Alten auf, so daß er stehenblieb und ausrief: »Das wirst du nicht tun! Das erlaube ich nicht!« indem er mit dem Stock, auf den er sich zu stützen pflegte, heftig auf den Boden stieß. Da Federigo sah,

daß die Unterhaltung einen bewegten Charakter anzunehmen drohte, wollte er vor allen Dingen nach Hause zurückkehren, wozu er seinen Vater aber erst bewegen konnte, nachdem er sich durch einen Zornesausbruch erschöpft hatte. Je länger die Auseinandersetzung dauerte, desto mehr Gründe fielen dem alten Grafen ein, aus welchen er die Heirat mißbilligen und durchaus zu verhindern suchen mußte: Mehr noch als die Armut der Frau mißbilligte er ihre Nationalität; denn die Verbindung mit einer Engländerin müsse von Österreich als eine Herausforderung aufgefaßt werden. Es sei genug, sagte er, daß Federigo ihn schon einmal durch eine unpassende Heirat unglücklich gemacht hätte. Unter den reichsten und angesehensten Mädchen Mailands hätte er damals die Wahl gehabt, alle würden ihm, seinem Vater, lieb und recht gewesen sein; aber die einzig unwillkommene, die Casati, hätte es sein müssen. Das hätte seinem Leben eine Wendung zum Schlechten gegeben, von daher schriebe sich alles Unglück, das später hereingebrochen wäre. Auch jetzt sei kein Mangel an guten Aussichten in Mailand, und er selbst habe bereits eine solche Möglichkeit ins Auge gefaßt. Da sei namentlich ein Mädchen aus seinem Bekanntenkreise, die aus zufälligen Gründen noch unvermählt sei und die er für geeignet halte; sie sei mit einem gewissen Grafen verlobt gewesen, der schwachsinnig gewesen sei und dem sie eine ergebene Pflegerin habe werden wollen, der aber, bevor es zur Heirat gekommen sei, in eine Anstalt habe gebracht werden müssen. Ihre Familie sei von altem Adel und erprobter Gesinnung, und er sei überzeugt, daß sie schon aus Freundschaft für ihn einer Verbindung mit Federigo geneigt sein würde. Ob er denn immer noch so trotzig sei, daß gerade eine auf Frömmigkeit und Vernunft begründete Heirat ihm mißfalle und daß nur, seinem Vater zum Leidwesen, eine hergelaufene Engländerin ihn zufriedenstellen könne.
Federigo versuchte anfangs, Berichtigungen oder Erklärungen einzuflechten; da sie jedoch unbeachtet übergangen oder nach Belieben verdreht wurden, unterließ er es und schwieg zuletzt ganz. Zunächst reizte das den Alten noch mehr, so daß er böse herausfordernde Blicke auf Federigo warf, der müde in seinen Sessel zurückgewichen war. Von jeher war ihm in dem Gesicht

seines Sohnes, obwohl es Züge seines Geschlechtes trug, etwas Fremdartiges und Unverständliches gewesen, und das fiel ihm auch jetzt auf, wie er ihn betrachtete. Der schmale Kopf mit dem gelockten grauen Haar hatte etwas jünglingshaft Stolzes, obwohl er müde gegen den Sessel lehnte; aber das Gesicht kam ihm wieder alt vor, sehr alt, älter, als er selbst sich fühlte. Es hatte keinen Ausdruck, weder von Ärger noch von Bitterkeit oder Kummer, und doch sah man, daß es viele Gedanken verbarg. Vielleicht dachte er, wieviel Geduld das Leben erfordere oder wie lärmend es sei, oder wieviel davon nutzlos vergeudet würde; aber vielleicht auch waren seine Gedanken weitab und niemandem zugänglich. Das Gerede mancher Leute ging dem Alten durch den Kopf, als sei Federigo auf dem Spielberg ein Heiliger geworden, und zugleich empfing er den Eindruck von etwas kindlich Hilflosem und Schutzflehendem. Er hatte ein nachträgliches Gefühl, als habe er stundenlang auf den traurigen und wehrlosen Mann eingeredet, der sein Kind war und ihn mit geduldiger Liebe umgab. Er stand auf, ging zu Federigo hinüber und sagte: »Dies alles stelle ich dir vor, weil ich es gut mit dir meine. Ich habe immer nur dein Bestes gewollt.« Dabei reichte er ihm mit einer unsicheren Gebärde die Hand hin, die Federigo stumm an seine Lippen zog. »Wir wollen zu Bett gehen,« fuhr der Alte fort, »es ist spät geworden«, und fügte hinzu, es sei freilich zu befürchten, daß er nach der vorausgegangenen Erregung nicht würde schlafen können.

Die Heftigkeit des Widerstandes war damit dauernd gebrochen, wenn auch die Einwände und Klagen des alten Grafen noch nicht aufhörten. Er sprach jetzt namentlich davon, daß Federigo es dem Andenken Teresas, die sich ihm geopfert hätte, schuldig sei, unvermählt zu bleiben und daß insbesondere die Familie Casati durch eine Wiederverheiratung sich gekränkt fühlen würde. Indessen wollte er schließlich mit allem zufrieden sein, was zu Federigos Glück beitrüge, und als die zu seinem Aufenthalt in Mendrisio vorgesehene Zeit abgelaufen war, trennten sie sich in herzlichem Einverständnis. Hieran schloß sich der Besuch der Schwäger Gabrio und Camillo und anderer Familienmitglieder, von denen namentlich die jüngeren in Bewunderung zu dem verwandten Fremdling, der viel geduldet hatte, aufsahen. Kleine Reisen innerhalb der Schweiz und das Wiedersehen mit alten Freunden erheiterten Federigo vollends; als er, auf seine Verbindung mit Sophie bedacht, nach Paris zurückkehrte, fand man ihn verjüngt und jenem Federigo wieder ähnlich, der den Spielberg noch nicht gesehen hatte.

Auf die Nachricht, daß die Arconati durch eine jähe Krankheit ihren einzigen Sohn Carlo verloren hätten und, um der unerträglichen Leere ihres Hauses zu entgehen, auf Reisen gegangen wären und sich in einem französischen Bade aufhielten, eilte Confalonieri dorthin, um die unglücklichen Freunde seines Mitempfindens zu versichern. Konstanze, die er allein antraf, da ihr Mann, um sich zu zerstreuen, zur Musik gegangen war, weinte, faßte sich aber bald und lenkte das Gespräch von ihrem Verlust ab und auf Federigo, den sie günstig verändert fand. Da er bemerkte, daß er, alt und gebrechlich, an Stelle des heiteren, zukunftfreudigen Carlo hätte sterben sollen, schüttelte sie den Kopf und sagte mit herzlichem Blick: »Warum Gott den Tod unseres Lieblings wollte, weiß ich nicht, aber daß er Euer Leben erhält, das verstehe ich, und das freut mich. Ihr habt es Euch wiedererobert, und es muß Euch lieben und Euch treu sein um Eurer Tapferkeit willen.« Er sprach davon, wie verständnisvoll sie ihm damals beigestanden hätte, als er elend und hoffnungslos nach Europa gekommen sei, und wünschte, er könne ihr zu einem kleinen Teil so hilfreich und tröstlich sein, wie sie ihm gewesen wäre. Das könne er, sagte sie, ihm die Hand reichend, sein Beispiel mache ihr Mut, indem es beweise, was der Wille ausrichten könne. Auf einer Veranda sitzend, sahen sie Arconati in Gesellschaft eleganter Damen, denen er augenscheinlich den Hof machte, aus den Anlagen zurückkehren. Als er Confalonieris ansichtig wurde, verabschiedete er sich von jenen, begrüßte ihn und zog ihn in eines der Zimmer, die sie bewohnten. In Tränen ausbrechend, klagte er sich an, Federigo die Liebe seines Sohnes mißgönnt zu haben und aus Eifersucht es an Freundschaft und Mitgefühl für ihn, den Unglücklichen, Vereinsamten, fehlen gelassen zu haben. Nun sei er selbst verwaist, sein Herz gebrochen;

seit dem Tode seines Kindes sei ihm kein Augenblick von Qualen frei gewesen. Konstanze habe ihn an diesen Ort geführt, um ihn zu zerstreuen; sie habe es gut gemeint, aber die fröhlichen Menschen um ihn her vermehrten nur sein Elend. Sein Gesicht, das kurz vorher Lebhaftigkeit und Liebenswürdigkeit ausgestrahlt hatte, fiel zusammen und gab ihm das Ansehen eines Kranken.

Trotz des Mitleidens, das Federigo namentlich mit Konstanze empfand, stieg ein Gefühl siegreicher Kraft in ihm auf. Es war ihm zumute wie einem, der sich durch eine steile und wüste Schlucht durchgerungen hat und der, obwohl noch unter unfreundlichem Himmel und mit zitternden, zerschundenen Händen, aufatmet und Vertrauen faßt, daß er sein Ziel erreichen werde. Daß Sophie, die nun seine Braut wurde, sich durch ihn beglückt zeigte, bestärkte ihn in dem Gefühl, als sei er noch einmal der Reiche, der verschwenderisch austeilen könne. Die Freunde begrüßten die Heirat fast wie eine verdienstvolle Tat, obwohl die meisten von ihnen im Grunde enttäuscht waren, daß die tragische Ehe mit Teresa Casati ein bedeutungsloses Nachspiel erhielt. Porro, der von jeher eine bewundernde Zuneigung für Teresa gehabt hatte, ließ zuweilen seinen Kummer und seine Empfindlichkeit merken. Auf alle Auseinandersetzung Federigos, warum dieser Schritt für ihn zweckmäßig und warum Sophie eine passende Frau für ihn sei, fiel ihm immer die Entgegnung ein: »Aber Teresa!« die er schließlich unterdrückte, ohne doch anderer Meinung geworden zu sein. Zwar gefiel ihm Sophie, die für alle menschlichen Verhältnisse Verständnis hatte, auf alles einging und immer guter Laune war; aber er konnte es nicht ändern, daß ihm zuweilen, mitten in einem anregenden Gespräch mit ihr, die schöne, stille Teresa einfiel, von der er nie gezweifelt hatte, daß sie alles am besten wisse, und der Federigo Mangel an Geist vorgeworfen hatte. Gerade in diesem Punkte mußte man indessen Sophiens Benehmen bewundernswert finden; denn sie war stets bereit, mit vornehmer Bescheidenheit hinter der Verstorbenen zurückzustehen und dem heiliggehaltenen Schatten den ersten Platz einzuräumen.

Hatte sie diese Selbstverleugnung von Anfang an ihrer leidenschaftlichen Natur mit Anstrengung abgerungen, so wurde es ihr immer schwerer, je häufiger Teresas Andenken ihren Mann wieder beschäftigte. Sie waren einige Monate verheiratet, als es einmal nach einem in Gesellschaft zugebrachten Abend zu einem heftigen Auftritt zwischen ihnen kam. Es war davon die Rede gewesen, daß Federigo bald nach Mailand würde zurückkehren können, und er sagte bei dieser Gelegenheit, daß er es um seines Vaters willen tun würde, daß er sonst aber aus vielen Gründen die Stadt meiden würde, die voll banger Erinnerungen sei; auch möchte er das Haus nicht sehen, wo er mit Teresa gewohnt, nicht die Kirchen, wo sie für ihn gebetet habe. Er würde dort das Gefühl haben, als habe er nicht das Recht mehr, unter den Lebendigen zu verweilen. Er wurde dann still und schien in entlegene Gedanken zu versinken; das Gespräch ging an ihm vorüber wie an einer künstlichen Figur, die sich zuweilen bewegt, aber keinen Anteil im Innern nehmen kann. Auch Sophiens Blicke, die zuweilen traurig, zuweilen vorwurfsvoll auf ihm ruhten, schien er nicht zu bemerken, noch schien er zu wissen, warum sie weinte, als sie zu Hause angekommen waren.

Durch seine Gleichgültigkeit gereizt, schüttelte sie aufbrausend ihre Klage vor ihn hin: daß er so gedacht und so gesprochen habe, als ob sie nicht da sei, als ob er sie und sie ihn nichts angehe. Er betrage sich nicht wie einer, der eine Frau geheiratet, sondern der eine Pflegerin angestellt habe. Seine Liebe, seine Sorgfalt, sein Mitgefühl gelte stets nur anderen, für sie, die nur für ihn dasein solle, sei er nicht da.

Er war durch ihre Heftigkeit so betroffen, daß er zuerst um eine Erwiderung verlegen war; dann sagte er, er sei sich nicht bewußt, ihr Anlaß zur Klage gegeben zu haben. Daß er alt und krank sei, habe sie gewußt, ebenso daß Teresa ihm stets das teuerste Heiligtum bleiben würde. Sie habe ihm oft beteuert, daß sie es als ihr höchstes Glück betrachten würde, ihn pflegen und ihn erheitern zu können. Sie hätte ihn nie anders gekannt als an schwermütigen Stimmungen leidend, und es habe sie ihm wert gemacht, daß sie es so gut verstanden habe, solche zu übersehen oder durch anmutige Heiterkeit zu verscheuchen.

Ach, rief sie aus, das alles wären nur Worte, die den eigentlichen

Punkt nicht träfen. Sie habe vorausgesetzt, daß er sie lieb habe, und er habe das gewußt. Sie sei noch jung und ihr Blut warm. Er sei erfahren genug, um zu wissen, was ein liebendes Herz an Opfern verheißen und was man davon annehmen oder gar beanspruchen könne. Sie erwarte nicht die erste Leidenschaft eines Jünglings, nicht einmal die starke Liebe eines Mannes, aber doch Anteil und freundliche Gesinnung, eine seelische Gemeinschaft, die ihr zum Bewußtsein brächte, daß sie seine Gattin, nicht eine gemietete Krankenpflegerin sei.

Federigo hörte still zu, und seine Augen füllten sich langsam mit Tränen. »Du hättest recht,« sagte er, »wenn ich ein Mann wie ein anderer wäre. Aber ich habe dir nie verhehlt, daß ich einer bin, der eine eiserne Kette nachschleppt und sich nicht bewegen kann wie alle anderen. Ich habe gesehen, daß sie mir abgenommen wurde, aber ich fühle sie noch immer. Du mußt mir verzeihen, wenn mein Herz dir nicht so viel geben kann, wie es möchte und sollte.« Schnell gerührt und umgewandelt, ergriff sie seine Hand, küßte sie und versicherte ihm, mit so viel Wärme und Milde, wie er ihr jetzt eben zeige, würde sie zufrieden, ja glücklich sein. Nur wenn er sie ganz vergesse, vergesse, daß sie zu ihm gehöre und für ihn lebe, das entmutige und verbittere sie. Er schüttelte den Kopf und sagte, er fürchte, sie habe sich zuviel zugemutet, der Quell seines Lebens sei vertrocknet, sie müsse neben ihm verschmachten. Er sehe es ein, ohne es ändern zu können.

Seine weiche Stimmung gab ihr sofort die einstige Frische und Zuversicht zurück; allein schon nach wenigen Tagen überkam sie wieder das fröstelnde Gefühl seiner schweren, kalten Seelenlosigkeit. Diesmal sagte er ihr, sie müsse sich abgewöhnen, den Maßstab persönlicher Wünsche an alle Verhältnisse zu legen. Die überschwengliche Hochflut des Lebens sei ihrer Natur nach vorübergehend. Die Ehe sei keine verlängerte Schäferstunde; Gatten sollten sich nicht lieben, sondern sich vertragen. Er konnte einen Ton unzugänglicher Zurückhaltung annehmen, der sie lähmte. Suchte sie sich durch einen Vorwurf oder eine Vorstellung davon zu befreien, so kam es zu Auftritten, die, je öfter sie sich wiederholten, beiden desto widerwärtiger wurden und niemals ein nützliches Ergebnis hatten.

Allmählich gab es Sophie auf, ein Glück zu erhoffen, das seine Farbe von irgendeinem Grade der Liebe oder der freundschaftlichen Zusammengehörigkeit hatte. Sie betrug sich zuvorkommend und sorgsam gegen Federigo, wie etwa eine Gesellschafterin; und nur selten einmal schimmerte ihr Wesen in einem Schmelz von Zärtlichkeit. Anstatt dessen suchte sie Befriedigung in allerhand Äußerlichkeiten, namentlich darin, von allen Freunden und Verwandten ihres Mannes wegen ihrer Liebenswürdigkeit und ihres Taktes anerkannt zu werden. Federigo sah ein, daß die gleichmäßigere Verkehrsart, die sich daraus ergab, ersprießlich war; nur verlor sie damit den Zauber, der sie früher für ihn umgeben hatte, wie sie ihrerseits immer weniger einen Dulder und Helden als einen reizbaren Kranken in ihm sah.

Von Andryane hatte er mehrmals dringende Einladungen erhalten; aber abgesehen davon, daß er sich stets nur vorübergehend in Frankreich aufhielt, ging er deshalb nicht darauf ein, weil er weder bei der französischen noch bei der österreichischen Regierung Anstoß erregen wollte. Bald nachdem er sich verheiratet hatte, erschienen die ersten Bände von Andryanes Denkwürdigkeiten, die seine Berührung mit den revolutionären Kreisen in Genf, seine Verhaftung in Mailand, seinen Prozeß, seine Bekanntschaft mit Confalonieri und die gemeinsame Reise nach dem Spielberg schilderten. Die Bände lagen tagelang umher, bevor Federigo sich entschloß, sie zu lesen; es graute ihm davor, wie wenn er einen Martergang, den keiner zum zweiten Male tut, in Wirklichkeit erneuern sollte. Endlich ermunterte ihn Sophie dazu, deren Ansicht war, er sei es Andryane schuldig, ihm nicht nur für das Buch zu danken, sondern es auch zu lesen. Nach ihrem eigenen Urteil war es zwar nicht eben musterhaft geschrieben; doch gefiel ihr das jugendliche Bestreben, alles freimütig und wahrhaftig darzustellen, und die begeisterte Schilderung Confalonieris. Gerade, daß er alles Licht auf seinen Helden sammelte und sich selbst, halb eitel, halb demütig, wie einen jungen, von seinem Herrn unzertrennlichen Knappen daran teilhaben ließ, schien ihr einen kindlichen Sinn anzudeuten, den man lieben müsse. Auf Federigo dagegen wirkte alles anders; er fühlte sich an die Öffentlichkeit gezerrt und durch die Verherrlichung seiner Person, von der er wußte, daß sie dem Publikum übertrieben und abgeschmackt vorkommen würde, lächerlich und verächtlich gemacht, um so mehr, als dieser verklärenden Darstellung auf der einen Seite eine Herabsetzung anderer Leidensgefährten entsprach.

Er schrieb an Andryane, er wisse wohl, daß ihm beim Verfassen dieses Buches die Liebe die Hand geführt habe; aber seine Liebe sei schonungsloser als die Feindschaft seiner Feinde. Sein, Andryanes, Sinn strebe nach Öffentlichkeit, wie es seinem Alter und seinen Kräften auch angemessen sei; er aber, Confalonieri, bedürfe des Schattens, um leben zu können. Auch gehöre der Menge nicht, was zwischen vertrauten Herzen sich ereigne. Er sei nun den Neugierigen und Lästerzungen preisgegeben als ein sich selbst vergötternder Theaterheld, der sich mit eigenem und fremdem Unglück wie mit Flittern herausputze. Wenn er das Buch fortsetzen wolle, müsse er ihm versprechen, seine Person aus dem Spiele zu lassen, und wenn er dabei bliebe, sich über Mitgefangene in herabsetzender Weise zu äußern, so sehe er sich gezwungen, ihn, wenn es darauf ankomme, Lügen zu strafen.

Daß er diesem so dringlich ausgesprochenen Wunsche nicht nachkam, entschuldigte Andryane damit, daß der folgende Band schon im Druck sei und nicht mehr zurückgezogen werden könne; auch wich derselbe in der Auffassung und Darstellung nicht von den übrigen ab. Sofort zeigte sich, daß Federigo mit seiner Besorgnis, die Denkwürdigkeiten möchten ein schädliches Aufsehen erregen, recht hatte. Graf Vitaliano war entrüstet über die freventliche Herausforderung Österreichs und über die schamlose Enthüllung von Dingen, die man zuzudecken alle Ursache hätte, und als Freund Andryanes machte er Federigo dafür verantwortlich. Auch Gabrio Casati, der mit Andryane persönlich bekannt und befreundet war, konnte lebhafte Mißbilligung nicht unterdrücken. Die maßgebenden Kreise Mailands sahen in dem Buche ein Erzeugnis pöbelhafter Demagogie, und es war zu befürchten, daß Federigo in dies Urteil mehr oder weniger mit einbezogen würde. Es blieb nicht lange aus, daß Federigo, als er nach Paris kam, auf die österreichische Gesandtschaft gerufen wurde, um allerlei Fragen in bezug auf das Buch und auf seine Beziehungen zum Verfasser desselben zu beantworten. Graf Apponyi, der Gesandte, stellte ihm vor, wie ungeschickt es sei, daß eine so anstößige Veröffentlichung gerade zu einer Zeit gemacht würde, wo der Kaiser von Österreich gesonnen sei, die Prozessierten vom Jahre 1821 auf ihr Ansuchen und gegen ihr Treueversprechen wieder in den österreichischen Untertanenverband aufzunehmen. Sein Benehmen war gewählt und nur dadurch etwas weniger ungezwungen, daß er vermied, Federigo anzureden, weil es ihm peinlich gewesen wäre, ihm den Grafentitel nicht zu geben, den er dem Gesetz nach verloren hatte. Federigo berichtete kurz, welche Schritte er getan habe, Andryane zuerst von der Veröffentlichung von Denkwürdigkeiten überhaupt, dann von der Behandlung seiner Person zurückzuhalten, die ihm beliebt habe. Er halte Andryane für einen Ehrenmann; doch habe ihn die Darstellung dessen, was sie zusammen durchgemacht hätten, so peinlich berührt und die Nichtachtung seiner in bezug darauf geäußerten Wünsche so gekränkt, daß er willens sei, seine Beziehungen zu Andryane abzubrechen. Apponyi meinte, eine solche Maßregel sei wohl hart und werde nicht von ihm verlangt werden können; was seine Regierung wolle, sei nur, eine gewisse Sicherheit über seine Gesinnungen zu gewinnen; allein Federigo entgegnete kühl, das sei ein Schritt, den er zu seiner eigenen Ruhe zu tun für notwendig halte. Übrigens habe er schon mehrfach betont, daß er von seinen früheren Verirrungen zurückgekommen sei, daß er allen politischen Bewegungen fernstehe und nichts erstrebe, als seine letzten Lebensjahre in Mailand als österreichischer Untertan vollenden zu können. Damit erklärte sich Apponyi für durchaus befriedigt, obwohl er es im Grunde nicht war; er konnte zu keinem abschließenden Urteil über diesen Mann kommen, der, wenn er ihm gegenübersaß, so unendlich weit entfernt schien, mit dem er sprach wie mit seinem Stellvertreter, einer wesenlosen Erscheinung, die für ihn herumginge und lebte, während er selbst in dämonischer Verborgenheit den Augenblick seiner Taten erwartete.

An Andryane schrieb Federigo kurz, er werde nie vergessen,

was er seiner Liebe danke; da jedoch sein Buch bewiesen hätte, daß sie einander nicht verständen, halte er es zu seinem Schutze für notwendig, die Beziehungen mit ihm abzubrechen. Andryane möchte nicht versuchen, ihn brieflich umzustimmen; sein Entschluß sei ebenso unwandelbar wie teuer erkauft. Als er nach einiger Zeit dennoch einen dicken Brief erhielt, dessen Aufschrift von Alexanders Hand war, zögerte er kaum einen Augenblick, bevor er ihn zurückschickte, ohne ihn eröffnet zu haben. Sophie, die dabei war, konnte ihre Entrüstung über dies Verfahren nicht verbergen. Sie sähe nicht ein, sagte sie, warum Andryane nicht das Recht haben sollte, die Dinge so zu schildern, wie er sie ansähe, und die Menschen so, wie er sie begriffe. Ihr scheine es ungerechtfertigt, wenn Confalonieri mehr Rücksicht auf eine Regierung nehmen wolle, die ihn zum Tode verurteilt habe, als auf einen Freund, dessen einzige Schuld sei, daß er seiner Liebe zu lauten Ausdruck gebe. Federigo antwortete ablehnend; Andryane habe zwischen ihm und dem Beifall eines unverständigen Publikums wählen können, er habe lieber ihn verlieren wollen als die Gelegenheit, von sich reden zu machen.

Trotz des noch nicht ganz gehobenen Argwohns der Behörden wurde Confalonieri doch endlich die Amnestie erteilt, die ihm ermöglichte, sich in Mailand niederzulassen, wobei zum Teil die Nachrichten über seinen ungünstigen Gesundheitszustand maßgebend waren. Hatte man anfänglich zu der Ansicht geneigt, er trage körperliche Leiden zur Schau, um Mitleid zu erregen oder um Vorteile zu erzielen, so mehrten sich jetzt die Anzeichen dafür, daß sein Organismus tatsächlich angegriffen sei. Daß er sich fast immer in Bädern aufhielt, war kein Beweis; doch hatten die Beobachter einmütig den Eindruck, daß er schwer leidend sei, und zwar mehr, als er merken lassen wolle. Das vorsichtige Urteil der befragten Ärzte lautete, sein Herz sei schwach, wovon die Ursache ebensowohl organisch wie nervös sein könne; in beiden Fällen sei nicht ausgeschlossen, daß er noch eine Reihe von Jahren leben könne. Alles zusammengenommen, glaubte die Regierung sich an diesem gebrochenen Manne den Ruf der Großherzigkeit erwerben zu können, dessen Tod, wenn er im Auslande erfolgte, Österreich gefährlicher werden konnte als sein kümmerliches Leben; denn gefühlvolle Menschen würden nicht ermangeln, den Kaiser anzuklagen, er hätte das verendete Opfer in der Heimat sollen sterben lassen. Freilich wollte man ihn nicht aus dem Auge lassen, sondern fortfahren, ihn durch Liebhaber sowohl wie durch die dazu angestellten Behörden bewachen zu lassen.

Die Aussicht, nach Mailand ziehen zu können, belebte Federigo, der des Umherreisens, das nun vier Jahre dauerte, qualvoll überdrüssig war. Er glaubte, wenn er erst wieder sein eigenes Heim in seiner Vaterstadt hätte, würde er das Gefühl verlieren, als ob sein ganzes Tun und Erleben nur etwas Vorläufiges wäre, und würde auch seine Ehe den Charakter des Wohlbegründeten und Wohlbefestigten erhalten, der ihr jetzt fehlte. Vor allen Dingen, glaubte er, würde man aufhören, ihn als eine auffallende Erscheinung zu betrachten, bald über, bald unter den anderen stehend, sondern man würde ihm irgendeinen Platz einräumen, der ihm gebührte und den er ausfüllte. Auch Sophie erwartete viel von dem eigenen Haushalt und von dem wohltuenden Einfluß der festen Ordnung auf ihren Mann und ihr Zusammenleben.

Sie fuhren an einem lauen Herbsttage in offenem Wagen ein, und Sophie fragte, lebhaft vorgebeugt, nach diesem und jenem, was sie sah, und äußerte sich entzückt über die ernst zurückhaltende Pracht der Paläste, an denen sie vorbeifuhren. Er gab ihr Auskunft, bemerkte das Neue und ließ das Altbekannte mit träumerischer Neugierde an sich vorübergleiten. Plötzlich fühlte er eine schwache Beklemmung an seinem Herzen, und wie er sich umsah, erkannte er, daß sie sich der Straße Monte di pietà näherten, wo sein Haus lag. In dem Augenblick, wo sie in die Straße einbogen, zitterten seine Knie, und es schwindelte ihn so, daß er unwillkürlich nach der Wagenlehne faßte. Es war, als hätten die Stunden der Vergangenheit zwischen diesen Mauern ein flatterndes Gespensterdasein geführt und hingen sich an ihn, einen hundertfach süßen, unbenennbaren Duft gegen ihn hauchend, um sich zugleich für immer aufzulösen. Er erinnerte sich alles dessen, was sein Herz ausgefüllt hatte, wenn er einst diesen Weg ging, als die Jugend auf schwingenden Sohlen neben ihm schritt und die Zukunft königlich leuchtend vor ihm her schwebte; er erinnerte sich des fahlen Wintermorgens, an dem er zum letzten Male über die Schwelle seines Hauses ging und, von Häschern getrieben, in den Wagen stieg, der ihn nie zurückbrachte. Nun er wiederkam, war das Band zwischen jenem Tage und dem gegenwärtigen zerrissen. Als er die Treppe hinaufstieg und die Tür zu den Räumen sich öffnen sah, wo sein und Teresas Hausrat gestanden hatte, lag nur noch ein stumpfer Druck auf seiner Seele; denn er war sich keines Zusammenhanges mehr damit bewußt. Was hätte er anders empfinden können als Schrecken, wenn Teresa ihm entgegengetreten wäre, die großen Augen treuherzig zu ihm aufgeschlagen? Er hatte nichts mehr zu schaffen mit jenem Manne und jenes Mannes Leben, dessen Blütenpracht hier einst ein Blitz vernichtet hatte.

Er ließ es willig zu, daß die Familie sich seiner bemächtigte, die sich herzlich freute, den Verlorenen wiederzuhaben, und zwar in so heilsam veränderter Art. Sie wetteiferten, ihm ihre Liebe zu beweisen, und zeigten ihre Duldsamkeit und ihr Vertrauen auch darin, daß sie nichts gegen seinen Verkehr mit denjenigen Freunden einwandten, die in früherer Zeit seine Gesinnungsgenossen und immer noch ein wenig politisch anrüchig waren. So durchaus betrachteten sie ihn als den Ihrigen, daß sie sogar der Regierung ihre argwöhnische Haltung verdachten, mit der sie ihn belästigten, und sich empfindlicher als er selbst darüber äußerten. Graf Vitaliano kränkelte meistens, und man war auf sein Ableben vorbereitet, obwohl man ihm gegenüber den Schein aufrechterhielt, als könne daran nicht gedacht werden; indessen hatte die Cousine Pompea ihre Gesundheit und Munterkeit unverändert bewahrt. Ihre Haare waren schwanenweiß und ihre Gestalt breiter und voller geworden; ihre Gesichtsfarbe jedoch war rosig, ihre Augen voll Feuer und ihr Wesen nicht weniger frisch und entschlossen als vor zwanzig Jahren. Sie behandelte ihn mit derber Unbefangenheit, die ihm wohltat, und da sie ihm keine Maßlosigkeiten und Eigenwilligkeiten wie früher mehr vorzuwerfen hatte, tadelte sie ihn um dessentwillen, was sie seine Kopfhängerei nannte.

Er beteiligte sich, wenn die Verwandtschaft zusammensaß, weder am Kartenspiel noch an den Gesprächen, die sich um die Tagesereignisse drehten. Wenn von den anmutigen Sprüngen der Taglioni und der Cerrito, der berühmtesten Tänzerinnen Europas, gesprochen wurde, saß er schweigsam dabei und hörte so zu, wie man das Branden des Meeres am Strande hört. Verehrer der Taglioni beabsichtigten eben damals, ihr eine Medaille zu überreichen, auf welcher ihr Bild zu sehen sein sollte, und es lagen verschiedene Entwürfe vor, unter welchen gewählt werden sollte. Pompea war von allen unbefriedigt: es gebe keinen Metallschneider mehr, wie der alte, kürzlich verstorbene Manfredini gewesen sei; der habe den guten Cecco wohl fünfzigmal gemacht und immer recht schön und würdevoll, obwohl er in Wirklichkeit ein wenig wie ein lederner Handschuh ausgesehen habe. Die Kunst solle schön sein, und sie würde es an der Stelle der Taglioni als eine Beleidigung auffassen, daß man ihr zumute, so auszusehen. Um seine Meinung befragt, sagte Federigo, er habe die Taglioni nie gesehen, interessiere sich nicht für sie und wolle sich an der Sache überhaupt nicht beteiligen. »Wie,« rief Pompea entrüstet, »du interessierst dich nicht für dies Rosenwölkchen, für dies Gedicht auf Elfenfüßen?« Und auch wenn er sich nicht interessiere, so müsse er es doch für eine Ehrenpflicht halten, die Kunst zu unterstützen. Da Graf Vitaliano seinen Sohn in Schutz nahm, weil man sein Geld für wichtigere Dinge zusammenhalten solle, sagte sie, das wisse man ohnehin, daß seine Entscheidung immer auf die billige Seite falle. Federigo sei noch jung und müsse Begeisterung für das Schöne haben und diese betätigen. »Wenn es gälte, dich malen zu lassen, Cousine Pompea,« entgegnete Federigo, »so würden meine Freigebigkeit und meine Begeisterung keine Grenzen kennen.« Sie klopfte ihm lachend auf die Schulter und sagte: »Mache mir nichts weis, Federigo; du weißt nicht einmal, wie ich aussehe. Würdest du mich erkennen, wenn ich dir von ungefähr auf der Straße begegnete?« »Man hat mich gelehrt,« antwortete er, »es schicke sich nicht für einen Herrn, eine schöne Dame gründlich zu betrachten.« »Was mich betrifft,« sagte sie, »so nimm mich künftig aus. Ich liebe es, wenn die Leute mir frei ins Gesicht sehen, die mit mir spre-

chen.« Sie hatte großes Wohlgefallen an munteren Wechselreden und Neckereien, ganz besonders mit Federigo, zu dem sie von jeher ein Verhältnis scherzhafter Galanterie unterhalten hatte.
Sie tadelte ihn, daß er kein Geld für das Theater, anstatt dessen aber für die Eisenbahn übrig habe; es wurden nämlich damals Aktien zum Bau einer Bahn ausgegeben, die Mailand mit Venedig verbinden sollte. Daß der Vizekönig mit seiner Gemahlin und namentlich daß der Erzbischof mehrmals die eben eröffnete Bahn nach Monza benützt hatten, war in ihren Augen unstatthaft. Vernünftige Personen sollten nicht jede modische Neuheit mitmachen, hochgestellte Personen noch dazu nicht ihr Leben einem blinden Zufall preisgeben. Sie gehöre nicht zu jenen, die sich noch in Sänften tragen ließen, aber sie bleibe dabei, daß Pferde und Wagen die einzig vornehme und sichere Art sich fortzubewegen sei. Mit der geistlichen Würde sei vollends der Eiltransport in den dampfenden, von Menschen aller Art vollen Karren nicht vereinbar. Andererseits war sie unzufrieden, wenn Federigo die neue Einrichtung nur gelassen verteidigte, ja sogar die übertriebene Schnelligkeit mißbilligte, mit der die amerikanischen Dampfwagen führen. Das würde ihm früher gerade gefallen haben, sagte sie. Jetzt schlängele er sich immer durch die bequeme Mittelstraße, und das stehe ihm am wenigsten an, der doch nun einmal ein Brausekopf sei. »Ihr hättet ihn sehen sollen,« sagte sie zu Sophie, »was für ein Mann er in seiner Jugend war. Den hübschen Kopf immer schwindelnd von tollen Entwürfen! Ich habe ihm diesen hübschen Kopf manches Mal zurechtgesetzt, so gut ich konnte, und doch gefiel er mir im Grunde besser als jetzt, wo er ihn hängen läßt!«
Unter den jüngeren Verwandten war es besonders Carlo d'Adda, der ihm liebende Verehrung entgegentrug. Von diesem wußte man, daß er der Mittelpunkt einer Reihe von jungen Leuten war, die patriotische Ideale hatten, deren Ernst und Wirksamkeit aber nur den Eingeweihten bekannt war. Er war begeisterungsfähig, aber nicht weniger praktisch und verständig, unternehmend, ohne ungeduldig zu sein, dabei liebenswürdig und nicht zu strenge, um nicht auch mit Andersgesinn-

ten unbefangen verkehren zu können. Er war mit der Vorstellung aufgewachsen, daß Confalonieri als erster für die Idee eines freien und einigen Italiens gekämpft und gelitten habe, und hatte darauf gerechnet, daß der Befreite sich an die Spitze der inzwischen von ihm geworbenen Schar stellen würde. Diese Meinung zerstörte Federigos Auftreten, der nur ungern und stets mit kühler Zurückhaltung von politischen Dingen sprach und sich, wenn die Gelegenheit es erforderte, ausdrücklich als österreichischer Untertan bekannte. Sich dadurch ernüchtern zu lassen, lag jedoch nicht in Carlo d'Addas Art; denn er nahm die Menschen herzhaft so, wie er sie wünschte und brauchte, und erfuhr dabei selten eine Enttäuschung. Er äußerte sich Federigo gegenüber so, als ob der Haß Österreichs eine selbstverständliche Voraussetzung sei, und ließ sich zunächst daran genügen, daß jener ihm aufmerksam zuhörte, wenn er von seinen und seiner Freunde Hoffnungen und Aussichten erzählte. Cousine Pompea hatte den lustigen und klugen jungen Verwandten gern und sah ihm sein politisches Treiben nach, weil sie es für eine Art modischer Jugendgeckerei hielt, die keine Folgen habe. Sie nannte ihn das Schwerenöterchen und war überzeugt, daß ihm im Grunde die Tänzerinnen und Sängerinnen der Scala wichtiger seien als Verfassungen und Kriege, wie sich das auch für einen jungen Mann gehöre.

Confalonieri war nur wenige Tage in Mailand, als der Generaldirektor der Polizei ihn kommen ließ, um ihm einen eingetroffenen Befehl des Kaisers mitzuteilen, er dürfe sich nicht aus der Stadt entfernen, ohne es vorher der Polizei anzuzeigen. Er benützte die Gelegenheit, um Confalonieri in seinem Vaterlande zu begrüßen und die Hoffnung auszusprechen, er werde die Gnade des Kaisers, die ihm diese Rückkehr ermögliche, zu schätzen wissen. Zwischen den absichtlich langsam ausgesprochenen Worten faßte er den Grafen prüfend ins Auge, um seine Gesinnungen zu erforschen. Das Ergebnis davon war, ihm sei zwar nicht ganz zu trauen, aber wenn er auch wolle, er könne keine bedeutende Rolle mehr spielen. Es sei nichts Gebietendes, nichts Hinreißendes mehr an ihm; er gleiche einem Flüchtling, der, in einen schwarzen Mantel gewickelt, die dunklen Gassen aufsuche, um nicht gesehen zu werden.

Seine Anwesenheit in Italien würde am besten dazu dienen, die Glorie zu zerstreuen, die die patriotische Legende um ihn gebildet habe. Man müsse es darauf ablegen, ihn recht oft zu demütigenden Bekenntnissen seiner Reue und Dankbarkeit zu veranlassen, und ihn den unruhigen Elementen durch die Fügsamkeit verächtlich machen, mit der er seine Ketten trage.

In dem Kreise der Liberalen wurde denn auch vielfach abfällig über Federigo geurteilt. Auch diejenigen von der österreichisch gesinnten Aristokratie, die nicht gerade mit der Familie Confalonieri zusammenhingen, sprachen mit Geringschätzung oder Hohn von ihm. Das Gefühl davon trug dazu bei, ihn zu ängstlicher Zurückhaltung zu veranlassen, so daß er das Theater und den Korso mied und mit niemandem außer mit der Familie und den alten Freunden verkehrte. Als die Beisetzung des alten Grafen Gallarati stattfand, der ein Haupt der österreichischen Partei gewesen war und vor Jahren, als Federigo zum Tode verurteilt war, geäußert hatte, wer Jakobinerkragen trage, dem stehe auch der Strick am Halse wohl an, weigerte er sich, daran teilzunehmen, was sein Vater von ihm verlangte. Es wäre zu einem heftigen Auftritt gekommen, wenn nicht Cousine Pompea sich nachdrücklich auf Federigos Seite gestellt hätte. »Warum soll seine Mumie hinter dem Leichnam her spazieren,« sagte sie, »von dem er nichts lernen kann? Er soll seine junge Frau und mich zu Bällen und Maskeraden begleiten und als ein gewandter Jäger auf die Jagd der lebendigen Augenblicke gehen.«

Einmal überredete ihn Carlo d'Adda, in die Scala zu gehen, als eine neue Oper des noch wenig bekannten Giuseppe Verdi gegeben wurde. Seine ersten Werke waren in Rom und Neapel durchgefallen, diese hingegen hatte begeisterte Anhänger, die behaupteten, daß hier eine neue, von einschränkenden Banden befreite, unerhört ausdrucksvolle Musik geschaffen sei. Sie hatte die Kämpfe der lombardischen Städte mit dem deutschen Kaiser zum Gegenstand, der dem Verfasser des Textes, einem Sohne jenes gleichzeitig mit Federigo auf dem Spielberg eingekerkerten Solera, Gelegenheit zu schwungvollen Anspielungen auf die gegenwärtigen Verhältnisse gegeben hatte. Cousine Pompea ging mit, obwohl Carlo d'Adda kein Hehl daraus gemacht hatte, daß es sich um ein patriotisches Stück handle; sie sagte, daß sie nun gerade sehen wolle, was daran sei, und war vergnügt bei den Wortgefechten und Neckereien, die sich zwischen ihnen darüber entspannen.

Das Theater war sehr voll, und es herrschte eine lebhaft erwartungsvolle Stimmung; Federigo setzte sich so in den Hintergrund der Loge, daß er für den oberflächlichen Blick nicht zu sehen war. Gleich im Beginn nahmen Handlung und Musik das Publikum gefangen; bei einigen Stellen, die von der Liebe zum italienischen Vaterlande und dem Kampfe gegen den kaiserlichen Tyrannen handelten, war der Beifall jedoch zu nachdrücklich hervorhebend, um nur der künstlerischen Leistung gelten zu können. Pompea äußerte sich ablehnend: die Musik sei kunstlos, geräuschvoll, kurz plebejisch. In der erhabenen Musik sei Haydns ›Schöpfung‹ das Höchste, in der gefälligen Cimarosas ›Heimliche Ehe‹; damit könne sich auch Rossini nicht vergleichen. Übrigens wunderte sie sich, daß die Zensur die Aufführung gestattet habe; das sei wieder ein Zeichen der zu weit gehenden Liberalität, der die Regierung seit dem Tode des guten alten Cecco huldige.

Den Höhepunkt der Oper bildet ein Chor der Lombarden, die, in der asiatischen Wüste verschmachtend, Gott anflehen, sie nach der Heimat zurückzuführen. Es schien dies Lied des Heimwehes die Sehnsucht derjenigen auszudrücken, die, in dem von Fremden beherrschten Italien wie in der Fremde ansässig, das Vaterland entbehrten. Der süßen, unaufhaltsam hinströmenden Melodie folgte eine Pause und dann brausender Beifall, der bei der Stimmung des Hauses etwas drohend Herausforderndes hatte, und viele Blicke richteten sich besorgt oder neugierig oder schadenfroh auf die österreichischen Offiziere, die die vorderen Reihen des Parkettes füllten. Indessen, als der Lärm sich kaum gelegt hatte, ging augenfällig von diesen erneuter, kräftiger Beifall aus, in den die übrigen wohl oder übel einstimmten. »Das ist geistvoll! Das ist großartig!« rief Pompea entzückt; »es fehlte noch, daß die heilige Musik eine Waffe in euren naseweisen Händeln würde.« Carlo d'Adda, an den diese Worte gerichtet waren, fing eben, da der Beifallssturm wieder vorüber war, nochmals nachdrücklich zu klatschen an, indem er der Cousine Pompea zurief: »Wir müssen doch das letzte Wort behalten!« Sie fing in seinem Blick ein kampflustiges Funkeln auf, das sie befremdete, und zupfte ihm, ein wenig unsicher, das Ohrläppchen. »In der Musik mögt ihr es versuchen,« sagte sie, »obwohl ihr den alten Haydn doch nicht von seinem Throne stoßen werdet.«

Die Stimmung war zu lebhaft, als daß Federigos Schweigsamkeit aufgefallen wäre, an die man ohnehin gewöhnt war. Er war jedoch keineswegs unberührt geblieben, sondern nach anfänglichem Widerstreben hatte er sich von dem neuen melodischen Zauber überwältigen lassen. Wie Wellen drängte es näher und näher, unwiderstehlich an ihn heran; zuletzt war es, als lege sich ein Bogen an sein Herz und streiche die Töne aus dessen Saiten. Eine Mauer schien vor dieser Macht zusammenzubrechen, die ihn umklammert hatte, und über ihren Trümmern schönes, freies Leben einzuströmen. Er glaubte auf einmal zu wissen, daß es eine andere, ganz andere Welt gäbe als die dumpfe, kleinlich aussichtslose, in der seine Tage seit langer Zeit verliefen, und stand trunken auf ihrer Schwelle. Da seine Gesellschaft nach dem Fallen des Vorhangs das Foyer aufsuchte, schloß er sich an und begrüßte in gehobener Stimmung verschiedene Bekannte, die sich ihnen näherten. Gleich darauf sah er die kleine, etwas dünngliedrige Gestalt Belroccos sich von einer Gruppe Plaudernder lösen und mit dem Ausdruck der Wiedersehensfreude auf ihn zukommen. Er ließ sich vorstellen, erzählte, als wäre er ein guter alter Freund, von gemeinsam verlebten Tagen in Frankreich und gab seiner Freude Ausdruck, den Grafen nun in der Heimat und an der Seite seiner Gemahlin zu treffen. Dann sprach er von der Oper, tadelte die Musik, lobte aber den patriotischen Schwung, der durch das Ganze gehe; viele hielten ja den Patriotismus für etwas Primitives, höherer Kultur Fremdes; das möge wohl sein, er müsse jedenfalls gestehen, daß er dem Walten dieses Instinktes unterworfen sei und sich deshalb nicht für schlechter halte. Ein alter Herr entgegnete, daß ein jeder sein Vaterland liebe, sei selbstverständlich; ungeschickt aber sei es und skandalös, solche Empfindungen im Theater in tumultuarischer Weise zu äußern. In früherer Zeit habe das Publikum jede Beifallsäußerung zurückgehalten, bis der anwesende Hof das Zeichen dazu gegeben habe, und es zeige sich jetzt, wie notwendig eine solche Einschränkung sei, denn jetzt erlaube sich jeder, zu klatschen, zu trommeln und zu pfeifen, wie es ihn gut dünke, woraus denn ein solches Getümmel entstehe, wie man heute erlebt habe. Darüber war Cousine Pompea anderer Meinung; der Hof verstehe nicht immer etwas von Musik, sagte sie, und die Jugend müsse sich austoben. Sie beanspruche für sich auch das Recht, ihre Ansicht zu äußern, und es sei ihr sogar mißfällig, wenn einer keine habe oder sie verschweige. Bei diesen Worten schlug sie Federigo mit ihrem Fächer leicht auf den Arm und forderte ihn auf, sein Urteil abzugeben, nachdem er bis jetzt verhüllt wie ein Orakel in der Ecke gesessen habe. Federigo sagte, diese Musik habe die Scheidewand durchbrochen, die die echte Kunst vom Alltäglichen trenne; sie wende sich zudringlich und wahllos an jeden beliebigen. Übrigens habe er seit Jahren keine Musik gehört, und sie habe seine Nerven angegriffen; er sprach in einem abweisenden Tone, wie er ihn sonst gegen die Cousine Pompea nicht anzuschlagen pflegte. Während des letzten Aktes wurde er so müde, daß er plötzlich für die Dauer einer Minute einschlief; dann schreckte er mit stechenden Kopfschmerzen auf. Er hatte den Eindruck, daß er weder die Musik noch das Licht, die Menschen und das Sprechen vertragen könne, und blieb künftig dabei, sich vom Theater fernzuhalten.

Einige Male besuchte er Alessandro Manzoni, dessen innige Religiosität und beschauliches Verhältnis zu allen Tagesangelegenheiten ihm sympathisch war; aber ihr Zusammensein hatte für Federigos Gefühl immer etwas Unfruchtbares und Sinnloses. Manzoni, der geschichtliche und grammatikalische Studien betrieb, konnte zuweilen über einen Gegenstand, der ihm zufällig naheging, schön und anregend sprechen; häufiger saß er schweigsam und abwartend neben seinem stillen Gaste. Federigo war es, als ob das, was sie redeten, nicht den wesentlichen Punkt träfe, und er dachte, daß vielleicht die äußeren Verhältnisse schuld daran wären, etwa daß er nach Teresa eine andere Frau geheiratet hätte, oder Manzonis Wiederverheiratung, die ihn nicht durchaus zu beglücken schien.

Ganz besonders hatte Federigo sich darauf gefreut, Silvio Pellico wiederzusehen; aber es war nicht leicht zu bewerkstelligen, da Pellico noch weit mehr als er selbst Zuständen der Schwäche und des Leidens unterworfen war, wo er das Bett hütete oder doch der Aufnahmefähigkeit ganz beraubt war. Auch war Rücksicht auf die etwaige Ungeneigtheit der österreichischen Regierung zu nehmen, und so verging eine geraume Zeit, bis endlich Federigo sich nach Turin begab und Pellico dort aufsuchte. Über zehn Jahre waren vergangen, seit Pellico zusammen mit Maroncelli den Spielberg verlassen hatte; seitdem, sagte er, sei kein Tag vergangen, daß er nicht für Federigos Befreiung gebetet habe, und oft habe er Gott angerufen, sein eigenes Leben als Opfer für den angebeteten Freund anzunehmen. Seine Augen, die mit Liebe an Federigo hingen, füllten sich immer wieder mit Tränen; wenn seine Eltern nicht inzwischen gestorben wären, sagte er, würde das der erste Tag seines Glückes sein, den er seit seiner Befreiung erlebte. Federigo betrachtete erschüttert die kleine, gebeugte Gestalt, die eifrig und verlegen beflissen umherhuschte, um es dem Gaste bequem zu machen. Die Sträflingstracht auf dem Spielberg hatte ihm absonderlich angestanden; aber der Eindruck, den er jetzt machte, war weit befremdender und trauriger. Seine Nase war spitzer und der Mund schmaler geworden, von der Stirn strahlte noch immer kindliche Reinheit, die aber nur zur Geltung kam, wenn er freundlich lächelte oder wenn die Betrachtung überirdischer Dinge ihn erhob; sonst hatte er ein kränkelndes, grämliches, mißgünstiges Altweibergesicht. Jetzt verklärten Liebe und Freude immer wieder seine Mienen, wie wenn an einem spätherbstlichen Tage das ferne Sonnenlicht je zuweilen durch den gleichgültigen grauen Himmel gleitet und das verödete Land lau überschimmert. Zärtlich an Federigo hinaufsehend, rühmte er sein gesundes Aussehen und bewunderte seine kräftige Natur und sein energisches Wollen, womit er die Folgen der langen Gefangenschaft überwunden habe. Federigo sagte, daß er allerdings gestrebt habe, sich dem Leben wieder anzupassen, und daß ihm seine Frau dabei geholfen habe; »aber du weißt es,« fügte er hinzu, »daß wir Vögel, die lange im Käfig gesessen haben, die Freiheit nicht mehr vertragen können.«

»So ist es,« fiel Silvio ein, »ja, geradeso. Das Zwitschern und Schreien der vielen ist ihnen ein häßliches Lärmen; die Rauferei um jeden guten Bissen ist ihnen unleidlicher, als es das kurz zugemessene Futter war. Das Welken des Waldes, der ihnen Obdach gab, tut ihrem Herzen weh, die den Wechsel der Zeit nicht bemerkt hatten, und nach warmen Gegenden wandern können sie nicht, die des langen Fluges nicht mehr gewöhnt sind. Sitzen sie abseits, so höhnen sie die anderen, und mischen sie sich unter sie, so fühlen sie doppelt, daß sie Fremdlinge sind.« Er klagte, daß er sich in die Menschen durchaus nicht finden könne; sie hätten sich allzusehr verändert seit der Zeit seiner Jugend. Auch er hätte als Jüngling sich von mißverstandenen Idealen betören lassen, auch er hätte sich überhoben und über die ihm vorgeschriebene Grenze hinauswollen; aber die jetzige Jugend wäre trotziger, selbstbewußter und selbstsüchtiger bei größerer Unreife. Ihnen wäre nicht mehr die Größe des Vaterlandes die Hauptsache, sondern die materielle Wohlfahrt. Keiner wolle mehr Abhängigkeit ertragen, keiner wolle mehr entbehren, sich dem Größeren unterordnen. Ein Mann wie Mazzini, der die Ordnung der Welt umstieße, indem er die zum Dienen Bestellten zu Herren machen wollte, und der seine eigenen Gedanken freventlich für göttliche hielte, gemahnte ihn an Luzifer, den Engel Gottes, der seine himmlischen Gaben benütze, um sich gegen seinen Schöpfer aufzulehnen.

Confalonieri sagte, allerdings hätten sich die Menschen verändert, im Gleichen beharren könne nichts Irdisches, und man tue doch wohl recht, zuzugreifen, damit die Entwicklung segensreich verlaufe. »Ach!« rief Pellico, »ich weiß ja wohl, daß sie dich gewinnen möchten und dir goldene Berge versprechen, wenn du sie unterstütztest; aber, mein Federigo, du würdest nur deine reinen Hände beflecken.« Er sähe wohl ein, wie verschieden sie einander gegenüberständen, Federigo müsse nach seinem Stande und seiner Begabung eine Neigung für die Staatsgeschäfte haben; auch würde es verdienstvoll und wirksam sein, wenn er, so angesehen und über den Verdacht der Selbstsucht so erhaben, der revolutionären Bewegung dieser Zeit sich entgegenwürfe; aber welchem Haß und welchen

Schmähungen würde er sich dadurch aussetzen! Und wer seinen Frieden in Gott gefunden hätte, warum solle der von den Händeln der Welt sich wieder verwirren lassen? Er führte Manzoni an, der so sehr verehrungswürdig sei und sich doch vom politischen Hader stets ferngehalten habe.

»Das ist wahr«, sagte Federigo; »aber ich bin nicht Manzoni. Was habe ich getan? Wozu lebe ich noch?«

Pellico sah ihn erschrocken an. »Du?« fragte er; »gibst du nicht das Beispiel des Edelmutes und der Frömmigkeit? Und ist es nicht unsere Pflicht, zu leben, bis Gott uns abruft?«

Als es Zeit zum Aufbruch war, umarmte Federigo die zarte Gestalt Pellicos mehrmals mit Innigkeit und sagte, daß er ihm in seiner Gott geweihten Zurückgezogenheit friedliche, glückliche Tage wünsche. Das verkümmerte Gesicht Pellicos verzog sich schmerzlich. »Glücklich«, sagte er, den Kopf schüttelnd, »werde ich an dem Tage sein, wo mein Herz aufgehört haben wird, zu schlagen.« Ein kostbarer Trost jedoch würde es ihm sein, wenn er Federigo oft sehen könnte. »Aber das wird wohl nicht angehen«, setzte er schüchtern hinzu. Federigo atmete auf, als das Haus hinter ihm lag; er wußte, daß er den Besuch nicht so bald wiederholen würde.

Bald nach dieser Begegnung erhielt Federigo einen Brief Mazzinis, der damals als ein Flüchtling in England lebte und der ihm in einer zufälligen Angelegenheit etwas mitzuteilen hatte. Er könne nicht unterlassen, bei dieser Gelegenheit hinzuzufügen, was ihm der Graf seit seiner Kindheit gewesen sei. Niemals sei der Eindruck erloschen, den sein tragisches Schicksal auf ihn, den Knaben, gemacht habe, niemals die Bewunderung und Verehrung, die er ihm damals geweiht habe. Er hätte ihn in Frankreich gern aufgesucht, um ihm dies mündlich zu sagen; allein er hätte gehört, daß er, der Graf, nicht durch Besuche hätte gestört werden wollen. Er würde auch künftig seinen Entschluß strenger Zurückgezogenheit ehren, wiewohl er ihn beklage zu einer Zeit, wo es für einen Mann, wie er sei, so viel zu tun gebe.

Federigos Augen ruhten nachdenklich auf den Worten, die mit

kleinen, feinen, festen Buchstaben geschrieben waren und deren warmer, zugleich zurückhaltender Ton ihn angenehm berührte. Er mußte sich den Knaben vorstellen, der das, was er damals litt und kämpfte, im empfindlichen Herzen miterlebte, der fern von ihm, von ihm ungekannt, mit seinem Bilde heranwuchs und an ihm vielleicht die Sehnsucht großer Taten entzündete, indessen er im Finstern unterging. Seine Augen, die träumend ins Leere staunten, wurden feucht, indem er spürte, wie er im Leben weitergelebt hatte, durchdringender vielleicht, als wenn er körperlich anwesend geblieben wäre. Allmählich freilich stellte sich die Frage ein, ob dies gut und nützlich gewesen sei und ob er die Verantwortung davon übernehmen möchte. Sollte zu seiner eigenen Verwirrung ihm auch noch die aller derer aufgeladen werden, die sich seine Nachfolger nannten? Er gab seit langem das Beispiel der Entsagung und der Fügsamkeit in Gottes Willen; aber das riß niemanden zur Nacheiferung hin.

Obwohl er den Gegenstand in seinen Gedanken zurückschob, ließ er sich doch gelegentlich von Carlo d'Adda über Mazzini berichten und las auch einige seiner Schriften, in denen er manchen neuen Standpunkt fand, der sein Interesse erregte. Diese Teilnahme erlahmte jedoch bald wieder und wich vollständiger Gleichgültigkeit; im Grunde gab ihm dies so wenig wie alles andere, was in Mailand war oder geschah.

Eine Zeitlang beschäftigte ihn der Bau eines neuen Hauses, das er seinem alten gegenüber errichten ließ; denn das wurde jetzt von seinem Vater und seinem jüngeren Bruder bewohnt. Es war größer als jenes und mit Gas und allerlei modernen Bequemlichkeiten eingerichtet; aber als es fertig war, zeigte sich, daß die Höhe und Größe der Räume, worauf er besonderes Gewicht gelegt hatte, für ihn und Sophie nicht zweckmäßig war. In diesen Räumen hätte sich eine lebhafte, von Freude des Daseins oder von starken Antrieben bewegte Geselligkeit ausbreiten sollen, die es in Mailand nicht gab oder die sich um ihn nicht versammelte. Er konnte sich selbst nicht mehr besinnen, was er gewollt oder was ihm vorgeschwebt hatte, als er diese Entwürfe angab; vielleicht später, dachte er, wenn Porro wieder einmal in Mailand wäre, würde das Haus mehr zur Geltung kommen, das ihm einstweilen unheimisch, ja zuweilen grauenvoll war. Immer häufiger dachte er daran, daß er jetzt die weiten Reisen, etwa in den Orient, unternehmen könnte, wovon er in der Jugend geträumt hatte. Dort würde er Sonne und Wärme genug haben, dort würde er die Kleinlichkeit und Langeweile von Mailand vergessen können. Zuweilen, wenn er im Kreise der Familie war, fiel ihm ein, daß ihm dies nichtige Einerlei schon vor fünfundzwanzig Jahren unerträglich gewesen war, und es war ihm dann, als ob die Decke und die Wände sich langsam gegen ihn bewegten, um ihn endlich zu erdrükken. Er nahm Anstoß an allerhand Eigenheiten, die ihn anfangs unerheblich gestört hatten; wenn sie während der Mahlzeiten ihre Lieblingsgerichte besprachen und, was auf den Tisch kam, umständlich begutachteten und sich augenscheinlich daran erlabten, ekelte es ihn.

Sophie war der Gedanke an Reisen nicht weniger willkommen; denn abgesehen davon, daß sie sich in Mailand durchaus nicht wohl fühlte, hoffte sie, daß bei veränderten äußeren Umständen ihr Verhältnis zu Federigo sich bessern würde. Er schien sich ihr in Mailand zu seinen Ungunsten verändert zu haben: sein gedrücktes und schweigsames oder gereiztes und unduldsames Wesen berührte sie gleich peinlich. Wenn die Cousine Pompea ihm scherzhafte Vorhalte machte, weil er ein Duckmäuser oder ein Grillenfänger oder ein grämlicher Greis sei, so stimmte sie lachend ein; aber heimlich litt sie darunter, daß man so zu ihrem Manne sprach, den sie einmal vergöttert hatte.

Nachdem die Regierung zu einer längeren Reise ins Ausland die Erlaubnis erteilt hatte, begaben sie sich nach Triest, um sich nach Ägypten einzuschiffen. Dort erfuhren sie von dem Untergang der venezianischen Brüder Bandiera, die die Bevölkerung des Königreichs Neapel zur einer Erhebung im italienischen Sinne hatten anrufen wollen, aber nicht genügenden Anhang gefunden hatten, von den Regierungstruppen überwältigt und nach kurzem Prozeß zum Tode verurteilt und erschossen worden waren. Man erzählte, daß sie tapfer mit dem Rufe: »Italien lebe!« gefallen waren; ferner daß man sie im Gefängnis die Verse des Silvio Pellico hatte deklamieren hören:

Hab ich kein Vaterland,
Dem seiner Bürger Blut geweiht ist?
Für dich, für dich, Italien, will ich kämpfen!

Was Confalonieri zunächst besonders bewegte, war der Umstand, daß die Brüder Bandiera Söhne jenes Admirals waren, der das zu seinem Transport nach Amerika bestimmte Schiff kommandierte und dessen rücksichtslose Behandlung ihm die qualvolle Überfahrt doppelt schwer gemacht hatte. Vielleicht war es gerade die stark betonte Unterwürfigkeit des Vaters gegen Österreich gewesen, die das italienische Gefühl der Söhne aufs höchste gesteigert hatte; vielleicht hatten sie nicht gewollt, daß einst, wenn Italien frei wäre, ihr Name mit Verachtung genannt würde. Ihre Unbesonnenheit konnte man vielleicht tadeln; aber sein Herz war so gestimmt, daß er sie nur beklagen, ja beneiden mochte. Er dachte daran, daß auch er so hätte fallen können, daß er scheidend seinem Volke hätte sagen können: Ich sterbe gern; Italien lebe! Er konnte nicht begreifen, warum es nicht so gekommen war; warum er seitdem so lange diesen glücklosen, mit Ketten beladenen Körper durch den Staub schleppte. Ein Gedicht fiel ihm ein, das Manzoni zu der Zeit gemacht hatte, als die Revolution in Piemont vorbereitet wurde und die Spannung der Lombarden am höchsten war; es hatte den Tag der Befreiung begrüßt und diejenigen beklagt, die den Kampf nicht mitgekämpft hatten. Er erinnerte sich deutlich, wie er das Gedicht, das Manzoni ihm geschickt hatte, mit Teresa zusammen las, wie sie es auswendig lernten und dann den Zettel, auf dem es geschrieben stand, im Kaminfeuer verbrannten, weil Manzoni es gewünscht hatte. Er hatte sich an jenem Tage schon fieberig gefühlt, und die Krankheit, an der er so lange liegen mußte, war bald hernach ausgebrochen. Lange bemühte er sich vergeblich, die Verse wieder zusammenzubringen, an die er niemals wieder gedacht hatte, und er nahm sich vor, Manzoni zu fragen, ob er sie aufbewahrt hätte.

An der Mittagstafel im Gasthause, wo außer einigen Italienern ein Engländer und ein Russe waren, wurde von dem Tode der Bandiera gesprochen; man sagte, Mazzini habe sie zu dem tollen Unternehmen gereizt, dessen Ausgang sich hätte vorhersagen lassen. Daß Neapel der Reformen bedürfe, sei sicher; man solle doch aber bei dem Neapolitaner kein Gefühl für Italien voraussetzen, der sogar Sizilien als Ausland und beinahe als Feindesland betrachte. Engländer und Russen würden in Neapel besser aufgenommen als Lombarden und Piemontesen. Federigo sagte, daß, wenn dem so sei, nicht gesagt sei, daß es so bleiben müsse. Die Natur habe Italien zu deutlich als Einheit gebildet, als daß die Idee seiner politischen Einheit nicht immer wieder auftauchen müsse. Jede Idee habe aber zuerst nur in wenigen Köpfen gelebt. Der Engländer betonte, daß man gerade in seiner Heimat viel Sympathien für Italien habe; er glaube aber, man mache dort den Fehler, an Italien zu sehr den eigenen Maßstab anzulegen. Er gebärdete sich, da er öfters in Italien gereist war, als Kenner der dortigen Menschen und Verhältnisse und sprach Italien die Gabe politischen Lebens ab, das dagegen die Vorbilder der Kunst für Europa geschaffen habe. Confalonieri antwortete scharf, daß Italien Europa nicht verwehrt habe, diese Vorbilder nachzuahmen; ebenso möge England anderen Völkern zutrauen, daß sie den von ihm gegebenen politischen Mustern nacheifern könnten. Er erinnerte an Irland, das sich noch weit weniger zu England zugehörig fühle als Neapel oder Sizilien zum übrigen Italien und das England dennoch festhalte. Er sprach den Zweifel aus, ob der Engländer viel mehr Menschen in Italien kennengelernt habe als ein paar müßige Adlige, Gastwirte, Kutscher und Bettler. Noch niemals hatte er sich so lebhaft an einer allgemeinen politischen Unterhaltung beteiligt; Sophie betrachtete ihn erstaunt und mit wachsendem Vergnügen: er bekam Farbe, und in seinen Augen entzündete sich das Feuer, das man einst mit dunklen Saphiren verglichen hatte. Einige Male sah sie sich erschrocken um, weil er, allerdings in englischer Sprache, Äußerungen machte, die auf österreichischem Boden gefährlich werden konnten, und sie wußte, daß man immer mit der Anwesenheit eines Spions rechnen mußte; aber es gefiel ihr, daß er einmal die Vorsicht hintansetzte. Nachdem er einen Blick mit ihr gewechselt hatte, stand er etwas früher von der Tafel auf, um dem Gespräch ein Ende zu machen, und legte sich, wie gewöhnlich nach dem Mittagessen, auf einen Diwan, um zu schlafen. Da er jedoch zu erregt war, stand er wieder auf und ging in der Loggia, die an sein Zimmer grenzte, auf und ab.

Er sprach in Gedanken das eben abgebrochene Gespräch weiter, und es war ihm so, als ob er damit die Ehre der unglücklichen, unberatenen jungen Männer rettete, die ihr Leben gelassen hatten und geschmäht wurden. Sie hatten offenbar nichts gehabt als Begeisterung, Mut und Opferwilligkeit, was für sich allein nichts bedeutete, womit aber ein Führer, der Erfahrung und Umsicht hätte, alles ausrichten könnte; einen solchen gab es in Italien augenscheinlich nicht. Einmal hatte es einen Mann gegeben, der sich einbildete, einer zu sein, als das Volk ihn nicht verstand und nicht wollte; aber was war aus diesem geworden?

Sein Auge lief über die unbewegte Linie der wüsten, in der Mittagssonne violett glühenden Karstberge, während seine Gedanken stürmisch über sein Leben hinjagten. Wie viele Jahre lebte er schon, ohne zu leben! Er sah sich durch die Straßen von Mailand reiten mit demselben Blick voll Mitleid und Grauen, mit dem er glaubte, daß die Leute ihm nachsahen. Er sah sich mit Sophiens Augen, die er so oft mit einem Ausdruck von Trauer, Unwillen und leiser Verachtung auf sich hatte ruhen fühlen, ohne es merken zu lassen. Durch dies gespenstische Traumdasein hatte er hindurch gemußt, um sich selbst in der Welt wiederzufinden, um den heiligen Bezirk der Eingeweihten des Lebens betreten zu können. Noch niemals hatte er das Leben so geschätzt, und noch niemals hätte er es so heiteren Sinnes weggeworfen. Er glaubte auf einmal zu begreifen, warum er das Entwürdigte bisher so geizig festgehalten hatte; denn jetzt erst hatte sich der Abgrund geöffnet, der das den Göttern angenehme Opfer empfängt. Es kam ihm sinnlos vor, daß er sich von Italien so weit entfernen wollte: Nach Mailand gehörte er oder nach Turin, wo er die einst zerrissenen Fäden wieder zusammenknüpfen konnte. In diesem Augenblick fielen ihm die Verse von Manzoni ein, auf die er sich am Vormittage nicht hatte besinnen können: ›O Tag unsrer Freiheit aus Ketten!‹

Und jene letzten:

Wehe dem, der die Fahne verkannte!
Der, wenn Mühsal und Schlachten vorbei
Und die Fackel des Sieges entbrannte,
Sich verhüllt: Ich war *nicht* mit dabei!

Auf einmal stürmten die Worte in Reih und Glied aus seinem Herzen, klingend und blitzend wie ein marschierendes Heer. Er ging auf die Tür des anstoßenden Zimmers zu, das Sophie bewohnte, um ihr zu sagen, daß er nicht nach Ägypten reisen wolle; denn es war ihm so, als ob es Eile hätte; aber er hatte kaum die Tür geöffnet, als er sich sehr übel und schwindlig fühlte. Er glaubte, daß dies der Tod wäre, und stieß einen schwachen Laut aus, auf den Sophie herzulief und den Wankenden stützte; mit Anstrengung vermochte sie ihn bis zu seinem Bett zu führen, auf das er besinnungslos hinsank.

Als er wieder zu sich kam, half ihm Sophie, sich zu entkleiden, und machte es ihm bequem, worauf er einschlief. Nach längerem Schlaf erwachte er wohler, wenn auch sehr schwach und mit einem leeren Gefühl im Kopfe. Er sah Sophie zu, wie sie mit ihren straffen, leichten Bewegungen seine Kissen ordnete, ihm Zitronenwasser brachte und sich dann zu ihm setzte; es fiel ihm ein, wie oft Teresa und Andryane an seinem Bett gesessen hatten, und mit Tränen in den Augen führte er ihre Hand an seine Lippen. Von seiner Absicht, die Reise nach Ägypten aufzugeben, sprach er nun nicht; alles, was er vor der plötzlichen Ohnmacht gedacht hatte, kam ihm nicht töricht, aber gewagt und unausführbar vor. Auch am folgenden Tage belastete das Gefühl der Gebrechlichkeit noch seine Stimmung; obwohl er in früheren Jahren schon schwere Krankheit und Ohnmachtsanfälle durchgemacht hatte, glaubte er noch nie so deutlich den unmittelbaren Anhauch des Todes gefühlt zu haben. Es war so gewesen, als hinge er über einem bodenlosen Schlunde, von dem eine göttliche Macht ihn im allerletzten Augenblick zurückgerissen hatte, und wenn er daran dachte, zog sich jeder Nerv seines Körpers angstfröstelnd zusammen. Bis jetzt war er der Meinung gewesen, daß er nach allen voraufgegangenen Unbilden auf dem Wege sei, sich zu kräftigen

und zu verjüngen; nun kam ihm der Gedanke, daß es ganz anders sein und stetig abwärts mit ihm gehen könne. Er rief sich zurück, wie die Freunde sein kräftiges Aussehen gerühmt hatten, wie oft er selbst Besserung gespürt zu haben glaubte und was für tröstliche Versicherungen die Ärzte ihm gegeben hatten. Sollte es möglich sein, daß sein Körper von ihm wegbröckelte, gerade jetzt, wo dem, was er mehr als Fleisch und Bein und Blut war, wieder junges Leben zuströmte?
Der Arzt, den Sophie gerufen hatte, setzte sich an das Bett des Grafen und knüpfte ein Gespräch über die neue Eisenbahn zwischen Mailand und Venedig mit ihm an, während er dann und wann einen beiläufigen Blick auf ihn warf: Sein Gesicht war gelb, und unter seinen Augen lagen so breite Schatten, daß man von weitem denken konnte, es sei ein schwarzes Tuch darum gebunden. Nachdem der Arzt den Eindruck gewonnen hatte, er habe es mit einem gebrochenen Manne zu tun, der etwa noch ein Jahr zu leben habe, untersuchte er sein Herz und seine Lunge, stellte einige Fragen und sagte dann, sein Herz sei zwar schwach, habe aber keinen Fehler. Der gestrige Anfall sei wohl die Folge einer Anstrengung oder Aufregung gewesen; vor beidem müsse er sich hüten. Das Klima von Ägypten werde ihm sehr guttun, er solle möglichst bald dorthin reisen. Später, wenn es dort zu heiß werde, könne er ein Bad, etwa Vichy, aufsuchen. Während er dies alles, mehr gegen Sophie als gegen den Grafen gewendet, sagte, lag ein leises, verbindliches Lächeln auf seinen Lippen, das Federigo unangenehm berührte; doch was er gesagt hatte, beruhigte ihn um so mehr, als es ungefähr mit dem Urteil anderer übereinstimmte. Für jetzt war demzufolge nicht an Rückkehr nach Italien zu denken; er wollte darauf zurückkommen, wenn der Süden seine Nerven geheilt hätte.

Nach dem in Ägypten verlebten Winter fühlte sich Federigo leidlich gesund, wenigstens sagte er so; nur war er besorgt, ob es in Europa anhalten würde. Auf Sophies Vorschlag, dem Rate jenes Triestiner Arztes folgend, zunächst Vichy aufzusuchen, ging er gern ein; vielleicht, dachte er, wäre das dortige Wasser

noch heilsamer als das ägyptische Klima. Erfreulich war es ihm, dort Carlo d'Adda zu treffen, der voll von Neuigkeiten über die glückliche Wendung der politischen Angelegenheiten war, nämlich die offenbare Hinneigung Karl Alberts von Piemont zur italienischen Frage. Seinerseits war Carlo beunruhigt durch das Aussehen des verehrten Mannes: er fand ihn ungünstig verändert, magerer geworden und von gelb-blasser Gesichtsfarbe. Auf eine vorsichtige Bemerkung antwortete Federigo, die ägyptische Sonne habe ihn ausgedörrt, und er habe sich ihr vielleicht mehr ausgesetzt, als für seine Nerven gut gewesen sei; übrigens sei er mit seinem Befinden zufrieden. Es fiel Carlo d'Adda auf, daß er mehr Teilnahme als sonst für seine politischen Interessen an den Tag legte; aber er ermüdete auch schneller, und es gab Tage, wo er nicht im Kursaal oder auf der Promenade erschien, weil er im Bett bleiben mußte.
Eines Tages kam Carlo d'Adda erregt zu Confalonieri mit der Nachricht, daß Giorgio Pallavicino und seine Frau in Vichy angekommen seien. Es war ein Lieblingswunsch von ihm, die Männer, die er beide als Märtyrer desselben Ideals für verehrungswürdig hielt und von denen er wußte, daß sie nicht mehr miteinander verkehrten, zu versöhnen. Mit liebenswürdiger Zaghaftigkeit stellte er Federigo vor, was für ein aufrichtig patriotischer Mann Pallavicino sei und was für einen schlechten Eindruck es im Auslande machen müsse, wenn bekannt würde, daß ein Zerwürfnis zwischen zwei Männern bestehe, die für die gleiche Sache Österreichs Ketten getragen hätten. Ein Zerwürfnis, sagte Federigo, habe niemals zwischen ihnen bestanden; Giorgio sei von ihm abgefallen, das sei alles; er sei gern bereit, ihm die Hand zu reichen, wenn jener sie ihm biete. Anders wurde d'Addas Antrag von Pallavicino aufgenommen: »Geht mir mit Eurem edlen Confalonieri!« rief er ärgerlich. »Ich habe ihn auch einmal einem Halbgott gleichgeachtet! Warum? Vielleicht weil er selbst das Beispiel gab. In die Hölle wäre ich auf seinen Wink gegangen! Aber als wir dann beide darin waren, da hat er sich gezeigt; da sprach er nicht mehr von Italien und Freiheit, sondern von Gott und Unterwürfigkeit und meinte, wir sollten auf sein Gebot ebenso gehorsam zu feigen Betschwestern werden wie vorher zu stolzen Rebellen!«

Das könne er nicht beurteilen, sagte d'Adda, verlegen abwehrend, die Tatsache bleibe doch, daß Confalonieri als erster fremder Übermacht gegenüber das Recht Italiens vertreten habe, das müsse man ihm immer danken. Er fügte noch andere Gründe hinzu und wurde dabei von Pallavicinos junger Frau unterstützt, die begierig war, den Grafen kennenzulernen, und im allgemeinen für Vergeben und Vergessen stimmte. Der zweifachen Überredung gab Giorgio nach, betonte aber eifrig, daß er nicht etwa Confalonieri aufsuchen und nichts sagen oder tun werde, was als Bitte um Verzeihung oder Zugeständnis irgendwelcher Art aufgefaßt werden könne, überhaupt keinen Auftritt wolle. Wenn er, Pallavicino, keinen Auftritt mache, sagte Carlo d'Adda, Confalonieri werde es gewiß nicht tun; der bleibe am liebsten hinter den Kulissen.
Also wurde ein gelegentliches Zusammentreffen verabredet in der Weise, daß die Pallavicino abends, wenn im Kurpark Konzert stattfinde, auf der Terrasse des anstoßenden Kurhauses, das die Confalonieri bewohnten, Platz nehmen sollten. An einem der nächsten Abende, als großes Feuerwerk angekündigt und die Begegnung festgesetzt war, belegte Carlo d'Adda frühzeitig einen Platz nahe der Brüstung der breiten Terrasse, die in den Park hineingebaut war. Gegenüber, aus einem Gebüsch hervorschimmernd, stand der Pavillon für die Kapelle in Form eines Rundtempels. Als die Confalonieri mit Carlo d'Adda kamen, um das Abendessen zu nehmen, waren eben, obwohl es noch hell war, die großen Gaskandelaber an den beiden Seiten der Freitreppe angezündet, und an kleinen Tischen saßen Hunderte von Badegästen, während eine größere Menge in den Alleen des Parkes auf und ab ging; die Musik hatte gerade angefangen zu spielen. Sophie plauderte lebhaft mit Carlo d'Adda, wie sie gewöhnlich tat, wenn ihr Mann nicht zur Unterhaltung geneigt schien; er aß fast nichts und folgte mit zerstreutem Blick den flüsternden und rauschenden Menschen, die unablässig die Treppe hinauf- und hinunterwogten, die Herren in Frack und Zylinder, die Damen in farbigen Seidenkleidern und Mantillen und großen, mit Federn geputzten Strohhüten. Bald, nachdem das Essen abgeräumt war, erblickte Carlo d'Adda, der sich von Zeit zu Zeit suchend umgesehen

hatte, die Pallavicino, die sich zwischen den Tischen drängten und augenscheinlich keinen Platz finden konnten. Er ging ihnen entgegen, begrüßte sie und führte sie, wie um ihnen zu Hilfe zu kommen, zu Federigo und Sophie, welche letztere den Ankömmlingen sofort die Gastfreundschaft ihres Tisches anbot. Nach kurzer Begrüßung und Vorstellung erzählte der kleine Marchese mit drolligen Ausschmückungen und Übertreibungen, wie die vielen Verehrer seiner Frau ihm das Leben sauer machten, indem er sie zu jedem Feste führen müsse, wo getanzt würde; es sollte sich nämlich an das Feuerwerk ein Ball anschließen. Er nahm sich neben seiner hübschen Frau, die etwa zwanzig Jahre jünger als er war, besonders unscheinbar aus, gefiel sich aber darin, dies äußerliche Mißverhältnis zu betonen und starke Schmeicheleien für sie daraus abzuleiten, die sie gern hörte. Sophie sagte, auch zu ihnen wäre der Ruf von der unvergleichlichen Mazurka der jungen Baronin gedrungen, sie müßten sich aber leider mit der bewundernden Schilderung begnügen, da der Arzt ihnen langes Aufbleiben während der Kur verboten habe. Es wurde dann von der Gesundheit, vom Klima und vom Wetter gesprochen, das nach langer Hitze regnerisch zu werden drohte.

Dunkelgraues Gewölk war am Himmel verwischt, und in der Luft sickerte lautlos verhaltene Feuchtigkeit. Inzwischen waren viele Lichter im Park angezündet, so daß die Rasenstücke von kleinen Flammen umsäumt wurden und das Feuerrot der Blumen, die in Töpfen auf der Brüstung standen, matt leuchtete. Im Vordergrunde traten die mächtigen Stämme der Buchen, Linden und Kastanien hervor, die weiter hin zu einem dunklen Dickicht verschwammen, das ohne Ende schien; denn von dem Teich her, an dessen Ufer der nie benützte Kahn lag, und von der Meierei her, an die unübersehbare Wiesen grenzten, funkelten kleinere und immer kleinere Lichter. Das Feuerwerk begann mit Raketen, die auf lilienschlankem Stengel zwischen den Bäumen aufschossen und sich in hoher Luft neigten, als wollten sie Glück auf die Erde herabgießen; aber der Glanz versiegte ohne Spur in den unerreichbaren Schichten. Dann entbrannten größere Schaustücke: auf dünnem Stiel drehte sich eine Schale, die mit ambrosischem Wein gefüllt zu sein

schien und ihren Überfluß in Feuertropfen versprühte, zwischen denen goldene Schmetterlinge trunken auf und ab tanzten, bis plötzlich der Götterbrunnen lautlos in die Dunkelheit zurückstürzte.
Die beiden Damen gaben ihrer Bewunderung lauten Ausdruck; aber Carlo d'Adda sagte, die Mailänder verständen es besser, und alles dies wäre ärmlich gegen das Feuerwerk, das vor zehn Jahren den Einzug des neuen Kaisers verherrlicht hätte. Er sei damals fast noch ein Knabe gewesen und hätte es weniger auf den Kaiser als auf die Gefangenen vom Spielberg bezogen, von denen er angenommen hätte, daß sie nun frei werden würden. »Wenn wir nur das Feuerwerk erleben, das Mailand einmal zur Feier seines Abzuges abbrennt«, sagte Giorgio und erhob sein Glas, um darauf anzustoßen. Mit triumphierendem Ärger bemerkte er, daß Federigo nur den Rand seines Glases mit den Lippen berührte, weil er, wie er sagte, aus Rücksicht auf sein Herz keinen Wein mehr trinken dürfe.
Das prächtige Schlußbild des Feuerwerks war ein leuchtender Stamm, aus dem eine breite Dolde schlangenzierlicher Äste wuchs, die leise zitternd und glühend durch die unbewegten Stämme und Zweige der lebenden Bäume herabrieselten. Die Erscheinung erinnerte Federigo an die Weide, die im Hofe des Gefängnisses von Mailand gestanden hatte, wie hell das verjüngte Fleisch ihres feinen Körpers im Frühling leuchtete und daß sie ihm einmal eine geliebte Frau bedeutete, von der er jetzt wußte, daß sie bald nach seiner Verurteilung gestorben und daß ihr Mann lange wieder verheiratet war. Er wunderte sich, daß er den zärtlichen Baum so ganz hatte vergessen können, und zugleich durchschauerte ihn ein Gefühl des Glückes darüber, daß er ihn dennoch besaß, daß Staub und Sturm vieler Jahre das süße Bild in seiner Seele nicht hatten verschütten oder verwehen können. Das Geräusch, das dem Schluß eines jeden Musikstückes folgte, machte ihn aus seiner Versonnenheit auffahren. Der kleine Marchese, der weit ausholend Beifall klatschte, sagte lachend, so viel Lärm mache er nicht etwa, weil ihm das Stück gefallen habe, er sei weniger musikalisch als eine Schildkröte und habe überhaupt nicht hingehört, sondern weil er aus dem Programm gesehen habe, daß es von Bel-

lini sei; deshalb halte er es für Patriotenpflicht. Indem Federigo ihn ansah, fiel ihm ein, wie er am ersten Abend im Gefängnisse das Gesicht Pallavicinos am gegenüberliegenden Fenster hatte auftauchen sehen, bleich, entstellt und verzerrt, und wie er sich vergebens angestrengt hatte, ihm ein Zeichen zu geben und eins von ihm zu empfangen. So ermüdet, wie er war, schwammen ihm Gegenwart und Vergangenheit ineinander, und es graute ihm, als das Gesicht, das aus dämmeriger Ferne zu ihm hinüberstarrte, plötzlich durch ein krampfhaftes Gelächter auseinandergezogen wurde.

Sophie glaubte zu bemerken, daß ihren Gatten fröstelte, und legte ihm den Pelzmantel, der auf einem Stuhle bereit lag, über die Schultern. Er lehnte zwar die Aufmerksamkeit in fast gereiztem Tone ab, zog aber den Mantel dichter um sich und schien sich wohler darin zu fühlen. Die junge Baronin sah ihm staunend zu und sagte, daß sie lieber noch ein Kleidungsstück abwerfen möchte, so heiß finde sie es; worauf ihr Mann, indem er ihr einen bedeutsamen Blick zuwarf, einen Scherz über ihr Tanzfieber machte. Man hörte schon aus der Ferne eine Walzermelodie, die zum Beginn des Balles einlud und nach der ihr voller, weicher Körper sich zu wiegen begann; und da es ohnehin Zeit schien, der Zusammenkunft ein Ende zu machen, stand Pallavicino auf, um, wie er sagte, seinen Leidensweg anzutreten.

Sowie sie fort waren, atmete Confalonieri leichter; es war ihm so, als nähere sich die Schattengestalt des knabenhaften Jünglings, der ihm andächtig anhing, in gleichem Maße, wie sich der selbstgefällige, wichtige alte Mann von ihm entfernte. Er dachte, wie töricht es sei, daß er oft mit verstecktem Gram und bitterer Sehnsucht Teresas gedachte; denn es war ja nicht der Besitz, der beglückte, sondern der Kampf und die Empfindung. Wieviel weiser als er war ihre Kinderunschuld gewesen, die ihm sagte, daß sie nach ihrem Tode inniger als zuvor bei ihm sein würde. Sein Herz schien ihm zu schweben; gegen Carlo und Sophie sprach er seine Zufriedenheit aus, daß die Zusammenkunft stattgefunden habe.

Die feuchten Herbsttage drohten den Erfolg der Kur wieder zu beeinträchtigen. Von Ägypten wollte Federigo für diesen

Winter nichts hören, dagegen lockte ihn Neapel, wo er auf Wärme rechnen konnte und doch auf italienischem Boden war. Er hätte gern erfahren, wie man in den angesehenen Familien sowohl wie beim Volke über irgendeine Art des Anschlusses an das nördliche Italien dächte und welche Mittel zu einer etwaigen Ausführung vorhanden wären, und es wäre ihm bei seinem Namen und seiner Geschichte leicht gewesen, das Vertrauen zu gewinnen; was dabei im Wege stand, war die Überwachung durch österreichische Beamte und Spione, von der er sich niemals frei fühlte. Es war ein Netz um ihn gesponnen, dem er nur hätte entgehen können, wenn er es mit einem Ruck zerrissen hätte; sonst mußte er sich ruhig halten oder kleine Schritte machen, um es nicht zu spüren. Er war oft in gereizter, für Sophie, deren Nerven während der Ehe sehr gelitten hatten, schwer erträglicher Stimmung. Am wohlsten fühlte er sich, wenn er sich in die politischen Berichte inländischer und ausländischer Zeitungen oder in Betrachtungen über die Zukunft Italiens vertiefen konnte. Obwohl sich mit der klugen und vorurteilsfreien Sophie gut darüber reden ließ, hielt er im Gespräch ihr gegenüber immer etwas zurück; nur wenn er mit sich allein war, zog seine Phantasie stolze, kühne und unumstößliche Umrisse.

Als die große Hitze anfing und Federigo noch schwankte, wohin er sich wenden solle, kam die Nachricht von der schweren Erkrankung und dem zu erwartenden Ableben des Papstes Gregor von Neapel. Dies Ereignis war deshalb von größter Bedeutung, weil es unter den Kardinälen eine liberale, den Reformen geneigte Partei gab, die, bisher im Schatten gehalten, sich jetzt durchzusetzen hoffte und die von den Wünschen aller patriotisch gesinnten Italiener begleitet war. Confalonieri beschloß, sofort nach Rom zu reisen, wo er einige Tage nach dem Tode des alten und vor der Wahl des neuen Papstes eintraf.

Fremde und Einheimische waren den ganzen Tag und einen Teil der Nacht zu Fuß oder zu Wagen unterwegs, um das Ergebnis der Wahl sofort zu erfahren. Widersprechende Gerüchte liefen um: Einige behaupteten, Kardinal Lambruschini, der gefürchtete Anhänger des Alten, habe die meisten Stimmen davongetragen; andere nannten Kardinal Gizzi, einen gemäßigten Liberalen, als den Sieger. Die Überraschung war allgemein und der Jubel maßlos, als vom Balkon des Quirinal herab der Name des Kardinals Mastai-Ferretti verkündet wurde, der zum Zeichen seiner christlichen, reform- und volksfreundlichen Gesinnung den Namen Pius IX. angenommen hatte. Was man von diesem Manne wußte, war, daß er die Härte mißbilligt hatte, mit der sein Vorgänger, Gregor, die Liberalen verfolgt und alle revolutionären Bewegungen unterdrückt hatte, daß ihm die Abhängigkeit vom Auslande, insbesondere von Österreich, mißfällig war, daß er in erster Linie als Italiener fühlte; und so schien es, als sei das Haupt der großen Umwälzung, die man ersehnte oder für unumgänglich hielt, der neue Herr der Christenheit. Eine beseligte Menge schwärmte durch die Straßen und die hellen, triumphierenden Kirchen; das Volk war wie ein Heer, das die Weihe eines Mysteriums empfangen will, bevor es sich in den Kampf stürzt. Federigo war unermüdlich, alles zu sehen, wo immer der Papst sich zeigte, die Prozessionen, Almosenausteilungen und Segnungen, und kam erst spät, wenn die Stadt im Freudenfeuer ihrer Paläste zitterte, nach Hause zurück. Die Ermahnungen Sophies, sich zu schonen, ließ er nicht gelten; er behauptete, sich gesund und ausnehmend kräftig zu fühlen.

Einige Tage nach der Wahl traf Kardinal Gaysruck, der Erzbischof von Mailand, in Rom ein, der die Wahl des Kardinals Mastai im Namen Österreichs hatte verhindern sollen, aber zu spät gekommen war. Federigo hatte stets persönliche Verehrung für den Erzbischof empfunden und wußte, daß er sich zur Zeit seines Prozesses auf Teresas Bitte für die Erhaltung seines Lebens beim Kaiser verwendet hatte; er machte ihm deshalb seine Aufwartung und wurde schon am Tage nach seiner Ankunft mit Sophie von ihm empfangen. Obwohl man dem Achtzigjährigen die Ermüdung von der Reise und den vielen Besuchen ansah, stellte er sich doch als ein kräftiger, gesunder Mann dar, dessen ganze Erscheinung ein gesammeltes, ruhiges Selbstbewußtsein ausdrückte. Als er den Grafen erkannte, dem die Todesnähe unverkennbar anzusehen war, richtete er sich unwillkürlich stramm auf: Er hatte das wohltuende Gefühl der Überlegenheit über den jüngeren Mann, der bald nicht mehr neben ihm unter der Sonne atmen würde.

Nach freundlicher Begrüßung äußerte der Erzbischof in derber Weise seinen Ärger darüber, daß er sich die Unbequemlichkeiten der Reise umsonst auferlegt habe. »Hier wäre die Eisenbahn einmal am Platze gewesen«, sagte er; »gäbe es hier welche, so wäre ich nicht zu spät gekommen.« Federigo lächelte und sagte: »Der Zeitgeist war gegen Sie, Monsignore.« Der Erzbischof stutzte; er fand die Antwort keck und beinahe etwas verdächtig. Indem er Federigo mit einem ironischen, wenn auch nicht unwohlwollenden Blick betrachtete, sagte er: »Und Sie, lieber Confalonieri, gehen immer noch mit dem Zeitgeist?« Worauf Federigo ohne Besinnen erwiderte: »Ich bin der Zeit früher einmal so vorausgeeilt, daß ich jetzt langsam gehen kann; ich glaube, sie hat mich eben erst eingeholt.« Es war bei diesen Worten eine Flamme in seinen Augen aufgelodert, und das Lächeln gab seinem Munde Leben: Ein flüchtiger Schimmer vom Glanz seiner Jugend glitt über ihn hin. Sein Auftreten stimmte durchaus nicht zu dem Bilde, das der Erzbischof sich nach den Mailänder Berichten über ihn gemacht hatte; er dachte, es schiene noch immer etwas revolutionärer Stoff in dem kranken Manne zu sein, und es lief ihm rasch durch den Sinn, wohin das führen könne, und daß diese zweite Frau ihn schwerlich würde retten können, wenn er sich wieder verwickelte. »Sie haben sich durch die Jahre und die Erfahrungen Ihren Mut nicht rauben lassen«, sagte er nach einer Pause ein wenig außer Zusammenhang, den aber Federigo, seine Gedanken erratend, nicht vermißte. »Es könnte sein,« sagte er traurig und zugleich mit leichtem Spott, »daß bald noch einmal ein Prozeß auf Leben und Tod gegen mich angestrengt wird; aber dann ist mein Richter Gott.« Einen Augenblick mußte der Erzbischof sich besinnen, ehe er verstanden hatte; dann sagte er freundlich: »Nun, Gott ist gerecht und weise, und zum Überfluß gibt es gute Ärzte in Rom, die er in der heiligen Stadt gewiß besonders gern zu seinen Stellvertretern macht.«

Federigo empfand, daß der stramme Greis ihn für verloren hielt, und der Gedanke bereitete ihm eine gewisse Genugtuung, daß er so hinfällig doch nicht sei, wie jener glaubte. Das Leben war ihm bisher nicht kostbar gewesen; seinem Willen traute er zu, das erlöschende Feuer noch einmal auf eine Weile anzufachen.

Am höchsten stieg der Jubel in der Stadt, als am ersten Juli Anschläge an den Häusern die Amnestie der politischen Verbrecher bekanntmachten. Zwar war dieselbe an den vorhergehenden Tagen durch einleitende Edikte vorbereitet; aber man wußte, daß eine starke, rückschrittliche Partei am Hofe dagegen kämpfte, und hatte daher bis zum letzten Augenblick das Scheitern dieser Bürgschaft der neuen Freiheit gefürchtet. Man erzählte sich, daß die Frau eines Gefangenen sofort nach dem Bekanntwerden der Amnestie sich aufgemacht habe, um die Nachricht nach Civita Castellana zu bringen, wo ihr Mann eingekerkert lag. Sie habe Wagen und Pferde genommen, habe sie unterwegs mehrmals gewechselt und sei vor Tagesgrauen am Ziel gewesen; sie habe sich Einlaß in den Kerker erzwungen, habe die Kunde von der Befreiung auf dem Hofe, auf den die Fenster der Zellen gingen, ausgeschrien und sei dann bewußtlos zusammengebrochen. Einige Tage später kehrten die ersten Amnestierten aus verschiedenen päpstlichen Kerkern nach Rom zurück. Die ganze Stadt war zu ihrem Empfange geschmückt, besonders die Piazza del Popolo, da durch das dortige Tor die Erwarteten einziehen sollten. Rote Teppiche hingen von den Balkonen der Häuser herab, und Fahnen wehten von den Kuppeln der Marienkirchen. Die goldenen Linien der Hügel umrandeten die brausende Stadt wie ein göttliches Gefäß die Glut und den Schaum berauschenden Weines. Der offene Wagen, in dem Federigo und Sophie fuhren, bahnte sich langsam den Weg durch das Gewimmel der Fußgänger; man hatte sich, um Platz zu bekommen, so früh aufmachen müssen, daß stundenlanges Warten unausbleiblich war. Nach der langen Spannung war die Bewegung, als die Befreiten endlich eintrafen, um so größer. Sie sahen schlecht gekleidet, ungepflegt und zum Teil krank aus und erwiderten die überschwenglichen Begrüßungen des Volkes in verschiedener Weise: einige standen im Wagen auf, schwenkten den Hut und riefen laut und herzlich in die Menge hinein, andere waren so ergriffen, daß sie schluchzend das Gesicht auf die Knie drückten; nur wenige saßen entkräftet und anscheinend teilnahmslos auf ihrem Platze.

Während die Confalonieri versuchten, nach ihrem Gasthause durchzudringen, wurde Federigo ohnmächtig. Sophie, die schon seit einer Weile beobachtet hatte, daß er sehr bleich und still war, wußte bei dem Gedränge nichts anderes zu tun, als mit dem Bewußtlosen bis zum Gasthause zu fahren, wo man ihn bereitwillig auf sein Zimmer trug. Der Unfall war durch das lange Verweilen in der Sonnenhitze in nüchternem Zustande und bei starker Gemütsbewegung zu erklären; doch ließ Sophie einen der römischen Ärzte holen, die der Erzbischof scherzend gerühmt hatte.

Der Gerufene war ein Mann von elastischen Bewegungen, schön geschnittenem, offenem Gesicht und heiterer Miene; in das Zimmer schien mit seinem Eintritt frische Luft und belebende Essenz einzuströmen. Er untersuchte Federigo, der sich inzwischen erholt hatte, und fand, daß er an Brustwassersucht litte und in Anbetracht der Zerrüttung des ganzen Organismus der Krankheit nicht lange würde Widerstand leisten können. Während der Untersuchung plauderte er unbefangen mit Sophie über das Ereignis des Tages, wovon er nichts gesehen hatte. Er habe, erzählte er, schon um fünf Uhr aufstehen müssen, weil seine Frau im Wochenbett liege und das Dienstmädchen am Tage vorher krank geworden sei; da habe er die Wohnung gereinigt, das Frühstück zugerichtet, die Frau und die Kinder besorgt und dann bis jetzt seine Kranken besucht; er habe gerade zu Mittag essen wollen, als er zu Confalonieri gerufen sei. Federigo und Sophie bedauerten das und wollten ihm Essen kommen lassen; aber er dankte lachend und sagte, er könnte, wenn es nötig sei, den ganzen Tag fasten, ohne daß seine Stimmung oder seine Leistungsfähigkeit darunter litte. »Ich habe freilich nicht soviel durchgemacht wie Sie, Herr Graf«, sagte er zu Federigo; »Sie müssen eine robuste Natur und einen starken Willen haben, daß Sie die Strapazen dieser letzten Wochen bis jetzt ertragen haben.« Von der Amnestie sagte er wegwerfend, sie habe gewiß nur den Zweck, daß die Gefängnisse einmal gereinigt würden; sei das geschehen, würden sie wieder gefüllt. »Und das ist schlimm in einem Lande, wo man nicht die Spitzbuben, sondern die Ehrenmänner eingesperrt«, setzte er hinzu. Er verschrieb dem Kranken Tropfen, die bei etwaigen Beklemmungen Erleichterung schaffen würden, und gab genaue Vorschriften für seine Lebensweise. Etwas vorsichtiger als in letzter Zeit müsse er sein, sagte er, doch auch nicht überängstlich. Mut und Hoffnung seien die besten Beistände des Arztes.

Zu Sophie sagte er, daß der Zustand ihres Gatten nicht leichtzunehmen sei und daß sie sich darauf vorbereiten müsse, ihn zu verlieren, obwohl er alles tun würde, was in seiner Macht sei, sein Leben zu erhalten. Daß dies so wenig war, hatte ihm selten so leid getan wie in diesem Falle; denn er war ganz von Federigo eingenommen. Der Körper ist schon Kehricht, dachte er; aber mit dem Geist darin möchte er Italien machen. Ihm imponierte das um so mehr, als er, von früh bis spät in seinem Berufe tätig, sich niemals um Politik bekümmert und sich eigentlich für zu gut dazu gehalten hatte. »Wie soll man ein Land ohne Volk machen?« sagte er. »Unsere Aristokratie ist auf Reisen; auf den Feldern arbeiten ein paar halbwilde Sklaven, in den Straßen treiben sich Bettler und Tagediebe umher und eine Handvoll Fremder. Die wenigen, die arbeiten mögen, haben ihre Not, um den Karren weiterzuschieben.« »Ja,« sagte Confalonieri, »wenn alle wären wie Sie, so hätten wir keine Mißstände und brauchten weder Reformen noch Revolutionen. Und dahin müssen wir es bringen: Die Aristokraten und die Bettler und die Tagediebe müssen verschwinden, und ein Volk, das arbeitet, muß erstehen!« Die von dem Arzt verschriebenen Mittel hatten zunächst eine auffallend gute Wirkung; Federigo atmete freier, schlief besser und war heiter und gesprächiger. Er hatte Pläne, sich mit allen namhaften Politikern Italiens, auch mit Mazzini, in Verbindung zu setzen, und machte zuweilen Sophie Andeutungen davon, auf die sie mit gespieltem Eifer einging.

Eines Tages wurde Confalonieri aufgefordert, sich persönlich auf der österreichischen Botschaft vorzustellen. Nachdem er eine Weile gewartet hatte, wurde er zum Grafen Spaur geführt, der seinen Paß in Augenschein nahm und ihn fragte, warum er nach Rom gekommen sei und wie lange er sich hier

aufzuhalten gedenke. Er setzte hinzu, die aufgeregten Zeiten wären Ursache, daß die österreichische Regierung ihre reisenden Untertanen mehr, als sonst üblich sei, im Auge behalten wolle, eine Maßregel, durch die im Grunde die Beamten am meisten behelligt würden. Confalonieri antwortete, er sei nach Rom gekommen, um der Papstwahl beizuwohnen, und habe dabei mehr Glück gehabt als der Kardinal Gaysruck, indem er vor Beendigung des Konklaves eingetroffen sei; wahrscheinlich würde er nicht mehr lange hier bleiben können, da sein Arzt ihn vor allzu großer Hitze gewarnt habe. Graf Spaur bemerkte jetzt sein leidendes Aussehen und bot ihm einen Stuhl an, indem er sich mit seiner Pflicht entschuldigte, daß er ihn zu diesem Gange veranlaßt hatte. »Was sagen Sie denn«, fragte er gemütlich, »zu unserem neuen Heiligen Vater? Er schüttet ein unerschöpfliches Gnadenfüllhorn aus, freilich fürs erste nur über seine römischen Kinder.«
»Sie werden es einem Italiener nicht verargen, wenn ihn diese Bevorzugung erfreut«, sagte Confalonieri mit ungesuchter Offenheit, die Spaur angenehm berührte. »O gewiß nicht,« sagte er beflissen, »wenn er ihnen nur mit dem Segen nicht die Köpfe zerschlägt. Bereits ist alles außer Rand und Band, und er kann der Ausgelassenheit nicht Herr werden.« Das wäre sehr zu beklagen, entgegnete Confalonieri, er wünsche dem Papste Beharrlichkeit und gute Berater. »Sie, lieber Confalonieri,« sagte Spaur seufzend, »haben sich das Recht und die Fähigkeit erworben, die Händel der Welt als Weiser, über den Parteien stehend, zu beobachten. Ich wollte, ich wäre auch soweit und könnte mich aus der staubigen Arena zurückziehen.«
»Sie überschätzen mich«, sagte Confalonieri; »ich bin auch nichts mehr als ein armer Gladiator, wenn auch verkrüppelt und wohl nicht mehr sehr formidabel.« Graf Spaur horchte auf: Diese Worte, wenn auch in scherzendem Tone gesprochen, klangen geradeso, als wolle der stolze Mailänder ihm zu verstehen geben, daß er als Feind genommen zu werden wünsche. Das kann dir werden, dachte er ein wenig ärgerlich; aber der Verfall des Mannes war doch zu augenscheinlich, als daß er die Sache ernstlich hätte nehmen mögen. »Nun, nun,« meinte er lächelnd, »jetzt unterschätzen Sie sich, Verehrtester. Mir

wäre doch lieber, wenn wir uns nicht als Gegner träfen, und ich werde das Meine dazu tun, daß es nicht geschieht.« Confalonieri verneigte sich und empfahl sich; er war sehr zufrieden mit der Wendung, die das Gespräch genommen hatte.
Übrigens begannen die fortdauernden Festlichkeiten in Rom ihm widerwärtig zu werden, und da auch die Hitze zu groß wurde, dachte er an die Abreise. Er wollte nach Mailand, aber der Arzt riet ihm, damit bis zum Frühjahr zu warten; zunächst solle er ein Seebad aufsuchen und im Winter wieder nach Rom kommen, jedenfalls im Süden bleiben. Anstatt dessen veranlaßte ihn Porro, den er in dem französischen Bade traf, das er wählte, nicht nach Rom, sondern nach Paris zu gehen, das ihm die Anwesenheit verschiedener alter Freunde anziehend machte. Er war nur einige Tage da, als er die Nachricht vom Tode Maroncellis erhielt, mit dem er hier und da noch freundschaftliche Briefe gewechselt hatte. Maroncelli war von allen Gefangenen auf dem Spielberg der gesundeste gewesen; auch nach der Amputation des Beines hatte er ein verhältnismäßig blühendes Aussehen bewahrt; dazu war er fünfzehn Jahre jünger als Confalonieri. Wie sollte er hoffen, ausdauernder zu sein als jener? Auch von Borsieri waren die Nachrichten schlecht; wie hinfällig Silvio Pellico war, hatte er selbst gesehen. In der Nacht träumte ihm, er höre ein leises regelmäßiges Klopfen, und er wußte, daß es von Maroncelli herrührte, der durch die Mauer mit ihm sprechen wollte. Er sagte, Federigo solle sich beeilen, wenn er mitwolle, er habe einen Ausweg ins Freie gefunden und wolle fort; denn sie waren auf dem Spielberg. Federigo wußte nicht, wozu er sich entschließen sollte, und zögerte in qualvoller Ungewißheit mit der Antwort; da hörte er das Klirren der Ketten, an dem er des Morgens auf dem Spielberg zu erwachen pflegte, und gleichzeitig sagte Maroncelli noch einmal, er solle sich eilen; ob er nicht höre, daß es schon Tag werde. Es sei höchste Zeit, wenn sie fliehen wollten. Jetzt antwortete Federigo, er könne nicht fliehen; warum er ihn dazu überreden wolle. Er müsse wissen, daß das wider seine Ehre sei. Da lachte Maroncelli das leise Lachen, das immer wie eine liebe kleine Melodie geklungen hatte, und sagte: »Wer spricht von Fliehen? Ich will ja hinunter auf den Kirchhof.« Ein Grau-

sen überlief Federigo, indem er sich besann, daß Maroncelli tot war. Er wollte nicht mitgehen; er dachte, daß irgendwo ein Irrtum sein müsse, daß Maroncelli nicht ihn meine, sondern Moretti oder vielleicht Silvio Pellico; denn er lebe ja und müsse leben. Er erwachte stöhnend wie unter einem Alpdruck, und die Angst wich nicht vor dem Bewußtsein, daß er geträumt hatte.

Der Gedanke, daß er nicht mehr lange zu leben habe, trieb ihn fort; er wollte nach Mailand, um das noch zu betreiben, was ihm am Herzen lag, um seinem Schwager Gabrio, dem Bürgermeister, seine Pläne einzuflößen, um alles in Bewegung zu setzen, jetzt, wo der Augenblick günstig war. Es gelang Sophie, ihm das auszureden, indem sie ihn an die Ratschläge des römischen Arztes erinnerte, der ihm so nützlich gewesen war; aber die Unruhe, als versäume er etwas, blieb ihm und machte ihn reizbar und launenhaft.

Eines Abends im November besuchte er mit Sophie die Fürstin Cristina Trivulzio, eine Landsmännin, die wegen ihrer Teilnahme an antiösterreichischen Bewegungen aus Mailand hatte fliehen müssen und seit Jahren in Paris ansässig war. In ihren eleganten Räumen war eine bunte Gesellschaft versammelt; sie selbst lag in phantastischem Kostüm auf einem Diwan, vor welchem auf einem niedrigen Schemel ein junger Mann saß, der ein Lied zur Gitarre sang und dabei schmachtend zu ihr aufsah. Ein anderer Herr beugte sich über die Lehne des Diwans und sprach angelegentlich mit ihr. In einem anstoßenden Zimmer waren Herren und Damen mit Tischrücken beschäftigt; eine andere Gruppe war um eine Dame geschart, die aus den Händen wahrsagte. Federigo wechselte einige Worte mit diesem und jenem; aber er fühlte sich fremd und setzte sich mit einem Gefühl der Müdigkeit und des Ekels an den Kamin. Dies nahm noch zu, als er jenen Belrocco sah, den er für einen österreichischen Spion hielt und der sich in diesem Kreise mit der Miene eines gern gesehenen und das große Wort führenden Gastes bewegte. Er stand auf und warnte die Fürstin vor diesem Menschen, wovon sie jedoch nichts hören wollte. Er sei ein wenig klatschsüchtig, aber da er es auf witzige Art sei und niemanden verschone, lasse sie es gelten; im Grunde sei er ein harmloser Mensch, der immer mit irgendwelchen Wohltätigkeitsunternehmungen schwanger gehe. Augenblicklich sammle er für die Polen. In der Tat näherte sich Belrocco mit einer Liste und erzählte, daß er sich von einem Komitee habe fangen lassen, um für eine gute Sache zu betteln, daß er noch wenig geerntet und eben Hoffnung geschöpft habe, als er die zugleich vollsten und freigebigsten Hände des reichen Mailands beieinander gesehen habe. Confalonieri sagte kühl, er gebe nichts an eine Sache, die er für aussichtslos halte.

»Auch mir sind die Polen nicht sympathisch«, sagte die Trivulzio. »Es ist eine faule, selbstsüchtige Aristokratie, die ihren Untergang verdient hat; aber ich versuche den Herrgott nachzuahmen und helfe Gerechten und Ungerechten, soviel ich kann.« Damit setzte sie ihren Namen mit einer nicht geringen Summe auf die Liste. Belrocco dankte und reichte sie nochmals dem Grafen, indem er zutraulich sagte: »Sie müssen nicht fürchten, Ihren Souverän durch diese Spende zu kränken: Polen hat es zunächst mit Rußland zu tun, und Österreich hat es im Grunde nicht ungern, wenn Rußland durch Polen eine kleine Verlegenheit bereitet wird.« Das Blut schoß Federigo in den Kopf; er wollte etwas sagen, aber Cristina kam ihm zuvor, indem sie lachend ausrief: »Confalonieri braucht ohnehin nicht ängstlich zu sein, der österreichische Gesandte soll sich erst kürzlich sehr lobend über seine Anhänglichkeit ausgesprochen haben.«

Sophie, die den letzten Teil des Gespräches hinzutretend mitangehört hatte, erschrak zwar über die beleidigenden Worte, zugleich aber empfand sie Genugtuung, als hätte es so kommen müssen, daß einmal jemand dem unnahbaren Manne eine Wunde schlüge. Alles durchstürmte sie in diesem Augenblick, was sie an seiner Seite erfahren hatte: die ungestillte Leidenschaft, die stillschweigend zertretenen Gefühle, wie sie dürr, kalt und glanzlos geworden und wie sie verbraucht worden war, wie Öl in eine rostige Maschine geschüttet und ohne Sang und Klang und Dank verschwunden. Es verband sie kein Gefühl von Zusammengehörigkeit mit ihm; nur weil sie gewohnt war, für ihn zu sorgen, flüsterte sie der Gräfin zu, ein Glas Wasser kommen zu lassen, und bot ihm den Arm; denn sie sah, daß er sich unwohl fühlte. Er war aufgestanden und empfand einen

Druck am Herzen und eine beängstigende Unsicherheit in den Beinen; trotzdem schob er ihre Hand zurück und ging, mit sichtlicher Anstrengung sich geradehaltend, auf ein Fenster zu, das er öffnete, weil er zu ersticken glaubte.
Ihm nachblickend, sagte Belrocco halblaut zu Cristina, er habe kürzlich gelesen, daß ein entsprungener Sträfling wieder erwischt sei, weil man seinem Gange die Gewohnheit des Kettentragens angesehen habe. Er habe das für eine alberne Erfindung gehalten; wie er nun aber den Grafen gehen sehe, scheine ihm doch etwas daran zu sein. Die Trivulzio wurde rot und rief mit plötzlich umschlagender Stimmung: »Schande über mich, daß ich seine Ketten einen Augenblick vergessen konnte!« Dann ballte sie die Liste zusammen, auf die sie eben ihren Namen gesetzt hatte, warf sie vor seine Füße und ließ ihn stehen, ohne ihn noch eines Blickes oder Wortes wert zu halten. Im Gefühl, Confalonieri damit am meisten zu dienen, lenkte sie die Aufmerksamkeit ihrer übrigen Gäste ab, so daß der Zwischenfall kaum bemerkt wurde, und näherte sich ihm, der jetzt, nachdem die Anwandlung vorüber war, in einem Sessel saß, mit den Worten: »Was habe ich getan, Graf Federigo! Ich habe einen Skorpion geschont, der einen Helden vergiften wollte. Verzeihen Sie mir!«
Er hob die gelbe Hand ein wenig und sagte, noch leise keuchend: »Es hat nichts zu bedeuten«; sie las es mehr von der Bewegung seines Mundes und dem Ausdruck seiner Augen ab, als daß sie es hörte. Sein Gesicht sah aus wie eine graue, teigige Masse, in der der schöne Schwung der Augenbrauen und der Nase stand, wie wenn die Form eines Adlers darin abgedrückt wäre.
Am folgenden Tage erklärte Federigo, nach Mailand reisen zu wollen, und Sophie, die den Zusammenhang zwischen dem gestrigen Vorfall und seinem Entschlusse nicht ganz begriff, sah doch ein, daß es unmöglich sein würde, ihn davon abzubringen. In Paris war das Wetter trübe und naß; in den Regen mischten sich rasch zerfließende Schneeflocken, und auf den Straßen quoll flüssiger Schmutz unter den Füßen. In Zürich dagegen herrschte frische Kälte; hinter den dunklen Vorbergen, die ein erster Schneefall weiß bestaubt hatte, schim-

merte der diamantene Gürtel der Alpen blendend in der Sonne.

Sophie wünschte in Rücksicht auf den Zustand ihres Mannes die Reise langsam und bequem einzurichten, er dagegen trieb ungeduldig vorwärts; ausruhen, meinte er, könnten sie in Mailand. Er behauptete, sich wohler als in Paris zu fühlen und unter der Kälte nicht zu leiden, außer daß sie ihn müde mache; oft saß er stundenlang halb schlummernd im Wagen.

Es war Mittag vorüber, als sie in Göschenen abfuhren, wo sie übernachtet hatten. Sophie rechnete darauf, abends in Andermatt abzusteigen, wo ihnen ein gutes Gasthaus empfohlen war; dagegen wollte er bis zur Höhe des Gotthards weiterfahren, um an dem Tage, wo in Italien das hundertjährige Jubiläum der Vertreibung der Österreicher aus Genua gefeiert wurde, wenigstens die italienische Grenze zu erreichen. Er fühlte sich nicht wohl, als sie aufbrachen, äußerte es aber nicht gegen Sophie und hoffte auch, in der heiteren Luft werde ihm wohler werden; doch hatte sich das Wetter in ungünstiger Weise geändert. Es war um einige Grade wärmer geworden, der Himmel war graulich bewölkt, und ein starker Wind hatte sich aufgemacht, der, zwischen den Felsen zusammengepreßt, den Auffahrenden mit Heftigkeit entgegenwehte und Federigo den Atem raubte. Der Druck des schweren Pelzes, in den er eingehüllt war, beengte ihn noch mehr, doch konnte er ihn nicht entbehren, da es infolge des Windes und bei dem frühen Hereinsinken des Abends kälter wurde, je höher sie den Berg hinaufkamen.

Anfangs zeigte er Interesse an der berühmten Straße, die während seiner Gefangenschaft gebaut worden war, und machte Sophie auf die Kühnheit der Anlage und die Schwierigkeiten aufmerksam, die bewältigt worden waren. Mehrmals mußte er ein Schwächegefühl bekämpfen, das ihn anwandelte; er wäre eingeschlafen, wenn ihn nicht der Druck auf dem Herzen und das erschwerte Atmen gestört hätten. Allmählich wurde er einsilbig und zuletzt ganz still; das starke Rauschen der stürzenden Reuß hatte etwas Betäubendes und zerriß die Fäden seiner Gedanken, die er vergeblich wieder anzuknüpfen suchte.

Als sie an die Teufelsbrücke kamen, hielt der Kutscher an, um ihnen den Lauf der alten und der neuen Straße zu erklären; Federigo sah, daß er mit der Peitsche hierhin und dorthin deutete, und hörte seine schreiende Stimme, ohne zu verstehen, was er sagte, da das Getöse die Worte verschlang. Er bemühte sich zu fassen, um was es sich handelte, konnte es aber nicht zusammenbringen; wie das wild aufspritzende Wasser ihn traf, überlief ihn ein Schauder. Er hätte gefragt, wo er wäre, wenn er sich nicht geschämt und wenn er nicht gewußt hätte, daß es ihm im nächsten Augenblick einfallen würde; es schien ihm, als könne er nur das Wort nicht finden. Indessen stiegen seine Augen an den feuchten Felsen hinauf, die nicht endeten und die sich auf einmal gegen ihn zu neigen schienen; er schloß die Augen und öffnete sie wieder in dem Gefühl, das Brüllen, das den ganzen Raum füllte, sei an ihn gerichtet. Jetzt wußte er, daß die Felsen, auf die er blickte, die Mauern des Spielbergs waren; sie waren vor ihm und neben ihm und rückten furchtbar drohend um ihn zusammen. Er bemühte sich, der Angst Herr zu werden, die ihn ergriff, und das Bewußtsein festzuhalten, daß er hier hindurch müsse, daß er, welche Qualen er auch erleiden möge, nicht umkehren dürfe. Bald hatte er kein Gefühl mehr davon, daß er im Wagen saß, vielmehr war es ihm, als ob er durch eigene maßlose, seine Kraft weit übersteigende Anstrengung vorwärts käme.
Sophie, die sein schweres Atmen hörte, fragte besorgt, was ihm sei; ob er die Tropfen nehmen wolle, die ihm immer guttäten. Nein, antwortete er, er habe geschlafen, und es sei ihm wohl. Zugleich wunderte er sich, daß er aus so weiter Ferne ihre Stimme hörte; aber er vergaß es sofort wieder. Er fühlte sich einsam und allem Menschlichen und Irdischen fern, ein winziger Punkt in eisiger Nacht zwischen den schwarzen, granitnen Löwen, deren Brust in den Wolken war und die unaufhaltsam näher gegen ihn rückten. Eine schmerzhafte Bitterkeit durchdrang sein Herz, daß ihn alle verlassen hatten: Sophie, die ihn zu pflegen gelobt hatte, Andryane, der ihm Freund und Bruder und Kind gewesen war, und sie, das Herz der Treue, das Herz der Unschuld, Teresa, die er liebte. Eine süße Empfindung ging ihm inmitten der Qual, die er litt, bei dem teueren

Namen auf; er wußte, daß sie, wenn auch nicht an seiner Seite, doch unverlierbar in ihm war. Es ist nicht der Besitz, dachte er, es ist der Kampf, worauf es ankommt, und raffte die vergehenden Kräfte zusammen, um das Ziel zu erreichen. Zuweilen war ihm bewußt, daß das Ziel Mailand war; dann wieder sah er den Spielberg vor sich und glaubte, daß er da hindurch müsse. Er wußte, daß er einen allerschwersten, allerletzten Kampf kämpfte, bei dem er allein war, eine Probe zu bestehen, die Gott ihm auferlegte. Die donnernden Türme waren einander jetzt so nahe, daß sie ihn, wenn er weiterging, zerquetschen mußten; durch den schmalen Zwischenraum, den sie ließen, warf sich ihm der Wind wie eine zischende Schlange entgegen. Wenn er schnell hätte gehen, wenn er nur zwei oder drei Schritte hätte machen können, so wäre er vielleicht durch das Todestor hindurchgekommen; aber seine Beine waren wie in Stein verwandelt. Wenn er sich nicht eilte, dachte er, würde diese tödliche Lähmung seine Brust erreichen, so daß er sich überhaupt nicht mehr bewegen könnte, und stemmte sich verzweifelt gegen die gigantische Faust, die ihn zurückdrängte; der Schweiß tropfte von seinen Schläfen. Ein Aufflammen gewaltsam emporgerissener Kraft gab ihm einen Augenblick Luft; dann stürzte er, auf dem glatten Boden ausgleitend, und der Koloß setzte den granitnen Fuß auf seine Brust und seine Kehle. Sein Körper bedeckte sich mit Angstschweiß, und ein Stöhnen drang über seine Lippen; er wollte sagen, daß er sich nicht überwunden gebe, daß er sich aufraffen und den Kampf von neuem beginnen wolle, daß er weiter müsse; aber der zermalmende Fels preßte seine Kehle zusammen, um die Äußerung seines Willens zu ersticken. Ein Getöse von Ketten, Trommeln und Becken schien ihm bestimmt, die Laute, die er hervorbringen würde, zu überbrausen; sie wollten mit seinem Körper seinen Namen, sein Andenken, seine Seele zerbrechen. Er hatte von sich selbst das Gefühl eines bodenlosen Abgrundes, in dem ein Glimmen war, und er wußte, daß er lebte, solange dieser verlorene Funke nicht überwältigt war. Sein ganzes Wesen sammelte sich in dem weltweiten Licht, das unauslöschlich in einem Ozean schwarzer Nacht brannte, solange sein Wille fest darauf gerichtet war. Ein wundervolles Gefühl des Ruhenkönnens, nun der Kampf bestanden war, kam über ihn. Noch immer von Felsgebirgen an die Erde gemauert, konnte sein Körper sich nicht bewegen; aber vorwärts stürmte seine Seele mit den ehernen Massen, die die Posaune des Sieges über ihn hinblies.

Einmal hatte Sophie, die glaubte, daß er im Todeskampfe liege, den Kutscher halten lassen und versucht, ihm die Tropfen einzuflößen; aber er hatte sich dagegen gewehrt, ohne zum Bewußtsein zu kommen. Als der Wagen in Andermatt vor dem Gasthause stillstand, kam er zu sich und fragte, sich umblickend, wo er wäre. Anstatt Sophie zu folgen, die absteigen wollte, verlangte er weiterzufahren, da sie diesen Abend noch den Gotthard erreichen müßten; auch fühle er sich, nachdem er ein wenig geschlafen habe, vollkommen wohl.

Indessen, wie sie auf der ebenen Straße jenseit Andermatt schneller fuhren, wurde ihm schwindlig und sehr übel. Er griff mit der Hand nach Sophie, der es war, indem sie sie erfaßte, als rühre sie zerfließendes Wachs an. Kurz vor Hospenthal verlor er die Besinnung und wurde von dem Kutscher in das Gasthaus zum Schwarzen Löwen, das einzige, das es dort gab, hineingetragen.

Während die Wirtin in dem großen Kachelofen des besten Zimmers ein Holzfeuer anzündete, entkleidete Sophie ihren Mann, so gut es gehen wollte; dann setzte sie sich neben ihn und weinte. Zuweilen war es ihr, als ob das Wasserrauschen, das noch in ihrem Kopfe nachtönte, und ihr Weinen dasselbe wäre. Nach zwei Stunden wachte Federigo auf, und nachdem er sich zurechtgefunden hatte, sagte er, daß der Schlaf ihn sehr gekräftigt habe. Sie hätten, meinte er, recht wohl bis zum Gotthard weiterfahren können; da es aber nun so sei, erkläre er sich auch damit einverstanden, und vielleicht wäre eine längere Fahrt zu anstrengend für Sophie gewesen. Liegenbleiben wollte er nicht, um nicht in der Nacht wachen zu müssen; lieber wolle er jetzt noch ein wenig im Gastzimmer sitzen und mit den Wirten plaudern.

Diese sahen scheu und erschrocken den kranken Mann eintreten, beeiferten sich aber, ihm einen Platz am Ofen zurechtzumachen und ihm vorzusetzen, was sie hatten. Er sagte mit seinem liebenswürdigen Lächeln: »Es ist, als wäre ich in Ihrem Hause geboren; denn ich bin darin aufgewacht, ohne zu wissen, wie ich hineingekommen bin.« Bald darauf hörte man einen klingenden Schlitten halten, stampfende Schritte und harte schweizerische Kehllaute auf dem Flur, und zwei Herren traten ein, die sich die Hände rieben und die Zimmerwärme freudig begrüßten. Federigos Anblick machte sie stutzig; aber sie faßten sich schnell und fragten ein wenig feierlich und zugleich gutherzig, ob es gelegen wäre, wenn sie sich an den gleichen Tisch setzten, oder ob die Herrschaften allein bleiben wollten. Von Federigo und Sophie willkommen geheißen, setzten sie sich ihnen gegenüber, bestellten Essen und Wein und erzählten vom Verlauf ihrer Reise. Der Ältere war ein Zürcher Kaufherr, dessen Sohn in einem befreundeten Mailänder Hause die Lehre durchmachte und jetzt von seinem Vater abgeholt wurde, um eine Hochzeit in der Familie mitzufeiern. Sie waren einander nicht ähnlich; der Vater ein untersetzter Mann mit derb-kräftigem rotem Gesicht und buschigen weißen Haaren, der Sohn feingebaut, hübsch und schüchtern; gemeinsam war beiden nur das humorvolle Blinken der beschaulich heiteren Augen und die Grundstimmung ihres Wesens, die eine wohlerwogene Lebenslust mit anständigem Ernst zu verbinden schien. Da sich die gegenseitige Nationalität bald ergab, fingen die Zürcher an, italienisch zu sprechen, und der Alte erzählte, daß Mailand durch ein unerwartetes Ereignis in große Bewegung versetzt sei, nämlich durch den Tod des Erzbischofs Gaysruck, der infolge eines Schlaganfalls plötzlich eingetreten sei. Wenn die Reisenden am folgenden Tage weiterführen, würden sie wahrscheinlich gerade zum Begräbnis eintreffen.

Federigo horchte staunend: Vor seinem Geiste tauchte die Unterredung auf, die er in Rom mit dem Erzbischof gehabt hatte, und wie gleichmütig sicher der Blick des massiven alten Mannes war, als ob ihn nichts erschüttern könne; nun hatte das Schicksal zwischen ihnen gelost, und jenen hatte die schwarze Kugel getroffen. Ebensoschnell flog ihm die Bedeutung des Todesfalles für die Lombardei durch den Sinn; er fragte, was über die Wiederbesetzung des Stuhles in Mailand gesprochen würde. Er hätte gehört, sagte der alte Herr, sie wollten keinen Österreicher, sondern einen Italiener, und setzte nach einer kleinen Pause behaglich lächelnd hinzu, Mailand müsse doch auch seinen Pio Nono haben. »Und womöglich ein paar Schweizer dazu, von denen sie das Apfelschießen lernen können«, erwiderte Federigo schnell, in den Augenwinkeln lachend. Das belustigte den alten Herrn außerordentlich. »Ja, ja,« sagte er, »es weht jetzt eine scharfe Luft in Mailand«, und fragte Federigo, ob er nicht wisse, daß an ebendiesem Tage das hundertjährige Jubiläum der Vertreibung der Österreicher aus Genua gefeiert werde. Sie hätten auf dem Gotthard eine Anzahl Männer damit beschäftigt gefunden, ein Stück Erde von Schnee frei zu machen und Holz und Reisig aufzuschichten, und auf ihr Befragen hätte der ansehnlichste von ihnen, ein Geistlicher aus Como, den Zweck und die Bedeutung des Tages erklärt. Diesen Abend, habe er gesagt, würden vom Gotthard bis zum Ätna auf allen Höhen Italiens Freudenfeuer brennen. Er, der Zürcher, habe darauf ein wenig mit den Augen geblinzelt und gefragt: Für die Vergangenheit oder für die Zukunft? – worauf der Geistliche trocken erwidert habe: Die Zeit hat zwei Gesichter, und auf den Bergen ist freier Ausblick nach allen Seiten. Während der Arbeit habe er mehrmals nach dem Himmel geblickt, der um Mittag graulich bewölkt gewesen sei, und da habe er, der Zürcher, gesagt: Wenn es schneit, müßt ihr einen Schirm über das Feuer halten. Da habe der Mann ihn scharf von der Seite angeblitzt aus kleinen schwarzen Augen und habe gesagt: Unser Herrgott macht das Wetter und nicht die österreichische Polizei. Nun habe es freilich den Anschein, als ob Gott es mit den Italienern halte.

Er möchte sehen, ob der Himmel klar wäre, sagte Federigo, und da er durch den Hinweis auf die draußen herrschende Kälte nicht zurückgehalten war, ging die Gesellschaft vor das Haus und ein paar Schritte die holperige Straße hinauf. Der Wind hatte sich gelegt; die Rotunde des Himmels schwebte in vollendeter Pracht über den ungeheueren Säulen des Gebirges. »Wenn sie auf allen Bergen«, sagte der alte Zürcher, »so fleißig waren wie unser Pfarrer auf dem Gotthard, so müßte es jetzt von oben aussehen, als ob Italien ein einziger Vulkan wäre.« Der Schnee, der zu beiden Seiten der Straße aufgeschaufelt war, stand wie eine blinkende Mauer, und auf den Dächern der kleinen, eng aneinandergeduckten Häuser lag er überhängend wie das Fell eines Eisbären. Schwarz über das flimmernde Dorf ragte ein mittelalterlicher Turm als die letzte Spur einer verfallenen Zwingburg. Federigos Blick wendete sich von dem wüsten Bau, der ihn an den Spielberg mahnte, zu den Sternen, die groß und klar darüber standen, so wie einst über dem nordischen Kerker, und ein beglückendes Gefühl des Wiedererkennens durchströmte sein Herz. Sie waren es, die Brüder, die er lange vermißt hatte: Glorreich traten sie aus der azurnen Unendlichkeit, die blitzenden Schwerter gezückt, um hilfreich seine Kämpfe mit ihm zu kämpfen. Er fühlte sich so leicht, als hätte er kein Gewicht mehr, als bewegte er sich, von sanften Händen gestützt, langsam der himmlischen Sippe entgegen. Es war ihm währenddessen der Pelzmantel von der Schulter heruntergeglitten, und der junge Zürcher beeilte sich, ihn aufzufangen und ihm behutsam wieder umzulegen. Dies bemerkte Federigo und bedankte sich freundlich, worauf man wieder in die warme Stube zurückging.

Vielleicht infolge des Temperaturwechsels bekam Federigo beim Eintreten einen Anfall von Schwindel und Beklemmung, der jedoch, da Sophie ihm sofort seine Arznei gab, bald vorüberging. Die beiden Zürcher, die sich nach Kräften um ihn bemüht hatten, meinten, daß es Zeit sei, sich zu Bette zu legen; allein Federigo bat sie, noch ein Glas Wein auf den hundertjährigen Gedenktag mit ihm und Sophie zu trinken. Er keuchte noch im Sprechen, und sein bleichgelbes, feuchtes Gesicht zitterte. Sie warfen einen unsicheren Blick auf Sophie, die ernst und traurig aussah, und setzten sich dann etwas ängstlich an den Tisch, da sie nicht nein zu sagen wagten. Inzwischen hatte Federigo Veltliner bestellt und sagte, er trinke sonst keinen Wein, einen Tropfen aber wolle er heute dem Gedächtnis des tapferen kleinen Valilla weihen; der habe vor hundert Jahren einen Stein gegen die Österreicher geschleudert, der das Zeichen zu dem glücklichen Kampfe gegeben habe. »Wer weiß, was für ein unholdes Genueser Straßenbübchen er war«, sagte der alte Kaufmann; »aber da er unserem Herrgott nicht zu schlecht war, um durch seine Hand einen Riesen Goliath zu treffen, so wollen wir bescheidentlich seinen kleinen Heiligenschein verehren.« Federigo warf ihm einen freundlichen Blick zu. Die Schweizer, sagte er, hätten auch einmal mit diesem Goliath gerungen, und sie möchten nun nicht anderen als Frevel und Unfug auslegen, worauf sie mit vaterländischem Stolz zurückblickten. Der Alte wiegte schmunzelnd den weißen Kopf und sagte: »Das war vor grauen Zeiten; und dann: Wir haben es uns auch etwas kosten lassen!« – »Um den Preis wollen wir nicht feilschen«, sagte Federigo ohne Empfindlichkeit; »ich habe auch schon ein Scherflein beigetragen und zahle gern, was mir noch übriggeblieben ist.« Wie er nun den Spielberg erwähnte, ergab sich für die Schweizer leicht, wer er war, und sie betrachteten ihn mit vermehrtem Anteil. Die Wärme des Ofens und der Wein hatten einen Hauch von Farbe in seine Wangen getrieben, und sein Atem ging wieder ruhig, wenn auch schwach; er sprach von der Zuneigung und Achtung, die er von jeher für die Schweizer empfunden habe, und wie er vollends seit des alten Schillers Tode sich jedem seiner Landsleute von vornherein verbunden fühle; dann erzählte er von diesem, von dem Böhmen Kral, von Andryane und manchen kleinen Erlebnissen während seiner Gefangenschaft, die er in den seit seiner Befreiung verflossenen Jahren niemals berührt hatte. Seine Darstellung war so anschaulich und anregend, daß die Zuhörer sich hüteten, ihn zu unterbrechen, nur hier und da durch eine Zwischenfrage seine Rede im Flusse zu halten suchten. Sophie, die neben ihm saß, sah ihn an und weinte; ohne daß sie es hinderte oder verbarg, liefen die Tränen unaufhörlich über ihr Gesicht in ihren Schoß hinunter. Als er es plötzlich bemerkte, wendete er sich nach ihr um, küßte sie auf beide Augen und sagte erklärend zu den Herren, sie sorge sich um seine Gesundheit; die Reise habe ihn in der Tat angegriffen, aber in Mailand werde er sich bald wieder erholen. Jetzt jedoch, meinte er, müßten sie sich schlafen legen, da sie alle früh aufbrechen wollten. Indem er sich von den beiden Zürchern verabschiedete, forderte er den jüngeren mit herzlichen Worten auf, wenn er zurückgekehrt sein würde, ihn und Sophie in ihrem Hause zu besuchen. Dieser dankte stumm und warf

dabei einen scheuen Blick auf Sophie, die ihn angstvoll ansah; auch der alte Herr und die Wirtsleute sahen traurig und verlegen aus.
Am anderen Morgen wachte Federigo durch das Klingeln des Schlittens auf, mit dem die Schweizer fortfuhren, und wollte aufstehen, um gleichfalls die Weiterreise anzutreten; aber es war ihm nicht möglich, sich aufrecht zu halten. Es wurde ein Arzt aus Andermatt geholt, der nichts tun als die Nähe des Todes feststellen konnte. Den Tag verbrachte er meist schlummernd; einigemal, wenn er, erwachend, Sophie erkannte, flüsterte er: »Armes Kind!« und schloß die Augen wieder. Am Vormittage des folgenden Tages behauptete er, wohl genug zu sein, um reisen zu können. Trotz Sophiens Einsprache stand er auf, bewegte sich bis an das Fenster und sagte, der Himmel sei klar, sie wollten weiter; aber in demselben Augenblick schwankte er und griff nach dem Bettpfosten, der ihm erreichbar war. Er wollte sagen: Es geht vorüber! – aber bevor er die Worte ausgesprochen hatte, brach er leblos zusammen.
Die Nachricht von dem Tode des Grafen Confalonieri rief in Mailand eine mannigfache Bewegung hervor. Während sein jüngerer Bruder und Gabrio Casati nach Hospenthal eilten, um der Leiche über die Alpen das Geleite zu geben, war Carlo d'Adda geschäftig, um die Beisetzung zu einem stolzen Trauerfeste von revolutionärem Charakter zu gestalten. Die Regierung hätte am liebsten gesehen, wenn der ruhelose Mann in aller Stille am Gotthard begraben worden wäre; da es jedoch nicht anging, das zu veranlassen, bemühte man sich wenigstens, alle Veranstaltungen zu unterdrücken, die über das Maß bescheidener Bürgerlichkeit hinausgingen. Indessen auch das war schwierig; denn die Verwandtschaft, die nicht gekränkt werden sollte, war nicht geneigt, sich die Ehren verkürzen zu lassen, die einem der Ihrigen gebührten, wenn sie anderseits auch mit der patriotischen Herausforderung nicht einverstanden war, die mit dem religiösen Akt verknüpft werden sollte. Einer der Verwandten suchte Carlo d'Adda auf und stellte ihm vor, daß es keinesfalls im Sinne des Verstorbenen gehandelt sein würde, wenn sein Tod zu einem Angriff gegen Österreich ausgenützt oder wenn an seiner Leiche seiner einstmaligen politi-

schen Tätigkeit gedacht würde; er habe sich ja aufrichtig mit Österreich ausgesöhnt und seine revolutionäre Vergangenheit bereut. Man erzählte sich, Carlo d'Adda habe mit erstauntem Augenaufschlag gesagt: »Hat er das? Aber wir nicht!« und sich zu keiner Verständigung herbeigelassen.

Manzoni wurde aufgefordert, die Grabschrift zu entwerfen, die freilich nach der Vorschrift der Polizei kurzgefaßt sein und sich jeder Anspielung auf die Schicksale des Verstorbenen enthalten sollte.

Am 30. Dezember fand die Trauerfeier in der Kirche San Fedele statt, von wo aus der Sarg nach Monza geführt und in der Familiengruft der Casati an der Seite Teresas beigesetzt werden sollte. Das majestätische Gewölbe war schwarz verhängt, der Sarg, der auf hohem Gerüste vor dem Altare stand, mit Lorbeer zugedeckt. Da die Inschrift Manzonis als anstößig unterschlagen war, wies er nur die von der Behörde bewilligten Worte auf: ›Gott gebe Federigo Confalonieri die ewige Ruhe.‹ Von den Damen und Herren der höheren Stände fehlte keiner; zwischen ihnen drängten sich Polizeibeamte, von jenem Bolza angeführt, der Federigo vor fünfundzwanzig Jahren verhaftet hatte.

Als erster sprach Gabrio Casati, nur die persönlichen Verhältnisse des Toten, namentlich in bezug auf seine Schwester Teresa, berührend. Er war so ergriffen, daß er öfters im Sprechen innehalten mußte; aber auch das Schluchzen der Hörer unterbrach ihn. Nachdem er geendet hatte, nahm Carlo d'Adda das Wort und begann mit der unterdrückten Grabschrift Manzonis, die so lautete: ›Dies Herz, das der Kerker nicht erdrückte, wird die Mauern des Grabes sprengen.‹

Daran anknüpfend, sprach er von dem liebevollen Herzen Federigos, das für die ganze Menschheit geschlagen habe, und der gemeinnützigen Tätigkeit seiner Jugend; vieles von dem, was er damals habe fördern wollen, ohne Verständnis zu finden, sei unterdessen reif geworden. Die Jüngeren, wie auch er, wären betroffen gewesen über den Anblick des müden, alternden Mannes, als welchen sie ihn kennengelernt hätten und von dem sie sich wohl ein anderes Bild gemacht hätten; unheilbares Leiden habe das edle Herz mit einem dichten Flor umhüllt. Erloschen aber sei das Feuer nicht gewesen; durch den Schnee der Alpen habe er es zu den Seinigen tragen wollen, um ihnen zu sagen oder mitzuteilen, was nun Geheimnis bleiben müsse. Nun sei es da, das unsterbliche Herz; die Mailänder, denen es vor allem angehört habe, möchten es liebend empfangen und sich seiner würdig zeigen.

Die Augen des jungen Redners blitzten vor Lust, wie er fühlte. daß es ihm gelang, das Verbotene auszusprechen, ohne doch der beunruhigten Polizei einen eigentlichen Anhaltspunkt zum Einschreiten zu geben. Er stand da, als zerrisse er den Körper des Toten in Stücke und würfe sie nach allen Richtungen des Windes, damit der glutvolle Stoff ganz Italien zu einem rächenden Brande entzündete. Ein jeder verstand ihn, und die Schnupftücher, die die Damen benützten, um ihre Tränen zu trocknen, flatterten ungeduldig wie kriegerische Fahnen. Am Abend standen die Theater leer, und durch die ausgestorbenen Straßen strichen nur spürende Polizeibeamte. Ungesehen von ihnen verwandelten sich die schwarzen Teppiche, die über die Portale der Paläste herabhingen, in Scharlach und loderten, vom Winde aufgebläht, wie Flammen in die mitternächtige Zukunft.

# NACHWORT

»Ich habe etwas angefangen, womit ich einfach nicht fertig werde, und je länger ich daran arbeite, desto unerträglicher wird es mir.« – Im Oktober 1908 berichtet Ricarda Huch der Freundin Marie Baum mit diesem Stoßseufzer über Beginn und Probleme ihrer Arbeit am *Federigo Confalonieri*. Als das Buch 1910 erschien, zeigte es jedoch scheinbar keine Spuren dieser Schwierigkeiten mehr, die durch die privaten Probleme ihrer konfliktreichen Ehe mit ihrem Vetter und Schwager Richard Huch gerade in diesen Jahren noch potenziert worden waren. Das Werk – in seiner gradlinig-straffen Komposition auch formal überzeugender noch als seine Vorgänger (die nicht vollendete *Garibaldi*-Trilogie und der aus verschiedenen Gründen ›unrunde‹ Roman *Von den Königen und der Krone*) – scheint auch thematisch und in der Wahl der Gattung die von diesen Vorgängern aufgeworfenen Fragen und freigelegten Probleme glücklich zu lösen.

Um die Möglichkeiten menschlicher Selbstverwirklichung und humanen Lebens in einer humanen Gesellschaft war es im *Königs*-Roman gegangen. Die gescheiterte Revolution in der verschlüsselnden Fabel eines utopischen Staates war sein Thema. Damit ließ dieser Roman aber die konkrete Geschichte zur Herausforderung werden, der Ricarda Huch mit den *Geschichten von Garibaldi* (1906 und 1907) gerecht zu werden versuchte. Der Kampf Italiens um seine nationale Identität und Unabhängigkeit gegen das Joch absolutistischer Unterdrückung war ein gutes Exempel für den Versuch, den Widerspruch zwischen Humanitätsideal und sozialer Wirklichkeit zu konkretisieren, vielleicht sogar ein Modell für seine Überwindung. Garibaldi, der innerhalb der europäischen Revolutionsbewegung von 1848 an der Spitze des italienischen Kampfes stand und ihn nach erstem Scheitern zehn Jahre später für Victor Emanuel doch noch wenigstens zu einem Teilerfolg führte, erschien als der geeignete Protagonist, um die bei aller Resignation doch hoffnungsvolle Zukunftsperspektive des *Königs*-Romans einlösen zu können.

In den beiden vollendeten Teilen des *Garibaldi* gestaltet sie diesen auch als den – im Sinne ihrer früheren Romane – ›königlichen‹ Menschen, der nun in der Lage ist, mit der Gewinnung des eigenen Selbstbewußtseins auch seine Zeit auf die Höhe ihrer selbst zu heben. Den geplanten dritten Teil hat Ricarda Huch allerdings nicht mehr geschrieben. Dafür gab es einige äußerliche Gründe – geringe Publikumsresonanz, Rückzug der Vorabdruckszusage eines Zeitschriftenverlages etc. –, die aber kaum entscheidend waren. Tatsächlich trug der gewählte Gegenstand letztlich doch nicht das Konzept, nach dem die Dichterin schon so lange auf der Suche gewesen war. Garibaldi »war in dieser Zeit erschienen wie ein Geist der Vorzeit, dessen übermenschlicher Wuchs und heldenhaftes Schreiten mit den Maßen der verfeinerten Gegenwart nicht in Einklang zu bringen war und das kunstvoll verschlungene Triebwerk ihrer Verhältnisse zerreißen mußte«, so charakterisiert sie ihn in diesem Roman selbst. Garibaldi ist der große Täter, der »einem Gesetz in sich« folgt, dem er um jeden Preis zur Geltung verhilft und damit zum – Erfolg? Die Verfassung, die er Italien erkämpfte, war schließlich ebensowenig Ausdruck des Ausgleichs sozialer Widersprüche und der Realisierung humaner Lebensform wie die Verfassung, in der sich die europäischen Staaten in der Zeit der Entstehung des Romans befanden, als ein Ergebnis der 48er Revolution und der durch sie ausgelösten Reaktion. Der scheinbare Erfolg Garibaldis ist letztlich ein Scheitern gewesen. Deshalb wohl vor allem blieb dieses Werk ein Torso.

Die Einsicht Ricarda Huchs in die Ursachen dieses Scheiterns motivierte die Konzeption des *Federigo Confalonieri*, sie bieten daher auch einen Schlüssel zum Verständnis des neuen Werkes. In der Kennzeichnung Garibaldis als »Geist der Vorzeit« war die wesentlichste jener Ursachen mitformuliert: Garibaldi ragt als eine Art ›erratischer Block‹ in das 19. Jahrhundert. Seine archaische Größe bezwingt die in vieler Beziehung ›gebrochenen‹ Gestalten der Moderne. Dabei bleibt er immer er selbst und unverändert, handelt ›richtig‹, dem »inneren Gesetz« folgend, ohne aber je ein wirkliches Bewußtsein davon zu gewinnen. Er ist so aber zu dem Selbstbewußtwerdungsprozeß nicht in der Lage, den Ricarda Huch vor allem als die Bedingung der Möglichkeit humaner Weltveränderung ansieht. So ist er letztlich doch nicht das geeignete Exempel für ihre Geschichtsphilosophie.

Bei der Suche nach einem adäquaten Helden blieb Ricarda Huch – von ihrem ersten Mann, dem italienischen Zahnarzt Ermanno Ceconi, beeinflußt – beim Gegenstand des italienischen »Risorgimento«. Als ›Wiedergeburt‹ begriff sich die politische Bewegung, die sich gegen den Zynismus des Wiener Kongresses auflehnte, der Italien auf einen bloß »geographischen Begriff« reduziert sehen wollte. Der Geheimbund der »Carbonaria« hatte sehr bald beachtliche Erfolge im Königreich Neapel; 1820 kamen Aufstände in Piemont und in der Romagna hinzu. Erhebungen, ihre blutige Niederschlagung, neue Aufstände und brutale Reaktion kennzeichnen eine fast hundertjährige Geschichte, die von Namen wie Metternich und Manzini, Franz I. von Österreich und Karl Albert von Savoyen, Garibaldi und Radetzki, Franz Joseph und Victor Emanuel begleitet und geprägt wurde. Der Name des Grafen Federigo Confalonieri fehlt in dieser Aufzählung – nicht nur, weil sie so knapp gehalten ist. Auch in den zusammenfassenden Geschichtsdarstellungen jener Epoche wird man ihn zumeist vergeblich suchen. Die großen Enzyklopädien in Deutschland verzeichnen ihn erst seit dem Roman Ricarda Huchs und mit ausdrücklichem Bezug auf ihn. Silvio Pellico, der Dichter, wird hingegen häufig genannt, auch sein Freund und Kollege Maroncelli; Pellicos Buch, *Le mie prigioni*, das zu den wichtigsten Quellen des Romans gehört, wird zitiert. Confalonieri hingegen ist nur den Spezialisten bekannt, obwohl er natürlich in der zeitgenössischen Memoirenliteratur eine wichtige Rolle spielt: in den Erinnerungen des Untersuchungsrichters Salvotti, den Autobiographien anderer Spielberg-Gefangener, vor allem in den *Denkwürdigkeiten* des französischen Confalonieri-Verehrers Alexandre Andryane, die Ricarda Huch alle gekannt und verwendet hat.

Noch vor Beginn ihrer Arbeit an ihrem Roman veröffentlichte sie 1908 ein Buch über die Zeit und die wichtigsten Persönlichkeiten der Mailänder ›Verschwörung‹ von 1820 unter dem Titel *Menschen und Schicksale aus dem Risorgimento*. Zunächst wollte sie damit wohl nur das historische Umfeld des *Garibaldi* ausschreiten, unter der Hand gedieh es ihr dann aber zu einem wichtigen Vorbereitungsschritt für den *Federigo Confalonieri*. Der Band enthält nach einer Einleitung Biographien Confalonieris, Pellicos, Maroncellis und Pallavicinos sowie – neben einem Porträt Karl Alberts von Savoyen – eine Darstellung der wichtigsten Gegenspieler der Mailänder: Kaiser Franz und Antonio Salvotti.

Die Einleitung dieses Buches beschreibt das gegenüber dem *Garibaldi*-Roman schon veränderte Motiv der Beschäftigung mit dieser Periode der italienischen Geschichte: »Ein besonderes Interesse zieht uns zu den Gestalten, die in der Dämmerung den wirren, unglücklichen Kampf ausfochten, ohne Beifall oder Beileid ihrer Landsleute ... Die eigentlichen Neuerer sind oft nicht gerade sympathische Menschen: sie lieben es, sich hervorzutun, aufzufallen, das Naheliegende, Erforderliche gelingt ihnen nicht, wenigstens nicht so, daß sie sich darin auszeichnen könnten ... Der innerste Grund ist wohl, daß sie ungleichmäßig begabt sind: als unproduktive Menschen finden sie in sich selbst nie Befriedigung und halten sich an das Äußere, dem sie mit überlegener Kritik, ungeduldig, aber ohne Tüchtigkeit gegenüberstehen. Dabei sind sie oft reich begabt, und ihre Persönlichkeit ist reizend und blendend, vielleicht um so mehr, als ihre Kräfte sich nach außen wenden, anstatt innen zu bilden.«

Dies ist zum erstenmal eine deutliche Abkehr von der Beschwörung der großen Tatmenschen, deren Größe als Werkzeug des Schicksals Ricarda Huch in den frühen Romanen gestaltet und im *Garibaldi* geradezu hymnisch beschrieben hatte. War dort absolute Selbstgewißheit, ein »inneres Gesetz« als Indiz unmittelbarer Teilhabe am übergreifenden Gesetz der Geschichte, Antrieb des Handelns, so erscheint sie hier als Ausdruck – und zugleich als Ausweg aus – innerer Widersprüchlichkeit. Gerade dadurch aber ist der junge Federigo Confalonieri charakterisiert, und von hier aus wird einsichtig, warum Ricarda Huch gerade ihn zum

›Helden‹ ihres Romans gemacht hat.
Der erste Absatz des Werkes vergleicht ihn mit einem »eingeschlossenen Pferd oder Hirsch, der mit entrüsteter Ungeduld die labyrinthischen Gänge seines Gefängnisses entlangschreitet und den Ausgang ins Freie sucht«. Die politische Entwicklung setzt dieser unartikulierten Unzufriedenheit ein Ziel: »Der wilde Flügelschlag dieser Zeit war für Federigo wechselweise belebend und entkräftend; er genoß in vollen Zügen, daß er handeln und vorwärts eilen konnte, aber das Bewußtsein nagte an ihm, daß teils Mangel an geeigneten Mitteln, teils die Gedankenlosigkeit und Selbstsucht seiner Anhänger wie seiner Gegner ihn verhindern würde, das erwünschte Ziel zu erreichen.« Einmal ins Zentrum der Aktion getreten, entwickelt er also ein durchaus garibaldisches Selbstbewußtsein, das hier aber negativ, fast als menschenverachtende Arroganz erscheint: »Zuweilen war es ihm, als ob er allein sehend und wissend zwischen lauter Tieren sei.« Da seine Frau ihm auf seinen Höhenflügen nicht zu folgen vermag, glaubt er sich im Recht, wenn er »Zeit, Interesse und Empfindung anderen zuwendete«.
In zweifacher Hinsicht wird diese Arroganz schwer gestraft: politisch, indem seine Pläne nicht nur scheitern, sondern auch die bereits zuvor realisierten bescheidenen Verbesserungen im Bildungs- und Verkehrssystem Mailands wieder rückgängig gemacht werden, und persönlich, indem er aus dem vermeintlichen Gefängnis der Mailänder Gesellschaft in das höchst reale auf dem mährischen Spielberg gerät.
Die Schilderungen des mehr als zehnjährigen Aufenthaltes in diesem Verlies des habsburgischen Absolutismus sind ein beeindruckendes Produkt epischen Gestaltungswillens und doch zugleich Ergebnis gründlichen Quellenstudiums und peinlichster Quellentreue. Alles ist authentisch: die unmenschlichen ›Lebens‹bedingungen auf dem Spielberg, die menschenunwürdige Behandlung, das System der Bespitzelungsversuche durch die Gefängnisgeistlichen, die planmäßige Zerstörung der physischen und psychischen Widerstandskraft der Gefangenen und der perverse Eifer, mit dem der »gute Kaiser Franz« höchstselbst jede einzelne Schikane veranlaßte

und überwachte. Das ergibt ein äußerst präzises und eindringliches Bild vom Charakter der ›Ära Metternich‹ – obwohl es Ricarda Huch wohl erst in zweiter Linie darum ging. Wenn sie den »Neuerern« vorgeworfen hatte, daß »ihre Kräfte sich nach außen wenden, anstatt innen zu bilden«, so wird die Haftzeit für den Grafen Federigo Confalonieri zur Möglichkeit, diese Bildung nachzuholen. Sie ist damit das logische inhaltliche Zentrum des Romans und auch sein gestalterisches Herzstück. Die Haft bedeutet für Federigo Weltabgeschiedenheit nur in einem sehr vordergründigen Sinn, weil in Wirklichkeit er erst hier es lernt, die vorher für ihn »labyrinthische« Welt zu begreifen und zu durchschauen. In Freiheit hatte er sich erbittert von dem Kanzler Melzi abgewandt, der seinen Forderungen nach Teilnahme an den revolutionären Plänen mit dem Wort des »alten Mystikers« Thomas a Kempis begegnet war: »Wir irren nächtlich im Kreise und verzehren uns brennend.« Damals hatte der junge Federigo dagegengehalten: »Auf der Höhe Eurer Weisheit verkümmert der Wuchs der Taten; die aber sind das Skelett der Menschheit, und ihr Edelstes ist daran gebunden und darin ausgedrückt, bis wir erlöste Geister sind«, eine Position, die so etwa auch die junge Ricarda Huch als ihre eigene hätte formulieren können.

Federigo aber macht einen entschiedenen Wandlungsprozeß durch, der dem der Dichterin entspricht. Zwanzig Jahre nach jenem Besuch bei Melzi liest er nun selbst jenen Thomas a Kempis und begreift Melzis Haltung nun rückblickend ebenso, wie er nun in der Lage ist, seine jugendlichen Pläne und Handlungen richtig einzuschätzen: »Mit einem Male wurde er sich aller Härte seines Handelns bewußt, unter der diejenigen, die ihm nahestanden, von jeher gelitten hatten. Wo er nicht willige Hingebung oder denn Geist, Leben, Tätigkeit und großen Sinn fand, hatte er sich weggewendet; wieviel hätte er vielleicht über seinen Vater vermocht, wenn er, liebevoll auf seine Meinung eingehend, ihm die seinigen bescheiden nähergebracht hätte, wie anders hätte Teresas Leben verlaufen können, wenn er es der Mühe wert gehalten hätte, ihr schönes Herz an sich zu ziehen und zu enthüllen,

das sie kindlich scheu und herbe verbarg. Es war ihm eigenartig anziehend, die Spuren seines Charakters und seines Schicksals zu verfolgen und einen sinnvollen Zusammenhang zu entdecken.« Und: »Wieviel Gutes hätte er wirken können, ohne Anstoß zu erregen und ohne Schaden zu stiften, wenn er sich begnügt hätte, Weib und Kind zu hegen, seinen Nachbarn hilfreich zu sein und alles das Nützliche zu leisten, was gerade der Tag und die Stunde forderte!«
Das ist zwar nicht die resignierte Abkehr vom Leben eines Ludolf Ursleu oder die schließliche Schicksalsergebenheit eines Michael Unger, erscheint auf den ersten Blick jedoch als ein Verzweifeln vor der Möglichkeit grundlegenden Fortschritts in Richtung auf eine humane, weil zu sich selbst gekommene Gesellschaft – fast wie ein spießbürgerliches Sichbescheiden. Auch ein zweiter Blick korrigiert diesen Eindruck nicht, bestärkt ihn eher, weil er nämlich auch noch die scheinbare Hoffnung des Schlusses zerstört oder zumindest relativiert. Die Analyse Wilhelm Emrichs spätestens hat das deutlich gemacht: »Der Roman scheint zwar mit der hymnischen Hoffnung zu enden, daß der Geist des toten Federigo als Vorbild weiterleben und die Befreiung Italiens wie ein Feuersturm entfachen werde gemäß der Grabschrift des Dichters Manzoni: ›Dies Herz, das der Kerker nicht erdrückte, wird die Mauern des Grabens sprengen.‹ Aber man lese den Text dieses Schlusses genau, und man wird seine hintergründige Ironie, ja sogar geheime Persiflage nicht überhören können.« In der Tat, die wie »kriegerische Fahnen« flatternden Schnupftücher der Damen geben diesem Absatz einen deutlich ironisch-parodistischen Anstrich, und zweideutig bleibt die Schlußwendung von der »mitternächtigen Zukunft«. Das ist konsequent, denn wie sie diese Zukunft einschätzte, hatte Ricarda Huch ja durch den *Garibaldi*-Roman und deutlicher noch in der zitierten Einleitung ihres Risorgimento-Buches dargestellt. Noch am Schluß freilich des Confalonieri-Kapitels jenes Buches hatte sie das Begräbnis ohne alle Ironie als »die erste jener patriotischen Kundgebungen« bezeichnet, »die wie Trompetenstöße die Revolution einleiteten«, und hatte durchaus geschichtsoptimistisch hinzugefügt: »und der Heim-

gegangene gewann so einen vollen, fleckenlosen Anteil an allen siegreichen Erhebungen der Folgezeit, den er lebend infolge der Beschränktheit der menschlichen Natur und der Verworrenheit irdischer Verhältnisse kaum unverkümmert hätte nehmen können.« Hier hat sich also eine Wandlung des Geschichtsverständnisses wie des Selbstverständnisses Ricarda Huchs in der Arbeit an diesem Stoff vollzogen, die sie bereits innerhalb des Risorgimento-Buches ankündigt: In der offenbar erst zum Schluß geschriebenen Einleitung formuliert sie schon deutlich distanzierter: »Die, welche gelitten hatten und untergegangen waren, schnell Verklärte, Strahlenbekränzte, lockten als Anführer wachsende Scharen.« In diesem raschen Entwicklungsprozeß liegt wohl die Ursache für die Schwierigkeiten, die Ricarda Huch mit dem Roman hatte. Das neu formulierte Selbstverständnis ist jedoch trotz des auch bei zweitem Lesen verstärkten Anscheins keine als Altersweisheit akzeptabler gemachte Resignation. Eine weitere Revision des Textes läßt dies klarwerden: In seiner kritischen Lebensbilanz auf dem Spielberg hält Federigo an einem fest: »Darin hatte er gewiß recht gehabt, daß er Italien einer gänzlichen Erneuerung bedürftig hielt; zweifelhaft aber erschien es ihm jetzt, ob er die richtigen Mittel gewählt hatte, um ungewisser Ziele willen das Glück und Leben vieler Menschen auf das Spiel zu setzen. Er hatte vergessen, daß die Menschen nicht mehr anstreben sollten, als das Wohl einzelner zu befördern.« Der Rückzug ins scheinbar Private – »Weib und Kind zu hegen, seinen Nachbarn hilfreich zu sein« – ist also durchaus Programm auch politisch-gesellschaftlicher Veränderung. Ein bescheidenes Programm, gewiß; für Ricarda Huch aber der wesentliche Schritt aus der Aporie von geistigem Ideal und Wirklichkeit und aus der Verzweiflung gegenüber einem übermächtigen Schicksal.

Federigo hat das von ihr immer wieder geforderte Selbstbewußtsein (im positiven Sinne als Gegensatz zur Arroganz seiner Jugend) endlich erreicht. Doch bleibt es noch nicht übertragbarer Gewinn eines Einzelnen. Der Versuch der aktiven Weltveränderung wäre auch aus dieser Einsicht her-

aus eine Vergewaltigung des Willens der anderen. Hierin liegt eine der Ursachen für das eingangs zitierte Ungenügen, das Ricarda Huch an ihrem Roman empfand. Ein Ausweg aus dieser Aporie deutet sich an in der Wendung Federigos zur Religion, die sie hier noch recht distanziert beschreibt, weil sie selbst diesen Schritt erst sechs Jahre später ernsthaft versuchte: Federigo »suchte sich einzuprägen, . . . daß es auf nichts ankomme, als auf gewisse große Ordnungen und Gesetze in dem endlosen Auf und Ab des empfindlichen Äthers, der uns als Mensch erscheint. Daß das Verhältnis zu Gott überaus vernunftvoll und heilig sei, bezweifelte er nicht; aber er hielt dafür, daß die Art derselben den menschlichen Begriffen und Sinnen nicht zugänglich sei, und daß man sich bescheiden müsse, für sich selbst nichts zu sein. Indem man streben müsse, Gott ähnlich zu werden, müsse man eingedenk sein, daß man flüchtiger und bedeutungsloser sei als der Regentropfen zwischen dem Himmel und der Erde.«
Ricarda Huch hat dieses Werk selbst nicht einen Roman genannt, obwohl bei aller Quellentreue und geschichtlicher Wahrhaftigkeit es sich zweifellos um ein fiktionales Werk handelt. Der Verzicht auf die Gattungszuweisung ist aus ihrer Sicht jedoch konsequent: »Wir wollen alte Lieder singen, um den Toten der Insel zu beschwören«, begann noch der *Garibaldi*-Roman. Das Poetische war ihr immer Ausweis des Literarischen auch in der Prosa gewesen. Es drückte sich für sie in der oft hymnisch-poetischen Sprache mehr aus als in der schöpferischen Imagination. Gebunden war diese Sprache freilich an den ›königlichen‹ Helden, der Zentrum solchen Dichtungsverständnisses war. Im *Federigo Confalonieri* ist die Sprache nüchterner, der Destruktion des königlichen Helden entsprechend.

Aus der Sicht des heutigen Lesers ist dies jedoch ein Gewinn für ihn, der, um noch einmal Wilhelm Emrich zu zitieren, damit »zum künstlerisch vollkommensten Roman« geworden ist, den Ricarda Huch hervorgebracht hat.

*Bernd Balzer*

# BIOGRAPHIE

»Die erste Frau Deutschlands . . . wahrscheinlich heute die erste Europas« – nannte Thomas Mann Ricarda Huch zu ihrem 60. Geburtstag.
Geboren am 18. 7. 1864 in Braunschweig als jüngstes von drei Kindern einer Großkaufmannsfamilie. Nach dem Schulbesuch in Braunschweig flieht sie vor der konfliktreichen Liebesbeziehung zu ihrem Schwager Richard Huch nach Zürich, um dort Geschichte zu studieren, was in Deutschland noch nicht möglich war. 1892 promovierte sie als eine der ersten Frauen zum Dr. phil.
1891 erscheint pseudonym ihr erster Gedichtband, dann Dramen und Novellen. Mit ihrem ersten Roman, *Erinnerungen von Ludolf Ursleu dem Jüngeren*, 1893, begründet sie ihr literarisches Ansehen. Nach der Heirat mit dem italienischen Zahnarzt Ermanno Ceconi lebt das Paar von 1898–1900 in Triest. Dort entsteht der Roman *Aus der Triumphgasse*. Nach der Rückkehr nach München folgen *Michael Unger* (1903) und ein Jahr später *Von den Königen und der Krone*. Ihr in Italien gewecktes Interesse am italienischen Freiheitskampf dokumentiert sich in den Romanen *Die Geschichten von Garibaldi* (2 Bde. 1906, 1907), *Merkwürdige Menschen und Schicksale aus dem Zeitalter des Risorgimento* (1908) und vor allem *Das Leben des Grafen Federigo Confalonieri*. In der Gattung des historischen Romans erbringt sie auch ihre größte literarische Leistung: *Der große Krieg in Deutschland* (1912–1914, später *Der dreißigjährige Krieg*). Nach der Scheidung von Ceconi und einer dreijährigen Ehe mit Richard Huch lebt sie in München, Bern und Berlin, verfaßt eine Reihe religiös-philosophischer (*Natur und Geist*, 1914, *Luthers Glaube*, 1916, *Entpersönlichung*, 1921) und historischer Arbeiten (*Wallenstein*, 1915, *Michael Bakunin und die Anarchie*, 1923, *Alte und neue Götter*, 1930). 1931 erhält sie den Frankfurter Goethepreis, wird Mitglied der Preußischen Akademie, aus der sie aus Protest gegen den Ausschluß Heinrich Manns und die von allen Mitgliedern verlangte Loyalitätserklärung für Hitler 1933 austritt. In Jena arbeitet

sie an dem umfassenden Werk Deutsche Geschichte (3 Bde. 1934–1949). Unmittelbar nach Kriegsende sammelt sie Material für eine Darstellung des deutschen Widerstandes (das schließlich von Günter Weisenborn zu dem Buch *Der lautlose Aufstand* verarbeitet wurde). 1947 nutzt sie ihre Rolle als Ehrenpräsidentin des Ersten Deutschen Schriftstellerkongresses zur Flucht in den Westen. Am 17. 11. 1947 ist sie in Kronberg gestorben.

Ricarda
Huch

# Michael Unger

Ullstein Buch 37001

Ullstein
Werkausgaben

Die Frage nach dem Verhältnis von »Kunst und Leben«, die Frage, warum die Selbstverwirklichung des Geistes scheitert, ist das erregende Thema von Ricarda Huchs drittem Roman *Michael Unger* (1903).

Michael Unger, Sohn eines reichen Patrizierhauses, verläßt aus Liebe zu der Malerin Rose Sathorn seine Familie und bricht aus der Enge bürgerlichen Lebens aus: er geht nach Zürich und beginnt ein Medizinstudium. Was er sucht, ist »Freiheit des Berufes, Entbürdung von der kaufmännischen Tätigkeit, die Möglichkeit, seinen Geist auszubilden«, Selbstverwirklichung und Befreiung also durch Selbstbewußtwerdung. Doch als er erkennt, daß Roses Ästhetentum kein Schlüssel zum Leben ist, sondern Abkapselung von der Welt bedeutet, bleibt Michael keine Alternative als der Rückzug in die Familie.

Ricarda
Huch

# Von den Königen und der Krone

Ullstein Buch 37002

Ullstein
Werkausgaben

Das Thema einer gescheiterten Revolution (des italienischen Risorgimento) in der Form einer romantisierenden Fabel. Ein illustratives Beispiel für die Verbindung »moderner« Geistesgeschichte mit den gesellschaftlichen Vorstellungen des Mittelalters; eine Verbindung, die für Ricarda Huchs politische Konzeption zeitlebens bestimmend geblieben ist und ihre spezifische Spielart eines revolutionären Konservativismus ausmacht.

Ricarda Huchs Roman *Von den Königen und der Krone* ist eine der herausragenden Schöpfungen ihrer produktivsten Schaffensperiode.